中国古典文学名著

唐宋传奇

[唐] 元 稹 等著

华夏出版社
HUAXIA PUBLISHING HOUSE

图书在版编目（CIP）数据

唐宋传奇／（唐）元稹等著. —北京：华夏出版
社，2013.01（2024.09重印）
（中国古典文学名著丛书）
ISBN 978 - 7 -5080 - 6366 - 9

Ⅰ．①唐… Ⅱ．①元… Ⅲ．①传奇小说 - 小说集 - 中
国 - 唐代②传奇小说 - 小说集 - 中国 - 宋代 Ⅳ．①I242.1

中国版本图书馆 CIP 数据核字（2011）第 086312 号

出版发行：华夏出版社
（北京市东直门外香河园北里 4 号　邮编 100028）
经　　销：新华书店
印　　制：永清县晔盛亚胶印有限公司
版　　次：2013 年 01 月北京第 1 版
　　　　　2024 年 09 月北京第 2 次印刷
开　　本：670×970　1/16 开
印　　张：26
字　　数：392.1 千字
定　　价：52.00 元

本版图书凡印制、装订错误，可及时向我社发行部调换

前　言

　　传奇,是传统中国文化中的小说体裁之一。在中国小说历史中,传奇一般是指唐代、宋代文人所撰写的短篇小说而言。唐宋传奇,是中国古典小说的重要源头之一,也是文学创作特别是小说创作发展的历史新阶段。

　　唐宋时期,由不少著名的文人创作了大量情节曲折、文笔精美的文言小说,其内容和创作风格完全改变了六朝志怪小说的诡异荒诞之风,反映的多是传奇所产生的时代背景、社会风气、生活实景和风土人情,其形式和内容、人物刻画和创作手法、现实意义和美原价值,皆大大超过唐宋之前的小说。正如鲁迅先生在《中国小说史略》中所说:"小说亦如诗,至唐代而一变,虽尚不离于搜奇记逸,然叙述婉转,文辞华艳,与六朝之粗梗概者较,演进之迹甚明,而尤显者乃在是时则始有意为小说。"

　　唐宋传奇,多是大家手笔,比如唐传奇中的作者有王度、张鷟、元稹、白行简、牛僧孺、杜光庭、裴铏、温庭筠、皇甫枚等名流学士;宋传奇中作者有乐史、欧阳修、司马光、沈括、魏泰等著名文人。很多传奇段子,其文辞华美,格式工整,构思精妙,情节复杂,人物传神,言简意赅,脍炙人口。如《柳毅传》、《长恨传》、《莺莺传》、《杨太真外传》等作品,广为后世话本小说、戏曲曲艺所取材。如霍小玉、李娃、崔莺莺、杨贵妃、虬髯客等小说人物,也成为人们喜闻乐见的戏剧中的主角。而且,唐宋传奇对其后世的小说创作及文化思想有着深远的影响:名著《西厢记》源自元稹《莺莺传》;《孙悟空》源自《古岳渎经》;《长生殿》源自《长恨歌传》;《风尘三侠》源自《虬髯客》;《黄粱美梦》源自《枕中记》;还有破镜重圆、红叶题诗、人面桃花等家喻户晓的著名典故,都是唐宋传奇留给后人的文化瑰宝和艺术奉献。近代中，曾多次以汇编合集的方式出版、再版过《唐宋传奇》。这次再版，是在整理原著、参考各种版本的基础上，对原文中的疑难词句与误漏一一作了校勘释义，对原书原来缺字的地方用□表示了出来，以便于读者阅读。

编 者

2011 年 3 月

目　录

上编　唐传奇

下编　宋传奇

上编 唐传奇

古 镜 记

王 度

隋汾阴侯生，天下奇士也。王度常以师礼事之。临终，赠度以古镜，曰："持此则百邪远人。"度受而宝之。镜横径八寸，鼻①做麒麟蹲伏之像，绕鼻列四方，龟龙凤虎，依方陈布。四方外又设八卦②，卦外置十二辰位③，而具畜焉。辰畜之外，又置二十四字，周绕轮廓，文体似隶，点画无缺，而非字书所有也。侯生云："二十四气④之象形。"承日照之，则背上文画，墨入影内，纤毫无失。举而扣之，清音徐引，竟日方绝。嗟乎，此则非凡镜之所同也。宜其见赏高贤，自称灵物。侯生常云："昔者吾闻黄帝铸十五镜⑤其第一横径一尺五寸，法满月之数也。以其相差各校⑥一寸，此第八镜也。"虽岁祀悠远，图书寂寞，而高人所述，不可诬矣。昔杨氏纳环⑦，累代延庆，张公丧剑⑧，其身亦终。今度遭世扰攘，居常郁怏，王室如

---

① 鼻——指镜背面中间凸起如鼻的地方，用来执持，有孔可以系绳。

② 八卦——古代一套具有象征意义的符号，即乾（☰）、坤（☷）、坎（☵）、离（☲）、震（☳）、艮（☶）、巽（☴）、兑（☱）。

③ 十二辰位——即十二地支：子、丑、寅、卯、辰、巳、午、未、申、酉、戌、亥。每支配以生肖，就是下文所说的"辰畜"。

④ 二十四气——指立春、雨水等二十四节气。

⑤ 黄帝铸十五镜——黄帝古史上所称圣明君王，又作轩辕氏。神话传说，黄帝见西王母，铸十二面镜，每月用一面。

⑥ 校——同"较"，相差。

⑦ 杨氏纳环——南朝梁吴均《续齐谐记》载，汉代杨宝小时救一受伤黄雀，带回家里将养百余日，后放其飞去。一夜有黄衣童子，自称为西王母使者，带玉环四枚前来相谢，并令杨宝子孙洁白，位登三事，当如此环。

⑧ 张公丧剑——晋代司空张华得丰城双剑，一名龙泉，一名太阿，俱为剑中之精。后双剑失去，张华也被赵王司马伦所杀。事见《晋书·张华传》。

毁,生涯何地?宝镜复去,哀哉!今具其异迹,列之于后。数千载之下,倘有得者,知其所由耳。大业①七年五月,度自御史罢归河东,适遇侯生卒,而得此镜。至其年六月,度归长安。至长乐坡,宿于主人程雄家。雄新受寄一婢,颇甚端丽,名曰鹦鹉。度既税驾②,将整冠履,引镜自照。鹦鹉遥见,即便叩头流血,云:"不敢住。"度因召主人问其故。雄云:"两月前,有一客携此婢从东来。时婢病甚,客便寄留,云:'还日当取。'比不复来,不知其婢由也。"度疑精魅,引镜逼之。便云:"乞命,即变形。"度即掩镜,曰:"汝先自叙,然后变形,当舍汝命。"婢再拜自陈云:"某是华山府君庙前长松下千岁老狸,大形变惑,罪合至死。遂为府君捕逐,逃于河渭之间,为下邽陈思恭义女,思恭妻郑氏蒙养甚厚。嫁鹦鹉与同乡人柴华。鹦鹉与华意不相惬,逃而东,出韩城县,为行人李无傲所执。无傲,粗暴丈夫也,遂劫鹦鹉游行数岁。昨随至此,忽尔见留。不意遭逢天镜,隐形无路。"度又谓曰:"汝本老狐,变形为人,岂不害人也?"婢曰:"变形事人,非有害也。但逃匿幻惑,神道所恶,自当至死耳。"度又谓曰:"欲舍汝,可乎?"鹦鹉曰:"辱公厚赐,岂敢忘德。然天镜一照,不可逃形。但久为人形,羞复故体。愿缄于匣,许尽醉而终。"度又谓曰:"缄镜于匣,汝不逃乎?"鹦鹉笑曰:"公适有美言,尚许相舍。缄镜而走,岂不终恩?但天镜一临,窜迹无路。唯希数刻之命,以尽一生之欢耳。"度登时为匣镜,又为致酒,悉召雄家邻里,与宴谑。婢顷大醉,奋衣起舞而歌曰:"宝镜宝镜,哀哉予命!自我离形,而今几姓?生虽可乐,死必不伤。何为眷恋,守此一方!"歌讫,再拜,化为老狸而死。一座惊叹。大业八年四月一日,太阳亏③。度时在台直④,昼卧厅阁,觉日渐昏。诸吏告度以日蚀甚。整衣时,引镜出,自觉镜亦昏昧,无复光色。度以宝镜之作,合于阴阳光景之妙。不然,岂合以太阳曜而宝镜以无光乎?叹怪未已。俄而光彩出,日亦渐明。比及日复,镜亦精朗如故。自此之后,每日月薄蚀,镜亦昏昧。其年八月十五日,友人薛侠者获一铜剑,长四尺,剑连于靶,靶盘龙凤之状。左

---

① 大业——隋炀帝年号(公元605——616)。

② 税驾——解驾,停息。

③ 亏——蚀。太阳亏,即日蚀。

④ 台直——御史台当直。直同"值"。

文如火焰,右文如水波。光彩灼烁,非常物也。侠持过度,曰:"此剑侠常试之,每月十五日,天地清朗,置之暗室,自然有光,傍照数丈。侠持之有日月矣。明公好奇爱古,如饥如渴,愿与君今夕一试。"度喜甚。其夜,果遇天地清霁。密闭一室,无复脱隙,与侠同宿。度亦出宝镜,置于座侧。俄而镜上吐光,明照一室,相视如昼。剑横其侧,无复光彩。侠大惊,曰:"请内①镜于匣。"度从其言,然后剑乃吐光,不过一二尺耳。侠抚剑,叹曰:"天下神物,已有相伏之理也。"是后每至月望②,则出镜于暗室,光尝照数丈。若月影入室,则无光也。岂太阳太阴之耀,不可敌也乎?其年冬,兼著作郎,奉诏撰国史,欲为苏绰③立传。度家有奴曰豹生,年七十矣。本苏氏部曲,频涉史传,略解属文。见度传草④,因悲不自胜。度问其故。谓度曰:"豹生常受苏公厚遇,今见苏公言验,是以悲耳。郎君所有宝镜,是苏公友人河南苗季子所遗苏公者。苏公爱之甚。苏公临亡之岁,戚戚不乐。常召苗生谓曰:'自度死日不久,不知此镜当入谁手?今欲以蓍筮⑤一卦,先生幸观之也。'便顾豹生取蓍,苏生自揲⑥布卦。卦讫,苏公曰:"我死十余年,我家当失此镜,不知所在。然天地神物,动静有征。今河汾之间往往有宝气,与卦兆相合,镜其往彼乎?"季子曰:"亦为人所得乎?"苏公又详其卦,云:"先入侯家,复归王氏。过此以往,莫知所之也。"豹生言讫涕泣。度问苏氏,果云旧有此镜。苏公薨后亦失所在,如豹生之言。故度为苏公传,亦具其事于末篇,论苏公蓍筮绝伦,默而独用,谓此也。大业九年正月朔旦⑦,有一胡僧行乞而至度家。弟勣出见之。觉其神采不俗,更邀入室,而为具食。坐语良久,胡僧谓勣曰:"檀越⑧家似有绝世宝镜也,可得见耶?"勣曰:"法师何以得知之?"僧曰:"贫

---

① 内——同"纳"。

② 月望——每月的十五日。

③ 苏绰——北周武功人,字令绰,博学,尤擅长算术,官至度支尚书,为北周名臣之一。

④ 传草——指王度撰苏绰传的草稿。

⑤ 蓍(shī)筮——古代卜卦一种。古人用蓍草的茎占卜。

⑥ 揲(shé)——古代用蓍草占卦,数蓍草的份数称揲。

⑦ 正月朔旦——即农历正月初一,元旦。

⑧ 檀越——佛家对施主的称谓。

道受明录①秘术，颇识宝气。檀越宅上每日常有碧光连日，绛气属月，此宝镜气也。贫道见之两年矣。今择良日，故欲一观。"勣出之，僧跪捧欣跃。又谓勣曰："此镜有数种灵相，皆当未见。但以金膏涂之，珠粉拭之，举以照日，必影彻墙壁。"僧又叹息曰："更作法试，应照见腑脏，所恨卒无药耳。但以金烟熏之，玉水洗之，复以金膏珠粉如法拭之，藏之泥中，亦不晦矣。"遂留金烟玉水等法。行之，无不获验。而胡僧遂不复见。其年秋，度出兼芮城令。今厅前有一枣树，围可数丈，不知几百年矣。前后令至，皆祠谒此树，否则殃祸立及也。度以为妖由人兴，淫祀宜绝。县吏皆叩头请度。度不得已，为之以祀。然阴念此树当有精魅所托，人不能除，养成其势。乃密悬此镜于树之间。其夜二鼓许，闻其厅前磊落有声若雷霆者。遂起视之。则风雨晦暝，缠绕此树，电光晃耀，忽上忽下。至明，有一大蛇，紫鳞赤尾，绿头白角，额上有王字，身被数创，死于树。度便下收镜，命吏出蛇，焚于县门外。仍掘树，树心有一穴，于地渐大，有巨蛇蟠泊之迹。既而坟之，妖怪遂绝。其年冬，度以御史带芮城令，持节河北道，开仓粮赈给陕东。时天下大乱，百姓疾病，蒲陕之间疠疫尤甚。有河北人张龙驹，为度下小吏，其家良贱数十口一时遇疾。度悯之，赍此入其家，使龙驹持镜夜照。诸病者见镜，皆惊起，云："见龙驹持一月来相照，光阴所及，如水著体。冷彻腑脏。"即时热定，至晚并愈。以为无害于镜，而所济于众。令密持此镜，遍巡百姓。其夜，镜于匣中泠然自鸣，声甚彻远，良久乃止。度心独怪。明早，龙驹来谓度曰："龙驹昨忽梦一人。龙头蛇身，朱冠紫服，谓龙驹，我即镜精也，名曰紫珍。常有德于君家，故来相托。为我谢王公，百姓有罪，天与之疾，奈何使我反天救物？且病至后月，当见愈，无为我苦。"度感其灵怪，因此志之。至后月，病果渐愈，如其言也。大业十年，度弟勣自六合丞弃官归，又将遍游山水，以为长往之策。度止之曰："今天下向乱，盗贼充斥，欲安之乎？且吾与汝同气，未尝远别。此行也，似将高蹈②。昔尚子平③游五岳，不知所

---

① 明录——符箓、符咒。

② 高蹈——高举足而蹈地，指远行。

③ 尚子平——应为"向子平"。向子平，名长，东汉人，精通《易》、《老子》，家贫不仕，与朋友漫游五岳，不知所终。

之。汝若追踵①前贤，吾所不堪也。"便涕泣对勣。勣曰："意已决矣，必不可留。兄今之达人，当无所不体。孔子曰：'匹夫不夺其志矣。'人生百年，忽同过隙②。得情则乐，失志则悲。安遂其欲，圣人之义也。"度不得已，与之决别。勣曰："此别也，亦有所求。兄所宝镜，非尘俗物也。勣将抗志云路，栖踪烟霞，欲兄以此为赠。"度曰："吾何惜于汝也。"即以与之。勣得镜，遂行，不言所适。至大业十三年夏六月，始归长安。以镜归，谓度曰："此镜真宝物也。辞兄之后，先游嵩山少室③，降石梁④，坐玉坛。属日暮，遇一嵌岩⑤。有一石堂，可容三五人，勣栖息止焉。月夜二更后，有两人，一貌胡⑥，须眉皓而瘦，称山公。一面阔，白须、眉长，黑而矮，称毛生。谓勣曰：'何人斯居也？'勣曰：'寻幽探穴访奇者。'二人坐与勣谈久，往往有异义⑦出于言外。勣疑其精怪，引手潜后开匣取镜。镜光出，而二人失声俯伏。矮者化为龟，胡者化为猿。悬镜至晓，二身俱殒。龟身带绿毛，猿身带白毛。即入箕山⑧，渡颍水⑨，历太和⑩，视玉井。井傍有池，水湛然绿色。问樵夫，曰：'此灵湫⑪耳。村间每八节⑫祭之，以祈福佑。若一祭有缺，即池水出黑云，大雹浸堤坏阜。'勣引镜照之，池水沸涌，有雷如震，忽尔池水腾出池中，不遗涓滴。可行二百余步，水落于地。有一鱼，可长丈余，粗细大于臂。首红额白，身作青黄间色。无鳞有涎，蛇形龙角，嘴尖，状如鲟鱼，动而有光。在于泥水，因而不能远去。勣谓蛟也，失水而无

---

① 追踵——追随。

② 过隙——"白驹过隙"省语。形容时间过得快。

③ 嵩山少室——河南省登封县嵩山，即"中岳"。山有三峰，西峰称少室峰。

④ 石梁——石桥。

⑤ 嵌岩——险峻的山崖。

⑥ 貌胡——长相像胡人。

⑦ 异义——特异的见解。

⑧ 箕山——河南登封县东南山。传说尧时高人巢父、许由在此山隐居。

⑨ 颍水——河南登封县西的颍谷。

⑩ 太和——县名，于今安徽省西北。

⑪ 灵湫（qiū）——隐藏神灵的水潭。

⑫ 八节——古代以立春、立夏、立秋、立冬、春分、秋分、冬至、夏至为八节。

能为耳。刃而为炙,甚膏,有味,以充数朝口腹。遂出于宋汴①,汴主人张琦家有女子患,入夜,哀痛之声实不堪忍。勣问其故,病来已经年岁。白日即安,夜常如此。勣停一宿,及闻女子声,遂开镜照之。痛者曰:'戴冠郎被杀。'其病者床下,有大雄鸡,死矣。乃是主人家七八岁老鸡也。游江南,将渡广陵②扬子江。忽暗云覆水,黑风波涌。舟子失容,虑有覆没。勣携镜上舟,照江中数步,明朗彻底。风云四敛,波涛遂息。须臾之间,达济天堑③。跻摄山④勣芳岭。或攀绝顶,或入深洞。逢其群鸟,环人而噪。数熊当路而蹲。以镜挥之,熊鸟奔骇。是时利涉浙江,遇潮出海,涛声振吼,数百里而闻。舟人曰:'涛既近,未可渡南。若不回舟,吾辈必葬鱼腹。'勣出镜照,江波不进,屹如云立。四面江水,豁开五十余步。水渐清浅,鼋鼍⑤散走,举帆翩翩,直入南浦⑥。然后起视,涛波洪涌,高数十丈,而至所渡之所也。遂登天台⑦,周览洞壑。夜行佩之山谷,去身百步,四面光彻,纤微皆见。林间宿鸟,惊而乱飞。还履会稽,逢异人张始鸾,授勣周髀九章⑧及明堂六甲⑨之事。与陈永同归。更游豫章⑩,见道士许藏秘,云是旌阳⑪七代孙,有咒登刀履火之术。说妖怪之次,更言丰城县仓督⑫李敬慎家,在三女遭魅病,人莫能识。藏秘疗之无效。勣故人曰赵

---

① 宋汴——河南商邱县及开封市。泛指这一带地区。
② 广陵——今江苏扬州市。
③ 天堑——称长江。
④ 跻摄山——登上栖霞山。摄山,栖霞山,在南京市东面。
⑤ 鼋鼍(yuán tuó)——鼋,大鳖;鼍,扬子鳄。
⑥ 南浦——即浙江浦阳江,因位于浙江入海口的南面,故称。
⑦ 天台——天台山,于浙江省天台县北。
⑧ 周髀(bì)九章——周髀,《周髀算经》;九章《九章算术》。二书相传为商、周和黄帝时所作。为古代数学经典著作,由于难懂及夹杂一些阴阳术数,故给人以神秘之感。
⑨ 明堂六甲——古代阴阳术数中的一种。
⑩ 豫章——即今江西省南昌市。
⑪ 旌阳——即晋代汝南人许逊,字敬之。曾官旌阳县令。据传学得神仙道术,后拔宅升天,世称许旌阳或许真君。
⑫ 仓督——县衙中掌管粮仓的小官。

丹,有才器,任丰城县尉。勣因过之。丹命祇承人①指勣停处。勣请曰:
'欲得仓督李敬慎家居止。'丹遽命敬慎为主,礼勣。因问其故。敬曰:
'三女同居堂内阁子,每至日晚,即靓妆衒服②。黄昏后,即归所居阁
子,灭灯烛。听之,窃与人言笑声。及其晓眠,非唤不觉。日日渐瘦,不能
下食。制之不令妆梳,即欲自缢投井,无奈之何。'勣谓敬曰:'引示阁子
之处。'其阁东有窗。恐其门闭,固而难启,遂昼日先刻断窗棂四条,却以
物支柱之如旧。至日暮,敬报勣曰:'妆梳入阁矣。'至一更,听之,言笑自
然。勣拔窗棂子持镜入阁照之。三女叫云:'杀我婿也。'初不见一物,悬
镜至明,有一鼠狼,首尾长一尺三四寸,身无毛齿。有一老鼠亦无毛齿,其
肥大可重五斤。又有守宫③,大如人手,身披鳞甲,焕烂五色,头上有两
角,长可半寸,尾长五寸以上,尾头一寸色白,并于壁孔前死矣。从此病
愈。其后寻真至庐山,婆娑数月。或栖息长林,或露宿草莽。虎豹接尾,
豺狼连迹。举镜视之,莫不窜伏。庐山处士④苏宾,奇识之士也。洞明
《易》道⑤,藏往知来。谓勣曰:'天下神物,必不久居人间。今宇宙丧乱,
他乡未必可止。吾子此镜尚在,足下卫⑥,幸速归家乡也。'勣然其言,即
时北归。便游河北,夜梦镜谓勣曰:'我蒙卿兄厚礼,今当舍人间远去,欲
得一别,卿请早归长安也。'勣梦中许之。及晓,独居思之,恍恍发悸,即时
西首秦路⑦。今既见兄,勣不负诺矣。终恐今灵物亦非兄所有。"数月,勣
还河东。大业十三年七月十五日,匣中悲鸣,其声纤远。俄而渐大,若龙
咆虎吼,良信乃定。开匣视之,即失镜矣。

---

①　祇承人——办事的差人。
②　靓(jìng)妆衒服——浓妆艳服。衒,炫耀。
③　守宫——即壁虎。
④　处士——古代指称未出仕做官者。
⑤　《易》道——《易经》中关于卜筮的道理。
⑥　足下卫——足够保护自己。
⑦　西首秦路——向西到陕西关中一带。

补江总白猿传

佚 名

梁大同①末,遣平南将军蔺钦南征,至桂林,破李师古、陈彻。别将欧阳纥②略地至长乐,悉平诸洞,粱入③深阻。纥妻纤白,甚美。其部人曰:"将军何为挈丽人经此? 地有神,善窃少女,而美者尤所难免,宜谨护之。"纥甚疑惧,夜勒兵环甚庐,匿妇密室中,谨闭甚固,而以女奴十余伺守之。尔夕④,阴风晦黑,至五更,寂然无闻。守者怠而假寐,忽若有物惊悟⑤者,即已失妻矣。关扃如故,莫知所出。出门山险,咫尺迷闷,不可寻逐。迫明,绝无其迹。纥大愤痛,誓不徒还。因辞疾,驻其军,日往四遗,即深凌险以索之。既逾月,忽于百里之外丛筱⑥上,得其妻绣履一双。虽浸雨濡,犹可辨识。纥尤凄悼,求之益坚。选壮士三十人,持兵负粮,岩栖野食。又旬余,远所舍约二百里,南望一山,葱秀迥出。至其下,有深溪环之,乃编木以度。绝岩翠竹之间,时见红彩,闻笑语音。扪萝引絙⑦,而涉其上,则嘉树列植,间以名花,其下绿芜,丰软如毯。清迥岑寂,杳然殊境。东向石门,有妇人数十,帔⑧服鲜泽,嬉游歌笑,出入其中。见人皆慢视迟立。至则问曰:"何因来此?"纥具以对。相视叹曰:"贤妻至此月余矣。今病在床,宜遣视之。"入其门,以木为扉。中宽辟若堂者三。四壁设床,悉施锦荐⑨。其妻卧石榻上,重茵累席,珍食盈前。纥就视之。四眸一

---

① 大同——南朝梁武帝年号。
② 欧阳纥——南朝陈武帝时人,字奉圣,任广州刺史。宣帝时任左卫将军,后起兵反叛,兵败被杀。
③ 粱(mí)入——贸然深入。
④ 尔夕——这一夜。
⑤ 惊悟——惊醒。
⑥ 筱(xiǎo)——细竹。
⑦ 絙(gēng)——粗绳子。
⑧ 帔——披在肩背上的衣服。
⑨ 锦荐——锦缎做的垫褥。

睇,即疾挥手令去。诸妇人曰:"我等与公之妻,比来久者十年。此神物所居,力能杀人,虽百夫操兵,不能制也。幸其未返,宜速避之。但求美酒两斛,食犬十头,麻数十斤,当相与谋杀之。其来必以正午。后慎勿太早,以十日为期。"因促之去。纥亦遽退。遂求醇醪与麻犬,如期而往。妇人曰:"彼好酒,往往致醉。醉必骋力①,俾吾等以彩练缚手足于床,一踊皆断。尝绉三幅,则力尽不解。今麻隐帛中束之,度不能矣。遍体皆如铁,唯脐下数寸,常护蔽之,此必不能御兵刃。"指其傍一岩曰:"此其食廪②,当隐于是,静而伺之。酒置花下,犬散林中,待吾计成,招之即出。"如其言,屏气以俟。日晡③,有物如匹练自他山下,透至若飞,径入洞中。少选④,有美髯丈夫长六尺余,白衣曳杖,拥诸妇人而出。见犬惊视,腾身执之,披裂吮咀,食之致饱。妇人竞以玉杯进酒,谐笑甚欢。既饮数斗,则扶之而去。又闻嘻笑之音。良久,妇人出招之,乃持兵而入。见大白猿,缚四足于床头,顾人蹙⑤缩,求脱不得,目光如电。竞兵之,如中铁石。刺其脐下,即饮刃,血射如注。乃大叹咤曰:"此天杀我,岂尔之能?然尔妇已孕,勿杀其子。将逢圣帝,必大其宗。"言绝乃死。搜其藏,宝器丰积,珍馐盈品⑥,罗列案几。凡人世所珍,靡不充备。名香数斛,宝剑一双。妇人三十辈皆绝其色,久者至十年。云:"色衰必被提去,莫知所置。又捕采唯止其身,更无党类。且盥洗,著帽,加白袷⑦,被素罗衣,不知寒暑。遍身白毛,长数寸。所居常读木简,字若符篆,了不可识。已,则置石磴⑧下。晴昼或舞双剑,环身电飞,光圆若月。其饮食无常,喜啖果栗。尤嗜犬,咀而饮其血。日始逾午即欻⑨然而逝,半昼往返数千里,及晚必归,此

① 骋力——施展力气。
② 食廪——储存食物的仓库。
③ 日晡——下午。
④ 少选——一会儿功夫。
⑤ 蹙——窘迫不安的样子。
⑥ 盈品——装满了器皿。
⑦ 袷(jiá)——夹袍。
⑧ 石磴——石级。
⑨ 欻(chuā)——忽然。

其常也。所须无不立得。夜就诸床嬲戏，一夕皆周，未尝寐。言语淹详①，华旨会利②。然其状即猳玃③类也。今岁木叶之初，忽怆然曰："吾为山神所诉，将得死罪。亦求护之于众灵，庶几可免。"前月哉生魄④，石礌生火，焚其简书，怅然自失曰："吾已千岁而无子。今有子，死期至矣。"因顾诸女汍澜⑤者久，且曰："此山复绝，未尝有人至。上高而望不见樵者。下多虎狼怪兽。今能至者，非天假之，何耶？"纥即取宝玉珍丽及妇人以归，犹有知其家者。纥妻周岁生一子，厥状肖焉⑥。后纥为陈武帝⑦所诛。素与江总善，爱其子聪悟绝人，常留养之，故免于难。及长果文学善书，知名于时⑧。

游 仙 窟

张 鷟

若夫积石山⑨者，在乎金城⑩西南，河所经也。书云："导河积石，至于龙门"，即此山是也。仆从礓陇⑪奉使河源⑫。嗟命运之迍邅⑬，叹乡关

---

① 淹详——深入详细。
② 华旨会利——旨，意志；会，领会；利，丰硕。志向美妙，认识富赡。
③ 猳玃(jiā jué)——猿猴。
④ 哉生魄——古时称每月初二或初三，取月亮开始发光之意。
⑤ 汍(wán)澜——泪流如雨的样子。
⑥ 厥状肖焉——其样子很像白猿。
⑦ 陈武帝——陈霸先，南朝陈开国之主。
⑧ 知名于时——指欧阳纥的儿子欧阳询。欧阳询为唐初著名文学家和书法家，据传样子似猴，本文也即是在嘲笑欧阳询。
⑨ 积石山——在今青海省东南部，延伸至甘肃省南部边境。为昆仑山脉中支。也称玛积雪山。
⑩ 金城——古县名，治所在今甘肃省兰州市西北。
⑪ 礓陇——礓山、陇坻，均在今陕西省陇县西南。陇坻，即陇山。
⑫ 河源——此处实指唐代陇右道地方。
⑬ 迍邅(zhūn zhān)——失意、困顿。

之眇邈。张骞①古迹,十万里之波涛;伯禹②遗踪,二千年之坂磴。深谷带地,凿穿崖岸之形。高岭横天,刀削岗峦之势。烟霞子细,泉石分明。实天上之灵奇,乃人间之妙绝。目所不见,耳所不闻。日晚途遥,马疲人乏。行至一所,险峻非常。向上则有青壁万寻,直下则有碧潭千仞。古老相传云:"此是神仙窟也,人迹罕及,鸟路才通。每有香果琼枝,天衣锡钵,自然浮出,不知从何而至。"余乃端仰一心,洁斋三日。缘细葛,靴③轻舟。身体若飞,精灵似梦。须臾之间,忽至松柏岩、桃华涧。香风触地,光彩遍天。见一女子向水侧浣衣。余乃问曰:"承闻此处有神仙之窟宅,故来祗候。山川阻隔,疲顿异常。欲投娘子片时停歇。赐惠交情,幸垂听许。"女子答曰:"儿家堂舍贱陋,供给单疏。只恐不堪,终无吝惜。"余答曰:"下官是客,触事卑微,但避风尘,则为幸甚。"遂止余于门侧草亭中。良久乃出,余问曰:"此谁家舍也?"女子答曰:"此是崔女郎之舍耳。"余问曰:"崔女郎何人也?"女子答曰:"博陵王④之苗裔,清河⑤公之旧族。容貌似舅,潘安仁⑥之外甥;气调如兄,崔季珪⑦之小妹。华容婀娜,天上无俦;玉体透迤,人间少匹。辉辉面子,荏苒畏弹穿;细细腰支,参差疑勒断。韩娥宋玉⑧,见则愁

① 张骞——汉城固人,封博望侯,拜中郎将,出使乌孙国、大宛、大夏、安息等地,加强中原和西域少数民族的关系。他曾探溯黄河的源头,到过积石山以西一带地方。
② 伯禹——即大禹。
③ 靴——浮泛。
④ 博陵王——即崔玄暐。博陵为隋唐郡名,即今河北省定县,为唐代崔姓的郡望。
⑤ 清河——今河北省清河县。也为唐代崔姓的郡望。
⑥ 潘安仁——西晋潘岳,字安仁,以貌美著称。此处主要是为了表示崔姓女郎的美丽,而不顾时代颠倒错乱。
⑦ 崔季珪——三国魏崔琰,字季珪,清河东武城人,仪表堂堂,甚有威重。此处也是为了表示崔家女郎的美貌,而使三国人成了唐人的哥哥。
⑧ 韩娥宋玉——韩娥,古时的歌妓,擅长歌唱,《列子》中有记载。宋玉,战国时楚国人,有《登徒子好色赋》,其中说东邻之女曾登墙偷看他三年,后代于是把他当成美男子代称。

生;绛树青琴①,对之羞死。千娇百媚,造次②无可比方,弱体轻身,谈之不能备尽。"须臾之间,忽闻内里调筝之声。仆因咏曰:"自隐多姿则③,欺他独自眠。故故将纤手,时时弄小弦。耳闻犹气绝,眼见若为怜。从渠④痛不肯,人更别求天。"片时,遣婢桂心传语,报余诗曰:"面非他舍面,心是自家心。何处关天事,辛苦漫追寻。"余读诗讫,举头门中,忽见十娘半面。余即咏曰:"敛笑偷残靥,含羞露半唇。一眉犹叵耐⑤,双眼定伤人。"又遣婢桂心报余诗曰:"好是他家好,人非着意人。何需漫相弄,几许费精神。"于时夜久更深,沉吟不睡。彷徨徙倚,无便披陈。彼诚既有来意,此间何能不答。遂申怀抱,因以赠书曰:"余以少娱声色,早慕佳期。历访风流,遍游天下。弹鹤琴于蜀郡,饱见文君⑥;吹凤管于秦楼,熟看弄玉⑦。虽复赠兰解佩⑧,未甚关怀;合卺⑨横陈,何曾惬意? 昔日双眠,恒嫌夜短;今宵独卧,实怨更长。一种天公,两般时节。遥闻香气,独伤韩寿⑩之心;近听琴声,似对文君之面。向来见桂心谈说十娘。天上无双,人间有一。依依弱柳,束作腰支;焰焰横波,翻成眼尾。才舍两颊,孰疑地

---

① 绛树青琴——绛树,古代美人。据曹丕《与繁钦书》中"今之妙舞莫巧于绛树",可知其为三国时人。青琴,古代传说中的神女。

② 造次——匆忙、仓促之间。

③ 姿则——姿态、容貌。

④ 渠——即"她"。

⑤ 叵耐——犹言不能忍耐。

⑥ 文君——即卓文君。《史记·司马相如列传》载司马相如到临邛富豪卓王孙家,以琴挑王孙之女文君,文君于是夜奔相如。此二句作者以司马相如自比。

⑦ 弄玉——春秋时秦穆公之女,爱上了擅于吹箫的箫史,后二人于凤凰台(即秦楼)一起骑凤上天。

⑧ 赠兰解佩——赠兰,春秋时郑文公有妾名燕姞,梦天使赠以兰,遂生郑穆公,名之为兰。解佩,汉郑交甫经汉皋台,遇二女子佩两珠,交甫要她们把珠赠给他,二女子就解下所佩的明珠相赠。

⑨ 合卺(jǐn)——古代结婚时喝交杯酒。

⑩ 韩寿——西晋人,字德真,为贾充属官。贾充女儿贾午喜欢韩寿,偷把御赐的西域奇香送给韩寿。事为贾充发觉,就把贾午嫁给韩寿。

上无华;乍出双眉,渐觉天边失月。能使西施掩面,百遍晓妆;南威①伤
心,千回扑镜。洛川②回雪,只堪使叠衣裳;巫峡仙云③,未敢为擎靴履。
忿秋胡④之眼拙,狂费黄金;念交甫⑤之心狂,虚当白玉。下官寓游胜境,
旅泊闲亭。忽遇神仙,不胜迷乱。芙蓉生于涧底,莲子实深;木栖出于山
头,相思日远。未曾饮炭,肠热如烧;不忆吞刃,腹穿似割。无情明月,故
故临窗;多事春风,时时动帐。愁人对此,将何以堪。空悬欲断之肠,请救
临终之命。元来不见,他自寻常;无故相逢,却交烦恼。敬陈心素,幸愿照
知。若得见其光仪,岂敢论其万一。"书达之后,十娘敛色谓桂心曰:"向
来剧戏相弄,真成欲逼人。"余更又赠诗一首,其词曰:"今朝忽见渠姿首,
不觉殷勤着心口。令人频作许叮咛。渠家太剧难求守。端坐剩心惊,愁
来益不平。看时未必相看死,难时那许太难心。沉吟坐幽室,相思转成
疾。自恨往还疏,谁肯交游密。夜夜空知心失眼,朝朝无便投胶漆。园里
华开不避人,闺中面子翻羞出。如今寸步阻天津,伊处留心更觅新。莫言
长有千金面,终归变作一抄尘⑥。生前有日但为乐,死后无春更著人。只
可倡佯一生意,何须负持百年身。"少时,坐睡,则梦见十娘。惊觉揽之,
忽然空手。心中怅怏,复何可论。余因乃咏曰:"梦中疑是实,觉后忽非
真。诚知肠欲断,穷鬼故调人。"十娘见诗并不肯读,即欲烧却。余即咏
曰:"未必由诗得,将诗故表怜。闻渠掷入火,定是欲相燃。"十娘读诗,悚
息而起。匣中取镜,箱里拈衣。茹服⑦靓妆,当街正履。余又为诗曰:"薰

---

① 南威——春秋时期的美人。
② 洛川——指洛水神女。三国曹植《洛神赋》描写他过洛水,与洛水女神交合
  之事。
③ 巫峡仙云——指巫山神女。战国宋玉《高唐赋》写楚王夜梦游巫台,与巫山
  神女欢合之事。
④ 秋胡——春秋鲁国秋胡娶妻五日,则到陈地做官。五年后回归途中,见一美
  妇采桑,秋胡上前用黄金引诱她,美妇不从。秋胡回家后,才知道采桑妇是
  他的妻子,而采桑女知道秋胡就是她的丈夫后,即投河自杀。
⑤ 交甫——见 P11 注⑧"赠兰解佩"。
⑥ 一抄尘——即一抔尘土。
⑦ 茹(xuàn)服——盛服。

香四面合,光色两边披。锦障划然卷,罗帷垂半蒔①。红颜杂绿黛,无处不相宜。艳色浮妆粉,含香乱口脂。鬌欺蝉鬓非成鬌,眉笑蛾眉不是眉。见许实娉婷,何处不轻盈。可怜娇里面,可爱语中声。婀娜腰支细细许,瞵玷②眼子长长馨。巧儿旧来镌③未得,画匠迎生摸不成。相看未相识,倾城复倾国。迎风帔子郁金香④,照日裙裾石榴色。口上珊瑚耐拾取,颊里芙蓉堪摘得。闻名腹肚已猖狂,见面精神更迷惑。心肝恰欲摧,踊跃不能裁。徐行步步香风散,欲语时时媚子开。靥疑织女留星去,眉似姮娥送月来。含娇窈窕迎前出,忍笑萎娞⑤返却回。"余遂止之曰:"既有好意,何须却人?"然后逶迤回面,娅姹⑥向前。十娘敛手而再拜向下官,下官亦低头尽礼而言曰:"向见称扬,谓言虚假。谁知对面,恰是神仙。此是神仙窟也。"十娘曰:"向见诗篇,谓非凡俗。今逢玉貌,更胜文章,此是文章窟也。"仆因问曰:"主人姓望何处,夫主何在?"十娘答曰:"儿是清河崔公之末孙,适弘农杨府君之长子。就成大礼,随父住于河西。蜀生狡猾,屡侵边境。兄及夫主,弃笔从戎,身死寇场,茕魂莫返。儿年十七,死守一夫。嫂年十九,誓不再醮。兄即清河崔公之第五息,嫂即太原公之第三女。别宅于此,积有岁年。室宇荒凉,家途剪弊⑦。不知上客从何而至?"仆敛容而答曰:"下官望属南阳,住居西鄂。得黄石⑧之灵术,控白水⑨之余波。在汉则七叶貂蝉⑩,

---

① 半蒔——半斜半倚。

② 瞵玷(jiān dié)——眼睛下垂的样子。

③ 镌(juān)——镌刻,雕刻。

④ 郁金香——香草名。此处作香气解。

⑤ 萎娞(yīng míng)——羞怯的样子。

⑥ 娅姹(yà chà)——明媚、美丽的样子。

⑦ 家途剪弊——即家道残破、凋零。

⑧ 黄石——黄石公,秦末下邳圯上老人。授张良兵书一编,让他辅助王者师。

⑨ 白水——白水江,即羌水。秦汉时张良劝说刘邦烧绝栈道,去白水不远。

⑩ 七叶貂蝉——汉代武官冠上附蝉为饰,插以貂尾,表示贵重。张良家族并无七世(叶)貂蝉的事,此处是夸张的说法。

居韩则五重卿相①。鸣钟食鼎②,积代衣缨;长戟高门,因循礼乐。下官堂
构不绍③,家业沦胥。青州刺史博望侯之孙,广武将军钜鹿侯之子。不能
免俗,沉迹下僚。非隐非遁,逍遥鹏鷃之间;非吏非俗,出入是非之境。暂
因驱使,至于此间。卒尔乾烦④,实为倾仰。"十娘问曰:"上客见任何
官?"下官答曰:"幸属太平,耻居贫贱。前被宾贡⑤,已入甲科。后属搜
扬⑥,又蒙高第。奉敕授关内道⑦小县尉,见莅河源道行军总管记室。频
繁上命,徒想报恩;驰骤下僚,不遑⑧宁处。"十娘曰:"少府⑨不因行使,岂
肯相顾?"下官答曰:"比不相知,阙为参展。今日之后,不敢差违。"十娘
遂回头唤桂心曰:"料理中堂,将少府安置。"下官逡巡而谢曰:"远客卑
微,此间幸甚。才非贾谊⑩,岂敢升堂。"十娘答曰:"向者承闻,谓言凡客。
拙为礼贶⑪,深觉面惭。儿意相当,事须引接。此间疏陋,未免风尘。入
室不合推辞,升堂何须进退。"遂引入中堂。于时金台银阙,蔽日干云。
或似铜台⑫之新开,乍如灵光⑬之且敞。梅梁桂栋,疑饮涧之长虹;反宇雕
甍,若排天之矫凤。水精⑭浮柱,的烁⑮含星;云母饰窗,玲珑映日。长廊

---

① 居韩则五重卿相——张良的祖父在韩昭侯、宣惠王、襄哀王时当相;其父在
　釐王、悼惠王时当相,故言五重卿相。
② 鸣钟食鼎——古代贵族之家吃饭时要鸣钟、列鼎而食。后即用鸣钟食鼎或
　钟鸣鼎食代指公侯世家。
③ 堂构不绍——即不能继承祖父的基业。
④ 卒尔乾烦——仓促之间来到这里干扰麻烦。
⑤ 宾贡——被地方官以宾礼贡举到京师。
⑥ 搜扬——搜访遗才、贤才。
⑦ 关内道——唐代关内道统辖二十二州,辖境约今陕西省全境及甘肃省北部。
⑧ 不遑——不暇,没有时间。
⑨ 少府——指称县尉。
⑩ 贾谊——汉初著名政论家、文学家。其才能历来有贾谊升堂、相如入室的评
　价。
⑪ 拙为礼贶(kuàng)——意即疏于礼数招待。
⑫ 铜台——铜雀台三国时曹操所建,故址在今河北临漳县。
⑬ 灵光——灵光殿,汉代鲁恭王刘余所造,遗址约在今山东曲阜。
⑭ 水精——水晶。
⑮ 的烁——闪烁。

四注,争施玳瑁之椽;高阁三重,悉用琉璃之瓦。白银为壁,照耀于鱼鳞;碧玉缘阶,参差于雁齿。入穹崇之室宇,步步心惊;见侊阆①之门庭,看看眼磣②。遂引少府升阶。下官答曰:"客主之间,岂无先后?"十娘曰:"男女之礼,自有尊卑。"下官迁延而退曰:"向来有罪过,忘不通五嫂。"十娘曰:"五嫂亦应自来。少府遣通,亦是周匝③。"则遣桂心通,暂参屈五嫂。十娘共少府语话,须臾之间,五嫂则至。罗绮缤纷,丹青晔晔④。裙前麝散,髻后龙盘。珠绳络翠衫,金薄涂丹履。余乃咏曰:"奇异妍雅,貌特惊新。眉间月出疑争夜,颊上花开似斗春。细腰偏爱转,笑脸特宜嚬⑤。真成物外稀奇物,实是人间断绝人。自然能举止,可念无比方。能令公子百重生,巧使王孙千回死。黑云裁两鬓,白雪分双齿。织成锦袖麒麟儿,刺绣裙腰鹦鹉子。触处尽开怀,何曾有不佳;机关⑥太雅妙,行步绝佳娗⑦。傍人一一丹罗袜,侍婢三三绿线鞋。黄龙透入黄金钏,白燕飞来白玉钗。"相见既毕,五嫂曰:"少府跋涉山川,深疲道路。行途届此,不及伤神。"下官答曰:"僶俛⑧王事,岂敢辞劳。"五嫂回头笑向十娘曰:"朝闻乌鹊语,真成好客来。"下官曰:"昨日眼皮瞤⑨,今朝见好人。"即相随上堂。珠玉惊心,金银曜眼。五彩龙须席,银绣缘边氈⑩。八尺象牙床,绯绫帖荐褥。车渠等宝,俱映优昙⑪之花;玛瑙真珠,并贯颇梨⑫之线。文伯榻子,俱写豹头⑬;兰草灯芯,并烧鱼脑⑭。管弦寥亮,分张北户之间,杯盏交

① 侊阆——宽广、高大。
② 眼磣——眼睛像被洒进沙子一样迷离。
③ 周匝——周到。
④ 晔晔(wěi yè)——光辉耀眼。
⑤ 嚬(pín)——同"颦",皱眉。
⑥ 机关——此指动作、形态。
⑦ 佳娗(yí)——美好、妩媚的样子。
⑧ 僶俛(mǐn miǎn)——勤勉。
⑨ 瞤(shùn)——眼皮跳。
⑩ 氈(zhān)——毡。
⑪ 优昙之花——梵语花名,为无花果类。
⑫ 颇梨——即"玻璃"。
⑬ 豹头——豹头形。
⑭ 鱼脑——鱼脑油。

横,列坐南窗之下。各自相让,俱不肯先坐。仆曰:"十娘主人,下官是坐,请主人先坐。"五嫂为人饶剧①,掩口而笑曰:"娘子既是主人母,少府须作主人公。"下官曰:"仆是何人,敢当此事。"十娘曰:"五嫂向来戏语,少府何须漫怕②。"下官答曰:"必其不免,只须身当。"五嫂笑曰:"只恐张郎不能禁此事。"众人皆大笑,一时俱坐。即唤香儿取酒。俄尔中间,擎一大钵,可受三升已来。金钗铜环,金盏银杯。江螺海蚌。竹根细眼,树瘿蝎唇。九曲酒池,十盛酒器。觥则兕觥犀角,尪尪③然置于座中;杓则鹅项鸭头,汛汛焉浮于酒上。遣小婢细辛酌酒,并不肯先提。五嫂曰:"张郎门下贱客,必不肯先提,娘子径须把取。"十娘则斜眼伴睨曰:"少府初到此间,五嫂会些频频相弄。"五嫂曰:"娘子把酒莫睨,新妇更亦不敢。"酒巡到下官,乃不尽。五嫂曰:"胡为不尽?"下官答曰:"性饮不多,恐为颠沛④。"五嫂骂曰:"何由叵耐! 女婿是妇家狗,打杀无文⑤。终须倾使尽,莫漫造众诸。"十娘谓五嫂曰:"向来正首病发耶?"五嫂起谢曰:"新妇错、大罪过。"因回头熟视下官曰:"新妇细见人多矣,无如少府公者。少府公乃是仙才,本非凡俗。"下官起谢曰:"昔卓王之女,闻琴识相如之器量;山涛之妻⑥,凿壁知阮籍为贤人。诚如所言,不敢望德。"十娘曰:"遣绿竹取琵琶弹,儿与少府公送酒。"琵琶入手,未弹中间,仆乃咏曰:"心虚不可测,眼细强关情。回身已入抱,不见有娇声。"十娘应声即咏曰:"怜肠忽欲断,忆眼已先开。渠未相撩拨,娇从何处来?"下官当见此诗,心胆俱碎,下床起谢曰:"向来唯睹十娘面,如今始见十娘心。足使班婕妤⑦扶轮,曹大

---

① 饶剧——风趣、喜欢开玩笑。

② 漫怕——空自害怕。

③ 尪尪(wāng)——同"煌煌"。

④ 颠沛——醉倒。

⑤ 无文——即"无闻",无话可说。

⑥ "山涛之妻"二句——山涛、阮籍,俱为魏晋时人,"竹林七贤"中的人物,山涛妻韩氏凿壁窥客之事,见刘义庆《世说新语·贤媛》篇。

⑦ 班婕妤——汉成帝女官,为汉代有名才女。为赵飞燕所谮,退处东宫,作赋自悼。

家①阁笔。岂可同年而语,共代而论哉?"请索笔砚,抄写置于怀袖。抄诗讫,十娘弄曰:"少府公非但词句妙绝,亦自能书。笔似青鸾,人同白鹤。"下官曰:"十娘非直才情,实能吟咏。谁知玉貌,恰有金声。"十娘曰:"儿近来患嗽,声音不彻。"下官答曰:"仆近来患手,笔墨未调。"五嫂笑曰:"娘子不是故夸,张郎复能应答。"十娘来语五嫂曰:"向来纯当漫剧,元来无次第,请五嫂当作酒章②。"五嫂答曰:"奉命不敢,则从娘子。不是赋古诗云,断意取意,唯须得情。若不惬当,罪有科罚。"十娘即遵命曰:"关关雎鸠③,在河之洲。窈窕淑女,君子好逑。"次,下官曰:"南有乔木④,不可休息。汉有游女,不可求思。"五嫂曰:"析薪如之何⑤,匪斧不克。娶妻如之何,匪媒不得。"又次,五嫂曰:"不见复关⑥,泣涕涟涟。及见复关,载笑载言。"次,十娘曰:"女也不爽,士二其行。士也罔极,二三其德⑦。"次,下官曰:"縠则异室,死则同穴。谓余不信,有如皦日⑧。"五嫂笑曰:"张郎心专,赋诗大有道理。俗谚曰:'心欲专,凿石穿。'诚能思之,何远之有。"其时,绿竹弹筝。五嫂咏筝曰:"天生素面能留客,发意并情并在渠。莫怪向者⑨频声战,良由得伴乍心虚。"十娘曰:"五嫂咏筝,儿咏尺八⑩:眼多本自令渠爱,口少元来每被侵。无事风声彻他耳,教人气满自填心。"下官又谢曰:"尽善尽美,无处不佳。此是下愚,预闻高唱。"少时,桂心将

---

① 曹大家——汉代班昭。史学家班固之妹,嫁曹世叔。和帝召入家为女官,号曹大家。班固著《汉书》未成,班昭续之。

② 酒章——酒令。

③ "关关雎鸠"四句——为《诗经·周南·关雎》第一章。

④ "南有乔木"四句——为《诗经·国风·汉广》第一章。原文""误,应为"乔"。

⑤ "析薪如之何"四句——为《诗经·国风·南山》第四章前四句。

⑥ "不见复关"四句——为《诗经·国风·氓》第二章的第三至第六句。原文"及"误,应为"既"。

⑦ "女也不爽"四句——为《诗经·国风·氓》第四章的第七至第十句。

⑧ "縠则异室"四句——为《诗经·国风·大车》第三章。

⑨ 向者——指刚才。

⑩ 尺八——尺八箫。

下酒物来:东海鲻条,西山凤脯。鹿尾鹿舌,干鱼炙鱼。雁醢荇菹①,鹑臅桂糁②。熊掌兔髀,雉臛豺唇。百味五辛,谈之不能尽,说之不能穷。十娘曰:"少府亦应太饥。"唤桂心盛饭。下官曰:"向来眼饱,不觉身饥。"十娘笑曰:"莫相弄,且取双陆④局来,共少府公赌酒。"仆答曰:"下官不能赌酒,共娘子赌宿。"十娘问曰:"若为赌宿?"余答曰:"十娘输筹,则共下官卧一宿。下官输筹,则共十娘卧一宿。"十娘笑曰:"汉骑驴则胡步行,胡步行则汉骑驴⑤。总悉输他便点,儿递换作,少府公太能生。"五嫂曰:"新妇报娘子,不须赌来赌去,今夜定知娘子不免。"十娘曰:"五嫂时时漫与,浪与少府作消息。"下官起谢曰:"元来知剧,未敢承望。"局至,十娘引手向前,眼子盱睺⑥,手子腽膇⑦。一双臂腕,切我肝肠。十个指头,刺人心髓。下官因咏局曰:"眼似星初转,眉如月欲消。先须捺后脚,然后勒前腰。"十娘则咏曰:"勒腰须巧快,捺脚更风流。但令细眼合,人自分输筹。"须臾之间,有一婢名琴心,亦有姿首。到下官处,时复偷眼看。十娘欲似不快,五嫂大语嗔曰:"知足不辱,人生有限。娘子欲似皱眉,张郎不须斜眼。"十娘佯作色嗔曰:"少府关儿何事? 五嫂频频相恼。"五嫂曰:"娘子向来频盼少府,若非情想有所交通,何因眼脉朝来顿引?"十娘曰:"五嫂自隐心偏,儿复何曾眼引。"五嫂曰:"娘子不能,新妇自取。"十娘答曰:"自问少府,儿亦不知。"五嫂遂咏曰:"新华发两树,分香遍一林;迎风转细影,向日动轻阴。戏蜂时隐见,飞蝶远追寻。承闻欲采摘,若个动君心?"下官谓:"为性贪多,欲两华俱采。"五嫂答曰:"暂游双树下,遥见两枝芳。向日俱翻影,迎风并散香。戏蝶扶丹萼⑧,游蜂入紫房。人今总摘取,各著一边厢。"五嫂曰:"张郎太贪生,一箭射两垛。"十娘则谓曰:"遮

---

①　雁醢荇菹(zū)——雁肉酱掺着荇菜酱。

②　鹑臅(qiān)桂糁(sǎn)——鹑肉羹和着桂米羹。

③　雉臛(cuì)——野鸡尾巴肉。

④　双陆——古代的一种博戏。

⑤　"汉骑驴则胡步行"二句——意谓颠来倒去,不管输赢,结果都是一样。

⑥　盱睺(xū lōu)——眼睛张开看望。

⑦　腽膇(wà tú)——肥软。

⑧　丹萼——红色花萼。

三不得一,觅两都庐失。"五嫂曰:"娘子莫分疏。兔入狗突①里,知复欲何
如。"下官即起谢曰:"乞浆得酒,旧来伸口。打兔得獐②,非意所望。"十
娘曰:"五嫂如许大人,专拟调合此事。少府谓言儿是九泉下人。明日在
外处,谈道儿一钱不直。"下官答曰:"向来承颜色,神气顿尽;又见清谈,
心胆俱碎。岂敢在外谈说,妄事加诸③?忝预人流④,宁容如此。伏愿欢
乐尽情,死无所恨。"少时,饮食俱到,熏香满室。赤白兼前,穷海陆之
珍馐,备川原之果菜。肉则龙肝凤髓,酒则玉醴琼浆。城南雀噪之禾,江
上蝉鸣之稻。鸡臞雉脑濩臛⑤,鳖⑥醢鹑羹。椹⑦下肥肫,荷间细鲤。
鹅子鸭卵,照耀于银盘;麟脯豹胎,纷纶于玉叠⑧。熊腥纯白,蟹酱纯黄。
鲜脍共红缕争辉,冷肝与青丝乱色。蒲桃⑨甘蔗,软枣石榴。河东紫盐,
岭南丹橘。敦煌八子奈,青门五色瓜⑩。大谷张公之梨⑪,房陵朱仲之
李⑫,东王公⑬之仙桂,西王母⑭之神桃。南燕牛乳之椒,北赵鸡心之枣。
千名万种,不可具论。下官起谢曰:"予与夫人娘子本不相识,暂缘公使,
邂逅相遇。玉馔珍奇,非常厚重。粉身灰骨,不能酬谢。"五嫂曰:"亲则

---

① 狗突——狗洞。
② 獐——獐子,一种小型的鹿。
③ 加诸——加在你身上。诸,之于的合音。
④ 忝预人流——忝居人类一流。
⑤ 鸡臞雉脑濩臛(hù)——鸡羹野鸡汤。
⑥ 鳖(biē)——同"鳖"。
⑦ 椹——桑椹。
⑧ 玉叠——玉碗。
⑨ 蒲桃——即葡萄。
⑩ 青门五色瓜——青门,长安城东南门,即霸门,因色青,故称。秦广陵人邵平
   种瓜于青门外,瓜有五色,甚甜美,世称青门瓜,又名东陵瓜。
⑪ 大谷张公之梨——大谷,在今河南省洛阳市东,又名大谷口。《广志》:"洛
   阳北邙张公夏梨,海内惟有一树。"
⑫ 房陵朱仲之李——房陵,古县名,今湖北省房县。《述异记》:"房陵定山有
   朱仲者,家有缥李,代所稀有。"
⑬ 东王公——神话传说中称东华帝君为群仙的领袖,领男仙。
⑭ 西王母——神话传说中的女仙,领女群仙。

不谢,谢则不亲。幸愿张郎莫为形迹①。"下官答曰:"既奉恩命,不敢辞逊。"当此之时,气便欲绝。不觉转眼时复偷看十娘。十娘曰:"少府莫看儿。"五嫂曰:"还相弄。"下官咏曰:"忽然心里爱,不觉眼中怜。未关双眼曲,直是寸心偏。"十娘咏曰:"眼心非一处,心眼旧分离。直令渠眼见,谁遣报心知。"下官咏曰:"旧来心使眼,心思眼即传。由心使眼见,眼亦共心怜。"十娘咏曰:"眼心俱忆念,心眼共追寻;谁家解事眼,副著可怜心?"于时五嫂遂向果子上作机警②曰:"但问意如何,相知不在枣。"十娘曰:"儿今正意密,不忍即分梨。"下官曰:"勿遇深恩,一生有杏③。"五嫂曰:"当此之时,谁能忍耐④?"十娘曰:"暂借少府刀子割梨。"下官咏刀子曰:"自怜胶漆重,相思意不穷。可惜尖头物,终日在皮中。"十娘咏鞘曰:"数捺皮应缓,频磨快转多。渠今拔出后,空鞘意如何?"五嫂曰:"向来渐渐入深也。"即索棋局,共少府赌酒。下官得胜。五嫂曰:"围棋出于智慧,张郎亦复太能。"下官曰:"智者千虑,必有一失。愚者千虑,亦有一得。且休却。"五嫂曰:"何为即休?"下官咏曰:"向来知道径,生平不忍欺。但令守行迹,何用数围棋!"五嫂咏曰:"娘子为性好围棋,逢人剧戏不寻思。气欲断绝先挑眼,既得速罢即须迟。"十娘见五嫂频弄,佯瞋不笑。余咏曰:"千金此处有,一笑待渠为。不望全露齿,请为暂嚬眉。"十娘咏曰:"双眉碎客胆,两眼判⑤眼心。谁能用一笑,贱价买千金。"当时有一破铜熨斗在于床侧。十娘忽咏曰:"旧来心肚热,无端强熨他。即今形势冷,谁肯重相磨!"下官咏曰:"若冷头面在,生平不熨空。即今虽冷恶,人自觅残铜。"众人皆笑。十娘唤香儿为少府设乐,金石并奏,箫管间响。苏合弹琵琶,绿竹吹筚篥⑥。仙人鼓瑟,玉女吹笙。玄鹤俯而听琴,白鱼跃而应节。清音叨簇⑦,片时则梁上尘飞;雅韵铿锵,卒尔则天边雪落。一

---

① 莫为形迹——不要拘泥于形迹,意谓不要客气。

② 机警——意即含意双关的话。

③ 杏——寓"幸"之意。

④ 耐——寓"奈"之意。奈,苹果的一种。

⑤ 判——判别,辨别。

⑥ 筚篥(bì lì)——古代一种管乐器。也作"觱篥"。

⑦ 叨簇——嘹亮。

时忘味,孔丘留滞不虚①;三日绕梁,韩娥余音是实②。十娘曰:"少府稀来,岂不尽乐。五嫂大能作舞,且劝作一曲。"亦不辞惮,遂即逶迤而起,婀娜徐行。虫蛆面子,妒杀阳城③;蚕贼容仪,迷伤下蔡④。举手顿足,雅合宫商;顾后窥前,深知曲节。欲似蟠龙宛转,野鹄低昂。回面则日照莲花,翻身则风吹弱柳。斜眉盗盼,异种媱姑⑤;缓步急行,穷奇造凿。罗衣熠耀,似彩凤之翔云;锦袖分披,若青鸾之映水。千娇眼子,天上失其流眼;一搦腰支,洛浦愧其回雪⑥。光前艳后,难遇难逢;进退去来,希闻希见。两人俱起舞,共劝下官。下官遂作而谢曰:"沧海之中难为水,霹雳之后难为雷。不敢推辞,定为丑拙。"遂起作舞。桂心咥咥⑦然低头而笑。十娘问曰:"笑何事?"桂心曰:"笑儿等能作音声。"十娘曰:"何处有能?"答曰:"若其不能,何因百兽率舞?"下官曰:"不是百兽率舞,乃是凤凰来仪。"一时大笑。五嫂谓桂心曰:"莫令曲误,张郎频顾。"桂心曰:"不辞歌者苦,但伤知音稀。"下官曰:"路逢西施,何必须识。"遂舞,著词曰:"从来巡绕四边,忽逢两个神仙。眉上冬天出柳,颊中旱地生莲。千看千处妩媚,万看万处婵妍。今宵若其不得,剩命过与黄泉。"又一时大笑。舞毕,因谢曰:"仆实庸才,得陪清赏。赐垂音乐,惭荷不胜。"十娘咏曰:"得意似鸳鸯,情乖若胡越⑧。不向君边尽,更知何处歇。"十娘曰:"儿等并无可收采,少府公云:'冬天出柳,旱地生莲',总是相弄也。"下官答曰:"十娘面上非春,翻生柳叶。"十娘应声曰:"少府头中有水,哪不生莲华?"下官

---

① 孔丘留滞不虚——孔子过齐国听到韶乐,三个月不知肉味。
② 韩娥余音是实——韩娥在雍门鬻歌,余音绕梁,三日不散。韩娥见 P10 注 11。
③ 阳城——春秋时楚地。战国楚宋玉《登徒子好色赋》有"嫣然一笑,惑阳城,迷下蔡"之句,后即用为美人魅力的典故。
④ 下蔡——春秋时楚地。见注
⑤ 异种媱(āng)姑——异样妩媚。
⑥ 洛浦愧其回雪——洛浦,指洛水神女。回雪,指舞姿优美。此处言善舞的,洛神在五嫂的面前自感不如。洛浦,见 P11 注 12。
⑦ 咥(xì)——笑的样子。
⑧ 胡越——胡地和越地,一在北方,一在南方,比喻相隔甚远。

笑曰："十娘机警,异同著便①。"十娘答曰："得便不能与,明年知有何处。"于时砚在床头,下官因咏笔砚曰："摧毛任便点,爱色转须磨。所以研难竟,良由水太多。"十娘忽见鸭头铛子②,因咏曰："嘴长非为嗍③,项曲不由攀。但令脚直上,他自眼双翻。"五嫂曰："向来大大不逊,渐渐深入也。"于时乃有双燕子梁间相逐飞。仆因咏曰:"双燕子,联翩几万回。强知人是客,方便恼他来。"十娘咏曰:"双燕子,可可事风流。即令人得伴,更亦不相求。"酒巡到十娘,下官咏酒杓子曰:"尾动唯须急,头低则不平。渠令合把爵,深浅任君情。"十娘咏盏曰:"发初先向口,欲竟渐伸头。从君中道歇,到底即须休。"下官翕然起谢曰:"十娘词句,事尽入神。乃是天生,不关人学。"五嫂曰:"张郎新到,无可散情。且游后园,暂适怀抱。"其时,园内万果万株,含青吐绿。丛花四照,散紫泛红。激石鸣泉,疏岩凿磴。无冬无夏,娇莺乱于锦枝;非古非今,花舫跃于银池。婀娜蒙茸,清泠飋扬④。鹅鸭分飞,芙蓉间出。大竹小竹,夸渭南之千亩⑤;花合花开,笑河阳之一县⑥。青青岸柳,丝条拂于武昌⑦;赫赫山杨,箭干稠于董泽⑧。余乃咏花曰:"风吹遍树紫,日照满池丹。若为交暂折,擎就掌中看。"十娘咏曰:"映水俱知笑,成蹊竟不言。即今无自在,高下任渠攀。"下官即起谢曰:"君子不出游言,意言不胜再。娘子恩深,请五嫂等各制一篇。"下官咏曰:"昔时过小苑,今朝戏后园。两岁梅花匝,三春柳色繁。

---

① 异同著便——意谓不管什么异同事物,都能把其捏合在一起,说起来都头头是道。
② 鸭头铛子——古代温酒器具,形状如鸭。
③ 嗍(suō)——吮吸。
④ 飋(sè)扬——风吹拂的样子。
⑤ 夸渭南之千亩——渭川千亩竹,其人与千户侯地位相等。见《史记》。
⑥ 河阳一县——河阳,今河南省孟县,其西即西晋石崇金谷园所在地。遍地种花,有河阳一县花之称。
⑦ 丝条拂于武昌——此用晋陶侃故事。陶侃于武昌道上种柳,有人把柳窃植于家中。后为陶侃所识,偷窃的人服罪。
⑧ 箭干稠于董泽——董泽,地名,在今山西省闻喜县。董泽地方的蒲,用来作箭干,射劲非常强,是著名的好箭。春秋末期,秦晋楚交战,晋智庄子用董泽的蒲做的箭取胜。

水明鱼影静,林翠鸟歌喧,何须杏树岭,即是桃花源。"十娘咏曰:"梅蹊命
道士,桃涧仟神仙。旧鱼成大剑,新龟类小钱。水湄唯见柳,池曲且生莲。
欲知赏心处,桃花落眼前。"五嫂咏曰:"极目游芳苑,相将对花林。露净
山光出,池鲜树影沉。落花时泛酒,歌鸟惑鸣琴。是时日将夕,携樽就树
荫。"当时,树上忽有一李子落下官怀中,下官咏曰:"问李树,如何意不
同? 应来主手里,翻入客怀中。"五嫂即报诗曰:"李树子,元来不是偏。
巧知娘子意,掷果到渠边。"于时忽有一蜂子飞上十娘面上。十娘咏曰:
"问蜂子,蜂子太无情。飞来蹋人面,欲似意相轻。"下官代蜂子答曰:"触
处寻芳树,都卢少物华。试从香处觅,正值可怜花。"众人皆拊掌而笑。
其时,园中忽有一雉,下官命弓箭射之,应弦而倒。五嫂笑曰:"张郎才
器,乃是曹植天然。今见武功,又复子南①夫也。今共娘子相配,天下唯
有两人耳。"十娘因见射雉,咏曰:"大夫寻麦陇,处子习桑间。若非由一
箭,谁能为解颜②?"仆答曰:"心绪恰相当,谁能护短长。一床无两好,半
丑亦何妨。"五嫂曰:"张郎射长垛如何?"仆答曰:"且得不阙事而已。"遂
射之,三发皆绕遮齐③,众人称好。十娘咏弓曰:"平生好积弩,得挽则低
头。闻君把提快,再乞五三筹。"下官答曰:"缩幹全不到,抬头则大过。
若令脐下人,百放故筹多。"于时,日落西渊,月临东渚。五嫂曰:"向来调
谑,无处不佳。时既曛黄,且还房室。庶张郎共娘子安置。"十娘曰:"人
生相见,且论瘿酒。房中小小,何暇匆匆。"遂引少府向十娘卧处。屏风
十二扇,画鄣五三张。两头安彩幔,四角垂香囊。槟榔豆蔻子,苏合绿沈
香。织文安枕席,乱彩叠衣箱。相随入房里,纵横照罗绮。莲花起镜台,
翡翠生金履。帐口银眲装,床头玉狮子。十重蛮驱④毡,八叠鸳鸯被。数
个袍袴,异种妖媱⑤。姿质天生香,风流本性饶。红衫窄裹小撷臂,绿袂

---

① 子南——似应为子文。曹操次子曹彰的表字。有膂力,善射箭,封任城王。
② "谁能为解颜"句——用《左传·昭公二十八年》贾大夫娶妻故事。贾大夫
娶妻而美,不言不笑。御以如麦皋,射雉获之,其妻忽言而笑。
③ 皆绕遮齐——都围绕红心并立。遮,箭靶的红心。
④ 蛮驱(jù)——据说北海有白兽如马,名蛮驱□虚,前足是鹿足,后足是兔足,
不得食而善走,一走百里。见《山海经》。
⑤ 妖媱——妖娆。

帖乱细缠腰。时将帛子拂,还投和香烧。妍华天性足,由来能妆束。敛笑正金钗,含娇累绣缛。梁家妄称梳发缓①,京兆何曾画曲眉②。十娘因在后,沉吟久不来。余问五嫂曰:"十娘何处去,应有别人邀?"五嫂曰:"女人羞自嫁,方便待渠招。"言语未毕,十娘则到。仆问曰:"旦来披雾,香处寻花。忽遇狂风,莲中失藕。十娘何处漫行来?"十娘回头笑曰:"星留织女,遂处人间。月待箭娥,暂归天上。少府何须苦相怪。"于时两人对坐,未敢相触。夜深情急,透死忘生。仆乃咏曰:"千看千意密,一见一怜深。但当把手子,寸斩亦甘心。"十娘敛色却行,五嫂咏曰:"他家解事在,未肯辄相瞋。径须刚捉著,遮莫③造精神。"余时把着手子,忍心不得。又咏曰:"千思千肠热,一念一心焦。若为求守得,暂借可怜腰。"十娘又不肯。余捉手挽,两人争力。五嫂咏曰:"巧将衣障口,能用被遮身。定知心肯在,方便故邀人。"十娘失声成笑,婉转入怀中。当时腹里颠狂,心中沸乱。又咏曰:"腰支一遇勒,心中百处伤。但若得口子,余事不承望。"十娘瞋咏曰:"手子从君把,腰支亦任回。人家不中物,渐渐逼他来。"十娘曰:"虽作拒张,又不免输他口子。"口子郁郁,鼻子薰穿,舌子芬芳,颊疑钻破。五嫂咏曰:"自隐风流到,人前法用多。计时应拒得,佯作不禁他。"十娘曰:"昔人曾经自弄他,今朝并悉从人弄。"下官起,谐请曰:"十娘有一思事,亦拟申论。犹自不敢即道,请五嫂处分。"五嫂曰:"但道,不须避讳。"余因咏曰:"药草俱尝遍,并悉不相宜。唯须一个物,不道自应知。"十娘答咏曰:"素手曾经捉,纤腰又被将。即今输口子,余事可平章④。"下官敛手而答曰:"向来惶惑,实畏参差。十娘怜愍客人,存其死命。可谓白骨再肉,枯树重花。伏地叩头,殷勤死罪。"五嫂因起谢曰:"新妇曾闻,线因针而达,不因针而隐。女因媒而嫁,不因媒而亲。新妇向来专心为勾当,以后之事,不敢预知。娘子安稳,新妇向房卧去也。"于

---

① 梁家妄称梳发缓——后汉梁冀妻孙寿,善为妖态,其梳的发髻,常作堕马状,人称堕马髻。

② 京兆何曾画曲眉——当代张敞为京兆尹,代妇画眉,长安人称张京兆眉妩。

③ 遮莫——唐宋时语,意谓"尽管"、"即便"。

④ 余事可平章——意即其他事可以商量。

时夜久更深,情急意密。鱼灯①四面照,蜡烛两边明。十娘即唤桂心,并呼芍药,与少府脱鞾履,叠袍衣,阁幞头,挂腰带。然后自与十娘施绫帔,解罗裙,脱红衫,去绿袜。花容满目,香风裂鼻。心去无人制,情来不自禁。插手红裤,交脚翠被。两唇对口,一臂枕头,拍搦奶房间,摩挲髀子上。一吃一意快,一勒一伤心。鼻里酸痹,心中结缭。少时眼花耳热,脉胀筋舒。始知难逢难见,可贵可重。俄顷中间,数回相接。谁知可憎病鹊,夜半惊人。薄媚狂鸡,三更唱晓。遂则披衣对坐,泣泪相看。下官拭泪而言曰:"所恨别易会难,去留乖隔。王事有限,不敢稽停。每一寻思,痛深骨髓。"十娘曰:"儿与少府,平生未展。邂逅新交,未尽欢娱。忽嗟别离,人生聚散,知复如何。"因咏曰:"元来不相识,判自断知闻。天公强多事,今遣若为分。"仆乃咏曰:"积愁肠已断,悬望眼应穿。今宵莫闭户,梦里向渠边。"少时,天晓已后,两人俱泣,心中哽咽,不能自胜。侍婢数人,并皆嘘唏,不能仰视。五嫂曰:"有同必异,自昔攸然。乐尽哀生,古来常事。愿娘子稍自割舍。"下官乃将衣袖与娘子拭泪。十娘乃作别诗曰:"别时终是别,春心不值春。羞见孤鸾影,悲看一骑尘。翠柳开眉色,红桃乱脸新。此时君不在,娇莺弄杀人。"五嫂咏曰:"此时经一去,谁知隔几年。双凫伤别绪,独鹤惨离弦。怨起移醒后,愁生落醉前。若使人心密,莫惜马蹄穿。"下官咏曰:"忽然闻道别,愁来不自禁。眼下千行泪,肠悬一寸心。两剑俄分匣,双凫忽异林。殷勤惜玉体,勿使外人侵。"十娘小名琼英,下官因咏曰:"卞和②山未崩,羊雍③地不耕。自怜无玉子,何日见琼英?"十娘应声咏曰:"凤锦行须赠,龙梭久绝声。自恨无机杼,何日见文成?"下官瞿然,破愁成笑,遂唤奴曲琴,取相思枕留与十娘以为纪念。因咏曰:"南国传椰子,东家赋石榴。聊将代左腕,长夜枕渠头。"十

① 鱼灯——油灯,用鱼油点燃,故称。

② 卞和——《韩非子》载,春秋时楚人卞和,得玉璞于荆山中,献给厉工,厉工以为是假的,刖其左足。武王时又献上,又被刖其右足。等到文王即位,卞和抱着玉璞哭,文王看见,使玉匠琢之,果然是稀世之宝,于是把此玉名为和氏璧。

③ 羊雍——《搜神记》载,洛阳人羊雍(《搜神记》作杨雍伯)性笃孝,葬父母于终南山。有人以一斗石给他,说是有玉在里面,并可以得到妻子。羊雍把石种在地里,在所种石中得白璧五双,又聘徐氏女为妇。

娘报以双履,报诗曰:"双凫①乍失伴,两燕还相属。聊以当儿心,竟日承君足。"下官又遣曲琴取扬州青铜镜留与十娘,并赠诗曰:"仙人好负局②,隐士屡潜观。映水菱光散,临风竹影寒。月下时惊鹊③,池边独舞鸾④。若道人心变,从渠照胆看⑤。"十娘又赠手中扇,咏曰:"合欢游璧水,同心事华阙。飒飒似朝风,团团如夜月。鸾姿侵雾起,鹤影排空发。希君掌中握,忽使恩情歇。"下官辞谢讫,因遣左右取益州新样锦一匹直奉五嫂,因赠诗曰:"今留片子信,可以赠佳期。裁为八幅被,时复一相思。"五嫂遂抽金钗送张郎,因报诗曰:"儿今赠君别,情知后会难。莫言钗意小,可以挂渠冠。"更取滑州小绫子一匹,留与桂心香儿数人共分。桂心已下或脱银钗、落金钏、解帛子、施罗巾,皆自送张郎曰:"好去,若因行李⑥,时复相过。"香儿因咏曰:"大夫存行迹,殷勤过数来。莫作浮萍草,逐浪不知回。"下官拭泪而言曰:"犬马何识,尚解伤离;鸟兽无情,由知怨别。心非木石,岂忘深恩。"十娘报诗曰:"他道愁胜死,儿言死胜愁。愁来百处痛,死去一时休。"又咏曰:"他道愁胜死,儿言死胜愁。日夜悬心忆,知隔几年秋。"下官咏曰:"人生悠悠隔两天,未审迢迢度几年?纵使身游万里外,终归意在十娘边。"十娘咏曰:"天涯地角知何处,玉体红颜难再遇。但令翅羽为人生,会些⑦高飞共君去。"下官不忍相看,忽把十娘手子而别。行至二三里,回头看数人犹在旧处立。余时渐渐去远,声沉影灭,顾

---

① 双凫——即鸳鸯。因其为凫类,且双宿双飞,故唐人多以双凫称之。

② 负局——相传古时神仙,隐于磨镜之中。每磨镜,即问主人有无疾苦,若有即以紫丸赤药与之,无不愈。此处因咏镜而提及负局。

③ 惊鹊——古镜背面,多铸鹊形,名鹊镜。据《神异经》载:"昔有夫妇将别,破镜,人执半以为信。其妻忽与人通,镜化鹊飞至夫前,其人乃知之。后人因铸镜为鹊安背上也。"

④ 舞鸾——刘敬叔《异苑》载,鍻宾国王有一鸾,三年不鸣。夫人说:"闻鸾见影则鸣。"于是悬镜照之,鸾见影悲鸣,中宵奋舞而绝。

⑤ 照胆看——葛洪《西京杂记》载,汉高祖初入咸阳,周人府库,有方镜,广四尺,高五尺九寸,表里透明。据说女子若有邪心,照则胆张心动。秦始皇常用来照宫人,胆张心动者则杀之。

⑥ 行李——即旅行。

⑦ 会些——会当。

瞻不见,恻怆而去。行到山口,浮舟而过。夜耿耿而不寐,心茕茕而靡托。既怅恨于啼猿,又凄伤于别鹄。饮气吞声,天道人情。有别必怨,有怨必盈。去日一何短,来宵一何长。比目绝对,双凫失伴。日日衣宽,朝朝带缓。口上唇裂,胸间气满。泪脸千行,愁肠寸断。端坐横琴,涕血流襟。千思竞起,百虑交侵。独颦眉而永结,空抱膝而长吟。望神仙兮不可见,普天地兮知余心。思神仙兮不可得,觅十娘兮断知闻。欲闻此兮肠亦乱,更见此兮恼余心。

何 婆

张 鹭

　　唐浮休子张鹭,为德州平昌令。大旱,郡符①下,令以师婆、师僧②祈之。二十余日无效。浮休子乃推土龙③倒,其夜雨足。江淮南好神鬼,多邪俗,病即祀之,无医人。浮休子曾于江南洪州④停数日,遂闻土人何婆善琵琶卜⑤,与同行人郭司法⑥质焉。其何婆,士女填门,饷遗满道,颜色充悦,心气殊高。郭再拜下钱,问其品秩。何婆乃调弦柱,和声气⑦曰:"箇⑧丈夫富贵,今年得一品,明年得二品,后年得三品,更后年得四品。"郭曰:"何婆错!品少者官高,品多者官小。"何婆曰:"今年减一品,明年减二品,后年减三品,更后年减四品;忽更得五六年,总没品!"郭大骂而起。

---

① 郡符——指州郡上司的公文指令。
② 师婆、师僧——巫婆、和尚。
③ 土龙——泥土垒成的龙形土堆,为求雨时之用。
④ 洪州——唐郡名,治所在今江西南昌市。
⑤ 琵琶卜——用弹琵琶咏歌卜卦。
⑥ 司法——郡县中掌握刑法职务的官员。
⑦ 和声气——咏唱之前调匀声调。
⑧ 箇——你这个。

吉　顼

张　鷟

　　周明堂尉吉顼①，夜与监察御史王助同宿。王助以亲故，为说綦连耀②男大觉、小觉，云应两角麒麟也；耀字光翟，言光宅天下也。顼明日录状付来俊臣③，敕差④河内王懿宗，推诛⑤王助等四十一人，皆破家。后俊臣犯事，司刑断死。进状⑥，三日不出，朝野怪之。上⑦入苑，吉顼拢马。上问：“在外有何事意？”顼奏曰：“臣幸预控鹤⑧，为陛下耳目，在外唯怪来俊臣状不出。”上曰：“俊臣于国有功，朕思之耳。”顼奏曰：“于安远告虺贞⑨反，其事并验。今贞为成州司马。俊臣聚结不逞，诬谤贤良，赃贿如山，冤魂满路，国之贼也，何足惜哉！”上令状出，诛俊臣于西市。敕追于安远还，除尚食奉御，顼有力焉。除顼中丞，赐绯⑩。顼理綦连耀事，以为己功，授天官侍郎平章事⑪。与河内王竞⑫，出为温州司马，卒。

<hr/>

　①　周明堂尉吉顼——吉顼，河南人，唐高宗时进士及第，武周时任明堂（唐县名，在今西安以南）县尉。
　②　綦连耀——綦连，复姓。生平不详。
　③　来俊臣——武则天时有名的酷吏。
　④　敕差——圣旨遣派。
　⑤　推诛——审问后判以死刑。
　⑥　状——定罪书。
　⑦　上——指武则天。
　⑧　控鹤——即控鹤监，武则天特为其宠臣设制的官署。
　⑨　虺贞——指越王李贞。因其举兵反武则天，事败被杀，改姓虺氏。
　⑩　赐绯——赏穿大红袍。
　⑪　平章事——宰相。
　⑫　竞——争宠。

李　勣

张　鷟

唐英公李勣①为司空,知政事②。有一番官③者,参选被放④,来辞英公。公曰:"明朝早向朝堂见我来。"及期而至,郎中并在傍。番官至辞,英公颦眉⑤谓之曰:"汝长生⑥不知事尚书、侍郎,我老翁不识字,无可教汝,何由可得留,深负愧汝,努力好去。"侍郎等惶惧,遽问其姓名,令南院看榜⑦。须臾引入,注与吏部令史⑧。英公时为宰相,有乡人尝过宅,为设食。客裂却饼缘⑨。英公曰:"君大少年! 此饼,犁地两遍,熟概下种、锄耡、收刈、打飏讫,硙罗⑩作面,然后为饼。少年裂却缘,是何道? 此处犹可,若对至尊⑪前,公作如此事,参差斫却你头!"客大惭悚。浮休子曰:宇文朝⑫,华州刺史王黑,有客裂饼缘者,黑曰:"此饼大用功力⑬,然后入口。公裂之,只是未饥,且擎却⑭!"客愕然。又台使⑮致黑食饭,使人割瓜皮大厚,投地。黑就地拾起以食之,使人极悚息。今轻薄少年,裂饼缘,

①　李勣——唐开国功臣,本姓徐,赐姓李。封英国公。唐高宗时,进司空。
②　知政事——行使宰相职责。
③　番官——任满候调的官员。
④　被放——被放为外官。
⑤　颦眉——皱眉。
⑥　长生——长到这么大。
⑦　看榜——看选官的名榜。
⑧　吏部令史——吏部的属官。
⑨　饼缘——饼的边缘。
⑩　硙罗——磨筛。
⑪　至尊——皇帝。
⑫　宇文朝——指宇文毓开创的北周。
⑬　大用功力——指要花费大工夫。
⑭　擎却——撤掉。
⑮　台使——属吏。

割瓜侵瓤①,以为达官儿郎,通人②之所不为也。

宋 之 逊

张 鹜

唐洛阳丞宋之逊,太常主簿之问③弟,罗织④杀驸马王同皎。初,之逊谄附张易之兄弟⑤,出为兖州司仓,遂亡而归。王同皎匿之于小房。同皎,慷慨之士也,忿逆韦与武三思⑥乱国,与一二所亲论之,每至切齿。之逊于帘下窃听之,遣侄昙上书告之,以希韦之旨⑦。武三思等果大怒,奏诛同皎之党。兄弟并授五品官。之逊为光禄丞,之问为鸿胪丞,昙为尚衣奉御。天下怨之,皆相谓曰:"之问等绯衫,王同皎血染也。"诛逆韦⑧之后,之逊等长流岭南。客谓浮休子曰:"来俊臣之徒如何?"对曰:"昔有狮子王,于深山获一豻,将食之。豻曰:'请为王送二鹿以自赎。'狮子王喜。周年之后,无可送。王曰:'汝杀众生亦已多,今次到汝,汝其图之。'豻默然无应,遂龃杀⑨之。俊臣之辈,何异豻也!"

---

① 割瓜侵瓤——瓜皮割得多,就连瓜瓤也被割掉了。

② 通人——通达事理的人。

③ 之问——宋之问,唐初诗人,与沈佺期并称"沈宋"。人品不高。

④ 罗织——诬陷。

⑤ 张易之兄弟——易之、昌宗兄弟,武则天时的宠臣。

⑥ 逆韦与武三思——逆韦,即唐中宗韦皇后,毒杀中宗,临朝乱政,后为唐玄宗李隆基所杀。武三思,武则天之侄,与韦皇后狼狈为奸,后也为李隆基所杀。

⑦ 希韦之旨——迎合韦后的意旨。

⑧ 诛逆韦——指李隆基起兵诛杀韦皇后等。

⑨ 龃(zé)杀——咬死吃掉。

李 庆 远

张 鷟

中郎李庆远,狡诈轻险,初事皇太子,颇得出入①。暂时出外,即恃威权。宰相之下,咸谓之要人。宰执方食即来,诸人命坐,即遣一人门外急唤云:"殿下见召!"匆忙吐饭而去。诸司皆如此计。请谒嘱事,卖官鬻狱,所求必遂焉。东宫②后稍稍疏之,仍潜入仗内③,食侍官④之饭。晚出外,腹痛大作,犹诈云:"太子赐瓜,啖之太多,以致斯疾。"须臾霍乱,吐出卫士所食粗米饭,及黄臭韭齑⑤狼藉。凡是小人得宠,多为此状也。

郭 纯

张 鷟

东海⑥孝子郭纯丧母,每哭则群乌大集。使⑦检有实,旌表门闾。后讯⑧,乃是孝子每哭,即撒饼于地,群乌争来食之。其后数如此,乌闻哭声以为度⑨,莫不竞凑,非有灵也。

---

① 出入——进出东宫。
② 东宫——指太子。
③ 仗内——东宫侍卫之处。
④ 侍官——此指卫官。
⑤ 齑(jī)——齑菜,即咸菜。
⑥ 东海——唐代郡名,治所在今江苏海州。
⑦ 使——指东海郡守。
⑧ 讯——得知情况。
⑨ 以为度——习以为常。

王　燧

张　鹭

河东①孝子王燧家，猫犬互乳其子。州县上言，遂蒙旌表。乃是猫犬同时产子，取猫儿置犬窠中，取犬子置猫窠内，饮惯其乳，遂以为常，殆不可以异论也。自知连理木、合欢瓜、麦分岐、禾同穗，触类而长②，实繁其徒③，并是人作，不足怪焉。

张　利　涉

张　鹭

唐张利涉性多忘，解褐④怀州参军。每聚会被召，必于笏⑤上记之。时河内令耿仁惠邀之，怪其不至，亲就门致请。涉看笏曰："公何见顾，笏上无名。"又一时昼寝，惊索马入州，扣刺史邓恽门，拜谢曰："闻公欲赐责，死罪！"邓恽曰："无此事。"涉曰："司功⑥某甲言之。"恽大怒，乃呼州官皼，以甲间构⑦，将杖之。甲苦诉初无此语。涉前请曰："望公舍之，涉恐是梦中见说耳。"时人由是咸知其性理惽惑⑧矣。

---

① 河东——唐郡名，治所在今山西省永济县。
② 触类而长——按照这种例子一直推绎下去。
③ 实繁其徒——即"其徒实繁"，意谓这样的例子实在太多了。
④ 解褐——褐，粗布衣服。解褐，就是脱去粗布衣服。此处指中举做官，换上官服。
⑤ 笏——古代官员上朝时所持手板。有事则书在上面，以备遗忘。视其官职大小，有玉、象牙、木等笏。
⑥ 司功——州郡的办事官署，也称功曹。
⑦ 间构——挑拨离间。
⑧ 惽（hūn）惑——同"昏"。昏聩糊涂。

阎 玄 一

张 鷟

唐三原县令阎玄一，为人多忘。曾至州，于主人舍坐。州佐史前过，以为县典①也，呼欲杖之。典曰："某是州佐也。"一惭谢而止。须臾县典至，一疑其州佐也，执手引坐。典曰："某是县佐也。"又愧而止。曾有人传其兄书者，止于阶下。俄而里胥白录人②到，一索杖，遂鞭送书人数下。其人不知所以，讯之，一曰："吾大错。"顾直典③，向宅取杯酒愃疮④。良久，典持酒至，一既忘其取酒，复忘其被杖者，因便赐直典饮之。

张 鷟

张 鷟

则天革命⑤，举人不试，皆与官，起家至御史、评事、拾遗、补阙者，不可胜数。张鷟为谣曰："补阙连车载，拾遗平斗量。把推⑥侍御史，悦脱⑦校书郎。"时有沈全交者，傲诞自纵，露才扬己，高巾子，长布衫，南院⑧吟之，续四句曰："评事不读律，博士不寻章。面糊存抚使，眯目圣神皇⑨。"遂被

---

① 县典——县衙中的典史。
② 录人——拘捕的人。
③ 顾直典——吩咐当班的典史。
④ 愃疮——愃，同"暖"。为受伤的送书人暖疮，即表示对误伤他的歉意。
⑤ 则天革命——武则天以皇太后临朝，自称皇帝，改国号为周，史称"则天革命"。
⑥ 把推——一把一把推出来，形容其多。
⑦ 悦脱——悦同"碗"。一碗装不下，也是形容其多。
⑧ 南院——指吏部的候选处。
⑨ 眯目圣神皇——眯着眼睛的皇帝，指武则天。

把推御史纪先知，捉向右台①，对仗弹劾，以为谤朝政，败国风，请于朝堂决杖，然后付法。则天笑曰："但使卿等不滥，何虑天下人语！不须与罪，即宜放却。"先知于是手面无色。唐豫章令贺若瑾，眼皮急，项辕②粗，鹜号为"饱乳犊子"③。

兰亭始末记

何延之

《兰亭》④者，晋右将军会稽内史琅琊王羲之逸少⑤所书之诗序也。右军蝉联美胄⑥，萧散⑦名贤，雅好山水，尤善草隶。以晋穆帝永和九年三月三日，宦游山阴⑧，与太原孙统承公、孙绰兴公、广汉王彬之道生、陈郡谢安安石、高平郗昙重熙、太原王蕴叔仁、释支遁道林，及其子凝之、徽之、操之等，四十有二人，修袚禊之礼⑨。挥毫制序，兴乐而书。用蚕茧纸，鼠须笔，遒美劲健，绝代特出。凡二十八行，三百二十四字，字有重者，皆构别体。其中"之"字最多，乃有二十许字，变转悉异，遂无同者，是时殆有神助。及醒后，他日更书数十本，终无及者。右军亦自爱重此书，留付子孙。传至七代孙智永，即右军第五子徽之之后，安西成王谘议彦祖之孙，卢陵王胄曹昱之子，陈郡谢少卿之外甥也。与兄孝宾俱舍家入道，俗号永

---

① 右台——即御史台。

② 项辕——脖子。

③ 饱乳犊子——喂饱了奶的小牛犊

④ 《兰亭》——指王羲之所书写的《兰亭集序》帖。

⑤ 王羲之逸少——王羲之，晋会稽（今浙江省绍兴市）人，字逸少。官至右军将军，世称"王右军"。我国著名的书法家。

⑥ 蝉联美胄——意谓继承着嘉美的家族传统。

⑦ 萧散——性情疏散、高雅。

⑧ 山阴——今浙江绍兴。

⑨ 修袚禊之礼——古代一种节日活动仪式。每年三月三日临水濯洁，说是可以祛除不祥。袚，去除。禊，临水祛除不祥的仪式。

禅师。禅师克嗣良裘①，精勤此艺。尝居永欣寺阁上临书，所退笔头，置之于大竹簏，簏受一石馀，而五簏皆满。凡三十年，于阁上临真草《千字文》八百余本，浙江东诸寺各施一本。今有存者，犹直钱数万。孝宾改名惠欣。兄弟初落发时，住会稽嘉祥寺，寺即右军之旧宅也。后以每年拜墓便近，因移此寺。自右军之坟，及右军叔荟以下茔域，并置山阴县西南三十一里，兰渚山下。梁武帝以欣、永二人，皆能崇释教，故号所居之寺为永欣焉。事见《会稽志》。其临书之阁，至今尚在。禅师年近百岁乃终，其遗书并付与弟子辨才。辨才姓袁氏，梁司空昂之玄孙，博学工文，琴弈书画，皆臻其妙。每临禅师之书，逼真乱本。辨才尝于寝房伏梁上，凿为暗槛②，以贮《兰亭》，宝惜贵重，甚 于禅师在日。至贞观中，太宗以听政之暇，锐志玩书③，临右军真草书帖，购募备尽 ，唯未得《兰亭》。寻知此书，知在辨才之所，乃降敕追师入内道场供养，恩赍优洽。数日后，因言次④，乃问及《兰亭》，方便善诱，无所不至。辨才确称："往日侍奉先师，实常获见。自禅师丧后，洊经⑤丧乱，坠失不知所在。"既而不获，遂放归越中。后更推究，不离辨才之处。又敕追辨才入内，重问《兰亭》。如此者三度，竟靳固不出⑥。上谓侍臣曰："右军之书，朕所偏宝，就中逸少之迹，莫如《兰亭》。求见此书，劳于寤寐。此僧暮年，又无所用，若得一智略之士，设谋计取之，必获。"尚书右仆射房玄龄奏曰："臣闻监察御史萧翼者，梁元帝之曾孙，今贯魏州莘县。负才艺，多权谋，可充此使，必当见获。'太宗遂召见翼。翼奏曰：'若作公使⑦，义无得理。臣请私行诣彼，须得二王杂帖⑧，三数通。"太宗依给。翼遂改冠微服，至洛阳，随商人船，下至越州。又衣黄衫，极宽长潦倒⑨，得山东书生之体。日暮入寺，巡廊以观壁

---

① 克嗣良裘——克承其父祖的良好遗业。
② 暗槛——暗藏的槛架。
③ 锐志玩书——锐意学习书法。
④ 言次——说话之间。
⑤ 洊（jiàn）经——屡经，几经。
⑥ 靳固不出——坚决不肯拿出来。
⑦ 公使——朝廷的使臣。
⑧ 二王杂帖——指王羲之、王献之父子所书的各种字帖。
⑨ 宽长潦倒——指穿着宽大随意的样子。

画。过辨才院,止于门前。辨才遥见翼,乃问曰:"何处檀越①?"翼因便前礼拜云:"弟子是北人,将少许蚕种来卖,历寺纵观,幸遇禅师。"寒温既毕,语议便合,因延入房内,即共围棋抚琴,投壶握槊②,谈说文史,意甚相得。乃曰:"白头如新③,倾盖若旧④,今后无形迹⑤也。"便留夜宿,设缸面药酒、茶果等。江东云缸面,犹河北称瓮头,谓初熟酒也。酣乐之后,请宾赋诗。辨才探得来字韵⑥,其诗曰:"初酝一缸开,新知万里来。披云同落寞,步月共徘徊。夜久孤琴思,风长旅雁哀。非君有祕术,谁照不燃灰。"萧翼探得招字韵,诗曰:"邂逅款良宵,殷勤荷胜招。弥天俄若旧,初地岂成遥。酒蚁倾还泛,心猿躁自调。谁怜失群翼,长若叶空飘。"妍媸略同,彼此讽咏,恨相知之晚。通宵尽欢,明日乃去。辨才曰:"檀越间⑦即更来。"翼乃载酒赴之,兴后作诗,如是者数次。于是诗酒为务,僧俗混然。遂经旬朔,翼示师梁元帝自画《职贡图》,师嗟赏不已。因谈论翰墨,翼曰:"弟子先世,皆传二王楷书法,弟子自幼来耽玩,今亦有数帖自随。"辨才欣然曰:"明日来,可把此看。"翼依期而往,出其书以示辨才。辨才熟详之,曰:"是则是矣,然未佳善也。贫僧有一真迹,颇是殊常。"翼曰:"何帖?"辨才曰:"《兰亭》。"翼佯笑曰:"数经乱离,真迹岂在,必是响拓⑧,伪作耳。"辨才曰:"禅师在日保惜,临亡之际,亲付于吾。付授有绪,那得参差? 可明日来看!"及翼到,师自于屋梁上槛内出之。翼见讫,故驳瑕指飛⑨,曰:"果是

① 檀越——见《古镜记》"檀越"注。
② 投壶握槊——投壶,古时宾主饮酒相与娱乐之事,设壶投矢,不中者饮酒。握槊,古时博戏的一种。
③ 白头如新——人不相知,就是交往到白头(年老),也还像新交一样。
④ 倾盖若旧——刚刚认识,便如旧交一样互相了解。
⑤ 形迹——客气、礼貌。
⑥ 探得来字韵——古代做诗有韵筒。探取韵签,得某字韵便依韵赋诗。此句言辨才拿到来字韵。下文的萧翼探得招字韵,也相同。
⑦ 间——有空闲时。
⑧ 响拓——古人摹写字帖的一种方法。把字帖映在窗上,蒙纸勾勒,再取下用墨填实。
⑨ 驳瑕指颣(lèi)——瑕,玉上的斑点;颣,丝上的结。引申缺点毛病。驳、指,揭露、指摘。

响拓书也。"纷竞不定。自示翼之后，更不复安于伏槛，并萧翼二王诸帖，并借留于几案之间。辨才时年八十余，每日于窗下临学数遍，其老而笃好也如此。自是翼往还既数，童弟等无复猜疑。后辨才出赴邑汜桥南严迁家斋，翼遂私来房前，谓弟子曰："翼遗却帛子①在床上。"童子即为开门。翼遂于案上取得兰亭，及御府二王书帖，便赴永安驿，告驿长凌愬曰："我是御史，奉敕来此，今有墨敕，可报汝都督知。"都督齐善行闻之，驰来拜谒。萧翼因宣示敕旨，具告所由。善行走使人召辨才。辨才仍在严迁家，未回寺，遽见追呼，不知所以。又遣散直②云："侍御史须见。"及才来，见御史，乃是房中萧生也，萧翼报云："奉敕遣来取兰亭，兰亭今已得矣，故唤师来作别！"辨才闻语哽绝，良久始苏。翼便驰驿而发，至都奏御。太宗大悦，以玄龄举得其人，赏锦彩千段。擢拜翼为员外郎，加五品，赐银瓶一，金缕瓶一，玛瑙碗一，并实以珠；内厩良马两匹，兼宝装鞍辔；庄宅各一区。太宗初怒老僧之祕吝，俄以其年耄，不忍加刑。数月后，仍赐物三千段，谷三千石，便敕越州支给。辨才不敢将入己用，乃造三层宝塔，塔甚精丽，至今犹存。老僧因悸病，不能强饭，唯啜粥③，岁余乃卒。帝命供奉拓书人赵模、韩道政、冯承素、诸葛贞等四人，各拓数本，以赐皇太子诸王近臣。贞观二十三年，圣躬不豫，幸玉华宫含风殿。临崩，谓高宗曰："吾欲从汝求一物，汝诚孝也，岂能违吾心耶，汝意何如？"高宗哽咽流涕，引耳而听受制命。太宗曰："吾所欲得《兰亭》，可与我将去。"后随仙驾入玄宫矣。今赵模等所拓在者，一本尚直钱数万也。人间本亦稀少，绝代之珍宝，难可再见。吾尝为左千牛将军时，随牒适越④，汛巨海，登会稽，探禹穴，访奇书，名僧处士，犹倍诸郡。固知虞预⑤之著《会稽典录》，人物不绝，信而有征。其辨才弟子元素，俗姓杨氏，华阴人也，汉太尉⑥之后。六代祖佺期为桓玄所害，子孙避难，流窜江东。后遂编贯山阴，即吾之外氏

---

① 帛子——绸巾。

② 散直——差役。

③ 啜（chuò）粥——粥。

④ 随牒适越——奉了官牒来到越州（即今绍兴市。）

⑤ 虞预——晋余姚人，字叔宁，官至著作郎。著有《晋书》等。

⑥ 汉太尉——汉代杨震，官太尉。

近属,今殿中侍御史蠙之族。长安①三年,素师已年九十三,视听不衰,犹居永欣寺永禅师故房,亲向吾说。聊以退食之暇,略疏始末,庶将来君子,知吾心之所存,付之永、明、温、起等兄弟,其有好事同志者,亦无隐焉。于时岁在甲寅季春之月,上巳之日②,感前修而撰此记。主上每暇隙,留神艺术,迹逾笔圣③,偏重《兰亭》。仆开元十年四月二十七日,任筠州刺史,蒙恩许拜扫,至都寻访,所得委曲,缘病不获诣阙,遣男昭成皇太后挽郎④吏部常选骑都尉永写本进。其日奉日曜门司⑤宣敕,内出绢三十匹赐永。于是负恩荷泽,手舞足蹈,捧戴周旋,光骇间里。仆蹐天⑥闻命,伏枕怀欣,殊恩忽临,沉疴顿减,辄题卷末,以示后代。朝议郎行职方员外郎上柱国何延之记。

离 魂 记

陈玄祐

天授⑦三年,清河张镒因官家于衡州⑧。性简静寡知友。无子,有女二人。其长早亡,幼女倩娘端妍绝伦。镒外甥太原王宙,幼聪悟,美容范⑨。镒常器重,每曰:"他时当以倩娘妻之。"后各长成,宙与倩娘常私感想于寤寐⑩,家人莫知其状。后有宾僚之选者⑪求之,镒许焉。女闻而郁

---

① 长安——唐武则天年号。
② 上巳之日——三月三日。参见《兰亭始末记》"修袚禊之礼"。
③ 笔圣——指王羲之。参见《兰亭始末记》"王羲之逸少"。
④ 挽郎——出丧时仪仗队的成员之一。
⑤ 日曜门司——即黄门司,掌握宣布皇帝诏令。
⑥ 蹐天——"蹐天锝地"略语,恐惧的样子。
⑦ 天授——唐武则天的年号。
⑧ 清河、衡州——唐二郡名。一在今河北清河县,一在今湖南省衡阳市。
⑨ 容范——相貌、举止。
⑩ 寤寐——醒时与睡时。指日夜。
⑪ 宾僚之选者——宾僚,幕僚;选,吏部。幕僚中赴吏部选官的人。

抑,宙亦深恚恨。托以当调①,请赴京,止之不可,遂厚遣之。宙阴恨悲恸,决别②上船,日暮,至山郭数里。夜方半,宙不寐,忽闻岸上有一人行声甚速,须臾至船。问之,乃倩娘徒行跣足③而至。宙惊喜发狂,执手问其从来④。泣曰:"君厚意如此,寝梦相感。今将夺我此志,又知君深情不易,思将杀身奉报,是以亡命来奔。"宙非意所望,欣跃特甚。遂匿倩娘于船,连夜遁去。倍道兼行,数月至蜀。凡五年生两子。与镒绝信。其妻常思父母,涕泣言曰:"吾曩日⑤不能相负,弃大义而来奔君。向今五年恩慈间阻,覆载之下⑥,胡颜独存也?"宙哀之曰:"将归,无苦。"遂俱归衡州。既至,宙独身先至镒家首谢其事。镒曰:"倩娘病在闺中数年,何其诡说也?"宙曰:"见在舟中。"镒大惊,促使人验之。果见倩娘在船中,颜色怡畅。讯使者曰:"大人安否?"家人异之,疾走报镒。室中女闻喜而起,饰妆更衣,笑而不语。出与相迎,翕然而合为一体,其衣裳皆重。其家以事不正,秘之。惟亲戚间潜有知之者。后四十年间,夫妻皆丧。二男并孝廉擢第⑦,至丞尉⑧。玄祐少尝闻此说而多异同,或谓其虚。大历末,遇莱芜县令张仲规,因备述其本末。镒则仲规堂叔,而说极备悉,故记之。

枕 中 记

沈既济

开元⑨七年,道士有吕翁者,得神仙术,行邯郸道中,息邸舍,摄帽弛

---

① 当调——应当去吏部听候调任官职。

② 决别——告别。

③ 跣足——光着脚。

④ 从来——从何处来。

⑤ 曩日——往日、从前。

⑥ 覆载之下——天地之间。覆载,天覆地载的省称。

⑦ 孝廉擢第——因品德优秀被地方官推举到京城参加考试而及第。

⑧ 丞尉——县尉一类小官。

⑨ 开元——唐玄宗李隆基的年号。

带,隐囊而坐①。俄见旅中少年,乃卢生也。衣短褐,乘青驹,将适于田,亦止于邸中,与翁共席而坐,言笑殊畅。久之,卢生顾其衣装敝亵,乃长叹息曰:"大丈夫生世不谐,困如是也。"翁曰:"观子形体,无苦无恙,谈谐方适而谈其困者,何也?"生曰:"吾此苟生耳,何适之谓?"翁曰:"此不谓适而何谓适?"答曰:"士之生世,当建功树名,出将入相,列鼎而食②,选声而听③。使族益昌而家益肥,然后可以言适乎。吾尝志于学,富于游艺,自唯当年青紫可拾④。今已适壮犹勤畎亩⑤,非困而何?"言讫而目昏思寐。时主人方蒸黍,翁乃探囊中枕以授之曰:"子枕吾枕,当令子荣适如志。"其枕青瓷,而窍其两端。生俯首就之,见其窍渐大,明朗,乃举身而入,遂至其家。数月娶清河崔氏女。女容甚丽,生资愈厚。生大悦,由是衣装服驭,日益鲜盛。明年,举进士,登第。释褐秘校⑥。应制,转渭南尉。俄迁监察御史,转起居舍人,知制诰。三载,出典同州,迁陕牧⑦。生姓好土功,自陕西凿河八十里,以济不通。邦人利之,刻石纪德。移节汴州,领河南道采访使,征为京兆尹。是岁,神武皇帝方事戎狄⑧,恢宏土宇。会吐蕃悉抹逻及烛龙莽布支攻陷瓜沙⑨,而节度使王君㚟⑩新被杀,河湟震动。帝思将帅之才,遂除生御史中丞,河西道节度。大破戎虏,斩首七千级,开地九百里,筑三大城以遮要害。边人立石于居延山以颂之。归朝册勋,恩礼极盛。转吏部侍郎,迁户部尚书兼御史大夫。时望清重,群情翕习⑪,

① 隐(yìng)囊——凭靠着包裹。
② 列鼎而食——排列着大锅而食。指公侯之家丰盛的饮食。
③ 选声而听——选择音乐而欣赏。
④ 青紫可拾——可以得到高官。青紫,高官所配用的青、紫色印绶。
⑤ 畎(quǎn)亩——农田。
⑥ 释褐秘校——脱去粗布衣服,到秘书省当校书郎。
⑦ 陕牧——陕州的主政长官。
⑧ 戎狄——古代对西北地区少数民族的称谓。
⑨ "吐蕃"句——吐蕃,唐代西方国名,即今西藏地区。悉抹逻,人名。烛龙,唐时州名,在今俄罗斯贝加尔湖东。莽布支,人名。瓜沙,瓜州与沙州,在今甘肃省安西县一带。
⑩ 王君㚟——唐开元年间河西陇右节度使。开元十五年被回纥余党所杀。事见《旧唐书·土蕃传》。
⑪ 翕(xì)习——乐于追随、附顺的样子。

大为时宰所忌。以飞语中之，贬为端州刺史。三年，征为常侍。未几，同中书门下平章事。与萧中令嵩、裴侍中光庭①同执大政十余年，嘉谟密令，一日三接。献替启沃②，号为贤相。同列害之，复诬与边将交接，所图不轨。下制狱③。府吏引从至其门而急收之。生惶骇不测，谓妻子曰："吾家山东，有良田五顷，足以御寒馁。何苦求禄？而今及此，思衣短褐、乘青驹，行邯郸道中，不可得也。"引刃自刎。其妻救之，获免。其罹者④皆死，独生为中官保之，减罪死，投驩州。数年，帝知冤，复追为中书令，封燕国公，恩旨殊异。生五子，曰俭、曰传、曰位、曰倜、曰倚，皆有才器。俭进士登第，为考功员外；传为侍御史；位为太常丞；倜为万年尉。倚最贤，年二十八，为左襄。其姻媾⑤皆天下望族。有孙十余人。两窜荒徼，再登台铉⑥。出入中外，徊翔台阁。五十余年，崇盛赫奕。性颇奢荡，甚好佚乐。后庭声色，皆第一绮丽。前后赐良田、甲第、佳人、名马，不可胜数。后年渐衰迈，屡乞骸骨⑦，不许。病，中人候问，相踵于道。名医上药，无不至焉。将殁，上疏曰："臣本山东诸生，以田圃为娱。偶逢圣运，得列官叙。过蒙殊奖，特秩鸿私⑧。出拥节旌，入升台辅。周旋中外，绵历岁时。有忝天恩，无裨圣化。负乘贻寇，履薄⑨增忧。日惧一日，不知老至。今年逾八十，位极三事⑩，钟漏并歇⑪，筋骸俱耄。弥留沈顿，待时益尽。顾无成效，上答休明。空负深恩，永辞圣代。无任感恋之至，谨奉表陈谢。"

---

① 萧中令嵩、裴侍中光庭——即中书令萧嵩、侍中裴光庭。
② 献替启沃——对君王规谏过失、忠告布诚。
③ 制狱——奉帝王之令下狱定罪。
④ 罹(lí)者——受牵累的人。
⑤ 姻媾——姻亲、亲戚。
⑥ 台铉——指登宰相之位。
⑦ 乞骸骨——婉称。指请求告老还乡。
⑧ 特秩鸿私——特殊予以提拔。
⑨ 履薄——"如履薄冰"的简语。形容担忧的样子。
⑩ 三事——三公之位，即宰相之位。
⑪ 钟漏并歇——于世时间已尽，意谓将要逝世。

诏曰："卿以俊德,作朕元辅。出拥藩翰,入赞雍熙①,升平二纪②,实卿所赖。比婴③疾疹,日谓痊平。岂斯沉痼,良用悯恻。今令骠骑大将军高力士就第候省。其勉加针石,为予自爱。犹冀无妄,期于有瘳④。"是夕,薨。

卢生欠伸而悟,见其身方偃于邸舍,吕翁坐其傍,主人蒸黍未熟,触类如故。生蹶然⑤而兴,曰:"岂其梦寐也?"翁谓生曰:"人生之适,亦如是矣。"生怃然良久,谢曰:"夫宠辱之道,穷达之运,得丧之理,死生之情,尽知之矣。此先生所以窒吾欲也。敢不受教。"稽首再拜而去。

任　氏　传

沈既济

任氏,女妖也。有韦使君⑥者,名崟,第九,信安王祎⑦之外孙。少落拓⑧,好饮酒。其从父妹婿曰郑六,不记其名。早习武艺,亦好酒色,贫无家,托身于妻族;与崟相得,游处不间⑨。天宝⑩九年夏六月,崟与郑子偕行于长安陌中,将会饮于新昌里。至宣平之南,郑子辞有故,请间去,继至饮所。崟乘白马而东。郑子乘驴而南,入升平之北门。偶值三妇人行于道中,中有白衣者,容色姝丽。郑子见之惊悦,策其驴,忽先之,忽后之,将挑而未敢。白衣时时盼睐,意有所受。郑子戏之曰:"美艳若此,而徒行,何也?"白衣笑曰:"有乘不解相假,不徒行何为?"郑子曰:"劣乘不足以代佳人之步,今辄以相奉。某得步徒,足矣。"相视大笑。同行者更相眩诱,

---

① 雍熙——太平盛世。
② 纪——古代一纪为十二年。
③ 婴——缠绕。
④ 瘳(chōu)——病痊愈。
⑤ 蹶然——急遽的样子。
⑥ 使君——对刺史的尊称。
⑦ 信安王祎——唐太宗曾孙李祎,封信安郡王。
⑧ 落拓——放荡、不受拘束的样子。
⑨ 不间——经常聚集在一起,不离开。
⑩ 天宝——唐玄宗李隆基的年号。

稍已狎昵。郑子随之东,至乐游园,已昏黑矣。见一宅,土垣车门,室宇甚严。白衣将入,顾曰:"愿少踟蹰①。"而入。女奴从者一人,留于门屏间,问其姓第,郑子既告,亦问之。对曰:"姓任氏,第二十。"少顷,延入。郑萦驴于门,置帽于鞍。始见妇人年三十余,与之承迎,即任氏姊也。列烛置膳,举酒数觞。任氏更妆而出,酣饮极欢。夜久而寝,其妍姿美质,歌笑态度,举措皆艳,殆非人世所有。将晓,任氏曰:"可去矣。某兄弟名系教坊②,职属南衙③,晨兴将出,不可淹留。"乃约后期而去。既行,及里门,门扃未发。门旁有胡人鬻饼之舍,方张灯炽炉。郑子憩其帘下,坐以候鼓,因与主人言。郑子指宿所以问之曰:"自此东转,有门者,谁氏之宅?"主人曰:"此隤墉弃地④,无第宅也。"郑子曰:"适过之,曷以云无?"与之固争。主人适悟,乃曰:"吁!我知之矣。此中有一狐,多诱男子偶宿,尝三见矣,今了亦遇乎?"郑子赧而隐曰:"无。"质明,复视其所,见土垣车门如故。窥其中,皆蓁荒及废圃耳⑤。既归,见胝。胝责以失期。郑子不泄,以他事对。然想其艳冶,愿复一见之心,尝存之不忘。经十许日,郑子游,入西市衣肆,瞥然见之,曩女奴从。郑子遽呼之。任氏侧身周旋于稠人中以避焉。郑子连呼前迫,方背立,以扇障其后,曰:"公知之,何相近焉?"郑子曰:"虽知之,何患?"对曰:"事可愧耻。难施面目⑥。"郑子曰:"勤想如是,忍相弃乎?"对曰:"安敢弃也,惧公之见恶耳。"郑子发誓,词旨益切。任氏乃回眸去扇,光彩艳丽如初。谓郑子曰:"人间如某之比者非一,公自不识耳,无独怪也。"郑子请之与叙欢。对曰:"凡某之流,为人恶忌者,非他,为其伤人耳。某则不然。若公未见恶,愿终己以奉巾栉⑦。"

---

① 踟蹰——徘徊不进。此处意作等待。
② 兄弟名系教坊——兄弟,唐时教坊歌妓之间之称呼。教坊,唐代设立的管理乐工、歌妓的机构。
③ 南衙——唐时禁卫军有南北两衙,教坊设在禁中,或分属南衙,或分属北衙管辖。
④ 隤(tuí)墉弃地——墙壁坍塌,没有人要之地。
⑤ 蓁荒及废圃——长满野草及荒废的园地。
⑥ 难施面目——意谓没脸相见。
⑦ 奉巾栉——做人妻室的谦词。原意为照料人梳洗。

郑子许与谋栖止①。任氏曰："从此而东，大树出于栋间者，门巷幽静，可税以居。前时自宣平之南，乘白马而东者，非君妻之昆弟②乎？其家多什器，可以假用。"是时㸒伯叔从役于四方，三院什器，皆贮藏之。郑子如言访其舍，而诣㸒假什器。问其所用。郑子曰："新获一丽人，已税得其舍，假具以备用。"㸒笑曰："观子之貌，必获诡陋。何丽之绝也。"㸒乃悉假帷帐榻席之具，使家僮之惠黠者，随以觇③之。俄而奔走返命，气吁汗洽④。㸒迎问之："有乎？"又问："容若何？"曰："奇怪也！天下未尝见之矣。"㸒姻族广茂，且夙从逸游，多识美丽。乃问曰："孰若某美？"僮曰："非其伦也！"㸒遍比其佳者四五人，皆曰："非其伦。"是时吴王之女有第六者，则㸒之内妹，秾艳如神仙，中表⑤素推第一。㸒问曰："孰与吴王家第六女美？"又曰："非其伦也。"㸒抚手大骇曰："天下岂有斯人乎？"遽命汲水澡颈，巾首膏唇⑥而往。既至，郑子适出。㸒入门，见小僮拥彗方扫，有一女奴在其门，他无所见。征于小僮。小僮笑曰："无之。"㸒周视室内，见红裳出于户下。迫而察焉，见任氏戢身⑦匿于扇间。㸒别出就明而观之，殆过于所传矣。㸒爱之发狂，乃拥而凌之，不服。㸒以力制之，方急，则曰："服矣。请少回旋。"既从，则捍御如初，如是者数四。㸒乃悉力急持之。任氏力竭，汗若濡雨。自度不免，乃纵体不复拒抗，而神色惨变。㸒问曰："何色之不悦？"任氏长叹息曰："郑六之可哀也！"㸒曰："何谓？"对曰："郑生有六尺之躯，而不能庇一妇人，岂丈夫哉！且公少豪侈，多获佳丽，遇某之比者众矣。而郑生，穷贱耳。所称惬者，唯某而已。忍以有余之心，而夺人之不足乎？哀其穷馁，不能自立，衣公之衣，食公之食，故为公所系耳。若糠糗⑧可给，不当至是。"㸒豪俊有义烈，闻其言，遽置之。敛

---

① 栖止——住处。
② 昆弟——弟弟。
③ 觇——察看。
④ 汗洽——全身流汗。
⑤ 中表——即表亲之中。
⑥ 膏唇——搽上唇膏，这是为了防止口唇干裂。
⑦ 戢(jí)身——藏身。
⑧ 糠糗(qiǔ)——粗粮。

衽而谢曰："不敢。"俄而郑子至,与䂮相视嗐乐①。自是,凡任氏之薪粒牲饩,皆䂮给焉。任氏时有经过,出入或车马舆步,不常所止。䂮日与之游,甚欢。每相狎昵,无所不至,唯不及乱而已。是以䂮爱之重之,无所爱惜;一食一饮,未尝忘焉。任氏知其爱己,因言以谢曰:"愧公之见爱甚矣。愿以陋质,不足以答厚意。且不能负郑生,故不得遂公欢。某,秦人也,生长秦城;家本伶伦②,中表姻族,多为人宠媵,以是长安狭斜③,悉与之通。或有姝丽,悦而不得者,为公致之可矣。愿持此以报德。"䂮曰:"幸甚!"鄽中④有鬻衣之妇曰张十五娘者,肌体凝洁,䂮常悦之。因问任氏识之乎。对曰:"是某表娣妹⑤,致之易耳。"旬余,果致之。数月厌罢。任氏曰:"市人易致,不足以展效。或有幽绝之难谋者,试言之,愿得尽智力焉。"䂮曰:"昨者寒食⑥,与二三子游于千福寺。见刁将军缅张乐⑦于殿堂。有善吹笙者,年二八,双鬟垂耳,娇姿艳绝,当识之乎?"任氏曰:"此宠奴也。其母,即妾之内姊也,求之可也。"䂮拜于席下,任氏许之。乃出入刁家。月余,䂮促问其计。任氏愿得双缣⑧以为赂,䂮依给焉。后二日,任氏与䂮方食,而缅使苍头控青骊以迓⑨任氏。任氏闻召,笑谓䂮曰:"谐矣。"初,任氏加宠奴以病,针饵莫减。其母与缅尤之方甚,将征诸巫。任氏密赂巫者,指其所居,使言从就为吉。及视疾,巫曰:"不利在家,宜出居东南某所,以取生气。"缅与其母详其地,则任氏之第在焉,缅遂请居。任氏谬辞以偪狭⑩,勤请而后许。乃辇服玩,并其母偕送于任氏。至,则疾愈。未数日,任氏密引䂮以通之,经月乃孕。其母惧,遽归以就缅,由是遂绝。他日,任氏谓郑子曰:"公能致钱五六千乎? 将为谋利。"

---

① 嗐(hāi)乐——嬉乐。

② 伶伦——优伶之类人。即戏子、艺人。

③ 狭斜——即妓院。妓院多设于狭隘的小巷,故称。

④ 鄽中——市场。鄽同"廛"。

⑤ 表娣妹——表弟的妻子。

⑥ 寒食——寒食节,在农历清明节前两天。

⑦ 张乐——摆开乐队。

⑧ 缣——细绢。

⑨ 迓——迎接。

⑩ 偪狭——狭窄。

郑子曰:"可。"遂假求于人,获钱六千。任氏曰:"鬻马于市者,马之股有疵,可买人居之①。"郑子如市,果见一人牵马求售者,眚②在左股。郑子买以归。其妻昆弟皆嗤之,曰:"是弃物也。买将何为?"无何,任氏曰:"马可鬻矣,当获三万。"郑子乃卖之,有酬二万,郑子不与。一市尽曰:"彼何苦而贵买,此何爱而不鬻?"郑子乘之以归;买者随至其门,累增其估,至二万五千也。不与,曰:"非三万不鬻。"其妻昆弟聚而诟之。郑子不获已,遂卖登三万。既而密伺买者,征其由,乃照应县之御马疵股者,死三岁矣,斯吏不时除籍。官征其估,计钱六万。设其以半买之,所获尚多以。若有马以备数,则三年刍粟之估,皆吏得之。且所赏盖寡,是以买耳。任氏又以衣服故弊,乞衣于崟。崟将买全彩③与之。任氏不欲,曰:"愿得成制者④。"崟召市人张大为买之,使见任氏,问所欲。张大见之,惊谓崟曰:"此必天人贵戚,为郎所窃。且非人间所宜有者,愿速归之,无及于祸。"其容色之动人也如此。竟买衣之成者而不自纫缝也,不晓其意。后岁余,郑子武调⑤,授槐里府果毅尉,在金城县。时郑子方有妻室,虽昼游于外,而夜寝于内,多恨不得专其夕。将之官,邀与任氏俱去。任氏不欲往,曰:"旬月同行,不足以为欢。请计给粮饩,端居以迟归⑥。"郑子恳请,任氏愈不可。郑子乃求崟资助。崟与更劝勉,且诘其故。任氏良久,曰:"有巫者言某是岁不利西行,故不欲耳。"郑子甚惑也,不思其他,与崟大笑曰:"明智若此,而为妖惑,何哉!"固请之。任氏曰:"倘巫者言可征,徒为公死,何益?"二子曰:"岂有斯理乎?"恳请如初。任氏不得已,遂行。崟以马借之,出祖于临皋,挥袂别去。信宿,至马嵬。任氏乘马居其前,郑子乘驴居其后;女奴别乘,又在其后。是时西门圉人⑦教猎狗于洛川,已旬日矣。适值于道,苍犬腾出于草间。郑子见任氏欻然⑧坠于地,复本形

---

① 居之——即养着。

② 眚(shěng)——小毛病。

③ 全彩——即整匹的绫缎。

④ 成制者——即做成的衣服。

⑤ 武调——调任武职位。

⑥ 端居以迟归——意即安居以等待(他)归来。

⑦ 圉(yǔ)人——官府中管马的小吏。

⑧ 欻然——忽然。

而南驰。苍犬逐之。郑子随走叫呼，不能止。里余，为犬所获。郑子衔涕出囊中钱，赎以瘗之①，削木为记。回睹其马，啮草于路隅，衣服悉委于鞍上，履袜犹悬于镫间，若蝉蜕然。唯首饰坠地，余无所见。女奴亦逝矣。旬余，郑子还城。崟见之喜，迎问曰："任子无恙乎？"郑子泫然对曰："殁矣。"崟闻之亦恸，相持于室，尽哀。徐问疾故。答曰："为犬所害。"崟曰："犬虽猛，安能害人？"答曰："非人。"崟骇曰："非人，何者？"郑子方述本末。崟惊讶叹息不能已。明日，命驾与郑子俱适马嵬，发瘗视之，长恸而归。追思前事，唯衣不自制，与人颇异焉。其后郑子为总监使，家甚富，有枥马十余匹。年六十五，卒。大历中，沈既济居钟陵，尝与崟游，屡言其事，故最详悉。后崟为殿中侍御史，兼陇州刺史，遂殁而不返。嗟乎，异物之情也有人焉！遇暴不失节，徇人以至死，虽今妇人，有不如者矣。惜郑生非精人，徒悦其色而不征其情性。向使渊识之士，必能揉变化之理，察神人之际，著文章之美，传要妙之情②，不止于赏玩风态而已。惜哉！建中二年，既济自左拾遗于金吾将军③裴冀、京兆少尹孙成、户部郎中崔需，右拾遗陆淳，皆适居东南，自秦徂吴，水陆同道。时前拾遗朱放因旅游而随焉。浮颍涉淮，方舟沿流，昼宴夜话，各征其异说。众君子闻任氏之事，共深叹骇，因请既济传之，以志异云。沈既济撰。

柳　氏　传

许尧佐

天宝中，昌黎韩翊④有诗名，性颇落托⑤，羁滞⑥贫甚。有李生者，与

---

① 瘗（yì）之——把她埋葬。

② 要妙之情——精微奥妙的情形。

③ 金吾将军——掌管宫廷、京都警卫的武官。

④ 昌黎韩翊——昌黎，古郡名，辖境约在今辽河以西、绥中以东等地区。韩翊，字君平，唐代著名诗人。韩翊为南阳人，此处冠以郡望，称昌黎韩翊。

⑤ 落托——同"落拓"。放荡不羁。

⑥ 羁滞——漂泊在外。

翊友善,家累千金,负气①爱才。其幸姬曰柳氏,艳绝一时,喜谈谑,善讴咏。李生居之别第,与翊为宴歌之地。而馆②翊于其侧。翊素知名,其所候问,皆当时之彦③。柳氏自门窥之,谓其侍者曰:"韩夫子岂长贫贱者乎!"遂属意焉。李生素重翊,无所吝惜。后知其意,乃具膳请翊饮,酒酣,李生曰:"柳夫人容色非常,韩秀才文章特异。欲以柳荐枕④于韩君,可乎?"翊惊栗,避席曰:"蒙君之恩,解衣辍食久之。岂宜夺所爱乎?"李坚请之。柳氏知其意诚,乃再拜,引衣接席。李坐翊于客位,引满⑤极欢。李生又以资三十万,佐翊之费。翊仰柳氏之色,柳氏慕翊之才,两情皆获,喜可知也。明年,礼部侍郎杨度擢翊上第,屏居间岁⑥。柳氏谓翊曰:"荣名及亲,昔人所尚。岂宜以濯浣之贱⑦,稽采兰之美⑧乎?且用器资物,足以待君之来也。"翊于是省家于清池⑨。岁余,乏食,鬻妆具以自给。天宝末,盗覆二京⑩,士女奔骇。柳氏以艳独异,且惧不免,乃剪发毁形,寄迹法灵寺。是时侯希逸自平卢节度淄青⑪,素藉⑫翊名,请为书记。泊宣皇帝以神武返正⑬,翊乃遣使间行求柳氏,以练囊盛麸金⑭,题之曰:"章台柳⑮,章台柳!昔日青青今在否?纵使长条似旧垂,亦应攀折他人手。"柳

---

① 负气——以气节自负。

② 馆——名词动用,意即供给吃住。

③ 彦——俊彦,俊杰之士。

④ 荐枕——侍寝。

⑤ 引满——把杯里斟满的酒喝干。

⑥ 屏居间岁——赋闲了一年。

⑦ 濯浣之贱——为你洗衣服的人。此是柳氏谦词。

⑧ 采兰之美——喻以帝王征用贤才的好事。

⑨ 清池——唐代县名,于今河北沧县东南。

⑩ 盗覆二京——指安禄山叛军攻陷长安和洛阳。

⑪ 节度淄青——任淄青节度使。

⑫ 素藉——犹为久闻、久仰之意。

⑬ 宣皇帝以神武返正——宣皇帝,即唐肃宗李亨。肃宗于至德二年平定安史之乱,君臣还京。神武,神明英武。

⑭ 练囊盛麸金——练囊,丝制的提囊。麸金,碎金。

⑮ 章台柳——长安道上之柳。章台为汉代长街名。此句为双关语,以章台柳比喻柳氏。

氏捧金鸣咽,左右凄悯,答之曰:"杨柳枝,芳菲节,所恨年年赠离别。一叶随风忽报秋,纵使君来岂堪折!"无何,有蕃将①沙咤利者,初立功,窃知柳氏之色,劫以归第,宠之专房。及希逸除左仆射,入觐②,翊得从行。至京师,已失柳氏所止,叹想不已。偶于龙首冈见苍头以驳牛驾辎辑,③从两女奴。翊偶随之。自车中问曰:"得非韩员外乎?某乃柳氏也。"使女奴窃言失身沙咤利,阻同车者,请诘旦④幸相待于道政里门。及期而往,以轻素结玉合⑤,实以香膏,自车中授之,曰:"当遂永诀,愿置诚念。"乃回车,以手挥之,轻袖摇摇,香车辚辚,目断意迷,失于惊尘⑥。翊大不胜情。会淄青诸将合乐酒楼,使人请翊。翊强应之,然意色皆丧,音韵凄咽。有虞侯⑦许俊者,以材力自负,抚剑言曰:"必有故。原一效用。"翊不得已,具以告之。俊曰:"请足下数字,当立致之。"乃衣缦胡⑧,佩双鞬⑨,从一骑,径造沙咤利之第。候其出行里余,乃被衽执辔,犯关排闼⑩,急趋而呼曰:"将军中恶⑪,使召夫人。"仆侍辟易⑫,无敢仰视。遂升堂,出翊札示柳氏,挟之跨鞍马,逸尘断鞅⑬,倏忽乃至。引裾而前曰:"幸不辱命。"四座惊叹。柳氏与翊执手涕泣,相与罢酒。是时沙咤利恩宠殊等,翊、俊惧祸,乃诣希逸。希逸大惊曰:"吾平生所为事,俊乃能尔乎?"遂献

---

① 蕃将——边疆少数民族人被朝廷任命为将领的,称蕃将。

② 入觐——即朝见皇帝。

③ "龙首冈"句——龙首冈,唐长安北面的一座土山。苍头,仆人。驳牛,颜色驳杂的牛。辎辑,古时贵族妇女乘坐的四周有帷幕的车。

④ 诘旦——次日早晨。

⑤ 玉合——玉盒。

⑥ 失于惊尘——在滚滚飞扬的尘土中消逝。

⑦ 虞侯——唐代藩镇的武官。

⑧ 缦胡——武士系帽的绳子。此处指军装。

⑨ 鞬——弓囊箭袋。

⑩ 犯关排闼——闯进门里,直至内室。关,大门;闼,小门。

⑪ 中恶——犯病。

⑫ 辟易——惊慌退避。

⑬ 逸尘断鞅——逸尘,马超越尘土飞驰;鞅,马颈两侧的皮条。形容马骑奔驰飞快。

状曰:"检校尚书金部员外郎兼御史韩翊,久列参佐,累彰勋效,顷从乡赋①。有妾柳氏,阻绝凶寇,依止名尼。今文明抚运,遐迩率化②。将军沙吒利凶恣挠法③,凭恃微功,驱有志之妾,干无为之政④。臣部将兼御史中丞许俊,族本幽蓟⑤,雄心勇决,却夺柳氏,归于韩翊。义切中抱⑥,虽昭感激之诚⑦;事不先闻,固乏训齐之令⑧。"寻有诏,柳氏宜还韩翊,沙吒利赐钱二百万。柳氏归翊;翊后累迁至中书舍人。然即柳氏,志防闲⑨而不克者;许俊慕感激而不达者也。向使柳氏以色选,则当熊、辞辇⑩之诚可继,许俊以才举,则曹柯、渑池之功⑪可建。夫事由迹彰,功待事立。惜郁埋不偶⑫,义勇徒激,皆不入于正。斯岂变之正⑬乎? 盖所遇然⑭也。

---

① 乡赋——乡贡。此指进士考试及第。
② 遐迩率化——远近都受到感化。
③ 挠法——违犯法律。
④ 无为之政——指以德化人的政治,此处为赞颂唐王朝统治清明之语。
⑤ 幽蓟——幽州和蓟州,属今河北省地区。
⑥ 义切中抱——内心怀抱正义。
⑦ 昭感激之诚——表示了义愤的诚意。
⑧ 训齐之令——严肃整齐的政令。
⑨ 防闲——防备、阻止。
⑩ 当熊、辞辇——当熊:汉元帝看斗兽,一头熊跑出来,女官冯婕妤上前当熊而立,用身庇护元帝。辞辇:汉成帝要与班婕妤同车游园,班婕妤推辞说,古来只有名臣侍君侧,女子与君王同车,那就是国家要衰亡了。
⑪ 曹柯、渑池之功——指春秋时鲁国曹沫在柯地劫持齐桓公与战国时赵国蔺相如在渑池抗拒秦王故事。
⑫ 不偶——不得意。偶为双数,表示吉祥。
⑬ 变之正——权宜变化中的正道。
⑭ 然——以致如此。

李章武传

李景亮

李章武，字飞，其先中山人①。生而敏博，遇事便了②。工文学，皆得极至③。虽弘道自高，恶为洁饰④，而容貌闲美，即之⑤温然。与清河崔信友善。信亦雅士，多聚古物。以章武精敏，每访辨论，皆洞达玄微⑥，研究原本，时人比晋之张华⑦。

贞元三年，崔信任华州别驾⑧，章武自长安诣之⑨。数日，出行，于市北街见一妇人，甚美。因绐⑩信云："须州外与亲故知闻⑪。"遂赁舍于美人之家。主人姓王，此则其子妇也，乃悦而私焉。居月余日，所计用直三万余，子妇所供费倍之。既而两心克谐⑫，情好弥切。无何，章武系事，告归长安，殷勤叙别。章武留交颈鸳鸯绮⑬一端，仍赠诗曰："鸳鸯绮，知结几千丝？别后寻交颈，应伤未别时。"子妇答白玉指环一，又赠诗曰："捻指环相思，见环重相忆。愿君永持玩，循环无终极。"章武有仆杨果者，子妇赏钱一千，以奖其敬事之勤。

既别，积八九年。章武家长安，亦无从与之相闻。至贞元十一年，因

---

① 其先中山人——他的祖先是中山人。中山，今河北省定州市。

② 了——明白。

③ 极至——极高的造诣。

④ 恶为洁饰——讨厌修饰打扮。

⑤ 即之——接近他。

⑥ 洞达玄微——透底了解微妙的道理。

⑦ 张华——晋朝人，字茂先，学识渊博，工于文学。

⑧ 别驾——刺史的副职。

⑨ 诣之——到他的地方去。

⑩ 绐(dài)——谎骗。

⑪ 知闻——会晤、拜访。

⑫ 克谐——和谐。

⑬ 交颈鸳鸯绮——织有鸳鸯图案的名贵绸缎。

友人张元宗寓居下絡县,章武又自京师与元会。忽思曩好,乃回车涉渭而访之。日暝,达华州,将舍于王氏之室。至其门,则阒①无行迹,但外有宾榻而已。章武以为下里,或废业即农,暂居郊野;或亲宾邀聚,未始归复。但休止其门,将别适他舍。见东邻之归,就而访之。乃云,王氏之长老,皆舍业而出游,其子妇没已再周矣。又详与之谈,即云:"某姓杨,第六,为东邻妻。"复访郎何姓。章武具语之。又云:"曩曾有莊②姓杨名果乎?"曰:"有之。"因泣告曰:"某为里中妇五年,与王氏相善。尝云:'我夫室犹如传舍③,阅人多矣。其于往来见调者,皆殚财穷产,甘辞厚誓,未尝动心。顷岁有李十八郎,曾舍于我家。我初见之,不觉自失。后遂私侍枕席,实蒙欢爱。今与之别累年矣。思慕之心,或竟日不食,终夜无寝。我家人故④不可托。复被彼夫东西,不时会遇⑤。脱有至者,愿以物色⑥名氏求之。如不参差⑦,相托祗奉⑧,并语深意。但有仆夫杨果,即是。'不二三年,子妇寝疾。临死,复见托曰:'我本寒微,曾辱君子厚顾,心常感念。久以成疾,自料不治。曩所奉托,万一至此,愿申九泉衔恨,千古暌离之叹。仍乞留止此,冀神会于仿佛之中。'"章武乃求邻妇为开门,命从者市薪刍食物。方将具茵席⑨,忽有一妇人,持帚,出房扫地。邻妇亦不之识。章武因访所从者,云是舍中人。又逼而诘之,即徐曰:"王家亡妇感郎恩情深,将见会。恐生怪怖,故使相闻。"章武许诺,云:"章武所由来者,正为此也。虽显晦殊途⑩,人皆忌惮,而思念情至,实所不疑。"言毕,执帚人欣然而去,逡巡映门,即不复见。

乃具饮馔,呼祭。自食饮毕,安寝。至二更许,灯在床之东南,忽而稍

---

① 阒(qù)——寂静无声。

② 莊(qiàn)——仆从。

③ 传舍——即驿站中的房间。

④ 故——同"固",本来、当然。

⑤ 不时会遇——没有功夫(同他)相见。

⑥ 物色——容貌。

⑦ 参差——差误。

⑧ 祗奉——敬待。

⑨ 茵席——行李被褥。

⑩ 显晦殊途——阳间与阴间异路。

暗,如此再三。章武心知有变,因命移烛背墙,置室东西隅。旋闻室北角
悉窣有声,如有人形,冉冉而至。五六步,即可辨其状。视衣服,乃主人子
妇也。与昔见不异,但举止浮急,音调轻清耳。章武下床,迎拥携手,款若
平生之欢。自云:"在冥录以来,都忘亲戚。但思君子之心,如平昔耳。"
章武倍与狎昵,亦无他异。但数请令人视明星,若出,当须还,不可久住。
每交欢之暇,即恳托在邻妇杨氏,云:"非此人,谁达幽恨?"至五更,有人
告可还。子妇泣下床,与章武连臂出门,仰望天汉,遂呜咽悲怨。却入室,
自于裙带上解锦囊,囊中取一物以赠之。其色绀碧①,质又坚密,似玉而
冷,状如小叶。章武不之识也。子妇曰:"此所谓'靺鞨宝'②,出昆仑玄
圃③中。彼亦不可得。妾近于西岳与玉京夫人④戏,见此物在众宝珰⑤
上,爱而访之。夫人遂假以相授,云:'洞天群仙,每得此一宝,皆为光
荣。'以郎奉玄道,有精识,故以投献。常愿宝之。此非人间之有。"遂赠
诗曰:"河汉已倾斜,神魂欲超越。愿郎 更回抱,终天从此诀。"章武取白
玉宝簪一以酬之,并答诗曰:"分从幽显隔,岂谓有佳期。宁辞重重别,所
叹去何之。"因相持泣,良久。子妇又赠诗曰:"昔辞怀后会,今别便终天。
新悲与旧恨,千古闭穷泉。"章武答曰:"后期杳无约,前恨已相寻。别路
无行信,何因得寄心?"款曲⑥叙别讫,遂却赴西北隅。行数步,犹回头拭
泪。云:"李郎无舍,念此泉下人。"复哽咽伫立,视天欲明,急趋至角,即
不复见。但空室纚然⑦,寒灯半灭而已。

　　章武乃促装,却自下絡归长安武定堡。下絡郡官与张元宗携酒宴饮,
既酣,章武怀念,因即事赋诗曰:"水不西归月暂圆,令人惆怅古城边。萧
条明早分歧路,知更相逢何岁年。"吟毕,与郡官别。独行数里,又自讽
诵。忽闻空中有叹赏,音调凄恻。更审听之,乃王氏子妇也。自云:"冥

---

①　绀碧——绿色中微红的颜色。

②　靺鞨(mò hé)宝——靺鞨出产的宝石。靺鞨,古民族名,隋唐时居住于松花
江、黑龙江一带。

③　昆仑玄圃——神话传说,昆仑山顶峰为玄圃,是神仙居住处。

④　玉京夫人——神话传说中的女仙。

⑤　宝珰——宝石珠玉。

⑥　款曲——温柔缠绵的情意。

⑦　纚(yǎo)然——空寂幽暗的样子。

中各有地分①。今于此别，无日交会。知郎思眷，故冒阴司之责，远来奉送，千万自爱！"章武愈感之。及至长安，与道友②陇西李助话，亦感其诚而赋曰："石沉辽海阔，剑别楚天长，会合知无日，离心满夕阳。"章武即事东平丞相府，因闲，召玉工视所得鞊鞯宝，工亦知，不敢雕刻。后奉使大梁，又召玉工，粗能辨，乃因其形，雕作槲叶象③。奉使上京，每以此物贮怀中。至市东街，偶见一胡僧，忽近马叩头云："君有宝玉在怀，乞一见尔。"乃引于静处开视，僧捧玩移时，云："此天上至物，非人间有也。"章武后往来华州，访遗杨六娘，至今不绝。

柳　　毅

李朝威

唐仪凤④中，有儒生柳毅者，应举下第，将还湘滨。念乡人有客于泾阳者，遂往告别。至六七里，鸟起马惊，疾逸道左⑤。又六七里，乃止。见有妇人，牧羊于道畔。毅怪，视之，乃殊色也。然而蛾脸不舒⑥，巾袖无光，凝听翔立⑦，若有所伺。毅诘之曰："子何苦，而自辱如是？"妇始楚而谢⑧，终泣而对曰："贱妾不幸，今日见辱问于长者⑨。然而恨贯肌骨，亦何能愧避？幸一闻焉。妾，洞庭龙君小女也。父母配嫁泾川次子。而夫婿乐逸，为婢仆所惑，日以厌薄⑩。既而将诉于舅姑。舅姑爱其子，不能

---

① 地分——界域。

② 道友——同奉道教的友人。

③ 槲(hú)叶象——槲叶的形状。槲，落叶乔木或灌木，叶子略呈倒卵形。

④ 仪凤——唐高宗的年号。

⑤ 疾逸道左——飞快地跑在道旁。

⑥ 蛾脸不舒——蛾，蛾眉，古时用以形容女子的眉毛如蚕蛾；蛾脸，指脸部。不舒，愁容满面的样子。

⑦ 凝听翔立——静静地听、呆呆地站立。

⑧ 楚而谢——悲伤然后道谢。

⑨ 见辱问于长者——蒙受您关怀下问。见，被。长者，德重之人，此指柳毅。

⑩ 厌薄——厌恶、迫害。

御。追诉频切,又得罪舅姑①。舅姑毁黜②以至此。"言讫,歔欷流涕,悲不自胜。又曰:"洞庭于兹,相远不知其几多也?长天茫茫,信耗莫通。心目断尽,无所知哀。闻君将还吴,密通洞庭。或以尺书寄托侍者,未卜将以为可乎?"毅曰:"吾义夫也。闻子之说,气血俱动,恨无毛羽,不能奋飞,是何可否之谓乎!然而洞庭深水也。吾行尘间,宁可致意耶?唯恐道途显晦,不相通达,致负诚托,又乖恳愿。子有何术可导我邪?"女悲泣且谢,曰:"负载珍重,不复言矣。脱获回耗,虽死必谢。君不许,何敢言。既许而问,则洞庭之与京邑,不足为异也。"毅请闻之。女曰:"洞庭之阴,有大橘树焉,乡人谓之社橘。君当解去兹带,束以他物。然后叩树三发,当有应者。因而随之,无有碍矣。幸君子书叙之外,悉以心诚之话倚托,千万无渝!"毅曰:"敬闻命矣。"女遂于襦间解书,再拜以进。东望愁泣,若不自胜。毅深为之戚。乃致书囊中,因复谓曰:"吾不知子之牧羊何所用哉,神岂宰杀乎?"女曰:"非羊也,雨工也。""何为雨工?"曰:"雷霆之类也。"毅顾视之,则皆矫顾怒步,饮龁③甚异,而大小毛角则无别羊焉。毅又曰:"吾为使者,他日归洞庭,幸勿相避。"女曰:"宁止不避,当如亲戚耳。"语竟,引别东去。不数十步,回望女与羊,俱亡所见矣。其夕,至邑而别其友,月余到乡,还家,乃访友于洞庭。洞庭之阴,果有社橘。遂易带向树,三击而止。俄有武夫出于波间,再拜请曰:"贵客将自何所至也?"毅不告其实,曰:"走谒大王耳。"武夫揭水止路,引毅以进。谓毅曰:"当闭目,数息可达矣。"毅如其言,遂至其宫。始见台阁相向,门户千万,奇草珍木,无所不有。夫乃止毅,停于大室之隅,曰:"客当居此以俟焉。"毅曰:"此何所也?"夫曰:"此灵虚殿也。"谛视之,则人间珍宝毕尽于此。柱以白璧,砌以青玉,床以珊瑚,帘以水精,雕琉璃于翠楣,饰琥珀于虹栋。奇秀深杳,不可殚言④。然而王久不至。毅谓夫:"洞庭君安在哉?"曰:"吾君方幸玄珠阁,与太阳道士讲《火经》,少选⑤当毕。"毅曰:"何谓《火

---

① 舅姑——公婆。
② 毁黜——虐待、驱逐。
③ 饮龁(hé)——饮喝、咬嚼。
④ 殚(dān)言——尽言。
⑤ 少选——一会儿。

经》？"夫曰："吾君，龙也。龙以水为神，举一滴可包陵谷。道士乃人也。人以火为神圣，发一灯可燎阿房。然而灵用不同，玄化各异。太阳道士精于人理，吾君邀以听焉。"语毕而宫门辟，景从云合①，而见一人，披紫衣，执青玉。夫跃曰："此吾君也！"乃至前以告之。君望毅而问曰："岂非人间之人乎？"毅对曰："然。"毅而设拜，君亦拜，命坐于灵虚之下。谓毅曰："水府幽深，寡人暗昧，夫子不远千里，将有为乎？"毅曰："毅，大王之乡人也。长于楚，游学于秦。昨下第，闲驱泾水右涘，见大王爱女牧羊于野，风鬟雨鬓，所不忍睹。毅因诘之，谓毅曰：'为夫婿所薄，舅姑不念，以至于此。'悲泗淋漓，诚怛②人心。遂托书于毅。毅许之，今以至此。"因取书进之。洞庭君览毕，以袖掩面而泣曰："老父之罪，不能鉴听，坐贻聋瞽③，使闺窗孺弱，远罹构害。公，乃陌上人④也，而能急之。幸被齿发⑤，何敢负德！"词毕又哀咤良久。左右皆流涕。时有宦人密视君者，君以书授之，令达宫中。须臾，宫中皆恸哭。君惊，谓左右曰："疾告宫中，无使有声，恐钱塘所知。"毅曰："钱塘，何人也？"曰："寡人之爱弟，昔为钱塘长，今则致政⑥矣。"毅曰："何故不使知？"曰："以其勇过人耳。昔尧遭洪水九年者，乃此子一怒也。近与天将失意，塞其五山。上帝以寡人有薄德于古今，遂宽其同气之罪。然犹縻系于此，故钱塘之人日日候焉。"语未毕，而大声忽发，天拆地裂，宫殿摆簸，云烟沸涌。俄有赤龙长千余尺，电目血舌，朱鳞火鬣⑦，项掣金锁，锁牵玉柱。千雷万霆，激绕其身，霰雪雨雹，一时皆下。乃擘⑧青天而飞去。毅恐蹶仆地。君亲起持之曰："无惧，故无害。"毅良久稍安，乃获自定。因告辞曰："愿得生归，以避复来。"君曰："必不如此。其去则然，其来则不然，幸为少尽缱绻⑨。"因命酌互举，以款

---

① 景从云合——景同"影"。如影随形，如云聚合。
② 怛(dá)——伤痛。
③ 坐贻聋瞽——遭致成为耳目不聪之人。
④ 陌上人——素不相识之人。
⑤ 幸被齿发——幸而属于人类。齿发，指人。
⑥ 致政——辞去官职。
⑦ 朱鳞火鬣——朱红的鳞甲、燃烧火焰一样的鬣毛。
⑧ 擘(bò)——撑开。此处作"冲破"。
⑨ 缱绻——情意缠绵。

人事。俄而祥风庆云，融融怡怡，幢节玲珑，箫韶①以随。红妆千万，笑语熙熙。后有一人，自然蛾眉，明珰满身，绡縠②参差。迫而视之，乃前寄辞者。然若喜若悲，零泪如丝。须臾，红烟蔽其左，紫气舒其右，香气环旋，入于宫中。君笑谓毅曰："泾水之囚人至矣。"君乃辞归宫中。须臾，又闻怨苦，久而不已。有顷，君复出，与毅饮食。又有一人，披紫裳，执青玉，貌耸神溢，立于君左。君谓毅曰："此钱塘也。"毅起，趋拜之。钱塘亦尽礼相接，谓毅曰："女侄不幸，为顽童所辱。赖明君子信义昭彰，致达远冤。不然者，是为泾陵之土矣。飨德怀恩，词不悉心。"毅拜退③辞谢，俯仰唯唯。然后回告兄曰："向者，晨发灵虚，已至泾阳，午战于彼，未还于此。中间驰至九天以告上帝。帝知其冤而宥其失。前所遣责，因而获免。然而刚肠激发，不遑辞候，惊扰宫中，复忤宾客。愧惕惭惧，不知所失。"因退而再拜。君曰："所杀几何？"曰："六十万。""伤稼乎？"曰："八百里。""无情郎安在？"曰："食之矣。"君忾然曰："顽童之为是心也，诚不可忍，然汝亦太草草。赖上帝显圣，谅其至冤。不然者，吾何辞焉？从此以去，勿复如是。"钱塘君复再拜。是夕，遂宿毅于凝光殿。明日，又宴毅于凝碧宫。会友戚，张广乐，具以醪醴④，罗以甘洁。初，箛角鼙鼓，旌旗剑戟，舞万夫于其右。中有一夫前曰："此《钱塘破阵乐》。"旌铓杰气，顾骤悍栗⑤。座客视之，毛发皆竖。复有金石丝竹⑥，罗绮珠翠，舞千女于其左，中有一女前进曰："此《贵主还宫乐》。"清音宛转，如诉如慕，坐客听下，不觉泪下。二舞既毕，龙君大悦。锡以纨绮，颁于舞人，然后密席贯坐，纵酒极娱。酒酣，洞庭君乃击席而歌曰："大天苍苍兮大地茫茫，人各有志兮何可思量，狐神鼠圣兮薄社⑦依墙。雷霆一发兮其孰敢当？荷贞人兮信义长，令骨肉兮还故乡，齐言惭愧兮何时忘！"洞庭君歌罢，钱塘君再拜而歌曰："上

---

① 箫韶——指乐队。

② 绡縠(hú)——纱绸衣服。

③ 拜(huī)退——谦逊退让。

④ 醪醴——美酒。

⑤ 旌铓杰气，顾骤悍栗——铓，字书无此字，疑指武器一类。全句意谓：旌旗兵器飞舞，兵士豪气冲天，使人看了惊心动魄。

⑥ 金石丝竹——指各种乐器。

⑦ 薄社——附依土地庙。

天配合兮生死有途。此不当妇兮彼不当夫。腹心辛苦兮泾水之隅。风霜满鬓兮雨雪罗襦。赖明公兮引素书，令骨肉兮家如初。永言珍重兮无时无。"钱塘君歌阕，洞庭君俱起，奉觞于毅。毅踧踖①而受爵，饮讫，复以二觞奉二君，乃歌曰："碧云悠悠兮泾水东流。伤美人兮雨泣花愁。尺书远达兮以解君忧。哀冤果雪兮还处其休。荷和雅兮感甘羞。山家寂寞兮难久留。欲将辞去兮悲绸缪。"歌罢，皆呼万岁。洞庭君因出碧玉箱，贮以开水犀②；钱塘君复出红珀盘，贮以照夜玑，皆起进毅，毅辞谢而受。然后宫中之人，咸以绡彩珠璧投于毅侧。重叠焕赫，须臾埋没前后。毅笑语四顾，愧谢不暇。洎酒阑欢极，毅辞起，复宿于凝光殿。翌日，又宴毅于清光阁。钱塘因酒作色，踞谓毅曰："不闻猛石可裂不可卷，义士可亲不可羞耶？愚有衷曲，欲一陈于公。如可，则俱在云霄；如不可，则皆夷粪壤③。足下以为何如哉？"毅曰："请闻之。"钱塘曰："泾阳之妻，则洞庭君之爱女也。淑性茂质，为九姻所重。不幸见辱于匪人，今则绝矣。将欲求托高义，世为亲戚，使受恩者知其所归，怀爱者知其所付，岂不为君子始终之道者？"毅肃然而作，欻然而笑曰："诚不知钱塘君孱困④如是！毅始闻夸九州、怀五岳，泄其愤怒；复见断金锁，擎玉柱，赴其急难。毅以为刚决明直，无如君者。盖犯之者不避其死，感之者不爱其生，此真丈夫之志。奈何箫管方洽，亲宾正和，不顾其道，以威加人？岂仆人素望哉！若遇公于洪波之中，玄山之间，鼓以鳞须，被以云雨，将迫毅以死，毅则以禽兽视之，亦何恨哉！今体被衣冠，坐谈礼义，尽五常⑤之志性，负百行⑥之微旨，虽人世贤杰，有不如者，况江河灵类乎？而欲以蠢然之躯，悍然之性，乘酒假气，将迫于人，岂近直哉！且毅之质不足以藏王一甲之间。然而敢以不服之心，胜王不道之气。唯王筹之！"钱塘乃逡巡致谢曰："寡人生长宫房，不闻正论。向者词述疏狂，妄突⑦

---

① 踧踖(cù jí)——恭敬而又不安的样子。

② 开水犀——传说中能分开水的宝物。

③ 夷粪壤——陷落粪土。

④ 孱困——不懂事理，蛮横。

⑤ 五常——指仁、义、礼、智、信。

⑥ 百行——各种德行的总称。

⑦ 妄突——轻率冒犯。

高明。退自循顾，戾①不容责。幸君子不为此乖问可也。"其夕，复饮宴，其乐如旧。毅与钱塘遂为知心友。明日，毅辞归。洞庭君夫人别宴毅于潜景殿，男女仆妾等悉出预会。夫人泣谓毅曰："骨肉受君子深恩，恨不得展愧戴，遂至睽别。"使前泾阳女当席拜毅以致谢。夫人又曰："此别岂有复相遇之日乎？"毅其始虽不诺钱塘之情，然当此席，殊有叹恨之色。宴罢，辞别，满宫凄然。赠遗珍宝，怪不可述。毅于是复循途出江岸，见从者十余人，担囊以随，至其家而辞去。毅因适广陵宝肆，鬻其所得。百未发一，财已盈兆。故淮右富族，咸以为莫如。遂娶于张氏，亡。又娶韩氏。数月，韩氏又亡。徙家金陵。常以鳏旷多感，或谋新匹。有媒氏告之曰："有卢氏女，范阳人也。父名曰浩，尝为清流宰。晚岁好道，独游云泉，今则不知所在矣。母曰郑氏。前年适清河张氏，不幸而张夫早亡。母怜其少，惜其慧美，欲择德以配焉。不识何如？"毅乃卜日就礼。既而男女二姓俱为豪族，法用礼物，尽其丰盛。金陵之士，莫不健仰。居月余，毅因晚入户，视其妻，深觉类于龙女，而艳逸丰厚则又过之。因与话昔事。妻谓毅曰："人世岂有如是之理乎？然君与余有一子。"毅益重之。既产，逾月，乃秾饰换服，召亲戚。相会之间，笑谓毅曰："君不忆余之于者也？"毅曰："夙为洞庭君女传书，至今为忆。"妻曰："余即洞庭君之女也。泾川之冤，君使得白。衔君之恩，誓心求报。洎钱塘季父，论亲不从，遂至睽违。天各一方，不能相问。父母欲配嫁于濯锦小儿某。惟以心誓难移，亲命难背。既为君子弃绝，分无见期。而当初之冤，虽得以告诸父母，而誓报不得其志，复欲驰白于君子。值君子累娶，当娶于张，已而又娶于韩。迨张、韩继卒，君卜居于兹，故余之父母乃喜余得遂报君之意。今日获奉君子，咸善终世，死无恨矣。"因呜咽，泣涕交下。对毅曰："始不言者，知君无重色之心。今乃言者，知君有感余之意。妇人菲薄，不足以确厚永心，故因君爱子，以托相生。未知君意如何？愁惧兼心，不能自解。君附书之日，笑谓妾曰：'他日归洞庭，慎无相避。'诚不知当此之际，君岂有意于今日之事乎？其后季父请于君，君固不许。君乃诚将不可邪，抑忿然邪？君其话之。"毅曰："似有命者。仆始见君子长泾之隅，枉抑憔悴，诚有不平之志。然自约其心者，达君之冤，余无及也。以言慎无相避者，偶然耳，岂有

①　戾（lì）——罪。

意哉。洎钱塘逼迫之际，唯理有不可直，乃激人之怒耳。夫始以义行为之志，宁有杀其婿而纳其妻者邪？一不可也。善素以操真为志尚，宁有屈于己而伏于心者乎？二不可也。且以率肆胸臆，酬酢①纷纶，唯直是图，不遑避害。然而将别之日，见子有依然之容，心甚恨之。终以人事拘束，无由报谢。吁，今日，君，卢氏也，又家于人间，则吾始心未为惑矣。从此以往，永奉欢好，心无纤虑也。"妻因深感娇泣，良久不已。有顷，谓毅曰："勿以他类遂为无心，固当知报耳。夫龙寿万岁，今与君同之。水陆无往不适，君不以为妄也。"毅嘉之曰："吾不知国客乃复为神仙之饵②。"乃相与觐洞庭。既至，而宾主盛礼，不可具记。后居南海仅四十年，其邸第舆马珍鲜服玩，虽侯伯之室，无以加也。毅之族咸遂濡泽。以其春秋积序，容状不衰。南海之人靡不惊异。洎开元中，上方属意于神仙之事，精索道术。毅不得安，遂相与归洞庭。凡十余岁，莫知其迹。至廿元末，毅之表弟薛嘏为京畿令，谪官东南。经洞庭，晴昼长望，俄见碧山出于远波。舟人皆侧立，曰："此本无山，恐水怪耳。"指顾之际，山与舟相逼，乃有彩船自山驰来，迎问于嘏。其中有一人呼之曰："柳公来候耳。"嘏省然记之，乃促至山下，摄衣疾上。山有宫阙如人世，见毅立于宫室之中，前列丝竹，后罗珠翠，物玩之盛，殊倍人间。毅词理益玄，容颜益少。初迎嘏于砌，持嘏手曰："别来瞬息，而发毛已黄。"嘏笑曰："兄为神仙，弟为枯骨，命也。"毅因出药五十丸遗嘏，曰："此药一丸，可增一岁耳。岁满复来，无久居人世间以自苦也。"欢宴毕，嘏乃辞行。自是已后，遂绝影响。嘏常以是事告于人世。殆四纪③，嘏亦不知所在。陇西李朝威叙而叹曰："五虫之长④，必以灵者，别斯见矣。人，裸也，移信鳞虫。洞庭含纳大直⑤，钱塘迅疾磊落，宜有承焉。嘏咏而不载，独可邻其境。愚义之，为斯文。"

———————

① 酬酢——酒宴中的应酬。
② "国客"句——国客，指在龙宫中作客。神仙之饵，得道成仙的机缘。
③ 纪——一纪为十二年。
④ 五虫之长(zhǎng)——古人把动物分为五大类，每一类都有其为首的"精者"(即长)，如倮虫(人类)，圣人为精；羽虫(鸟类)，凤为精等等。
⑤ 含纳大直——宽弘大量，正直无私。

霍小玉传

蒋 防

大历中,陇西李生名益①,年二十,以进士擢第。其明年,拔萃②,俟试于天官。夏六月,至长安,舍于新昌里。生门族清华,少有才思,丽词佳句,时谓无双;先达丈人③,翕然推伏。每自矜风调,思得佳偶,博求名妓,久而未谐。长安有媒鲍十一娘者,故薛驸马家青衣也;折券④从良,十余年矣。性便辟⑤,巧言语,豪家戚里,无不经过,追风挟策,推为渠帅⑥。常受生诚托厚赂,意颇德之。经数月,李方闲居舍之南亭。申未间⑦,忽闻叩门甚急,云是鲍十一娘至。摄衣从之,迎问曰:"鲍卿今日何故忽然而来?"鲍笑曰:"苏姑子⑧作好梦也未? 有一仙人,谪在下界,不邀财货,但慕风流。如此色目⑨,共十郎相当矣。"生闻之惊跃,神飞体轻,引鲍手且谢曰:"一生作奴,死亦不惮。"因问其名居。鲍具说曰:"故霍王小女,字小玉,王甚爱之。母曰净持。净持,即王之宠婢也。玉之初聮,诸弟兄以其出自贱庶,不甚收录。因分与资财遣居于外,易姓为郑氏,人亦不知其王女。姿质浓艳,一生未见,高情逸态,事事过人,音乐诗书,无不通解。昨遣某求一好儿郎格调相称者。某具说十郎。他亦知有李十郎名字,非常欢惬。住在胜业坊古寺曲,甫上车门宅是也。已与他作期约。明日午

① 李益——中唐诗人,字君虞,陇西人,大历四年进士及第,官至礼部尚书。
② 拔萃——唐代举子通过礼部考试后,还必须再通过吏部的考试才能授于官职。吏部的复试叫做"拔萃"。
③ 先达丈人 即"老前辈"之意。
④ 折券——折毁卖身文书,即赎身的另一种说法。
⑤ 便辟——善于逢迎谄媚。
⑥ 渠帅——头目、首领。
⑦ 申未间——申时至未时,即午后一时至四时之间。
⑧ 苏姑子——疑为当时对风流青年男子的戏称。
⑨ 如此色目——这样的人品。

时,但至曲头①觅桂子,即得矣。"

鲍既去,生便备行计。遂令家僮秋鸿,于从兄京兆参军尚公处假青骊驹,黄金勒。其夕,生浣衣沐浴,修饰容仪,喜跃交并,通夕不寐。迟明,巾帻,引镜自照,唯惧不谐也。徘徊之间,至于亭午②。遂命驾疾驱,直抵胜业。至约之所,果见青衣立候,迎问曰:"莫是李十郎否?"即下马,令牵入屋底,急急锁门。见鲍果从内出来,遥笑曰:"何等儿郎,造次入此?"生调诮③未毕,引入中门。庭间有四樱桃树;西北悬一鹦鹉笼,见生入来,即语曰:"有人入来,急下帘者!"生本性雅淡,心犹疑惧,忽见鸟语,愕然不敢进。逡巡,鲍引净持下阶相迎,延入对坐。年可四十余,绰约多姿,谈笑甚媚。因谓生曰:"素闻十郎才调风流,今又见仪容雅秀,名下固无虚士。某有一女子,虽拙教训,颜色不至丑陋,得配君子,颇为相宜。频见鲍十一娘说意旨,今亦便令承奉箕帚④。"生谢曰:"鄙拙庸愚,不意顾盼,倘垂采录,生死为荣。"遂命酒馔,即令小玉自堂东阁子中而出。生即拜迎。但觉一室之中,若琼林玉树,互相照跃,转盼精彩射人。既而遂坐母侧。母谓曰:"汝尝爱念'开帘风动竹,疑是故人来。'即此十郎诗也。尔终日吟想,何如一见。"玉乃低鬟微笑,细语曰:"见面不如闻名。才子岂能无貌?"生遂连起拜曰:"小娘子爱才,鄙夫重色。两好相映,才貌相兼。"母女相顾而笑,遂举酒数巡。生起,请玉唱歌。初不肯,母固强之。发声清亮,曲度精奇。酒阑⑤,及暝,鲍引生就西院憩息。闲庭邃宇,帘幕甚华。鲍令侍儿桂子、浣沙与生脱靴解带。须臾,玉至,言叙温和,辞气宛媚。解罗衣之际,态有余妍⑥,低帏昵枕,极其欢爱。生自以为巫山⑦洛浦⑧不过也。中宵之夜,玉忽流涕观生曰:"妾本倡家,自知非匹。今以色爱,托其

---

① 曲头——胡同口。

② 亭午——正午。

③ 调诮——开玩笑。

④ 奉箕帚——为人妻子的谦词。

⑤ 酒阑——酒喝完。

⑥ 态有余妍——犹如说长得真是好看。

⑦ 巫山——见《游仙窟》"巫峡"注。

⑧ 洛浦——见《游仙窟》"洛川"注。

仁贤。但虑一旦色衰，恩移情替，使女萝无托①，秋扇见捐②。极欢之际，不觉悲至。"生闻之，不胜感叹。及引臂替枕，徐谓玉曰："平生志愿，今日获从，粉骨碎身，誓不相舍。夫人何发此言！请以素缣，著之盟约。"玉因收泪，命侍儿樱桃褰③幄执烛，授生笔研。玉管弦④之暇，雅好诗书，筐箱笔研，皆王家之旧物。遂取绣囊，出越姬乌丝栏素缣⑤三尺以授生。生素多才思，援笔成章。引谕山河，指诚日月，句句恳切，闻之动人。染⑥毕，命藏于宝箧之内。自尔婉娈⑦相得，若翡翠之在云路⑧也。如此二岁，日夜相从。其后年春，生以书判拔萃登科，授郑县主簿。至四月，将之官，便拜庆于东洛。长安亲戚，多就筵饯。时春物尚余，夏景初丽，酒阑宾散，离思萦怀。玉谓生曰："以君才地名声，人多景慕，愿结婚媾，固亦众矣。况堂有严亲，室无冢妇⑨，君之此去，必就佳姻。盟约之言，徒虚语耳。然妾有短愿⑩，欲辄指陈。永委君心，复能听否？"生惊怪曰："有何罪过，忽发此辞？试说所言，必当敬奉。"玉曰："妾年始十八，君才二十有二，逮君壮室之秋⑪，犹有八岁。一生欢爱，愿毕此期。然后妙选高门，以谐秦晋⑫，亦未为晚。妾便舍弃人事，剪发披缁⑬，夙昔之愿，于此足矣。"生且愧且感，不觉涕流。因谓玉曰："皎日之誓⑭，死生以之，以卿偕老，犹恐未惬素

① 女萝无托——女萝，松萝，丝状的植物，攀附在他树上生长。女萝无托就是说失掉攀附之物，无所依托。
② 秋扇见捐——扇子到秋天就被人闲搁，比喻女人色衰而见弃。
③ 褰(qiān)——揭起，拉起。
④ 管弦——乐器。
⑤ 越姬乌丝栏素缣——越姬，越地女子。乌丝栏素缣，一种供书写用的细绢，织有黑丝竖格。
⑥ 染——书写。
⑦ 婉娈——亲热的样子。
⑧ 翡翠之在云路——翡翠，鸟名；云路，云间。
⑨ 冢妇——指嫡长子的正妻。
⑩ 短愿——小小的愿望。
⑪ 壮室之秋——娶妻的年龄。壮，壮年。
⑫ 秦晋——春秋时秦晋两国世代姻亲，后称缔结姻缘为"秦晋之好"。
⑬ 披缁——穿黑色衣服，即出家为尼姑。
⑭ 皎日之誓——对着青天白日的誓言。

志,岂敢辄有二三①。固请不疑,但端居相待。至八月,必当却到华州,寻使奉迎,相见非远。"更数日,生遂诀别东去。到任旬日,求假往东都觐亲。未至家日,太夫人已与商量表妹卢氏,言约已定。太夫人素严毅②,生逡巡不敢辞让,遂就礼谢,便有近期。卢亦甲族也,嫁女于他门,聘财必以百万为约,不满此数,义在不行。生家素贫,事须求贷,便托假故,远投亲知,涉历江淮,自秋及夏。生自以辜负盟约,大愆③回期。寂不知闻,欲断其望。遥托亲故,不遣漏言。

玉自生逾期,数访音信。虚词诡说,日日不同。博求师巫,遍访卜筮,怀爱抱恨,周岁有余,羸卧空闺,遂成沈疾。虽生之书题竟绝,而玉之想望不移,赂遗亲知,使通消息。寻求既切,资用屡空,往往私令侍婢潜卖箧中服玩之物,多托于西市寄附铺侯景先家货卖。曾令侍婢浣沙将紫玉钗一只,诣景先家货之。路逢内作老玉工,见浣沙所执,前来认之曰:"此钗,吾所作也。昔岁霍王小女将欲上鬟,令我作此,酬我万钱。我尝不忘。汝是何人,从何而得?"浣沙曰:"我小娘子,即霍王女也。家事破散,失身于人。夫婿昨向东都,更无消息。怏怏成疾,今欲二年。令我卖此,赂遗于人,使求音信。"玉工凄然下泣曰:"贵人男女,失机落节,一至于此。我残年向尽,见此盛衰,不胜伤感。"遂引至延先公主宅,具言前事。公主亦为之悲叹良久,给钱十二万焉。

时生所定卢氏女在长安,生既毕于聘财,还归送县。其年腊月,又请假入城就亲。潜卜静居,不令人知。有明经④崔允明者,生之中表弟也。性甚长厚,昔岁常与生同欢于郑氏之室,杯盘笑语,曾不相间。每得生信,必诚告于玉。玉常以薪刍衣服,资给于崔。崔颇感之。生既至,崔具以诚告玉。玉恨叹曰:"天下岂有是事乎!"遍请亲朋,多方召致。生自以愆期负约,又知玉疾候沈绵,惭耻忍割,终不肯往。晨出暮归,欲以回避。玉日夜涕泣,都忘寝食,期一相见,竟无因由。冤愤益深,委顿床枕。自是长安中稍有知者。风流之士,共感玉之多情;豪侠之伦,皆怒生之薄行。时已

---

① 二三——三心二意。

② 严毅——严厉。

③ 愆(qiān)——错过。

④ 明经——唐代科举考试科目的一种。

三月，人多春游。生与同辈五六人诣崇敬寺玩牡丹花，步于西廊，递吟诗句。有京兆韦夏卿者，生之密友，时亦同行。谓生曰："风光甚丽，草木荣华。伤哉郑卿，衔冤空室！足下终能弃置，实是忍人。丈夫之心，不宜如此。足下宜为思之！"叹让之际，忽有一豪士，衣轻黄纻衫，挟弓弹，丰神隽美，衣服轻华，唯有一剪头胡雏①从后，潜行而听之。俄而前揖生曰："公非李十郎者乎？某族本山东，姻连外戚。虽乏文藻，心尝乐贤。仰公声华，常思觐止。今日幸会，得睹清扬。某之敝居，去此不远，亦有声乐，足以娱情。妖姬八九人，骏马十数匹，唯公所欲，但愿一过。"生之侪辈，共聆斯语，更相叹美。因与豪士策马同行，疾转数坊，遂至胜业。生以近郑之所止，意不欲过，便托事故，欲回马首。豪士曰："敝居咫尺，忍相弃乎？"乃挽挟其马，牵引而行。迁延之间，已及郑曲。生神情恍惚，鞭马欲回。豪士遽命奴仆数人，抱持而进。疾走推入车门，便令锁却，报云："李十郎至也！"一家惊喜，声闻于外。先此一夕，玉梦黄衫丈夫抱生来，至席，使玉脱鞋。惊寤而告母。因自解曰："鞋者，谐也。夫妇再合。脱者，解也。既合而解，亦当永诀。由此征之，必遂相见，相见之后，当死矣。"凌晨，请母梳妆。母以其久病，心意惑乱，不甚信之。俛勉②之间，强为妆梳。妆梳才毕，而生果至。玉沈绵日久，转侧须人。忽闻生来，欻然自起，更衣而出，恍若有神。遂与生相见，含怒凝视，不复有言。羸质娇姿，如不胜致，时复掩袂，返顾李生。感物伤人，坐皆歔欷。顷之，有酒肴数十盘，自外而来。一座惊视，遽问其故，悉是豪士所致也。因遂陈设，相就而坐。玉乃侧身转面，斜视生良久，遂举杯酒，酬地③曰："我为女子，薄命如斯。君是丈夫，负心若此。韶颜稚齿④，饮恨而终。慈母在堂，不能供养。绮罗弦管，从此永休。征痛黄泉，皆君所致。李君李君，今当永诀！我死之后，必为厉鬼，使君妻妾，终日不安！"乃引左手握生臂，掷杯于地，长恸号哭数声而绝。母乃举尸，置于生怀，令唤之，遂不复苏矣。生为之缟素，且

---

① 胡雏——胡族小童。胡，古代对西北少数民族的称呼。
② 俛(mǐn)勉——勉强。
③ 酬地——把酒洒在地上，表示发誓。
④ 韶颜稚齿——韶，俊美。指年轻的。

夕哭泣甚哀。将葬之夕，生忽见玉穗帷①之中。容貌妍丽，宛若平生。著石榴裙，紫裓裆②，红绿帔子。斜身倚帷，手引绣带，顾谓生曰："愧君相送，尚有余情。幽冥之中，能不感叹。"言毕，遂不复见。明日，葬于长安御宿原。生至墓所，尽哀而返。

　　后月余，就礼于卢氏。伤情感物，郁郁不乐。夏五月，与卢氏偕行，归于郑县。至县旬日，生方与卢氏寝，忽帐外叱叱作声。生惊视之，则见一男子，年可二十余，姿状温美，藏身映幔，连招卢氏。生惶遽走起，绕幔数匝，倏然不见。生自此心怀疑恶，猜忌万端，夫妻之间，无聊生③矣。或有亲情，曲相劝喻。生意稍解。后旬日，生复自外归，卢氏方鼓琴于床，忽见自门抛一斑犀钿花合子，方圆一寸余，中有轻绡，作同心结，坠于卢氏怀中。生开而视之，见相思子④二，叩头虫一，发杀觜一，驴驹媚⑤少许。生当时愤怒叫吼，声如豺虎，引琴撞击其妻，诘令实告。卢氏亦终不自明。尔后往往暴加捶楚，备诸毒虐，竟讼于公庭而遣之。卢氏既出，生或侍婢媵妾之属，暂同枕席，便加妒忌。或有因而杀之者。生尝游广陵，得名姬曰营十一娘者，容态润媚，生甚悦之。每相对坐，尝谓营曰："我尝于某处得某姬，犯某事，我以某法杀之。"日日陈说，欲令惧己，以肃清闺门。出则以浴斛⑥覆营于床，周回封置，归必详视，然后乃开。又畜一短剑，甚利，顾谓侍婢曰："此信州葛溪铁⑦，唯断作罪过头！"大凡生所见妇人，辄加猜忌，至于三娶，率皆如初焉。

---

① 穗帷——灵帐。

② 裓(kè)裆——古代女子穿的一种长袍。

③ 无聊生——生活没有趣味。

④ 相思子——红豆，古代用以表示爱情。

⑤ 叩头虫、发杀觜(zī)、驴驹媚——可能为古时用以调情的物品或淫药。

⑥ 浴斛——澡盆之类的用具。

⑦ 信州葛溪铁——信州葛溪，今江西上饶市，唐代该地以产铁著称。

南柯太守传

李公佐

东平①淳于棼,吴楚游侠之士。嗜酒使气,不守细行。累巨产,养豪客。曾以武艺补淮南军裨将,因使酒忤帅,斥逐落魄,纵诞饮酒为事。家住广陵郡东十里,所居宅南有大古槐一株,枝干修密,清阴②数亩。淳于生日与群豪,大饮其下。贞元七年九月,因沉醉致疾。时二友人于座扶生归家,卧于堂东庑③之下。二友谓生曰:"子其寝矣!余将秣马濯足,俟子小愈而去。"生解巾就枕,昏然忽忽,仿佛若梦。见二紫衣使者,跪拜生曰:"槐安国王遣小臣致命奉邀。"生不觉下榻整衣,随二使至门。见青油④小车,驾以四牡⑤,左右从者七八,扶生上车,出大户,指古槐穴而去。使者即驱入穴中。生意颇甚异之,不敢致问。忽见山川风候草木道路,与人世甚殊。前行数十里,有郛郭城堞⑥。车舆人物,不绝于路。生左右传车者传呼甚严,行者亦争辟于左右。又入大城,朱门重楼,楼上有金书,题曰"大槐安国"。执门者趋拜奔走。旋有一骑传呼曰:"王以驸马远降,令且息东华馆。"因前导而去。俄见一门洞开,生降车而入。彩槛雕楹;华木珍果,列植于庭下;几案茵褥,帘帏肴膳,陈设于庭上。生心甚自悦。复有呼曰:"右相且至。"生降阶祗奉。有一人紫衣象简⑦前趋,宾主之仪敬尽焉。右相曰:"寡君不以弊国远僻,奉迎君子,托以姻亲。"生曰:"某以贱劣之躯,岂敢是望。"右相因请生同诣其所。行可百步,入朱门。矛戟斧钺,布列左右,军吏数百,辟易道侧。生有平生酒徒周弁者,变趋其中。生私心悦之,不敢前问。右相引生升广殿,御卫严肃,若至尊之所。见一

---

① 东平——地名,在今山东省东平县。
② 清阴——指树的绿荫。
③ 庑(wǔ)——大屋堂下的房子。
④ 青油——涂饰着青色。
⑤ 牡——指公马。此处泛指马。
⑥ 郛郭城堞——郛郭,外城;堞,城墙上的垛口。
⑦ 象简——象牙的手板。古时大臣朝见皇帝时所执持。

人长大端严,居王位,衣素练服,簪朱华冠。生战栗,不敢仰视。左右侍者令生拜。王曰:"前奉贤尊命,不弃小国。许令次女瑶芳奉事君子。"生但俯伏而已,不敢致词。王曰:"且就宾宇,续造仪式。"有旨,右相亦与生偕还馆舍。生思念之,意以为父在边将,因殁虏中,不知存亡。将谓父北蕃交逊①,而致兹事。心甚迷惑,不知其由。是夕,羔雁币帛②,威容仪度,妓乐丝竹,肴膳灯烛,车骑礼物之用,无不咸备。有群女,或称华阳姑,或称青溪姑,或称上仙子,或称下仙子,若是者数辈。皆侍从数千,冠翠凤冠,衣金霞帔,彩碧金钿,目不可视。遨游戏乐,往来其门,争以淳于郎为戏弄。风态妖丽,言词巧丽,生莫能对。复有一女谓生曰:"昨上巳日,吾从灵芝夫人过禅智寺,于天竺院观右延舞《婆罗门》③。吾与诸女坐北牖石榻上,时君少年,亦解骑来看。君独强来亲洽,言调笑谑。吾与穷英妹结绛巾,挂于竹枝上,君独不忆念之乎?又七月十六日,吾于孝感寺侍上真子,听契玄法师讲《观音经》。吾于讲下舍金凤钗两只,上真子舍水犀合子一枚。时君亦讲筵中于师处请钗合视之,赏叹再三,嗟异良久。顾余辈曰:'人之与物,皆非世间所有。'或问吾氏,或访吾里。吾亦不答。情意恋恋,瞩盼不舍。君岂不思念之乎?"生曰:"中心藏之,何日忘之。"群女曰:"不意今日与君为眷属。"复有三人,冠带甚伟,前拜生曰:"奉命为驸马相者。"中一人与生且故。生指曰:"子非冯翊④田子华乎?"田曰:"然。"生前,执手叙旧久之。生谓曰:"子何以居此?"子华曰:"吾放游,获受知于右相武成侯段公,因以栖托。"生复问曰:"周弁在此,知之乎?"子华曰:"周生,贵人也。职为司隶,权势甚盛。吾数蒙庇护。"言笑甚欢。俄传声曰:"驸马可进矣。"三子取剑佩冕服,更衣之。子华曰:"不意今日获睹盛礼。无以相忘也。"有仙姬数十,奏诸异乐,婉转清亮,曲调凄悲⑤,非人间之所闻听。有执烛引导者,亦数十。左右见金翠步障,彩碧玲珑,

---

① 北蕃交逊——北蕃,古代对北方少数民族的通称;交逊,交涉、议和退兵之事。

② 羔雁币帛——羊羔、大雁、纸币、绸缎等聘礼。

③ 《婆罗门》——从西域传进来的一种乐舞曲。

④ 冯翊——唐郡名,治所于今陕西省大荔县。

⑤ 凄悲——音调动听感人。

不断数里。生端坐车中，心意恍惚，甚不自安。田子华数言笑以解之。向者群女姑娣，各乘凤翼辇，亦往来其间。至一门，号"修仪宫"。群仙姑姊亦纷然在侧，令生降车辇拜，揖让升降，一如人间。撤障去扇，见一女子，云号"金枝公主"。年可十四五，俨若神仙。交欢之礼，颇亦明显。生自尔情义日洽，荣曜日盛，出入车服，游宴宾御，次于王者。王命生与群僚备武卫，大猎于国西灵龟山。山阜峻秀，川泽广远，林树丰茂，飞禽走兽，无不蓄。师徒大获，竟夕而还。生因他日启王曰："臣顷结好之日，大王云奉臣父之命。臣父顷佐边将，用兵失利，陷没胡中；尔来绝书信十七八岁矣。王既知所在，臣请一往拜觐。"王遽谓曰："亲家翁职守北土，信问不绝。卿但具书状知闻，未用便去。"遂命妻致馈贺之礼，一以遣之。数夕还答。生验书本意，皆父平生之迹，书中忆念教诲，情意委曲，皆如昔年。复问生亲戚存亡，闾里兴废。复言路道乖远，风烟阻绝。词意悲苦，言语哀伤。又不令生来觐，云："岁在丁丑，当与汝相见。"生捧书悲咽，情不自堪。他日，妻谓生曰："子岂不思为政乎？"生曰："我放荡不习政事。"妻曰："卿但为之，余当奉赞。"妻遂白于王。累日，谓生曰："吾南柯政事不理，太守黜废，欲籍卿才，可曲屈之。便与小女同行。"生敦受①教命。王遂敕有司备太守行李。因出金玉、锦绣、箱奁、仆妾、车马，列于广衢，以饯公主之行。生少游侠，曾不敢有望，至是甚悦。因上表曰："臣将门余子，素无艺术②，猥当大任，必败朝章。自悲负乘，坐致覆𫗦③。今欲广求贤哲，以赞不逮。伏见司隶颍川周弁，忠亮刚直，守法不回，有毗佐之器④。处士冯翊田子华清慎通变，达政化之源。二人与臣有十年之旧，备知才用，可托政事。周请署南柯司宪，田请署司农。庶使臣政绩有闻，宪章不紊也。"王并依表以遣之。其夕，王与夫人饯于国南。王谓生曰："南柯国之大郡，土地丰壤，人物豪盛，非惠政不能以治之。况有周田二赞。卿其勉之，以副国念。"夫人戒公主曰："淳于郎性刚好酒，加之少年；为妇

---

① 敦受——恭敬、诚心地接受。

② 艺术——原指学术政事。此处指当官的才能。

③ 覆𫗦——把锅弄翻，食物也糟蹋了。𫗦，鼎中所煮的食物。

④ 毗佐之器——辅助政事的才具。

之道,贵乎柔顺。尔善事之,吾无忧矣。南柯虽封境①不遥,晨昏有间,今日暌别,宁不沾巾。"生与妻拜首南去,登车拥骑,言笑甚欢,累夕达郡。郡有官吏、僧道、耆老、音乐、车舆、武卫、銮铃,争来迎奉。人物阗咽②,钟鼓喧哗,不绝十数里。见雉堞台观,佳气郁郁。入大城门,门亦有大榜,题以金字,曰"南柯郡城"。见朱轩棨户③,森然深邃。生下车,省风俗,疗病苦,政事委以周、田,郡中大理。自守郡二十载,风化广被,百姓歌谣④,建功德碑,立生祠宇。王甚重之,赐食邑,锡爵位,居台辅。周、田皆以政治著闻,递迁大位。生有五男二女。男以门荫授官,女亦聘于王族;荣耀显赫,一时之盛,代莫比之。是岁,有檀萝国者,来伐是郡。王命生练将训师以征之。乃表周弁将兵三万,以拒贼之众于瑶台城。弁刚勇轻敌,师徒败绩,弁单骑裸身潜遁,夜归城。贼亦收辎重铠甲而还。生因囚弁以请罪。王并舍之。是月,司宪周弁疽发背,卒。生妻公主遘疾,旬日又薨。生因请罢郡,护丧赴国。王许之。便以司农田子华行南柯太守事。生哀恸发引,威仪在途,男女叫号,人吏奠馔,攀辕遮道者不可胜数。遂达于国。王与夫人素衣哭于郊,候灵舆之至。谥公主曰"顺仪公主"。备仪仗,羽葆鼓吹,葬于国东十里盘龙冈,是月,故司宪子荣信,亦护丧赴国。生久镇外藩,结好中国,贵门豪族,靡不是洽。自罢郡还国,出入无恒,交游宾从,威福日盛。王意疑惮之。时有国人上表云:"玄象谪见,国有大恐。都邑迁徙,宗庙崩坏。衅起他族,事在萧墙。"时议以生侈僭之应也。遂夺生侍卫,禁生游从,处之私第。生自恃守郡多年,曾无败政,流言怨悖,郁郁不乐。王亦知之,因命生曰:"姻亲二十余年,不幸小女夭枉,不得与君子偕老,良有痛伤。"夫人因留孙自鞠育之。又谓生曰:"卿离家多时,可暂归本里,一见亲族。诸孙留此,无以为念。后三年,当令迎卿。"生曰:"此乃家矣,何更归焉?"王笑曰:"卿本人间,家非在此。"生忽若昏睡,瞢然久之,方乃发悟前事,遂流涕请还。王顾左右以送生。生再拜而去,复见前

---

① 封境——疆界。

② 阗(tián)咽——人多拥挤吵闹的样子。

③ 朱轩棨户——朱漆高大的房屋,大门两旁排列着棨戟。棨,木制的门戟,只有贵族官员门前才有此仪仗。

④ 歌谣——歌颂。

二紫衣使者从焉。至大户外，见所乘车甚劣，左右亲使御仆，遂无一人，心甚叹异。生上车，行可数里，复出大城。宛是昔年东来之途，山川原野，依然如旧。所送二使者，甚无威势，生逾快快。生问使者曰："广陵郡何时可到？"二使讴歌自若，久乃答曰："少顷即至。"俄出一穴，见本里间巷，不改往日，潸然自悲，不觉流涕。二使者引生下车，入其门，升其阶，已身卧于堂东庑之下。生甚惊畏，不敢前近。二使因大呼生之姓名数声，生遂发寤如初。见家之僮仆拥篲于庭，二客濯足于榻，斜日未隐于西垣，余樽尚湛于东牖。梦中倏忽，若度一世矣。生感念嗟叹，遂呼二客而语之。惊骇。因与生出外，寻槐下穴。生指曰："此即梦中所惊入处。"二客将谓狐狸木媚之所为祟。遂命仆夫荷斤斧，断拥肿，折查枿①，寻穴究源。旁可袤丈，有大穴，根洞然明朗。可容一榻。上有积土壤，以为城郭台殿之状。有蚁数斛，隐聚其中。中有小台，其色若丹。二大蚁处之，素翼朱首，长可三寸。左右大蚁数十辅之，诸蚁不敢近。此其王矣。即槐安国都也。又穷一穴：直上南枝，可四丈，宛转方中，亦有土城小楼，群蚁亦处其中，即生所领南柯郡也。又一穴：西去二丈，磅礴空圬，嵌窞②异状。中有一腐龟，壳大如斗。积雨浸润，小草丛生，繁茂翳荟，掩映振壳，即生所猎灵龟山也。又穷一穴：东去丈余，古根盘屈，若龙虺③之状。中有小土壤，高尺余，即生所葬妻盘龙冈之墓也。追想前事，感叹于怀，披阅穷迹，皆符所梦。不欲二客坏之，遽令掩塞如旧。是夕，风雨暴发。旦视其穴，遂失群蚁，莫知所去。故先言"国有大恐，都邑迁徙"，此其验矣。复念檀萝征伐之事，又请二客访迹于外。宅东一里有古涸涧，侧有大檀树一株，藤萝拥织，上不见日。旁有小穴，亦有群蚁隐聚其间。檀萝之国，岂非此耶？嗟呼！蚁之灵异，犹不可穷，况山藏木伏之大者所变化乎？时生酒徒周弁、田子华并居六合县，不与生过从④旬日矣。生遽遣家僮疾往候之。周生暴疾已逝，田子华亦寝疾于床。生感南柯之浮虚，悟人世之倏忽，遂栖心道门，绝弃酒色。后三年，岁在丁丑，亦终于家。时年四十七，将符宿契之

---

① 查枿(niè)——树根。查，即"楂"。
② 嵌窞(dàn)——高低不平。窞，深坑。
③ 虺(huǐ)——一种毒蛇，或认为是蝮蛇。
④ 过从——交往，往来。

限矣。公佐贞元十八年秋八月,自吴之洛,暂泊淮浦,偶觌①淳于生棼,询访遗迹,翻覆再三,事皆摭实②,辄编录成传,以资好事③。虽稽神语怪,事涉非经,而窃位著生,冀将为戒。后之君子,幸以南柯为偶然,无以名位骄于天壤间云。

前华州参军李肇赞曰:

贵极禄位,权倾国都,达人视此,蚁聚何殊。

庐江冯媪传

李公佐

冯媪者,庐江里中啬夫④之妇,穷寡无子 ,为乡民贱弃。元和四年,淮楚大歉⑤。媪遂食于舒⑥,途经牧犊墅。暝值⑦风雨,止于桑下。忽见路隅一室,灯烛荧荧。媪因诣求宿。见一女子,年二十余,容服美丽。携三岁儿,倚门悲泣。前,又见老叟与媪,据床而坐。神气惨戚,言语種嗫⑧,有若征索财物、追逐之状。见冯媪至,叟媪默然舍去。女久乃止泣,入户备饩食⑨,理床榻,邀媪食息焉。媪问其故。女复泣曰:"此儿父,我之夫也。明日别娶。"媪曰:"向者二老人,何人也? 于汝何求,而发怒?"女曰:"我舅姑也。今嗣子别娶,征我筐筥刀尺祭祀旧物⑩,以授新人。我

---

① 觌(dí)——见。

② 摭实——证实。

③ 好事——喜欢追求奇异怪闻的人。

④ 啬夫——里正、保甲长一类的乡官。

⑤ 歉——歉收,闹灾荒。

⑥ 舒——舒州,治所在今安徽省怀宁县。

⑦ 暝值——天黑时遇到。

⑧ 種嗫(chè niè)——小声说话的样子。

⑨ 饩(xì)食——送给人吃的饭食。

⑩ 筐筥(jǔ)刀尺祭祀旧物——筐筥,盛米用的竹器。刀尺,裁缝用的工具。祭祀的器物及筐筥刀尺都由家庭主妇掌管。

不忍与,是有斯责。"媪曰:"汝前夫何在?"女曰:"我淮阴令①梁倩女,适董氏七年。有二男一女。男皆随父,女即此也。今前邑中董江,即其人也。江官为丞酇②,家累巨产。"发言不胜呜咽。媪不之异;又久困寒饿,得美食甘寝,不复言。女泣至晓。媪辞去,行二十里,至桐城县③。县东有甲第,张帘帷,具羔雁,人物纷然,云今夕有官家礼事。媪问其郎,即董江也。媪曰:"董有妻,何更娶焉?"邑人曰:"董妻及女亡矣。"媪曰:"昨宵我遇雨,寄宿董妻梁氏舍,何得言亡?"邑人询其处,即董妻墓也。询其二老容貌,即董江之先父母也。董江,本舒州人,里中之人皆得详之。有告董江者,董以妖妄罪之,令部者④迫逐媪去。媪言于邑人,邑人皆为感叹。是夕,董竟就婚焉。元和六年夏五月,江淮从事李公佐使至京,回次汉南⑤,与渤海高钺,天水赵酇,河南宇文鼎会于传舍。宵话征异,各尽见闻。钺具道其事,公佐为之传。

古岳渎经

李公佐

　　贞元丁丑岁⑥,陇西李公佐泛潇湘苍梧⑦。偶遇征南从事弘农⑧杨衡,泊舟古岸,淹留佛寺,江空月浮,征异话奇。杨告公佐云:"永泰⑨中,

---

①　淮阴令——淮阴县令。
②　酇(cuó)丞——酇县县丞。酇县,故址在今河南永城县酇县乡。
③　桐城县——即今安徽桐城。
④　部者——仆人。
⑤　汉南——故址于今湖北省宜城。
⑥　贞元丁丑岁——即唐德宗贞元十三年(797)。
⑦　潇湘苍梧——潇水出湖南宁远县九嶷山(即"苍梧"),湘水出广西兴安县,两水汇合入洞庭湖。
⑧　弘农——也称虢州,治所在今河南灵宝县西南。
⑨　永泰——唐代宗年号(765)。

李汤任楚州①刺史时,有渔人,夜钓于龟山②之下。其钓因物所制,不复出。渔者健水,疾沉于下五十丈。见大铁锁,盘绕山足,寻不知极。遂告汤。汤命渔人及能水者数十,获其锁。力莫能制,加以牛五十余头,锁乃振动,稍稍就岸。时无风涛,惊浪翻涌。观者大骇。锁之末见一兽,状有如猿,白首长鬐,雪牙金爪,闯然上岸。高五丈许,蹲踞之状若猿猴。但两目不能开,兀若昏昧。目鼻水流如泉,涎沫腥秽,人不可近。久乃引颈伸欠,双目忽开,光彩若电。顾视人马,欲发狂怒。观者奔走。兽亦徐徐引锁拽牛入水去,竟不复出。时楚多知名士,与汤相顾愕栗,不知其由尔。乃渔者时知锁所,其兽竟不复见。"公佐至元和③八年冬,自常州饯送给事中孟简至朱方④,廉使薛公苹馆待礼备。时扶风马植、范阳卢简能、河东裴蘧皆同馆之,环炉会谈终夕焉。公佐复说前事,如杨所言。至九年春,公佐访古东吴,从太守元公锡泛洞庭、登包山,宿道者周焦君庐。入灵洞,探仙书。石穴间得古《岳渎经》⑤第八卷,文字古奇,编次蠹毁,不能解。公佐与焦君共详渎之:"禹理水,三至桐柏山,惊风走雷,石号木鸣,五伯⑥拥川,天老肃兵,不能兴。禹怒,召集百灵,搜命夔龙。桐柏千君长稽首请命。禹因囚鸿蒙氏、章商氏、兜卢氏、犁娄氏。乃获淮涡⑦水神,名无支祁。善应对言语,辨江淮之浅深,原隰之远近。形若猿猴,缩鼻高额,青躯白首,金目雪牙。颈伸百尺,力逾九象,搏击腾踔疾奔,轻利倏忽,闻视不可久。禹授之章律,不能制;授之乌木由,不能制;授之庚辰,能制。鸱脾桓、木魅、水灵、山妖、石怪、奔号聚绕,以数千载,庚辰以战逐去。颈锁大索,鼻穿金铃,徙淮阴之龟山之足下。俾淮水永安流注海也。庚辰之后,皆图此形者,免淮涛风雨之难。"即李汤之见,与杨衡之说,与《岳渎经》符矣。

---

① 楚州——也称淮阴郡,治所在今江苏省淮安县。

② 龟山——在今江苏盱眙县,唐时属楚州所辖。

③ 元和——唐宪宗年号(806—820)。

④ 朱方——古吴地,在今江苏镇江市东南。

⑤ 《岳渎经》——古代记载山川形势的一部地理书,今已佚。

⑥ 五伯——与下文的天老、夔龙、桐柏千君长、鸿蒙氏、章商氏、兜卢氏、犁娄氏、童律、乌木由、庚辰、鸱脾桓等,都是《集仙录》中出现的神怪名称。《集仙录》称这些神怪有的帮助夏禹治水,有的则进行捣乱破坏。

⑦ 涡——涡河,源出河南许县,流经安徽省,于怀远县入淮水。

谢小娥传

李公佐

小娥,姓谢氏,豫章①人,估客②女也。生八岁,丧母。嫁历阳③侠士段居贞。居贞负气重义,交游豪俊。小娥父畜巨产,隐名商贾间,常与段婿同舟货,往来江湖。时小娥年十四,始及笄。父与夫俱为盗所杀,尽掠金帛。段之弟兄,谢之生侄,与童仆辈数十,悉沉于江。小娥亦伤胸折足,漂流水中,为他船所获,经夕而活。因流转乞食至上元县④,依妙果寺尼净悟之室。初,父之死也,小娥梦父谓曰:“杀我者,车中猴,门东草。”又数日,复梦其夫谓曰:“杀我者,禾中走,一日夫。”小娥不自解悟,常书此语,广求智者辨之,历年不能得。

元和八年春,余罢江西从事,扁舟东下,淹泊建业⑤,登瓦官寺阁。有僧齐物者,重贤好学,与余善。因告余曰:“有孀妇⑥名小娥者,每来寺中,示我十二字谜语,某不能辨。”余遂请齐公书于纸。乃凭槛书空,凝思默虑。坐客未倦,予悟其文。令寺童疾召小娥前至,询访其由。小娥呜咽良久,乃曰:“我父及夫,皆为贼所杀。迩后尝梦父告曰:‘杀我者,车中猴,门东草。’又梦夫告曰:‘杀我者,禾中走,一日夫。’岁久无人悟之。”余曰:“若然者,吾审详矣。杀汝父是申兰,杀汝夫是申春。且车中猴,车字去上下各一画,是申字;又申属猴,故曰车中猴。草下有门,门中有东,乃兰字也。又,禾中走是穿田过,亦是申字也;一日夫者,夫上更一画,下有日,是春字也。杀汝父是申兰,杀汝夫是申春,足可明矣。”小娥恸哭再拜。书申兰申春四字于衣中,誓将访杀二贼,以复其冤。娥因问余姓氏官族,

---

① 豫章——唐郡名,治所在今江西省南昌市。
② 估客——贩运商人。
③ 历阳——唐郡名,治所在今安徽省和县。
④ 上元县——唐县名,即今江苏省江宁县。
⑤ 建业——古地名,即今南京市。
⑥ 孀妇——寡妇。

垂涕而去。

尔后小娥便为男子服，佣保①于江湖间。岁余，至浔阳郡②，见竹户上有纸榜子③，云"召佣者。"小娥乃应召诣门。问其主，乃申兰也；兰引归。娥心愤貌顺，在兰左右，甚见亲爱。金帛出入之数，无不委娥。已二岁余，竟不知娥之女人也。先是谢氏之金宝锦绣衣物器具，悉掠在兰家，小娥每执旧物，未尝不暗注移时。兰与春，宗昆弟④也。时春一家住大江北独树浦，与兰往来密洽。兰与春同去经月，多获财帛而归。每留娥与兰妻兰氏同守家室，酒肉衣服，给娥甚丰。或一日，春携文鲤⑤兼酒诣兰，娥私叹曰："李君精悟玄鉴⑥，皆符梦言，此乃天启其心，志将就矣。"是夕，兰与春会群贼，毕至酣饮。暨诸凶既去，春沉醉，卧于内室；兰亦露寝于庭。小娥潜锁春于内，抽佩刀先断兰首，呼号邻人并至，春擒于内，兰死于外，获赃收货，数至千万。初，兰春有党数十，暗记其名，悉擒就戮。时浔阳太守张公，善其志行，为具其事上旌表⑦，乃得免死。时元和十二年夏岁也。复父夫之仇毕，归本里，见亲属。里中豪族争求聘，娥誓心不嫁。遂剪发被褐⑧，访道于牛头山⑨，师事大士尼将律师⑩。娥志坚行苦，霜舂雨薪⑪，不倦筋力。十三年四月，始受具戒于泗州开元寺⑫，竟以小娥为法号，不忘本也。

其年夏月，余始归长安，途经泗滨，过善义寺谒大德尼令⑬。操戒新

① 佣保——当雇工。

② 浔阳郡——即今江西省九江市。

③ 纸榜子——招贴，犹今之张贴广告、启事之类。

④ 宗昆弟——同族弟弟。

⑤ 文鲤——鲤鱼，因鳞有黑文，故称。

⑥ 精悟玄鉴——精深的理解，神奇的评断。

⑦ 旌表——古代官府为"忠孝节义"之人立牌坊，挂匾额，以示表彰，称旌表。

⑧ 褐——粗布短衣。

⑨ 牛头山——指今江苏省南京市南的牛头山。

⑩ 大士尼将律师——大士尼，对年高道深的尼姑的尊称。将，这位尼姑的名字。律师，对精通戒律的僧尼的通称。

⑪ 霜舂雨薪——霜雪中舂米，风雨中打柴。指辛苦劳作。

⑫ 泗州开元寺——泗州，唐州名，治所在今江苏宿迁县附近。

⑬ 大德尼令——大德尼，对年高有德的尼姑的尊称。令是这位尼姑的名字。

见者数十,净发鲜帔,威仪雍容,列侍师之左右。中有一尼问师曰:"此官岂非洪州李判官二十三郎者乎?"师曰:"然。"曰:"使我获报家仇,得雪冤耻,是判官恩德也。"顾余悲泣。余不之识,询访其由。娥对曰:"某名小娥,顷乞食媪妇也。判官时为辨申兰申春二贼名字,岂不忆念乎?"余曰:"初不相记,今即悟也。"娥因泣,具写记申兰申春,复父夫之仇,志愿粗毕,经营终始艰苦之状。小娥又谓余曰:"报判官恩,当有日矣。"岂徒然哉!嗟乎!余能辨二盗之姓名,小娥又能竟复父夫之仇冤;神道不昧,昭然可知。小娥厚貌深辞,聪敏端特,炼指跛足①,誓求真如②。爰自入道,衣无絮帛,斋无盐酪,非律仪禅理,口无所言。后数日,告我归牛头山,扁舟泛淮,云游南国,不复再遇。

君子曰:"誓志不舍,复父夫之仇,节也。佣保杂处,不知女人,贞也。女子之行,唯贞与节能终始全之而已。如小娥,足以儆天下逆道乱常忘,足以观天下贞夫孝妇之节。"余备详前事,发明隐文③,暗与冥会④,符于人心。知善不录,非春秋之义⑤也。故作传以旌美之。

李 娃 传

白行简

褋国夫人⑥李娃,长安之倡女也。节行瑰奇⑦,有足称者,故监察御史白行简为传述。

---

① 炼指跛足——烧毁手指,弄跛腿足,这是佛教徒以此苦行来表示自己修炼的决心与对佛教的虔诚。
② 真如——佛教用语,指真实不变的永恒真理。
③ 隐文——隐晦的文字,此指哑谜。
④ 暗与冥会——暗中与鬼魂托梦之语相符合。
⑤ 春秋之义——《春秋》为孔子根据鲁国历史写作的一部史书,古代人认为书里每一字句都包含惩恶扬善的褒贬作用。故春秋之义即劝善惩恶之义。
⑥ 褋(qiān)国夫人——褋,唐代的褋阳郡,治所在今陕西省千阳。褋国夫人是唐代一种封号,并非赐以褋阳郡。
⑦ 瑰奇——奇特、尊贵。

天宝中,有常州刺史荥阳公①者,略其名氏,不书。时望甚崇,家徒甚殷。知命之年②,有一子,始弱冠③矣;隽朗有词藻,迥然不群,深为时辈推伏。其父爱而器之,曰:"此吾家千里驹也。"应乡赋秀才举④,将行,乃盛其服玩车马之饰,计其京师薪储之费,谓之曰:"吾观尔之才,当一战而霸⑤。今备二载之用,且丰尔之给,将为其志也。"生亦自负,视上第如指掌。自毗陵⑥发,月余抵长安,居于布政里⑦。

尝游东市还,自平康⑧东门入,将访友于西南。至鸣珂曲⑨,见一宅,门庭不甚广,而室宇严邃。阖一扉,有娃方凭一双鬟青衣立,妖姿要妙,绝代未有。生忽见之,不觉停骖⑩久之,徘徊不能去。乃诈坠鞭于地,候其从者,敕取之。累眄⑪于娃,娃回眸凝睇,情甚相慕。竟不敢措辞而去。生自尔意若有失,乃密征其友游长安之熟者,以讯之。友曰:"此狭邪女⑫李氏宅也。"曰:"娃可求乎!"对曰:"李氏颇赡。前与通之者多贵戚豪族,所得甚广。非累百万,不能动其志也。"生曰:"苟患其不谐,虽百万,何惜。"他日,乃洁其衣服,盛宾从而往。扣其门,俄有侍儿启扃。生曰:"此谁之第耶?"侍儿不答,驰走大呼曰:"前时遗策⑬郎也!"娃大悦曰:"尔姑止之。吾当整妆易服而出。"生闻之私喜。乃引至萧墙⑭间,见一姥垂白上偻,即娃母也。生跪拜、前致词曰:"闻兹地有隙院⑮,愿税以居,信乎?"

---

① 荥阳公——唐时郑姓为荥阳(今属河南)名门望族,称荥阳公,犹言称郑公。
② 知命之年——《论语·为政》:"五十而知天命。"天命之年即五十岁。
③ 弱冠——古时男子二十岁时举行"冠礼",表示已经成人。弱冠即二十岁。
④ 秀才举——泛指参加明经或进士的考试。
⑤ 一战而霸——指一考就及第。
⑥ 毗陵——古郡名,唐代又称常州。
⑦ 布政里——唐长安坊里名。
⑧ 平康——唐长安坊里名,为当时妓女聚居之处。
⑨ 鸣珂曲——平康里中的小巷。
⑩ 骖(cān)——原指一车驾三马,此处指所骑之马。
⑪ 眄(miǎn)——斜着眼看。
⑫ 狭邪女——妓女。
⑬ 策——马鞭。
⑭ 萧墙——院子中当门的墙。
⑮ 隙院——空闲的房子。

姥曰:"惧其浅陋湫隘①,不足以辱长者所处,安敢言直耶。"延生于迟宾之馆②,馆宇甚丽。与生偶坐,因曰:"某有女娇小,技艺薄劣,欣见宾客,愿将见之。"乃命娃出。明眸皓腕,举步艳冶。生遽惊起,莫敢仰视。与之拜毕,叙寒燠③,触类④妍媚,目所未睹。复坐,烹茶斟酒,器用甚洁。久之,日暮,鼓声四动。姥访其居远近。生绐之曰:"在延平门⑤外数里。"冀其远而见留也。姥曰:"鼓已发矣。当速归,无犯禁。"生曰:"幸接欢笑,不知日之云夕,道里辽阔,城内又无亲戚。将若之何?"娃曰:"不见责僻陋,方将居之,宿何害焉。"生数目姥。姥曰:"唯唯。"生乃召其家僮,持双缣,请以备一宵之馔。娃笑而止之曰:"宾主之仪,且不然也。今夕之费,愿以贫窭之家,随其粗粝⑥以进之。其余以俟他辰。"固辞,终不许。俄从坐西堂,帏帟帘榻,焕然夺目;妆奁衾枕,亦皆侈丽。乃张烛进馔,品味甚盛。撤馔,姥起。生娃谈话方切,谈谐调笑,无所不至。生曰:"前偶过卿门,遇卿适在屏间。厥后心常勤念,虽寝与食,未尝或舍。"娃答曰:"我心亦如之。"生曰:"今之来,非直求居而已。愿偿平生之志。但未知命也若何?"言未终,姥至,询其故,具以告。姥笑曰:"男女之际,大欲存焉。情苟相得,虽父母之命,不能制也。女子固陋,曷足以荐君子之枕席?"生遂下阶,拜而谢之曰:"愿以己为厮养⑦。"姥遂目之为郎,饮酣而散。及旦,尽徙其囊橐⑧,因家于李之第。

　　自是生屏迹戢身⑨,不复与亲知相闻。日会倡优侪类⑩,狎戏游宴。囊中尽空,乃鬻骏乘及其家童。岁余,资材仆马荡然。迩来姥意渐怠,娃情弥笃。他日,娃谓生曰:"与郎相知一年,尚无孕嗣。常闻竹林神者,报

①　湫隘——低湿、狭窄。

②　迟宾之馆——为客人而准备的房间。

③　叙寒燠(yù)——即寒暄,宾主之间的应酬话。

④　触类——即全身上下,一举一动。

⑤　延平门——长安西城门。

⑥　粗粝——粗饭。

⑦　厮养——奴仆。

⑧　囊橐(tuó)——装东西的口袋,此处指行李。

⑨　戢(jí)身——藏身。

⑩　倡优侪类——妓女、戏子一类。

应如响①，将致荐酹②求之，可乎?"生不知其计，大喜。乃质衣于肆，以备牢醴③，与娃同谒祠宇而祷祝焉，信宿而返。策驴而后，至里北门，娃谓生曰:"此东转小曲中，某之姨宅也。将憩而觐之，可乎?"生如其言，前行不逾百步，果见一东门。窥其际，甚弘敞。其青衣自车后止之曰:"至矣。"生下，适有一人出访曰:"谁?"曰:"李娃也。"乃入告。俄有一妪至，年可四十余，与生相迎，曰:"吾甥来否?"娃下车，妪迎访之曰:"何久疏绝?"相视而笑。娃引生拜之。既见，遂偕入西戟门偏院中。有山亭，竹树葱茜，池榭幽绝。生谓娃曰:"此姨之私第耶?"笑而不答，以他语对。俄献茶果，甚珍奇。食顷，有一人控大宛④，汗流驰至，曰:"姥遇暴疾颇甚，殆不识人。宜速归。"娃谓姨曰:"方寸⑤乱矣。某骑而前去，当令返乘，便与郎偕来。"生拟随之。其姨与侍儿偶语⑥，以手挥之，令生止于户外，曰:"姥且殁矣。当与某议丧事以济其急。奈何遽相随而去?"乃止，共计其凶仪斋祭之用。日晚，乘不至。姨言曰:"无复命，何也? 郎骤往视之，某当继至。"生遂往，至旧宅，门扃钥甚密，以泥缄之。生大骇，诘其邻人。邻人曰:"李本税此而居，约已周矣⑦。第主自收。姥徙居，而且再宿矣。"征"徙何处?"曰:"不得其所。"生将驰赴宣阳⑧，以诘其姨，日已晚矣，计程不能达。乃弛⑨其装服，质馔而食，赁榻而寝。生忿怒方甚，自昏达旦，目不交睫。质明，乃策蹇⑩而去。既至，连扣其扉，食顷无人应。生大呼数四，有宦者徐出。生遽访之:"姨氏在乎?"曰:"无之。"生曰:"昨暮在此，何故匿之。"访其谁氏之第。曰:"此崔尚书宅。昨者有一人税此院，云迟中表之远至者。未暮去矣。"生惶惑发狂，罔至所措，因返访布政旧邸。

①　报应如响——指神明灵验，有求即有应。
②　荐酹(lèi)——具酒食以祭鬼神。
③　牢醴——祭祀神明用的猪、牛、羊、酒等。
④　控大宛——骑骏马。大宛，汉代西域诸国之一，地产良马，故称。
⑤　方寸——指心。
⑥　偶语——对面私谈。
⑦　约已周矣——契约已经到期了。
⑧　宣阳——长安坊里名，于平康里南面。
⑨　弛——解下、脱卸。
⑩　策蹇——即骑驴。

邸主哀而进膳。生怨懑，绝食三日，遘疾甚笃，旬余愈甚。邸主惧其不起，徙之于凶肆①之中。绵缀②移时，合肆之人共伤叹而互饲之。后稍愈，杖而能起。由是凶肆日假之令执穗帷③，获其直以自给。累月，渐复壮，每听其哀歌，自叹不及逝者，辄呜咽流涕，不能自止。归则效之。生，聪敏者也。无何，曲尽其妙，虽长安无有伦比。

初，二肆之佣凶器④者，互争胜负。其东肆车舆皆奇丽，殆不敌，唯哀挽劣焉。其东肆长知生妙绝，乃醵⑤钱二万索顾焉。其党耆旧⑥，共较其所能者，阴教生新声，而相赞和。累旬，人莫知之。其二肆长相谓曰："我欲各阅所佣之器于天门街，以较优劣。不胜者罚直五万，以备酒馔之用，可乎？"二肆许诺。乃邀立符契，署以保证，然后阅之。士女大和会，聚至数万。于是里胥告于贼曹⑦，贼曹闻于京尹⑧。四方之士，尽赴趋焉，巷无居人。自旦阅之，及亭午，历举辇舆威仪⑨之具，西肆皆不胜，师有惭色，乃置层榻于南隅，有长髯者，拥铎⑩而进，翊卫数人。于是奋髯扬眉，扼腕顿颡⑪而登，乃歌白马之词；恃其夙胜，顾眄左右，旁若无人，齐声赞扬之；自以为独步一时，不可得而屈也。有顷，东肆长于北隅上设连榻，有乌巾少年，左右五六人，秉翣⑫而至，即生也。整衣服，俯仰甚徐，申喉发调，容若不胜。乃歌《薤露》之章⑬，举声清越，响振林木，曲度未终，闻者歔欷掩

---

① 凶肆——指售卖丧事用品及为丧家办理出丧事务的店铺。
② 绵缀——指病情危险、气息微弱的样子。
③ 穗帷——灵帐。
④ 凶器——丧事用的器物。
⑤ 醵（jù）——凑钱。
⑥ 耆旧——老人。此处指老师傅。
⑦ 里胥告于贼曹——里胥，古时乡里头领。贼曹，州郡之中掌管治安的官吏。
⑧ 京尹——京城的行政长官，即京兆尹。
⑨ 辇舆威仪——丧车仪仗等。
⑩ 拥铎——拿着大铃。
⑪ 扼腕顿颡（sǎng）——颡，前额。一只手握着另一只手的手腕，连连点头。表示昂然得意的样子。
⑫ 秉翣（shà）——拿着大羽毛扇。秉，持。
⑬ 《薤露》之章——古代哀悼死者的丧歌。

泣。西肆长为众所诮，益惭耻。密置所输之直于前，乃潜遁焉。四坐愕眙①，莫之测也。

先是，天子方下诏，俾外方之牧，岁一至阙下，谓之入计。时也适遇生之父在京师，与同列者易服章窃往观焉。有老竖，即生乳母婿也，见生之举措辞气，将认之而未敢，乃泫然流涕。生父惊而诘之。因告曰："歌者之貌，酷似郎之亡子。"父曰："吾子 以多财为盗所害。奚至是耶？"言讫，亦泣。及归，竖间驰往，访于同党曰："向歌者谁？若斯之妙欤？"皆曰："某氏之子。"征其名，且易之矣。竖凛然大惊；徐往，迫而察之。生见竖色动，回翔②将匿于众中。竖遂持其袂曰："岂非某乎？"相持而泣。遂载以归。至其室，父责曰："志行若此，污辱吾门；何施面目，复相见也。"乃徙行出，至曲江③西杏园东，去其衣服，以马鞭鞭之数百。生不胜其苦而毙。父弃之而去。其师命相狎昵者阴随之，归告同党，共加伤叹。令二人赍苇痿④焉。至，则心下微温。举之，良久，气稍通。因共荷而归，以苇筒灌勺饮，经宿乃活。月余，手足不能自举。其楚挞之处皆溃烂，秽甚，同辈患之，一夕，弃于道周。行路咸伤之，往往投其余食，得以充肠。十旬，方杖策而起。被衣裘，裘有百结，褴褛如悬鹑⑤。持一破瓯，巡于闾里，以乞食为事。自秋徂冬，夜入于粪壤窟室，昼则周游廛肆。

一旦大雪，生为冻馁所驱，冒雪而出，乞食之声甚苦。闻见者莫不凄恻。时雪方甚，人家外户多不发。至安邑⑥东门，循里垣北转第七八，有一门独启左扇，即娃之第也。生不知之，遂连声疾呼"饥冻之甚"，音响凄切，所不忍听。娃自阁中闻之，谓侍儿曰："此必生也。我辨其音矣。"连步而出。见生枯瘠疥疠⑦，殆非人状。娃意感焉，乃谓曰："岂非某郎也？"生愤懑绝倒，口不能言，颔颐而已。娃前抱其颈，以绣襦拥而归于西厢。失声长恸曰："令子一朝及此，我之罪也！"绝而复苏。姥大骇，奔至，曰：

---

① 愕眙(chì)——吃惊而发呆。眙，瞪大眼睛直视。
② 回翔——鸟飞绕盘旋的样子。此处指荥阳公子躲闪的样子。
③ 曲江——曲江池，在长安城南。
④ 痿——埋葬。
⑤ 县鹑——鹑，鹌鹑，尾秃，因以形容衣服破烂。
⑥ 安邑——长安里坊名。
⑦ 疥疠(lài)——疥疮。疠，同"癞"。

"何也?"娃曰:"某郎。"姥遽曰:"当逐之。奈何令至此?"娃敛容却睇①
曰:"不然。此良家子也。当昔驱高车,持金装,至某之室,不逾期而荡
尽。且互设诡计,舍而逐之,殆非人。令其失志,不得齿于人伦。父子之
道,天性也。使其情绝,杀而弃之。又困踬②若此。天下之人尽知为某
也。生亲戚满朝,一旦当权者熟察其本末,祸将及矣。况欺天负人,鬼神
不祐,无自贻其殃也。某为姥子,迨今有二十岁矣。计其赀,不啻值千金。
今姥年六十余,愿计二十年衣食之用以赎身,当与此子另卜所诣③。所诣
非遥,晨昏得以温清④。某愿足矣。"姥度其志不可夺,因许之。

　　给姥之余,有百金。北隅四五家税一隙院。乃与生沐浴,易其衣服;
为汤粥,通其肠;次以酥乳润其脏。旬余,方荐水陆之馔⑤。头巾履袜,皆
取珍异者衣之。未数月,肌肤稍腴;卒岁,平愈如初。异时,娃谓生曰:
"体已康矣,志已壮矣。渊思寂虑,默想曩昔之艺业,可温习乎?"生思之,
曰:"十得二三耳。"娃命车出游,生骑而从。至旗亭南偏门鬻坟典之肆⑥,
令生拣而市之,计费百金,尽载以归。因令生斥弃百虑以志学,俾夜作昼,
孜孜矻矻⑦。娃常偶坐,宵分乃寐。伺其疲倦,即谕之缀诗赋⑧。二岁而
业大就;海内文籍,莫不该览。生谓娃曰:"可策名试艺矣。"娃曰:"未也,
且令精熟,以俟百战。"更一年,曰:"可行矣。"于是遂一上登甲科⑨,声振
礼闱。虽前辈见其文,罔不敛衽敬羡,愿友之而不可得。娃曰:"未也。
今秀士,苟获擢一科第,则自谓可以取中朝之显职,擅天下之美名。子行

---

① 敛容却睇——脸色严肃地回头斜看。
② 困踬——困顿潦倒。
③ 另卜所诣——另找住所。
④ 晨昏得以温清(qìng)——清,凉。早晚能够问暖问寒,予以服侍。
⑤ 荐水陆之馔——荐,奉进。水陆之馔,指山珍海味。
⑥ 旗亭南偏门鬻坟典之肆——旗亭,酒楼。鬻,卖。坟典,即《三坟》《五典》,
　 泛指古书。
⑦ 孜孜矻矻(kū)——勤奋的样子。
⑧ 谕之缀诗赋——勉励他写诗作赋。
⑨ 登甲科——考中进士科的甲等。

秽迹鄙,不侔于他士。当砻淬利器①,以求再捷。方可以连衡多士②,争霸群英。"生由是益自勤苦,声价弥甚。其年,遇大比③,诏征四方之隽,生应"直言极谏"科④,策名第一,授成都府参军。三事以降⑤,皆其友也。将之官,娃谓生曰:"今之复子本躯,某不相负也。愿以残年,归养老姥。君当结媛鼎族,以奉蒸尝⑥。中外婚媾⑦,无自黩也。勉思自爱。某从此去矣。"生泣曰:"子若弃我,当自颈以就死。"娃固辞不从,生勤请弥悬。娃曰:"送子涉江,至于剑门,当令我回。"生许诺。

　　月余,至剑门。未及发而除书至,生父由常州诏入,拜成都尹。兼剑南采访使。浃辰⑧,父到。生因投刺,谒于邮亭。父不敢认,见其祖父官讳,方大惊,命登阶,抚背恸哭移时,曰:"吾与尔父子如初。"因诘其由,具陈其本末。大奇之,诘娃安在。曰:"送某至此,当令复还。"父曰:"不可。"翌日,命驾与生先之成都,留娃于剑门,筑别馆以处之。明日,命媒氏通二姓之好,备六礼⑨以迎之,遂如秦晋之偶。娃既备礼,岁时伏腊⑩,妇道甚修,治家严整,极为亲所眷。向后数岁,生父母偕殁,持孝甚至。有灵芝产于倚庐⑪,一穗三秀。本道上闻。又有白燕数十,巢其层甍。天子异之,宠锡加等。终制,累迁清显之任⑫。十年间,至数郡。娃封汧国夫人。有四子,皆为大官;其卑者犹为太原尹。弟兄姻媾皆甲门,内外隆盛,莫之与京⑬。嗟乎,倡荡之姬,节行如是,虽古先烈女,不能逾也。焉得不

---

① 砻淬利器——用石磨称砻;铁器烧红后在水中蘸一下称淬。此句比喻钻研学问。

② 连衡多士——广泛结交读书人。

③ 大比——三年一次的科举考试。此指皇帝特命举行的考试。

④ 直言极谏科——唐代考试科目。内容是向朝廷政事提出批评建议。

⑤ 三事以降——三公以下的官员。三公,最高的官衔。

⑥ 奉蒸尝——主持祭祀。秋祭称尝;冬祭称蒸。

⑦ 中外婚媾——中外,指中外姑表、姨表等亲戚。此句指与高门大族通婚。

⑧ 浃辰——从子至亥为一周,即十二天。浃,周匝。

⑨ 六礼——古代婚礼的六项程序,包括:纳彩、问名、纳吉、纳徵、请期、亲迎。

⑩ 岁时伏腊——意同逢年过节。

⑪ 倚庐——古代守丧时孝子所住的茅屋。

⑫ 清显之任——地位显要,声望清贵的官职。

⑬ 莫之与京——没有能够比得上的。

为之叹息哉!

予伯祖尝牧晋州①,转户部,为水陆运使,三任皆与生为代,故暗详其事。贞元中,予与陇西公佐话妇人操烈之品格,因遂述湛国之事。公佐拊掌竦听,命予为传。乃握管濡翰②,疏而存之。时乙亥岁秋八月,太原白行简云。

三　梦　记

白行简

人之梦,异于常者有之:或彼梦有所往而此遇之者;或此有所为而彼梦之者;或两相通梦者。天后③时,刘幽求为朝邑丞④。尝奉使⑤,夜归。未及家十余里,适有佛堂院,路出其侧。闻寺中歌笑欢洽。寺垣短缺,尽得睹其中。刘俯身窥之,见十数人,儿女杂坐,罗列盘馔,环绕之而共食。见其妻在坐中语笑。刘初愕然,不测其故久之。且思其不当至此,复不能舍之。又熟视容止言笑,无异。将就察之,寺门闭不得入。刘掷瓦击之,中其食洗⑥,破迸走散,因忽不见。刘逾垣直入,与从者同视,殿庑皆无人,寺扃如故,刘讶益甚,遂驰归。比至其家,妻方寝。闻刘至,乃叙寒暄讫,妻笑曰:"向梦中与数十人游一寺,皆不相识,会食于殿庭。有人自外以瓦砾投之,杯盘狼藉,因而遂觉。"刘亦具陈其见。盖所谓彼梦有所往而此遇之也。

元和四年,河南元微之⑦为监察御史,奉使剑外⑧。去逾旬,予与仲兄

---

① 牧晋州——为晋州刺史。

② 握管濡翰——提笔蘸墨。管,笔;濡,沾湿;翰,笔毛。

③ 天后——武则天。

④ 朝邑丞——朝邑,古地名,即朝歌,在今河南淇县。丞,县丞。

⑤ 奉使——因公事出差。

⑥ 食(léi)洗——食,酒坛;洗,盥器。泛指酒器杯盘。

⑦ 元微之——唐著名诗人元稹,微之是他的字。

⑧ 剑外——四川省剑门以南地方。

乐天①，陇西李杓直同游曲江。诣慈恩佛舍，遍历僧院，淹留移时。日已晚，同诣杓直修行里第②，命酒对酬，甚欢畅。兄停杯久之，曰："微之当达梁矣。"命题一篇于屋壁。其词曰："春来无计破春愁，醉折花枝作酒筹。忽忆故人天际去，计程今日到梁州。"实二十一日也。十许日，会梁州使适至，获微之书一函，后寄《纪梦诗》一篇，其词曰："梦君兄弟曲江头，也入慈恩院里游。属吏唤人排马③去，觉来身在古梁州。"日月与游寺题诗日月率同。盖所谓此有所为而彼梦之者矣。

贞元中扶风窦质与京兆韦旬同自亳入秦，宿潼关逆旅④。窦梦至华岳祠，见一女巫，黑而长。青裙素襦，迎路拜揖，请为之祝神。窦不获已，遂听之。问其姓，自称赵氏。及觉，具告于韦。明日，至祠下，有巫迎客，容质妆服，皆所梦也。顾谓韦曰："梦有征也。"乃命从者视囊中，得钱二镮⑤，与之。巫抚掌大笑，谓同辈曰："如所梦矣！"韦惊问之，对曰："昨梦二人从东来，一髯而短者祝醑⑥，获钱二镮焉。及旦，乃遍述于同辈。今则验矣。"窦因问巫之姓氏。同辈曰："赵氏。"自始及末，若合符契。盖所谓两相通梦者矣。

行简曰：《春秋》及子史⑦，言梦者多，然未有载此三梦者也。世人之梦亦众矣，亦未有此三梦。岂偶然也，抑亦必前定也？予不能知。今备记其事，以存录焉。

---

① 乐天——白乐天，唐著名诗人白居易，为作者哥哥。乐天是他的字。
② 修行里第——修行里为长安坊里名。第，住宅。
③ 排马——放马。
④ 逆旅——即旅馆。
⑤ 镮——同"环"，圆形方孔的铜钱。
⑥ 祝醑（xǔ）——祝酒。醑，酒。
⑦ 子史——诸子著作及历代史书。

东城老父传

陈　鸿

　　老父①,姓贾名昌,长安宣阳里人。开元元年癸丑生。元和庚寅岁,九十八年矣。视听不衰,言甚安徐,心力不耗,语太平事历历可听。父忠,长九尺,力能倒曳牛,以材官为中宫幕士②。景龙③四年,持幕竿④随玄宗入大明宫,诛韦氏,奉睿宗朝群后,遂为景云功臣⑤。以长刀备亲卫。诏徒家东云龙门。昌生七岁,跻捷过人,能抟柱乘梁⑥,善应对,解鸟语音。玄宗在藩邸⑦时,乐民间清明节斗鸡戏。及即位,治鸡坊于两宫间。索长安雄鸡,金毫铁钜高冠昂尾千数,养于鸡坊,选六军小儿五百人,使驯扰教饲。上之好之,民风尤甚。诸王世家,外戚家,贵主家,侯家,倾帑破产市鸡,以偿鸡直。都中男女,以弄鸡为事;贫者弄假鸡。帝出游,见昌弄木鸡于云龙门道旁,召入,为鸡坊小儿,衣食右龙武军⑧。三尺童子,入鸡群,如狎群小,壮者,弱者,勇者,怯者,水谷之时,疾病之候,悉能知之。举二鸡,鸡畏而驯,使令如人。护鸡坊中谒者⑨王承恩言于玄宗。召试殿庭,皆中玄宗意。即日为五百小儿长。加之以忠厚谨密,天子甚爱幸之。金帛之赐,日至其家。开元十三年,笼鸡三百,从封东岳⑩。父忠死太山下,

---

① 老父——对年老男子的称呼。

② 以材官为中宫幕士——材官,比较低等的武官。中宫,皇妃所居住的宫殿。幕士,即侍卫。

③ 景龙——唐中宗李哲的年号。

④ 幕竿——支撑帐幕的竹竿。

⑤ 景云功臣——景龙四年,临淄王李隆基率羽林军诛杀韦后,奉自己父亲李旦即位,改元景云,史称景云之役。

⑥ 抟(tuán)柱乘梁——爬柱子上屋梁。

⑦ 藩邸——即王府。

⑧ 右龙武军——龙武军,皇宫卫队之一。右,超过。

⑨ 护鸡坊中谒者——护鸡坊,管理鸡坊。中谒者,皇宫中由宦官担任的官职。

⑩ 从封东岳——侍从皇帝到泰山封禅。

得子礼奉尸归葬雍州。县官为葬器丧车,乘传①洛阳道。十四年三月,衣斗鸡服,会玄宗于温泉。当时天下号为"神鸡童"。时人为之语曰:"生儿不用识文字,斗鸡走马胜读书。贾家小儿年十三,富贵荣华代不如。能令金钜期胜负,白罗绣衫随软舆。父死长安千里外,差夫持道挽丧车。"昭成皇后之在相王府②,诞圣于八月五日。中兴③之后,制为千秋节。赐天下民牛酒乐三日,命之曰酺④,以为常也。大合乐于宫中,岁或酺于洛。元会与清明节,率皆在骊山。每至是日,万乐具举,六宫毕从。昌冠雕翠金华冠,锦袖绣襦袴,执铎拂道。群鸡叙立于广场,顾眄如神,指挥风生。树毛振翼,砺吻磨距,抑怒待胜,进退有朝,随鞭指低昂,不失昌度。胜负既决,强者前,弱者后,随昌雁行,归于鸡坊。角癨万夫,跳剑寻橦⑤、蹴球踏绳⑥,舞于竿颠⑦者,索气沮色,逡巡不敢入。岂教猱扰龙之徒⑧欤?二十三年,玄宗为娶梨园弟子潘大同女,男服佩玉,女服绣襦,皆出御府。昌男至信、至德。天宝中,妻潘氏以歌舞重幸于杨贵妃。夫妇席宠⑨四十年,恩泽不渝,岂不敏于伎,谨于心乎?上生于乙酉鸡辰⑩,使人朝服斗鸡,兆乱于太平矣。上心不悟。十四载,胡羯陷洛⑪,潼关不守。大驾幸成都,奔卫乘舆。夜出便门,马蹄道阱⑫。伤足,不能进,杖入南山⑬。每进鸡之日,则向西南大哭。禄山往年朝于京师,识昌于横门外。及乱二

———————————

① 乘传——由驿站供给车马。

② 昭成皇后之在相王府——昭成皇后,唐玄宗李隆基之母。相王,唐睿宗(李隆基之父)即位前封相王。

③ 中兴——指李隆基诛韦后的政变。

④ 酺——国家庆典时,皇帝赐给臣民聚饮称酺。

⑤ 跳剑寻橦(zhuàng)——杂技表演。跳剑,把几支小剑轮流抛向空中,用手接住,使其不落地。寻橦,爬高竿。

⑥ 踏绳——即走绳索。

⑦ 舞于竿颠——在高竿顶上表演。

⑧ 教猱扰龙之徒——指善于驯养动物的人。

⑨ 席宠——得到宠幸。

⑩ 乙酉鸡辰——乙酉年,属鸡。

⑪ 胡羯陷洛——指安禄山叛军攻陷洛阳。

⑫ 道阱——道路上的陷坑。

⑬ 南山——终南山,于长安城南。

京,以千金购昌长安、洛阳市。昌变姓名,依于佛舍,除地①击钟,施力于佛。洎太上皇归兴庆宫,肃宗受命于别殿②,昌还旧里。居室为兵掠,家无遗物。布衣憔悴,不复得入禁门矣。明日,复出长安南门,道见妻儿于招国里,菜色黯焉。儿荷薪,妻负故絮③。昌聚哭,诀于道。遂长逝息长安佛寺,学大师佛旨④。大历元年,依资圣寺大德僧运平住东市海池⑤,立陁罗尼石幢⑥。书能纪姓名;读释氏经,亦能了其深义至道,以善心化市井人。建僧房佛舍,植美草甘木。昼把土拥根,汲水灌竹,夜正观⑦于禅室。建中三年,僧运平人寿尽。服礼毕,奉舍利塔于长安东门外镇国寺东偏,手植松柏百株。构小舍,居于塔下,朝夕焚香洒扫,事师如生。顺宗在东宫,舍钱三十万,为昌立大师影堂⑧及斋舍。又立外层,居游民,取佣给。昌因日食粥一杯,浆水一升,卧草席,絮衣。过是,悉归于佛。妻潘氏后亦不知所往。贞元中,长子至信衣并州甲,随大司徒燧⑨入觐,省昌于长寿里。昌如已不生,绝之使去。次子至德归,贩缯洛阳市,来往长安间,岁以金帛奉昌,皆绝之。遂俱去,不复来。元和⑩中,颍川陈鸿祖携友人出春明门,见竹柏森然,香烟闻于道,下马觐昌于塔下。听其言,忘日之暮。宿鸿祖于斋舍,话身之出处,皆有条贯。遂及王制⑪。鸿祖问开元之理乱⑫。昌曰:"老人少时,以斗鸡求媚于上。上倡优畜之⑬,家于外宫,安以知朝廷之事。然有以为吾子言者。老人见黄门侍郎⑭杜暹出为碛西

---

① 除地——扫地。
② 肃宗授命于别殿——指唐玄宗于宣政殿把皇位让给肃宗之事。
③ 故絮——旧棉袄。
④ 大师佛旨——和尚所参研的佛教义理。
⑤ 海池——即放生池。
⑥ 陁罗尼石幢——刻有陁罗尼经的石柱。幢,石幢。
⑦ 正观——打坐参禅。
⑧ 影堂——供奉佛祖影像的厅堂。
⑨ 大司徒燧——即大司徒马燧,为中唐名将。
⑩ 元和——唐宪宗李纯的年号。
⑪ 王制——朝廷的典章制度。
⑫ 开元之理乱——开元年间治政之道。
⑬ 倡优畜之——以歌妓、艺人一类人养着。
⑭ 黄门侍郎——唐王朝门下省的副长官。

节度,摄御史大夫,始假风宪以威远①。见哥舒翰②之镇凉州也,下石堡,
戍青海城,出白龙,逾葱岭,界铁关③,总管河左道④,七命始摄御史大夫。
见张说⑤之领幽州也,每岁入关,辄长辕挽辐车,辇河间、蓟州庸调⑥缯布,
驾辖连轪⑦,坌入关门。输于王府,江淮绮縠,巴蜀锦绣,后宫玩好而已。
河州敦煌道岁屯田⑧,实边食,余粟转输灵州⑨,漕下黄河,入太原仓,备关
中凶年⑩。关中粟米,藏于百姓。天子幸五岳,从官千乘马骑,不食于民。
老人岁时伏腊得归休,行都市间,见有卖白衫白叠布。行邻比廛间⑪,有
人禳病⑫,法用皂布一匹,持重价不克致,竟以幞头罗⑬代之。近者,老人
扶仗出门,阅街衢中,东西南北视之,见白衫者不满百。岂天下之人皆执
兵乎? 开元十二年,诏三省侍郎⑭有缺,先求曾任刺史者。郎官缺,先求
曾任县令者。及老人见四十,三省郎史,有理刑才名,大者出刺郡,小者镇
县。自老人居大道旁,往往有郡太守休马于此,皆惨然不乐朝廷沙汰使治
郡。开元取士,孝弟理人而已。不闻进士宏词拔萃之为其得人也。大略
如此。"因泣下。复言曰:"上皇北臣穹庐⑮,东臣鸡林⑯,南臣滇池⑰,西臣

① 假风宪以威远——给他职衔以威慑边远之人。
② 哥舒翰——唐玄宗时名将,突厥族人,后降安禄山,被杀。
③ 铁关——铁门关。约在今前苏联中亚细亚阿姆河北。
④ 河左道——泛指黄河以西广大地区。
⑤ 张说——唐玄宗时人,字悦之、道济,封燕国公。
⑥ 庸调——劳税与税收制度。
⑦ 驾辖(huì)连轪(yuè)——指车驾运行。辖,车轴头。轪,车辕前连接横木的
   关键。
⑧ 屯田——唐边疆驻军垦荒种地以自给,称屯田。
⑨ 灵州——治所在今宁夏回族自治区灵武县。
⑩ 凶年——灾荒之年。
⑪ 邻比廛间——邻居的店铺。廛,店铺。
⑫ 禳病——祈祀鬼神以消灾治病。
⑬ 幞头罗——唐官员戴的一种头巾。
⑭ 三省侍郎——中书省、门下省、尚书省的副长官。
⑮ 北臣穹庐——使北方各族都臣服。臣,作动词用,以下之"臣"同。
⑯ 鸡林——古国名,即新罗。
⑰ 滇池——南诏国,在今云南大理一带。

昆夷①,三岁一来会。朝觐之礼容,临照之恩泽,衣之锦絮,饲之酒食,使展事而去,都中无留外国宾。今北胡与京师杂处,娶妻生子。长安中少年,有胡心矣。吾子视首饰靴服之制,不与向同,得非物妖呼?"鸿祖默不敢应而去。

长恨歌传

陈 鸿

开元②中,泰阶平③,四海无事。玄宗在位岁久,倦于旰食宵衣④,政无大小,始委于右丞相,稍深居游宴,以声色自娱。先是元献皇后、武淑妃⑤皆有宠,相次即世。宫中虽良家子千数,无可悦目者,上心忽忽不乐。时每岁十月,驾幸华清宫⑥,内外命妇⑦,熠耀景从,浴日余波,赐以汤沐,春风灵液,澹荡其间。上心油然,若有所遇,顾左右前后,粉色如土。诏高力士潜搜外宫,得弘农杨玄琰女于寿邸⑧,既笄矣。鬓发腻理,纤秾中度,举止闲冶,如汉武帝李夫人⑨。别疏汤泉,诏赐藻莹,既出水,体弱力微,若不任罗绮。光彩焕发,转动照人。上甚悦,进见之日,奏《霓裳羽衣

---

① 昆夷——泛指西域。
② 开元——唐玄宗李隆基的年号。
③ 泰阶平——泰阶,星名,即三台星座,形状分上、中、下三阶。古代认为三阶协谐,天下就太平。
④ 旰(gàn)食宵衣——天很晚才吃饭,天未亮就穿衣起身,形容对政事的勤勉。
⑤ 元献皇后、武淑妃——元献皇后,唐玄宗贵嫔杨氏,肃宗李亨生母;武淑妃,唐玄宗妃子,寿王李瑁生母。
⑥ 华清宫——于长安骊山上。
⑦ 内外命妇——受朝廷封号的妇女称命妇。宫廷内受封的,称内命妇;臣子家庭妇女受封的,即外命妇。
⑧ 寿邸——寿王的宅第。杨贵妃原为寿王李瑁的妃子。
⑨ 汉武帝李夫人——李夫人为汉武帝妃子,貌美而多才艺。

曲》①以导之;定情之夕,授金钗钿合②以固之。又命戴步摇③,垂金珰。明年,册为贵妃,半后服用。由是冶其容,敏其词,婉娈万态,以中上意。上益嬖焉。时省风九州,泥金五岳,骊山④雪夜,上阳⑤春朝,与上行同辇,止同室,宴专席,寝专房。虽有三夫人、九嫔、二十七世妇、八十一御妻⑥,暨后宫才人、乐府妓女⑦,使天子无顾盼意。自是六宫无复进幸者。非徒殊艳尤态致是,盖才智明慧,善巧便佞⑧,先意希旨⑨,有不可形容者。叔父昆弟皆列位清贵,爵为通侯。姊妹封国夫人⑩,富埒王宫,车服邸第,与大长公主侔⑪矣。而恩泽势力,则又过之,出入禁门不问,京师长吏为之侧目。故当时谣咏有云:"生女勿悲酸,生男勿喜欢。"又曰:"男不封侯女作妃,看女却为门上楣。"其为人心羡慕如此。

天宝末,兄国忠盗丞相位⑫,愚弄国柄。及安禄山引兵向阙,以讨杨氏为词。潼关不守,翠华南幸⑬,出咸阳,道次马嵬亭。六军徘徊,持戟不

---

① 《霓裳羽衣曲》——原为西凉传入的舞曲《婆罗门曲》,后经唐玄宗润色,改编,定为《霓裳羽衣曲》。

② 钿合——镶嵌有珠玉的盒子。

③ 步摇——古代妇女插在发髻上的首饰,所缀珠玉走动时摇动生姿,故称。

④ 骊山——在今陕西省临潼县东南。

⑤ 上阳——上阳宫,唐玄宗在洛阳所建。

⑥ "三夫人"句——三夫人、九嫔、二十七世妇、八十一御妻,这些均为周朝王宫女官名称,此借指唐宫女。

⑦ 乐府妓女——指唐玄宗设立的教坊。教坊中的歌姬、舞女称妓女,与后代妓女的概念不同。

⑧ 善巧便佞——乖巧机灵,善于奉承。

⑨ 先意希旨——事先能够揣摸到人的旨意。

⑩ 姊妹封国夫人——杨贵妃三个姊妹分别封以韩国夫人、虢国夫人、秦国夫人。

⑪ 与大长公主侔——与皇帝的姑母相等。

⑫ 兄国忠盗丞相位——杨贵妃的堂兄杨钊由于杨贵妃的关系被封丞相。

⑬ 翠华南幸——"安史之乱"起,唐玄宗仓皇逃奔四川。翠华,代指皇帝的车驾。

进。从官郎吏伏上马前,请诛晁错以谢天下①。国忠奉牦缨盘水,死于道周。左右之意未快。上问之,当时敢言者,请以贵妃塞天下怨。上知不免,而不忍见其死,反袂掩面,使牵之而去。仓皇展转,竟就死于尺组之下。既而玄宗狩成都②,肃宗受禅灵武③。明年大凶归元④,大驾还都。尊玄宗为太上皇,就养南宫。自南宫迁于西内。时移事去,乐尽悲来。每至春之日,冬之夜,池莲夏开,宫槐秋落。梨园弟子,玉芦发音,闻《霓裳羽衣》一声,则天颜不怡,左右遑欷。三载一意,其念不衰。求之梦魂,杳不能得。

　　适有道士自蜀来,知上心念杨妃如是,自言有李少君之术⑤。玄宗大喜,命致其神。方士乃竭其术以索之,不至。又能游神驭气,出天界,没地府以求之,不见。又旁求四虚上下,东极天海,跨蓬壶⑥。见最高仙山,上多楼阙,西厢下有洞户,东向,阖其门,署曰"玉妃太真院"。方士抽簪扣扉,有双鬟童女,出应其门。方士造次未及言,而双鬟复入。俄有碧衣侍女又至,诘其所从。方士因称唐天子使者,且致其命。碧衣云:"玉妃方寝,请少待之。"于时云海沉沉,洞天日晓,琼户重阖,悄然无声。方士展息敛足,拱手门下。久之,而碧衣延入,且曰:"玉妃出。"见一人冠金莲,披紫绡,珮红玉,曳凤舄⑦,左右侍者七八人,揖方士,问"皇帝安否",次问天宝十四载以还事。言讫,悯然。指碧衣取金钗钿合,各析其半,授使者曰:"为我谢太上皇,谨献是物,寻旧好也。"方士受辞与信,将行,色有不足。玉妃固征其意。复前跪致词:"请当时一事,不为他人闻者,验于太

① 诛晁错以谢天下——晁错,汉景帝时御史大夫,建议削藩,后吴、楚等七国以"清君侧"为名,起兵讨伐,景帝遂杀晁错。此处以晁错代指杨国忠。
② 狩成都——唐玄宗于天宝十五年到达成都。古帝王出行称"巡狩"。
③ 受禅灵武——唐玄宗奔蜀,其子李亨于灵武(今宁夏灵武县)即位,带领唐王朝军队,抵抗"安史"叛军。
④ 大凶归元——大凶,指安禄山,归元,即被杀。
⑤ 李少君之术——李少君,汉武帝时道士。据传能为汉武帝招来李夫人魂魄。
⑥ 蓬壶——古称东海有三座神山,其一为蓬莱,也称蓬壶。
⑦ 凤舄(xì)——凤头鞋。

上皇,不然,恐钿合金钗,负新垣平之诈①也。"玉妃茫然退立,若有所思,徐而言曰:"昔天宝十载,侍辇避暑于骊山宫。秋七月,牵牛织女相见之夕,秦人风俗,是夜张锦绣,陈饮食,树瓜华,焚香于庭,号为乞巧②。宫掖间尤尚之。时夜殆半,休侍卫于东西厢,独侍上。上凭肩而立,因仰天感牛女事,密相誓心,愿世世为夫妇。言毕,执手各呜咽。此独君王知之耳。"因自悲曰:"由此一念,又不得居此。复堕下界,且结后缘。或为天,或为人,决再相见,好合如旧。"因言:"太上皇亦不久人间,幸唯自安,无自苦耳。"使者还奏太上皇,皇心震悼,日日不豫。其年夏四月,南宫宴驾③。

元和④元年冬十二月,太原白乐天⑤自校书郎尉于盩厔⑥。鸿与琅琊王质夫家于是邑,暇日相携游仙游寺,话及此事,相与感叹。质夫举酒于乐天前曰:"夫希代之事,非遇出世之才润色之,则与时消没,不闻于世。乐天深于诗,多于情者也。试为歌之,如何?"乐天因为《长恨歌》。意者不但感其事,亦欲惩尤物,窒乱阶⑦,垂于将来者也。歌既成,使鸿传焉。世所不闻者,予非开元遗民,不得知。世所知者,有《玄宗本纪》在。今但传《长恨歌》云尔。

---

① 负新垣平之诈——新垣平,西汉文帝时人。自称有法术,其自造玉杯,说是天降之物。后骗术败露而被杀。负,背。
② 乞巧——古代称七月七日为乞巧节,其时夜晚牵牛织女会于天河。
③ 南宫晏驾——宴驾,称皇帝死亡。唐玄宗回京以后,居于兴庆宫,也称南宫。
④ 元和——唐宪宗李纯的年号。
⑤ 白乐天——即唐代诗人白居易。
⑥ 盩厔(zhōu zhì)——即今陕西省周至县。
⑦ 惩尤物,窒乱阶——尤物,指美色。乱阶,祸乱的途径。全句意即以好色为戒,阻止祸乱的发生。

附录

《长恨歌》

白居易

汉皇重色思倾国，御宇多年求不得。杨家有女初长成，养在深闺人未识。天生丽质难自弃，一朝选在君王侧。回眸一笑百媚生，六宫粉黛无颜色。春寒赐浴华清池，温泉水滑洗凝脂，侍儿扶起娇无力，始是新承恩泽时。云鬓花颜金步摇，芙蓉帐暖度春宵。春宵苦短日高起，从此君王不早朝。承欢侍宴无闲暇，春从春游夜专夜；后宫佳丽三千人，三千宠爱在一身，金屋妆成娇侍夜，玉楼宴罢醉和春。姊妹弟兄皆列土，可怜光彩生门户；遂令天下父母心，不重生男重生女。骊宫高处入青云，仙乐风飘处处闻。缓歌慢舞凝丝竹，尽日君王看不足。渔阳鼙鼓动地来，惊破霓裳羽衣曲。九重城阙烟尘生，千乘万骑西南行，翠华摇摇行复止，西出都门百余里，六军不发无奈何，宛转蛾眉马前死。花钿委地无人收，翠翘金雀玉搔头，君王掩面救不得，回看血泪相和流。黄埃散漫风萧索，云栈萦纡登剑阁，峨眉山下少人行，旌旗无光日色薄。蜀江水碧蜀山青，圣主朝朝暮暮情，行宫见月伤心色，夜雨闻铃肠断声。天旋日转回龙驭，到此踌躇不能去，马嵬坡下泥土中，不见玉颜空死处。君臣相顾尽沾衣，东望都门信马归。归来池苑皆依旧，太液芙蓉未央柳，芙蓉如面柳如眉，对此如何不泪垂？春风桃李花开夜，秋雨梧桐叶落时，西宫南苑多秋草，宫叶满阶红不扫。梨园弟子白发新，椒房阿监青娥老。夕殿萤飞思悄然，孤灯挑尽未成眠，迟迟钟漏初长夜，耿耿星河欲曙天。鸳鸯瓦冷霜华重，翡翠衾寒谁与共？悠悠生死别经年，魂魄不曾来入梦。临邛道士鸿都客，能以精诚致魂魄，为感君王展转思，遂教方士殷勤觅。排空驭气奔如电，升天入地求之遍，上穷碧落下黄泉，两处茫茫皆不见。忽闻海上有仙山，山在虚无缥缈间。楼殿玲珑五云起，其中绰约多仙子。中有一人字太真，雪肤花貌参差是。金阙西厢叩玉扃，转教小玉报双成。闻道汉家天子使，九华帐里梦魂惊。揽衣推枕起徘徊，珠箔银屏迤逦开。云鬓半偏新睡觉，花冠不整下堂来。风吹仙袂飘飘举，犹似霓裳羽衣舞。玉容寂寞泪阑干，梨花一枝春带雨。含情凝睇谢君王,一别音容两渺茫,昭阳殿里恩爱绝,蓬莱宫中日月长。回头下望人寰处,不见长安见尘雾。唯将旧物表深情,钿合金钗寄将去。钗留一股合一扇,钗擘黄金合分钿。但令心似金钿坚,天上人间会相见。临别殷勤重寄词,词中有誓两心知,七月七日长生殿,夜半无人私语时:"在天愿作比翼鸟,在地愿为连理枝。"天长地久有时尽,此恨绵绵无绝期!

莺 莺 传

元　稹

　　贞元①中,有张生者,性温茂,美风容。内秉坚孤,非礼不可入。或朋从游宴,扰杂其间,他人皆汹汹拳拳,若将不及,张生容顺而已,终不能乱。以是年二十三,未尝近女色。知者诘之。谢而言曰:"登徒子②非好色者,是有凶行。余真好色者,而适不我值。何以言之? 大凡物之尤者,未尝不留连于心,是知其非忘情者也。"诘者识之。无几何,张生游于蒲③。蒲之东十余里,有僧舍曰普救寺,张生寓焉。适有崔氏孀妇,将归长安,路出于蒲,亦止于兹寺。崔氏妇,郑女也。张出于郑④,绪其亲,乃异派之从母⑤。是岁,浑瑊⑥薨于蒲。有中人⑦丁文雅,不善于军,军人因丧而扰,大掠蒲人。崔氏之家,财产甚厚,多奴仆。旅寓惶骇,不知所托。先是,张与蒲将之党有善,请吏护之,遂不及于难。十余日,廉使杜确将天子 命以总戎

---

① 贞元——唐德宗李适年号。
② 登徒子——战国宋玉有《登徒子好色赋》,说楚国的登徒子,其妻貌丑,登徒子却与她生了五个孩子。
③ 蒲——蒲州,治所在今山西省永济县。
④ 张出于郑——张生的母亲是郑氏。
⑤ 异派之从母——异派,家族中的另一支。从母,母亲的姐妹。
⑥ 浑瑊——唐代将领,为绛州节度使。
⑦ 中人——宦官。

节①,令于军,军由是戢②。郑厚张之德甚,因饰馔③以命张,中堂宴之。复谓张曰:"姨之孤嫠未亡④,提携幼稚。不幸属师徒大溃⑤,实不保其身。弱子幼女,犹君之生,岂可比常恩哉!今俾以仁兄礼奉见,冀所以报恩也。"命其子曰欢郎,可十余岁,容甚温美。次命女:"出拜尔兄,尔兄活尔。"久之,辞疾。郑怒曰:"张兄保尔之命。不然,尔且掳矣。能复远嫌乎?"久之,乃至。常服衔容⑥,不加新饰,垂鬟接黛,双脸销红⑦而已。颜色艳异,光辉动人。张惊,为之礼。因坐郑旁,以郑之抑而见⑧也,凝睇怨绝,若不胜其体者。问其年纪。郑曰:"今天子甲子岁之七月,终于贞元庚辰,生年十七矣。"张生稍以词导之,不对。终席而罢。张自是惑之,愿致其情,无由得也。崔之婢曰红娘。生私为之礼者数四,乘间遂道其衷。婢果惊沮,腼然而奔。张生悔之。翼日,婢复至。张生乃羞而谢之,不复云所求矣。婢因谓张曰:"郎之言,所不敢言,亦不敢泄。然而崔之姻族,君所详也。何不因其德⑨而求娶焉?"张曰:"余始自孩提,性不苟合。或时纨绮间居⑩,曾莫流盼。不为当年,终有所蔽。昨日一席间,几不自持。数日来,行忘止,食忘饱,恐不能逾旦暮,若因媒氏而娶,纳采问名⑪,则三数月间,索我于枯鱼之肆⑫矣。尔其谓何?"婢曰:"崔之贞慎自保,虽所尊不可以非语⑬犯之。下人之谋,固难入矣。然而善属文,往往沉吟章句,怨慕者久之。君试为喻情诗以乱之。不然,则无由也。"张大喜,立缀《春

---

① 总戎节——主持军务。
② 戢(jí)——整肃。
③ 饰馔——摆下酒席。
④ 孤嫠未亡——古时寡妇自称之词。未亡,未亡人。
⑤ 属师徒大溃——碰上军队大乱。
⑥ 衔(suì)容——容貌丰泽的样子。
⑦ 双脸销红——两颊现出绯红。
⑧ 抑而见——强制出来相见。
⑨ 因其德——凭借你对崔家的恩德。
⑩ 纨绮间居——和女人在一起。
⑪ 纳采问名——指纳聘、卜吉凶等订婚手续。参见《李娃传》"六礼"注。
⑫ 索我于枯鱼之肆——到卖鱼干的店铺里寻找我,言下之意是说我早已不在人世了。典出《庄子·外物》。
⑬ 非语——不合礼教的言语。

词》二首以授之。是夕，红娘复至，持彩笺以授张，曰："崔所命也。"题其篇曰《明月三五夜》。其词曰："待月西厢下，迎风户半开。拂墙花影动，疑是玉人来。"张亦微喻其旨。是夕，岁二月旬有四日①矣。崔之东有杏花一株，攀援可逾。既望②之夕，张因梯其树而逾焉。达于西厢，则户半开矣。红娘寝于床。生因惊之。红娘骇曰："郎何以至?"张因绐之曰："崔氏之笺召我也，尔为我告之。"无几，红娘复来。连曰："至矣! 至矣!"张生且喜且骇，必谓获济。及崔至，则端服严容，大数③张曰："兄之恩，活我之家，厚矣。是以慈母以弱子幼女见托。奈何因不令之婢，致淫逸之词。始以护人之乱为义，而终掠乱以求之。是以乱易乱，其去几何? 诚欲寝其词，则保人之奸，不义;明之于母，则背人之惠，不祥。将寄于婢仆，又惧不得发其真诚。是用托短章，愿自陈启。犹惧兄之见难，是用鄙靡之词，以求其必至。非礼之动，能不愧心。特愿以礼自持，毋及于乱!"言毕，翻然而逝。张自失者久之。复逾而出，于是绝望。数夕，张生临轩独寝，忽有人觉之④。惊骇而起，则红娘敛衾携枕而至，抚张曰："至矣至矣!睡何为哉!"并枕重衾而去。张生拭目危坐久之，犹疑梦寐。然而修谨以俟。俄而红娘捧崔氏而至。至，则娇羞融冶，力不能运支体，曩时端庄，不复同矣。是夕，旬有八日也。斜月晶莹，幽辉半床。张生飘飘然，且疑神仙之徒，不谓从人间至矣。有顷，寺钟鸣，天将晓。红娘促去。崔氏娇啼宛转，红娘又捧之而去，终夕无一言。张生辨色而兴⑤，自疑曰："岂其梦邪?"及明，睹妆在臂，香在衣，泪光荧荧然，犹莹于茵席而已。是后又十余日，杳不复知。张生赋《会真诗》三十韵，未毕，而红娘适至，因授之，以贻崔氏。自是复容之。朝隐而出，暮隐而入，同安于曩所谓西厢者，几一月矣。张生常诘郑氏之情。则曰："我不可奈何矣。"因欲就成之。无何，张生将之长安，先以情谕之。崔氏宛无难词⑥，然而愁怨之容动人矣。将

---

① 岁二月旬有四日——即当年二月十四日。

② 既望——过了十五日，即十六日。

③ 数(shǔ)——数落，即责备。

④ 觉(jiào)之——叫醒他。

⑤ 辨色而兴——辨色，天色微明，刚能看清事物的时候。兴，起床。

⑥ 宛无难词——好像没有什么不满意的话。

行之再夕。不复可见，而张生遂西下。数月，复游于蒲，会于崔氏者又累月。崔氏甚工刀札①，善属文。求索再三，终不可见。往往张生自以文挑，亦不甚睹览。大略崔之出人者，艺必穷极，而貌若不知；言则敏辨，而寡于酬对。待张之意甚厚，然未尝以词继之。时愁艳幽邃，恒若不识，喜愠之容，亦罕形见。异时独夜操琴，愁弄凄恻。张窃听之。求之，则终不复鼓矣。以是愈惑之。张生俄以文调及期②，又当西去。当去之夕，不复自言其情，愁叹于崔氏之侧。崔已阴知将诀矣，恭貌怡声，徐谓张曰：“始乱之，终弃之，固其宜矣。愚不敢恨。必也君乱之，君终之，君之惠也。则没身之誓，其有终矣。又何必深感于此行？然而君既不怿，无以奉宁。君常谓我善鼓琴，向时羞颜，所不能及。今且往矣，既君此诚。”因命拂琴，鼓《霓裳羽衣》序③，不数声，哀音怨乱，不复知其是曲也。左右皆歔欷。崔亦遽止之，投琴，泣下流连，趋归郑所，遂不复至。明旦而张行。明年，文战不胜，张遂止于京。因赠书于崔，以广其意。崔氏缄报之词，粗载于此，曰：“捧览来问，抚爱过深。儿女之情，悲喜交集。兼惠花胜④一合，口脂五寸，致耀首膏唇之饰。虽荷殊恩，谁复为容？睹物增怀，但积悲欢耳。伏承使于京中就业，进修之道，固在便安⑤。但恨僻陋之人，永以遐弃。命也如此，知复何言！自去秋已来，常忽忽如有所失。于喧哗之下，或勉为语笑，闲宵自处，无不泪零。乃至梦寐之间，亦多感咽，离忧之思，绸缪缱绻，暂若寻常，幽会未终，惊魂已断。虽半衾如暖，而思之甚遥。一昨拜辞，倏逾旧岁。长安行乐之地，触绪牵情。何幸不忘幽微，眷念无斁⑥。鄙薄之志，无以奉酬。至于终始之盟，则固不忒⑦。鄙昔中表相因，或同宴处，婢仆见诱，遂致私诚。儿女之心，不能自固。君子有抚琴之挑⑧，鄙

---

① 刀札——指写文章等。刀札，古代用刀于竹、木简上刻字，然后连缀成篇。
② 文调及期——科举考试的日子将到。
③ 序——乐曲的序曲。
④ 花胜——古代妇女戴在头上状如花朵的装饰物。
⑤ 便安——安稳，安适。
⑥ 斁(yì)——厌倦。
⑦ 不忒(tè)——不变。
⑧ 抚琴之挑——汉代司马相如以琴挑引卓文君，卓文君因与之私奔。事见《史记·司马相如列传》。参见《游仙窟》“卓文君”注。

人无投梭之拒①。及荐寝席，义盛意深。愚陋之情，永谓终托。岂期既见君子，而不能定情。致有自献之羞，不复明侍巾帻②。没身永恨，含叹何言！倘仁人用心，俯遂幽眇，虽死之日，犹生之年。如或达士略情，舍小从大，以先配为丑行，以要盟为可欺。则当骨化形销，丹诚不泯，因风委露，犹托清尘③。存没之诚，言尽于此。临纸呜咽，情不能申。千万珍重，珍重千万！玉环一枚，是儿④婴年所弄，寄充君子下体所佩。玉取其坚润不渝，环取其终始不绝。兼乱丝一绚，文竹茶碾子一枚。此数物不足见珍。意者欲君子如玉之真，弊志如环不解。泪痕在竹，愁绪萦丝。因物达情，永以为好耳。心迩身遐，拜会无期。幽愤所钟，千里神合。千万珍重！春风多厉，强饭为嘉。慎言自保，无以鄙为深念。"张生发其书于所知，由是时人多闻之。所善杨巨源⑤好属词，因为赋《崔娘诗》一绝云："清润潘郎⑥玉不如，中庭蕙草雪销初。风流才子多春思，肠断萧娘⑦一纸书。"河南元稹亦续生《会真诗》三十韵，诗曰："微月透帘栊，萤光度碧空。遥天初缥缈，低树渐葱茏。风吹过庭竹，鸾歌拂井桐。罗绡垂薄雾，环珮响轻风。绛节随金母⑧，云心捧玉童。更深人悄悄，晨会雨濛濛。珠莹光文履，花明隐绣龙。瑶钗行彩凤，罗帔掩丹红。言自瑶华蒲⑨，将朝碧玉宫。因游洛城北⑩，偶向宋家东⑪。戏调初微拒，柔情已暗通。低鬟蝉影⑫动，

---

① 投梭之拒——《晋书·谢鲲传》载，谢鲲调戏邻女，被邻女用梭子打落了两个门牙。

② 侍巾帻——服侍梳头戴巾。这是与人为妻的婉转说法。

③ 犹托清尘——"追随在你的身边"的一种客气说法。

④ 儿——唐宋时代妇女自称之辞。

⑤ 杨巨源——蒲州人，字景山，曾任国子司业，与作者是朋友。

⑥ 潘郎——晋代潘岳。见《游仙窟》"潘安仁"注。

⑦ 萧娘——唐时对女子的泛称。

⑧ 绛节随金母——绛节，神仙的仪仗。金母，神话中的西王母。

⑨ 瑶华蒲——与下文的"碧玉宫"，俱指仙人居住之处。此处借用指莺莺和张生的住所。

⑩ 洛城北——借用曹植《洛神赋》典，把莺莺比为洛水女神。

⑪ 宋家东——宋玉东邻之女。见《游仙窟》"韩娥宋玉"注。此处指张生与莺莺的欢好。

⑫ 蝉影——形容发髻的精巧。

回步玉尘蒙。转面流花雪,登床抱绮丛。鸳鸯交颈舞,翡翠合欢笼。眉黛
羞偏聚,唇朱暖更融。气清兰蕊馥,肤润玉肌丰。无力慵移腕,多娇爱敛
躬。汗流珠点点,发乱绿葱葱,方喜千年会,俄闻五夜穷。留连时有恨,缱
绻意难终。慢脸含愁态,芳词誓素衷。赠环明连合,留结表心同。啼粉流
宵镜,残灯远暗虫。华光犹苒苒,旭日渐瞳瞳。乘鹜还归洛,吹箫亦上嵩。
衣香犹染麝,枕腻尚残红。幂幂临塘草,飘飘思渚蓬。素琴鸣怨鹤①,清
汉望归鸿。海阔诚难渡,天高不易冲。行云无处所,箫史②在楼中。”张之
友闻之者,莫不耸异之,然而张志亦绝矣。稹特与张厚,因征其词。张曰:
“大凡天之所命尤物也,不妖其身,必妖于人。使崔氏子遇合富贵,乘宠
娇,不为云,为雨,则为蛟,为螭③,吾不知其变化矣。昔殷之辛,周之幽④,
据百万之国,其势甚厚。然而一女子败之。溃其众,屠其身,至今为天下
明笑⑤。予之德不足以胜妖孽,是用忍情。”于是坐者皆为深叹。后岁余,
崔已委身于人,张亦有所娶。适经所居,乃因其夫言于崔,求以外兄见。
夫语之,而崔终不为出。张怨念之诚,动于颜色,崔知之,潜赋一章,词曰:
“自从消瘦减容光,万转千回懒下床。不为旁人羞不起,为郎憔悴却羞
郎。”竟不之见。后数日,张生将行,又赋一章以谢绝云:“弃置今何道,当
时且自亲。还将旧时意,怜取眼前人。”自是绝不复知矣。时人多许张为
善补过者。予尝于朋会之中,往往及此意者,夫使知者不为,为之者不惑。
贞元岁九月,执事李公垂⑥宿于予靖安里第,语及于是,公垂卓然称异,遂
为《莺莺歌》以传之。崔氏小名莺莺,公垂以命篇。

---

① 怨鹤——《怨鹤操》,曲调凄怨的古琴曲。
② 箫史——春秋时代善于吹箫的人,后娶秦穆公的女儿弄玉。参见《游仙窟》
　　“弄玉”注。
③ 螭(chī)——传说中象龙而无角的动物。
④ 殷之辛,周之幽——殷朝的纣王,周朝的幽王。传说二国君都是因喜爱美色
　　而亡国。
⑤ 朋(lù)笑——耻笑。
⑥ 李公垂——名绅,中唐诗人,与作者是朋友。

湘中怨解

沈亚之

《湘中怨》①者,事本怪媚,为学者未尝有述。然而淫溺②之人,往往不寤。今欲概其论,以著诚③而已。从生④韦敖,善谑乐府,故牵而广之,以应其咏。

垂拱⑤年中,驾在上阳宫⑥。太学进士郑生,晨发铜驰里,乘晓月度洛桥。闻桥下有哭,甚哀。生下马,循声索之。见其艳女,翳然蒙袖曰:"我孤,养于兄。嫂恶,常苦我。今欲赴水,故留哀须臾⑦。"生曰:"能遂我归之乎?"应曰:"婢御无悔。"遂与居,号曰汜人。能诵楚人《九歌》、《招魂》、《九辩》之书,亦常拟其调,赋为怨句,其词丽绝,世莫有属者。因撰《风光词》曰:"隆佳秀兮昭盛时,播薰绿兮淑华归。顾室萋与处菶兮,潜重房以饰姿。见稚态之韶羞兮,蒙长霭以为帏。醉融光兮渺弥,迷千里兮涵洇湄。晨陶陶兮暮熙熙。舞肌娜之秾条兮,骋盈盈以披迟。酝游颜兮倡蔓卉,縠流旧电兮石发髓旋。"生居贫,汜人尝解箧,出轻绡一端⑧,与卖,胡人酬之千金。居数岁,生游长安。是夕,谓生曰:"我湘中蛟宫之娣也,谪而从君。今岁满,无以久留君所,欲为诀耳。"即相持啼泣。生留之,不能,竟去。后十余年,生之兄为岳州刺史。会上巳⑨日,与家徒登岳阳楼,望鄂渚,张宴。乐酣,生愁吟曰:"情无垠兮荡洋洋,怀佳期兮属三湘。"声未终,有画舻浮漾而来。中为彩楼,高百余尺,其上施帏帐,栏笼

---

① 《湘中怨》——乐府歌词,可能为沈亚之门人韦敖所作。
② 淫溺——酷爱之意。
③ 著诚——真实地记录。
④ 从生——即门徒、学生。
⑤ 垂拱——唐武则天年号。
⑥ 驾在上阳宫——驾,指武则天。上阳宫,唐东都洛阳的宫殿名。
⑦ 留哀须臾——意即暂留世间片刻以发抒哀苦。
⑧ 一端——一匹、一段。
⑨ 上巳——参见《兰亭始末记》"修袚禊之礼"注。

画饰。帷褰①,有弹弦鼓吹者,皆神仙蛾眉,被服烟霓,裙袖皆广长。其中一人起舞,含颦凄怨,形类沉人,舞而歌曰:"溯青山兮江之隅,拖湘波兮裛绿裾。荷拳拳兮未舒,匪同归兮将焉如!"舞毕,敛袖,翔然凝望。楼中纵观方怡,须臾风涛崩怒,遂迷所往。元和十三年,余闻之于朋中,因悉补其词,题之曰《湘中怨》,盖欲使南昭嗣《烟中之志》②,为偶倡③也。

冯 燕 传

沈亚之

　　冯燕者,魏豪人④,父祖无闻名。燕少以意气任专,为击球斗鸡戏。魏市有争财斗者,燕闻之往,搏杀不平,遂沉匿田间。官捕急,遂亡滑⑤。益与滑军中少年鸡球相得。时相国贾公耽⑥在滑,能燕材,留属中军。他日出行里中,见户旁妇人,翳袖而望者,色甚冶,使人熟其意,遂室之。其夫,滑将张婴者也。婴闻其故,累殴妻,妻党皆望婴⑦。会从其类饮。燕伺得间⑧,复偃寝中,拒寝户⑨。婴还,妻开户纳婴。以裾蔽燕。燕卑锝步就蔽,转匿户扇后,而巾堕枕下,与佩刀近。婴醉且瞑。燕指巾令其妻取,妻即刀授燕,燕熟视,断其妻颈,遂巾而去。明旦婴起,见妻毁死,愕然,欲

---

①　褰(qiān)——揭开。

②　南昭嗣《烟中之志》——南昭嗣,南卓,字昭嗣,唐宪宗时人,著有《羯鼓录》等。《烟中之志》,即《烟中怨》,写关于水仙故事。

③　偶倡——同调。偶,相伴。倡,同"唱"。

④　魏豪人——魏地的豪杰之士。魏,战国时魏国,相当于今河南北部、山西西南部一带。

⑤　滑——滑州,唐郡名,治所在今河南汲县。

⑥　贾公耽——贾耽,唐德宗时官至右仆射,同中书门下平章事,故称相国。

⑦　皆望婴——都怨恨张婴。

⑧　间——空隙。

⑨　拒寝户——关上睡房的门。

出自白。婴邻以为真婴煞①，留缚之.趋告②妻党，皆来，曰："常嫉殴吾女，乃诬以过失，今复贼煞之矣，安得他杀事。即其他杀，安得独存耶？"共持婴，且百余笞，遂不能言。官家收系煞人罪，莫有辨者，强伏其辜。司法官小吏持朴者数十人，将婴就市，看者围面千余人。有一人排看者来，呼曰："且无令不辜死者。吾窃其妻，而又煞之，当系我。"吏执自言人，乃燕也。司法官与俱见贾公，尽以状对。贾公以状闻，请归其印，以赎燕死。上谊之③。下诏，凡滑城死罪皆免。赞曰："余尚太史言，而又好叙谊事。其宾党耳目之所闻见，而谓余道元和中外郎刘元鼎语余以冯燕事，得传焉。呜呼！淫惑之心，有甚水火，可不畏哉！然而燕杀不谊，白不辜，真古豪矣！"

崔　书　生

　　开元天宝中，有崔书生者，于东都逻谷口④居，好植花竹，乃于户外别莳⑤名花，春暮之时，英蕊芬郁，远闻百步。书生每晨必盥漱独看。忽见一女郎自西乘马东行，青衣老少数人随后。女郎有殊色，所乘马骏。崔生未及细视，而女郎已过矣。明日又过，崔生于花下先致酒茗尊杓⑥，铺陈茵席，乃迎马首曰："某以性好花木，此园无非手植。今香茂似堪流盼。伏见女郎频自过此，计仆驭当疲，敢具箪醪⑦，希垂憩息。"女郎不顾而过。其后青衣曰："但具酒馔，何忧不至。"女郎顾叱曰："何故轻与人言！"言讫遂去。崔生明日又于山下别致醪酒，俟女郎至，崔生乃鞭马随之，到别墅

---

①　煞——同"杀"。
②　趋告——即报信。
③　谊之——谊同"义"，使动用法，认为有义气。
④　东都逻谷口——东都，指洛阳。逻谷口，山名，今名谷口山，谷水发源于此。在河南洛阳市西南三十里。
⑤　莳(shì)——移载植物。
⑥　酒茗尊杓——茶酒杯勺等。
⑦　箪醪——指酒食。

之前，又下马拜请。良久，一老青衣谓女郎曰："单马甚疲，暂歇无伤。"因自控女郎马至堂寝下，老青衣谓崔生曰："君既未婚，予为聘可乎？"崔生大悦，再拜跪，请不相忘。老青衣曰："事即必定，后十五日大吉辰，君于此时，但具婚礼所要，并于此备酒馔。小娘子阿姊在逻谷中，有微疾，故小娘子日往看省。某去，便当咨启，至期则皆至此矣。"于是促行。崔生在后，即依言营备吉席所要。至期，女郎及姊皆到。其姊亦仪质极丽。遂以女郎归于崔生。母在旧居，殊不知崔生纳室。以不告而娶，但启聘媵①。母见女郎，女郎悉归之礼甚具。经月余日，忽有一人送食于女郎，甘香特异。后崔生觉慈母颜衰瘁，因伏问几下，母曰："吾有汝一子，冀得永寿。今汝所纳新妇，妖美无双。吾于土塑图画②之中，未尝识此，必恐是狐媚之辈，伤害于汝，遂致吾忧。"崔生入室见女郎，女郎涕泪交下，曰："本侍箕帚，便望终天，不知尊夫人待以狐媚辈，明晨即便请行，相爱今宵耳。"崔生掩泪不能言。明日，女车骑复至。女郎乘马，崔生从送之，入逻谷三十余里，山间有川，川中异香珍果，不可胜纪。馆宇屋室，侈于王者。青衣百许，迎拜女郎曰："小娘子，无行崔生，何必将来③！"于是捧入，留崔生于门外。未几，一青衣传女郎姊言曰："崔生遣行，使太夫人疑阻，事宜便绝，不合相见。然小妹曾奉周旋，亦当奉屈。"俄而召崔生入，责诮再三，辞辩清婉，崔生但拜伏受谴而已。遂坐于中寝对食，食讫，命酒，召女乐洽饮，铿锵万变。乐阕，其姊谓女郎曰："须令崔郎却回，汝有何物赠送？"女郎遂出白玉合子遗崔生，崔生亦自留别。于是各鸣咽而出，行至逻谷，回望千岩万壑，无径路，自恸哭归家。常见玉合子，郁郁不乐。忽有胡僧叩门求食，崔生出见，胡僧曰："君有至宝，乞相示也。"崔生曰："某贫士，何有见请？"僧曰："君岂不有异人奉赠，贫道望气知之。"崔生因出合子示胡僧，僧起拜请曰："请以百万市之。"遂将去。崔生问僧曰："女郎是谁？"曰："君所纳妻，王母第三个女玉卮娘子，他姊亦负美名于仙都，况复人间。所惜君娶之不得久远，倘往一年，君举家必仙矣。"崔生叹怨追卒。

---

①　媵（yìng）——婢妾。

②　土塑图画——泥塑的偶像与图画。

③　将来——与（他）一起来。

齐 推 女

牛僧孺

元和中，饶州刺史齐推女，适①陇西李某。李举进士，妻方娠，留至州宅，至临月，迁至后东阁中。其夕，女梦丈夫②，衣冠甚伟，瞋目按剑叱之曰："此屋岂是汝腥秽之所乎！亟移去。不然，且及祸。"明日告推，推素刚烈，曰："吾忝土地主③，是何妖孽能侵耶！"数日，女诞育，忽见所梦者，即其床帐乱殴之。有顷，耳目鼻皆流血而卒。父母伤痛女冤横，追悔不及，遣遽告其夫，俟至而归葬于李族，遂于郡之西北十数里官道权瘗④之。李生在京师下第将归，闻丧而往。比至饶州，妻卒已半年矣。李亦粗知其死不得其终，悼恨既深，思为冥雪。至近郭，日晚，忽于旷野见一女，形状服饰，似非村妇，李即心动，驻马谛视之，乃映草树而没。李下马就之，至，则真其妻也。相见悲泣，妻曰："且无涕泣，幸可复生。俟君之来，亦已久矣。大人刚正，不信鬼神，身是妇女，不能自诉。今日相见，事机校迟。"李曰："为之奈何？"女曰："从此直西五里鄱亭村，有一老人姓田，方教授村儿，此九华洞中仙官也，人莫之知。君能至心⑤往来，或冀谐遂。"李乃径访田先生，见之，乃膝行而前，再拜称曰："下界凡贱，敢谒大仙。"时老人方与村童授经，见李，惊避曰："衰朽穷骨，旦暮溘然⑥，郎君安有此说？"李再拜，扣头不已，老人益难之⑦。自日宴至于夜分，终不敢就坐，拱立于前。老人俯首良久曰："足下诚恳如是，吾亦何所隐焉。"李生即顿首流涕，具云妻枉状。老人曰："吾知之久矣，但不蚤⑧申诉，今屋宅已败，理之

---

① 适——嫁。

② 丈夫——此处指"男人"。

③ 土地主——土地之主人，意即地方长官。

④ 权瘗——暂时埋葬。

⑤ 至心——即诚心。

⑥ 溘(kè)然——(突然)死去。

⑦ 益难之——愈加推辞。

⑧ 蚤——通"早"。

不及。吾向拒公，盖未有计耳。然试为足下作一处置。"乃起从北出，可行百步余，止于桑林，长啸。倏忽见一大府署，殿宇环合，仪卫森然，拟于王者。田先生衣紫帔，据案而坐，左右解官等列待。俄传教呼地界①。须臾，十数部各拥有百余骑，前后奔驰而至。其帅皆长丈余，眉目魁岸，罗列于门屏之外，整衣冠，意绪仓皇，相问今有何事。须臾，谒者通地界庐山神、江渎神、彭蠡神等皆趣②入。田先生问曰："比者此州刺史女，因产为暴鬼所杀，事甚冤滥，尔等知否？"皆俯伏应曰："然。"又问："何故不为申理？"又皆对曰："狱讼须有其主。此不见人诉，无以发摘③。"又问："知贼姓名否？"有一人对曰："是西汉鄙县王吴芮。今刺史宅，是芮昔时所居。至今犹恃雄豪，侵占土地，往往肆其暴虐，人无奈何。"田先生曰："即追来！"俄顷，缚吴芮至。先生诘之，不伏。乃命追阿齐④。良久，见李妻与吴芮庭辩。食顷，吴芮理屈，乃曰："当是产后虚弱，见某惊怖自绝，非故杀。"田先生曰："杀人以梃与刃，有以异乎？"遂令执送天曹，回谓速检李氏寿命几何。顷之，吏云："本算更合寿三十二年，生四男三女。"先生谓群官曰："李氏寿算长，若不再生，议无厌伏。公等所见何如？"有一老吏前启曰："东晋邺⑤下有一人横死，正与此事相当。前使葛真君⑥，断以具魂作本身，却归生路。饮食言语，嗜欲追游，一切无异。但至寿终，不见形质耳。"田先生曰："何谓具魂？"吏曰："生人三魂七魄，死则散离，本无所依。今收合为一体，以续弦胶涂之。大王当街发遣放回，则与本身同矣。"田先生曰："善。"即顾谓李妻曰："作此处置，可乎？"李妻曰："幸甚！"俄见一吏，别领七八女人来，与李妻一类，即推而合之。有一人持一器药，状似稀饧，即于李妻身涂之。李氏妻如空中坠地，初甚迷闷，天明尽失夜来所见，唯田先生及李氏夫妻三人共在桑林中。田先生顾谓李生曰："相为极力，且喜事成，便可领归。见其亲族，但言再生，慎无他说。吾亦

---

① 地界——即土地神。

② 趣——同"趋"，进。

③ 发摘——发落，判决。

④ 阿齐——即齐推女。

⑤ 邺——今河北省临漳县。

⑥ 葛真君——晋葛洪。汉元帝时以功赐爵关内侯。好神仙道术，后入罗浮山修道，世称葛真君。

从此逝矣。"李遂同归至州，一家惊疑，不为之信。久之，乃知实生人也。自尔生子数人。其亲表之中，颇有知者，云："他无所异，但举止轻便，异于常人耳。"

郭　元　振

牛僧孺

　　代国公郭元振①，开元中下第，自晋之汾②，夜行阴晦失道，久而绝远有灯火之光，以为人居也，径往投之。八九里有宅，门宇甚峻③。既入门，廊下及堂上灯烛辉煌，牢馔罗列④，若嫁女之家，而悄无人。公系马西廊前，历阶而升⑤，徘徊堂上，不知其何处也。俄闻堂中东阁有女子哭声，呜咽不已。公问曰："堂中泣者，人耶，鬼耶？何陈设如此，无人而独泣？"曰："妾此乡之祠，有乌将军者，能祸福人，每岁求偶于乡人，乡人必择处女之美者而嫁焉。妾虽陋拙，父利乡人之五百缗⑥，潜以应选。今夕，乡人之女并为游宴者，到是⑦，醉妾此室，共锁而去，以适于将军者也。今父母弃之就死，而令惴惴哀惧。君诚人耶，能相救免，毕身为扫除之妇，以奉指使。"公愤曰："其来当何时？"曰："二更。"公曰："吾忝⑧为大丈夫也，必力救之。如不得，当杀身以徇汝，终不使汝枉死于淫鬼之手也。"女泣少止。于是坐于西阶上，移其马于堂北，令一仆侍立于前，若为傧⑨而待之。

---

①　郭元振——名震，唐魏州贵乡（今河北省大名县东南）人。唐睿宗时官至同中书门下三品（宰相），封代国公。后因事被放逐，为饶州司马，死在途中。

②　自晋之汾——从晋州到汾州。晋州，治所在今山西省临汾县。汾州，治所在今山西省汾县。

③　峻——高大。

④　牢馔罗列——排列着猪、羊等祭品。

⑤　历阶而升——顺着台阶走上去。

⑥　缗（mín）——穿铜钱的绳子。古时一千文为一缗。

⑦　到是——到这里来。

⑧　忝——谦词，辱。意即好歹、总算是。

⑨　傧——傧相，为主人接引宾客的人。

未几,火光照耀,车马骈阗①,二紫衣吏入而复出,曰:"相公在此。"逡巡②,二黄衣吏入而出,亦曰:"相公在此。"公私心独喜,吾当为宰相,必胜此鬼矣。既而将军渐下,导吏复告之。将军曰:"入。"有戈剑弓矢翼引以入,即东阶下,公使仆前曰:"郭秀才见。"遂行揖。将军曰:"秀才安得到此?"曰:"闻将军今夕嘉礼,愿为小相耳。"将军者喜而延坐,与对食,言笑极欢。公于囊中有利刀,思取刺之,乃问曰:"将军曾食鹿脯乎?"曰:"此地难遇。"公曰:"某有少许珍者,得自御厨,愿削以献。"将军者大悦。公乃起,取鹿脯并小刀,因削之,置一小器,令自取。将军喜,引手取之,不疑其他。公伺其无机③,乃投其脯,捉其腕而断之。将军失声而走,导从之吏,一时惊散。公执其手,脱衣缠之,令仆夫出望之,寂无所见,乃启门谓泣者曰:"将军之腕已在于此矣。寻其血踪,死亦不久。汝既获免,可出就食。"泣者乃出,年可十七八,而甚佳丽,拜于以前,曰:"誓为仆妾。"公勉谕焉。天方曙,开视其手,则猪蹄也。俄闻哭泣之声渐近,乃女之父母兄弟及乡中耆老,相与舁槻④而来,将收其尸以备殡殓。见公及女,乃生人也。咸惊以问之,公具告焉。乡老共怒残其神,曰:"乌将军。此乡镇神⑤,乡人奉之久矣,岁配以女,才无他虞⑥。此礼少迟,即风雨雷雹为虐。奈何失路之客,而伤我明神,致暴于人,此乡何负⑦! 当杀公以祭乌将军,不尔⑧,亦缚送本县。"挥少年将令执公,公谕之曰:"尔徒老于年,未老于事。我天下之达理者,尔众听吾言。夫神,承天而为镇也,不若诸侯受命于天子而疆理⑨天下乎?"曰:"然。"公曰:"使诸侯渔色于中国,天子不怒乎? 残虐于人,天子不伐乎? 诚使尔呼将军者,真神明也,神固无猪蹄,天岂使淫妖之兽乎? 且淫妖之兽,天地之罪畜也,吾执正以诛之,岂不可乎!

①　骈阗——罗列、连续不断。亦作"骈田"、"骈填"。
②　逡(qūn)巡——迅速。
③　无机——没有防备。
④　舁槻(yú chen)——共同抬着棺材。
⑤　镇神——镇守一方,保佑平安的神灵。
⑥　他虞——其他的灾患。
⑦　何负——有什么对不起(你的)。
⑧　不尔——不这样的话。
⑨　疆理——治理。

尔曹无正人,使尔少女年年横死于妖畜,积罪动天。安知天不使吾雪焉?从吾言,当为尔除之,永无聘礼之患,如何?"乡人悟而喜曰:"愿从公命。"乃令数百人,执弓矢刀枪锹钁之属,环而自随,寻血而行。才二十里,血入大冢穴中,因围而劚①之,应手渐大如瓮口,公令束薪燃火投入照之。其中若大室,见一大猪,无前左蹄,血卧其地,突烟走出,毙于围中。乡人翻共相庆,会钱以酬公。公不受,曰:"吾为人除害,非鹭猎者。"得免之女辞其父母亲族曰:"多幸为人,托质血属②,闺闱未出,固无可杀之罪。今者贪钱五十万,以嫁妖兽,忍锁而去,岂人所宜!若非郭公之仁勇,宁有今日?是妾死于父母而生于郭公也。请从郭公,不复以旧乡为念矣。"泣拜而从公,公多歧援谕③,止之不获,遂纳为侧室,生子数人。公之贵也,皆任大官之位。事已前定,虽生远地,而弃于鬼神,终不能害,明矣。

周秦行纪

韦 瓘

余贞元④中举进士落第,归宛叶⑤间。至伊阙南道鸣皋山⑥下,将宿大安民舍。会暮,不至。更十余里,一道,甚易。夜月始出,忽闻有异香气;因趋进行。不知近远。见火明,意谓庄家。更前驱,至一大宅。门庭若富豪家。黄衣阍人⑦曰:"郎君何至?"余答曰:"僧孺,姓牛,应进士落第往家。本往大安民舍,误道来此。直乞宿,无他。"中有小鬟青衣出,责

---

① 劚(zhǔ)——用刀砍。
② 托质血属——托身同一祖宗的血统。
③ 多歧援谕——多方援引譬喻。
④ 贞元——唐德宗李适年号。
⑤ 宛叶——宛县和叶县。秦昭襄王置宛县,治所在今河南省南阳市。叶县,属河南省。
⑥ 伊阙南道鸣皋山——伊阙,在河南省洛阳市南,即春秋周阙塞。传说大禹治水疏之以通流,两山相对,望之如阙,伊水经其北流,故名。鸣皋山,在河南省嵩山东北,一名九皋山。
⑦ 阍人——看门人。

黄衣曰："门外谁何?"黄衣曰："有客。"黄衣入告。少时,出曰："请郎君入。"余问谁氏宅。黄衣曰："第进,无须问。"入十余门,至大殿。殿蔽以珠帘,有朱衣紫衣人百数,立阶陛间。左右曰："拜殿下。"帘中语曰："姜汉文帝母薄太后①。此是庙,郎不当来,何辱至?"余曰："臣家宛下。将归,失道。恐死豺虎,敢乞托命。"太后遣轴帘②,避席曰："妾故汉室老母,君唐朝名士,不相君臣,幸希简敬,便上殿来见。"太后着练衣③,状貌瑰伟,不甚年高。劳余曰："行役无苦乎?"召坐。食顷间,殿内有笑声。太后曰："今夜风月甚佳,偶有二女伴相寻。况又遇嘉宾,不可不成一会。"呼左右:"屈两个娘子出见秀才。"良久,有女二人从中至,从者数百。前立者一人,狭腰长面,多发不妆,衣青衣,仅可二十余。太后曰:"高祖戚夫人④。"余下拜,夫人亦拜。更一人,柔肌隐身⑤,貌舒态逸,光彩射远近,多服花绣,年低薄太后。后曰:"此元帝王嫱⑥。"余拜如戚夫人,王嫱复拜。各就坐。坐定,太后使紫衣中贵人⑦曰:"迎杨家潘家来。"久之,空中见五色云下,闻笑语声渐近。太后曰:"杨潘至矣。"忽车音马迹相杂,罗绮焕耀,旁视不给⑧。有二女子从云中下。余起立于侧。见前一人纤腰修眸,容甚丽,衣黄衣,冠玉冠,年三十来。太后曰:"此是唐朝太真妃子⑨。"予即伏谒,拜如臣礼。太真曰:"妾得罪先帝,(先帝,谓肃宗也。)皇朝不置妾在后妃数中,设此礼,岂不虚乎? 不敢受。"却答拜。更一人

---

① 薄太后——汉高祖刘邦姬,生代王刘恒。诸吕之乱平,立代王为汉文帝,尊为太后。

② 轴帘——卷帘。

③ 练衣——丝绢衣。

④ 戚夫人——汉高祖的宠姬,生赵王如意。高祖死后,为吕后所残害,手足被断,去眼薰耳,饮以哑药,号为人彘。

⑤ 柔肌隐身——肌肤柔白,体态稳重。

⑥ 王嫱——即王昭君,汉元帝时宫人,后出嫁匈奴呼韩邪单于。

⑦ 中贵人——宫中受宠幸的内臣。

⑧ 旁视不给——即"目不暇接"之意。

⑨ 太真妃子——即唐玄宗妃子杨玉环,字太真。

厚肌敏视,小,质洁白,齿极卑①,被宽博衣。太后曰:"齐潘淑妃②。"余拜之,如妃子。既而太后命进馔。少时,馔至,芳洁万端,皆不得名字。但欲充腹,不能足。食已,更具酒。其器用尽如王者。太后语太真曰:"何久不来相看?"太真谨容对曰:"三郎(天宝中宫人呼玄宗多曰三郎)数幸华清宫,扈从不得至。"太后又谓潘妃曰:"子亦不来,何也?"潘妃匿笑③不禁,不成对。太真视潘妃而对曰:"潘妃向玉奴(太真名也)说,懊恼东昏侯④疏狂,终日出猎,故不得时谒耳。"太后问余:"今天子为谁?"余对曰:"今皇帝,先帝长子。"太真笑曰:"沈婆⑤儿作天子也,大奇!"太后曰:"何如主?"余对曰:"小臣不足以知君德。"太后曰:"然无嫌,但言之。"余曰:"民间传圣武。"太后首肯⑥三四。太后命进酒加乐,乐妓皆少女子。酒环行数周,乐亦遂辍。太后请戚夫人鼓琴。夫人约指⑦以玉环,光照于座。(《西京杂记》云:高祖与夫人环,照见指骨也。)引琴而鼓,声甚怨。太后曰:"牛秀才邂逅逆旅到此,诸娘子又偶相访,今无以尽平生欢。牛秀才固才士。盍各赋诗言志,不亦善乎?"遂各授与笺笔,逡巡诗成。薄后诗曰:"月寝花宫得奉君,至今犹愧管夫人⑧。汉家旧是笙歌处,烟草几经秋复春。"王嫱诗曰:"雪里穿庐⑨不见春。汉衣虽旧泪垂新。如今最恨毛延寿⑩,爱把丹青错画人。"戚夫人诗曰:"自别汉宫休楚舞,不能妆粉恨

---

① 齿极卑——年纪极轻。

② 潘淑妃——南齐东昏侯萧宝卷妃子,名玉儿。

③ 匿笑——想隐藏起笑容。

④ 东昏侯——萧宝卷,字智藏,齐明帝次子。荒淫无道,梁武帝萧衍围建业时,宝卷为其部下张齐所杀。

⑤ 沈婆——指代宗皇后沈儿,德宗的母亲。

⑥ 首肯——点头表示赞许。

⑦ 约指——即套在手指上。

⑧ 管夫人——汉高祖姬,少时与薄姬及赵子儿相友好,三人相约谁先得皇帝宠爱者无相忘。后管与赵先为高祖所幸,相与笑薄姬,高祖闻之,遂幸薄姬。

⑨ 穿庐——指草原上的毡帐。

⑩ 毛延寿——汉元帝时画家。元帝后宫人多,使他图形,按图召幸,诸宫人都贿赂他,独王嫱不肯。遂不得见。后匈奴呼韩邪单于求美人为阏氏,王嫱被赐行,元帝始知王嫱貌美,于是把毛延寿腰斩。

君王。无金岂得迎商叟①，吕氏何曾畏木强②。"太真诗曰："金钗堕地别君王，红泪流珠满御床。云雨马嵬③分散后，骊宫不复舞霓裳④。"潘妃诗曰："秋月春风几度归，江山犹是邺宫非。东昏旧作莲花地⑤，空想曾披金缕衣。"再三邀余作诗。余不得辞，遂应命作诗曰："香风引到大罗天⑥，月地云阶拜洞仙。共道人间惆怅事，不知今夕是何年。"别有善笛女子，短发，丽服，貌甚美，而且多媚，潘妃偕来。太后以接坐居之，时令吹笛，往往亦及酒。太后顾而问曰："识此否？石家绿珠⑦也。潘妃养作妹，故潘妃与俱来。"太后因曰："绿珠岂能无诗乎？"绿珠乃谢而作诗曰："此日人非昔日人，笛声空怨赵王伦⑧。红残翠碎花楼下，金谷⑨千年更不春。"辞毕，酒既至。太后曰："牛秀才远来，今夕谁人为伴？"戚夫人先起辞曰："如意⑩成长，固不可。且不宜如此。"潘妃辞曰："东昏以玉儿⑪，身死国除，玉儿不拟负他。"绿珠辞曰："石卫尉性严忌，今有死，不可及乱。"太后曰："太真今朝先帝

---

① 商叟——即汉初"商山四皓"。四人为当时名隐士，高祖屡召不见。后吕后用张良计策，请他们出来辅助汉惠帝刘盈。

② 木强——指周勃。周为汉初大臣，从汉高祖起义，以功封绛侯。吕后时为太尉，平诸吕之乱，迎立文帝，为右丞相。汉高祖常说他为人木强，但可托以大事。

③ 马嵬——马嵬坡。安史之乱时，唐玄宗仓皇逃蜀，至马嵬坡时，六军不发，要求诛杀杨国忠兄妹。唐玄宗不得已下令缢杀杨贵妃。

④ 骊宫不复舞霓裳——骊宫，长安宫殿名。霓裳，即《霓裳羽衣曲》，本为西域所传乐舞，唐玄宗进行改编，杨贵妃常在骊宫之中为唐玄宗舞蹈之乐曲。

⑤ 东昏旧作莲花地——东昏侯尝凿地为金莲花，令潘淑妃行其上，说是步步生莲花。

⑥ 大罗天——道教所称神仙居住的天宫之一。

⑦ 石家绿珠——西晋石崇的爱妾绿珠。

⑧ 笛声空怨赵王伦——赵王伦，西晋八王之乱中的赵王司马伦。宠任孙秀，孙秀欲夺绿珠，祸及石崇，绿珠不从，坠楼而死。

⑨ 金谷——即金谷园，晋石崇所建。

⑩ 如意——赵王如意，戚夫人之子，后为吕后所虐杀。

⑪ 玉儿——潘淑妃。

贵妃，不可，言其他。"太后谓王嫱曰："昭君始嫁呼韩单于，复为殊累若单于妇①，固自用。且苦寒地胡鬼何能为？昭君幸无辞。"昭君不对，低然羞恨。俄各归休。余为左右送入昭君院。会将旦，侍人告起。昭君垂泣持别。忽闻外有太后命，余遂出见太后。太后曰："此非郎君久留地，宜亟还。便别矣。幸无忘向来欢。"更索酒。酒再行，已。戚夫人潘妃绿珠皆泣下，竟辞去。太后使朱衣送往大安，抵西道，旋失使人所在，时始明矣。命就大安里，问其里人。里人云："此十余里，有薄后庙。"余却回望庙，荒毁不可入，非向者所见矣。余衣上香，经十余日不歇，竟不知其如何。

秀师言记

佚　名

　　唐崔晤、李仁钧二人，中外弟兄②，崔年长于李。在建中③末，偕来京师调集④。时荐福寺有僧神秀，晓阴阳术，得供奉禁中⑤。会一日，崔、李同诣秀师。师泛叙寒温而已，更不开一语。别揖李于门扇后曰："九郎能惠然独赐一宿否？小僧有情曲，欲陈露左右。"李曰："唯唯。"后李特赴宿约，馔且丰洁，礼甚谨敬。及夜半，师曰："九郎今合⑥选得江南县令，甚称意。从此后更六年，摄本府乣曹⑦，斯乃小僧就刑之日，监刑官人即九郎耳。小僧是吴儿，酷好瓦棺寺后松林中一段地，最高敞处。上元⑧佳境，

---

①　殊累若单于妇——呼韩邪之子。匈奴习俗，父死子得娶母为妻，所以呼韩邪死后，王嫱又嫁给殊累若单于。
②　中外弟兄——表兄弟。
③　建中——唐德宗年号。
④　调集——集中吏部听候选官。
⑤　禁中——宫廷之中。
⑥　合——合该，应当。
⑦　乣曹——法曹。乣，同"纠"。
⑧　上元——唐县名，即今南京市。

尽在其间。死后,乞九郎作窣堵坡(原注:梵语浮图①)于此,为小师藏骸骨之所。"李徐曰:"斯言不谬,违之如皎日②。"秀泫然流涕者良久,又谓李曰:"为余寄谢崔家郎君,且崔只有此一政官③,家事零落,飘寓江徼。崔之孤,终得九郎殊力,九郎终为崔家女婿。秘之,秘之!"李诘旦归旅舍,见崔,唯说秀师云某,说终为兄之女婿。崔曰:"我女纵薄命死,且何能嫁与田舍老翁作妇!"李曰:"比昭君出降单于④,犹是生活⑤。"二人相顾大笑。后李补南昌令,到官有能称。罢,摄本府乩曹。有驿递流人至州,坐泄宫内密事者。迟明宣诏书,宜付府笞死。流人解衣就刑次⑥,熟视监刑官,果李乩也。流人即神秀也,大呼曰:"瓦棺松林之请,子勿食言!"秀既死,乃掩泣请告,捐奉赁扁舟,择干事小吏,送尸柩于上元县,买瓦棺寺松林中地,垒浮图以葬之。时崔令即弃世已数年矣。崔之异母弟晔,携孤幼来于高安。晔落拓者⑦,好远游,惟小妻⑧殷氏独在。殷氏号太乘,又号九天仙也。殷学秦筝于常守坚,尽传其妙。护食孤女,甚有恩意。会南昌军伶⑨能筝者,求丐高安,亦守坚之弟子,故殷得见之,谓军伶曰:"崔家小娘子,容德无比,年已及笄⑩,供奉与把取家状⑪,到府日,求秦晋之匹⑫,可乎?"军伶依其请,至府,以家状历抵士人门,曾无影响⑬。后因谒盐铁李侍御⑭,即李仁钧也,出家状于怀袖中,铺张几案上。李悯然曰:

---

① 浮图——佛家称宝塔。也作"浮屠"。
② 违之如皎日——指天作誓之语。意谓日头在上,一定遵守诺言。
③ 一政官——一任官。
④ 昭君出降单于——汉明帝时宫女王嫱,字昭君,出嫁匈奴呼韩邪单于。即流传的"昭君出塞"故事。
⑤ 生活——即舒适、正常的意思。
⑥ 就刑次——就刑之时。
⑦ 落拓者——放荡不羁的人。
⑧ 小妻——小妾。
⑨ 军伶——军营中的艺人。
⑩ 及笄——指女子到达出嫁的年龄。
⑪ 家状——家庭出身情况。
⑫ 秦晋之匹——见《霍小玉》"秦晋"注。
⑬ 曾无影响——一点也没有反应、动静。
⑭ 盐铁李侍御——侍御,侍御史,这是官衔;盐铁,盐铁使,这是实职。

"余有妻丧,已大暮①矣。侍余饥饱寒燠者,顽童老媪而已,徒增余孤生半死之恨,夙夜往来于心。矧②崔之孤女,实余之表侄女也。余视之,等于女弟矣,彼亦视余犹兄焉。征曩秀师之言,信如符契③,纳为继室,余固崔兄之凤眷④也。"遂定婚崔氏。

板桥三娘子

佚　名

唐汴州西有板桥店,店娃三娘子者,不知何从来。寡居,年三十余,无男女,亦无亲属。有舍数间,以鬻餐为业,然而家甚富厚,多有驴畜。往来公私车乘,有不逮者⑤,辄贱其估⑥以济之。人皆谓之有道,故远近行旅多归之。元和⑦中,许州客赵季和,将诣东都⑧,过是宿焉。客有先至者六七人,皆据便榻。季和后至,最得深处一榻,榻邻比主人房壁。既而三娘子供给诸客甚厚,夜深致酒,与诸客会饮极欢。季和素不饮酒,亦预⑨言笑。至二更许,诸客醉倦,各就寝。三娘子归室,闭关⑩息烛。人皆熟睡,独季和展转不寐。隔壁闻三娘子悉窣,若动物之声。偶然隙中窥之,即见三娘子向覆器⑪下,取烛挑明之。后于巾箱中,取一副耒耜,并一木牛,一木偶人,各大六七寸。置于灶前,含水噀⑫之,二物便行走。木人则牵牛驾耒

①　大暮——周年。暮,一年。
②　矧——何况。
③　信如符契——完全符合。
④　凤眷——注定的眷属。
⑤　有不逮者——有饭宿费不够的人。
⑥　辄贱其估——减收房宿费。
⑦　元和——唐宪宗年号。
⑧　东都——指洛阳。
⑨　预——参加。
⑩　闭关——关闭房门。
⑪　覆器——遮盖着的器皿。
⑫　噀——喷。

耕,遂耕床前一席地,来去数出①。又于箱中取出一裹②荞麦子,授于木人
种之。须臾生,花发麦熟。令木人收割持跋③,可得七八升。又安置小磨
子,砷成面讫④,却收木人子于箱中。即取面作烧饼数枚。有顷鸡鸣,诸
客欲发。三娘子先起点灯,置新作烧饼于食床⑤上,与诸客点心。季和心
动遽辞,开门而去,即潜于户外窥之。乃见诸客围床,食烧饼未尽,忽一时
蹄地⑥作驴鸣,须臾皆变驴矣。三娘子尽驱入店后,而尽没其货财。季和
亦不告于人,私有慕其术者。后月余日,季和自东都回,将至板桥店,预作
荞麦烧饼,大小如前。既至,复寓宿焉。三娘子欢悦如初。其夕更无他
客,主人供待愈厚。夜深,殷勤问所欲。季和曰:"明晨发,请随事点
心⑦。"三娘子曰:"此事无疑,但请稳便。"半夜后,季和窥见之,一依前所
为。天明,三娘子具盘食,果实烧饼数枚于盘中讫,更取他物。季和乘间
走下,以先有者易其一枚,彼不知觉也。季和将发,就食,谓三娘子曰:
"适会⑧某自有烧饼,请撤去主人者,留待他宾。"即取己者食之。方饮次,
三娘子送茶出来。季和曰:"请主人尝客一片烧饼。"乃拣所易者与啖之。
才入口,三娘子据地⑨作驴声,即立变为驴,甚壮健。季和即乘之发,兼尽
收木人、木牛子等。然不得其术,试之不成。季和乘策⑩所变驴,周游他
处,未尝阻失,日行百里。后四年,乘入关,至华岳庙东五六里。路旁忽见
一老人,拍手大笑曰:"板桥三娘子,何得作此形骸⑪?"因捉驴⑫谓季和

---

① 出——次。
② 一裹——一把。
③ 持跋——打麦。拿在手里,用脚踩踏。
④ 讫——完毕。
⑤ 食床——食桌。
⑥ 蹄地——仆地。
⑦ 随事点心——随便做点早点。
⑧ 适会——刚巧。
⑨ 据地——伏在地上。
⑩ 乘策——策,鞭子。骑乘驱遣。
⑪ 形骸——模样。
⑫ 捉驴——拉住驴子。

曰：“彼虽有过，然遭君亦甚矣，可怜许①，请从此放之。”老人乃从驴口鼻边，以两手擘开。三娘子自皮中跳出，宛复旧身，向老人拜讫，走去，更不知所之。

无　双　传

薛　调

　　王仙客者，建中②中朝臣刘震之甥也。初，仙客父亡，与母同归外氏③。震有女曰无双，小仙客数岁，皆幼稚，戏弄相狎。震之妻常戏呼仙客为王郎子④。如是者凡数岁，而震奉孀姊及抚仙客尤至。一旦，王氏姊疾，且重，召震约曰：“我一子，念之可知也。恨不见其婚宦⑤。无双端丽聪慧，我深念之。异日无令归他族。我以仙客为托。尔诚许我，瞑目无所恨也。”震曰：“姊宜安静自颐养，无以他事自挠。”其姊竟不痊。仙客护丧，归葬襄邓⑥。服阕⑦，思念：“身世孤子如此，宜求婚娶，以广后嗣。无双长成矣。我舅氏岂以位尊官显，而废旧约耶？”于是饰装抵京师。时震为尚书租庸使⑧，门馆赫奕⑨，冠盖填塞。仙客既觐，置于学舍，弟子为伍。舅甥之分，依然如故，但寂然不闻选取之议。又于窗隙间窥见无双，姿质明艳，若神仙中人。仙客发狂，唯恐姻亲之事不谐也。遂鬻囊橐，得钱数百万。舅氏舅母左右给使，达于厮养，皆厚遗之。又因复设酒馔，中门之内，皆得入之矣。诸表同处，悉敬事之。遇舅母生日，市新奇以献，雕镂犀玉，以为首饰。舅母大喜。又旬日，仙客遣老姬，以求亲之事闻于舅母。

----

① 可怜许——可怜可怜吧。许，语气助词。
② 建中——唐德宗李适年号。
③ 外氏——外婆家。
④ 郎子——即女婿、姑爷。
⑤ 婚宦——婚姻和仕途。
⑥ 襄邓——襄州和邓州，治所在今湖北襄阳及河南邓县。
⑦ 服阕——儿子守父母丧三年，期满脱下丧服叫服阕。
⑧ 尚书租庸使——尚书兼任租庸使。
⑨ 赫奕——显赫富丽。

舅母曰：“是我所愿也。即当议其事。”又数夕，有青衣告仙客曰：“娘子适以亲情事言于阿郎①，阿郎云：‘向前亦未许也。’模样云云，恐是参差②也。”仙客闻之，心气俱丧，达旦不寐，恐舅氏之见弃也。然奉事不敢懈怠。一日，震趋朝，至日初出，忽然走马入宅，汗流气促，唯言：“锁却大门，锁却大门”一家惶骇，不测其由，良久，乃言：“泾原③兵士反，姚令言领兵入含元殿④，天子出苑北门，百官奔赴行在。我以妻女为念，略归部署。疾召仙客与我勾当家事。我嫁与尔无双。”仙客闻命，惊喜拜谢。乃装金银罗锦二十驮，谓仙客曰：“汝易衣服，押领此物出开远门⑤，觅一深隙店⑥安下。我与汝舅母及无双出启夏门⑦，绕城续至。”仙客依所教。至日落，城外店中待久不至。城门自午后扃锁，南望目断。遂乘骢，秉烛绕城至启夏门。门亦锁。守门者不一，持白梃，或立，或坐。仙客下马，徐问曰：“城中有何事如此？”又问：“今日有何人出此？”门者曰：“朱太尉已作天子⑧。午后有一人重戴⑨，领妇人四五辈，欲出此门。街中人皆识，云是租庸使刘尚书。门司不敢放出。近夜，追骑至，一时驱向北去矣。”仙客失声恸哭，却归店。三更向尽，城门忽开，见火炬如昼。兵士皆持兵挺刃，传呼斩斫使出城，搜城外朝官。仙客舍辎骑惊走，归襄阳，村居三年。后知克复⑩，京师重整，海内无事。乃入京，访舅氏消息，至新昌南街，立马彷徨之际，忽有一人马前拜，熟视之，乃旧使苍头⑪塞鸿也。鸿本王家

---

① 阿郎——唐时奴婢对男主人的称呼。

② 参差——意即有问题。

③ 泾原——泾州和原州，治所在今甘肃省泾川北及固原。唐德宗建中四年节度使姚令言带兵入京，大掠京城，德宗出逃。

④ 含元殿——唐大明宫的正殿。

⑤ 开远门——长安的西门。

⑥ 深隙店——深远僻静的小店。

⑦ 启夏门——长安的南门。

⑧ 朱太尉已作天子——姚令言入京拥戴太尉朱泚为皇帝，后兵败，朱泚为部下所杀。

⑨ 重戴——加在裹头巾上的黑色方形帽子。

⑩ 克复——德宗皇帝于兴元元年还长安。

⑪ 苍头——奴仆。

生①,其舅常使得力,遂留之。握手垂涕。仙客谓鸿曰:"阿舅舅母安否?"
鸿云:"并在兴化宅。"仙客喜极云:"我便过街去。"鸿曰:"某已得从良②,
客户有一小宅子,贩缯为业。今日已夜,郎君且就客户一宿。来早同去未
晚。"遂引至所居,饮馔甚备。至昏黑,乃闻报曰:"尚书受伪命官与夫人
皆处极刑。无双已入掖庭③矣。"仙客哀冤号绝,感动邻里。谓鸿曰:"四
海至广,举目无亲戚,未知托身之所。"又问曰:"旧家人谁在?"鸿曰:"唯
无双所使婢采苹者,今在金吾将军王遂中宅。"仙客曰:"无双固无见期。
得见采苹,死亦足矣。"由是乃刺谒④,以从侄礼见遂中,具道本末,愿纳厚
价以赎采苹。遂中深见相知,感其事而许之。仙客税屋,与鸿、苹居。塞
鸿每言:"郎君年渐长,合求官职。悒悒不乐,何以遣时?"仙客感其言,以
情恳告遂中。遂中荐见仙客于京兆尹李齐运。齐运以仙客前衔,为富平
县尹,知长乐驿。累月,忽报有中使押领内家三十人往园陵⑤,以备洒扫,
宿长乐驿,毡车子十乘下讫。仙客谓塞鸿曰:"我闻宫嫔选在掖庭,多是
衣冠子女,我恐无双在焉。汝为我一窥,可乎?"鸿曰:"宫嫔数千,岂便及
无双。"仙客曰:"汝但去,人事亦未可定。"因令塞鸿假为驿吏,烹茗于帘
外。仍给钱三千,约曰:"坚守茗具,无暂舍去。忽有所睹,即疾报来。"塞
鸿唯唯而去。宫人悉在帘下,不可得见之,但夜语喧哗而已。至夜深,群
动皆息。塞鸿涤器构火,不敢辄寐。忽闻帘下语曰:"塞鸿,塞鸿,汝争得
知我在此耶? 郎健否?"言讫,呜咽,塞鸿曰:"郎君见知此驿。今日疑娘
子在此,令塞鸿问候。"又曰:"我不久语。明日我去后,汝于东北舍阁子
中紫褥下,取书送郎君。"言讫,便去。忽闻帘下极闹,云:"内家中恶⑥。"
中使索汤药甚急,乃无双也。塞鸿疾告仙客,仙客惊曰:"我何得一见?"
塞鸿曰:"今方修渭桥,郎君可假作理桥官,车子过桥时,近车子立。无双
若认得,必开帘子,当得瞥见耳。"仙客如其言。至第三车子,果开帘子,

---

① 家生——奴仆的子女仍留在主人家服侍的人。
② 从良——奴婢恢复人身自由。
③ 掖庭——皇宫中宫女居住的地方。
④ 刺谒——拿着名帖请求接见。
⑤ 园陵——帝王的陵墓。
⑥ 中恶——得了急病。

窥见，真无双也。仙客悲感怨慕，不胜其情。塞鸿于阁子中褥下得书送仙客。花笺五幅，皆无双真迹，词理哀切，叙述周尽，仙客览之，茹恨①涕下。自此永诀矣。其书后云："常见敕使说富平县古押衙②人间有心人。今能求之否？"仙客遂申府，请解驿务，归本官③。遂寻访古押衙，则居于村墅。仙客造谒，见古生。生所愿，必力致之，缯彩宝玉之赠，不可胜纪。一年未开口。秩满④，闲居于县。古生忽来，谓仙客曰："洪一武夫，年且老，何所用？郎君于某竭分⑤。察郎君之意，将有求于老夫。老夫乃一片有心人也。感郎君之深恩，愿粉身以答效。"仙客泣拜，以实告古生。古生仰天，以手拍脑数四，曰："此事大不易。然与郎君试求，不可朝夕便望。"仙客拜曰："但生前得见，岂敢以迟晚为限耶。"半岁无消息。一日，叩门，乃古生送书。书云："茅山⑥使者回。且来此。"仙客奔马去。见古生，生乃无一言。又启使者。复云："杀却也。且吃茶。"夜深，谓仙客曰："宅中有女家人识无双否？"仙客以采苹对。仙客立取而至。古生端相，且笑且喜云："借留三五日。郎君且归。"后累日，忽传说曰："有高品⑦过，处置园陵宫人。"仙客心甚异之。令塞鸿探所杀者，乃无双也。仙客号哭，乃叹曰："本望古生。今死矣！为之奈何！"流涕逴欷，不能自已。是夕更深，闻叩门甚急。及开门，乃古生也。领一箧子入，谓仙客曰："此无双也。今死矣。心头微暖，后日当活，微灌汤药，切须静密。"言讫，仙客抱入阁子中，独守之。至明，遍体有暖气。见仙客，哭一声遂绝。救疗至夜，方愈，古生又曰："暂借塞鸿于舍后掘一坑。"坑稍深，抽刀断塞鸿头于坑中。仙客惊怕。古生曰："郎君莫怕。今日报郎君恩足矣。比闻茅山道士有药术。其药服之者立死，三日却活。某使人专求，得一丸。昨令采苹假作中使，以无双逆党⑧，赐此药令自尽。至陵下，托以亲故，百缣赎其尸。凡

---

① 茹恨——含恨。
② 押衙——负责管理皇帝仪仗、侍卫的官员。
③ 归本官——回去做原来的官。
④ 秩满——官员任职期满。
⑤ 竭分——竭尽情分。
⑥ 茅山——于今江苏省句容县东南，汉茅盈兄弟于此修道而得名。
⑦ 高品——大官。
⑧ 逆党——背叛朝廷的人的同党。

道路邮传,皆厚赂矣,必免漏泄。茅山使者及异笐人,在野外处置讫。老夫为郎君,亦自刭。君不得更居此。门外有担子①一十人,马五匹,绢二百匹。五更挈无双便发,变姓名浪迹以避祸。"言讫,举刀。仙客救之,头已落矣。遂并尸盖覆讫。未明发,历四蜀下峡②,寓居于渚宫③。悄不闻京兆之耗。乃挈家归襄邓别业④,与无双偕老矣。男女成群。噫,人生之契阔会合多矣,罕有若斯之比。常谓古今所无。无双遭乱世籍没⑤,而仙客之志,死而不夺。卒遇古生之奇法取之,冤死者十余人。艰难走窜后,得归故乡,为夫妇五十年,何其异哉!

上　清　传

柳　珵

贞元壬申岁⑥春三月,相国窦公居光福里⑦第,月夜闲步于中庭。有常所宠青衣上清者,乃曰:"今欲启事。郎须到堂前,方敢言之。"窦公亟上堂。上清曰:"庭树上有人,恐惊郎,请谨避之。"窦公曰:"陆贽⑧久欲倾夺吾权位。今有人在庭树上,吾祸将至。且此事将奏与不奏皆受祸,必窜⑨死于道路。汝在辈流中,不可多得。吾身死家破,汝定为宫婢。圣君若顾问,善为我辞焉。"上清泣曰:"诚如是,死生以之!"窦公下阶,大呼曰:"树上君子,应是陆贽使来。能全老夫性命,敢不厚报!"树上应声而

---

① 担子——轿子。

② 四蜀下峡——四蜀,蜀地。下峡,出三峡。

③ 渚宫——原指春秋楚成王所建别宫,此处泛指江陵一带。

④ 别业——别墅。

⑤ 籍没——指无双被收进宫之事。

⑥ 壬申岁——指贞元八年。

⑦ "相国窦公"句——窦公,窦参,字时申,官至宰相,两次受贬,死于最后一次被贬途中。光福里,长安里坊名。

⑧ 陆贽——字敬舆,德宗时累迁中书侍郎平章事。陆贽有政绩,本篇把他描绘为奸险小人,纯为小说家言。

⑨ 窜——放逐。

下,乃衣缞粗①者也。曰:"家有大丧。贫甚,不办葬礼。伏知相公推心济物,所以卜夜②而来。幸相公无怪。"公曰:"某罄所有,堂封绢③千匹而已。方拟修私庙次。今且辍赠④,可乎?"缞者拜谢。窦公答之,如礼。又曰:"便辞相公。请左右赍所赐绢,掷于墙外。某先于街中俟之。"窦公依其请。命仆,使侦其绝踪且久,方敢归寝。

　　竖日,执金吾⑤先奏其事。窦公得次⑥,又奏之。德宗厉声曰:"卿交通节将⑦,蓄养侠刺。位崇台鼎⑧,更欲何求?"窦公顿首曰:"臣起自刀笔小才,官以至贵。皆陛下奖拔,实不由人⑨。今不幸至此,抑乃仇家所为耳。陛下忽震雷霆之怒,臣便合万死。"中使⑩下殿宣曰:"卿且归私第,待候进止。"越月,贬郴州别驾⑪。会宣武节度刘士宁⑫通好于郴州,廉使条疏上闻。德宗曰:"交通节将,信而有征。"流窦于骦州⑬,没入家资。一簪不著身,竟未达流所,诏自尽。

　　上清果隶名掖庭。后数年,以善应对,能煎茶,数得在帝左右。德宗谓曰:"宫掖间人数不少。汝了事。从何得至此?"上清对曰:"妾本故宰相窦参家女奴。窦某妻早亡,故妾得陪扫洒。及窦某家破,幸得填宫。既侍龙颜,如在天上。"德宗曰:"窦某罪不止养侠刺,亦甚有赃污。前时纳官银器至多。"上清流涕而言曰:"窦某自御史中丞,历度支,户部,盐铁三使,至宰相。首尾六年,月入数十万⑭。前后非时赏赐,当亦不知纪极。

---

① 衣缞(cuī)粗——穿着粗麻布上衣,这是古代丧服的一种。
② 卜夜——选择夜晚。
③ 堂封绢——当宰相所应得的俸禄内的绢。堂,宰相的办公之处,代指宰相。
④ 辍赠——停止修家庙,以此资金相赠。
⑤ 执金吾——汉、唐时期禁卫军头目。负责宫廷、京城的保卫。
⑥ 次——机缘。
⑦ 交通节将——勾结节度使。
⑧ 台鼎——指宰相的高位。
⑨ 由人——由于私人关系。
⑩ 中使——宦官。
⑪ 郴州别驾——郴州,今湖南省郴县。别驾,郡守的辅助官。
⑫ 刘士宁——滑州人,当时任宣武节度使。
⑬ 骦州——在今越南境内,当时为唐南部边境地区。
⑭ 数十万——指铜钱,数十万文铜钱。

乃者郴州所送纳官银物,皆是恩赐。当部录①日,妾在郴州,亲见州县希陆贽意旨刮去。所进银器,上刻作藩镇官衔姓名,诬为赃物。伏乞陛下验之。"于是宣索窦某没官银器覆视,其刮字处,皆如上清言。时贞元十二年。德宗又问蓄养侠刺事。上清曰:"本实无。悉是陆贽陷害,使人为之。"德宗怒陆贽曰:"这獠奴②!我脱却伊绿衫,便与紫衫③着。又常唤伊作陆九④。我任使窦参,方称意次,须教我枉杀却他。及至权入伊手,其为软弱,甚于泥团。"乃下诏雪窦参。时裴延龄⑤探知陆贽恩衰,得恣行媒蘖⑥。贽竟受谴不回。

后上清特敕丹书⑦度为女道士,终嫁为金忠义妻。世以陆贽门生名位多显达者,世不可传说,故此事绝无人知。

虬髯客传

杜光庭

隋炀帝之幸江都⑧也,命司空杨素守西京⑨。素骄贵,又以时乱,天下之权重望崇者,莫我若也,奢贵自奉,礼异人臣。每公卿入言,宾客上谒,未尝不踞床⑩而见,令美人捧出。侍婢罗列,颇僭于上⑪。末年愈甚,无复

---

① 部录——户部清查、登记罪臣的财产。
② 獠(lǎo)奴——唐时骂人的话。
③ 绿衫、紫衫——绿衫,低级官员的官服;紫衫,高级官员的官服。
④ 陆九——犹言"陆老九",表示亲切的称呼。
⑤ 裴延龄——德宗时官至户部侍郎,诬谤陆贽,使陆贽受贬。
⑥ 媒蘖——媒为酒母;蘖同"糵",酒曲。比喻挑拨是非,陷人于罪。
⑦ 丹书——唐代俗人入教的一种身份证明。犹如佛教徒的"度牒"。
⑧ 江都——今扬州。
⑨ 西京——长安。
⑩ 踞床——叉开两腿,坐在床上。
⑪ 僭于上——越超皇上。

知所负荷,有扶危持颠之心①。一日,卫公李靖以布衣②上谒,献奇策。素亦踞见。公前揖曰:"天下方乱,英雄竞起。公为帝室重臣,须以收罗豪杰为心,不宜踞见宾客。"素敛容而起,谢公,与语,大悦,收其策而退。当公之骋辩也,一妓有殊色,执红拂③,立于前,独目公。公既去,而执拂者临轩指吏曰:"问去者处士第几?住何处?"公具以对。妓诵而去。公归逆旅。其夜五更初,忽闻叩门而声低者,公起问焉。乃紫衣戴帽人,杖揭一囊④。公问谁。曰:"妾,杨家之红拂妓也。"公遽延入。脱衣去帽,乃十八九佳丽人也。素面画衣⑤而拜。公惊答拜。曰:"妾侍杨司空久,阅天下之人多矣,无如公者。丝萝非独生,愿托乔木,故来奔耳。"公曰:"杨司空权重京师,如何?"曰:"彼尸居余气⑥,不足畏也。诸妓知其无成,去者众矣。彼亦不甚逐也。计之详矣,幸无疑焉。"问其姓。曰:"张。"问其伯仲之次。曰:"最长。"观其肌肤,仪状,言词,气语,真天人也。公不自意获之,愈喜愈惧,瞬息万虑不安。而窥户者无停履。数日,亦闻追讨之声,意亦非峻⑦。乃雄服⑧乘马,排闼而去。将归太原。行次灵石⑨旅舍,既设床,炉中烹肉且熟。张氏以发长委地,立梳床前。公方刷马,忽有一人,中形,赤髯如虬⑩,乘蹇驴⑪而来。投革囊于炉前,取枕欹卧,看张梳头。公怒甚,未决,犹亲刷马。张熟视其面,一手握发,一手映身摇示公⑫,令勿怒。急急梳头毕,敛衽前问其姓。卧客答曰:"姓张。"对曰:"妾亦姓

---

①　扶危持颠之心——乘天下危难之机夺取江山的心思。

②　布衣——老百姓。

③　红拂——红拂尘。

④　杖揭一囊——拐杖上挑着一个口袋。

⑤　素面画衣——脸上不搽脂粉,身上穿着彩色衣服。

⑥　尸居余气——比死人多一口气,意谓来日不多。

⑦　峻——此即严厉搜索的意思。

⑧　雄服——阔绰的衣服。

⑨　灵石——今山西省灵石县。

⑩　赤髯如虬(qiú)——红色的胡须像虬龙的须一样。此处指其胡须蜷曲如虬髯。

⑪　蹇驴——跛足的驴。此处指瘦弱驽钝的驴子。

⑫　一手映身摇示公——一只手放在身后示意李靖。

张,合是妹。"遽拜之。问第几。曰:"第三。"问妹第几。曰:"最长。"遂喜曰:"今夕幸逢一妹。"张氏遥呼:"李郎且来见三兄!"公骤拜之。遂环坐。曰:"煮者何肉?"曰:"羊肉,计已熟矣。"客曰:"饥。"公出市胡饼①。客抽腰间匕首,切肉共食。食竟,余肉乱切送驴前食之,甚速。客曰:"观李郎之行,贫士也。何以致斯异人②?"曰:"靖虽贫,亦有心者焉。他人见问,故不言。兄之问,则不隐耳。"具言其由。曰:"然则将何之?"曰:"将避地太原。"曰:"然吾故非君所致也。"曰:"有酒乎?"曰:"主人西,则酒肆也。"公取酒一斗。既巡③,客曰:"吾有少下酒物,李郎能同之乎?"曰:"不敢。"于是开革囊,取一人头并心肝。却④头囊中,以匕首切心肝,共食之。曰:"此人天下负心者,衔之十年,今始获之。吾憾释矣。"又曰:"观李郎仪形器宇,真丈夫也。亦闻太原有异人乎?"曰:"尝识一人,愚谓之真人⑤也;其余,将帅而已。"曰:"何姓?"曰:"靖之同姓。"曰:"年几?"曰:"仅二十。"曰:"今何为?"曰:"州将之子⑥。"曰:"似矣。亦须见之。李郎能致吾一见乎?"曰:"靖之友刘文静⑦者,与之狎。因文静见之可也。然兄何为?"曰:"望气者言太原有奇气,使访之。李郎明发,何日到太原?"靖计之日。曰:"达之明日,日方曙,候我于汾阳桥⑧。"言讫,乘驴而去,其行若飞,回顾已失。公与张氏且惊且喜,久之,曰:"烈士⑨不欺人,固无畏。"促鞭而行。及期,入太原。果复相见。大喜,偕诣刘氏。诈谓文静曰:"有善相者⑩思见郎君,请迎之。"文静素奇其人,一旦闻有客善相,遽致使迎之。使回而至,不衫不履,裼裘⑪而来,神气扬扬,貌与常异。虬髯

---

① 胡饼——烧饼。传之少数民族,故称。
② 致期异人——得到这位美人。
③ 既巡——已经喝过一遍酒。
④ 却——放回。
⑤ 真人——此处指真命天子。
⑥ 州将之子——指李世民。李世民之父李渊其时为太原留守,故称州将。
⑦ 刘文静——字肇仁,隋末协助李渊父子反隋,唐立,封鲁国公。
⑧ 汾阳桥——于太原东、汾河之上。
⑨ 烈士——豪杰之士。
⑩ 善相者——善于相面的人。
⑪ 裼裘——卷起皮袍袖子。古时尚,穿皮袍,外加罩衫,卷起袖口,露出皮毛。

默然居末坐,见之心死。饮数杯,招靖曰:"真天子也!"公以告刘,刘益喜,自负。既出,而虬髯曰:"吾得十八九矣。然须道兄见之。李郎宜与一妹复入京,某日午时,访我于马行①东酒楼。下有此驴及瘦驴,即我与道兄俱在其上矣。到即登焉。"又别而去。公与张氏复应之。及期访焉,宛见二乘。揽衣登楼,虬髯与一道士方对饮,见公惊喜,召坐。周饮十数巡,曰:"楼下柜中有钱十万。择一深稳处一妹。某日复会于汾阳桥。"如期至,即道士与虬髯已到矣。俱谒文静。时方弈棋,揖而话心焉。文静飞书迎文皇②看棋。道士对弈,虬髯与公傍侍焉。俄而文皇到来,精彩惊人,长揖而坐。神气清朗,满坐风生,顾盼炜如也。道士一见惨然,下棋子曰:"此局全输矣!于此失却局哉!救无路矣!复奚言!"罢弈而请去。既出,谓虬髯曰:"此世界非公世界,他方可也。勉之,勿以为念。"因共入京。虬髯曰:"计李郎之程,某日方到。到之明日,可与一妹同诣某坊曲小宅相访。李郎相从一妹,悬然如磬③。欲令新妇祇谒④,兼议从容,无前却也。"言毕,吁嗟而去。公策马而归。即到京,遂与张氏同往。一小版门子,叩之,有应者,拜曰:"三郎令候李郎一娘子久矣。"延入重门,门愈壮。婢四十人,罗列庭前。奴二十人,引公入东厅。厅之陈设,穷极珍异,巾箱妆奁冠镜首饰之盛,非人间之物。巾栉妆饰毕,请更衣,衣又珍异。既毕,传云:"三郎来!"乃虬髯纱帽裼裘而来,亦有龙虎之状⑤,欢然相见。催其妻出拜,盖亦天人耳。遂延中堂,陈设盘筵之盛,虽王公家不侔也。四人对馔讫,陈女乐二十人,列奏于前,若从天降,非人间之曲。食毕,行酒。家人自堂东舁出二十床,各以锦绣帕覆之。既陈,尽去其帕,乃文簿钥匙耳。虬髯曰:"此尽宝货泉贝⑥之数。吾之所有,悉以充赠。何者?欲以此世界求事,当或龙战⑦三二十载,建少功业。今既有主,住亦何为?太原李氏,真英主也。三五年内,即当太平。李郎以奇特之才,辅清平之

---

① 马行——街道名。

② 文皇——指唐太宗李世民,因其死后谥号"文"。

③ 悬然如磬——磬,同"罄"。一无所有,形容贫困的样子。

④ 祇谒——拜见。

⑤ 龙虎之状——意谓有帝王的举止、容貌。

⑥ 泉贝——指钱。

⑦ 龙战——指争夺天下的战争。

主,竭心尽善,必极人臣。一妹以天人之姿,蕴不世之艺,从夫之贵,以盛轩裳①。非一妹不能识李郎,非李郎不能荣一妹。起陆②之贵,际会如期,虎啸风生,龙吟云萃,固非偶然也。持余之赠,以佐真主,赞功业也,勉之哉!此后十年,当东南数千里外有异事,是吾得事之秋也。一妹与李郎可沥酒东南相贺。"因命家童列拜,曰:"李郎一妹,是汝主也!"言讫,与其妻从一奴,乘马而去。数步,遂不复见。公据其宅,乃为豪家,得以助文皇缔构之资③,遂匡天下。贞观④十年,公以左仆射平章事⑤。适南蛮⑥人奏曰:"有海船千艘,甲兵十万,入扶余国⑦,杀其主自立。国已定矣。"公心知虬髯得事也。归告张氏,具衣拜贺,沥酒东南祝拜之。乃知真人之兴也,由英雄所冀⑧。况非英雄者乎?人臣之谬思乱者,乃螳臂之拒走轮耳。我皇家垂福万叶⑨,岂虚然哉。或曰:"卫公之兵法,半乃虬髯所传耳。"

姚氏三子

杜光庭

唐御史姚生,罢官,居于蒲⑩之左邑。有子一人,外甥二人,各一姓⑪,年皆及壮,而顽驽不肖。姚之子稍长于二生。姚惜其不学,日以诲责,而

---

① 轩裳——高贵的车子和衣服。
② 起陆——龙蛇自起而升,比喻帝王的崛起。
③ 缔构之资——建立政权的费用。
④ 贞观——唐太宗李世民的年号。
⑤ 左仆射平章事——即任职宰相。
⑥ 南蛮——古代对南方少数民族的称呼。
⑦ 扶余国——古国名,在吉林省一带。此处安放在南海,纯属虚构。
⑧ 冀——预料。
⑨ 万叶——万世,万代。
⑩ 蒲——蒲州,今山西省永济县。
⑪ 各一姓——表兄弟三人,人各一姓。

怠游不悛。遂于条山①之阳,结茅以居之,冀绝外事,得专艺学。林壑重深,嚣尘不到。将遣之日,姚诫之曰:"每季一试汝之所能,学有不进,必槚楚②及汝,汝其勉焉。"及到山中,二子曾不开卷,但朴斫涂塈③为务。居数月,其长谓二人曰:"试期至矣,汝曹都不省书,吾为汝惧。"二子曾不介意,其长读书甚勤。忽一夕子夜,临烛凭几,披书之次,觉所衣之裳,后裾为物所牵,襟领渐下。亦不之异,徐引而袭④焉。俄而复尔,如是数四,遂回视之,见一小豚,藉裳而伏,色甚洁白,光润如玉。因以压书界方⑤击之,豚声骇而走。遽呼二子秉烛,索于堂中,牖户甚密,周视无隙,而莫知豚所往。明日,有苍头骑马叩门,搢笏⑥而入,谓三人曰:"夫人问讯。昨夜小儿无知,误入君衣裾,殊以为惭,然君击之过伤,今则平矣,君勿为虑。"三人俱逊词谢之,相视莫测其故。少顷,向来骑僮复至,兼抱持所伤之儿,并乳褓数人,衣褓皆绮纨⑦,精丽非寻常所见,复传夫人语云:"小儿无恙,故以相示。"逼而观之,自眉至鼻端,如丹缕⑧焉,则界方棱所击之迹也。三子愈恐。使者及乳褓皆甘言慰安之,又云:"少顷夫人自来。"言讫而去。三子悉欲潜去避之,惶惑未决。有苍头及紫衣宫监数十,奔波而至,前施屏帏,茵席炳焕,香气殊异。旋见一油壁车,青牛丹毂,其疾如风。宝马数百,前后导从。及门下车,则夫人也。三子趋出拜。夫人微笑曰:"不意小儿至此,君昨所伤,亦不至甚。恐为君忧,故来相慰耳。"夫人年可三十余,风姿闲整,俯仰如神,亦不知何人也。问三子曰:"有家室未?"三子皆以未对。曰:"吾有三女,殊姿淑德,可以配三君子。"三子拜谢。夫人因留不去,为三子各创一院。指顾之间,画堂延阁,造次而具。翌日,有辎軿⑨至焉,宾从粲丽,逾于戚里,车服炫晃,流光照地,香满山谷。三

----

① 条山——中条山。

② 槚(jiǎ)楚——同"夏楚",鞭挞。

③ 朴斫涂塈(jì)——砍木弄泥。

④ 袭——拉上来。

⑤ 界方——镇纸尺。

⑥ 搢笏——笏,此指马鞭。马鞭插在腰际间。

⑦ 绮纨——绫缎。

⑧ 丹缕——红色的线。

⑨ 辎軿(zī píng)——行李车。

女自车而下,皆年十七八。夫人引三女升堂,又延三子就座。酒肴珍备,果实丰衍,非常世所有,多未之识。三子殊不自意。夫人指三女曰:"各以配君。"三子避席拜谢。复有送女数十,若神仙焉。是夕合卺。夫人谓三子曰:"人之所重者生也,所欲者贵也,但百日不泄于人,令君长生度世,位极人臣。"三子复拜谢,但以愚昧扞格①为忧。夫人曰:"君勿忧,斯易耳。"乃敕地上主者,令召孔宣父②。须臾,孔子具冠剑而至。夫人临阶,宣父拜谒甚恭。夫人端立,微劳问之,谓曰:"吾三婿欲学,君其导之。"宣父乃命三子,指六籍篇目以示之,莫不了然解悟,大义悉通,咸若素习。既而宣父谢去。夫人又命周尚父③,示以《玄女符》、《玉璜秘诀》④,三子又得之无遗。复坐与言,则皆文武全才,学究天人之际矣。三子相视,自觉风度夷旷⑤,神用⑥开爽,悉将相之具矣。其后姚使家僮馈粮,至则大骇而走。姚问其故,具对以屋宇帷帐之盛,人物艳丽之多。姚惊谓所亲曰:"是必山鬼所魅也!"促召三子。三子将行,夫人戒之曰:"慎勿泄露,纵加楚挞,亦勿言之。"三子至,姚亦讶其神气秀发,占对闲雅⑦。姚曰:"三子骤尔,皆有鬼物凭焉。"苦问其故,不言。遂鞭之数十,不胜其痛,具道本末。姚乃幽之别所。姚素馆一硕儒,因召而与语。儒者惊曰:"大异大异,君何用责三子乎?向使三子不泄其事,则必为公相,贵极人臣。今泄之,其命也夫!"姚问其故,而云:"吾见织女、婺女、须女星皆无光,是三女星降下人间,将福三子。今泄天机,三子免祸,幸矣。"其夜,儒者引姚视三星,果无光。姚乃释三子,遣之归山。至则三女邈然如不相识。夫人让之⑧曰:"子不用吾言,既泄天机,当于此诀。"因以汤饮三子,既饮则昏顽如旧,一无所知。儒谓姚曰:"三女星犹在人间,亦不远此地

---

① 扞格——不通畅。

② 孔宣父——即孔子。唐太宗时加尊号"宣父"。

③ 周尚父——周朝吕尚,俗称姜子牙。

④ 《玄女符》、《玉璜秘诀》——古代兵书。

⑤ 夷旷——开朗、明畅。

⑥ 神用——神气、神情。

⑦ 占对闲雅——谈吐从容纡徐、高雅。

⑧ 让之——责备他们。

分。"密为所亲言其处。或云河东张嘉贞①家,其后将相三代矣。

维扬十友

杜光庭

维扬②十友者,皆家产粗丰,守分知足,不干禄位,不贪货财,慕玄知道者也。相约为友,若兄弟焉。时海内乂安,民人胥悦,遂以酒食为娱,自乐其志。始于一家,周于十室,率以为常。忽有一老叟,衣服滓弊③,气貌羸弱,似贫窭不足之士也。亦著麻衣,预十人末,以造其会。众既适情,亦皆悯之,不加斥逐。醉饱自去,莫知所之。一旦言于众曰:"余力困之士也。幸众人许陪坐末,不以为责。今十人置宴,皆得预之。席既周毕,亦愿力为一会,以答厚恩。约以他日,愿得同往。"至期,十友如其言,相率以待。凌晨,贫叟果至,相引徐步诣东塘郊外,不觉为远。草莽中茆屋两三间,倾侧欲摧。引入其下,有丐者数辈在焉,皆是蓬发鹑衣,形状秽陋。叟至,丐者相顾而起,墙立④以俟其命。叟令扫除舍下,陈列蘧蒢⑤,布以菅席⑥,相邀环坐。日既旰矣,咸有饥色。久之,各以醯盐竹箸⑦,置于客前。逡巡,数辈共举一巨板如案,长四五尺,设于席中,以油紫幕之⑧。十友相顾,谓必济饥,甚以为喜。既撤油紫,气燀燀然⑨尚未可辨。久而视之,乃是蒸一童儿,可十数岁,已糜烂矣。耳目手足,半已堕落。叟揖让劝勉,使众就食。众深嫌之,多托以饫饱,亦有忿恚逃去,都无肯食者。叟纵意餐啖,似有盈味。食之不尽,即命诸丐擎去,令尽食之。因谓诸人曰:

---

① 张嘉贞——唐玄宗时宰相,其儿子、孙子在德宗、宪宗时都为相。
② 维扬——扬州。
③ 滓弊——肮脏破烂。
④ 墙立——直立。
⑤ 蘧蒢(qú tú)——粗竹席。
⑥ 菅席——草席。
⑦ 醯(xī)盐竹箸——酸咸作料和竹筷。
⑧ 油紫幕之——紫,同帕。用油布盖着。
⑨ 燀燀然——热气腾腾。

"此所食者,千岁人参也。颇甚难求,不可一遇。吾得此物,感诸公延遇之恩,聊欲相报。且食之者,白日升天,身为上仙。众既不食,其命也夫!"众惊异,悔谢未及。叟促问诸丐,令食讫即来。俄而丐者化为青童、玉女,幡盖导从,与叟一时升天。十友刿心①追求,更莫能见。

许 老 翁

佚 名

许老翁者,不知何许人也。隐于峨眉山,不知年代。唐天宝中,益州士曹②柳某妻李氏,容色绝代。时节度使章仇兼琼③,新得吐番安戎城,差柳送物至城所。三岁不复命。李在官舍,重门未启,忽有裴兵曹诣门,云是李之中表丈人④。李云:"无裴家亲。"门不令启。裴因言李小名,兼说其中外氏族。李方令开门致拜。因欲餐,裴人质甚雅,因问:"柳郎去几时?"答云:"已三载矣。"裴云:"三载义绝,古人所言,今欲如何?且丈人与子业因⑤,合为伉俪,愿无拒此。"而竟为裴丈所迷,似不由人可否也。裴兵曹者,亦既娶矣。而章仇公闻李美姿,欲窥觇之。乃令夫人特设筵会,屈府县之妻,罔不毕集。唯李以夫婿在远,辞焉。章仇妻以须必见,乃云:"但来,无苦推辞。"李惧责,遂行。着黄罗银泥⑥裙、五晕罗银泥衫子、单丝罗红地银泥帔子,盖益都之盛服也。裴顾衣而叹曰:"世间之服,华丽止此耳。"回谓小仆:"可归开箱,取第三衣来。"李云:"不与第一而与第三,何也?"裴曰:"第三已非人世所有矣。"须臾衣至,异香满室。裴再视,笑谓小仆曰:"衣服当须尔耶!若章仇何知,但恐许老翁知耳。"乃登车诣节度家。既入,夫人并座客,悉皆降阶致礼。李既服天衣,貌更殊异,观者

---

① 刿心——痛心。

② 士曹——士曹,参军,唐代府一级官员,掌管水利、工役之事。

③ 章仇兼琼——唐玄宗时剑南节度使,治蜀八年。章仇,复姓。

④ 中表丈人——表叔伯。丈人,长辈。

⑤ 业因——前世因缘。

⑥ 黄罗银泥——银底色的有黄罗花纹的。

爱之。坐定，夫人令白章仇曰："士曹之妻，容饰绝代。"章仇径来入院，戒众勿起。见李服色，叹息数四，乃借帔观之，则知非人间物。试之水火，亦不焚污。因留诘之，李具陈本末。使人至裴居处，则不见矣。兼琼乃易其衣而进，并奏许老翁之事。敕令以计须求许老。章仇意疑仙者往来，必在药肆。因令药师候其出处。居四日得之。初有小童诣肆市药，药师意是其徒，乃以恶药与之。小童往而复来，且嘱云："大人怒药不佳，欲见捶挞。"因问："大人为谁?"童子云："许老翁也。"药师甚喜，引童白府。章仇令劲健百人，卒吏五十人，随童诣山，且申敕令。山峰巉绝，众莫能上。童乃自下大呼。须臾，老翁出石壁上，问："何故领尔许人来?"童具白其事。老翁问："童曷不来，童曷不来?"童遂冉冉蹑虚而上。诸吏叩头求哀云："大夫之暴，翁所知也。"老翁乃许行，谓诸吏曰："君但返府，我随至。"及吏卒至府未久，而翁亦至焉。章仇见之，再拜俯伏。翁无敬色。因问："娶李者是谁?"翁曰："此是上元夫人衣库之官，俗情未尽耳。"章仇求老翁诣帝。许云："往亦不难。"乃与奏事者克期①至长安。先期而至，有诏引见。玄宗致礼甚恭。既坐，问云："库官有罪，天上知否?"翁云："已被流作人间一国主矣。"又问："衣竟何如?"许云："设席施衣于清净之所，当有人来取。"上敕人如其言。初不见人，但有旋风卷衣入云，顾紒之间，亦失许翁所在矣。

冯　俊

佚　名

　　唐贞元初，广陵人冯俊，以佣工资生。多力而愚直，故易售②。常遇一道士，于市买药，置一囊，重百余斤，募能独负者，当倍酬其直。俊乃请行。至八合，约酬一千义，至伋取贤。俊乃归告其妻，而后从之。道士云："从我行，不必直至六合。今欲从水路往彼，得舟且随我舟行，亦不减汝直。"俊从之。遂入小舟，与俊并道士共载。出江口数里，道士曰："无风，

———————

　　①　克期——约好日子。
　　②　易售——易为人所雇用。

上水不可至,吾施小术。"令二人①皆伏舟中,道士独在船上,引帆持楫。二人在舟中,闻风浪声,度其船如在空中,惧不敢动。数食顷,遂令开船,召出,至一处,平湖渺然,前对山岭重叠。舟人久之方悟,乃是南湖庐山下星子湾也。道士上岸,令俊负药。船人即付船价,舟人敬惧不受。道士曰:"知汝是浔阳人,要当时至,以此便相假,岂为辞耶?"舟人遂拜受之而去,实江州人也。遂引俊负药,于乱石间行五六里,将至山下,有一大石方数丈。道士以小石扣之数十下,大石分为二,有一童出于石间,喜曰:"尊师归也!"道士遂引俊入石穴。初甚峻,下十丈余,旁行渐宽平。入数十步,其中洞明,有大石堂。道士数十,弈棋戏笑。见道士,皆曰:"何晚也?"敕俊舍药,命左右速遣来人归。前道士命左右曰:"担人甚饥,与之饭食。"遂于瓷瓯盛胡麻饭②与之食。又与一碗浆,甘滑如乳,不知何物也。道士遂送俊出,谓曰:"劳汝远来,少有遗汝。"授与钱一千文,令系腰下。"至家,解观之,自当有异耳。"又问:"家有几口?"云:"妻儿五口。"授以丹药可百余粒,曰:"日食一粒,可百日不食。"俊辞曰:"此归路远,何由可知。"道士曰:"与汝图之。"遂引行乱石间,见一石卧如虎状,令俊骑上。以物蒙石头,俊执其末,如执辔焉。诚令闭目,候足着地即开。俊如言骑石,道士以鞭鞭石,都觉此石举在空中而飞。时已向晚,如炊久③,觉足蹑地,开目,已在广陵郭门矣。人家方始举烛,比至舍,妻儿犹惊其速。遂解腰下,皆金钱也。自此不复为人佣工,广置田园,为富民焉。里人皆疑为盗也。后他处有盗发,里人意俊同之,遂絷以诣府。时节使杜公亚④,重药术,好奇说,闻俊言,遂命取其金丹。丹至亚手,如坠地焉而失之。兼言郭外所乘之石犹在,遂舍之。亚由是精意于道,颇好烧炼,竟无所成。俊后寿终,子孙至富焉。

---

① 二人——冯俊与船上。
② 胡麻饭——掺和芝麻煮的饭。
③ 炊久——煮一顿饭的功夫。
④ 杜公亚——杜亚,字次公,唐德宗时淮西节度使。

崔　思　兢

刘　肃

崔思兢，则天朝或告其再从兄①宣谋反，付御史张行岌按之②。告者先诱藏宣家妾，而云妾将发其谋，宣乃杀之，投尸于洛水。行岌按，略无状。则天怒，令重按。行岌奏如初。则天曰："崔宣反状分明，汝宽纵之。我令俊臣勘。汝毋悔！"行岌曰："臣推事不若俊臣，陛下委臣，须实状。若顺旨妄族人③，岂法官所守？臣必以为陛下试臣尔。"则天厉色曰："崔宣若实曾杀妾，反状自然明矣。不获妾，如何自雪？"行岌惧，逼宣家令访妾。思兢乃于中桥南北，多置钱帛，募匿妾者。数日，略无所闻。而其家每窃议事，则告者辄知之。思兢揣家中有同谋者，乃佯谓宣妻曰："须绢三百匹，顾④刺客杀告者。"而侵晨伏于台前⑤。宣家有馆客，姓舒，婺州人，言行尤缺，为宣家服役，宣委之同于子弟。须臾，见其人至台，赂阍人，以通于告者。告者遂称云："崔家顾人刺我，请以闻。"台中惊忧。思兢素重馆客，知不疑，密随之，到天津桥。料其无由至台，乃骂之曰："无赖险獠⑥！崔家破家，必引汝同谋，何路自雪？汝幸能出崔家妾，我遗汝五百缣，归乡足成百年之业。不然，则亦杀汝必矣！"其人悔谢，乃引思兢于告者之家，搜获其妾，宣乃得免。

---

① 再从兄——同曾祖父的堂兄。

② 按之——指审问起诉。

③ 族人——诛杀一族之人。

④ 顾——同"雇"。

⑤ 伏于台前——诬告崔宣的人为御史台所收押，这是为了作证，也带有一定保护性拘留的意思。

⑥ 险獠——即恶鬼的意思。

卖　馄　媪

吕道生

　　唐马周字宾王，少孤贫，明诗传，落魄不事产业，不为州里所重。补博州助教①，日饮酒。刺史达奚②怒，屡加咎责。周乃拂衣南游曹汴③之境。因酒后忤浚仪④令崔贤，又遇责辱。西至新丰⑤，宿旅次，主人唯供设诸商贩人，而不顾周。周遂命酒一斗，独酌，所饮余者，便脱靴洗足。主人窃奇之。因至京，停于卖馄媪⑥肆。数日，祈觅一馆客处。媪乃引致于中郎将常何之家。媪之初卖馄也，李淳风、袁天纲⑦尝遇而异之，皆窃云："此妇人大贵，何以在此？"马公寻取为妻。后有诏，文武五品官已上，各上封事。周陈便宜⑧二十条事，遣何奏之。乃请置街鼓，及文武官绯紫碧绿等服色，并城门左右出入事，皆合旨。太宗怪而问何所见。何对曰："乃臣家客马周所为也。"召见与语，命直门下省⑨，仍令房玄龄⑩试经及策⑪，拜儒林郎，守监察御史。以常何举得其人，赐帛百匹。周后转给事中中书舍人，有机辩，能敷奏，深识事端，动无不中。岑文本见之曰："吾见马君，令人忘倦。然鸢肩火色⑫，腾上必速，但恐不能久耳。"数年内，官至宰相。

---

① 博州助教——博州，唐郡名，今山东聊城。助教，郡学教官。
② 达奚——复姓。
③ 曹汴——曹州和汴州，指山东、河南一带。
④ 浚仪——唐县名，今河南开封市。
⑤ 新丰——古县名，今陕西临潼新丰县。
⑥ 卖馄媪——卖烧饼的妇人。
⑦ 李淳风、袁天纲——唐太宗时著名的天文学家和星相学家。
⑧ 便宜——适合施行的。
⑨ 直门下省——在门下省任事。
⑩ 房玄龄——唐太宗时宰相。
⑪ 经及策——经传和策问。
⑫ 鸢肩火色——像老鹰那样肩胛上耸，像火那样的气色。

其媪亦为夫人。后为吏部尚书,病消渴①,弥年不瘳,年四十八而卒。追赠右仆射高唐公。

廉 广

马 总

廉广者,鲁人也。因采药于泰山,遇风雨,止于大树下。及夜半雨晴,信步而行。俄逢一人,有若隐士,问广曰:"君何深夜在此?"仍林下共坐,语移时。忽谓广曰:"我能画,可奉②君法。"广唯唯。乃曰:"我与君一笔,但密藏焉。即随意而画,当通灵。"因怀中取一五色笔以授之。广拜谢讫,此人忽不见。尔后颇有验,但秘其事,不敢轻画。后因至中都县③,李令者,性好画,又知其事。命广至,饮酒,从容问之。广秘而不言。李苦告之。广不得已,乃于壁上画鬼兵百余,状若赴敌。其尉赵知之,亦坚命之。广又于赵廨中壁上,画鬼兵百余,状若拟战④。其夕,两处所画之鬼兵俱出战。李及赵既见此异,不敢留,遂皆毁所画鬼兵。广亦惧而逃往下邳⑤。下邳令知其事,又切请广画。广因告曰:"余偶夜遇一神灵,传得画法,每不敢下笔,其如往往为妖,幸察之。"其宰不听,谓广曰:"画鬼兵即战,画物必不战也。"因命画一龙。广勉而画之,笔才绝,云蒸雾起,飘风倏至,画龙忽乘云而上,致滂沱之雨,连日不止。令忧漂坏邑居,复疑广有妖术,乃收广下狱,穷诘之。广称无妖术。以雨犹未止,令怒甚。广于狱内号泣,追告山神。其夜,梦神人言曰:"君当画一大鸟,叱而乘之飞,即免矣。"广及曙,乃密画一大鸟,试叱之,果展翅。广乘之,飞远而去,直至泰山而下。寻复见神,谓广曰:"君言泄于人间,固有难厄也。本与君一

---

① 消渴——即今所称糖尿病。
② 奉——教导。
③ 中都县——唐县名,在今山东汶上县。
④ 拟战——迎战。
⑤ 下邳——古县名,在今江苏睢宁西北。

小笔,欲为君致福,君反自致祸,君当见还。"广乃怀中探笔还之,神寻①不见。广因不复能画。下邳画龙,竟为泥壁。

峡口道士

包　湑

开元中,峡口②多虎。往来舟船,皆被伤害。自后但是有船将下峡之时,即预一人充饲虎,方举船无患。不然,则船中被害者众矣。自此成例,船留一人上岸饲虎。经数日,其后有一船,内皆豪强,数内③有一人单穷,被众推出,令上岸饲虎。其人自度力不能拒,乃为出船,而谓诸人曰:"某贫穷,合为诸公代死,然人各有分定,苟不便为其所害,某别有恳诚,诸公能允许否?"众人闻其语言甚切,为之怆然而问曰:"尔有何事?"其人曰:"某今便上岸,寻其虎踪,当自别有计较。但恳为某留船滩下,至日午时若不来,即任船去也。"众人曰:"我等如今便泊船滩下,不止住今日午时,兼为尔留宿,俟明日若不来,船即去也。"言讫,船乃下滩。其人乃执一长柯斧,便上岸,入山寻虎,并不见有人踪,但见虎迹而已。林木深邃,其人乃见一路虎踪甚稠,乃更寻之。至一山隘,泥极甚,虎踪转多。更行半里,即见一大石室,又有一石床,见一道士在石床上而熟寐,架上有一张虎皮。其人意是变虎之所,乃蹑足,于架上取皮,执斧衣皮而立。道士忽惊觉,已失架上虎皮,乃曰:"吾合食汝,汝何窃吾皮?"其人曰:"我合食尔,尔何反有是言?"二人争竞,移时不已。道士词屈,乃曰:"君有罪于上帝,被谪在此为虎,令食一千人。吾今已食九百九十九人,唯欠汝一人,其数当足。吾今不幸,为汝窃皮,若不归,吾必须别更为虎,又食一千人矣。今有一计,吾与汝俱获两全,可乎?"其人曰:"可也。"道士曰:"汝今但执皮还船中,剪发及须鬓少许,剪指爪甲,兼头面脚手,及身上各沥少血二三升,以

① 寻——一会儿工夫。

② 峡口——指峡州,唐州名,因处三峡之口故名。治所在今湖北省宜昌市。

③ 数内——指命数之中。

故衣三两事①裹之。待吾到岸上,汝可抛皮与吾,吾取披已,化为虎,即将此物抛与吾取而食之,即与汝无异也。"其人遂披皮执斧而归。船中诸人惊讶,而备述其由。遂于船中,依虎所教待之。迟明,道士已在岸上,遂抛皮与之。道士取皮衣振迅②,俄变成虎,哮吼跳踯。又抛衣与虎,乃啮食而去。自后便不闻有虎伤人。众言食人数足,自当归天去矣。

邓 厂

佚 名

邓厂,封教之门生。初比随计③,以孤寒不中第。牛蔚兄弟,僧孺④之子,有气力⑤,且富于财,谓厂曰:"吾有女弟未出门,子能婚乎?当为君展力,宁一第耶?"时厂已婿李氏矣,其父常为福建从事,官至评事,有女二人皆善书,厂之所行卷⑥,多二女笔迹。厂顾己寒贱,必能致腾踔,私利其言,许之。未既登第,就牛氏亲。不日,厂挈牛氏而归。将及家,厂绐牛氏曰:"吾久不到家,请先往俟卿,可乎?"牛氏许之。洎到家,不敢泄其事。明日,牛氏奴驱其辎橐直入,即出牛氏居常所玩好帟帐杂物,列于庭庑间。李氏惊曰:"此何为者?"奴曰:"夫人将到,令某陈之。"李氏曰:"吾即妻也,又何夫人焉?"即抚膺大哭,顿地。牛氏至,知其卖己也,请见李氏曰:"吾父为宰相,兄弟皆在郎省,纵嫌不能富贵,岂无一嫁处耶?其不幸岂唯夫人乎?今愿一与夫人同之。夫人纵憾于邓郎,宁忍不为二女计耶?"

---

① 事——件。
② 振迅——即抖一抖迅速披上。
③ 初比随计——初比,首次参加科举考试;随计,跟随计吏一起上京考试。计吏,主管州郡户口簿籍的官员,每年都要到京城报告户口钱粮的情况,举子也跟着他一起进京应考。
④ 僧孺——牛僧孺,唐穆宗时宰相。
⑤ 气力——即势力,权势。
⑥ 行卷——唐代举子在参加考试之前把自己写的诗文投送贵官名宦,以求推荐,称行卷。

时李氏将列于官，二女共牵挽其袖而止。后厂以秘书少监分司①，悭啬尤甚。黄巢入洛，避乱于河阳，节度使罗元杲请为副使。后巢寇又来，与元杲窜焉，其金帛悉藏于地中，并为群盗所得。

翁　彦　枢

佚　名

翁彦枢，苏州人，应进士举。有僧与彦枢同乡里，出入故相国裴公垣门下。以其年耄，优惜之，虽中门内亦不禁其出入。手持贯珠，闭目以诵佛经，非寝食未尝辍也。垣主文柄②，入贡院。子勋、质，日议榜③于私室。僧多处其间，二子不之虞也。其拟议名氏，迨与夺进退，僧悉熟之矣。归寺，而彦枢访焉。僧问彦枢将来得失之耗，彦枢具对以无有成遂状。僧曰："公成名须第几人？"彦枢谓僧戏己，答曰："第八人足矣。"即复往裴氏之家。二子所议如初，僧忽张目谓之曰："侍郎④知举邪，郎君知举邪？夫科第国家重事，朝廷委之侍郎，意者欲侍郎划革前弊，孤贫得路。今之与夺，率由郎君，侍郎宁偶人邪？且郎君所与者，不过权豪子弟，未尝以一平人艺士议之，郎君可乎？"即屈其指，自首及末，不差一人。其豪族私雠曲折，毕中二子所讳。勋等大惧，即问僧所欲，且以金帛啖之。僧曰："贫僧老矣，何用金帛为？有乡人翁彦枢者，徒要及第耳。"勋等曰："即列在丙科⑤。"僧曰："非第八人不可也。"勋不得已许之。僧曰："与贫僧一文书来！"彦枢其年及第，竟如其言。

---

① 以秘书少监分司——即分管秘书监务。
② 主文柄——主持科举考试，即主考官。
③ 议榜——议论录取名榜。
④ 侍郎——指裴垣。
⑤ 丙科——三甲。翁彦枢所要的第八名是乙科，二甲。

杨 娟 传

房千里

杨娟者,长安里中之殊色也,态度甚都①,复以冶容自喜。王公巨人享客,竟邀致席上。虽不饮者,必为之引满尽欢。长安诸儿,一造其室,殆至亡生破产而不悔。由是娟之名冠诸籍②中,大售于时矣。岭南帅甲,贵游子也。妻本戚里女,遇帅甚悍。先约:"设有异志者,当取死白刃下。"帅幼贵,喜媱③,内苦其妻,莫之措意。乃阴出重赂,削去娟之籍,而挈之南海,馆之他舍。公余而同④,夕隐而归。娟有慧性,事帅尤谨。平居以女职自守,非其理不妄发。复厚帅之左右,咸能得其欢心。故帅益嬖之。会间岁,帅得病,且不起。思一见娟,而惮其妻。帅素与监军使厚,密遣导意,使为方略。监军乃绐其妻曰:"将军病甚,思得善奉侍煎调者视之,瘳⑤当速矣。某有善婢,久给事贵室⑥,动得人意。请夫人听以婢安将军四体,如何?"妻曰:"中贵人,信人也。果然,于吾无苦耳。可促召婢来。"监军即命娟冒为婢以见帅。计未行而事泄。帅之妻乃拥健婢⑦数十,列白梃⑧,炽膏镬于廷而伺之矣。须其至,当投之沸鬲⑨。帅闻而大恐,促命止娟之至。且曰:"此自我意,几累于渠。今幸吾之未死也,必使脱其虎喙⑩。不然,且无及矣。"乃大遗其奇宝,命家僮榜轻舟⑪,卫娟北归。自

---

① 态度甚都——姿态、举止很优美。
② 籍——册籍。唐时妓女都得登记入册籍。
③ 媱(yáo)——游玩。此指狎游。
④ 公余而同——白日公务之余就在一起。
⑤ 瘳(chōu)——病愈。
⑥ 给事贵室——侍候官宦人家。
⑦ 健婢——有力气的婢女。
⑧ 梃(tǐng)——棍棒。
⑨ 鬲(lì)——古代鼎之类的东西。
⑩ 虎喙——虎口,此处指帅甲之妻的毒手。
⑪ 轻舠(dāo)——小船。

是,帅之愤益深,不逾旬而物故①。娼之行,适及洪矣。问至②,娼乃尽返帅之赂,设位而哭,曰:"将军由妾而死。将军且死,妾安用生为? 妾岂孤将军者耶?"即撤奠而死之。夫娼,以色事人者也,非其利则不合矣。而杨能报帅以死,义也;却帅之赂,廉也。虽为娼,差足多矣③。

薛　伟

李复言

薛伟者,乾元④元年任蜀州青城县主簿⑤,与丞邹滂、尉雷济、裴寮同时。其秋,伟病七日,忽奄然若往者,连呼不应,而心头微暖,家人不忍即敛,环而伺之。

经二十日,忽长吁起坐,谓其人曰:"吾不知人间几日矣?"曰:"二十日矣。""与我觑群官,方食脍⑥否? 言吾已苏矣。甚有奇事,请诸公罢箸来听也。"仆人走视群官,实欲食脍,遂以告。皆停餐而来。伟曰:"诸公敕司户仆张弼求鱼乎?"曰:"然。"又问弼曰:"渔人赵干藏巨鲤,以小者应命。汝于苇间得藏者,携之而来。方入县也,司户吏坐门东,纠曹吏坐门西,方弈棋。入及阶,邹雷方博,裴啖⑦桃实。弼言干之藏巨鱼也,裴五令鞭之。既付食工王士良者喜而杀乎?"递相问,诚然。众曰:"子何以知之?"曰:"向杀之鲤,我也。"众骇曰:"愿闻其说。"

曰:"吾初疾困,为热所逼,殆不可堪。忽闷,忘其疾,恶热求凉,策杖而去,不知其梦也。既出郭,其心欣欣然,若笼鸟槛兽之得逸,莫我知也。渐入山。山行益闷,遂下游于江畔。见江潭深净,秋色可爱;轻涟不动,镜涵远虚。忽有思浴意。遂脱衣于岸,跳身便入。自幼狎水,成人已来,绝

---

① 物故——婉称死亡。

② 问至——(帅甲死亡)的音信到。

③ 差足多矣——意谓难能可贵或不可多得。

④ 乾元——唐肃宗李亨年号。

⑤ 主簿——主管文书簿籍的官吏。

⑥ 脍(kuài)——细切的肉或鱼。

⑦ 啖(dàn)——吃。

不复戏，遇此纵适，实契宿心。且曰：'人浮不如鱼快也，安得摄鱼①而健游乎？'旁有一鱼：'顾足下不愿耳；正授亦易，何况求摄。当为足下图之。'决然而去。未顷，有鱼头人长数尺，骑鲵②来导，从数十鱼，宣河伯诏曰：'城居水游，浮沉异道，苟非其好，则昧通波。薛主簿意尚浮深，迹思闲旷；乐浩汗③之域，放怀清江；厌巇崿④之情，投簪⑤幻世⑥。暂从鳞化，非遽成身。可权充东潭赤鲤。呜呼！恃长波而倾舟，得罪于晦；昧纤钩而贪饵，见伤于明。无或失身，以羞其党，尔其勉之。'听而自顾，即已鱼服矣。于是，放身而游，意往斯到。波上潭底，莫不从容。三江五湖，腾跃将遍。然配留东潭，每暮必复。

俄而，饥甚，求食不得，循舟而行，忽见赵干垂钓，其饵芳香，心亦知戒，不觉近口。曰：'我人也，暂时为鱼，不能求食，乃吞其钩乎？'舍之而去。有顷，饥益甚。思曰：'我是官人，戏而鱼服。纵吞其钩，赵干岂杀我？固当送我归县耳。'遂吞之。

"赵干收纶以出。干手之将及也，伟连呼之。干不听，而以绳贯我腮，及系于苇间。既而，张弼来曰：'裴少府⑦买鱼，须大者。'干曰：'未得大鱼，有小者十余斤。'弼曰：'奉命取大鱼，安用小者。'乃自于苇间寻得伟而提之。又谓弼曰：'我是汝县主簿，化形为鱼游江，何得不拜我？'弼不听，提之而行，骂亦不已，弼终不顾。入县门，见县吏坐着弈棋，皆大声呼之，略无应者。唯笑曰：'可畏鱼直三四斤余。'既而入阶，邹雷方博，裴啖桃实，皆喜鱼大。促命付厨。弼言干之藏巨鱼，以小者应命。裴怒鞭之。我叫诸公曰：'我是汝同官，而今见杀，竟不相舍，促杀之，仁乎哉？'大叫而泣。三君不顾，而付脍手⑧。王士良者，方砺刃，喜而投我于几上。我又叫曰：'王士良，汝是我之常使脍手也，因何杀我？何不执我，白于官

① 摄鱼——拽住鱼。
② 鲵（ní）　两栖类动物。也称"娃娃鱼"、"山椒鱼"，生活在溪谷水中。
③ 浩汗——同"浩瀚"。
④ 巇崿（yǎn è）——高峻峰峦，比喻险恶社会人情。
⑤ 投簪——丢掉固定冠的簪子，比喻弃官。
⑥ 幻世——佛家语，指虚幻的现世。
⑦ 少府——官名，唐代指县尉。
⑧ 脍手——即厨子。

人?'士良若不闻者。按吾颈于砧上而斩之。彼头适落,此亦醒悟。遂奉召尔。"

诸公莫不大惊,心生爱忍。然赵干之获,张弼之提,县吏之弈,三君之临阶,王士良之将杀,皆见其口动,实无闻焉。于是,三君并投脍,终身不食。伟自此平愈,后累迁华阳①丞。乃卒。

定　婚　店

李复言

杜陵②韦固,少孤,思早娶妇,多岐求婚,必无成而罢。元和二年,将游清河③,旅次宋城④南店。客有以前清河司马⑤潘窻女见议者,来日先明,期于店西龙兴寺门。固以求之意切,旦往焉,斜月尚明。有老人倚布囊,坐于阶上,向月捡书。固步觇之,不识其字;既非虫篆八分科斗⑥之势,又非梵书⑦。因问曰:"老父所寻者何书? 固少小苦学,世间之字,自谓无不识者,西国梵字,亦能读之,唯此书目所未睹,如何?"老人笑曰:"此非世间书,君因何得见?"固曰:"非世间书则何也?"曰:"幽冥之书。"固曰:"幽冥之人,何以到此?"曰:"君行自早,非某不当来也。凡幽吏皆掌人生之事,掌人可不行冥中乎? 今道途之行,人鬼各半,自不辨尔。"固曰:"然则君又何掌?"曰:"天下之婚牍耳。"固喜曰:"固少孤,常愿早娶,以广胤嗣⑧。尔来十年,多方求之,竟不遂意。今者人有期此,与议潘司马女,可以成乎?"曰:

---

① 华阳——古郡名,治所在今四川省剑阁南。
② 杜陵——汉宣帝刘询的陵墓,在长安东南郊。
③ 清河——唐郡名,治所在今河北省清河县。
④ 宋城——此指唐时宋州,故址在今河南商丘县南。
⑤ 司马——协助郡守处理政事的小官吏。
⑥ 虫篆八分科斗——虫篆,篆书的变体,形如虫鸟;八分,即八分书,也称隶书,流行于汉代;科斗,头粗尾细,形似蝌蚪的一种书体。
⑦ 梵书——印度古代文字。
⑧ 胤(yìn)嗣——即后裔,后代。

"未也。命苟未合，虽降衣缨而求屠博，尚不可得，况郡佐乎？君之妇，适三岁矣。年十七，当入君门。"因问："囊中何物？"曰："赤绳子耳。以系夫妻之足。及其生，则潜用相系，虽仇敌之家，贵贱悬隔，天涯从宦，吴楚异乡。此绳一系，终不可绾①。君之脚，已系于彼矣。他求何益？"曰："固妻安在？其家何为？"曰："此店北，卖菜陈婆女耳。"固曰："可见乎？"曰："陈尝抱来，鬻菜于市。能随我行，当即示君。"

及明，所期不至。老人卷书揭囊而行。固逐之，入菜市。有眇妪，抱三岁女来，弊陋亦甚。老人指曰："此君之妻也。"固怒曰："煞②之可乎？"老人曰："此人命当食天禄，因子而食邑，庸可煞乎？"老人遂隐。固骂曰："老鬼妖妄如此。吾士大夫之家，娶妇必敌③，苟不能娶，即声伎之美者，或援立之，奈何婚眇妪之陋女？"磨一小刀子，付其奴曰："汝素干事，能为我煞彼女，赐汝万钱。"奴曰："诺。"明日，袖刀入菜行中，于众中刺之，而走。一市纷扰。固与奴奔走，获免。问奴曰："所刺中否？"曰："初刺其心，不幸才中眉间。"尔后，固屡求婚，终无所遂。

又十四年，以父荫参相州军④。刺史王泰俾摄司户⑤掾，专鞫词狱，以为能，因妻以其女。可年十六七，容色华丽。固称惬之极。然其眉间，常贴一花子，虽沐浴闲处，未尝暂去。岁余，固讶之，忽忆昔日奴刀中眉间之说，因逼问之。妻潸然曰："妾郡守之犹子⑥也，非其女也。畴昔父曾宰宋城，终其官。时妾在襁褓，母兄次没。唯一庄在宋城南，与乳母陈氏居去店近，鬻蔬以给朝夕。陈氏怜小，不忍暂弃。三岁时，抱行市中，为狂贼所刺，刀痕尚在，故以花子覆之。七八年前，叔从事卢龙⑦，遂得在左右。仁念以为女嫁君耳。"固曰："陈氏眇乎？"曰："然。何以知之？"固曰："所刺

①　绾（huàn）——解脱。
②　煞——同"杀"。
③　敌——匹配。
④　参相州军——即相州参军。
⑤　司户——唐时主管民户的州县佐吏。
⑥　犹子——称兄弟的儿女。
⑦　卢龙——唐方镇名。

者固也。"乃曰："奇也,命也。"因尽言之,相钦愈极。后生男鲲,为雁门①太守,封太原郡太夫人。

乃知阴骘②之定,不可变也。宋城宰闻之,题其店曰:"定婚店"。

李卫公靖

李复言

卫国公李靖③微时,常射猎霍山④中,寓食山村,村翁奇其为人,每丰馈⑤焉,岁久益厚。

忽遇群鹿,乃逐之,会暮,欲舍之不能。俄而阴晦迷路,茫然不知所归,怅怅而行,困闷益极,乃极目有灯火光,因驰赴焉。既至,乃朱门大第,墙宇甚峻。叩门久之,一人出问。公告其迷,且请寓宿。人曰:"郎君皆已出,惟太夫人在,宿应不可。"公曰:"试为咨白⑥。"乃入告而出曰:"夫人初欲不许,且以阴黑,客又言迷,不可不作主人。"邀入厅中。有顷,一青衣出曰:"夫人来。"年可五十余,青裙素襦,神气清雅,宛若士大夫家。公前拜之,夫人答拜曰:"儿子皆不在,不合奉留。今天色阴晦,归路又迷,此若不容,遣将何适?然此乃山野之居,儿子往还,或夜到而喧,忽以为惧。"公曰:"不敢。"既而命食。食颇鲜美,然多鱼。食毕,夫人入宅。二青衣送床席茵褥,衾被香洁,皆极铺陈。闭户,系之而去。公独念山野之外,夜到而闹者,何物也?惧不敢寝。端坐听之。

夜将半,闻叩门声甚急。又闻一人应之。曰:"天符⑦:大郎子报当行雨,因此山七里,五更须足,无慢滞!无暴伤!"应者受符入呈。闻夫人

---

① 雁门——唐郡名,治所代州,即今山西代县。

② 阴骘(zhì)——上天安排的命运。

③ 李靖——本名药师,陕西三原人,精通兵法,隋末辅助李渊父子平定天下。唐太宗时历任兵部尚书、尚书右仆射,封卫国公。

④ 霍山——即太岳山,在今山西省中部、汾河东岸。

⑤ 丰馈——丰厚的食物。

⑥ 咨白——即告知情由。

⑦ 天符——上天的符命。

曰："儿子二人未归。行雨符到,固辞不可,违时见责。纵使报之,亦已晚矣。僮仆无任专之理,当如之何?"一小青衣曰:"适观厅中客,非常人也,盍①请乎?"夫人喜。因自扣厅门曰:"郎觉否? 请暂出相见。"公曰:"诺。"遂下阶见之。夫人曰:"此非人宅,乃龙宫也。妾长男赴东海婚礼。小男送妹。适奉天符次当行雨。计两处云程,合逾万里,报之不及,求代又难,辄欲奉烦顷刻间,如何?"公曰:"靖俗客,非乘云者,奈何能行雨?有方可教,即唯命耳。"夫人曰:"苟从吾言,无有不可也。"遂敕黄头②被青骢马来。又命取雨器,乃一小瓶子,系于鞍前。诫曰:"郎乘马,无漏衔勒,信其行,马鬣③地嘶鸣,即取瓶中水一滴,滴马鬃上,慎勿多也。"

于是上马,腾腾而行,其足渐高,但讶其稳疾,不自知其云上也。风急如箭,雷霆起于步下。于是,随所鬣,辄滴之。既而,电掣云开,下见所憩④村,思曰:"吾扰此村多矣,方德其人,计无以报。今久旱苗稼将悴,而雨在我手,宁复惜之?"顾一滴不足濡,乃连下二十滴。俄顷,雨毕,骑马复归。

夫人者泣于厅曰:"何相误之甚。本约一滴,何私感而二十之。天此一滴,乃地上一尺雨也。此村夜半,平地水深二丈,岂复有人? 妾已受谴,杖八十矣。祖视其背,血痕满焉。儿子并连坐,如何?"公惭怖,不知所对。

夫人复曰:"郎君世间人,不识云雨之变,诚不敢恨。即恐龙师来寻,有所惊恐,宜速去此。然而劳烦未有以报。山居无物,有二奴奉赠,总取亦可,取一亦可,唯意所择。"于是,命二奴出来。一奴从东廊出,仪貌和悦,怡怡然;一奴从西廊出,愤气勃然,拗怒⑤而立。公曰:"我猎徒,以斗猛为事。一旦取奴而取悦者,人以我为怯乎。"因曰:"两人皆取则不敢。夫人既赐,欲取怒者。"夫人微笑曰:"郎之所欲乃尔。"遂揖与别,奴亦随去。出门数步,回望失宅。顾问其奴,亦不见矣。独寻路而归。及明,望

① 盍——何不。
② 黄头——黄头郎。汉代"羽林黄头"指水军,此处借用作龙宫中的职衔。
③ 鬣(jué)——刨、挖。此处指马蹄击地。
④ 憩(qì)——居住。
⑤ 拗怒——怒不可遏的样子。

其村。水已极目,大树或露梢而已,不复有人。

其后竟以兵权静寇难,功盖天下,而终不及于相,岂非悦奴之不两得乎? 世言:关东出相,关西出将,岂东西而喻耶? 所以言奴者,亦臣下之象。向使二奴皆取,即位极将相矣。

李　俊

李复言

岳州刺史李俊,举进士,连不中第。贞元二年,有故人国子祭酒包佶者,通于主司,援成之①。榜前一日,当以名闻执政。初五更,俊将候佶,里门未开,立马门侧。旁有卖糕者,其气爞爞②。有一吏,若外郡之邮檄者③,小囊毡帽,坐于其侧,颇有欲糕之色。俊为买而食之。客甚喜,啖数片。俄而里门开,众竞出。客独附俊马曰:"原请间④。"俊下听之。曰:"某乃冥之吏,送进士名者。君非其徒耶?"俊曰:"然。"曰:"送堂⑤之榜在此,可自寻之。"因出视,俊无名。垂泣曰:"苦心笔砚,二十余年,偕计者亦十年。今复无名,岂终无成乎?"曰:"君之成名,在十年之外,禄位甚盛。今欲求之,亦非难,但于本禄耗半⑥,且多屯剥⑦,才获一郡⑧,如何?"俊曰:"所求者名,名得足矣。"客曰:"能行少赂于冥吏,即于此取其同姓者易其名,可乎?"俊问:"几何可?"曰:"阴钱三万贯。某感恩而以诚告,其钱非某敢取,将遗牍吏。来日午时送可也。"复授笔,使俊自注,从上有故太子少师李夷简名,俊欲揩之。客遽曰:"不可,此人禄重,未易动也。"又其下有李温名,客曰:"可矣。"乃揩去"温"字,注"俊"字。客遽卷而

---

① 援成之——帮助他得到取录。

② 爞爞(chóng)——蒸汽上升的样子。

③ 邮檄者——传递公文的差役。

④ 间——停一停。

⑤ 堂——指中书省。

⑥ 本禄耗半——本身的禄位要减去一半。

⑦ 屯剥——指命运困窘不达。

⑧ 一郡——指州郡刺史。

行,曰:"无违约。"既而俊诣佶。佶未冠,闻俊来,怒出曰:"吾与主司分深①,一言状头②可致。公何躁甚,频见问?吾其轻语者耶?"俊再拜对曰:"俊恳于名者,若恩决此一朝,今当呈榜之晨,冒责奉谒。"佶唯唯,色犹不平。俊愈忧之,乃变服,伺佶出随之。经皇城东北隅,逢春官③怀其榜,将赴中书。佶揖问曰:"前言遂否?"春官曰:"诚知获罪,负荆不足以谢。然迫于大权,难副高命。"佶自以交分之深,意谓无阻,闻之怒曰:"季布④所以名重天下者,能立然诺。今君移妄于某,盖以某官闲⑤也!平生交契,今日绝矣!"不揖而行。春官遽追之曰:"迫于豪权,留之不得。窃恃深顾,外于形骸⑥,见责如此,宁得罪于权右耳。请同寻榜,揩名填之。"祭酒开榜,见李公夷简欲揩,春官急曰:"此人宰相处分⑦,不可去!"指其下李温曰:"可矣。"遂揩去"温"字,注"俊"字。及榜出,俊名果在已前所指处。其日午时,随众参谢,不及赴糕客之约。迫暮将归,道逢糕客,泣示之背曰:"为君所误,得杖矣!牍吏将举勘,某更他祈共止之。"某背实有重杖者。俊惊谢之,且曰:"当如何?"客曰:"来日午时,送五万缗,亦可无追勘之厄。"俊曰:"诺。"及到时焚之,遂不复见。然俊筮仕⑧之后,追勘贬降,不绝于道,才得岳州刺史,未几而终。

杜　子　春

李复言

杜子春者,盖周⑨、隋间人,少落拓不事家产。然以志气闲旷,纵酒闲

---

① 分深——交情很深。

② 状头——第一名。

③ 春官——礼部官员。

④ 季布——西汉人,任侠有名,重然诺(即答应了的事一定要办到)。

⑤ 官闲——没有权力的官。包佶虽然是国子监祭酒,但管不了什么事,故称。

⑥ 外于形骸——超出表面的形迹,只不是一般泛泛的交情。

⑦ 处分——指派,指定。

⑧ 筮仕——登上仕途。

⑨ 周——指北周(公元557—581)。

游,资产荡尽,投于亲故,皆以不事事①见弃。

方冬,衣破腹空,徒行长安中,日晚未食,彷徨不知所往,于东市西门,饥寒之色可掬②,仰天长吁。有一老人策杖于前,问曰:"君子何叹?"春言其心,且愤其亲戚之疏薄也,感激之气,发于颜色。老人曰:"几缗则丰用。"子春曰:"三五万,则可以活矣。"老人曰:"未也。"更言之:"十万。"曰:"未也。"乃言:"百万。"亦曰:"未也。"曰:"三百万。"乃曰:"可矣。"于是,袖出一缗,曰:"给子今夕。明日午时,候子于西市波斯邸③,慎无后期。"及时,子春往,老人果与钱三百万。不告姓名而去。子春既富,荡心复炽。自以为终身不复羁旅也。乘肥衣轻,会酒徒,征丝管,歌舞于倡楼④,不复以治生为意。一、二年间,稍稍而尽。衣服车马,易贵从贱,去马而驴,去驴而徒,倏忽如初。

既而,复无计,自叹于市门。发声而老人到,握其手曰:"君复如此,奇哉! 吾将复济子几缗方可?"子春惭不应。老人因逼之。子春愧谢而已。老人曰:"明日午时来前期约处。"子春忍愧而往,得钱一千万。未受之初,愤发,以为从此谋身治生,石季伦猗顿⑤小竖⑥耳。钱既入手,心又翻然。纵适之情,又却如故。不一、二年间,贫过旧日。

复遇老人于故处。子春不胜其愧。掩面而走。老人牵裾止之,又曰:"嗟乎,拙谋也!"因与三千万,曰:"此而不瘥,则子贫在膏肓⑦矣。"子春曰:"吾落拓邪游,生涯磬尽,亲戚豪族,无相顾者。独此叟三给我,我何以当之?"因谓老人曰:"吾得此,人间之事可以立,孤孀可以衣食,于名教复圆矣。感叟深惠,立事之后,唯叟所使。"老人曰:"吾心也。子治生毕,

---

① 不事事——犹言不务正业。

② 可掬——意即表现得非常明显。

③ 波斯邸——波斯人居住的地方。

④ 倡楼——倡同"娼"。妓院。

⑤ 石季伦猗顿——西晋石崇,字季伦,著名的豪富。猗顿,战国时大商人。

⑥ 小竖——犹言"小子",对人的蔑称。

⑦ 膏肓——古代医学把心尖脂肪叫膏,心脏和隔膜之间叫肓,认为膏肓之间是药力达不到的地方。贫在膏肓,意谓贫穷是不可救药的。

来岁中元见我于老君双桧①下。"子春以孤孀多寓淮南②,遂转资扬州,买良田百顷,郭中起甲第,要路置邸百余间,悉召孤孀分居第中。婚嫁甥侄,迁纤③族亲,恩者煦之,仇者复之。既毕事,及期而往。

　　老人者方啸④于二桧之阴。遂与登华山云台峰,入四十里余,见一处室屋严洁,非常人居。彩云遥覆,惊鹤飞翔。其上有正堂,中有药炉,高九尺余。紫焰光发,灼焕窗户。玉女九人,环炉而立。青龙白虎,分据前后。其时日将暮,老人者不复俗衣,乃黄冠缝帔⑤士也。持白石三丸,酒一卮,遗子春,令速食之。讫,取一虎皮铺于内西壁,东向而坐。戒曰:"慎勿语,虽尊神、恶鬼、夜叉、猛兽、地狱,及君之亲属所困缚万苦,皆非真实。但当不动不语,宜安心莫惧,终无所苦。当一心念吾所言。"言讫而去。

　　子春视庭,唯一巨瓮,满中贮水而已。道士适去,旌旗戈甲,千乘万骑,遍满崖谷,呵斥之声,震动天地。有一人称大将军,身长丈余,人马皆着金甲,光芒射人。亲卫数百人,皆杖剑张弓,直入堂前,呵曰:"汝是何人,敢不避大将军?"左右竦⑥剑而前,逼问姓名,又问作何物,皆不对。问者大怒,摧斩争射之声如雷,竟不应。将军者极怒而去。

　　俄而,猛虎、毒龙、狻猊⑦、狮子、蝮⑧蝎万计,哮吼拿攫而争前,欲搏噬,或跳过其上。子春神色不动,有顷而散。既而,大雨滂澍⑨,雷电晦暝,火轮走其左右,电光掣其前后,目不得开。须臾,庭际水深丈余,流电吼雷,势若山川开破,不可制止。瞬息之间,波及坐下。子春端坐不顾。

　　未顷,而将军者复来,引牛头狱卒,奇貌鬼神,将大镬⑩汤而置子春

---

① 桧(guì)——桧树,常绿乔木。
② 淮南——淮河以南,长江以北。
③ 纤(fù)——合葬,或指新丧者附祭于先祖。
④ 啸——吟啸。
⑤ 黄冠缝帔——道士的装束。
⑥ 竦(sǒng)——高举。
⑦ 狻猊(suān ní)——神话传说中一种动物,为龙所生的第八子,喜好烟火,故其塑像常立于香炉之旁。
⑧ 蝮(fù)——蛇。
⑨ 滂澍(shù)——大雨。
⑩ 镬(huò)——古代的火锅。

前。长枪两叉，四面周匝。传命曰："肯言姓名，即放。不肯言，即当心取叉置之镬中。"又不应。因执其妻来，拽于阶下，指曰："言姓名免之。"又不应。及鞭捶流血，或射或斫，或煮或烧，苦不可忍。其妻号哭曰："诚为陋拙，有辱君子。然幸得执巾栉①，奉事十余年矣。今为尊鬼所执，不胜其苦。不敢望君匍匐拜乞，但得公一言，即全性命矣。人谁无情，君乃忍惜一言！"雨泪庭中，且咒且骂。春终不顾，将军且曰："吾不能毒汝妻耶？"令取锉碓②，从脚寸寸锉之。妻叫哭愈急，竟不顾之。将军曰："此贼妖术已成，不可使久在世间。敕左右斩之。"斩讫，魂魄被领见阎罗王，曰："此乃云台峰妖民乎？捉付狱中。"于是熔铜、铁杖、碓捣、硙③磨、火坑、镬汤、刀山、剑树之苦，无不备尝。然心念道士之言，亦似可忍，竟不呻吟。

　　狱卒告受罪毕。王曰："此人阴贼，不合得作男，宜令作女人，配生宋州单父县④丞王劝家。"生而多病，针灸药医，略无停日。亦尝坠火坠床，痛苦不齐，终不失声。俄而长大，容色绝代，而口无声，其家目为哑女。亲戚狎者，侮之万端，终不能对。同乡有进士卢圭者，闻其容而慕之。因媒氏求焉。其家以哑辞之。卢曰："苟为妻而贤，何用言矣。亦足以戒长舌之妇。"乃许之。卢生备六礼亲迎为妻。数年，恩情甚笃。生一男，仅二岁，聪慧无敌。卢抱儿与之言，不应，多方引之，终无辞。卢大怒曰："昔贾大夫之妻，鄙其夫，才不笑。然观其射雉，尚释其憾⑤。今吾又不及贾，而文艺非徒射雉也。而竟不言。大丈夫为妻所鄙，安用其子。"乃持两足，以头扑于石上，应手而碎，血溅数步。子春爱生于心，忽忘其约，不觉失声云："噫！"噫声未息，身坐故处。道士者亦在其前。初五更矣。见其紫焰穿屋上，大火起四合，屋室俱焚。

　　道士叹曰："错大⑥误余乃如是！"因提其发投水瓮中。未顷，火息。

---

① 执巾栉(zhì)——侍候梳洗等事。给人当妻子的婉词。

② 碓(duì)——捣米的器具，用木、石制成。此处用作动词。

③ 硙(wèi)——石磨。

④ 宋州单父县——宋州州名。治所在今山东省单县。

⑤ "昔贾大夫之妻"二句——见《游仙窟》"谁能为解颜"注。

⑥ 错大——亦作"措大"。旧时代对贫穷读书人的蔑称。

道士前曰：“吾子之心，喜、怒、哀、惧、恶、欲①，皆忘矣。所未臻者，爱而已。向使子无噫声，吾之药成，子亦上仙矣。嗟乎，仙才之难得也！吾药可重炼，而子之身犹为世界所容矣。勉之哉！”遥指路使归。子春强登基观焉，其炉已坏。中有铁柱大如臂，长数尺。道士脱衣，以刀子削之。

子春既归，愧其忘誓。复自劾②以谢其过。行至云台峰，绝无人迹，叹恨而归。

张　老

李复言

张老者，扬州六合县园叟也。其邻有韦恕者，梁天监③中，自扬州曹掾④秩满而来。有长女既笄，召里中媒媪，令访良婿。张老闻之，喜而候媒于韦门。媪出，张老固延入，且备酒食。酒阑⑤，谓媪曰：“闻韦氏有女将适人，求良才于媪，有之乎？”曰：“然。”曰：“某诚衰迈，灌园之业，亦可衣食。幸为求之，事成厚谢。”媪大骂而去。他日又邀媪。媪曰：“叟何不自度？岂有衣冠子女，肯嫁园叟耶？此家诚贫，士大夫家之敌者⑥不少。顾叟非匹，吾安能为叟一杯酒，乃取辱于韦氏？”叟固曰：“强为吾一言之。言不从，即吾命也。”媪不得已，冒责而入言之。韦氏大怒曰：“媪以我贫，轻我乃如是！且韦家焉有此事。况园叟何人，敢发此议？叟固不足责，媪何无别之甚耶？”媪曰：“诚非所宜言。为叟所逼，不得不达其意。”韦怒曰：“为吾报之，今日内得五百缗则可。”媪出以告，张老乃曰：“诺。”未几，车载纳于韦氏。诸韦大惊曰：“前言戏之耳。且此翁为园，何以至此？吾

---

① 喜、怒、哀、惧、恶、欲——加上“爱”，则是所称“七情”。佛家之七情即为：喜、怒、忧、惧、爱、憎、欲。

② 劾(hé)——痛责。

③ 天监——南朝梁武帝年号。

④ 曹掾——州郡分科治事官员。

⑤ 酒阑——酒饮到最后时候。

⑥ 敌者——门当户对者。

度其必无而言之。今不移时而钱到,当如之何?"乃使人潜候①其女。女亦不恨,乃曰:"此固命乎!"遂许焉。张老既取韦氏,园业不废。负秽攫地,鬻蔬不辍,其妻躬执爨濯,了无怍色。亲戚恶之,亦不能止。数年,中外之有识者责恕曰:"君家诚贫,乡里岂无贫子弟,奈何以女妻园叟?既弃之,何不令远去也?"他日,恕致酒召女及张老,酒酣,微露其意。张老起曰:"所以不即去者,恐有留念。今既相厌,去亦何难。某王屋山②下有一小庄,明旦且归耳。"天将曙,来别韦氏:"他岁相思,可令大兄往天坛山南相访。"遂令妻骑驴戴笠,张老策杖相随而去,绝无消息。后数年,恕念其女,以为蓬头垢面,不可识也。令其男义方访之。到天坛南,适遇一昆仑奴,驾黄牛耕田。问曰:"此有张老家庄否?"昆仑投杖拜曰:"大郎子,何久不来?庄去此甚近,某当前引。"遂与俱东去。初上一山,山下有水,过水连绵凡十余处,景色渐异,不与人间同。忽下一山,其水北朱户甲第,楼阁参差,花木繁荣,烟云鲜媚,鸾鹤孔雀,徊翔其间,歌管嘹亮耳目。昆仑指曰:"此张家庄也。"韦惊骇不测。俄而及门,门有紫衣人吏,拜引入厅中。铺陈之华,目所未睹,异香氤氲,遍满崖谷。忽闻珠佩之声渐近,二青衣出曰:"阿郎来此。"次见十数青衣,容色绝代,相对而行,若有所引。俄见一人戴远游冠,衣朱绡,曳朱履,徐出门。一青衣引韦前拜。仪状伟然,容色芳嫩,细视之,乃张老也。言曰:"人世劳苦,若在火中。身未清凉,愁焰又炽,而无斯须泰时③。兄久客寄,何以自娱?贤妹略梳头,即当奉见。"因揖令坐。未几,一青衣来曰:"娘子已梳头毕。"遂引入见妹于堂前。其堂沉香为梁,玳瑁贴门,碧玉窗,珍珠箔④,阶砌皆冷滑碧色,不辨其物。其妹服饰之盛,世间未见。略叙寒暄,问尊长而已,意甚鲁莽⑤。有顷进馔,精美馨芳,不可名状。食讫,馆韦于内厅。明日方曙,张老与韦生坐。忽有一青衣附耳而语。张老笑曰:"宅中有客,安得暮归。"因曰:"小妹暂欲游蓬莱山,贤妹亦当去。然未暮即归,兄但憩此。"张老揖而

---

① 潜候——悄悄地征询(意见)。

② 王屋山——在山西阳城、垣曲两县之间。

③ 斯须泰时——片刻安闲之时。

④ 珍珠箔——即珠帘。

⑤ 鲁莽——指随便。

入。俄而五云起于庭中，鸾凤飞翔，丝竹并作。张老及妹，各乘一凤，余从乘鹤者十数人，渐上空中，正东而去。望之已没，犹隐隐闻音乐之声。韦君在后，小青衣供侍甚谨。迨暮，稍闻笙簧之音，倏忽复到。及下于庭，张老与妻见韦曰："独居大寂寞，然此地神仙之府，非俗人得游。以兄宿命，合得到此，然亦不可久居。明日当奉别耳。"及时，妹复出别兄，殷勤传语父母而已。张老曰："人世邈远，不及作书。"奉金二十镒，并与一故席帽①，曰："兄若无钱，可于扬州北邸卖药王老家，取一千万，持此为信。"遂别，复令昆仑奴送出。却到天坛，昆仑奴拜别而去。韦自荷金而归。其家惊讶问之，或以为神仙，或以为妖妄，不知所谓。五六年间，金尽，欲取王老钱，复疑其妄。或曰："取尔许钱，不持一字，此帽安足信？"既而困极，其家强逼之曰："必不得钱，亦何伤。"乃往扬州，入北邸，而王老者方当肆陈药。韦前曰："叟何姓？"曰："姓王。"韦曰："张老令取钱一千万，持此帽为信。"王曰："钱即实有，席帽是乎？"韦曰："叟可验之，岂不识耶？"王老未语，有小女出青布帏中，曰："张老常过，令缝帽顶，其时无皂线，以红线缝之。线色手踪，皆可目验。"因取看之，果是也。遂得载钱而归，乃信真神仙也。其家又思女，复遣义方往天坛南寻之。到即千山万水，不复有路。时逢樵人，亦无知张老庄者，悲思浩然而归。举家以为仙俗路殊，无相见期。又寻王老，亦去矣。后数年，义方偶游扬州，闲行北邸前，忽见张家昆仑奴前曰："大郎家中何如？娘子虽不得归，如日侍左右。家中事无巨细，莫不知之。"因出怀金十斤以奉曰："娘子令送与大郎君，阿郎与王老会饮于此酒家。大郎且坐，昆仑当入报。"义方坐于酒旗②下，日暮不见出，乃入观之，饮者满坐，坐上并无二老，亦无昆仑。取金视之，乃真金也。惊叹而归。又以供数年之食，后不复知张老所在。

① 故席帽——旧草帽。
② 酒旗——指酒店。

裴　谌

李复言

　　裴谌、王敬伯、梁芳，约为方外①之友，隋大业②中，相与入白鹿山③学道，谓黄白④可成，不死之药可致，云飞羽化⑤，无非积学，辛勤采炼，手足胼胝⑥，十数年间。无何⑦，梁芳死，敬伯谓谌曰："吾所以去国忘家，耳绝丝竹，口厌肥豢⑧，目弃奇色，去华屋而乐茅斋，贱欢娱而贵寂寞者，岂非觊乘云驾鹤，游戏蓬壶？纵其不成，亦望长生，寿毕天地⑨耳。今仙海无涯，长生未致，辛勤于云山之外，不免就死。敬伯所乐，将下山乘肥衣轻⑩，听歌玩色，游于京洛⑪，意足然后求达，垂功立事，以荣耀人寰。纵不能憩三山，饮瑶池⑫，骖龙衣霞，歌鸾飞凤，与仙翁为侣，且腰金拖紫，图影凌烟⑬，厕卿大夫之间，何如哉！子盍归乎？无空死深山。"谌曰："吾乃梦醒者，不复低迷。"敬伯遂归，谌留之不得。时唐贞观初，以旧籍⑭调授左武卫骑曹参军，大将军赵簪妻之以女。数年间，迁大理廷评⑮，衣绯⑯，奉

---

①　方外——世外，指得道成仙。

②　大业——隋炀帝杨广年号。

③　白鹿山——在今辽宁省凌源县。

④　黄白——黄金白银。道家认为通过炼汞，可以烧炼出黄金白银。

⑤　羽化——指成仙。

⑥　胼胝(pián zhī)——手脚长起厚茧。指辛勤劳作。

⑦　无何——过了不长时间。

⑧　肥豢——肥豚，甘肥的味道。

⑨　寿毕天地——和天地同寿。

⑩　乘肥衣轻——乘肥马，衣轻裘。

⑪　京洛——西京长安和东都洛阳。

⑫　瑶池——神话传说中西王母的池苑。

⑬　凌烟——凌烟阁。唐代所建楼阁，上绘功臣公卿等图像。

⑭　旧籍——旧时的官籍。

⑮　大理廷评——官名，主管平决刑狱，属大理寺。

⑯　衣绯——穿着大红袍服。

使淮南,舟行过高邮。制使①之行,呵斥风生,行船不敢动。时天微雨,忽有一渔舟突过,中有老人,衣瞞戴笠,鼓棹而去,其疾如风。敬伯以为吾乃制使,威振远近,此渔父敢突过我。试视之,乃谌也。遽令追之,因请维舟,延之坐内,握手慰之曰:"兄久居深山,抛掷名宦而无成,到此极也。夫风不可系,影不可扑,古人倦夜长,尚秉烛游,况少年白昼而掷之乎?敬伯粤自出山数年,今廷尉评事矣。昨日推狱②平允,乃天锡命服。淮南疑狱,今谳③于有司,上择详明吏覆讯之,敬伯预其选④故有是行。虽未可言官达,比之山叟,自谓差胜。兄甘劳苦,竟如曩日,奇哉!奇哉!今何所须,当以奉给。"谌曰:"吾侪⑤野人,心近云鹤,未可以腐鼠吓⑥也。吾沉子浮,鱼鸟各适,何必矜炫也。夫人世之所须者,吾当给尔,子何以赠我?吾山中之友,或市药于广陵⑦,亦有息肩之地。青园桥东,有数里樱桃园,园北车门,即吾宅也。子公事少隙⑧,当寻我于此。"遂裮然⑨而去。敬伯到广陵十余日,事少闲,思谌言,因出寻之。果有车门,试问之,乃裴宅也。人引以入,初尚荒凉,移步愈佳。行数百步,方及大门,楼阁重复,花木鲜秀,似非人境。烟翠葱茏,景色妍媚,不可形状。香风飒来,神清气爽,飘飘然有凌云之意,不复以使节为重,视其身若腐鼠,视其徒若蝼蚁。既而稍闻剑佩之声,二青衣出曰:"阿郎来。"俄有一人,衣冠伟然,仪貌奇丽,敬伯前拜,视之乃谌也。裴慰之曰:"尘界仕官,久食腥膻,愁欲之火焰于心中,负之而行,固甚劳困。"遂揖以入,坐于中堂,窗户栋梁,饰以异宝,屏帐皆画云鹤。有顷,四青衣捧碧玉台盘而至,器物珍异,皆非人世所有,

---

① 制使——天子的使节。

② 推狱——析狱,指判决案件。

③ 谳(yàn)——审讯,断案。

④ 预其选——参预其中。

⑤ 吾侪——吾辈。

⑥ 腐鼠"吓"——《庄子》中有一寓言,说是鹓雏从南海飞往北海,不是梧桐不栖息,不是练实不食,不是醴泉不饮。路上有一鸱鸟,得了一只腐鼠;鸱鸟看见鹓雏飞过,怕它来抢食腐鼠,于是惊叫了一声"吓"。

⑦ 广陵——古地名,即今江苏扬州。

⑧ 隙——空闲。

⑨ 裮(xiāo)然——飘然。

香醪嘉馔，目所未窥。既而日将暮，命其促席①燃九光之灯，光华满座。女乐二十人，皆绝代之色，列坐其前。裴顾小黄头②曰："王评事昔吾山中之友，道情不固，弃吾下山，别近十年，才为廷尉属。今俗心已就，须俗妓以乐之。顾伶家女无足召者，当召士大夫之女已适人③者。如近无姝丽，五千里内皆可择之。"小黄头唯唯而去。诸妓调碧玉筝，调未谐而黄头已复命，引一妓自西阶登，拜裴席前。裴指曰："参评事。"敬伯答拜，细视之，乃敬伯妻赵氏也。敬伯惊讶不敢言，妻亦甚骇，目之不已④。遂令坐玉阶下，一青衣捧玳瑁筝授之，赵素所善也，因令与妓合曲以送酒。敬伯坐间取一殷色⑤朱李投之，赵顾敬伯，潜系于衣带。妓作之曲，赵皆不能逐⑥。裴乃令随赵所奏，时时停之，以呈其曲。其歌舞虽非云韶九奏⑦之乐，而清亮宛转，酬献极欢。天将晓，裴召前黄头曰："送赵氏夫人。"且谓曰："此堂乃九天画堂，常人不到。吾昔与王为方外之交，怜其为俗所迷，自投汤火，以智自烧，以明自贼⑧，将沉浮于生死海中，求岸不得，故命于此，一以醒之。今日之会，诚难再得，亦夫人之宿命，乃得暂游，云山万重，往复劳苦，无辞也。"赵拜而去。裴谓敬伯曰："评公使车留此一宿，得无惊郡将乎？宜且就馆，未赴阙⑨闲时，访我可也。尘路遐远，万愁攻人，努力自爱。"敬伯拜谢而去。后五日，将还，潜诣取别，其门不复有宅，乃荒凉之地，烟草极目，惘怅而反。及京奏事毕，得归私第，诸赵⑩竞怒曰："女子诚陋拙，不足以奉侍君子。然已辱厚礼，亦宜敬之。夫上以承祖先，下以继后事，岂苟而已哉。奈何以妖术致之万里而娱人之视听乎？朱

---

① 促席——把席面靠拢。
② 黄头——指奴仆。
③ 适人——嫁人。
④ 目之不已——频频注目。
⑤ 殷色——深红色。
⑥ 逐——跟随，追随。指不能一起弹奏。
⑦ 云韶九奏——指上古雅乐。
⑧ 以明自贼——以神明自伤。意谓王敬伯聪明反被聪明误。
⑨ 赴阙——到京城去。
⑩ 诸赵——赵家的许多亲属。

李尚在,其言足征①,何讳乎?"敬伯尽言之,且曰:"当此之时,敬伯亦自不测。此盖裴之道成矣,以此相炫也。"其妻亦记得裴言,遂不复责。

尼 妙 寂

李复言

　　尼妙寂,姓叶氏,江州浔阳人也。初嫁任华,浔阳之贾也。父升,与华往复长沙、广陵间。贞元十一年春,之潭州②,不复。过期数月,妙寂忽梦父被发裸形,流血满身,泣曰:"吾与汝夫湖中遇盗,皆已死矣。以汝心似有志者,天许复仇,但幽冥之意,不欲显奇,故吾隐语报汝,诚能思而复之,吾亦何恨。"妙寂曰:"隐语云何?"升曰:"杀我者,车中猴,门东草。"俄而见其夫形状若父,泣曰:"杀我者,禾中走,一日夫。"妙寂抚膺而哭,遂为女弟所呼觉,泣告其母,阖门大骇。念其隐语,杳不可知。访于邻叟及乡间之有知者,皆不能解。秋,诣上元县,③舟楫之所交处,四方士大夫多往憩焉。而又邑有瓦棺寺④,寺上有阁,倚山瞰江,万里在目,亦江湖之极境。游人弭棹⑤,莫不登眺。妙寂曰:"吾将缁服⑥其间,伺可问者,必有醒吾惑者。"于是褐衣上元,舍身瓦棺寺。日持箕帚,洒扫阁下,闲则徙倚栏槛,以伺识者。见高冠博带,吟啸而来者,必拜而问。居数年,无能辨者。十七年,岁在辛巳,有李公佐者,罢岭南从事⑦而来。揽衣登阁,神采隽逸,颇异常伦。妙寂前拜泣,且以前事问之。公佐曰:"吾平生好为人解疑,况子之冤恳,而神告如此,当为子思之。"默行数步,喜招妙寂曰:"吾得之矣!杀汝父者申兰,杀汝夫者申春耳。"妙寂悲喜呜咽,拜问其

----

①　征——凭证。

②　潭州——指湖南长沙、株洲一带。此处指长沙。

③　上元县——今江苏南京市。

④　瓦棺寺——即瓦官寺,南朝梁时所建。

⑤　弭棹——停船泊岸。

⑥　缁服——僧尼的衣服,浅黑。

⑦　从事——节度使属官。

说。公佐曰："夫猴，申生①也。车去两头而言猴，故申字耳。草而门，门而东，非兰字耶？禾中走者，穿田过也，此亦申字也。一日又加夫，盖春字耳。鬼神欲惑人，故交错其言。"妙寂悲喜，若不自胜，久而掩涕拜谢曰："贼名既彰，雪冤有路，苟或释惑，誓报深恩。妇人无他，唯洁诚奉佛，祈增福海。"乃再拜而去。元和初，泗州②普光王寺，有梵氏戒坛，人之为僧者必由之。四方辐辏，僧尼繁会，观者如市焉。公佐自楚之秦，维舟而往观之。有一尼，眉目朗秀，若旧识者，每过必凝视公佐，若有意而未言者。久之，公佐将去，其尼遽呼曰："侍御③贞元中不为南海从事乎？"公佐曰："然。""然则记小师乎？"公佐曰："不记也。"妙寂曰："昔瓦棺寺阁求解车中猴者也。"公佐悟曰："竟获贼否？"对曰："自悟梦言，乃男服，易名士寂，泛佣于江湖之间。数年，闻蕲、黄④之间有申村，因往焉。流转周星⑤，乃闻其村西北隅有名兰者，默往求佣，辄贱其价。兰喜召之。俄又闻其从父弟有名春者。于是勤恭执事，昼夜不离，见其可为者，不顾轻重而为之，未尝待命。兰家器之。昼与群佣苦作，夜寝他席，无知其非丈夫者。逾年，益自勤干，兰逾敬念，视士寂，即自视其子不若也。兰或农或商，或畜货于武昌，关镳⑥启闭，悉委焉。因验其柜中，半是己物，亦见其父及夫常所服者，垂涕而记之。而兰、春，叔出季处⑦，未尝偕出，虑其擒一而惊逸其一也。衔之数年。永贞⑧年重阳，二盗饮既醉，士寂奔告于州，乘醉而获。一问而辞伏，就法。得其所丧以归，尽奉母，而请从释教。师洪州天宫寺尼洞微，即昔时受教者也。妙寂，一女子也，血诚复仇，天亦不夺，遂以梦寐之言，获悟于君子，与其获者，得不同天⑨。碎此微躯，岂酬明哲。梵宇

---

① 申生——猴属申。

② 泗州——相当今江苏泗洪、泗阳、宿迁一带。

③ 侍御——侍御史。这是对李公佐的敬称，并非李真的当了侍御史。

④ 蕲、黄——蕲州、黄州，在今湖北省。

⑤ 流转周星——辗转一周年。

⑥ 关镳——即关锁。镳，锁。

⑦ 叔出季处——叔，哥；季，弟。哥哥出去，弟弟留守。

⑧ 永贞——唐顺宗年号。

⑨ 得不同天——即不共戴天之意。

无他,唯虔诚法象以报效耳。"公佐大异之,遂为作传。太和①庚戌岁,陇西李复言游巴南,与进士沈田会于蓬州。田因话奇事,持以相示,一览而复之。录怪之日,遂纂于此焉。

马　待　封

牛　肃

　　开元初修法驾②,东海③马待封能穷伎巧,于是,指南车④、记里鼓⑤、相风鸟⑥等,待封皆改修,其巧逾于古。待封又为皇后造妆具,中立镜台,台下两层,皆有门户。后将栉沐,启镜奁后,台下开门,有木妇人手执巾栉至;后取已,木人即还。至于面脂妆粉,眉黛髻花,应所用物,皆木人执;继至,取毕即还,门户后闭。如是供给皆木人。后即妆罢,诸门皆阖,乃持去。其妆台金银彩画,木妇人衣服装饰,穷极精妙焉。待封既造卤簿⑦,又为后帝造妆台,如是数年,敕但给其用,竟不拜官。待封耻之。又奏请造欹器⑧、酒山扑满⑨等物,许之。皆以白银造作。其酒山扑满中,机关运动,或四面开定,以纳风气;风气转动,有阴阳向背,则使其外泉流吐纳,以

---

①　太和——唐文宗年号。

②　法驾——皇帝的车驾。

③　东海——唐郡名,治所在今江省东海县。

④　指南车——能指示方向的车子。车子不论转向何方,车上站的木人的手总是向南指着。

⑤　记里鼓——古代能报行走路程远近的车子。车子分两层,各有一木人在上。行一里,下层木人敲鼓;行二里,上层木人击镯(铃、钟)。

⑥　相风鸟——测风向的仪器。以木或铜制成鸟状,搁于高处,从其转动则能测出风向。

⑦　卤簿——皇帝的仪仗、侍卫等。

⑧　欹(qī)器——古时盛酒用的陶制或铜制的祭器。其制作利用物体重心移动的原理。没有液体时,欹器是歪的,液体量刚好时,欹器平正,液体太满,欹器就翻转过来。传说古帝王常把其放在座右,以警励自己的处事。

⑨　酒山扑满——扑满,储钱的瓦罐。酒山扑满装的是酒。

挹①杯斝②；酒使出入，皆若自然，巧逾造化矣。既成奏之，即属宫中有事，竟不召见。待封恨其数奇③，于是变姓名，隐于西河④山中。

至开元末，待封从晋州来，自称道者吴赐也，常绝粒⑤。与崔邑⑥令李劲造酒山扑满、欹器等。酒山立于盘中，其盘径四尺五寸，下有大龟承盘，机运皆在龟腹内。盘中立山，山高三尺，峰峦殊妙。盘以木为之，布漆其外；龟及山皆漆布脱空⑦，彩画其外。山中虚，受酒三斗。绕山皆列酒池，池外复有山围之。池中尽生荷，花及叶皆锻铁为之。花开叶舒，以代盘叶；设脯醢⑧珍果佐酒之物于花叶中。山南半腹有龙，藏半身于山，开口吐酒。龙下大荷叶中，有杯承之；杯受四合，龙吐酒八分而止。当饮者即取之。饮酒若迟，山顶有重阁，阁门即开，有催酒人具衣冠执板而出；于是归盏于叶，龙复注之，酒使乃还，阁门即闭；如复迟者，使出如初，直至终宴，终无差失。山四面东西皆有龙吐酒，虽覆酒于池，池内有穴，潜引池中酒纳于山中，比席阑⑨终饮，池中酒亦无遗矣。欹器二，在酒山左右。龙注酒其中，虚则欹，中则平，满则覆，则鲁庙所谓"侑坐之器"⑩也。君子以诚盈满，孔子观之以诚焉⑪。杜预造欹器不成，前史所载⑫；若吴赐也，造

---

① 挹（yì）——注入。
② 杯斝（jiǎ）——两旁有耳的玉制酒杯。
③ 数奇（jī）——命运不好。
④ 西河——唐县名，治所在今山西省汾阳县。
⑤ 绝粒——即"辟谷"，不食五谷。道家认为修炼到一定程度，就能达到"绝粒"。
⑥ 崔邑——疑为"霍邑"之误。霍邑，唐县名，治所在今山西霍县。
⑦ 漆布脱空——古代丧葬用或庙宇用的偶像，用丝绸、布或纸裱糊成模型，上面涂漆，里面是空的。此处指用这方法造龟和山。
⑧ 脯醢（hǎi）——肉酱。
⑨ 席阑——酒席完毕。
⑩ 侑（yòu）坐之器——即欹器，侑同"右"。
⑪ 孔子观之以诚焉——《荀子·宥坐》载，孔子参观鲁桓公庙，看到欹器，叫学生把水灌进去试试，孔子于是叹息说："唉，哪里有满盈而不颠覆的道理呢！"
⑫ "杜预造欹器不成"句——杜预，西晋名将。杜预造欹器，修改再三没有成功，南齐祖冲之才把它造成功。事见《南史·祖冲之传》。

之如常器耳。

李　眄

牛　肃

　　唐殿中侍御史李逢年，自左迁①后，稍进汉州雒县②令。逢年有吏才，蜀之采访使，常委以推按③焉。逢年妻，中丞郑窋之女也，情志不合，去之。及在蜀城，谓益府户曹李眄曰：“逢年家无内主，荡落难堪，儿女长成，理须婚娶。弟既相狎④，幸为逢年求一妻焉。此都官寮女之与妹，纵再醮者，亦可论之，幸留意焉。”眄曰：“诺。”复又访之于眄。眄，率略人⑤也，乃造逢年曰：“兵曹李札，甚名家也。札妹甚美，闻于蜀城，曾适元民莫，夫寻卒，资装亦厚，从婢且二十人，兄能娶之乎？”逢年许之，令眄报李札。札自造逢年谢。明日，请至宅。其夜，逢年喜，寝未曙而兴。严饰毕，顾步阶除，而独言曰：“李札之妹，门地若斯；虽曾适人，年幼且美；家又富贵，何幸如之。”言再三，忽惊叹曰：“李眄过矣，又误于人！今所论亲，为复何姓？怪哉！”因策马到府庭。李眄进曰：“兄今日过札妹乎？”逢年不应。眄曰：“事变矣？”逢年曰：“君思札妹乎，为复何姓？”眄惊而退，遇李札。札曰：“侍御今日见过乎？已为地⑥矣。”眄曰：“吾大误耳，但知求好婿，都不思其姓氏！”札大惊，怅恨之。

---

①　左迁——降职。

②　汉州雒县——今四川省广汉县。

③　推按——审查案件。

④　相狎——彼此交往。

⑤　率略人——随便马虎的人。如现在所说的“马大哈”。

⑥　已为地——已经做好安排。

张　藏　用

牛　肃

唐青州临朐丞张藏用,性既鲁钝,又弱于神①。尝召一木匠,十召不至。藏用大怒,使擒之。匠既到,适会邻县令使人送书遗藏用。藏用方怒解,木匠又走,读书毕,便令剥送书者,笞之至十。送书人谢杖,请曰:"某为明府②送书,纵书人之意忤明府,使者何罪?"藏用乃知其误,谢曰:"适怒匠人,不意误笞君耳。"命里正取饮一器③,以饮送书人,而别更视事;忽见里正,指酒问曰:"此中何物?"里正曰:"酒。"藏用曰:"何妨饮之。"里正拜而饮之,藏用遂入户。送书者竟不得酒,扶杖而归。

苏　无　名

牛　肃

天后④,时,尝赐太平公主细器宝物两食盒,所直黄金千镒,公主纳之藏中。岁余取之,尽为盗所将⑤矣。公主言之,天后大怒,召洛州长史谓曰:"三日不得盗,罪!"长史惧,谓两县⑥主盗官曰:"两日不得贼,死!"尉谓吏卒游徼⑦曰:"一日必擒之,擒不得,先死!"吏卒游徼惧,计无所出。衢中遇湖州别驾⑧苏无名,相与请之至县。游徼白尉:"得盗物者来矣。"无名遽进至阶,尉迎问故。无名曰:"吾湖州别驾也,入计在兹。"尉呼吏

---

① 弱于神——即健忘。
② 明府——对县令或县丞的尊称。
③ 器——陶瓷做的容器。
④ 天后——即武则天。
⑤ 将——将去,偷去。
⑥ 两县——指河南府管辖的洛阳县和河南县。
⑦ 游徼——巡捕盗贼的吏士。
⑧ 别驾——州府长官的属员。

卒:"何诬辱别驾?"无名笑曰:"君无怒吏卒,抑有由也。无名历官所在,擒奸摘伏有名,每偷至无名前,无得过者。此辈应先闻,故将来,庶解围耳。"尉喜请其方。无名曰:"与君至府,君可先入白之。"尉白其故,长史大悦,降阶执其手曰:"今日遇公,却赐吾命,请遂其由①。"无名曰:"请与君求见对玉阶②,乃言之。"于是天后召之,谓曰:"卿得贼乎?"无名曰:"若委臣取贼,无拘日月,且宽府县,令不追求,仍以两县擒盗吏卒,尽以付臣,臣为陛下取之,亦不出数十日耳。"天后许之。无名戒吏卒,缓则相闻。月余,值寒食,无名尽召吏卒,约曰:"十人五人为侣,于东门北门伺之,见有胡人与党十余,皆衣缞绖③,相随出赴北邙④者,可踵之而报。"吏卒伺之,果得,驰白无名,往视之。问伺者,诸胡何若。伺者曰:"胡至一新冢,设奠,哭而不哀,亦撤奠,即巡行冢旁,相视而笑。"无名喜曰:"得之矣。"因使吏卒尽执诸胡,而发其冢。冢开,割棺视之,棺中尽宝物也。奏之。天后问无名:"卿何才智过人,而得此盗?"对曰:"臣非有他计,但识盗耳。当臣到都之日,即此胡出葬之时,臣亦见,即知是偷,但不知其葬物处。今寒节拜扫,计必出城,寻其所之,足知其墓。贼既设奠,而哭不哀,明所葬非人也。奠而哭毕,巡冢相视而笑,喜墓无损伤也。向若陛下迫促府县捕贼,计急必取之而逃。今者更不追求,自然意缓,故未将出。"天后曰:"善。"赐金帛,加秩⑤二等。

田 氏 子

牛 肃

唐牛肃有从舅⑥,常过渑池⑦,因至西北三十里,谒田氏子。去田氏庄

---

① 遂其由——说清楚其缘由。
② 玉阶——指朝廷。
③ 缞绖——丧服。
④ 北邙——山名,在洛阳县北。
⑤ 秩——俸禄。
⑥ 从舅——堂房舅父。
⑦ 渑池——即今河南省渑池县。

十余里,经岌险①,多栎林,传云中有魅狐,往来经之者,皆结侣乃敢过。舅既至,田氏子命老竖往渑池市酒馔。天未明,竖行,日暮不至。田氏子怪之。及至,竖一足又跛,问何故。竖曰:"适至栎林,为一魅狐所绊,因蹶而仆,故伤焉。"问何以见魅。竖曰:"适下坡时,狐变为妇人,遽来追我,我惊且走;狐又疾行,遂为所及,因倒且损。吾恐魅之为怪,强起击之。妇人口但哀祈,反谓我为狐,屡云'叩头野狐,叩头野狐。'吾以其不是实,因与痛击,故免其祸。"田氏子曰:"汝无击人妄谓狐耶?"竖曰:"吾虽苦击之,终不改妇人状耳。"田氏子曰:"汝必误损他人,且入户。"日入,见妇人体伤,蓬首过门而求饮;谓田氏子曰:"吾适栎林,逢一老狐,变为人。吾不知是狐,前趋为伴,同过栎林,不知老狐却伤我如此。赖老狐去,余命得全。妾北村人也,渴故求饮。"田氏子恐其见苍头也,与之饮而遣之。

吴　保　安

牛　肃

　　吴保安,字永固,河北人,任遂州方义尉②。其乡人郭仲翔,即元振从侄③也。仲翔有才学,元振将成其名宦④。

　　会南蛮⑤作乱,以李蒙为姚州都督⑥,帅师讨焉。蒙临行,辞元振。元振乃见仲翔⑦,谓蒙曰:"弟之孤子⑧,未有名宦,子姑将行,如破贼立功,某在政事⑨,当接引之,俾其廪薄俸⑩也。"蒙诺之。仲翔颇有干用,乃以

---

① 经岌险——道路险峻。
② 遂州方义尉——遂州的州治在方义(今四川省遂宁县)。尉,县尉。
③ 元振从侄——郭元振的侄儿。
④ 名宦——声名与官职。
⑤ 南蛮——唐代对云南、贵州一带地区少数民族的称呼。
⑥ 姚州都督——姚州的最高长官。姚州,治所在今云南省姚安县北。
⑦ 元振乃见仲翔——元振乃使仲翔参见李蒙。
⑧ 孤子——没有父亲的孩子。
⑨ 政事——指在朝执政,即为宰相的代称。
⑩ 俾其廪薄俸——使他能够得到一点薪俸。意思是给他安排一个官职。

为判官①,委之军事。至蜀。保安寓书②于仲翔曰:"幸共乡里,籍甚风猷③,虽旷不展拜④,而心常慕仰。吾子国相犹子,慕府硕才⑤,果以良能,而受委寄。李将军秉文兼武,受命专征,亲绾⑥大兵,将平小寇。以将军英勇,兼足下才能,师之克殄⑦,功在旦夕。保安幼而嗜学,长而专经,才乏兼人⑧,官从一尉。僻在剑外⑨,地迩蛮陬⑩,乡国数千,关河阻隔,况此官已满,后任难期。以保安之不才,厄选曹之格限⑪,更思微禄,岂有望焉。将归老邱园,转死沟壑。侧闻吾子急人之忧,不遗乡曲之情,忽垂特达之眷⑫,使保安得执鞭弭⑬,以奉周旋。录及细微,薄沾功效。承兹凯入,得预末班⑭。是吾子邱山之恩,即保安铭镂之日。非敢望也,愿为图之。唯照其款诚而宽其造次⑮。专策驽蹇,以望抬携⑯。"仲翔得书,深感之。即言于李将军,召为管记⑰。未至而蛮贼转逼。李将军至姚州,与战破之。乘胜深入蛮,覆而败之。李身死军没,仲翔为虏。蛮夷利汉财物,

---

① 判官——都督府的属官。

② 寓书——寄去书信。

③ 籍甚风猷——风采声名很盛扬。

④ 旷不展拜——由于疏忽,未尽拜见的礼数。

⑤ 硕才——大才。

⑥ 绾(wǎn)——统领。

⑦ 克殄——消灭敌人。

⑧ 兼人——一个人抵几个人。

⑨ 剑外——四川剑门以南。

⑩ 蛮陬——蛮夷聚居之处。

⑪ 厄选曹之格限——受到选核机关的限制。选曹,吏部主管考核、任用官吏的机关。格限,限制。

⑫ 特达之眷——特别的优待和照顾。眷,爱护的意思。

⑬ 鞭弭(mǐ)——马鞭。

⑭ 末班——微小的官职。

⑮ 造次——冒昧的意思。

⑯ 驽蹇——劣马。自谦之词,意谓庸才。

⑰ 管记——掌管文书的属官。

其没落①者,皆通音耗,令其家赎之,人三十匹②。

保安既至姚州,适值军设,迟留未返。而仲翔于蛮中间关③致书于保安曰:"永固无恙。顷辱书未报,值大军已发,深入贼庭,果逢挠败。李公战没,吾为囚俘。假息④偷生,天涯地角。顾身世已矣,念乡国缠然⑤。才谢钟仪⑥,居然受絷;身非箕子⑦,日见为奴。海畔牧羊,有类于苏武⑧;宫中射雁,宁期于李陵⑨。吾自陷蛮夷,备尝艰苦,肌肤毁剔,血泪满池。生人至艰,吾身尽受。以中华世族,为绝域穷囚。日居月诸⑩,暑退寒袭,思老亲于旧国,望松槚于先茔⑪,忽忽发狂,膈臆流恸⑫,不知涕之无从! 行路见吾,犹为伤愍。吾与永固,虽未披款⑬,而乡里先达,风味相亲;想睹光仪,不离梦寐。昨蒙枉问,承间便言。李公素知足下才名,则请为管记。大军去远,足下来迟。乃足下自后于戎行,非仆遗于乡曲也。足下门传余庆,天祚⑭积善,果事期不入⑮,而声名并全。向若早事麾下,同参幕府。则绝域之人,与仆何异。吾今在厄,力屈计穷;而蛮俗没留,许亲族往赎。

---

① 没落——陷落。

② 人三十匹——赎身费,每人三十匹绢。

③ 间关——辗转跋涉。

④ 假息——借来的呼吸。意谓活着很困难。

⑤ 缠(yǎo)然——渺远的样子。

⑥ 钟仪——春秋时楚国人,为郑国所俘,献于晋景公,由于才德过人而被释放。

⑦ 箕子——商纣王的叔父。多次进谏纣王不听,后装疯,被黜为奴隶。

⑧ 苏武——汉武帝时中郎将,出使匈奴,匈奴逼降,不从,被放逐北海牧羊十九年,后放回。

⑨ "宫中射雁"二句——李陵,汉武帝时名将,出征匈奴,寡不敌众,被俘投降,汉武帝因而杀其全家。二句意谓,汉武帝在宫中射雁是得不到李陵书信的,因为他已经投降匈奴了。

⑩ 日居月诸——时光过得很快的意思。语出《诗经·邶风·日月》。

⑪ 望松槚(jiǎ)于先茔——想望见祖先坟茔上的松树、槚树。槚,楸树,落叶乔木。

⑫ 膈(bì)臆流恸——悲哀、怨愤、忧然使胸气郁结。

⑬ 披款——开怀畅叙。

⑭ 天祚——上天降下的福气。

⑮ 事期不入——出事的时候,(李蒙)没有在其中。

以吾国相之侄，不同众人，仍苦相邀，求绢千匹。此信通闻，仍索百缣①。愿足下早附白书，报吾伯父。宜以时到，得赎吾还。使亡魂复归，死骨更肉。唯望足下耳。今日之事，请不辞劳苦。吾伯父已去庙堂②，难可咨启。即愿足下亲脱石父，解夷吾之骖③；往赎华元，类宋人之事④。济物之道，古人犹难。以足下道义素高，名节特著，故有斯请，而不生疑。若足下不见哀矜，猥同流俗，则仆生为俘囚之竖⑤，死则蛮夷之鬼耳。更何望哉！已矣，吴君，无落吾事！"

保安得书，甚伤之。时元振已卒，保安乃为报，许赎仲翔。乃倾其家，得绢二百匹，往，因住嶲州⑥，十年不归。经营财物，前后得绢七百匹，数犹未至。保安素贫窭。妻子犹在遂州。贪赎仲翔，遂与家绝。每于人有得，虽尺布升粟，皆渐而积之。后妻子饥寒，不能自立。其妻乃率弱子，驾一驴自往泸南⑦，求保安所在。于途中粮尽，犹去姚州数百。其妻计无所出，因哭于路左，哀感行人。时姚州都督杨安居乘驿赴郡⑧，见保安妻哭，异而访之。妻曰："妾夫遂州方义尉吴保安，以友人没蕃，丐而往赎。因住姚州，弃妾母子，十年不通音问。妾今贫苦，往寻保安。粮乏路长，是以悲泣。"安居大奇之，谓曰："吾前至驿，当候夫人，济其所乏。"既至驿，安居赐保安妻钱数千，给乘⑨令进。

安居驰至郡。先求保安，见之。执其手升堂，谓保安曰："吾常读古人书，见古人行事，不谓今日亲睹于公。何分义情深，妻子意浅，捐弃家

---

① 缣——细绢。

② 庙堂——朝廷。

③ 亲脱石父，解夷吾之骖——石父，越石父，春秋时齐国人，因事下狱，路遇齐相晏婴；晏婴把自己驾车的马解下来，替越石父赎罪。夷吾，齐相管仲的字。解救越石父非管仲所为，此处用典有误。

④ 往赎华元，类宋人之事——华元，春秋时宋国大将。宋郑交战，华元被俘，宋国要用兵车百辆、文马百匹赎回，事正筹备，华元已逃回。

⑤ 竖——奴仆。

⑥ 嶲（xī）州——治所在今四川省西昌县。

⑦ 泸南——泸水以南，唐代置县，治所在今云南省姚安县。

⑧ 乘驿赴郡——骑着驿站供给的马，赴郡所上任。

⑨ 乘——车马之类。

室,求赎友朋,而至是乎！吾见公妻来,思公道义,乃心勤仁,愿见颜色。吾今初到,无物助公,且于库中假官绢四百匹,济公此用。待友人到后,吾方徐为填还。"保安喜。取其绢,令蛮中通信者,特往;向①二百日,而仲翔至姚州。形状憔悴,殆非人也。方与保安相识,语相泣也。安居曾事郭尚书,则为仲翔洗沐赐衣装,引与同坐宴乐之。

安居重保安行事,甚宠之。于是令仲翔摄治下尉②。仲翔久于蛮中,且知其款曲,则使人于蛮洞市女口十人,皆有姿色。既至,因辞安居归北,且以蛮口赠之。安居不受,曰:"吾非市井之人,岂待报耶！钦吴生分义,故因人成事耳。公有老亲在北,且充甘膳之资。"仲翔谢曰:"鄙身得还,公之恩也;微命得全,公之赐也。翔虽瞑目,敢忘大造③。但此蛮口,故为公求来。公今见辞,翔以死请。"安居难违,乃见其小女曰:"公既频繁有言,不敢违公雅意。此女最小,常所钟爱。今为此女受公一小口耳。"因辞其九人。而保安亦为安居厚遇,大获资粮而去。

仲翔到家,辞亲凡十五年矣。却至京,以功授蔚州录事参军④。则迎亲到官。两岁,又以优授代州户曹参军⑤。秩满,内忧⑥,葬毕,因行服墓次⑦,乃曰:"吾赖吴公见赎,故能拜职养亲。今亲殁服除⑧,可以行吾志矣。"乃行求保安。而保安自方义尉选授眉州彭山丞。仲翔遂至蜀访之。保安秩满,不能归,与其妻皆卒于彼,权窆⑨寺内。仲翔闻之,哭甚哀。因

---

① 向——将近。
② 摄治下尉——代理杨安管辖区内的县尉职务。
③ 大造——意即再生的大恩。
④ 录事参军——掌管文书的僚属。
⑤ 户曹参军——管理户籍的官员。
⑥ 内忧——母丧。
⑦ 行服墓次——在父母墓旁守孝。
⑧ 服除——却掉丧服。封建伦理规定,父母死后,儿女要穿二十五个月丧服,期满才能换上平常服装。
⑨ 权窆(biǎn)——暂时停放。

制缞麻①,环绖加杖②,自蜀郡徒跣③,哭不绝声。至彭山,设祭酹毕,乃出其骨,每节皆墨记之。墨记骨节,书其次第,恐葬敛时有失之也。盛于练囊④。又出其妻骨,亦墨记,贮于竹笼,而徒跣亲负之,徒行数千里,至魏郡。保安有一子,仲翔爱之如弟。于是尽以家财二十万厚葬保安,仍刻石颂美。仲翔亲庐⑤其侧,行服三年。既而为岚州长史⑥,又加朝散大夫。携保安子之官,为娶妻,恩养甚至。仲翔德保安不已,天宝十二载,诣阙⑦,让朱绂⑧及官于保安之子,以报。时人甚高之。

初仲翔之没也,赐蛮首为奴,其主爱之,饮食与其主等。经岁,仲翔思北,因逃归,追而得之,转卖于南洞。洞主严恶,得仲翔苦役之,鞭笞甚至。仲翔弃而走,又被逐得,更卖南洞中,其洞号菩萨蛮。仲翔居中,经岁,困厄复走。蛮又追而得之。复卖他洞。洞主得仲翔,怒曰:"奴好走,难禁止邪?"乃取两板,各长数尺,令仲翔立于板,以钉其足背钉之,钉达于木。每役使常带二木行。夜则纳地槛⑨中,亲自锁闭。仲翔二足,经数年,疮方愈。木锁地槛,如此七年。仲翔初不堪其忧。保安之使人往赎也,初得仲翔之首主⑩。展转为取之。故仲翔得归焉。

---

① 缞(cuī)麻——古代丧服,用粗麻布做成。
② 环绖(dié)加杖——环,系。绖,古代丧服中的麻带。加杖,拿着哭丧棒。
③ 徒跣——赤脚步行。
④ 练囊——丝织口袋。
⑤ 庐——坟墓旁边盖的,用为守墓的草房。古时只有父母死后才守墓。郭仲翔是以对待父母的礼节来对待吴保安的。
⑥ 岚州长史——岚州刺史的属官。岚州,治所在今山西岚县北。
⑦ 诣阙——去皇宫见皇帝。
⑧ 朱绂(fú)——绂,系官印的丝带,此处指服饰。
⑨ 地槛——即地牢。
⑩ 首主——第一位主人。

王 维

薛用弱

　　王维右丞①,年未弱冠②,文章得名。性娴音律,妙能琵琶,游历诸贵之间,尤为岐王③之所眷重。时进士④张九皋,声称籍甚。客有出入于公主⑤之门者,为其致公主邑司牒京兆试官⑥,令以九皋为解头⑦。维方将应举,具其事言于岐王,仍求庇借。岐王曰:"贵主之强,不可力争,吾为子画焉。子之旧诗清越者,可录十篇。琵琶之新声怨切者,可度一曲。后五日当诣此。"维即依命,如期而至。岐王谓曰:"子以文士,请谒贵主,何门可见哉?子能如吾之教乎?"维曰:"谨奉命。"岐王则出锦绣衣服,鲜华奇异,遣维衣之,仍令赍琵琶,同至公主之第。岐王入曰:"承贵主出内⑧,故携酒乐奉宴。"即令张筵。诸伶旅进。维妙年洁白,风姿都美,立于前行。公主顾之,谓岐王曰:"斯何人哉?"答曰:"知音者也。"即令独奏新曲,声调哀切,满座动容。公主自询曰:"此曲何名?"维起曰:"号《郁轮袍》。"公主大奇之。岐王曰:"此生非止音律,至于词学,无出其右。"公主尤异之,则曰:"子有所为文乎?"维即出献怀中诗卷。公主览读惊骇,曰:"皆我素所诵习者。常谓古人佳作,乃子之为乎?"因令更衣,升之客右。维风流蕴藉,语言谐戏,大为诸贵之所钦瞩。岐王因曰:"若使京兆今年得此生为解头,诚为国华矣。"公主乃曰:"何不遣其应举?"岐王曰:"此生

---

① 王维右丞——盛唐时著名诗人。在唐肃宗时任尚书省右丞,故世称王右丞。

② 年未弱冠——见《李娃传》注。年未弱冠,言王维这时还不到二十岁。

③ 岐王——李范,唐玄宗李隆基之弟。

④ 进士——指州郡保荐到京城应考进士科的举子,并不是已经考取的进士。

⑤ 公主——太平公主,武则天女儿。助李隆基诛韦氏集团,立大功,操纵朝政,权柄甚重。后因阴谋废立,为李隆基赐死。

⑥ "致公主邑"句——致,图谋获得。公主邑司,管理太平公主财货、封地收入的官员。牒京兆试官,即以公主名义致公文给京都主考官。

⑦ 解头——即举子中考取的第一名。

⑧ 出内——从宫内出来。

不得首荐,义不就试。然已承贵主论托张九皋矣。"公主笑曰:"何预儿事①,本为他人所托。"顾谓维曰:"子诚取解,当为子力。"维起谦谢。公主则召试官至第,遣宫婢传教。维遂作解头,而一举登第矣。及为太乐丞,为伶人舞《黄师子》,坐出官。《黄师子》者,非一人不舞也。天宝末,禄山初陷西京。维及郑虔、张通等皆处贼庭。洎克复,俱因于宣阳里杨国忠旧宅。崔圆因召于私第,令画数壁。当时以圆勋贵无二,望其救解,故运思精巧,颇绝其艺。后由此事,皆从宽典;至于贬黜,亦获善地。今崇义里宝丞相易直私第,即圆旧宅也,画尚在焉。维累为给事中。禄山授以伪官。及贼平,兄缙为北都副留守②请以己官爵赎之。由是免死。累为尚书右丞。於蓝田置别业③,留心释典④焉。

王 之 涣

薛用弱

开元中诗人,王昌龄、高适、王之涣⑤齐名,时风尘未偶⑥,而游处略同。一日,天寒微雪。三诗人共诣旗亭⑦,贳酒⑧小饮。忽有梨园伶官十数人,登楼会宴。三诗人因避席隈映⑨,拥炉火以观焉。俄有妙妓四辈,寻续而至,奢华艳曳,都冶颇极。旋则奏乐,皆当时之名部⑩也。昌龄等私相约曰:"我辈各擅诗名,每不自定其甲乙,今者可以密观诸伶所讴,若

---

① 何预儿事——即跟我有什么关系。儿,太平公主自称。

② 兄缙为北都副留守——王维之兄王缙任北都副留守。北都指太原,副留守为太原府少尹。

③ 别业——见《无双传》注。

④ 释典——佛教经典。

⑤ 王昌龄、高适、王之涣——盛唐著名的三位诗人。

⑥ 风尘未偶——指困顿失意,在仕途上还未得意。

⑦ 旗亭——街市上的酒楼。

⑧ 贳(shì)酒——赊酒。

⑨ 避席隈(wēi)映——离开席位到墙角落。

⑩ 名部——著名的乐曲。

诗人歌词多者,则为优矣。"俄而,一伶拊节①而唱曰:"寒雨连江夜入吴,平明送客楚山孤。洛阳亲友如相问,一片冰心在玉壶②。"昌龄则引手画壁曰:"一绝句。"寻又一伶讴曰:"开箧泪沾臆,见君前日书。夜台何寂寞,犹是子云居③。"适则引手画壁曰:"一绝句。"寻又一伶讴曰:"奉帚平明金殿开,强将团扇共徘徊,玉颜不及寒鸦色,犹带昭阳日影来④。"昌龄则又引手画壁曰:"二绝句。"

　　之涣自以得名已久,因谓诸人曰:"此辈皆潦倒乐官,所唱皆《巴人下里》之词耳,岂《阳春白雪》⑤之曲,俗物敢近哉?"因指诸妓之中最佳者曰:"待此子所唱,如非我诗,吾即终身不敢与子争衡矣。脱是⑥吾诗,子等当列拜床下,奉吾为师。"因欢笑而俟之。须臾,次至双鬟发声,则曰:"黄河远上白云间,一片孤城万仞山。羌笛何须怨杨柳,春风不度玉门关⑦。"之涣即揶揄二子曰:"田舍奴⑧,我岂妄哉!"因大谐笑。诸伶不喻其故,皆起诣曰:"不知诸郎君何此欢噱⑨?"昌龄等因话其事。诸伶竞拜曰:"俗眼不识神仙,乞降清重,俯就筵席。"三子从之,饮醉竟日。

---

① 拊(fǔ)节——轻轻打着拍子。

② "寒雨连江夜入吴"四句——王昌龄《芙蓉楼送辛渐》七绝诗。

③ "开箧泪沾臆"四句——此为高适五言古诗《哭单父梁九少府》中的头四句。夜台,坟墓。子云,汉代辞赋家扬雄,字子云。

④ "奉帚平明金殿开"四句——王昌龄的乐府诗《长信怨》。诗中咏汉代成帝时宫嫔班婕妤事。班婕妤失宠作《团扇诗》,借扇秋凉见捐,喻己之遭遇。昭阳,昭阳宫,另一得宠宫妃赵合德居住的宫殿。

⑤ 《巴人下里》、《阳春白雪》——原为战国时楚国的歌曲。《文选》中《宋玉对楚王问》称楚都郢人唱《阳春白雪》,和者甚寡,而唱《下里巴人》(也作《巴人下里》)时,和者甚多。后以称雅乐和俗乐。

⑥ 脱是——假如不是,如果不是。

⑦ "黄河远上白云间"四句——王之涣的《凉州词》诗。羌笛,古时吹奏乐曲,出于羌族,故称。

⑧ 田舍奴——嘲骂人的话。犹言"乡下佬"。

⑨ 欢噱(jué)——形容高兴的样子。

王　积　薪

薛用弱

玄宗南狩①，百司奔赴行在②，翰林善棋者王积薪从焉。蜀道隘狭，每行旅止息，道中之邮亭人舍，多为尊官有力之所先。积薪栖无所入，因沿溪深远，寓宿于山中孤姥之家。但有妇姑③，皆阖户，止给水火。才暝，妇姑皆阖户而休。积薪栖于檐下，夜阑不寝，忽闻堂内姑谓妇曰："良宵无以适兴，与子围棋一赌可乎？"妇曰："诺。"积薪私心奇之，堂内素无灯烛，又妇姑各在东西室。积薪乃附耳门扉，俄闻妇曰："起东五南九置子矣。"姑应曰："东五南十二置子矣。"妇又曰："起西八南十置子矣。"姑又应曰："西九南十置子矣。"每置一子，皆良久思唯④。夜将尽四更，积薪一一密记，其下止三十六。忽闻姑曰："子已败矣，吾止胜九枰⑤耳。"妇亦甘⑥焉。积薪迟明，具衣冠⑦请问。孤姥曰："尔可率己之意而按局置子焉。"积薪即出囊中局，尽平生之秘妙，而布子未及十数，孤姥顾谓妇曰："是子可教以常势⑧耳。"妇乃指示攻守杀夺救应防拒之法，其意甚略。积薪即更求其说。孤姥笑曰："止此，亦无敌于人间矣。"积薪虔谢而别。行十数步，再诣，则失向来之室闾矣。自是积薪之艺，绝无其伦。即布所记妇姑对敌之势，馨竭心力，较其九枰之胜，终不得也。因名"邓艾开蜀势"⑨，至

① 玄宗南狩——安禄山叛乱，唐玄宗南逃至蜀。南狩，即向南出猎，此为之讳言。
② 百司奔赴行在——百司，百官。行在，行宫，皇帝外出临时住扎的场所。
③ 妇姑——媳妇和婆婆。
④ 思唯——同"思维"，思考。
⑤ 枰——围棋线道。
⑥ 甘——认输。
⑦ 具衣冠——穿着正式的冠服，表示诚心、恭敬地讨教。
⑧ 常势——普通的围棋招数。
⑨ 邓艾开蜀势——邓艾，三国时魏将，出奇兵攻蜀。这里表示妇姑教给的招数的奇妙。

今棋图有焉,而世人终莫得而解矣。

贾　人　妻

薛用弱

　　唐余干县尉王立调选①佣居②大宁里。文书有误,为主司驳放③。资财荡尽,仆马丧失,穷悴颇甚,每丐食于佛祠,徒行晚归。偶与美妇人同路,或前或后依随,因诚意与言,气甚相得。立因邀至其居,情款甚洽。翌日,谓立曰:"公之生涯,何其困哉?妾居崇仁里,资用稍备,倘④能从居乎?"立既悦其人,又幸其给,即曰:"仆之厄塞,阽于沟渎⑤。如此勤勤,所不敢望焉。子又何以营生?"对曰:"妾素贾人之妻也,夫亡十年。旗亭之内,尚有旧业,朝肆暮家,日赢钱三百,则可支矣。公授官之期尚未,出游之资且无,脱⑥不见鄙,但同处以须冬集⑦可矣。"立遂就焉。阅其家,丰俭得所,至于扃镝之具,悉以付立。每出,则必先营办立之一日馔焉。及归,则又携米肉钱帛以付立,日未尝阙。立悯其勤劳,因令佣买仆隶,妇托以他事拒之,立不之强也。周岁,产一子,唯日中再归为乳耳。凡与立居二载。忽一日夜归,意态遑遑,谓立曰:"妾有冤仇,痛缠肌骨,为日深矣。伺便复仇,今乃得志,便须离京。公其努力。此居处,五百缗自置,契书⑧在屏风中。室内资储,一以相奉。婴儿不能将去,亦公之子也,公其念之。"言讫,收泪而别。立不可留止,则视其所携皮囊,乃人首耳。立甚惊愕。其人

---

① "余干县尉"句——馀干,县名,在江西省。调选,地方官到京师吏部听候调派。
② 佣居——租赁。
③ 驳放——驳斥。
④ 倘——同"倘",或。
⑤ 阽(diàn)于沟渎——将近死于街市沟中。
⑥ 脱——倘若。
⑦ 冬集——过冬。
⑧ 契书——指房契。

笑曰:"无多疑虑,事不相萦①。"遂挈囊逾垣而去,身如飞鸟。立开门出送,则已不及矣。方徘徊于庭,遽闻却至。立迎门接俟,则曰:"更乳婴儿,以豁②离恨。"就抚子,俄而复去,挥手而已。立回灯褰帐,小儿身首已离矣。立惶骇,达旦不寐,则以财帛买仆乘,游抵近邑,以伺其事。久之,竟无所闻。其年立得官,即货鬻所居归任。尔后终莫知其音问也。

红　　线

袁　郊

红线,潞州节度使薛嵩青衣③,善弹阮④,又通经史,嵩遣掌笺表,号曰内记室⑤。时军中大宴,红线谓嵩曰:"羯鼓⑥之音颇调悲,其击者必有事也。"嵩亦明晓音律,曰:"如汝所言。"乃召而问之,云:"某妻昨夜亡,不敢乞假。"嵩遽遣放归。

时至德⑦之后,两河未宁⑧,初置昭义军⑨,以釜阳为镇,命嵩固守,控压山东⑩。杀伤之余,军府草创。朝廷复遣嵩女嫁魏博节度使田承嗣⑪

---

①　萦——牵累。

②　豁——割离。

③　"潞州节度使"句——潞州,唐州名,治所在今山西省长治市。薛嵩,初唐大将薛仁贵孙子,曾参与安禄山叛乱,后降唐。青衣,婢女。

④　阮——琵琶之类的乐器。

⑤　内记室——身边的秘书。

⑥　羯(jié)鼓——羯族所用的鼓,桶状,两头可击。

⑦　至德——唐肃宗李亨年号。

⑧　两河未宁——黄河南北岸地区不安定。

⑨　昭义军——即昭义军节度使,约辖河北邢台、山西浊漳河、丹河流域一带。

⑩　山东——太行山以东。

⑪　魏博节度使田承嗣——田承嗣,初为安禄山部将,降唐,封魏、博、德、沧、瀛五州节度使,治所在魏州,故称魏博节度使。

男,男娶滑州节度使令狐彰①女;三镇互为姻娅,人使日浃往来②。而田承嗣常患热毒风,遇夏增剧。每曰:"我若移镇山东,纳其凉冷,可缓数年之命。"乃募军中武勇十倍者得三千人,号"外宅男",而厚恤养之。常令三百人夜直③州宅。卜选良日,将迁潞州。嵩闻之,日夜忧闷,咄咄自语,计无所出。

时夜漏将传,辕门已闭。杖策庭除,唯红线从行。红线曰:"主自一月,不遑寝食。意有所属,岂非邻境乎?"嵩曰:"事系安危,非汝能料。"红线曰:"某虽贱品,亦有解主忧者。"嵩乃具告其事,曰:"我承祖父遗业,受国家重恩,一旦失其疆土,即数百年勋业尽矣。"红线曰:"易尔。不足劳主忧。乞放某一到魏郡,看其形势,觇其有无。今一更首途④,三更可以复命。请先定一走马兼具寒暄书,其他即俟某却回也。"嵩大惊曰:"不知汝是异人,我之暗也。然事若不济,反速其祸,奈何?"红线曰:"某之行,无不济者。"乃入闺房,饰其行具。梳乌蛮髻⑤,攒金凤钗,衣紫绣短袍,系青丝轻履。胸前佩龙文匕首,额上书太乙神⑥名。再拜而倏忽不见。

嵩乃返身闭户,背烛危坐。常时饮酒数合,是夕举觞十余不醉。忽闻晓角⑦吟风,一叶坠露,惊而试问,即红线回矣。嵩喜而慰问曰:"事谐否?"曰:"不敢辱命。"又问曰:"无伤杀否?"曰:"不至是。但取床头金合为信耳。"红线曰:"某子夜前三刻⑧,即到魏郡,凡历数门,遂乃寝所。闻'外宅男'止于房廊,睡声雷动。见中军士卒,步于庭庑,传呼风生。某发其左扉,抵其寝帐。见田亲家翁正于帐内,鼓跌酣眠,头枕文犀⑨,髻包黄

---

① 滑州节度使令狐彰——令狐彰,初为安禄山部将,降唐,封滑、亳等六州节度使。滑州,治所在今河南省滑县。
② 日浃(jiá)往来——往来频繁。浃,从申日至癸日循环一周共十天,称浃日。
③ 直——同"值",值班守卫。
④ 首途——动身,起程。
⑤ 乌蛮髻——乌蛮族(古时西南少数民族)妇女的发型。
⑥ 太乙神——道教所崇奉的北极星神。
⑦ 晓角——军队早晨所吹的号角。
⑧ 子夜前三刻——子夜,半夜。刻,约十五分钟。
⑨ 文犀——绣有花纹的犀皮枕头。

毅,枕前露橐一七星剑。剑前仰开一金合,合内书生身甲子与北斗神名①;复有名香美珍,散覆其上。扬威玉帐,但期心豁于生前②;同梦兰堂,不觉命悬于手下。宁劳擒纵,只益伤嗟。时则蜡炬光凝,炉香烬煨,侍人四布,兵器森罗。或头触屏风,鼾而鼙者③;或手持巾拂,寝而伸者。某拔其簪珥,縻其襦裳,如病如昏,皆不能寤;遂持金合以归。既出魏城西门,将行二百里,见铜台高揭④,而漳水⑤东注;晨飙动野,斜月在林。忧往喜还,顿忘于行役;感知酬德,聊副于心期⑥。所以夜漏三时,往返七百余里;入危邦,经五六城,冀减主忧,敢言其苦。"

嵩乃发使遗承嗣书曰:"昨夜有客从魏中来,云:自元帅头边获一金合,不敢留驻,谨却封纳。"专使星驰,夜半方到。见搜捕金合,一军忧疑。使者以马挝⑦叩门,非时请见。承嗣遽出,以金合授之。捧承之时,惊怛绝倒。遂驻使者止于宅中,狎以宴私,多其赐赉⑧。明日遣使赍缯帛三万匹,名马二百匹,他物称是⑨,以献于嵩曰:"某之首领,系在恩私。便宜知过自新,不复更贻伊戚。专膺指使,敢议姻亲。役当奉毂⑩后车,来则挥鞭前马。所置纪纲仆⑪号为外宅男者,本防宅盗,亦非异图。今并脱其甲裳,放归田亩矣。"由是一两月内,河北河南,人使交至。

而红线辞去。嵩曰:"汝生我家,而今欲安往?又方赖汝,岂可议行?"红线曰:"某前世本男子,历江湖间,读神农药书⑫,救世人灾患。时

---

① 生身甲子北斗神——生身甲子,生辰八字。北斗神,道教所崇奉的神。
② 但期心豁于生前——意即只希望活着的时候能够称心愉快。
③ 鼾而鼙(duǒ)者——打呼噜、头低垂的人。
④ 铜台高揭——铜雀台台高耸。铜台,见《游仙窟》注。
⑤ 漳水——漳河。
⑥ 副于心期——达到心里所期望着的。
⑦ 马挝(zhuā)——马鞭。
⑧ 赉(lài)——赏赐。
⑨ 称是——数量、价值差不多。
⑩ 毂(gǔ)——车轮中心穿轴的部分,此处指车。
⑪ 纪纲仆——泛称仆人。
⑫ 神农药书——托名神农作的《神农本草经》药书,已佚。

里有孕妇,忽患蛊症,某以芫花①酒下之,妇人与腹中二子俱毙。是某一举,杀三人。阴司见诛,降为女子。使身居贱隶,而气禀贼星②,所幸生于公家,今十九年矣。身厌罗绮,口穷甘鲜,宠待有加,荣亦至矣。况国家建极③,庆且无疆。此辈背违天理,当尽弭患④。昨往魏郡,以示报恩。两地保其城池,万人全其性命,使乱臣知惧,烈士安谋。某一妇人,功亦不小。固可赎其前罪,还其本身。便当遁迹尘中,栖心物外,澄清一气,生死长存。"嵩曰:"不然,遗尔千金为居山之所给。"红线曰:"事关来世,安可预谋。"嵩知不可驻,乃广为饯别;悉集宾客,夜宴中堂。嵩以歌送红线,诸坐客中冷朝阳为词曰:"《采菱》歌怨木兰舟⑤,送别魂消百尺楼。还似洛妃乘雾去,碧天无际水长流。"歌毕,嵩不胜悲。红线拜且泣,因伪醉离席,遂亡其所在。

李　謩

佚　名

謩⑥,开元中吹笛为第一部⑦,近代无比。有故,自教坊请假至越州⑧,公私更宴,以观其妙。时州客举进士者十人,皆有资业,乃醵⑨二千文同会镜湖⑩,欲邀李生湖上吹之,想其风韵,尤敬人神。以费多人少,遂相约各召一客。会中有一人,以日晚方记得,不遑⑪他请;其邻居独孤生

① 芫花——落叶灌木的花,有毒,可入药。
② 贼星——天上作贼的星宿。
③ 极——规则,法度。
④ 弭(mǐ)患——消除灾患。
⑤ 木兰舟——木兰木做成的舟。木兰,落叶乔木,花紫色而芬芳。
⑥ 謩(mó)——李謩,唐代著名的笛子演奏家,流传有很多佚闻逸事。
⑦ 第一部——即第一名,第一把好手。
⑧ 越州——即今浙江绍兴市。
⑨ 醵(jù)——凑集。
⑩ 镜湖——镜心湖,在今浙江省绍兴市西南,也称鉴湖。
⑪ 不遑——来不及。

者,年老,久处田野,人事不知,茅屋数间,尝呼为"独孤丈",至是遂以应命。

到会所,澄波万顷,景物皆奇。李生拂①笛,渐移舟于湖心。时轻云蒙笼,微风拂浪,波澜陡起。李生捧笛,其声如发之后,昏曀②齐开,水木森然,仿佛如有鬼神之来。坐客皆更赞咏之,以为钧天之乐③不如也。独孤生乃无一言。会者皆怒。李生以为轻己,意甚忿之。良久,又静思作一曲,更加妙绝,无不赏骇。独孤生又无言。邻居召至者甚惭悔,白于众曰:"独孤村落幽处,城郭稀至,音乐之类,率所不通。"会客同诮责④之;独孤生不答,但微笑而已。

李生曰:"公如是,是轻薄,为复是好手?"独孤生乃徐曰:"公安知仆不会也?"坐客皆为李生改容谢之。独孤曰:"公试吹《凉州》⑤。"至曲终,独孤生曰:"公亦甚能妙;然声调杂夷乐,得无有龟兹⑥之侣乎?"李生大骇,起拜曰:"丈人神绝!某亦不自知,本师实龟兹人也。"又曰:"第十三叠⑦误入《水调》⑧,足下知之乎?"李生曰:"某顽蒙,实不觉。"独孤生乃取吹之。李生更有一笛,拂拭以进。独孤视之曰:"此都不堪取,执者粗通耳。"乃换之,曰:"此至入破⑨,必裂,得无吝惜否?"李生曰:"不敢。"遂吹。声发入云,四座震栗;李生蹙蹶⑩不敢动。至第十三叠,揭示谬误之处,敬伏将拜。及入破,笛遂败裂,不复终曲。李生再拜,众皆帖息⑪,乃

① 拂——拂拭。
② 昏曀(yì)——阴沉沉的夜空。
③ 钧天之乐——天上的仙乐。钧天,神话称天的中心地区。
④ 诮(qiào)责——嘲笑和指责。
⑤ 《凉州》——唐代以边塞为题材的乐曲。
⑥ 龟兹(qiū cí)——古西域国名,在今新疆维吾尔自治区库车一带。龟兹的音乐在唐代非常流行。
⑦ 叠——乐曲的分段。
⑧ 《水调》——唐代乐曲名,共十一叠,曲调悲怆。
⑨ 入破——唐宋时大曲(宫廷宴会演奏的大型乐曲)中专用术语。每套大曲有"散序""中序"、"破"三大段。"入破"即最后一段的第一遍。入破后,节奏急促,舞蹈开始。
⑩ 蹙蹶(jí)——恭敬、惭愧不安的样子。
⑪ 帖息——顺服。

散。明日,李生并会客皆往候之,至则唯茅舍尚存,独孤生不见矣。越人知者皆访之,竟不知其所去。

孙　恪

裴　铏

广德①中,有孙恪秀才者,因下第,游于洛中。至魏王池畔,忽有一大第,土木皆新。路人指云:"斯袁氏之第也。"恪径往扣扉,无有应者。户侧有小房,帘帷颇洁,谓伺客之所。恪遂褰②帘而入。良久,忽闻启关者,一女子光容鉴物,艳丽惊人,珠初涤其月华,柳乍含其烟媚,兰芬灵濯,玉莹尘清。恪疑主人之处子③,但潜窥而已。女摘庭中之萱草,凝思久立,遂吟诗曰:"彼见是忘忧,此看同腐草。青山与白云,方展我怀抱。"吟讽既毕,容色惨然,因来褰帘,忽睹恪,遂惊惭入户,使青衣诘之曰:"子何人,而夕向于此?"恪乃语是税居④之士,曰:"不幸冲突,颇益惭骇,幸望陈达于小娘子。"青衣具以告。女曰:"某之丑拙,况不修容,郎君久盼帘帷,当尽所睹,岂敢更回避耶?愿郎君少伫内厅,当暂饰装而出。"恪慕其容美,喜不自胜,诘青衣曰:"谁氏之子?"曰:"故袁长官之女,少孤,更无姻戚,唯与妾辈三五人据此第耳。小娘子见⑤未适人,且求售也。"良久,乃出见恪,美艳愈于向者所睹,命侍婢进茶果曰:"郎君既无第舍,便可迁囊橐于此厅院中。"指青衣谓恪曰:"少有所须,但告此辈。"恪愧荷而已。恪未室,又见女子之妍丽如是,乃进媒而请之。女亦欣然相受,遂纳为室。袁氏赡足,巨有金缯,而恪久贫,忽车马焕若,服玩华丽,颇为亲友之疑讶,多来诘恪。恪竟不实对。恪因骄倨,不求名第,日洽豪贵,纵酒狂歌。如此三四岁,不离洛中。忽遇表兄张闲云处士。恪谓曰:"既久暌间,颇思

---

①　广德——唐代宗年号。

②　褰(qiān)——揭开。

③　处子——指女儿。

④　税居——租赁房子。

⑤　见——同"现"。

从容①，愿携衾绸②，一来宵话。"张生如其所约。及夜永将寝，张生握恪手，密谓之曰："愚兄于道门曾有所授，适观弟词色，妖气颇浓，未审别有何所遇，事之巨细，必愿见陈。不然者，当受祸耳。"恪曰："未尝有所遇也。"张生又曰："夫人禀阳精，妖受阴气。魂掩魄尽，人则长生；魄掩魂消，人则立死。故鬼怪无形而全阴也，仙人无影而全阳也。阴阳之盛衰，魂魄之交战，在体而微有失位，莫不表白于气色。向观弟神采，阴侵阳位，邪干正腑，真精已耗，识用渐瘛，津液倾输，根蒂浮动，骨将化土，颜非渥丹③，必为怪异所铄，何坚隐而不剖其由也？"恪方惊悟，遂陈娶纳之因。张生大骇曰："只此是也，其奈之何？"恪曰："弟忖度之，有何异焉。"张曰："岂有袁氏海内无瓜葛之亲哉？又辨慧多能，足为可异矣。"遂告张曰："某一生铋筝，久处冻馁，因兹婚娶，颇似苏息，不能负义，何以为计？"张生怒曰："大丈夫未能事人，焉能事鬼？传云：'妖由人兴。人无衅焉，妖不自作。'且义与身孰亲？身受其灾，而顾其鬼怪之恩义，三尺童子，尚以为不可，何况大丈夫乎！"张又曰："吾有宝剑，亦干将之俦亚④也，凡有魑魅，见者灭没，前后神验，不可备数。诘朝⑤奉借，倘携密室，必睹其狼狈，不下昔日王君携宝镜而照鹦鹉也。不然者，则不断恩爱耳。"明日，恪遂受剑。张生告去，执手曰："善伺其便。"恪遂携剑，隐于室内，而终有难色。袁氏俄觉，大怒而责恪曰："子之穷愁，我使畅泰，不顾恩义，遂兴非为，如此用心，则犬彘不食其余，岂能立节行于人世也！"恪既被责，惭颜惕虑⑥，叩头曰："受教于表兄，非宿心也，愿以饮血为盟，更不敢有他意矣。"汗落伏地，袁氏遂搜得其剑，寸折之，若断轻藕耳。恪愈惧，似欲奔迸⑦。袁氏乃笑曰："张生一小子，不能以道义诲其表弟，使行其凶险，来当辱之。然观子之心，的应不如是，然吾匹君已数岁也，子何虑哉？"恪方稍安。后数日，因出遇张生，曰："奈何使我撩虎须，几不脱虎口耳。"张生

---

①　从容——意即"畅叙一番"。

②　衾绸——被褥、铺盖。

③　渥丹——面色红润。

④　干将之俦亚——干将，宝剑名字。俦亚，相类，差不多。

⑤　诘朝——明天。

⑥　惕虑——忧惧。

⑦　奔迸——逃走。

问剑之所在，具以实对。张生大骇曰："非吾所知也。"深惧而不敢来谒。后十余年，袁氏已鞠育二子，治家甚严，不喜参杂。后恪之长安，谒旧友人王相国缙，遂荐于南康张万顷大夫，为经略判官，挈家而往。袁氏每遇青松高山，凝睇久之，若有不快意。到端州①，袁氏曰："去此半程②，江鉥③有峡山寺，我家旧有门徒僧惠幽，居于此寺，别来数十年。僧行夏腊④极高，能别形骸，善出尘垢，倘经彼设食，颇益南行之福。"恪曰："然。"遂具斋蔬之类。及抵寺，袁氏欣然，易服理妆，携二子诣老僧院，若熟其径者。恪颇异之。遂将碧玉环子以献僧曰："此是院中旧物。"僧亦不晓。及斋罢，有野猿数十，连臂下于高松，而食于台上。后悲啸，扪萝而跃。袁氏恻然，俄命笔题僧壁曰："刚被恩情役此心，无端变化几湮沉。不如逐伴归山去，长啸一声烟雾深！"乃掷笔于地，抚二子咽泣数声，语恪曰："好住好住，吾当永诀矣！"遂裂衣化为老猿，追啸者跃树而去，将抵深山而复返视。恪乃惊惧，若魂飞神丧。良久，抚二子一恸，乃询于老僧。僧方悟："此猿是贫道为沙弥⑤时所养。开元中，有天使高力士经过此，怜其慧黠，以束帛而易之。闻抵洛京，献于天子。时有天使来往，多说其慧黠过人，长驯扰于上阳宫内。及安史之乱，即不知所之。于戏⑥，不期今日更睹其怪异耳！碧玉环者，本诃陵胡人所施，当时亦随猿颈而往，今方悟矣。"恪遂惆怅，舣舟六七日，携二子而回棹，不复能之任也。

昆　仑　奴

裴　铏

大历中有崔生者，其父为显僚⑦，与盖代之勋臣一品者熟。生是时为

---

① 端州——应为瑞州，今江西省高安县。

② 半程——五里地。

③ 鉥——河边地。

④ 夏腊——指称和尚的年寿。

⑤ 沙弥——小和尚。

⑥ 于戏——同"呜呼"。

⑦ 显僚——显要的大官。

千牛①，其父使往省一品疾。生少年容貌如玉，性禀孤介，举止安详，发言清雅。一品命妓轴帘②，召生入室，生拜传父命，一品忻然爱慕，命坐与语。时三妓入，艳皆绝代，居前以金瓯贮含桃而擘之③，沃以甘酪而进。一品遂命衣红绡妓者，擘一瓯与生食。生少年赧妓辈，终不食。一品命红绡妓以匙而进之，生不得已而食。妓哂之。遂告辞而去。一品曰："郎君闲暇，必须一相访，无间④老夫也。"命红绡送出院，时生回顾，妓立三指，又反三掌⑤者，然后指胸前小镜子，云："记取。"余更无言。

　　生归达一品意，返学院，神迷意夺，语减容沮，怳然⑥凝思，日不暇食。但吟诗曰："误到蓬山⑦顶上游，明珰玉女动星眸。朱扉半掩深宫月，应照琼芝雪艳愁⑧。"左右莫能究其意。时家中有昆仑⑨奴磨勒，顾瞻郎君曰："心中有何事，如此抱恨不已？何不报老奴？"生曰："汝辈何知，而问我襟怀间事？"磨勒曰："但言，当为郎君解释⑩。远近必能成之。"生骇其言异，遂具告知。磨勒曰："此小事耳，何不早言之，而自苦耶？"生又白其隐语。勒曰："有何难会。立三指者，一品宅中有十院歌姬，此乃第三院耳。返掌三者，数十五指，以应十五日之数。胸前小镜子，十五夜月圆如镜，令郎来耶？"生大喜，不自胜，谓磨勒曰："何计而能导达我郁结？"磨勒笑曰："后夜乃十五夜，请深青绢两匹，为郎君制束身之衣。一品宅有猛犬守歌妓院门，非常人不得辄入，入必噬杀之。其警如神，其猛如虎。即曹州孟海⑪之犬也。世间非老奴不能毙此犬耳。今夕当为郎君挝杀之。"遂宴犒

---

① 千牛——千牛卫，官名，禁卫之一。

② 轴帘——卷帘。

③ 含桃而擘(bò)——含桃，樱桃。擘，剖开。

④ 无间(jiàn)——不要疏远。

⑤ 立三指，又反三掌——竖起三个指头，又把手掌翻转三次。

⑥ 怳然——怳，同"恍"。神情恍惚的样子。

⑦ 蓬山——见《长恨歌传》"蓬壶"注。

⑧ 应照琼芝雪艳愁——琼芝，玉树。此句比喻红绡如玉、雪。

⑨ 昆仑——古种族名，其族人黑身曲发。

⑩ 解释——想办法解决。

⑪ 曹州孟海——曹州，治所在今山东省曹县西北。孟海，可能是隋末曹州农民起义领袖孟海公。

以酒肉,至三更,携链椎而往,食顷而回曰:"犬已毙讫,固无障塞耳。"

是夜三更,与生衣青衣,遂负而逾十重垣,乃入歌妓院内,止第三门。绣户不扃,金缸微明,惟闻妓长叹而坐,若有所俟。翠环初坠,红脸才舒,玉恨无妍,珠愁转莹①。但吟诗曰:"深洞莺啼恨阮郎②,偷来花下解珠珰③。碧云飘断音书绝,空倚玉箫愁凤凰。"侍卫皆寝,邻近阒然。生遂缓搴帘而入。良久,验是生。姬跃下榻执生手曰:"知郎君颖悟,必能默识,所以手语耳。又不知郎君有何神术,而能至此?"生具告磨勒之谋,负荷而至。姬曰:"磨勒何在?"曰:"帘外耳。"遂召入,以金瓯酌酒而饮之。姬白生曰:"某家本富,居在朔方④。主人拥旄⑤,逼为姬仆。不能自死,尚且偷生,脸虽铅华⑥,心颇郁结。纵玉箸举馔,金炉泛香,云屏而每进绮罗,绣被而常眠珠翠,皆非所愿,如在桎梏⑦。贤爪牙⑧既有神术,何妨为脱狴牢⑨。所愿既申,虽死不悔。请为仆隶,愿侍光容⑩。又不知郎君高意如何?"生愀然不语。磨勒曰:"娘子既坚确如是,此亦小事耳。"姬甚喜。磨勒请先为姬负其囊橐妆奁,如此三复焉。然后曰:"恐迟明。"遂负生与姬而飞出峻垣十余重。一品家之守御,无有警者。遂归学院而匿之。及旦,一品家方觉。又见犬已毙。一品大骇曰:"我家门垣,从来邃密,扃锁甚严,势似飞腾,寂无形迹,此必侠士而挈之。无更声闻,徒为患祸耳。"

姬隐崔生家二载,因花时驾小车而游曲江⑪,为一品家人潜志认。遂

① 珠愁转莹——比喻忧愁如珠子旋转分外明显。

② 阮郎——阮肇。

③ 珠珰——女子身上所佩饰物。

④ 朔方——唐郡名。唐设朔方节度使,辖属包括宁夏、甘肃一带。治所在今宁夏灵武县南。

⑤ 拥旄——旄节,朝廷给将帅的一种符信。拥旄,即拥有军权。

⑥ 铅华——古代化妆品。此处用如动词,即抹涂脂粉的意思。

⑦ 桎梏——古代刑具,手铐和脚镣。比喻牢狱。

⑧ 贤爪牙——意谓"贵仆人"。

⑨ 狴(bì)牢——监牢。

⑩ 光容——对人的敬称。意如"尊驾"。

⑪ 曲江——唐代长安游览名胜。

白一品。一品异之。召崔生而诘之事。惧而不敢隐。遂细言端由,皆因奴磨勒负荷而去。一品曰:"是姬大罪过。但郎君驱使逾年,即不能问是非。某须为天下人除害。"命甲士五十人,严持兵仗,围崔生院,使擒磨勒。磨勒遂持匕首飞出高垣,瞥若翅翎,疾同鹰隼,攒矢如雨,莫能中之。顷刻之间,不知所向。然崔家大惊愕。后一品悔惧,每夕多以家童持剑戟自卫。如此周岁方止。后十余年,崔家有人见磨勒卖药于洛阳市,容颜如旧耳。

郑　德　瞒

裴　铏

　　贞元中,湘潭尉郑德瞒,家居长沙,有亲表居江夏①,每岁一往省焉。中间涉洞庭,历湘潭,多遇老叟棹舟而鬻菱芰,虽白发而有少容。德瞒与语,多及玄解②。诘曰:"舟无糗粮③,何以为食?"叟曰:"菱芰耳。"德瞒好酒,每挈松醪春④,过江夏,遇叟无不饮之,叟饮亦不甚媿荷⑤。德瞒抵江夏,将返长沙,驻舟于黄鹤楼下。傍有鹾贾⑥韦生者,乘巨舟,亦抵于湘潭,其夜与邻舟告别饮酒,韦生有女,居于舟之柂樯⑦,邻舟女亦来访别,二女同处笑语。夜将半,闻江中有秀才吟诗曰:"物触轻舟心自知,风恬浪静月光微;夜深江上解愁思,拾得红蕖⑧香惹衣。"邻舟女善笔札⑨,因睹韦氏妆奁中有红笺一幅,取而题所闻之句,亦哦吟良久,然莫晓谁人所

---

　①　江夏——即今湖北武昌。
　②　玄解——精绝、玄妙的见解。
　③　糗(qiǔ)粮——干粮或炒米粉、炒面。
　④　松醪春——酒名。古时多以"春"名酒。
　⑤　媿荷——媿同"愧"。感谢。
　⑥　鹾(cuó)贾——盐商。
　⑦　柂樯——船的后舱。
　⑧　红蕖——红荷。
　⑨　笔札——纸笔。此处指书写。

制也。及旦,东西而去。德璘舟与韦氏舟同离鄂渚,信宿①,及暮又同宿至洞庭之畔,与韦生舟楫,颇以相近。韦氏美而艳,琼英腻云②,莲蕊莹波③,露濯蕣姿④,月鲜珠彩,于水窗中垂钓,德璘因窥见之,甚悦。遂以红绡一尺,上题诗曰:"纤手垂钩对水窗,红蕖秋色艳长江;既能解佩投交甫⑤,更有明珠乞一双。"强以红绡惹其钩,女因收得,吟玩久之;然虽讽读,即不能晓其义。女不工刀札⑥,又耻无所报,遂以钩丝而投夜来邻舟所题红笺者。德璘谓女所制,凝思颇悦,喜畅可知;然莫晓诗之意义,亦无计遂其款曲⑦。由是女以所得红绡系臂,自爱惜之。明日清风,韦舟遽张帆而去。风势将紧,波涛恐人,德璘小舟,不敢同越,然意殊恨恨。将暮,有渔人语德璘曰:"向者贾客巨舟,已全家没于洞庭矣。"德璘大骇,神思恍惚,悲惋久之,不能排抑。将夜,为吊江姝诗二首,曰:"湖面狂风且莫吹,浪花初绽月光微;沉潜暗想横波泪,得共鲛人⑧相对垂。"又曰:"洞庭风软荻花秋,新没青娥细浪愁;泪滴白蘋君不见,月明江上有轻鸥。"诗成,酹⑨而投之,精贯神瘝⑩,至诚感应,遂感水神,持诣水府。府君览之,召溺者数辈曰:"谁是郑生所爱?"而韦氏亦不能晓其来由。有主者⑪搜臂,见红绡以告。府君曰:"德璘异日是吾邑之明宰⑫,况曩有义相及,不可不曲活尔命。"因召主者携韦氏送郑生。韦氏视府君,乃一老叟也。逐⑬主者疾趋,而无所碍。道将尽,睹一大池,碧水汪然,遂为主者推堕其中,或沉

---

①　信宿——隔了两夜。

②　琼英腻云——琼英,玉石;腻云,润泽。比喻皮肤洁白。

③　莲蕊莹波——比喻眼珠晶莹明亮,如深潭之水。

④　蕣(shùn)姿——蕣,木槿花,朝荣暮萎。比喻貌美如玉。

⑤　交甫——见《游仙窟》"赠兰解佩"注。

⑥　刀札——即 P174 注⑨"笔札"。

⑦　款曲——衷情。

⑧　鲛人——神话传说中南海的人鱼,哭时泪下如珠。

⑨　酹——以酒祭神,祭完洒地(此处洒江)。

⑩　神瘝——神明。

⑪　主者——主办人员。

⑫　明宰——县令。也作"明府"。

⑬　逐——跟随。

或浮,亦甚困苦。时已三更,德瞞未寝,但吟红笺之诗,悲而益苦。忽觉有物触舟,然舟人已寝,德瞞遂秉炬照之,见衣服彩绣,是似人物,惊而拯之,乃韦氏也,系臂红绡尚在。德瞞骤聚喜。良久,女苏息,乃晓方能言,乃说府君感君而活我命。德瞞曰:“府君何人也?”终不省悟。遂纳为室①,感其异也,将归长沙。后三年,德瞞当调选②,欲谋醴陵令。韦氏曰:“不过作巴陵耳。”德瞞曰:“子何以知?”韦氏曰:“向者水府君言是吾邑之明宰。洞庭乃属巴陵,此可验矣。”德瞞志之,选果得巴陵令。及至巴陵县,使人迎韦氏,舟楫至洞庭侧,值逆风不进。德瞞使佣篙工者③五人而迎之,内一老叟挽舟④,若不为意。韦氏怒而唾之。叟回顾曰:“我昔水府活汝性命,不以为德,今反生怒?”韦氏乃悟,恐悸,召叟登舟,拜而进酒果,叩头曰:“吾之父母,当在水府,可省觐否?”曰:“可。”须臾,舟楫似没于波,然无所苦。俄到往时之水府,大小倚舟号恸,访其父母。父母居止,俨然第舍⑤,与人世无异。韦氏询其所须,父母曰:“所溺之物,皆能至此,但无火化⑥,所食唯菱芡耳。”持白金器数事而遗女,曰:“吾此无用处,可以赠尔,不得久停。”促其相别,韦氏遂哀恸别其父母。叟以笔大书韦氏巾曰:“昔日江头菱芡人,蒙君数饮松醪春;活君家室以为报,珍重长沙郑德瞞。”书讫,叟遂为仆侍数百辈,自舟迎归府舍。俄顷,舟却出于湖畔。一舟之人,咸有所睹。德瞞详诗意,方悟水府老叟,乃昔日鬻菱芡者。岁余,有秀才崔希周投诗卷于德瞞,内有“江上夜拾得芙蓉⑦”诗,即韦氏所投德瞞红笺诗也。德瞞疑诗,乃诘⑧希周,对曰:“数年前泊轻舟于鄂渚,江上月明,时当未寝,有微物触舟,芳馨袭鼻,取而视之,乃一束芙蓉也,因而制诗,既成,讽咏良久,敢以实对。”德瞞叹曰:“命也。”然后更不敢越⑨洞庭。德

---

① 室——妻子。
② 调选——调任选官。
③ 佣篙工者——雇用的船夫。
④ 挽舟——拉纤。
⑤ 第舍——像人间的房子一样。
⑥ 火化——用火煮熟的食物。
⑦ 芙蓉——此处指红荷。
⑧ 诘——询问。
⑨ 越——经过。

瞒官至刺史。

崔　炜

裴　铏

　　贞元中,有崔炜者,故监察向之子也。向有诗名于人间,终于南海从事①。炜居南海,竟豁然也。不事家产,多尚豪侠;不数年,财业殚尽,多栖止佛舍。时中元日,番禺②人多陈设珍异于佛庙,集百戏于开元寺。炜因窥之,见乞食老妪,因蹶而覆人之酒瓮,当垆者③欧之。计其直,仅一缗耳。炜怜之,脱衣为偿其所直。妪不谢而去。异日又来,告炜曰:"谢子为脱吾难。吾善炙赘疣④。今有越井冈⑤艾少许奉子,每遇赘疣,只一炷耳。不独愈苦,兼获美艳。"炜笑而受之,妪倏亦不见。后数日,因游海光寺⑥,遇老僧赘于耳。炜因出艾试炙之,而如其说。僧感之甚,谓炜曰:"贫道无以奉酬,但转经以资郎君之福祐耳。此山下有一任翁者,藏镪⑦巨万,亦有斯疾。君子能疗之,当有厚报。请为书导之。"炜曰:"然。"任翁一闻,喜跃,礼请甚谨。炜因出艾,一爇而愈。任翁告炜曰:"谢君子痊我所苦,无以厚酬,有钱十万奉子,幸从容⑧,无草草而去。"炜因留彼。炜善丝竹之妙,闻主人堂前弹琴声。诘家童,对曰:"主人之爱女也。"因请其琴而弹之。女潜听而有意焉。时任翁家事鬼曰独脚神,每三岁必杀一人飨之。时已逼矣,求人不获。任翁俄负心,召其子计之曰:"门下客⑨既

---

① 南海从事——唐郡名,辖属广东、广西一带地方,治所番禺(今广州市)。从事,刺史的属官。
② 番禺——县名,在今广州市南。
③ 当垆者——酒店老板。
④ 赘疣——肿瘤。
⑤ 越井冈——山名,即今广州市的越秀山。
⑥ 海光寺——广州市著名的寺庙。
⑦ 镪——指银子。
⑧ 从容——不急躁。
⑨ 门下客——即门客、食客。

不来,无血属①可以为飨。吾闻大恩尚不报,况愈小疾耳。"遂令具神馔,夜将半,拟杀炜。已潜扃炜所处之室,而炜莫觉。女密知之,潜持刃,于窗隙间告炜曰:"吾家事鬼,今夜当杀汝而祭之,汝可持此破窗遁去。不然者,少顷死矣。此刃亦望持去,无相累也!"炜恐悸汗流,挥刃携艾,断窗棂跃出,拔键而走。任翁俄觉,率家僮十余辈,持刃秉炬,追之六七里,几及之。炜因迷道,失足坠于大枯井中;追者失踪而返。炜虽坠井,为槁叶所藉而无伤。及晓视之,乃一巨穴,深百余丈,无计可出。四旁嵌空宛转,可容千人。中有一白蛇盘屈,可长数丈,前石臼,岩上有物滴下,如饴蜜,注臼中,蛇就饮之。炜察蛇有异,乃叩首祝之曰:"龙王,某不幸坠于此,愿王悯之!"幸不相害。因饮其余,亦不饥渴。细视蛇之唇吻,亦有疣焉。炜感蛇之见悯,欲为炙之,奈无从得火。既久,有遥火飘入于穴。炜乃燃艾,启蛇而炙之,是赘应手坠地。蛇之饮食久妨碍,及去,颇以为便,遂吐径寸珠酬炜。炜不受而启蛇曰:"龙王能施云雨,阴阳莫测,神变由心,行藏在己,必能有道拯援沉沦。倘赐挈维②,得还人世,则死生感激,铭在肌肤。但得一归,不愿怀宝。"蛇遂咽珠,蜿蜒将有所适。炜遂再拜跨蛇而去。不由穴口,只于洞中行。可数十里,其中幽暗若漆,但蛇之光烛四壁,时见绘画古丈夫,咸有冠带。最后触一石门,门有金兽啮环,洞然明朗。蛇低首不进,而卸下炜,炜将谓已达人世矣。入户,但见一室,空阔可百余步。穴之四壁,皆镌③为房室。当中有锦绣帏帐数间,垂金泥紫,更饰以珠翠,炫晃如明星之连缀。帐前有金炉,炉上有蛟龙、鸾凤、龟蛇、鸳雀,皆张口喷出香烟,芬芳翁郁。旁有小池,砌以金壁,贮以水银,凫鹥④之类,皆琢以琼瑶而泛之。四壁有床,咸饰以犀象,上有琴瑟、笙簧、鼗鼓⑤、柷敔⑥,不可胜记。炜细视,手泽尚新⑦。炜乃恍然,莫测是何洞府也。良

---

① 血属——血肉之躯,此处指活人。
② 挈维——带领。
③ 镌——凿。
④ 凫鹥(yì)——野鸭、海鸥。
⑤ 鼗(táo)鼓——小鼓。
⑥ 柷敔(zhù yǔ)——两种古乐器。柷状如桶,敔状如伏虎。
⑦ 手泽尚新——指乐器还有手留下的痕迹。

久,取琴试弹之,四壁户牖咸启。有小青衣出而笑曰:"玉京子①已送崔家郎君至矣。"遂却走入。须臾,有四女,皆古鬟髻,曳霓裳之衣,谓炜曰:"何崔子擅入皇帝玄宫②耶?"炜乃舍琴再拜,女亦酬拜,炜曰:"既是皇帝玄宫,皇帝何在?"曰:"暂赴祝融③宴尔。"遂命炜就榻鼓琴,炜乃弹胡笳。女曰:"何曲也?"曰:"胡笳也。"曰:"何谓胡笳? 吾不晓也。"炜曰:"汉蔡文姬④,即中郎邕之女也,没于胡中,及归,感胡中故事,因抚琴而成斯弄⑤,象胡中吹笳哀咽之韵。"女皆怡然曰:"大是新曲。"遂命酌醴传觞。炜乃叩首,求归之意颇切。女曰:"崔子既来,皆是宿分,何必匆遽,幸且淹驻。羊城⑥使者少顷当来,可以随往。"谓崔子曰:"皇帝已许田夫人奉箕帚,便可相见。"崔子莫测端倪,不敢应答。遂命侍女召田夫人。夫人不肯至,曰:"未奉皇帝诏,不敢见崔家郎也。"再命不至。谓炜曰:"田夫人淑德美丽,世无俦匹,愿君子善奉之,亦宿业⑦耳。夫人,即齐王女也。"崔子曰:"齐王何人也?"女曰:"王讳横⑧,昔汉初亡齐而居海岛者。"逡巡有日影入照座中。炜因举首,上见一穴,隐隐然睹人间天汉耳。四女曰:"羊城使者至矣。"遂有一白羊自空冉冉而下,须臾至座。背有一丈夫,衣冠俨然,执大笔,兼封一青竹简,上有篆字,进于香几上。四女命侍女读之曰:"广州刺史徐绅死,安南都护⑨赵昌充替。"女酌醴饮使者曰:"崔子欲归番禺,愿为挈往。"使者唱喏。回谓炜曰:"他日须与使者易服缉宇⑩,以相酬劳。"炜但唯唯。四女曰:"皇帝有敕,令与郎君国宝阳燧珠,将往至

---

① 玉京子——蛇的别称。

② 玄宫——指皇帝闲居学道之宫。

③ 祝融——传说中的火神。

④ 蔡文姬——东汉蔡邕之女,名琰,博学善诗,被胡骑掳往边地,嫁匈奴,生二子,后曹操把她赎回,重嫁董祀。

⑤ 弄——乐曲。

⑥ 羊城——即广州城。相传有仙人骑五色羊执六穗到广州,因而得名。

⑦ 宿业——即前世姻缘。

⑧ 王讳横——即田横。秦末楚汉相争之时,田横自立为齐王,汉立,刘邦使人召田横,田横自杀。其居留于海岛的五百随从听到消息,也一齐自杀。

⑨ 安南都护——安南都护府,唐代六大都护府之一,治所在今越南河内。

⑩ 易服缉宇——换新衣服修房子。

彼,当有胡人具十万缗而易之。"遂命侍女开玉函,取珠授炜。炜戴拜捧授,谓四女曰:"炜不曾朝谒皇帝,又非亲戚,何遽贶遗如是?"女曰:"郎君先人有诗于越台①,感悟徐绅,遂见修缉,皇帝愧之,亦有诗继和。赍珠之意,已露诗中,不假仆说,郎君岂不晓耶?"炜曰:"不识皇帝何诗?"女命侍女书题于羊城使者笔管上云:"千岁荒台隳路隅,一烦太守重椒涂②。感君拂拭意何极,报尔美妇与明珠。"炜曰:"皇帝原何姓字?"女曰:"已后当自知耳。"女谓炜曰:"中元日须具美酒丰馔于广州蒲涧寺③静室,吾辈当送田夫人往。"炜遂再拜告去,欲蹑使者之羊背。女曰:"知有鲍姑艾④,可留少许。"炜但留艾,即不知鲍姑是何人也。遂留之。瞬息而出穴,履于平地,遂失使者与羊所在。望星汉,时已五更矣。俄闻蒲涧寺钟声,遂抵寺;僧人以早糜见饷,遂归广州。崔子先有舍税居,至日往舍询之,曰:"已三年矣。"主人谓崔炜曰:"子何所适,而三秋不返?"炜不实告。开其户,尘榻俨然,颇怀凄怆。问刺史,则徐绅果死,而赵昌替矣。乃抵波斯邸⑤,潜鬻是珠。有老胡人一见,遂匍匐礼手曰:"郎君的入南越王赵佗⑥墓中来。不然者,不合得斯宝。"盖赵佗以珠为殉故也。崔子乃具实告,方知皇帝是赵佗。佗亦曾称南越武帝故耳。遂具十万缗易之。崔子诘胡人曰:"何以知之?"曰:"我大食国⑦宝阳燧珠也。昔汉初赵佗使异人梯山航海,盗归番禺,今仅千载矣。我国有能玄象者⑧,言来岁国宝当归,故我王召我具大舶重资抵番禺而搜索。今日果有所获矣。"遂出玉液而洗之,光鉴一室。胡人遽泛舶归大食去。炜得金,遂具家产。然访羊城使者,竟无影响。后有事于城隍庙,忽见神象有类使者,又睹神笔上有细字,乃侍女所题也。方具酒脯而奠之,兼重粉绘及广其宇。是知羊城即广州

---

① 越台——越王台,汉初南越王赵佗所建,故址在今广州市越秀山。

② 重椒涂——意谓重新涂饰。古代用胡椒和泥涂墙,取芳香、多子之义。

③ 蒲涧寺——广州市有名寺院,在白云山南蒲涧旁。

④ 鲍姑——晋代葛洪之妻,传说她治病善用艾。

⑤ 波斯邸——波斯人的住处。波斯,即今伊朗。

⑥ 赵佗——汉真定人。秦亡,自立为南越武王,汉高祖封其为南越王。吕后时,自称为南越皇帝。故文中称他为皇帝。

⑦ 大食国——古国名,即阿拉伯帝国。

⑧ 玄象者——能推算阴阳历数,预知吉凶未来的人。

城,庙有五羊焉。又征任翁之室,则村老云:"南越尉任嚣①之墓耳。"又登越王殿台,睹先人诗云:"越井冈头松柏老,越王台上生秋草。古墓多年无子孙,野人践踏成官道。"兼越王继和诗,踪迹颇异。乃询主者。主者曰:"徐大夫绅,因登此台,感崔侍御诗,故重粉饰台殿,所以焕赫耳。"后将及中元日,遂丰洁香馔甘醴,留蒲涧寺僧室。夜将半,果四女伴田夫人至。容仪艳逸,言旨雅淡。四女与崔生进觞谐谑,将晓告去。崔子遂再拜讫,致书达于越王,卑辞厚礼,敬荷而已。遂与夫人归室。炜诘夫人曰:"既是齐王女,何以配南越人?"夫人曰:"某国破家亡,遭越王所虏,为嫔御。王崩,因以为殉,乃不知今是几时也。看烹郦生②,如昨日耳。每忆故事,辄一潸然。"炜问曰:"四女何人?"曰:"其二瓯越王摇所献,其二闽越王无诸所进,俱为殉者。"又问曰:"昔四女云鲍姑,何人也?"曰:"鲍靓③女,葛洪④妻也。多行灸于南海。"炜方叹骇昔日之妪耳。又曰:"呼蛇为玉京子,何也?"曰:"昔安期生⑤长跨斯龙而朝玉京,故号之玉京子。"炜因在穴饮龙余沫,肌肤少嫩,筋力轻健。后居南海十余载,遂散金破产,栖心道门,乃挈室往罗浮⑥访鲍姑,后竟不知所适。

---

① 任嚣——秦朝南海尉。临死之时,推荐赵佗为南海尉。
② 郦生——汉朝郦食其,为汉高祖游说齐国,使韩信发兵袭齐。后为齐王田广所烹杀。
③ 鲍靓——鲍姑之父。晋朝东海人,任南海太守。入海遇风浪,煮白石抵饿,活百余岁而死。
④ 葛洪——晋朝句容人,曾任散骑常侍。后入广东罗浮山修道。参见《齐推女》"葛真君"注。
⑤ 安期生——传说中的神仙,传秦始皇曾与他谈求仙成道之事。后飘然过海,不知所终。
⑥ 罗浮——罗浮山,在广东省惠州市。

聂 隐 娘

裴 铏

聂隐娘者,贞元中魏博①大将聂锋之女也。年方十岁,有尼乞食于锋舍,见隐娘,悦之,云:"问押衙②乞取此女教。"锋大怒,叱尼。尼曰:"任押衙铁柜中盛,亦须偷去矣。"及夜,果失隐娘所向。锋大惊骇,令人搜寻,曾无影响。父母每思之,相对涕泣则已。

后五年,尼送隐娘归,告锋曰:"教已成矣,子却领取。"尼欻亦不见。一家悲喜,问其所学。曰:"初但读经念咒,余无他也。"锋不信,恳诘。隐娘曰:"真说又恐不信,如何?"锋曰:"但真说之。"曰:"隐娘初被尼挈,不知行几里。及明,至大石穴之嵌空数十步,寂无居人,猿狖③极多,松萝益邃。已有二女,亦各十岁。皆聪明婉丽,不食,能于峭壁上飞走,若捷猱登木,无有蹶失。尼与我药一粒,兼令长执宝剑一口,长二尺许,锋利吹毛,令专逐④二女攀缘,渐觉身轻如风。一年后,刺猿狖百无一失;后刺虎豹,皆决其首而归。三年后能飞,使刺鹰隼,无不中。剑之刃渐减五寸,飞禽遇之,不知其来也。至四年,留二女守穴,挈我于都市,不知何处也。指其人者,一一数其过,曰:'为我刺其首来,无使知觉。定其胆,若飞鸟之容易也。'受以羊角匕首,刀广三寸,遂白日刺其人于都市,人莫能见。以首入囊,返主人舍,以药化之为水。五年,又曰:'某大僚有罪,无故害人若干,夜可入其室,决其首来。'又携匕首入室,度其门隙无有障碍,伏之梁上。至瞑,持得其首而归。尼大怒曰:'何太晚如是?'某云:'见前人戏弄一儿,可爱,未忍便下手。'尼叱曰:'已后遇此辈,先断其所爱,然后决之。'某拜谢。尼曰:'吾为汝开脑后,藏匕首而无所伤,用即抽之。'曰:'汝术已成,可归家。'遂送还,云:'后二十年,方可一见。'"锋闻语,甚惧。

---

① 魏博——见《红线》注。
② 押衙——见《无双传》注。
③ 猿狖(yòu)——猿猴。
④ 专逐——专门追逐。

后遇夜即失踪,及明而返。锋已不敢诘之。因兹亦不甚怜爱。忽值磨镜少年及门,女曰:"此人可与我为夫。"白父,父不敢不从,遂嫁之。其夫但能淬镜①,余无他能。父乃给衣食甚丰,外室而居。数年后,父卒。

　　魏帅稍知其异,遂以金帛署为左右吏。如此又数年。至元和间,魏帅与陈许节度使刘昌裔②不协,使隐娘贼其首。隐娘辞帅之许。刘能神算,已知其来。召衙将,令来日早至城北候一丈夫、一女子,各跨白黑卫③至门,遇有鹊前噪,丈夫以弓弹之不中,妻夺夫弹,一丸而毙鹊者,揖之云:"吾欲相见,故远相祗迎④也。"衙将受约束⑤,遇之。隐娘夫妻曰:"刘仆射果神人。不然者,何以洞吾也。愿见刘公。"刘劳之⑥。隐娘夫妻拜曰:"合负仆射万死⑦。"刘曰:"不然,各亲其主,人之常事。魏今与许何异?愿请留此,忽相疑也。"隐娘谢曰:"仆射左右无人,愿舍彼而就此,服公神明也。"知魏帅之不及刘。刘问其所须,曰:"每日只要钱二百文足矣。"乃依所请。忽不见二卫所之。刘使人寻之,不知所向。后潜搜布囊中,见二纸卫,一黑一白。

　　后月余,白刘曰:"彼未知住⑧,必使人继至。今宵请剪发,系之以红绡,送于魏帅枕前,以表不回。"刘听之。至四更,却返,曰:"送其信了。后夜必使精精儿来杀某及贼仆射之首。此时亦万计杀之,乞不忧耳。"刘豁达大度,亦无畏色。是夜明烛,半宵之后,果有二幡子⑨,一红一白,飘飘然如相击于床四隅。良久,见一人望空而踣,身首异处。隐娘亦出曰:"精精儿已毙。"拽出于堂之下,以药化为水,毛发不存矣。隐娘曰:"后夜当使妙手空空儿继至。空空儿之神术,人莫能窥其用,鬼莫能蹑其踪,能

①　淬(cuì)镜——把铜镜烧红,放进水中泡浸一下,以便磨光,称淬镜。

②　刘昌裔——字光后,曾任陈州刺史、节度使。

③　卫——驴子。卫地多驴,故称驴为卫。

④　祗迎——恭敬地迎接。

⑤　受约束——接受命令。

⑥　劳之——慰劳他们。

⑦　合负仆射万死——即对不起你,罪该万死。

⑧　住——住手,罢休。

⑨　幡子——旗帜。

从空虚而入冥①，善无形而灭影。隐娘之艺，故不能造其境。此即系仆射之福耳。但以于阗玉周其颈②，拥以衾，隐娘当化为蠛蠓，潜入仆射肠中听伺，其余无逃避处。"刘如言。至三更，瞑目未熟，果闻颈上铿然，声甚厉。隐娘自口中跃出，贺曰："仆射无患矣。此人如俊鹘③，一搏不中，即翩然远逝，耻其不中，才未逾一更，已千里矣。"后视其玉，果有匕首划处，痕逾数分。自此刘转厚礼之。

自元和八年，刘自许入觐，隐娘不愿从焉。云："自此寻山水访至人④。但乞一虚给⑤与其夫。"刘如约，后渐不知所之。及刘薨于统军⑥，隐娘亦鞭驴而一至京师枢前，恸哭而去。开成⑦年，昌裔子纵除陵州刺史，至蜀栈道，遇隐娘，貌若当时。甚喜相见，依前跨白卫如故。语纵曰："郎君大灾，不合适此。"出药一粒，令纵吞之。云："来年火急抛官归洛，方脱此祸。吾药力只保一年患耳。"纵亦不甚信。遗其缯彩，隐娘一无所受，但沉醉而去。后一年，纵不休官，果卒于陵州。自此无复有人见隐娘矣。

许 栖 岩

裴 铏

许栖岩，岐阳⑧人也。举进士，习业于昊天观。每晨夕，必瞻仰真像，朝祝灵仙，以希长生之福。时南康韦皋太尉镇蜀，延接宾客，远近慕义，游蜀者甚多。岩将为入蜀之计，欲市一马，而力不甚丰，自入西市访之。有蕃人

---

① 冥——深远。
② 以于阗玉周其颈——用于阗出产的玉围绕在他的脖子上。于阗，古代西域名，即今新疆和田县。
③ 俊鹘（hú）——矫健的鹰隼。
④ 至人——得道高人。
⑤ 虚给——只拿薪俸不做事的挂名差事。
⑥ 统军——禁卫军左龙武统军的官职。
⑦ 开成——唐文宗李昂年号。
⑧ 岐阳——今陕西省岐山县。

牵一马,瘦削而价不高,因市之而归。以其将远涉道途,日加刍秣①,而肌肤益削。疑其不达前所,试诣卜肆筮之,得乾卦九五。道流②曰:"'飞龙在天,利见大人'③。此龙马也,宜善宝之。"洎登蜀道危栈,马惊,栖岩与马俱坠崖下,积叶承之,幸无所损;仰不见顶,四面路绝。计无所出,乃解鞍去卫④,任马所往。于槁叶中得栗如拳,栖岩食之,亦不饥矣。寻其崖下,见一洞穴,行而乘之,或下或高,约十余里,忽尔为平川,花木秀异,池沼澄澈,见碧桃万余株,有一道士卧于石上,二女侍之。岩进而求见,问二玉女,云是太乙元君。岩即以行止告玉女。玉女悯之,白于元君,召曰:"尔于人世,亦好道乎?"曰:"读《庄》《老》《黄庭》而已。"曰:"三景⑤之中,得何句也?"答曰:"《老子》云:'其精甚真。'⑥《庄子》云:'真人之息以踵。'⑦《黄庭》云:'但思一部寿无穷。'"⑧笑曰:"去道近矣,可教也。"命坐,酌小杯以饮之。曰:"此石髓⑨也,嵇康⑩不能得近,尔得之矣,数也!"乃邀入别室,有道士,云是颍阳尊师,为元君布算。元君曰:"请算三事:擘太华,何神也? 立海桥,何鬼也?"道士布算良久,曰:"擘太华虽云巨灵⑪,实夸父⑫之神也;立海桥⑬

---

① 刍秣——喂马牛的草豆之类食料。
② 道流——卜卦的道士。
③ "飞龙在天"二句——《周易·乾卦九五》中句,为吉祥之卦。
④ 卫——指马的嚼口衔勒。
⑤ 三景——《黄庭经》有内景、外景、中景三经,合称三景。
⑥ 其精甚真——此句见《老子》第二十一章。意谓最微细的物质是很真实的。
⑦ 真人之息以踵——此句见《庄子·大宗师》。意谓,真人的呼吸能通达脚底。真人,为庄子理想中能和大自然融合成一体的人。
⑧ 但思一部寿无穷——此句见《黄庭内景经·至道章》。
⑨ 石髓——即石钟乳。道家认为吃了可以长生不老。
⑩ 嵇康——字叔夜,三国时魏人,为司马昭所害。晋葛洪《神仙传》中记嵇康吃不到青泥之事。
⑪ 巨灵——神话中的河神。古代传说,太华、少华二山相连,巨灵用手辟开山的上端,用脚踢开山的下端,把华山中分为二,以通河流。
⑫ 夸父——神话传说中的英雄,因追逐太阳,干渴而死。
⑬ 海桥——传说秦始皇在海中作石桥,海神为之竖柱,始皇想请海神见面,海神说:我的容貌丑陋,只要不绘我的形貌,当和您见面。

虽云丑怪,乃五丁①之鬼也。"元君曰:"算吾今夕何为?"曰:"今夕当东游十万里。"岩熟视之,乃卜马道士也。道士曰:"乾卦今日中。"逡巡,有仙童曰:"东皇君请今宵曲龙山桥玩月。"元君请栖岩曰:"可同游曲龙。"同跨鹿、龙而去。顷刻而至,见危桥,若长虹亘天,势连河汉,深入沧溟。东皇君命酌醴,鸾歌凤舞,响彻天外。见栖岩,喜曰:"许长史②孙也,有仙相矣!"及明,复从太乙君归太白洞中。居半月,思家求还。太乙曰:"汝饮石髓,已寿千岁。无输泄,无荒淫,复此来,再相见也。"命牵栖岩马来。将行,谓曰:"此马,吾洞中龙也,以作怒伤稼,谪其负荷;子有仙骨,故得值之;不然,此太白洞天,瑶华上宫,何由而至也? 汝到人间,放之渭曲,任其所适,勿复留之。"玉女曰:"龙子回日,虢县③田婆针④寄少许来。"跨马,食顷达虢县旧庄,则无复故居矣。问乡人,年代已六十年。询田婆,曰:"太乙家紫霄姊妹,尝寄信买针。"遂取针系马鬣,放之渭滨,化龙而去。栖岩幼在乡里,已见田婆,至此唯田婆容状如旧,盖亦仙人也。栖岩大中末年复入太白山去。

韦　自　东

裴　铏

　　贞元中,有韦自东者,义烈之士也。尝游太白山⑤,栖止段将军庄。段亦素知其壮勇者。一日,与自东眺望山谷,见一径甚微,若旧有行迹。自东问主人曰:"此何诣也?"段将军曰:"昔有二僧,居此山顶,殿宇宏壮,林泉甚佳,盖唐开元中万回⑥师弟子之所建也;似驱役鬼工,非人力所能

① 五丁——神话传说中的五个大力士,开辟蜀道。此处说立海桥为五丁所为,纯为幻设。
② 许长史——晋许穆,曾任护军长史,后入华阳洞得道。
③ 虢县——即今陕西省宝鸡县虢镇。
④ 田婆针——和下文的田婆,或确有其人,但现无法考知。
⑤ 太白山——即终南山。
⑥ 万回——唐代高僧。据说其哥哥远戍在外,他早上去探望哥哥,傍晚就回归,往返万里,故称万回。

及。或问樵者,说:'其僧为怪物所食,今绝踪二三年矣。'又闻人说:'有二夜叉于此山。亦无人敢窥焉。'"自东怒曰:"予操心在平侵暴,夜叉何类,而敢噬人?今夕必挈夜叉首,至于门下。"将军止曰:"暴虎冯河,死而无悔。"①自东不顾,仗剑奋衣而往,势不可遏。将军悄然曰:"韦生当其咎耳!"自东扪萝蹑石,至精舍②,悄寂无人。睹二僧房,大敞其户,履锡③俱全,衾枕俨然,而尘埃凝积其上。又见佛堂内细草茸茸,似有巨物偃寝之处。四壁多挂野麑、玄熊之类,或庖炙之余,亦有锅镬、薪。自东乃知是樵者之言不谬耳。度其夜叉未至,遂拔柏树,径大如碗,去枝叶为大杖,扃其户,以石佛拒之。是夜,月白如昼。夜未分,夜叉挈鹿而至,怒其扃镉,大叫,以首触户,折其石佛而踣于地。自东以柏树挝其脑,再举而死之,拽之入室,又阖其扉。顷之,复有夜叉继至,似怒前归者不接己,亦哮吼,触其扉,复踣于户阈,又挝之,亦死。自东知雌雄已殒,应无侪类,遂掩关烹鹿而食。及明,断二夜叉首,挈余鹿而示段。段大骇曰:"真周处④之俦矣!"乃烹鹿,饮酒尽欢,远近观者如堵。有道士出于稠人中,揖自东曰:"某有衷恳,欲披告于长者,可乎?"自东曰:"某一生济人之急,何为不可?"道士曰:"某栖心道门,恳志灵药,非一朝一夕耳。三二年前,神仙为吾配合龙虎丹⑤一炉,据其洞而修之有日矣。今灵药将成,而数有妖魔入洞,就炉击触,药几废散。思得刚烈之士,仗剑卫之。灵药傥成,当有分惠。未知能一行否?"自东踊跃曰:"乃生平所愿也。"遂仗剑从道士而去。跻险蹑峻,当太白之高峰将半,有一石洞,可百余步,即道士烧丹之室,唯弟子一人。道士约曰:"明晨五更初,请君仗剑当洞门而立,见有怪物,但以剑击之。"自东曰:"谨奉教!"久立烛于洞门外以伺之。俄顷,果有巨虺,长数丈,金目雪牙,毒气氤郁,将欲入洞,自东以剑击之,似中其首,俄顷,若轻雾而化去。食顷,有一女子,颜色绝丽,执芰荷之花,缓步而至,自东又以剑拂

---

① "暴虎冯河"二句——语出《论语·述而》。意谓空手打虎,无船渡河,都是毫无准备、冒险的事。

② 精舍——即佛寺。

③ 履锡——僧鞋和锡杖。

④ 周处——晋阳羡人,字子隐。少年时凶强侠气,被乡人和虎、蛟并称三害。后改过自新,立志向学,官至御史中丞。

⑤ 龙虎丹——龙虎,水火之意。龙虎丹,即水火丹。

之,若云气而灭。食顷,将欲曙,有道士乘云驾鹤,导从甚严,劳自东曰:"妖魔已尽,吾弟子丹将成矣,吾当来为证也。"盘旋候明而入,语自东曰:"喜汝道士丹成,今有诗一首,汝可继和。诗曰:'三秋稽颡①叩真灵,龙虎交时金液成,绛雪②既凝身可度,蓬壶顶上彩云生。'"自东详诗意,曰:"此道士之师。"遂释剑而礼之。俄而突入,药鼎爆裂,更无遗在。道士恸哭;自东悔恨自咎而已。二人因以泉涤其鼎器而饮之。自东后更有少容,而适南岳,莫知所止。今段将军庄尚有夜叉骷髅见在。道士亦莫知所之。

周 邯

裴 铏

　　贞元中,有处士周邯,文学豪俊之士也。因彝③人卖奴,年十四五,视其貌,甚慧黠,言善入水,如履平地,令其沉潜,虽经日移时,终无所苦;云蜀之溪壑潭洞,无不届也。邯因买之,易其名曰水精,异其能也。邯自蜀乘舟下峡,抵江陵④,经瞿塘、滟滪⑤,遂令水精沉而视其邃远。水精入,移时而出,多探金银器物。邯喜甚,每舣舟于江潭,皆令水精沉之,复有所得。沿流抵江都,经牛渚矶⑥,古云最深处是温峤燕犀照水怪⑦之滨,又使没入,移时,复得宝玉,云:"甚有水怪,莫能名状,皆怒目戟手,身仅免祸。"因兹邯亦至富赡。后数年,邯有友人王泽,牧相州⑧,邯适河北而访

---

① 稽颡——道家行礼的一种,即叩头。
② 绛雪——道家金丹的名称。
③ 彝——此处同"夷",指外国。
④ 江陵——今湖北省江陵县。
⑤ 瞿塘、滟滪——瞿塘,峡名,为三峡之首。滟滪,滟滪堆,瞿塘峡口的一块大石。解放后已炸平。
⑥ 牛渚矶——即采石矶,在今安徽省当涂县西北牛渚山下,是突出江中的石矶,为古时军事重镇。
⑦ "温峤"句——晋代温峤经过牛渚山,水深,温叫人燃犀角照看,见各类水族在其中往来。
⑧ 相州——今河北省临漳县。

之;泽甚喜,与之游宴,日不能暇。因相与至州北隅八角井,天然盘石,而甃成八角焉,阔可三丈余,旦暮烟云翁郁,漫衍百余步,晦夜有光如火红,射出千尺,鉴物若昼。古老相传,云有金龙潜其底,或亢阳,祷之,亦甚有应。泽曰:"此井应有至宝,但无计而究其是非耳!"邯笑曰:"甚易。"遂命水精曰:"汝可与我投此井到底,看有何怪异;泽亦当有所赏也。"水精已久不入水,忻然脱衣,沉之良久而出,语邯曰:"有一黄龙极大,鳞如金色,抱数颗明珠熟寐。水精欲劫之,但手无刃,惮其龙忽觉,是以不敢触。若得一利剑,如龙觉,当斩之,无惮也。"邯与泽大喜。泽曰:"吾有剑,非常之宝也,汝可持而往劫之。"水精饮酒,仗剑而入。移时,四面观者如堵。忽见水精自井面跃出数百步,续有金手亦长数百尺,爪甲锋颖,自空拿攫水精,却入井去。左右慑栗,不敢近睹。但邯悲其水精,泽恨失其宝剑。逡巡,有一老人,身衣褐裘,貌甚古朴,而谒泽曰:"某土地之神,使君何容易而轻其百姓? 此亢金龙,是上玄①使者,宰其瑰璧,泽润一方。岂有信一微物,欲因睡而劫之? 龙忽震怒,作用神化,摇天关,摆地轴,捶山岳而碎丘陵,百里为江湖,万人为鱼鳖,君之骨肉焉可保? 昔者钟离②不爱其宝,孟尝③自返其珠,子不之效,乃肆其贪婪之心,纵使猾韧之徒,取宝无惮! 今已唼其躯而锻其珠矣。"泽赧恨,无词而对。又曰:"君须火急悔过而祷焉,无使甚怒耳。"老人倏去,泽遂具牲牢奠之。

樊　夫　人

裴　铏

樊夫人者,刘纲④妻也。纲仕为上虞令,有道术,能檄召鬼神;禁制变

---

① 上玄——即"上天"。
② 钟离——即后汉钟离意,字子阿。汉明帝把贪官张恢的家产抄没,赏赐给群臣,钟离意把珠宝抛在地上,说"赃秽之宝,臣不敢拜领"。
③ 孟尝——后汉上虞人,字伯周,任合浦太守时,革除以前太守令百姓采珠而贪赃的风气,使海中迁徙的珠又复转合浦。
④ 刘纲——三国时吴国人,字百经,曾任上虞(在今浙江省)令。

化之事,亦潜修密证,人莫能知。为理尚清静简易,而政令宣行,民受其惠,无水旱疫毒鸷暴之伤,岁岁大丰。暇日,常与夫人较其术用:俱坐堂上,纲作火,烧客碓屋①,从东起,夫人禁之即灭。庭中两株桃,夫妻各咒一株,使相斗击;良久,纲所咒者不如,数走出篱外。纲唾盘中,即成鲤鱼;夫人唾盘中成獭,食鱼。纲与夫人入四明山②,路阻虎,纲禁之,虎伏不敢动,适欲往,虎即灭之;夫人径前,虎即面向地,不敢仰视,夫人以绳系虎于床脚下。纲每共试术,事事不胜。将升天,县厅侧先有大皂荚树,纲升树数丈,方能飞举,夫人平坐,冉冉如云气之升,同升天而去。后至唐贞元中,湘潭有一媪,不云姓氏,但称湘媪,常居止人舍,十有余载矣。尝以丹篆文字救疾于闾里,莫不响应。乡人敬之,为结构华屋数间而奉媪。媪曰:“不然,但土木其宇,是所愿也。”媪鬃翠如云,肥洁如雪,策杖曳履,日可数百里。忽遇里人女,名曰逍遥,年二八,艳美,携筐采菊,遇媪瞪视,足不能移。媪目之曰:“汝乃爱我,可同之所止否?”逍遥欣然掷筐,敛衽称弟子,从媪归室。父母奔追及,以杖击之,叱而返舍;逍遥操志坚,窃索自缢。亲党敦谕其父母,请纵之。度不可制,遂舍之。复诣媪,但帚尘、易水、焚香、读道经而已。后月余,媪白乡人曰:“某暂之罗浮,扃其户,慎勿开也。”乡人问:“逍遥何之?”曰:“前往。”如是三稔,人但于户外窥,见小松迸笋而丛生阶砌。及媪归,召乡人同开锁,见逍遥憟坐于室,貌若平日,唯蒲履③为竹梢串于栋宇间。媪遂以杖叩地曰:“吾至,汝可觉。”逍遥如寐醒,方起,将欲拜,忽遗左足,如刖于地。媪遽令无动,拾足勘膝,噀之以水,乃如故。乡人大骇,敬之如神,相率数百里皆归之。媪貌甚闲暇,不喜人之多相识。忽告乡人曰:“吾欲往洞庭救百余人性命,谁有心为我设船一只,一两日可同观之。”有里人张拱,家富,将具舟楫,自驾而送之。欲至洞庭前一日,有大风涛蹙一巨舟,没于君山岛上而碎,载数十家,近百余人,然不至损,未有舟楫来救,各星居于岛上。忽有一白鼍,长丈余,游于沙上,数十人拦之,挝杀,分食其肉。明日,有城如雪,围绕岛上,人家莫能辨。其城渐窄狭,束岛上人,忙怖号叫,囊橐皆为齑粉,束其人为簇,其广

---

① 烧客碓屋——客,佣工。碓屋,春米的屋子。

② 四明山——在今浙江省余姚县南。

③ 蒲履——蒲草做的鞋。

不三数丈,又不可攀援,势已紧急。岳阳之人,亦遥睹雪城,莫能晓也。时媪舟已至岸,媪遂登岛攘剑,步罡①噀水,飞剑而刺之,白城一声如霹雳,城遂崩,乃一大白鼋,长十余丈,蜿蜒而毙,剑立其胸,遂救百余人之性命,不然,顷刻即拘束为血肉矣。岛上之人,咸号泣礼谢。命拱之舟返湘潭,拱不忍便去。忽有道士与媪相遇,曰:"樊姑,尔许时何处来?"甚相慰悦。拱诘之,道士曰:"刘纲真君之妻,樊夫人也。"后人方知媪即樊夫人也。拱遂归湘潭。后媪与逍遥一时返真②。

薛　　昭

裴　铏

　　薛昭者,唐元和末为平陆③尉,以气义自负,常慕郭代公、李北海④之为人。因夜直宿,因有为母复仇杀人者,与金而逸之。故县闻于廉使,廉使奏之,坐谪为民于海东⑤。敕下之日,不问家产,但荷银铛而去。有客田山叟者,或云数百岁矣;素与昭洽,乃赍酒拦道而饮饯之,谓昭曰:"君,义士也,脱人之祸而自当之,真荆、聂⑥之俦也!吾请从子。"昭不许,固请,乃许之。至三乡⑦,夜,山叟脱衣赍酒,大醉,屏左右,谓昭曰:"可遁矣。"与之携手出东郊,赠药一粒,曰:"非唯去疾,兼能绝谷。"又约曰:"此去但遇道北有林薮繁翳处,可且暂匿,不独逃难,当获美姝。"昭辞行,过兰昌宫⑧,古木修竹,四合其所。昭逾垣而入,追者但东西奔走,莫能知踪矣。昭潜于古殿之西间。及夜,风清月皎,见阶前有三美女,笑语而至,揖

---

① 步罡——道家的一种步法,按北斗七星方位那样行走。

② 返真——回到神仙的地位。

③ 平陆——今山西省平陆县。

④ 郭代公、李北海——郭代公,唐郭子仪,封代国公。李北海,李邕,玄宗时任北海太守。

⑤ 海东——今山东、苏北黄海沿岸一带。

⑥ 荆、聂——荆轲、聂政,战国时代人复仇的侠士。

⑦ 三乡——驿名,在今河南省宜阳县西。

⑧ 兰昌宫——唐玄宗时的宫殿名。

让升于花茵,以犀杯酌酒而进之。居首女子醑之曰:"吉利!吉利!好人相逢,恶人相避。"其次曰:"良宵宴会,虽有好人,岂易逢耶?"昭居窗隙间闻之,又志田生之言,遂跳出曰:"适闻夫人云:'好人岂易逢耶?'昭虽不才,愿备好人之数。"三女愕然,良久,曰:"君是何人,而匿于此?"昭具以实对。乃设座于茵之南。昭询其姓氏。长曰:"云容张氏。"次曰:"凤台萧氏。"次曰:"兰翘刘氏。"饮将醑,兰翘命骰子,谓三女曰:"今夕嘉宾相会,须有匹偶,请掷骰子,遇采强者,得荐枕席。"乃遍掷,云容采胜,翘遂命薛郎近云容姊坐,又持双杯而献曰:"真所谓合卺矣。"昭拜谢之。遂问:"夫人何许人?何以至此?"容曰:"某乃开元中杨贵妃之侍儿也。妃甚爱惜,常令独舞霓裳于绣岭宫①,妃赠我诗曰:'罗袖动香香不已,红蕖袅袅秋烟里,轻云岭上乍摇风,嫩柳池边初拂水。'诗成,明皇吟咏久之,亦有继和,但不记耳。遂赐双金扼臂,因此宠幸愈于群辈。此时多遇帝与申天师②谈道,予独与贵妃得窃听。亦数侍天师茶药,颇获天师悯之。因间处,叩头乞药。师云:'吾不惜,但汝无分,不久处世如何?'我曰:'朝闻道,夕死可矣。'天师乃与绛雪丹一粒,曰:'汝但服之,虽死不坏,但能大其棺,广其穴,含以真玉,疏而有风,使魂不荡空,魄不沉寂,有物拘制,陶出阴阳;后百年,得遇生人,交精之气,或再生,便为地仙耳。'我没兰昌之时,具以白贵妃,贵妃恤之,命中贵人陈玄造受其事,送终之事,皆得如约,今已百年矣;仙师之兆,莫非今宵良会乎?此乃宿分,非偶然耳。"昭因诘申天师之貌,乃田山叟之魁梧也。昭大惊曰:"山叟即天师,明矣!不然,何以委曲使予符襄日之事哉?"又问兰、凤二子。容曰:"亦当时宫人有容者,为九仙媛③所忌,毒而死之,藏吾穴侧,与之交游,非一朝一夕耳。"凤台请击席而歌送昭、容酒,歌曰:"脸花不绽几含幽,今夕阳春独换秋。我守孤灯无白日,寒云垅上更添愁。"兰翘和曰:"幽谷啼莺整羽翰,犀沉玉冷自长叹,月华不忍局泉户,露滴松枝一夜寒。"云容和曰:"韶光不见分成尘,曾饵金丹忽有神,不意薛生携旧律,独开幽谷一枝春。"昭亦和曰:"误入宫垣漏网人,月华净洗玉阶尘,自疑飞到蓬莱顶,琼艳三枝半夜

---

① 绣岭宫——即华清宫,唐长安宫殿名。
② 申天师——唐玄宗时的术士,字元之。
③ 九仙媛——有二说,一说杨贵妃,一说高力士。

春。"诗毕,旋闻鸡鸣。三人曰:"可归室矣。"昭持其衣,超然而去,初觉门户至微,及经阈,亦无所妨。兰、凤亦告辞而他往矣。但灯烛荧荧,侍婢凝立,帐幄绮绣,如贵戚家焉。遂同寝处。昭甚慰喜,如此数夕,但不知昏旦。容曰:"吾体已苏矣,但衣服破故,更得新衣,则可起矣。今有金扼臂,君可持往近县易衣服。"昭惧不敢去,曰:"恐为州邑所执。"容曰:"无惮!但将我白绡去,有急,即蒙首,人无能见矣。"昭然之,遂出三乡,货之,市其衣服。夜至穴,则容已迎门而笑,引入曰:"但起榇,当自起矣。"昭如其言,果见容体已生,及回顾帷帐,但一大穴,多冥器、服玩、金玉,唯取宝器而出。遂与容同归金陵幽栖,至今见在,容鬓不衰,岂非俱饵天师之灵药耳!申师,名元也。

元柳二公

裴 铏

元和初,有元彻、柳实者,居于衡山。二公俱有从父①,为官浙右②。李庶人③连累,各窜于骦④爱州⑤,二公共结行李而往省焉。至于廉州⑥合浦县。登舟而欲越海,将抵交趾,舣舟于合浦岸。夜有村人缢神,箫鼓喧哗,舟人与二公仆吏齐往看焉。夜将午,俄飓风欻起,断缆漂舟,入于大海,莫知所适。藻长鲸之鬐,抢巨鳌之背;浪浮雪峤,日涌火轮;触鲛室⑦而梭停,撞蜃楼而瓦解。摆簸数四,几欲倾沉,然后抵孤岛而风止。二公愁闷而陟焉。见天王尊像,莹然于岭所,有金炉香烬,而别无一物。二公

① 从父——伯父、叔父的统称。
② 浙右——即浙西。
③ 李庶人——唐李绮,唐宗室。官拜浙西盐铁转运使、镇海节度使。唐宪宗时,为了削平藩镇势力,召其入朝,他不但不从,反而虐杀来使,因此被贬为庶人。
④ 骦——骦州,其地为秦时之象郡,在今广东、广西以南。
⑤ 爱州——汉九真郡地,梁置爱州,其地在今越南东京。
⑥ 廉州——唐置,州治即今广西合浦县。
⑦ 鲛室——梁任窦《述异记》:"南海中有鲛人室,水居如鱼,不废机织。"

周览之次，忽睹海面上有巨兽，出首四顾，若有察听，牙森剑戟，目闪电光，良久而没。逡巡，复有紫云自海面涌出，漫衍数百步，中有五色大芙蓉，高百余尺，叶叶而绽，内有帐幄，若绮绣错杂，耀夺人眼。又见虹桥忽展，直抵于岛上，俄有双鬟侍女，捧玉合，持金炉，自莲叶而来天尊所，易其残烬，炷以异香。二公见之，前告叩头，辞理哀酸，求返人世。双鬟不答。二公请益良久，女曰："子是何人，而遽至此？"二公具以实白之。女曰："少顷有玉虚尊师当降此岛，与南溟夫人会约，子但坚请之，当有所遂。"言讫，有道士乘白鹿，驭彩霞，直降于岛上。二公并拜而泣告。尊师悯之，曰："子可随此女而谒南溟夫人，当有归期，可无碍矣。"尊师语双鬟曰："余暂修真①，毕，当诣彼。"二子受教，至帐前，行拜谒之礼。见一女，未笄，衣五色文彩；皓玉凝肌，红流腻艳，神澄沆瀣②，气肃沧溟③。二子告以姓字，夫子哂之曰："昔时天台有刘晨，今有柳实；昔有阮肇，今有元彻；昔时有刘、阮，今有元、柳，莫非天也！"设二榻而坐。俄顷，尊师至，夫人迎拜，遂还坐。有仙娥数辈，奏笙簧箫笛，旁列鸾凤之歌舞，雅合节奏；二子恍惚若梦于钧天④，即人世罕闻见矣。遂命飞觞。忽有玄鹤，衔彩笺，自空而至，曰："安期生知尊师赴南溟会，暂请枉驾。"尊师读之，谓玄鹤曰"寻当至彼。"尊师语夫人曰："与安期生间阔千年，不值南游，无因访话。"夫人遂命侍女进馔，玉器光洁；夫人对食，而二子不得飨。尊师曰："二子虽未合飨，然为求人间之食而飨之。"夫人曰："然。"即别进馔，乃人间味也。尊师食毕，怀中出丹篆一卷而授夫人，夫人拜而受之，遂告去。回顾二子曰："子有道骨，归乃不难，然邂逅相遇，合有灵药相贶。但子宿分自有师，吾不当为子师耳。"二子拜，尊师遂去。俄海上有武夫，长数丈，衣金甲，仗剑而进，曰："奉使天真，清道不谨，法当显戮，今已行刑。"遂趋而没。夫人命侍女紫衣凤冠者曰："可送客去，而所乘者何？"侍女曰："有百花桥，可驭二子。"二子感谢拜别。夫人赠以玉壶一枚，高尺余。夫人命笔题玉壶诗赠曰："来从一叶舟中来，去向百花桥上去，若到人间扣玉壶，鸳鸯自

---

① 修真——修道。
② 神澄沆瀣——沆瀣，即露水。形容神情清澈如露珠。
③ 沧溟——即海。
④ 钧天——天的中央。

解分明语。"俄有桥长数百步,栏槛之上,皆有异花。二子于花间潜窥,见千龙万蛇,递相交绕,为桥之柱;又见前海上之兽,已身首异处,浮于波上。二子因诘使者,使者曰:"此兽为不知二君故也。"使者曰:"我不当为使而送子,盖有深意欲奉托,强为此行。"遂襟带间解一琥珀合子,中有物,隐隐若蜘蛛形状,谓二子曰:"吾辈,水仙也。水仙,阴也,而无男子。吾昔遇番禺少年,情之至而有子,未三岁,合弃之;夫人命与南岳神为子,其来久矣。闻南岳回雁峰①使者有事于水府,返日,凭寄吾子所弄玉环往,而使者隐之,吾颇为恨。望二君子为持此合子,至回雁峰下,访使者庙而投之,当有异变。倘得玉环,为送吾子,吾子亦自当有报效耳。慎勿启之!"二子受之,谓使者曰:"夫人诗云:'若到人间扣玉壶,鸳鸯自解分明语。'何谓也?"曰:"子归,有事,但扣玉壶,当有鸳鸯应之,事无不从矣。"又曰:"玉虚尊师云:'吾辈自有师',师复是谁?"曰:"南岳太极先生耳,当自遇之。"遂与使者告别。桥之尽所,即昔日合浦之维舟处;回视,已无桥矣。二子询之,时已一十二年,骦、爱二州亲属,已殒谢矣。问道将归衡山,中途因馁而扣壶,遂有鸳鸯语曰:"若欲饮食,前行自遇耳。"俄而道左有盘馔丰备,二子食之,而数日不思他味。寻即达家,昔日童稚,已弱冠矣。然二子妻各谢世已三昼。家人辈悲喜不胜,曰:"人云郎君亡没大海,服阕②已九秋矣。"二子厌人世,体以清虚,睹妻子丧,不甚悲戚。遂相与直抵回雁峰,访使者庙,以合子投之,倏有黑龙,长数丈,激风喷电,折树揭屋,霹雳一声,而庙立碎。二子战栗,不敢熟视。空中乃有掷玉环者,二子取之而送南岳庙。及归,有黄衣少年,持二金合子,各到二子家,曰:"郎君令持此药曰还魂膏,而报二君子,家有毙者,虽一甲子,犹能涂顶而活。"受之,而使者不见。二子遂以活妻室。后共寻云水③,访太极先生,而曾无影响,闷却归。因大雪,见老叟负樵而鬻,二子哀其衰迈,饮之以酒。睹樵担上有太极字,遂礼之为师,以玉壶告之。叟曰:"吾贮玉液④者,亡来数

---

① 回雁峰——在湖南省衡阳县南二里,为衡山七十二峰之首峰。

② 服阕——服丧期满,解除丧服。

③ 云水——古代对游方道士和行脚僧的称呼。

④ 玉液——玉的汁。道家称吃了玉液,可以长生不老。

十甲子,甚喜再见。"二子因随诣祝融峰①,自此而得道,不重见耳。

陈 鸾 凤

裴 铏

唐元和中,有陈鸾凤者,海康②人也,负气义,不畏鬼神,乡党咸呼为
"后来周处"。海康旧有雷公庙,邑人虔洁祭祀,祷祝既淫③,妖妄亦作。
邑人每岁闻新雷④日,记某甲子⑤,一旬复值斯日⑥,百工不敢动,犯者
不信宿⑦必震死,其应如响。时海康大旱,邑人祷而无应。鸾凤大怒曰:
"吾之乡,乃雷乡也,为神不福,况受人奠酬如斯!稼穑既焦,陂池已涸,
牲牢飨尽,焉用庙为!"遂秉炬爇之。其风俗,不得以黄鱼彘肉⑧,相和,食
之亦必震死。是日,鸾凤持竹炭刀,于野田中,以所忌物相和啖之,将有所
伺。果怪云生,恶风起,迅雷急雨震之。鸾凤乃以刀上挥,果中雷左股而
断。雷堕地,状类熊猪,毛角,肉翼青色,手执短柄刚石斧,流血注然,云雨
尽灭。鸾凤知雷无神,遂驰赴家,告其血属⑨曰:"吾断雷之股矣,请观
之。"亲爱⑩愕骇,共往视之,果见雷折股,而己又持刀,欲断其颈,啗其肉。
为群众共执之曰:"霆是天上灵物,尔为下界庸人,辄害雷公,必我一乡受
祸。"众捉衣袂,使鸾凤奋击不得。逡巡,复有云雷,裹其伤者,和断股而
去。沛然云雨,自午及酉,涸苗皆立矣。遂被长幼共斥之,不许还舍。于
是持刀行二十里,诣舅兄家。及夜,又遭霆震,天火焚其室。复持刀立于

---

① 祝融峰——衡山七十二峰中最高峰,据说山中有祝融墓,故名。
② 海康——唐郡名,即雷州,治所在今广东省海康县。
③ 淫——过渡。
④ 新雷——春夏季节首次响雷。
⑤ 甲子——指时日。
⑥ 一旬复值斯日——周转一次又逢到这一天。
⑦ 不信宿——不隔天,即当天。
⑧ 彘肉——猪肉。
⑨ 血属——同血统的亲属。
⑩ 亲爱——指家属。

庭,雷终不能害。旋有人告其舅兄向来事,又为逐出。复往僧室,亦为霆震,焚爇如前。知无容身处,乃夜秉炬,入于乳穴嵌孔之处,后雷不复能震矣。至曙,然后返舍。自后海康每有旱,邑人即釀金与鸢凤,请依前调二物食之,持刀如前,皆有云雨滂沱,终不能震。如此二十余年,俗号鸢凤为雨师。至大和中,刺史林绪知其事,召至州,诘其端倪。鸢凤云:"少壮之时,心如铁石,鬼神雷电,视之若无当者。愿杀一身,请苏万姓,即上玄①焉能使雷鬼敢骋其凶臆②也!"遂献其刀于绪,厚酬其值。

高　昱

裴　铏

元和中,有高昱处士,以钓鱼为业。尝舣舟于昭潭③,夜仅④三更,不寐,忽见潭上有三大芙蕖,红芳颇异,有三美女,各据其上,俱衣白,光洁如雪,容华艳媚,莹若神仙,共语曰:"今夕阔水波澄,高天月皎,怡情赏景,堪话幽玄。"其一曰:"旁有小舟,莫听我语否?"又一曰:"纵有,非濯缨之士⑤,不足惮也!"相谓曰:"'昭潭无底橘洲⑥浮',信不虚耳!"又曰:"请各言其所好何道。"其次曰:"吾性习释。"其次曰:"吾习道。"其次曰:"吾习儒。"各谈本教道义,理极精微。一曰:"吾昨宵得不详之梦。"二子曰:"何梦也?"曰:"吾梦子孙仓皇,窟宅流徙,遭人斥逐,举族奔波,是不祥也。"二子曰:"游魂偶然,不足信也。"三子曰:"各算来晨得何物食。"久之,曰:"从其所好,僧、道、儒耳。吁! 吾适来所梦,便成先兆,然未必不为祸也。"言讫,逡巡而没。昱听其语,历历记之。及旦,果有一僧来渡,至中流而溺。昱大骇曰:"昨宵之言不谬耳!"旋踵,一道士舣舟将济,昱

---

① 上玄——上苍、上帝。
② 凶臆——凶狠的图谋。
③ 昭潭——水名,在湖南省长沙市南、湘潭县北昭山下。
④ 仅——经过。
⑤ 濯缨之士——高洁之士。《孟子·离娄上》:"沧浪之水清兮,可以濯我缨"为这二字的出典。
⑥ 橘洲——在湖南省长沙市西湘江中,俗名下洲。

遽止之;道士曰:"君,妖也。僧偶然耳。吾赴知者所召,虽死无悔,不可失信。"叱舟人而渡;及中流,又溺焉。续有一儒生,挈书囊,径渡。昱恳曰:"如前去,僧、道已没矣。"儒正色而言:"死、生,命也。今日吾族祥斋①,不可亏其吊礼。"将鼓棹,昱挽书生衣袂曰:"臂可断,不可渡。"书生方叫呼于岸侧,忽有物如练,自潭中飞出,绕书生而入;昱与渡人遽前,捉其衣襟,黐②涎流滑,手不可制。昱长吁曰:"命也!顷刻而没三子!"俄而有二客,乘叶舟而至,一叟一少。昱遂谒叟,问其姓字。叟曰:"余祁阳山③唐勾鳌,今适长沙,访张法明威仪④。"昱久闻其高道,有神术,礼谒甚谨。俄闻岸侧有数人哭声,乃三溺死者亲属也。叟诘之,昱具述其事。叟怒曰:"焉敢如此害人!"遂开箧,取丹笔篆字,命同舟弟子曰:"为吾持此符入潭,勒其水族,火急他适。"弟子遂捧符而入,如履平地。循山脚行数百丈,观大穴明莹,如人间之屋室。见三白猪寐于石榻,有小猪数十,方戏于旁。及持符至,三猪忽惊起,化白衣美女,小者亦俱为童女,捧符而泣曰:"不祥之梦,果中矣!"曰:"为某启先师,住此多时,宁无爱恋?容三日徙归东海。"各以明珠为献。弟子曰:"吾无所用。"不受而返,具以白叟。叟大怒曰:"汝更为我语此畜生:'明晨速离此,不然,当使六丁⑤就穴斩之'。"弟子又去。三美女号恸曰:"敬依处分。"弟子归。明晨,有黑气自潭面而出;须臾,烈风迅雷,激浪如山。有三大鱼,长数丈,小鱼无数周绕,沿流而去。叟曰:"吾此行甚有所利,不因子,何以去昭潭之害?"遂与昱乘舟东西耳。

---

① 祥斋——有丧事人家举行斋戒祭祀。旧时凶礼之一。
② 黐(chí)——涎沫。此处作滑溜的黏液解。
③ 祁阳山——山名,在湖南省祁阳县西北。
④ 威仪——指在道观中管理讲经、仪则等法事的人。
⑤ 六丁——道教神名,六甲中的丁神。

裴　航

裴　铏

长庆①中，有裴航秀才，因下第游于鄂渚②，谒故旧友人崔相国。值相国赠钱二十万，远挈归于京。因佣巨舟载于湘汉。

同载有樊夫人，乃国色③也。言词问接，帷帐昵洽。航虽亲切，无计道达而会面焉。因赂侍妾袅烟而求达诗一章，曰："同为胡越④犹怀想，况遇天仙隔锦屏。倘若玉京⑤朝会去，愿随鸾鹤入青云。"诗往，久而无答。航数诘袅烟。烟曰："娘子见诗若不闻，如何？"航无计，因在道求名醞珍果而献之。夫人乃使袅烟召航相识。及褰帷，而玉莹光寒，花明丽景，云低鬟鬓，月淡修眉，举止烟霞外人⑥，肯与尘俗为偶。航再拜揖，愕眙⑦良久之。夫人曰："妾有夫在汉南，将欲弃官而幽栖岩谷⑧，召某一诀耳。深哀草扰，虑不及期，岂更有情留盼他人，的不然耶⑨？但喜与郎君同舟共济，无以谐谑为意耳。"航曰："不敢。"饮讫而归。操比冰霜，不可干冒。夫人后使袅烟持诗一章，曰："一饮琼浆百感生，玄霜⑩捣尽见云英。蓝桥便是神仙窟，何必崎岖上玉清⑪。"航览之，空愧佩而已，然亦不能洞达诗之旨趣。后更不复见，但使袅烟达寒暄而已。遂抵襄汉⑫，与使婢挈妆

---

① 长庆——唐穆宗李恒年号。
② 鄂渚——古地名，在今湖北省武昌市西长江中。渚，江中小洲。
③ 国色——超群的美貌。
④ 胡越——见《游仙窟》注。
⑤ 玉京——道教认为上帝居住之处。
⑥ 烟霞外人——世间以外之人，即神仙。
⑦ 愕眙(chì)——吃惊地瞪着眼睛看。
⑧ 幽栖岩谷——即隐居山林之中。
⑨ 的不然耶——难道不的确是这样吗？
⑩ 玄霜——丹药名。
⑪ 玉清——道教称天外有"三清"仙境，玉清为其中之一。
⑫ 襄汉——指襄阳一带。

夿,不告辞而去。人不能知其所造①。航遍求访之,灭迹匿形,竟无踪兆。

遂饰妆归辇下②。经蓝桥驿侧近,因渴甚,遂下道求浆而饮。见茅屋三四间,低而复隘。有老妪缉麻苎。航揖之,求浆。妪咄曰:"云英,擎一瓯浆来,郎君要饮。"航讶之,忆樊夫人诗有云英之句,深不自会。俄于苇箔之下,出双玉手,捧瓷。航接饮之,真玉液也。但觉异香氤郁,透于户外。因还瓯,遽揭箔,睹一女子,露裛琼英③,春融雪彩,脸欺腻玉④,鬓若浓云,娇而掩面蔽身,虽红兰之隐幽谷,不足比其芳丽也。航惊怛植足⑤,而不能去。因白妪曰:"某仆马甚饥,愿憩于此,当厚答谢,幸无见阻。"妪曰:"任郎君自便。"

且遂饭仆秣马⑥。良久,谓妪曰:"向睹小娘子,艳丽惊人,姿容擢世,所以踌躇而不能适⑦。愿纳厚礼而娶之,可乎?"妪曰:"渠已许嫁一人,但时未就耳。我今老病;只有此女孙。昨有神仙遗灵丹一刀圭⑧,但须玉杵臼,捧之百日,方可就吞,当得后天而老⑨。君约取此女者,得玉杵臼,吾当与之也。其余金帛,吾无用处耳。"航拜谢曰:"愿以百日为期,必携杵臼而至,更无他许人。"妪曰:"然。"

航恨恨而去。及至京国,殊不以举事为意。但于坊曲闹市喧衢而高声访其玉杵臼,曾无影响。或遇朋友,若不相识,众言为狂人。数月余日,或遇一货玉老翁曰:"近得虢州⑩药铺卞老书云:'有玉杵臼货之。'郎君恳求如此,此君吾当为书导达。"航愧荷珍重⑪,果获杵臼。卞老曰:"非二百缗不可得。"航乃泻囊,兼货仆货马,方及其数。

---

① 造——往,到。

② 辇下——京都,此指长安。

③ 露裛(yì)琼英——裛同"浥",浸润的样子。琼英,花。

④ 脸欺腻玉——容貌胜过细腻洁白的玉。欺,胜过,赛过。

⑤ 植足——像脚下生根被固定住了一样,没办法挪动。

⑥ 饭仆秣马——让仆人吃饭,让马吃草料。

⑦ 适——离开。

⑧ 刀圭——古代量药的用具。

⑨ 后天而老——后于天而老,指比天还长寿。

⑩ 虢(guó)州——唐州名,治所在今河南省灵宝县。

⑪ 愧荷珍重——惭愧地感谢货玉老翁给的书信。

遂步骤①独挈而抵蓝桥。昔日妪大笑曰："有如是信士乎？吾岂爱惜女子而不酬其劳哉。"女亦微笑曰："虽然，更为吾捣药百日，方议姻好。"妪于襟带间解药，航即捣之。昼为而夜息。夜则妪收药臼于内室。航又闻捣药声，因窥之，有玉兔持杵臼，而雪光辉室，可鉴毫芒。于是航之意愈坚。

如此日足，妪持而吞之曰："吾当入洞，而告姻戚为裴郎具帐帏。"遂挈女入山，谓航曰："但少留此。"逡巡，车马仆隶，迎航而往。别见一大第连云，珠扉晃日，内有帐幄屏帏，珠翠珍玩，莫不臻至②。愈如贵戚家焉。仙童侍女，引航入帐就礼讫。航拜妪悲泣感荷。妪曰："裴郎自是清冷裴真人子孙，业当③出世，不足深愧老妪也。"及引见诸宾，多神仙中人也。后有仙女，鬟髻霓衣，云是妻之姊耳。航拜讫，女曰："裴郎不相识耶？"航曰："昔非姻好，不醒④拜侍。"女曰："不忆鄂渚同舟回而抵襄汉乎？"航深惊怛，恳悃⑤陈谢。后问左右，曰："是小娘子之姊，云翘夫人，刘纲仙君之妻也，已是高真⑥，为玉皇之女吏。"妪遂遣航将妻入玉峰洞中，琼楼珠室而居之，饵以绛雪琼英之丹，体性清虚，毛发绀绿⑦，神化自在，超为上仙。

至太和⑧中，友人卢颢遇之于蓝桥驿之西。因说得道之事。遂赠蓝田美玉十斤，紫府⑨云丹一粒，叙话永日，使达书于亲爱，卢颢稽颡曰："兄既得道，如何乞一言而教授？"航曰："老子曰：'虚其心，实其腹⑩。'今之人，心愈实，何由得道之理。"卢子懵然，而语之曰："心多妄想，腹漏精溢，即虚实可知矣。凡人自有不死之术，还丹之方⑪，但子未便可教，异日言之。"卢子知不可请，但终宴而去。后世人莫有遇者。

---

① 步骤——快步行走。
② 臻至——达到极点。
③ 业当——命中注定如此。
④ 醒——省，记忆。
⑤ 恳悃(kǔn)——真心实意。
⑥ 高真——道行深厚仙人。
⑦ 绀绿——绿中带红的颜色。
⑧ 太和——唐文宗李昂的年号。
⑨ 紫府——神仙居住之处，也称"紫宫"。
⑩ 虚其心，实其腹——消除俗念，吃饱肚子，不要作非分之想。语出《老子》。
⑪ 还丹之方——道家修炼的方术。

张 无 颇

裴　铏

　　长庆中,进士张无颇,居南康;将赴举,游丐番禺。值府帅改移,投诣无所,愁疾,卧于逆旅,仆从皆逃。忽遇善易者袁大娘来主人舍,瞪视无颇曰:"子岂久穷悴耶?"遂脱衣买酒而饮之,曰:"君窘厄如是,能取某一计,不旬朔,自当富赡,兼获延龄。"无颇曰:"某困饿如是,敢不受教。"大娘曰:"某有玉龙膏一合子,不唯还魂起死,因此亦遇名姝。但立一表白①,曰'能治业疾',若常人求医,但言不可治,若遇异人请之,必须持此药而一往,自能富贵耳。"无颇拜谢受药。以暖金合盛之,曰:"寒时但出此合,则一室暄热,不假炉炭矣。"无颇依其言,立表。数日,果有黄衣若宦者,叩门甚急,曰:"广利王②知君有膏,故使召见。"无颇志大娘之言,遂从使者而往。江畔有画舸,登之,甚轻疾。食顷,忽睹城宇极峻,守卫甚严。宦者引无颇入十数重门,至殿庭,多列美女,服饰甚鲜,卓然侍立。宦者趋而言曰:"召张无颇至。"遂闻殿上使轴帘,见一丈夫,衣王者之衣,戴远游之冠③,二紫衣侍女扶立而临砌,招无颇曰:"请不拜。"王曰:"知秀才非南越④人,不相统摄⑤,幸勿展礼。"无颇强拜。王馨折而谢曰:"寡人薄德,远邀大贤,盖缘爱女有疾,一心钟念。知君有神膏,倘或痊平,实所愧戴。"遂令阿监⑥二人,引入贵主院。无颇又经数重户,至一小殿,廊宇皆缀明玑翠珰,楹楣焕耀,若布金钿,异香氲郁,满其庭户。俄有二女搴帘,召无颇入。睹真珠绣帐中,有一女子,才及笄年,衣翠罗缕金之襦。无颇切其脉良久,曰:"贵主所疾,是心之所苦。"遂出龙膏,以酒吞之,立愈。

---

①　表白——旧时算命、行医、卖卜等人手里拿的布招子。

②　广利王——南海海神的封号。

③　远游之冠——王者所戴的冠,正中竖,顶稍斜。

④　南越——即南粤,今两广一带。

⑤　统摄——统治管辖的范围。

⑥　阿监——即宫婢。

贵主遂抽翠玉双鸾篦①而遗无颇，目成②者久之。无颇不敢受，贵主曰：
"此不足酬君子，但表其情耳，然王当有献遗。"无颇愧谢。阿监遂引之见
王。王出骇鸡犀③、翡翠碗、丽玉明瑰而赠无颇，无颇拜谢。宦者复引送
于画舸，归番禺，主人莫能觉。才货其犀，已巨万矣。无颇睹贵主华艳动
人，颇思之。月余，忽有青衣叩门而送红笺，有诗二首，莫题姓字。无颇捧
之，青衣倏忽不见。无颇曰："此必仙女所制也。"词曰："羞解明珰寻汉
渚，但凭春梦访天涯；红楼日暮莺飞去，愁杀深宫落砌花。"又曰："燕语春
泥堕锦筵，情愁无意整花钿；寒闺欹枕不成梦，香烬香炉自袅烟。"顷之，
前时宦者又至，谓曰："王令复召，贵主有疾如初。"无颇忻然复往，见贵
主，复切脉次，左右云："王后至。"无颇降阶，闻环珮之响，宫人侍卫罗列，
见一女子，可三十许，服饰如后妃。无颇拜之。后曰："再劳贤哲，实所怀
惭，然女子所疾，又是何苦？"无颇曰："前所疾耳，心有击触，而复作焉，若
再饵药，当去根干耳。"后曰："药何在？"无颇进药合。后睹之，默然，色不
乐，慰喻贵主而去。后遂白王曰："爱女非疾，私其无颇矣。不然者，何以
宫中暖金合，得在斯人处耶？"王愀然。良久，曰："复为贾充女耶？ 吾亦
当继其事而成之，无使久苦也。"无颇出，王命延之别馆，丰厚宴犒。后王
召之曰："寡人窃慕君子之为人，辄欲以爱女奉托，如何？"无颇再拜辞谢，
心喜不自胜。遂命有司择吉日，具礼待之。王与后敬仰愈于诸婿。遂止
月余，欢宴俱极。王曰："张郎不同诸婿，须归人间，昨夜检于幽府，云：
'当是冥数。'即寡人之女不至苦矣。番禺地近，恐为时人所怪，南康又
远，况别封疆，不如归韶阳④，甚便。"无颇曰："某意亦欲如此。"遂具舟
楫、服饰、异珍、金珠、宝玉无限。曰："唯侍卫辈即须自置，无使阴人⑤，此
减算⑥耳。"遂与王别，曰："三年即一到彼，无言于人。"无颇挈家居于韶
阳，人罕知者。住月余，忽袁大娘叩门见无颇，无颇大惊 。大娘曰："张郎

① 双鸾篦——画鸾的篦，古代妇女头上带的装饰物。
② 目成——以眼睛表达情意。
③ 骇鸡犀——犀角名，就是通天犀。
④ 韶阳——即今广东曲江县。
⑤ 阴人——指妇女。
⑥ 减算——即减寿。

今日赛口①及小娘子谢媒人可矣。"二人各具珍宝赏之,然后告去。无颇诘妻,妻曰:"此衰天纲女,程先生妻也。暖金合,即某宫中宝也。"后每三岁,广利王必夜至张室,佩金鸣玉,骑从阗咽②,惊动闾里。后无颇稍畏人疑讶,于是去之,不知所适。

马　拯

裴　铏

唐长庆中,有处士马拯,性冲淡,好寻山水,不择险峭,尽能跻樊。一日,居湘中,因之衡山祝融峰,诣伏虎师。佛室内道场严洁,果食馨香,兼列白金皿。于佛榻上,见一老僧,眉毫雪色,朴野魁梧。甚喜拯来,使仆挈囊。僧曰:"假君仆使近县市少盐酪。"拯许之。仆乃挈金下山去,僧亦不知去向。俄有一马沼山人,亦独登此来,见拯,甚相慰悦,乃告拯曰:"适来道中遇一虎,食一人,不知谁氏之子。"说其服饰,乃拯仆夫也。拯大骇。沼又云:"遥见虎食人尽,乃脱皮,改服禅衣,为一老僧也。"拯甚怖惧。及沼见僧,曰:"只此是也。"拯白僧曰:"马山人来,云某仆使至半山路,已被虎伤,奈何!"僧怒曰:"贫道此境,山无虎狼,草无毒螫,路绝蛇虺,林绝鸱鸮,无信妄语耳。"拯细窥僧吻,犹带殷血。向夜,二人宿其食堂,牢扃其户,明烛伺之。夜已深,闻庭中有虎怒,首触其扉者三四,赖户壮而不隳。二子惧而焚香,虔诚叩首于堂内土偶宾头卢③者。良久,闻土偶吟诗曰:"寅人但溺栏中水,午子须分艮畔金,若教特进④重张弩,过去将军必损心。"二子聆之,而解其意曰:"寅人,虎也。栏中,即井。午子,即我耳。艮畔金,即银皿耳。其下两句未能解。"及明,僧叩门曰:"郎君起来食粥。"二子方敢启关。食粥毕,二子计之曰:"此僧且在,我等何由下山?"遂诈僧云:"井中有异。"使窥之。僧窥次,二子推僧堕井,其僧即

---

① 赛口——答谢的意思。
② 阗咽——阗同"溢",充满的意思。
③ 宾头卢——十八罗汉中的第一名尊者。
④ 特进——官名,隋、唐时为散官。

时化为虎,二子以巨石镇之而毙矣。二子遂取银皿下山。近昏黑而遇一猎人,于道旁张弽弓①,树上为棚而居,语二子曰:"无触我机"。兼谓二子曰:"去山下不远,诸虎方暴,何不且上棚来?"二子悸怖,遂攀缘而上。将欲人定②,忽三五十人过,或僧、或道、或丈夫、或妇女,歌吟者、戏舞者,前至弽弓所,众怒曰:"朝来被二贼杀我禅和③,今方追捕之,又敢有人张我将军。"遂发其机而去。二子并闻其说,遂诘猎者。曰:"此是伥鬼,被虎所食之人也,为虎前呵道④耳。"二子因徵猎者之姓氏,曰:"名进,姓牛。"二子大喜曰:"土偶诗下句有验矣:特进,乃牛进也;将军,即此虎也。"遂劝猎者重张其箭,猎者然之。张毕登棚,果有一虎,哮吼而至,前足触机,箭乃中其三斑,贯心而踣。逡巡,诸伥奔走却回,伏其虎,哭甚哀,曰:"谁人又杀我将军?"二子怒而叱之曰:"汝辈无知下鬼,遭虎啮死,吾今为汝报仇,不能报谢,犹敢恸哭,岂有为鬼不灵如是?"遂悄然。忽有一鬼答曰:"都不知将军乃虎也,聆郎君之说,方大醒悟。"就其虎而骂之,感谢而去。及明,二子分银与猎者而归耳。

封 陟

裴 铏

宝历中,有封陟孝廉⑤者,居于少室。貌态洁朗,性颇贞端。志在典坟⑥,僻于林薮。探义而星归腐草,阅经而月坠幽窗。兀兀孜孜⑦,俾夜作昼,无非搜索隐奥,未尝暂纵揭时日也。书堂之畔,景象可窥,泉石清寒,

---

① 弽(wō)弓——即窝弓,埋伏着的弩箭机关。

② 人定——众人都安睡的时候。

③ 禅和——禅和子,参禅拜佛的和尚。

④ 呵道——清道、开道,即呵止行人,为显贵作引导。

⑤ 孝廉——汉及魏晋时期选举人才的科目之一。由地方官推举孝(善事父母)、廉(品行端正)各一人。隋、唐这种制度已经废止,此处所称孝廉不过是和秀才同义的称呼。

⑥ 典坟——指三坟五典。据说为上古尧舜时候的书,此处作为古籍的代称。

⑦ 兀兀孜孜——勤奋向学的样子。

桂兰雅淡;戏猱每窃其庭果,唳鹤频栖于涧松。虚籁时吟,纤埃昼阒。烟锁筜篁①之翠节,露滋踯躅②之红葩。薜蔓衣垣,苔茸毯砌。时夜将午,忽飘异香酷烈,渐布于庭际。俄有辒辌自空而降,画轮轧轧,直凑檐楹。见一仙姝,侍从华丽,玉佩敲磬,罗裙曳云,体欺皓雪之容光,脸夺芙蕖之艳冶,正容敛衽而揖陟曰:"某籍本上仙,谪居下界,或游人间五岳,或止海面三峰。月到瑶阶,愁莫听其凤管;虫吟粉壁,恨不寐于鸳衾。燕浪语而徘徊,莺虚歌而缥缈。宝瑟休泛,虬觥懒斟。红杏艳枝,激含嚬于绮殿;碧桃芳萼,引凝睇于琼楼。既厌晓妆,渐融春思。伏见郎君坤仪浚洁,襟量端明,学聚流萤③,文含隐豹④。所以慕其真朴,爱以孤标,特谒光容,愿持箕帚,又不知郎君雅旨如何?"陟摄衣朗烛,正色而坐,言曰:"某家本贞廉,性唯孤介,贪古人之糟粕⑤,究前圣之指归⑥;编柳⑦苦辛,燃粰⑧幽暗;布被粝食,烧蒿茹藜,但自固穷,终不斯滥⑨,必不敢当神仙降顾。断意如此,幸早回车。"姝曰:"某乍造门墙,未申恳迫,辄有诗一章奉留,后七日更来。"诗曰:"谪居蓬岛别瑶池,春媚烟花有所思,为爱君心能洁白,愿操箕帚奉屏帏。"陟览之,若不闻。云轷既去,窗户遗芳,然陟心中不可转也。后七日夜,姝又至,骑从如前时。丽容洁服,艳媚巧言,入白陟曰:"某以业缘遽萦,魔障欻起,蓬山瀛岛,绣帐锦宫,恨起红茵,愁生翠被。难窥舞蝶于芳草,每妒流莺于绮丛,靡不双飞,俱能对禋。自矜孤寝,转懵

---

① 筜篁(dāng huáng)——俱指竹。

② 踯躅——花名。古代凡杜鹃花、羊踯躅等都称踯躅。

③ 学聚流萤——指晋代车胤的故事。车胤家贫好学,夏夜扑流萤放在绢囊中用以照明读书。

④ 文含隐豹——《列女传》载,陶答子治陶三年,没有政名,而家富三倍。他的妻子因此而哭泣,说"我听说南山上的黑豹,七日不食而仅仅饮雾,目的是为使它的皮毛斑斓有光泽、文彩。至于猪狗,肥了就被人宰吃了。我恐怕我们家庭的灾祸要来了。"过了一年,陶答子家果然被盗。

⑤ 糟粕——同"糟魄",指古人留下的典籍。典出《庄子·天运篇》。

⑥ 指归——言论意旨的归向。

⑦ 编柳——《楚国先贤传》载:"孙敬在太学,编柳为简以写经。"

⑧ 燃粰——即燃糠。《南齐书》载,南齐顾欢笃志好学,夜燃糠诵书。

⑨ "但自固穷"二句——套用《论语》"君子固穷,小人穷斯滥"。

空闺。秋却银釭,但凝眸于片月;春寻琼圃,空抒思于残花。所以激切前时,布露丹恳,幸垂采纳,无阻精诚。又不知郎君意竟如何?"陟又正色而言曰:"某身居山薮,志已颛蒙①,不识铅华,岂知女色,幸垂速去,无相见尤。"姝曰:"愿不贮其深疑,幸望容其陋质,辄更有诗一章,后七日复来。"诗曰:"弄玉有夫皆得道,刘纲兼室尽登仙。君能仔细窥朝露,须逐云车拜洞天。"陟览,又不回意。后七日夜,姝又至,态柔容冶,靓衣明眸,又言曰:"逝波难驻,西日易颓,花木不停,薤露②非久。轻沤泛水,只得逡巡;微竹当风,莫过瞬息。虚争意气,能得几时?恃顽韶颜,须臾槁木。所以君夸容鬓,尚未凋零,固止绮罗,贪穷典籍,及其衰老,何以任持?我有还丹,颇能驻命,许其依托,必写襟怀,能遣君寿例三松③,瞳方两目,仙山灵府,任意追游。莫种槿花④,使朝晨而骋艳;休敲石火⑤,尚昏黑而流光。"陟乃怒目而言曰:"我居书斋,不欺暗室,下惠⑥为证,叔子⑦是师。是何妖精,苦相凌逼?心如铁石,无更多言,倘若迟回,必当窘辱。"侍卫谏曰:"小娘子回车,此木偶人,不足与语,况穷薄当为下鬼,岂神仙配偶耶?"姝长吁曰:"我所以恳恳者,为是青牛道士⑧之苗裔。况此时一失,又须旷居六百年,不是细事。于戏!此子大是忍人!"又留诗曰:"萧郎⑨不顾凤楼人,云涩回车泪脸新,愁想蓬瀛归去路,难窥旧苑碧桃春。"辎軿出户,珠翠响空,泠泠箫笙,杳杳云露。然陟意不移。后三年,陟染疾而终,为太山⑩所追,束以大锁,使者驱之,欲至幽府。忽遇神仙骑从,清道甚严。使

---

① 颛蒙——自谦愚昧无知。
② 薤露——古挽歌名,意思是说人的生命有如薤上的露珠,非常短暂。此处不作挽歌,用如"朝露"。
③ 三松——指松树。松树最长的寿命能达到三千岁。
④ 槿花——木槿的花,朝开暮落。
⑤ 石火——击石所发的火花,忽明忽灭。
⑥ 下惠——即柳下惠。春秋时鲁国人,不好色,即便女人坐在他怀里,他也不及于乱。
⑦ 叔子——晋朝羊祜的表字,为人非常诚实。
⑧ 青牛道士——汉朝封衡,常乘青牛,人称青牛道士。
⑨ 萧郎——古代对男子的泛称。
⑩ 太山——即泰山。古人认为人死之后魂归泰山。

者躬身于路左,曰:"上元夫人①游太山耳。"俄有仙骑,召使者与囚俱来。陟至彼,仰窥,乃昔日求偶仙姝也。但左右弹指悲嗟。仙姝遂索追状,曰:"不能于此人无情。"遂索大笔判曰:"封陟性虽执迷,操唯坚洁,实由朴戆,难责风情,宜更延一纪。"左右令陟跪谢。使者遂解去铁锁,曰:"仙官已释,则幽府无敢追摄。"使者却引归。良久,苏息。后追悔昔日之事,恸哭自咎而已。

蒋 武

裴 铏

　　宝历中,有蒋武者,循州河源②人也。魁梧伟壮,胆气豪勇。独处山岩,唯求猎射而已。善于蹶张③,每赍弓挟矢,遇熊罴虎豹,靡不应弦而毙,剖视其镞,皆一一贯心焉。忽有物叩门,甚急速;武隔扉而窥之,见一猩猩,跨白象。武知猩猩能言,而诘曰:"与象叩吾门,何也?"猩猩曰:"象有难,知我能言,故负吾而相投耳。"武耳:"汝有何苦,请话其由。"猩猩曰:"此山南二百余里,有嵌空之大岩穴,中有巴蛇④,长数百尺,电光而闪其目,剑刃而利其牙,象之经过,咸被吞噬,遭者数百,无计避匿;今知山客善射,愿持毒矢而射之,除得此患,众各思报恩矣。"其象乃跪地,洒涕如雨。猩猩曰:"山客若许行,便请挟矢而登。"武感其言,以毒淬矢而登。果见双目,在其岩下,光射数百步。猩猩曰:"此是蛇目也。"武怒,蹶张端矢,一发而中其目;象乃负而奔避。俄若穴中雷吼,蛇跃出蜿蜒,或掖或踊,数里之内,林木草芥如焚。至暝,蛇殒。乃窥穴侧,象骨与牙,其积如山,于是有十象,以长鼻各卷其红牙一枚,跪献与武,武受之,猩猩亦辞而去,遂以前象负其牙而归。武乃大有资产。忽又有猩猩跨虎,持金钗钏数

---

① 上元夫人——神话传说中,统领十万玉女名箓的仙女。
② 循州河源——循州,唐郡名,故址在今广东省惠州市东北,唐一度改名海丰郡。河源,今广东省河源县。
③ 蹶张——射箭。
④ 巴蛇——大蛇。

十事而告曰："此虎一穴雌雄三子，遭一黄兽，擒其耳，醢①其脑。昨见山客脱象之苦，因来相投。"武挟矢欲行，见前者跨象猩猩至，曰："昨五虎凡噬数百人。天降其兽，食其四矣。今山客受赂，欲射兽，是养虎噬人。观其钗钏，可知食妇人多少。跨虎猩猩，同恶相济。"武惭曰："吾当留意。"回矢殒虎，蹄其猩猩。悬钗钏于门。村人多来认云："为虎所食。"武一无所取。

邓　甲

裴　铏

宝历中，邓甲者，事茅山道士峭岩。峭岩者，真有道之士，药变瓦砾，符召鬼神。甲精恳虔诚，不觉劳苦，夕少安睫，昼不安床。峭岩亦念之，教其药，终不成；受其符，竟无应。道士曰："汝于此二般无分，不可强学。"授之禁天地蛇术②。寰宇之内，唯一人而已。甲得而归焉。至乌江，忽遇会稽宰遭毒蛇螫其足，号楚之声，惊动闾里，凡有术者，皆不能禁。甲因为治之，先以符葆其心，痛立止。甲曰："须召得本色蛇③，使收其毒，不然者，足将刖矣。是蛇疑人禁之，应走数里。"遂立坛于桑林中，广四丈，以丹素周之。乃飞篆字，召十里内蛇。不移时而至，堆之坛上，高丈余，不知几万条耳。后四大蛇，各长三丈，伟如汲桶，蟠其堆上。时百余步草木，盛夏尽皆黄落。甲乃跣足攀缘上其蛇堆之上，以青筱敲四大蛇脑曰："遣汝作五主④，掌界内之蛇，焉得使毒害人？是者即住，非者即去。"甲却下，蛇堆崩倒，大蛇先去，小蛇继往，以至于尽。只有一小蛇，土色，肖箸，其长尺余，懵然不去。甲令舁宰来，垂足，叱蛇收其毒。蛇初展缩，难之。甲又叱之，如有物促之，只可长数寸耳，有膏流出其背，不得已而张口向疮吸之。

---

① 醢——此处当"吃"解。

② 禁天地蛇术——方士的一种禁咒厌胜术。据称用这种咒术召蛇，能使蛇听从命令。

③ 本色蛇——本来的蛇，就是咬会稽宰的蛇。

④ 五主——即东南西北中五方蛇的首脑。

宰觉其脑内有物,如针走下。蛇遂裂皮成水,只有脊骨在地。宰遂无苦,厚遗之金帛。时维扬有毕生,有常弄蛇千条,日戏于阛阓,遂大有资产,而建大第。及卒,其子鬻其第,无奈其蛇,因以金帛召甲。甲至,与一符,飞其蛇过城垣之外,始货得宅。甲后至浮梁①县,时逼春风,有茶园之内,素有蛇毒,人不敢啜其茗,毙者已数十人。邑人知甲之神术,敛金帛,令去其害。甲立坛,召蛇王,有一大蛇如股,长丈余,焕然锦色,其从者万条,而大者独登坛,与甲较其术。蛇渐立,首隆数尺,欲过甲之首;甲以杖上拄其帽而高焉。蛇首竟困,不能逾甲之帽,蛇乃踣为水,余蛇皆毙。倘若蛇首逾甲,即甲为水焉。从此茗园遂绝其毒虺。甲后居茅山学道,至今犹在焉。

赵 合

裴 铏

进士赵合,貌温气直,行义甚高。大和初,游五原②,路经沙碛,睹物悲叹。遂饮酒,与仆使并醉,因寝于沙碛。中宵半醒,月色皎然,闻沙中有女子悲吟曰:"云鬟消尽转蓬稀,埋骨穷荒无所依,牧马不嘶沙月白,孤魂空逐雁南飞。"合遂起而访焉。果有一女子,年犹未笄,色绝代,语合曰:"某姓李氏,居于奉天③,有姊嫁洛源④镇帅,因往省焉。道遭党羌⑤所虏,至此挝杀,劫其首饰而去。后为路人所悲,掩于沙内,经今三载。知君颇有义心,倘能为归骨于奉天城南小李村,即某家妍榆⑥耳,当有奉报。"合许之,请示其掩骼处;女子感泣,告之。合遂收其骨,包于囊中,伺旦。俄有紫衣丈夫跃骑而至,揖合曰:"知子仁而义,信而廉,女子启祈,尚有感

---

① 浮梁——旧县名,在江西省。唐、宋为商贾贸易集中地。现已并入景德镇。
② 五原——郡名,汉置,即秦九原郡,今内蒙古五原县为当时郡治。
③ 奉天——唐县名,故址在今陕西省乾县。
④ 洛源——地名,故址在今甘肃省庆阳县东北。
⑤ 党羌——即党项族。汉西羌别种。
⑥ 妍榆——同"桑榆"。故乡。

激。我李文悦尚书①也。元和十三年曾守五原，为犬戎②三十万围逼，城池之四隅，兵各厚十数里。连弩洒雨，飞梯排云，穿壁决壕，昼夜攻击；城中负户而汲者，矢如猬毛。当其时，御捍之兵才三千，激励其居人，妇女老幼，负土而立者，不知寒馁。犬戎于城北造独脚楼，高数十丈，城中巨细，咸得窥之。某遂设奇计定，中其楼立碎，羌酋愕然，以为神功。又语城中人曰：'慎勿拆屋烧，吾且为汝取薪。'积于城下，许人钓上。又太阴③稍晦，即闻城之四隅，多有人物行动声，言云：'夜攻城耳。'城中慑栗，不敢暂安。某曰：'不然。'潜以铁索下烛而照之，乃空驱牛羊行，胁其城，兵士稍安。又西北隅被攻摧十余丈，将遇昏晦，群胡大喜，纵酒狂歌，云：'候明晨而入。'某以马弩五百，张而拟之，遂下皮墙障之，一夕并工暗筑，不使有声，涤之以水；时寒，来日冰坚，城之莹如银，不可攻击。又羌酋建大将之旗，乃赞普④所赐，立之于五花营内；某夜穿壁而夺之如飞，众羌号泣，誓请还前掳掠之人而赎其旗，纵其长幼妇女百余人，得其尽归，然后掷旗而还之。时邠、泾⑤救兵二万人临其境，股栗不进。如此相持三十七日，羌酋乃遥拜曰：'此城内有神将，吾今不敢欺。'遂卷甲而去，不信宿，达宥州⑥，一昼而攻破其城，老少三万人，尽遭掳去。以此利害，则余之功及斯城不细。但当时时相使余不得仗节⑦出此城，空加一貂蝉耳。余闻钟陵⑧韦大夫⑨旧筑一堤，将防水潦，后三十年，尚有百姓及廉问⑩周公感其功，而奏立德政碑峨然。若余当时守壁不坚，城中之人，尽为羌胡之贱隶，岂存今日子孙乎？知子有心，请白其百姓，讽其州尊，与立德政碑足

---

①　李文悦尚书——李文悦，中唐时人。和韩愈等同游。官至节度使。任尚书之事，史无记载，或许内迁为尚书，也有可能。

②　犬戎——古代汉族对西部少数民族的诬蔑性称呼。

③　太阴——即月亮。

④　赞普——唐时吐蕃君长的称号。

⑤　邠、泾——邠州和泾州。邠即今陕西省彬县，泾即今甘肃省泾原县。

⑥　宥州——唐州名，即河套地区。

⑦　仗节——此处指唐朝廷授与藩镇的军符节钺。

⑧　锺陵——古郡名，唐置后废，并入南昌。故址在今江西省进贤县西北。

⑨　韦大夫——韦丹，字文明，唐元和时任洪州观察使。

⑩　廉问——即按察使，后代称为廉访。

矣。"言讫,长揖而退。合既受教,就五原以语百姓及刺史,俱以为妖,不
听;惆怅而返。至沙中,又逢昔日神人,谢合曰:"君为言五原,无知之俗,
刺史不明。此城当有火灾,方与祈求幽府,吾言于五原之事不谐,此意亦
息,其祸不三旬而及矣。"言讫而没。果如期灾生,五原城馑死万人,老幼
相食。合挈女骸骨至奉天,访得小李村而葬之。明日,道侧,合遇昔日之
女子来谢,而言曰:"感君之义,吾大父乃贞元中得道之士,有《演参同
契》、《续混元经》①,子能穷之,龙虎之丹,不日而成矣。"合受之,女子已
没。合遂舍举,究其玄微,居于少室。烧之一年,皆使瓦砾为金宝;二年,
能起毙者;三年,饵之能度世②。今日有人遇之于嵩岭③耳。

曾 季 衡

裴 铏

大和四年春,盐州④防御使⑤曾孝安有孙曰季衡,居使宅西偏院,室屋
壮丽,而季衡独处之。有仆夫告曰:"昔王使君女暴终于此,乃国色也;昼
日,其魂或见于此,郎君慎之!"季衡少年好色,愿睹其灵异,终不以人鬼
为间。频炷名香,颇疏凡俗,步游闲处,恍然凝思。一日晡时,有双鬟前揖
曰:"王家小娘子遣某传达厚意,欲面拜郎君。"言讫,瞥然而没。俄顷,有
异香袭衣,季衡乃束带伺之;见向双鬟引一女而至,乃神仙中人也。季衡
揖之,问其姓氏。曰:"某姓王氏,字丽真。父今为重镇,昔侍从大人牧此
城,据此室,无何物故,感君思深杳冥,情激幽壤,所以不间存殁,颇思神
会。其来久矣,但非吉日良时;今方契愿,幸垂留意。"季衡留之款会,移
时乃去,握季衡手曰:"翌日此时再会,慎勿泄之于人。"遂与侍婢俱去。

---

① 《演参同契》、《续混元经》——俱为道家经典著作。
② 度世——脱离现世,也即成仙成道之意。
③ 嵩岭——嵩山,位于河南省登封县北。
④ 盐州——唐州名,故址在今甘肃省盐池县北。
⑤ 防御使——唐武官名,由州郡刺史兼任。

自此每及晡一至，近六十余日，季衡不疑。因与大父①麾下将校说及艳丽，误言之，将校惊惧，欲实其事，曰："郎君将及此时，愿一扣壁，某当与二三辈潜窥焉。"季衡亦终不能扣壁。是日，女郎一见季衡，容色惨怛，语声嘶咽，握季衡手曰："何为负约而泄于人，自此不可更接欢笑矣！"季衡惭悔，无词以应。女曰："殆非君之过，亦冥数尽耳！"乃留诗曰："五原分袂真胡越，燕拆莺离芳草竭。年少烟花处处春，北邙空恨清秋月。"季衡不能诗，耻无以酬，乃强为一篇曰："莎草青青雁欲归，玉腮珠泪洒临歧，云鬟飘去香风尽，愁见莺啼红树枝。"女遂于襦带解蹙金结花合子，又抽翠玉双凤翘一只，赠季衡曰："望异日睹物思人，无以幽冥为隔。"季衡搜书箧中，得小金镂花如意，酬之。季衡曰："此物虽非珍异，但贵其名如意，愿长在玉手操持耳。"又曰："此别何时更会？"女曰："非一甲子，无相见期。"言讫，呜咽而没。季衡自此寝寐求思，形体羸瘵。故旧丈人②王回，推其方术，疗以药石，数月方愈。乃询五原纫针妇人③，曰："王使君之爱女，不疾而终于此院，今已归葬北邙山，或阴晦而魂游于此，人多见之。"则女诗云"北邙空恨清秋月"也。

萧　旷

裴　铏

大和中，处士萧旷，自洛东游，至孝义馆④，夜憩于双美亭。时月朗风清，旷善琴，遂取琴弹之。夜半，调甚苦。俄闻洛水之上，有长叹者，渐相逼，乃一美人。旷因舍琴而揖之曰："彼何人斯？"女曰："洛浦神女也。昔陈思王⑤有赋，子不忆耶？"旷曰："然。"旷又问曰："或闻洛神即甄皇后⑥，

---

① 大父——祖父。
② 丈人——对年长者的称呼。
③ 纫针妇人——即缝衣妇。
④ 孝义馆——在河南省巩县西二十里。
⑤ 陈思王——即三国魏曹植，封陈王，死后谥思。
⑥ 甄皇后——魏文帝曹丕后，原嫁袁绍子袁熙，曹操破绍，为曹丕所得，曹植不平，因而作《感甄赋》（后改名《洛神赋》）。

谢世,陈思王遇其魄于洛滨,遂为《感甄赋》,后觉事之不正,改为《洛神赋》,托意于宓妃,有之乎?"女曰:"有之,妾即甄后也,为慕陈思王之才调,文帝怒而幽死,后精魄遇王于洛水之上,叙其冤抑;因感而赋之,觉事不典,易其题,乃不缪矣。"俄有双鬟,持茵席、具酒肴而至。谓旷曰:"妾为袁家新妇时,性好鼓琴,每弹至《悲风》及《三峡流泉》①,未尝不尽夕而止。适闻君琴韵清雅,愿一听之。"旷乃弹《别鹤操》及《悲风》,神女长叹曰:"真蔡中郎之俦也!"问旷曰:"陈思王《洛神赋》如何?"旷曰:"真体物浏亮,为梁昭明②之精选尔。"女微笑曰:"状妾之举止云:'翩若惊鸿,婉若游龙,'得无疏矣?"旷曰:"陈思王之精魄,今何在?"女曰:"见为遮须国王。"③旷曰:"何谓遮须国?"女曰:"刘聪④子死而复生,语其父曰:'有人告某云:遮须国久无主,待汝父来做主。'即此国是也。"俄有一青衣,引一女,曰:"织绡娘子至矣。"神女曰:"洛浦龙君之处女,善织绡于水府,适令召之尔。"旷因语织绡曰:"近日人世,或传柳毅灵姻之事,有之乎?"女曰:"十得其四五尔,余皆饰词,不可惑也。"旷曰:"或闻龙畏铁,有之乎?"女曰:"龙之神化,虽铁石金玉,尽可透达,何独畏铁乎?畏者,蛟螭辈也。"旷又曰:"雷氏子佩丰城剑至延平津,跃入水,化为龙,有之乎?"女曰:"妄也!龙,木类;剑乃金,金既克木而不相生,焉能变化?岂同雀入水为蛤、野鸡入水为蜃哉?但宝剑灵物,金水相生而入水,雷生自不能沉于泉,信其下,搜剑不获,乃妄言为龙。且雷焕只言化去,张司空⑤但言终合,俱不说为龙,任剑之灵异。且人之鼓铸锻炼,非自然之物,是知终不能为龙,明矣。"旷又曰:"梭化为龙⑥,如何?"女曰:"梭,木也;龙本属木,变化归木,又何怪也?"旷又曰:"龙之变化如神,又何病而求马师皇⑦疗之?"女曰:

---

① 《悲风》及《三峡流泉》——乐府琴曲。《悲风》源出曹植《杂诗》:"江介多悲风,淮泗驰急流"句,后人谱为琴曲。《三峡流泉》,晋阮咸所作。

② 梁昭明——南朝梁太子萧统,死后谥昭明。

③ 遮须国王——应作"遮须夷国王"。

④ 刘聪——五胡十六国时后汉的创立者,一名载,字玄明。

⑤ 张司空——晋张华,惠帝时任司空。

⑥ 梭化为龙——《晋书·陶侃传》载,陶侃少时打鱼,得一织梭,挂于墙上;雷雨过后,梭化为龙而去。

⑦ 马师皇——传说黄帝时的医生,医好龙的疾病,龙背负他而去。

"师皇是上界高真,哀马之负重行远,故为马医,愈其疾者万有匹,上天降鉴,化其疾于龙唇吻间,欲验师皇之能。龙后负而登天。天假之,非龙真有病也。"旷又曰:"龙之嗜燕血①,有之乎?"女曰:"龙之清虚,食饮沆瀣②,若食燕血,岂能行藏? 盖嗜者乃蛟蜃辈。无信造作,皆梁朝四公③诞妄之词尔。"旷又曰:"龙何好?"曰:"好睡,大即千年,小不下数百岁。偃仰于洞穴,鳞甲间聚其沙尘;或有鸟衔木实,遗弃其上,乃甲拆生树,至于合抱,龙方觉悟,遂振迅修行,脱其体而入虚无,澄其神而归寂灭,自然形之与气,随其化用,散入真空,若未胚腪④,若未凝结,如物有恍惚,精奇杳冥。当此之时,虽百骸五体,尽可入于芥子⑤之内,随举止无所不之,自得还原返本之术,与造化争功矣。"旷又曰:"龙之修行,向何门而得?"女曰:"高真所修之术何异。上士修之,形神俱达;中士修之,神超形沉;下士修之,形神俱堕。且当修之时,气爽而神凝,有物出焉,即老子云:'恍恍惚惚,其中有物'也。其于幽微,不敢泄露,恐为上天谴谪尔。"神女遂命左右传觞叙语,情况昵洽,兰艳动人,若左琼枝而右玉树,缱绻永夕,感畅冥怀。旷:"遇二仙娥于此,真所谓双美亭也。"忽闻鸡鸣,神女乃留诗曰:"玉箸⑥凝腮忆魏宫,朱丝⑦一弄洗清风,明晨追赏应愁寂,沙渚烟消翠羽宫。"织绡诗曰:"织绡泉底少欢娱,更劝萧郎尽酒壶,愁见玉琴弹《别鹤》,又将清泪滴真珠。"旷答二女诗曰:"红兰吐艳间夭桃,自喜寻芳数已遭,珠佩鹊桥从此断,遥天空恨碧云高。"神女遂出明珠、翠羽二物赠旷曰:"此乃陈思王赋云'或采明珠,或拾翠羽',故有斯赠,以成《洛神赋》之咏也。"龙女出轻绡一匹赠旷曰:"若有胡人⑧购之,非万金不可。"神女曰:"君有奇骨异相,当出世,但淡味薄俗,清襟养真,妾当为阴助。"言讫,超

---

①　龙嗜燕血——据说龙喜欢吃燕血,故人吃了燕肉,不可入水,恐为龙所吞没。据晋张华《博物志》。

②　沆瀣——即露气。

③　梁朝四公——南朝梁时四个有道行的高人。

④　胚腪(yùn)——胚胎和胚胎的膜。

⑤　芥子——比喻微小的东西。

⑥　玉箸——此处作"垂下的眼泪"解。

⑦　朱丝——琴弦。

⑧　胡人——此处指称来中国做生意的西域人。

然蹑虚而去，无所睹矣。后旷保其珠、绡，多游嵩岳，友人尝遇之，备写其事。今遁世不复见焉。

姚　坤

裴　铏

　　大和中，有处士姚坤，不求荣达，常以钓渔自适。居于东洛万安山①南，以琴尊自怡。其侧有猎人，常以网取狐兔为业；坤性仁，恒收赎以放之，如此活者数百。坤旧有庄，质于嵩岭菩提寺，坤持其价而赎之。其知庄僧惠沼，行凶，常于闃处凿井，深数丈，投以黄精数百斤，求人试服，观其变化。乃饮坤大醉，投于井中，以碾石②咽其井。坤及醒，无计跃出，但饥茹黄精而已。如此数日夜，忽有人于井口召坤姓名，谓坤曰："我狐也，感君活我子孙不少，故来教君。我，狐之通天③者，初穴于冢，因上窍，乃窥天汉星辰，有所慕焉，恨身不能奋飞，遂凝紋注神，忽然不觉飞出，蹑虚驾云，登天汉，见仙官而礼之。君但能澄神泯虑，注紋玄虚，如此精确，不三旬而自飞出，虽窍之至微，无所碍矣。"坤曰："汝何所据耶？"狐曰："君不闻《西升经》④云：'神能飞形，亦能移山。'君其努力！"言讫而去。坤信其说，依而行之，约一月，忽能跳出于碾孔中。遂见僧；大骇，视其井，依然。僧礼坤，诘其事。坤告曰："但于中饵黄精一月，身轻如神，自能飞出，窍所不碍。"僧然之，遣弟子以索坠下，约弟子一月后来窥。弟子如其言，月余来窥，僧已毙于井耳。坤归旬日，有女子，自称夭桃，诣坤，云"是富家女，误为年少诱出，失踪，不可复返，愿持箕帚"。坤见其妖丽冶容，至于篇什书札，俱能精至。坤亦念之。后坤应制，挈夭桃入京，至盘豆馆⑤，夭

---

　　① 万安山——在河南省洛阳市东南四十里。一名大石山。

　　② 碾石——即磨盘石。

　　③ 狐之通天——狐千岁即与天通，为天狐。

　　④ 《西升经》——道家经典之一。

　　⑤ 盘豆馆——在潼关外湖城县（即今河南省灵宝县东）西二十里。汉武帝过此，当地父老以牙豆盘献，故名。

桃不乐,取笔题竹简为诗一首曰:"铅华久御向人间,欲舍铅华更惨颜。纵有青丘①今夜月,无因重照旧云鬟。"吟讽久之,坤亦矍然。忽有曹牧②,遣人执良犬,将献裴度③;入馆。犬见夭桃,怒目掣锁,蹲步上阶。夭桃亦化为狐,跳上犬背,抉其目。犬惊,腾号出馆,望荆山④而窜。坤大骇逐之,行数里,犬已毙,狐即不知所之。坤惆怅悲惜,尽日不能前进。及夜,有老人挈美酝诣坤,云"是旧相识"。既饮,坤终莫能达相识之由。老人饮罢,长揖而去,云:"报君亦足矣;吾孙亦无恙。"遂不见。坤方悟狐也。后寂无闻矣。

文　箫

裴　铏

大和末岁,有书生文箫者,海内无家,因萍梗⑤抵钟陵郡。生性柔而洽道,貌清而出尘,与紫极宫⑥道士柳栖乾善,遂止其宫,三四年矣。钟陵有西山⑦,山有游帷观⑧,即许仙君逊上升地也。每岁至中秋上升日,吴、越、楚、蜀人,不远千里而携挈名香、珍果、绘绣、金钱,设斋醮,求福祐。时钟陵人万数,车马喧阗,士女栉比,数十里若阛阓。其间有豪杰,多以金召名姝善讴者,夜与丈夫闲立,握臂连踏而唱,其调清,其词艳,唯对答敏捷者胜。时文箫亦往观焉,睹一姝,幽兰自芳,美玉不艳,云孤碧落,月淡寒空。聆其词理,脱尘出俗,意谐物外。其词曰:"若能相伴陟仙坛,应得文箫驾彩鸾,自有绣襦并甲帐,琼台不怕雪霜寒。"生久味之,曰:"吾姓名其兆乎?此必神仙之俦侣也。"竟植足不去。姝亦盼生。久之,歌罢,秉烛

----

① 青丘——神话传说中的国名,产九尾狐。

② 曹牧——州郡的长官。

③ 裴度——中唐宰相。

④ 荆山——传说是黄帝铸鼎的地方,在今河南省禹县西北。

⑤ 萍梗——萍飘梗逐。比喻行踪不定。

⑥ 紫极宫——在江西省南昌县惠民门外,晋代所建。

⑦ 西山——在江西省新建县西。

⑧ 游帷观——在江西省新建县西逍遥山。

穿大松径将尽,陟山扪石,冒险而去。生亦潜蹑其踪。烛将尽,有仙童数辈,持松炬而导之。生因失声,姝乃觉,回首而诘:"莫非文箫耶?"生曰:"然。"姝曰:"吾与子数未合而情之忘,乃得如是也。"遂相引至绝顶坦然之地,侍卫甚严,有几案帷幄,金炉国香。与生坐定,有二仙娥各持簿书,请姝详断,其间多江湖沉溺之事。某日,风波误杀孩稚。姝怒曰:"岂容易而误耶?"仙娥持书既去,忽天地黯晦,风雷震怒,摆裂帐帷,倾覆香几。生恐惧不敢傍视。姝仓皇披衣秉简,叩齿①肃容,伏地待罪。俄而风雨帖息,星宿陈布,有仙童自天而降,持天判,宣曰:"吴彩鸾以私欲而泄天机,谪为民妻一纪。"姝遂号泣,与生携手下山而归钟陵。生方知姝姓名,因诘曰:"夫人之先,可得闻乎?"姝曰:"我父吴仙君猛②,豫章人也。《晋书》有传。常持孝行,济人利物,立正祛邪。今为仙君,名标洞府。吾亦为仙,主阴籍,仅六百年矣。睹色界而兴心,俄遭其谪,然子亦因吾可出世矣。"生素穷寒,不能自赡。姝曰:"君但具纸,吾写孙愐《唐韵》③。"日一部,运笔如飞,每鬻获五缗。缗将尽,又为之。如此仅十载,至会昌二年,稍为人知,遂与文生潜奔新吴县越王山④侧百姓郡举村中,夫妻共训童子数十人。主人相知甚厚,欲稔。姝因题笔作诗曰:"一斑与两斑,引入越王山。世数今逃尽,烟萝得再还。箫声宜露滴,鹤翅向云间。一粒仙人药,服之能驻颜⑤。"是夜,风雷骤至,闻二虎咆哮于院外。及明,失二人所在。凌晨,有樵者在越山,见二人各跨一虎,行步如飞,陟峰峦而去。郡生闻之惊骇,于案上见玉合子,开之,有神丹一粒,敬而吞之,却皓首而返童颜。后竟不复见二人。今钟陵人多有吴氏所写《唐韵》在焉。

---

① 叩齿——即叩牙关,道家祈祷时最恭敬的礼节。

② 吴仙君猛——吴猛,晋豫州人,有名的孝子。传说死时未及大殓,即失其尸。

③ 孙愐《唐韵》——孙愐,盛唐时人,任陈州司法。在陆法言《切韵》的基础上,撰《唐韵》。此书已佚失。

④ 越王山——即药王山,在江西省奉新县西北五十里。

⑤ 驻颜——驻颜丹,服之能使人颜色留驻不老。

江　叟

裴　铏

开成中,有江叟者,多读道书,广寻方术。善吹笛,往来多在永乐县①灵仙阁。时沉饮酒,适阌乡②,至盘豆馆东官道大槐树下醉寝。及夜艾③,稍醒,闻一巨物行声,举步甚重。叟暗窥之,见一人,崔嵬④,高数丈,至槐侧坐,而以毛手扪叟曰:"我意是树畔锄儿,乃瓮边毕卓⑤耳。"遂敲大树数声,曰:"可报荆馆中二郎来省大兄。"大槐乃语云:"劳弟相访。"似闻槐树上有人下来与语。须臾,饮酌之声交作。荆山槐曰:"大兄何年抛却两京道上槐王耳。"大槐曰:"我三甲子⑥当弃此位。"荆山槐曰:"大兄不知老之将至,犹顾此位,直须至火入空心,膏流节断,而方知退,大是无厌之士。何不如今因其震霆,自拔于道,必得为材用之木,构大厦之梁栋,尚得存重重碎锦,片片真花,岂他日作朽蠹之薪,同入爨,为煨烬耳。"大槐曰:"雀鼠尚贪生,吾焉能办此事邪?"槐曰:"老兄不足与语。"告别而去。及明,叟方起。数日,至阌乡荆山中,见庭槐森耸,枝干扶疏,近欲十围,如附神物。遂伺其夜,以酒脯奠之,云:"某昨夜闻槐神与盘豆官道大槐王论语云云,某卧其侧,并历历记其说。今请树神与我言语。"槐曰:"感子厚意!当有何求? 殊不知尔夜烂醉于道,夫乃子邪?"叟曰:"某一生好道,但不逢其师。树神有灵,乞为指教,使学道有处,当必奉酬。"槐神曰:"子但入荆山,寻鲍仙师。脱得见之,或水陆之间,必获一处度世。盖感子之请,慎

---

① 永乐县——唐县名,故址在今山西省永济县东南。

② 阌乡——旧县名。今并入灵宝县。

③ 夜艾——夜将尽之时。

④ 崔嵬——同"崔巍"。高大。

⑤ 毕卓——晋人,字茂世,为吏部郎,常饮酒误事,曾盗饮邻居酒,为酿酒人所缚。

⑥ 三甲子——甲子六十年,三甲子即一百八十年。

勿泄吾言也！君不忆华表告老狐①，祸及余矣！"叟感谢之。明日，遂入荆山，缘岩循水，果访鲍仙师，即匍匐而礼之。师曰："子何以知吾而来师也？须实言之。"叟不敢隐，具陈："荆山馆之树神言也。"仙师曰："小鬼焉敢专辄指人，未能大段诛之，且飞符残其一枝。"叟拜乞免。仙师曰："今不诛，后当继有来者。"遂谓叟曰："子有何能，一一陈之。"叟曰："好道，癖于吹笛。"仙师因令取笛而吹之，一气清逸，五音激越，驱泉迸山，引雁行低，槁叶辞林，轻云出岫。仙师叹曰："子之艺至矣，但所吹者，枯竹笛耳，吾今赠子玉笛，乃荆山之尤者，但如常笛吹之，三年，当召洞中龙矣。龙既出，必衔明月之珠而赠子，子得之，当用醍醐②煎之三日，凡小龙已脑疼矣，盖相感使其然也。小龙必持化水丹而赎其珠也，子得，当吞之，便为水仙，亦不减万岁，无烦吾之药也，盖子有琴高③之相耳。"仙师遂出玉笛与之。叟曰："玉笛与竹笛何异？"师曰："竹者，青也，与龙色相类，能肖之吟，龙不为怪也。玉者，白也，与龙相克，忽听其吟，龙怪也，所以来观之，感召之有能变耳，义出于玄。"叟受教，乃去。后三年，方得其音律。后因之岳阳，刺史李虞④馆之。时大旱，叟因出笛，夜于圣善寺⑤经楼上吹；果洞庭之渚龙飞出，而降云绕其楼者不一。遂有老龙，果衔珠赠叟。叟得之，依其言而熬之二昼，果有龙化为人，持一小药盒，有化水丹，匍匐请赎其珠；叟乃持盒而与之珠。饵其药，遂变童颜，入水不濡。凡天下洞穴，无不历览。后居于衡阳，容发如旧耳。

---

① 华表告老狐——这是有关晋朝张华的一段故事。晋惠帝时有一斑狐想去见张华，问燕昭王墓前的华表木能不能去。华表木劝它不要去，说你不管变成何模样，张华都能够识别出来，弄不好还要连累他华表木。斑狐不听，变化成一书生，持刺去见张华。张华果然怀疑，叫人砍倒华表木（华表木透明如镜，可照妖怪），来照书生，见是一斑狐，于是就把狐烹死。

② 醍醐（tí hú）——最好的乳酪。

③ 琴高——战国时赵国的琴师。据说曾骑鲤鱼从涿水中取龙子而出。

④ 李虞——唐李绅族子，曾为岳州刺史，是个品德卑鄙的小人。

⑤ 圣善寺——在湖南岳阳。

金　刚　仙

裴　铏

唐开成中,有僧金刚仙者,西域人也。居于清远峡山寺①,能梵音②,弹舌摇锡而咒物,物无不应;善囚拘鬼魅,束缚蛟螭;动锡杖一声,召雷立震。是日,峡山寺有李朴者,持斧剪巨木,刳而为舟。忽登山,见一磐石上有穴,睹一大蜘蛛,足广丈余;四驰啮卉窒其穴而去。俄闻林木有声,暴猛吼骤。工人惧而缘木伺之,果睹枳首之虺③,长可数十丈,屈曲蹙怒,环其蛛穴,东西其首。俄而跃西之首,吸穴之卉,团而飞去,颖脱④俱尽。复回东之首,大划其目,大呀其口,吸其蜘蛛。蜘蛛驰出,以足擒穴之口,翘屈毒丹,然若火,焌⑤虺之咽喉,去虺之目。虺慴然而复苏,举首又吸之。蛛不见,更毒虺,虺遂倒于穴而殒。蛛跃出,缘虺之腹咀内,齿折二头,俱出丝而囊之,跃入穴去。朴讶之,返峡山寺,语金刚仙。仙乃祈朴验穴,振环杖而咒之,蛛即出于僧前,俨若神听;及引锡触之,蛛乃殂于穴侧。及夜,金刚仙梦见老人捧匹帛而前曰:“我即蛛也,复能织耳。”礼金刚仙曰:“愿为福田⑥之衣。”语毕,遂亡。僧及觉,布已在侧,其精妙奇巧,非世茧丝之所能制也。僧乃制而为衣,尘垢不触。后数年,僧往番禺,泛舶归天竺⑦,乃于峡山金锁潭⑧畔,摇锡大呼而咒水。俄而水辟见底矣,以澡瓶张之,有一泥鳅鱼,可长三寸许,跃入瓶中。语众僧曰:“此龙矣。吾将至海

---

① 清远峡山寺——清远,县名,在广东省。峡山寺在清远县东三十里。
② 梵音——诵经的声音。
③ 枳首之虺——两头蛇。
④ 颖脱——颖是锥子的尖端,颖脱,就是锥端全部露出。
⑤ 焌(jùn)——用火烧。
⑥ 福田——佛家称敬三宝之德为敬田,报君父之恩为恩田,怜贫苦的人为悲田。三者总称福田。
⑦ 天竺——印度的古称。
⑧ 金锁潭——在今广东省清远县东三十里。

门①,以药煮为膏,涂足,则渡海若履坦途。"是夜,有白衣叟,持转关榼②
诣寺家人③傅经曰:"知金刚仙好酒,此榼一边美酝,一边毒醪,其榼即晋
帝曾用鸩牛将军④者也。今有黄金百两奉公,为持此酒毒其僧也。是僧
无何⑤取吾子,欲为膏,恨伊之深,痛贯骨髓,但无计而奈何。"傅经喜,受
金与酒,得转关之法,诣金刚仙。仙持杯向口次,忽有数岁小儿跃出,就手
覆之,曰:"酒是龙所将来而毒师耳!"僧大骇,诘傅经,傅经遂不敢隐。僧
乃问小儿曰:"尔何人,而相救耶?"小儿曰:"吾昔日之蛛也,今已离其恶
业⑥,而托生为人七稔⑦矣。吾之魂,稍灵于常人,知师有难,故飞魂奉
救。"言讫而没。众僧怜之,共礼金刚仙,求舍其龙子。僧不得已而纵之。
后仙果泛舶归天竺矣。

卢　涵

裴　铏

开成中,有卢涵学究⑧,家于洛下,有庄于万安山之阴。夏麦既登,时
果又熟,遂独跨小马,造其庄。去十余里,见大柏林之畔,有新洁室数间,
而作店肆。时日欲沉,涵内憩马。睹一双鬟,甚有媚态,诘之。云"是耿
将军守茔青衣,父兄不在"。涵悦之,与语,言多巧丽,意甚虚襟,盼睐明

---

① 海门——此处指广西海门镇。
② 转关榼(kē)——一种特制的酒壶。壶内分两格,一边装美酒,一边装毒酒。
　　壶外有能转动格的机关,需要出美酒时候就能出美酒,需要出毒酒时就能出
　　毒酒。
③ 寺家人——即寺中的仆人。
④ 晋帝鸩牛将军——晋帝,司马懿;牛将军,牛金。其时有"牛与马,共天下"的
　　谚语,司马懿就用转关榼盛毒酒把他毒死。
⑤ 无何——无缘无故。
⑥ 恶业——据佛家轮回之说,蜘蛛为虫豸,是一种恶业,和尚把它弄死,是超度
　　它脱离恶业,所以蜘蛛要来报金刚仙的恩。
⑦ 七稔(rěn)——七年。
⑧ 学究——指应学究一经科考试的明经。

眸,转资态度。谓涵曰:"有少许佳酝,郎君能饮三两杯否?"涵曰:"不
恶。"遂捧古铜樽而出,与涵饮,极欢。青衣遂击席而讴送卢生酒曰:"独
持巾栉掩玄关①,小帐无人烛影残。昔日罗衣今化尽,白杨风起陇头寒。"
涵恶其词之不称,但不能晓其理。酒尽,青衣谓涵曰:"更与郎君入室添
杯去。"秉烛挈樽而入。涵蹑足窥之,见悬大乌蛇,以刀刺蛇之血,滴于樽
中,以变为酒。涵大恐栗,方悟怪魅,遂掷②出户,解小马而走。青衣连呼
数声,曰:"今夕事,须留郎君一宵,且不得去。"知势不可,又呼:"东边方
大,且与我趁取遮郎君。"俄闻柏林中有一大汉,应声甚伟。须臾,回顾,
有物如大枯树而趋,举足甚沉重,相去百余步。涵但疾加鞭,又经一小柏
林,中有一巨物,隐隐雪白处,有人言云:"今宵必须擒取此人,不然者,明
晨君当受祸。"涵闻之,愈怖怯。及庄门,已三更,扃门阒然,唯有数乘空
车在门外,群羊方咀草次,更无人物。涵弃马,潜禂③于车箱之下,窥见大
汉径抵门,墙极高,只及斯人腰胯。手持戟,瞻视庄内,遂以戟刺庄内小
儿,但见小儿手足捞空于戟之巅,只无声耳。良久而去。涵度其已远,方
能起叩门。庄客乃启关,惊涵之夜至。喘汗而不能言。及旦,忽闻庄院内
客④哭声,云:"三岁小儿,因昨宵寐,而不苏矣。"涵甚恶之,遂率家僮及庄
客十余人,持刀斧弓矢而究之。但见夜来饮处,空逃户⑤环屋数间而已,
更无人物。遂搜柏林中,见一大盟器婢子⑥,高二尺许;傍有乌蛇一条,已
毙。又东畔柏林中,见一大方相⑦骨,遂俱毁拆而焚之。寻夜来白物而言
者,即是人白骨一具,肢节筋缀,而不欠分毫,锻以铜斧,终无缺损,遂投之
于堑而已。涵本有风疾,因饮蛇酒而愈焉。

---

① "独持巾栉掩玄关"句——持巾栉,作婢妾的婉词。玄关,即宅门。
② 掷——即跳跃,唐人习惯用语。
③ 禂——同"伏"。
④ 内客——妇女。
⑤ 空逃户——为逃避赋税而逃亡在外的人遗留下来的房屋,称空逃户。
⑥ 盟器婢子——盟器,送葬器物。盟器婢子指殉葬用的以纸、泥、木、陶瓷等做
　　成的女子。
⑦ 方相——古代装扮成神的样子以驱逐疫疠的人,即旧时出丧中的开路神。

颜　浚

裴　铏

　　会昌中,进士颜浚,下第,游广陵,遂之建业。赁小舟抵白沙①。同载有青衣,年二十许,服饰古朴,言词清丽。浚揖之,问其姓氏。曰:"幼芳姓赵。"问其所适,曰:"亦之建业。"浚甚喜,每维舟,即买酒果,与之宴饮;多说陈、隋间事,浚颇异之。或谐谑,即正色敛衽不对。抵白沙,各迁舟航,青衣乃谢浚曰:"数日承君深顾,某陋拙,不足奉欢笑,然亦有一事可以奉酬。中元必游瓦官阁②,此时当为君会一神仙中人,况君风仪才调,亦甚相称,望不渝此约。至时,某候于彼。"言讫,各登舟而去。浚志其言,中元日,来游瓦官阁,士女阗咽。及登阁,果有美人,从二女仆,皆双鬟而有媚态。美人倚栏独语,悲叹久之。浚注视不已;双鬟笑曰:"憨措大,收取眼。"美人亦讶之,乃曰:"幼芳之言不缪矣。"使双鬟传语曰:"西廊有惠鉴鈋黎③院,则某旧门徒,君可至是,幼芳亦在彼。"浚甚喜,蹑其踪而去,果见同舟青衣出而微笑。浚遂与美人叙寒暄,言语竟日。僧进茶果。至暮,谓浚曰:"今日偶此登览,为惜高阁,病④兹用功,不久毁除,故来一别;幸接欢笑。某家在青溪⑤,颇多松月,室无他人,郎君今夕必相过,某前往,可与幼芳后来。"浚然之。遂乘轩而去。及夜,幼芳引浚前行,可数里而至。有青衣数辈,秉烛迎之,遂延入内室,与幼芳环坐。曰:"孔家娘子相邻,使邀之曰:'今夕偶有嘉宾相访,愿同倾觞,以解烦愤。'"少顷而至,遂延入,亦多说陈朝故事。浚因起白曰:"不审夫人复何姓第,颇贮疑

---

① 白沙——镇名,在今江苏省仪征县南。

② 瓦官阁——在秦淮河北。

③ 鈋黎——梵语,指和尚的师父。

④ 病——可惜的意思。

⑤ 青溪——在江苏省南京市东北。隋灭陈,隋将高颎杀陈后主贵妃张丽华于此溪畔。

讶。"答曰："某即陈朝张贵妃，彼即孔贵妃①，居世之时，谬当后主采顾，宠幸之礼，有过嫔嫱，不幸国亡，为杨广②所杀。然此贼不仁何甚乎！昔，刘禅③亦有后妃，魏君不罪；孙皓④岂无嫔御，晋帝不诛。独有斯人，行此冤暴！且一种⑤亡国，我后主实即风流，诗酒追欢，琴樽取乐而已，不似杨广西筑长城，东征辽海，使天下男怨女旷，父寡子孤。途穷广陵，死于匹夫之手，亦上天降鉴，为我报仇耳。"孔贵嫔曰："莫出此言，在座有人不欲。"美人大笑曰："浑忘却。"浚曰："何人不欲斯言耶？"幼芳曰："某本江令公⑥家婢者，后为贵妃侍儿，国亡之后，为隋宫御女，炀帝幸江都，为侍汤膳者。及化及⑦乱兵入，某以身蔽帝，遂为所害。萧后⑧怜某尽忠于主，因使殉葬吴公台⑨下，后改葬于雷塘⑩侧，不得从焉。时至此谒贵妃耳。"孔贵妃曰："前说尽是闲事，不如命酒，略延曩日之欢耳。"遂命双鬟持乐器洽饮。久之，贵妃题诗一章曰："秋草荒台响夜蛩，白杨声尽减悲风；彩笺曾擘欺江总，绮阁尘清《玉树》空。"孔贵嫔曰："宝阁排空称望仙，五云高艳拥朝天，青溪犹有当时月，应照琼花绽绮筵。"幼芳曰："皓魄初圆恨彩娥，繁华秾艳竟如何？两朝唯有长江水，依旧行人作逝波。"浚亦和曰："箫管清吟

① "张贵妃"二句——张贵妃（张丽华）、孔贵嫔，俱为南朝陈后主陈叔宝宠姬。陈叔宝荒淫，不理朝政，二人倚仗后主的宠爱，招权纳贿，紊乱朝政。陈灭，二人同时被隋所杀。
② 杨广——即隋炀帝，历史上有名的暴君。
③ 刘禅——三国蜀后主，小字阿斗，刘备之子。
④ 孙皓——三国吴末代君主。
⑤ 一种——同"一样"。
⑥ 江令公——江总，字总持，陈时官至仆射令公，人称江令公，为陈后主狎客之一。入隋为上开府。
⑦ 化及——宇文化及，炀帝封为许公。隋末起义蜂起，化及杀炀帝，立秦王浩；后又杀浩，自称许帝。唐高朝武德二年，与窦建德战，兵败被杀。
⑧ 萧后——梁明帝萧岿的女儿。化及兵败，没于窦建德，后又入突厥，唐太宗贞观四年，复归长安。
⑨ 吴公台——在江苏省扬州市西北，为隋炀帝葬处。
⑩ 雷塘——在扬州市北，汉代时名雷陂。

怨丽华,秋江寒月绮窗斜,惭非后主题笺客①,得见临春阁②上花。"俄闻叩门曰:"江修容、何婕好、袁昭仪③来谒贵妃。"曰:"窃闻今夕嘉宾幽会,不免辄窥盛筵。"俱艳其衣裾,明其珰佩,而入座。及见四篇,捧而泣曰:"今夕不意再逢三阁之会,又与新狎客题诗也。"顷之,闻鸡鸣,孔贵嫔等俱起,各辞而去。浚与贵妃就寝,欲曙而起。贵妃赠辟尘犀④簪一枚,曰:"异日睹物思人。昨宵值客多,未尽欢情,别日更当一小会,然须谐祈幽府。"呜咽而别。浚翌日,懵然若有所失。信宿,更寻曩日地,则近青溪松桧丘墟。询之于人,乃陈朝宫人墓。浚惨恻而返。数月,阁因寺废而毁。后至广陵,访得吴公台炀帝旧陵,果有宫人赵幼芳墓,因以酒奠之。

陶尹二君

裴　铏

　　唐大中初,有陶太白、尹子虚二老人,相契为友,多游嵩、华二峰,采松脂、茯苓为业。二人因携酿酝,涉芙蓉峰⑤,寻异境,憩于大松林下,因倾壶饮,闻松梢有二人抚掌笑声。二公起而问曰:"莫非神仙乎? 岂不能下降而饮斯一爵?"笑者曰:"吾二人非山精木魅,仆是秦之役夫,彼即秦宫女子,闻君酒馨,颇思一醉,但形体改易,毛发怪异,恐子悸栗,未能便隆。子但安心徐待,吾当返穴易衣而至,幸无遽舍我去。"二公曰:"敬闻命矣。"遂久伺之。忽松下见一丈夫,古服俨雅;一女子,鬟髻彩衣,俱至。二公拜谒,忻然还坐。顷之,陶君启:"神仙何代人? 何以至此? 既获拜侍,愿祛未悟。"古丈夫曰:"余,秦之役夫也。家本秦人。及稍成童,值始皇帝好神仙术,求不死药,因为徐福所惑,搜童男童女千人,将之海岛;余

---

① 后主题笺客——陈后主选宫人中有文化的人为女学士,每宴游,嘱诸贵人及女学士与狎客共赋新诗,写于彩笺上,互相赠答。
② 临春阁——陈后主的居住之处。
③ 江修容、何婕好、袁昭仪——也俱为陈后主的宠姬。修容、婕好、昭仪,为封建宫廷中的女官名。
④ 辟尘犀——一名却尘犀,为海兽的一种,据说其角能辟除尘埃。
⑤ 芙蓉峰——华山莲花峰。

为童子,乃在其选。但见鲸涛蹙雪,蜃阁排空,石桥之柱鼓危,蓬岫之烟杳渺。恐葬鱼腹,犹贪雀生,于难厄之中,遂出奇计,因脱斯祸。归而易姓业儒,不数年中,又遭始皇煨烬典坟,坑杀儒士,搢绅泣血,簪绂①悲号;余当此时,复在其数,时于危惧之中,又出奇计,乃脱斯苦。又改姓氏为板筑②夫,又遭秦皇欻信妖妄,遂筑长城,西起临洮③,东之海曲④,陇雁悲昼,寒云咽空,乡关之思魂飘,砂碛之劳力竭,堕趾伤骨,陷雪触冰;余为役夫,复在其数;遂于辛勤之中,又出奇计,得脱斯难。又改姓氏而业工。乃属秦皇帝崩,穿凿骊山⑤,大修茔域,玉墀金砌,珠树琼枝,绮殿锦宫,云楼霞阁,工人匠石,尽闭幽隧。余为工匠,复在数中,又出奇谋,得脱斯苦。凡四设权奇之计,俱脱大祸。知不遇世,遂逃此山,食松脂木实,乃得延龄耳。此毛女⑥者,乃秦之宫人,同为殉者;余乃与同脱骊山之祸,共匿于此,不知于今经几甲子耶?"二子曰:"秦于今世,继正统者九代千余年,兴亡之事,不可历数。"二公遂俱稽颡曰:"余二小子,幸遇大仙,多劫因依,使今谐遇,金丹大药,可得闻乎? 朽骨腐肌,实翼麻荫。"古丈夫曰:"余本凡人,但能绝其世虑,因食木实,乃得凌虚,岁久日深,毛发绀绿,不觉生之与死,俗之与仙,鸟兽为邻,猿狖同乐,飞腾自在,云气相随,亡形得形,无性无情,不知金丹大药为何物也。"二公曰:"大仙食木实之法,可得闻乎?"曰:"余初饵柏子,后食松脂。遍体疮疡,肠中痛楚,不及旬朔,肌肤莹滑,毛发泽润,未经数年,凌虚若有梯,步险如履地,飘飘然顺风而翔,皓皓然随云而升。渐混合虚无,潜孚造化;彼之于我,视无二物,凝神而神爽,养气而气清,保守胎根,含藏命蒂。天地尚能覆载,云气尚能郁蒸,日月尚能晦明,川岳尚能融结,即余之体莫能败坏矣。"二公拜曰:"敬闻命

① 簪绂——冠簪和缨绂,均古时做官人佩戴的服饰,后即以为士大夫的代称。
② 板筑——筑墙以两板相夹,中间填泥土,以忤捣实,故古代称营造工人为板筑夫。
③ 临洮——秦代县名,故址在今甘肃省岷县、临潭一带地方。秦始皇令蒙恬筑长城,就从这里开始。
④ 海曲——指山海关。
⑤ 骊山——在今陕西省临潼县东南。秦始皇死后葬在此山中。
⑥ 毛女——秦时宫人,字玉姜。秦亡后流亡入华阴山,日久遍体生毛,据说汉代山中猎人往往能见到她。

矣!"饮将尽,古丈夫折松枝叩玉壶而吟曰:"饵柏身轻叠嶂间,是非无意到尘寰,冠裳暂备论浮世,一饷云游碧落间。"毛女继和曰:"谁知古是与今非,闲蹑青霞远翠微,箫管秦楼应寂寂,彩云空惹薜萝衣。"古丈夫曰:"吾与子邂逅相遇,那无恋恋耶?吾有万岁松脂,千秋柏子少许,汝可各分饵之,亦应出世。"二公捧受拜荷,以酒吞之。二仙曰:"吾当去矣,善自道养,无令漏泄伐性,使神气暴露于窟舍耳。"二公拜别,但觉超然莫知其踪,去矣。旋见所衣之衣,因风化为花片蝶翅而扬空中。陶尹二公今巢居莲花峰上,颜脸微红,毛发尽绿,言语而芳馨满口,履步而尘埃去身。云台观①道士往往遇之,亦时细话得道之来由尔。

宁 茵

裴 铏

　　大中年,有宁茵秀才,假大寮庄于南山下,栋宇半堕,墙垣又缺。因夜风清月朗,吟咏庭际。俄闻叩关声,称"桃林②斑特处士相访"。茵启关,睹处士形质瑰玮,言词廓落。曰:"某田野之士,力耕之徒,向畎亩而辛勤,与农夫而齐类。巢居侧近,睹风月皎洁,闻君吟咏,故来奉谒。"茵曰:"某山林甚僻,农具为邻,蓬荜既深,轮蹄罕至;幸此见访,颇慰羁怀。"遂延入,语曰:"然处士之业何如,愿闻其说。"特曰:"某少年之时,兄弟竞生头角,每读《春秋》,至颍考叔③挟辀以走,恨不得佐辅其间。读《史记》,至田单④破燕之

---

① 云台观——华山云台峰的一个道观。
② 桃林——古代称桃林地方,指今河南省灵宝县以西到潼关。此处用周武王克商后"放牛桃林之野"的典故,以桃林作牛的望族。
③ 颍考叔——春秋时郑国颍谷的封人。封人,国中养公牛的官,每逢祭祀就把牛修饰起来,以供享祭。郑伐许,公孙子都与他争车,他挟辀(车辕)而走。后为子都射死。
④ 田单——战国时齐人。燕伐齐,下齐七十余城,田单率领即墨和莒两城军民抵抗。后用火牛阵大破燕军。

计，恨不得奋击其间。读《东汉》①，至光武新野之战②，恨不得腾跃其间。此三事俱快意，俱不能逢，但恨恨耳。今则老倒，又无嗣子，空怀舐犊之悲，况又慕徐孺子吊郭林宗③言曰：'生刍一束，其人如玉。'其人如玉，即不敢当，生刍一束，堪令讽味④。"俄又闻人叩关曰："南山斑寅将军奉谒。"茵遂延入，气貌严峋，旨趣刚猛。及二斑相见，亦甚忻慰。寅曰："老兄知得姓之根本否？"特曰："昔吴太伯⑤为荆蛮，断发文身⑥，因兹遂有斑姓。"寅曰："老兄大妄，殊不知根本。且斑氏出自斗榖於菟⑦，有文斑之像，因以命氏。远祖固及婕妤⑧，好词章，大有称于汉朝，皆有传于史。其后英杰间生，蝉联不绝。后汉有班超⑨，投笔从戎，相者曰：'君当封侯万里外。'超诘之，曰：'君燕颔虎头，飞而食肉，万里公侯相也。'后果守玉门关，封定远侯。某世为武贲中郎⑩，在武班，因有过，窜于山林，昼伏夜游，露迹隐形，但偷生耳。适闻风吹月高，墙外闲步，闻君吟咏，因来追谒，况遇当家⑪，尤增慰悦。"寅因睹棋局在床，谓特曰："愿接老兄一局。"特遂欣然为之。良久，未有胜负。茵玩之，教特一两著。寅曰："主人莫是高

---

① 《东汉》——指范晔的《后汉书》。
② 光武新野之战——新野，今河南省新野县，为东汉光武帝刘秀起兵之处。起兵之时，无法得到马，将士都骑牛而战。
③ 徐孺子吊郭林宗——徐孺子，东汉徐稺，家贫，躬耕而食。当时学者郭林宗（郭太）母死，他去吊丧，送了一束生刍作丧礼。郭林宗说："《诗》云：'生刍一束，其人如玉。'吾无德以堪之。"
④ "生刍一束，基人如玉"六句——出《诗·小雅·鸿雁之什》"白驹"篇。生刍，即干草；牛爱吃干草，故斑特说"堪令讽味"。
⑤ 吴太伯——周太王的长子，因让位给少弟，遂逃奔荆蛮，自号句吴。
⑥ 断发文身——把头发截短，在皮肤上刺花，这是荆蛮的风俗。吴太伯等这样做，是表示他们已成了蛮人，不复再为世用。
⑦ 斗榖於菟（dòu gòu wū tú）——春秋时楚国大夫，字子文，曾三次做令尹（宰相）。楚人称乳为榖，称虎为於菟，子文据说是虎把他乳大，故名。
⑧ 固及婕妤——班固和班婕妤，兄妹，《汉书》作者。
⑨ 班超——班固之弟，字仲升，投笔从戎，出征西域，安辑五十余国，封定远侯。
⑩ 武贲中郎——即虎贲中郎，官名。改"虎"为"武"，也许为了避唐祖先李虎讳。
⑪ 当家——即主人，指宁茵。

手否?"茵曰;"若管中窥豹,时见一斑。"斑寅笑曰:"大有微机,真一发两中。"茵倾壶请饮。及局罢而饮,数巡,寅请备脩脯以送酒。茵出鹿脯,寅啮决,须臾而尽;特即不茹。茵诘曰:"何故不茹?"特曰:"无上齿,不能咀嚼故也。"数巡后,特称小疾,便不敢过饮。寅曰:"谈何容易,有酒如渑①,方学纣为长夜之饮。"觉面已赤。特曰:"弟大是钟鼎之户。"一坐耽,更不动。后二斑饮过,语纷籍。特曰:"弟倚是爪牙之士,而苦相凌,何也?"寅曰:"老兄凭有角之士,而苦相诋,何也?"特曰:"弟夸猛毅之躯,若值人如卞庄子②,当为菹粉矣。"寅曰:"兄夸壮勇之力,若值人如庖丁③,当为头皮耳。"茵前有削脯刀,长尺余。茵怒而言曰:"宁老有尺刀,二客不得喧竞,但且饮酒。"二客悚然。特吟曹植诗曰:"萁在釜下燃,豆在釜中泣。"此一联甚不恶。寅曰:"鄙谚云:'鹘鸠④树上鸣,意在麻子地。'⑤"俱大笑。茵曰:"无多言,各请赋诗一章。"茵曰:"晓读云水静,夜吟山月高。焉能履虎尾⑥,岂用学牛刀⑦?"寅继之曰:"但得居林啸,焉能当路蹲? 渡河何所适? 终是怯刘昆⑧。"特曰:"无非悲宁戚⑨,终是怯庖丁,若遇龚为守⑩,蹄涔⑪向北溟。"茵览之,曰:"大是奇才!"寅怒,拂衣而起曰:"宁生何党此辈? 自古即有班马⑫之才,岂有班牛之才? 且我生三日,便欲噬人;此人况偷我姓氏。但未能共语者,盖恶伤其类耳。"遂怒曰

---

① 渑——指渑池,在河南省,此处当作"池"解。殷纣王以酒注池,作长夜之饮。

② 卞庄子——春秋时鲁国大夫,卞庄子一刺伤两虎,事见《史记·张仪列传》附"陈轸"传。

③ 庖丁——厨子,此处用《庄子》"庖丁解牛"故事。

④ 鹘鸠——鸟名,灰色,没有绣项。俗语有"天将雨,鸠逐妇",是说鹘鸠遇天阴时就逐妇,晴时则呼妇回。

⑤ 麻子地——即苴麻地。苴麻即雌麻,隐"雌字"。

⑥ 履虎尾——踏虎的尾巴,比喻危险。此处仅用典故本身,不含危险之义。

⑦ 学牛刀——即隐含"牛刀割鸡"的典故。

⑧ 刘昆——东汉时人,当弘农太守时,有仁政,故虎皆负子渡河。

⑨ 宁戚——春秋时卫人,未发迹时,为人挽车,在车下饭牛,叩牛角而歌。

⑩ 龚为守——龚,汉代龚遂。龚遂当渤海太守时,教导人民卖剑买牛,卖刀买犊。

⑪ 蹄涔——牛脚印中的积水。

⑫ 班马——班固和司马迁,两人都有文史之才。

"终不能摇尾于君门下"，乃长揖而去。特亦怒曰："古人重者白眉①，君今白额②，岂敢有人言誉耳，何相怒如斯？"特遂亦告辞。及明，视其门外，唯虎蹄牛迹而已。宁生方悟，寻之数百步，人家废庄内，有一老牛卧，而犹带酒气；虎即入山矣。茵后更不居此，而归京矣。

王 居 贞

裴 铏

明经王居贞者，下第归洛之颍阳③。出京，与一道士同行。道士尽日不食，云："我咽气术④也。"每至居贞睡后灯灭，即开一布囊，取一皮，披之而去；五更复来。他日，居贞佯寝，急夺其囊。道士叩头乞。居贞曰："言之即还汝。"遂言："吾非人，衣者，虎皮也。夜即求食于村鄙中，衣其皮，即夜可驰五百里。"居贞以离家多时，甚思归，曰："吾可披乎？"曰："可也。"居贞去家犹百余里，遂披之暂归。夜深，不可入其门，乃见一猪立于门外，擒而食之。逡巡，回，乃还道士皮。及至家，云："居贞之次子夜出，为虎所食。"问其日，乃居贞回日，自后一两日甚饱，并不食他物。

申 屠 澄

薛渔思

申屠澄者，贞元九年，自布衣调补濮州什邡尉⑤。之官，至真符县⑥东十里许，遇风雪，大寒，马不能进。路旁茅舍中，有烟火甚温煦，澄往就之。

---

① 白眉——指蜀汉马良，字季常。马良眉中生有白毫，人称白眉。
② 白额——虎。
③ 颍阳——旧县名。即今河南省登封县颍阳镇。
④ 咽气术——道家一种修炼法术，如鸟的伸颈就食一样，把气息咽进丹田。
⑤ 濮州什邡尉——濮州什邡为唐郡及县名，即今四川什邡县。尉，县尉。
⑥ 真符县——唐县名，在今四川茂县境内。

有老父、妪及处女,环火而坐。其女年方十四五,虽蓬发垢衣,而雪肤花脸,举止妍媚。父、妪见澄来,遽起曰:"客冲雪寒甚,请前就火。"澄坐良久,天色已晚,风雪不止。澄曰:"西去县尚远,乞宿于此。"父、妪曰:"苟不以蓬室为陋,敢不承命!"澄遂解鞍,施衾帱①焉。其女见客,更修容靓饰,自帷箔间复出,而闲丽②之态,尤倍昔时。有顷,妪自外挈酒壶,至于火前昫饮,谓澄曰:"以君冒寒,且进一杯,以御凝冽。"因揖让曰:"始自主人。"翁即巡行,澄当媻尾③。澄因曰:"座上尚欠小娘子。"父、妪皆笑曰:"田舍家所育,岂可备宾主?"女子即回眸斜睨曰:"酒岂足贵,谓人不宜预饮也。"母即牵裙,使坐于侧。澄始欲探其所能,乃举令以观其意。澄执盏曰:"请征书语④,意属目前事。"澄曰:"厌厌夜饮,不醉无归⑤。"女低鬟微笑曰:"天色如此,归亦何往哉?"俄然巡至女,女复令曰:"风雨如晦,鸡鸣不已⑥。"澄愕然叹曰:"小娘子明慧若此,某幸未婚,敢请自谋,如何?"翁曰:"某虽寒贱,亦尝娇保之,颇有过客,以金帛为问,某先不忍别,未许。不期贵客又欲援拾⑦,岂敢惜,即以为托。"澄遂修子婿之礼,祛囊以遗之。妪悉无所取,曰:"但不弃寒贱,焉事资货?"明日,又谓澄曰:"此孤远无邻,又复潦溢,不足以久留。女既事君,便可行矣!'又一日,咨嗟而别,澄乃以所乘马载之而行。既至官,俸禄甚薄,妻力以成其家,交结宾客。旬日之内,大获名誉。而夫妻情义益浃⑧。其于厚亲族,抚甥侄,洎僮仆厮养,无不欢心。后秩满将归,已生一男一女,亦甚明慧,澄尤加敬焉。常作赠内诗一篇,曰:"一官惭梅福⑨,三年愧孟光⑩。此情何所喻,

---

① 施衾帱——摊开铺盖。
② 闲丽——即"娴丽"。美丽。
③ 媻尾——饮酒巡行到最末一人,连饮三杯,称为媻尾酒。媻也作"蓝"。
④ 征书语——征引诗书中的成句。
⑤ "厌厌夜饮"二句——见《诗经·小雅·湛露》。
⑥ "风雨如晦"二句——见《诗经·国风·郑风》。
⑦ 援拾——援引洽纳。
⑧ 浃——融洽。
⑨ 梅福——汉代人,字子真,为南昌尉,后弃官家居。
⑩ 孟光——后汉梁鸿妻子,有贤德,与梁鸿隐居霸陵山中,每进食必举案齐眉,表示对梁鸿的尊敬。

川上有鸳鸯。"其妻终日吟讽,似默有和者,然未尝出口。每谓澄曰:"为妇之道,不可不知书,倘更作诗,反似妪妾耳。"澄罢官,即罄室归秦。过利州①,至嘉陵江畔,临泉藉草憩息。其妻忽怅然谓澄曰:"前者见赠一篇,寻即有和,初不拟奉示。今遇此景物,不能终默之。"乃吟曰:"琴瑟情虽重,山林志自深。常忧时节变,辜负百年心。"吟罢,潸然良久,若有慕焉。澄曰:"诗则丽矣,然山林非弱质所思。倘忆贤尊,今则至矣,何用悲泣乎?人生因缘业相②之事,皆由前定。"后二十余日,复至妻本家,草舍依然,但不复有人矣。澄与其妻即止其舍。妻思慕之深,尽日涕泣。于壁角故衣之下,见一虎皮,尘埃积满。妻见之,忽大笑曰:"不知此物尚存耶?"披之,即变为虎,哮吼拿攫③,突门而去。澄惊走避之。携二子寻其路,望林大哭,数日竟不知所之。

叶 静 能

薛渔思

　　唐汝阳王④好饮,终日不乱⑤。客有至者,莫不留连旦夕。时术士叶静能常过焉。王强之酒,不可,曰:"某有一生徒,酒量可为王饮客矣。然虽侏儒,亦有过人者。明日使谒王,王试与之言也。"明旦,有投刺,曰道士常持满。王引入。长二尺,既坐,谈胚浑至道⑥,次三皇五帝,历代兴亡,天时人事,经传子史,历历如指诸掌焉。王稯口不能对。既而以王意未洽,更咨话⑦浅近谐戏之事。王则欢然,谓曰:"观师风度,亦常饮酒乎?"持满曰:"唯所命耳。"王即令左右行酒,已数巡,持满曰:"此不足为饮也,请移大器中,与王自挹而饮之,量止则已,不亦乐乎?"王又如其言,

---

①　利州——唐郡名,今四川广安县。

②　业相——业缘,生来命定的因果。

③　拿攫——张牙舞爪。

④　汝阳王——唐玄宗侄,名琎,有名的"饮中八仙"。

⑤　不乱——不醉。

⑥　胚浑至道——天地初始的正道。

⑦　咨话——找话讲。

命醇醹①数石,置大斛中,以巨觥取而饮之。王饮中醺然,而持满固不扰,风韵转高。良久,忽谓王曰:"某止此一杯,醉矣!"王曰:"观师量殊未可足,请更进之。"持满曰:"王不知度量有限乎,何必见强?"乃复尽一杯,忽倒,视之,则一大酒榼②,受③五斗焉。

绿　　翘

皇甫枚

西京咸宜观女道士鱼玄机④,字幼微,长安里家女也。色既倾国,思乃入神,喜读书属文,尤致意于一吟一咏。破瓜之岁⑤,志慕清虚。咸通初,遂从冠帔⑥于咸宜。而风月赏玩之佳句,往往播于士林。然蕙兰弱质,不能自持,复为豪侠所调,乃从游处焉。于是风流之士,争修饰以求狎,或载酒诣之者,必鸣琴赋诗,间以谑浪⑦,懵学辈自视缺然⑧。其诗有"绮陌⑨春望远,瑶徽⑩秋兴多"。又"殷勤不得语,红泪一双流"。又"焚香登玉坛,端简礼金阙"。又"云情自郁争同梦,仙貌长芳又胜花"。此数联为绝矣。

一女僮曰绿翘,亦明慧有色。忽一日,机为邻院所邀,将行,诫翘曰:"无出,若有客,但云在某处。"机为女伴所留,迨暮方归院。绿翘迎门,曰:"适某客来,知炼师不在,不舍辔⑪而去矣。"客乃机素相昵者,意翘与

---

① 醇醹——美酒。

② 酒榼——酒桶。

③ 受——容量。

④ 鱼玄机——唐代有名女诗人,字幼微,一字蕙兰,后出家为女道士。

⑤ 破瓜之岁——指十六岁。瓜字拆开为二"八",即十六。

⑥ 冠帔——道士的冠服。

⑦ 谑浪——调笑取乐。

⑧ 懵学辈自视缺(quē)然——知识浅薄的人自认为才华远不及她。

⑨ 绮陌——美丽如花的田间小路。

⑩ 瑶徽——瑶琴。徽,琴徽。

⑪ 不舍辔——不下马。

之私。及夜,张灯扃户,乃命翘入卧内,讯之。翘曰:"自执巾盥①数年,实自检御②,不令有似是之过,致忤尊意。且某客至,款扉③,翘隔阖④报云:'炼师不在。'客无言。策马而去。若云情爱,不蓄于胸襟有年矣。幸炼师无疑。"机愈怒,裸而笞百数,但言无之。既委顿⑤,请杯水酹地曰:"炼师欲求三清长生之道,而未能忘解佩荐枕之欢⑥。反以沈猜⑦,厚诬贞正。翘今必毙于毒手矣!无天则无所诉,若有,谁能抑我强魂,誓不蠢蠢⑧于冥冥之中,纵尔淫佚。"言讫,绝于地。机恐。乃坎后庭,瘗之。自谓人无知者。时咸通戊子春正月也。

　　有问翘者,则曰:"春雨霁⑨,逃矣。"客有宴于机室者,因溲⑩于后庭,当瘗上见青蝇数十集于地,驱去复来。详视之,如有血痕且腥。客既出,窃语其仆。仆归复语其兄。其兄为府街卒,尝求金于机,机不顾。卒深衔⑪之。闻此,遽至观门觇伺,见偶语者⑫,乃讶不睹绿翘之出入。街卒复呼数卒,携锸具,突入玄机院,发之。而绿翘貌如生平。遂录玄机京兆府,吏诘之辞伏。而朝士多为言者。府乃表列上。至秋,竟戮之。在狱中亦有诗曰:"易求无价宝,难得有心郎。""明月照幽隙,清风开短襟。"此其美者也。

---

① 执巾盥(guàn)——侍候梳洗,指作婢女。
② 检御——行为检点。
③ 款扉——敲门。
④ 隔阖——隔着门扇。
⑤ 委顿——气息甚弱的样子。
⑥ 解佩荐枕之欢——指男女之间的欢爱。
⑦ 沈猜——沈同"沉"。固执地猜疑。
⑧ 蠢蠢——虫类蠕动的样子,指绝不像虫类一样毫无知觉。
⑨ 霁——雨止天晴。
⑩ 溲——小便。
⑪ 衔——怀恨在心。
⑫ 偶语者——对面私语的人。

飞 烟 传

皇甫枚

临淮①武公业，咸通②中任河南府功曹参军。爱妾曰飞烟，姓步氏，容止纤丽，若不胜绮罗。善秦声③，好文笔，尤工击瓯④，其韵与丝竹合。公业甚嬖之。其比邻，天水⑤赵氏第也，亦衣缨之族⑥，不能斥言⑦。其子曰象，秀端有文，才弱冠矣。时方居丧礼。忽一日，于南垣隙中窥见飞烟，神气俱丧，废食忘寐。乃厚赂公业之阍⑧，以情告之。阍有难色，复为厚利所动，乃令其妻伺飞烟间处，具以象意言焉。飞烟闻之，但含笑凝睇而不答。门媪尽以语象。象发狂心荡，不知所持，乃取薛涛笺⑨，题绝句曰："一睹倾城貌，尘心只自猜。不随萧史去，拟学阿兰⑩来。"以所题密缄之，祈门媪达飞烟。烟读毕，吁嗟良久，谓媪曰："我亦曾窥见赵郎，大好才貌。此生薄福，不得当之。"盖鄙武生粗悍，非良配耳。乃复酬篇，写于金凤笺，曰："绿惨双娥⑪不自持，只缘幽恨在新诗。郎心应似琴心⑫怨，脉脉春情更拟谁⑬。"封付门媪，令遗象。象启缄，吟讽数四，拊掌喜曰："吾

---

① 临淮——唐郡名，治所在今江苏盱眙县北。

② 咸通——唐宗李漼年号。

③ 秦声——秦地流行的音乐。

④ 击瓯——古代的一种敲击乐。用瓦盆数个，盛深浅不同的水，以筷子敲击。

⑤ 天水——隋代郡名，治所在今甘肃省天水市。

⑥ 衣缨之族——即官宦之家。

⑦ 斥言——直接说出（名字）。

⑧ 阍——此指看门人。

⑨ 薛涛笺——薛涛，唐代名妓。其所创制的深红色小诗笺，人称薛涛笺。

⑩ 阿兰——神话传说中的仙女，后降临人间。见《搜神记》。

⑪ 绿惨双娥——绿惨，深绿色。娥，蛾眉。

⑫ 琴心——琴曲中体现出来的心意。

⑬ 拟——同"昵"（nì）缠求。此处作爱恋。

事谐矣。"又以剡溪玉叶纸①,赋诗以谢,曰:"珍重佳人赠好者,彩笺芳翰两情深。薄于蝉翼难共恨,密似蝇头未写心②。疑是落花迷碧洞,只思轻雨洒幽襟。百回消息千回梦,裁作长谣寄绿琴③。"诗去旬日,门媪不复来。象忧恐事泄,或飞烟追悔。春夕,于前庭独坐,赋诗曰:"绿暗红藏起暝烟,独将幽限小庭前。沉沉良夜与谁语,星隔银河月半天。"明日,晨起吟际,而门媪来。传飞烟语曰:"勿讶旬日无信,盖以微有不安。"因授象以连蝉锦香囊并碧苔笺,诗曰:"强力严妆倚绣栊,暗题蝉锦思难穷。近来赢得伤春病,柳弱花欹怯晓风。"象结锦香囊于怀,细读小简,又恐飞烟幽思增疾,乃剪乌丝简为回盏④曰:"春景迟迟,人心悄悄。自因窥觎⑤,长役梦魂。虽羽驾尘襟⑥,难于会合,而丹诚皎日,誓以周旋。昨日瑶台青鸟⑦忽来,殷勤寄语。蝉锦香囊之赠,芬馥盈怀,佩服徒增,翘恋弥切。况又闻乘春多感,芳履乖和⑧,耗冰雪之妍姿,郁蕙兰之佳气。忧抑之极,恨不翻飞。企望宽情,无至憔悴。莫孤短韵⑨,宁爽后期⑩。惝恍寸心,书岂能尽? 兼持菲什,仰继华篇。伏惟试赐凝睇。"诗曰:"应见伤情为九春⑪,想封蝉锦绿蛾颦。叩头为报烟卿道,第一风流最损人。"阍媪既得回报,径赍诣飞烟阁中。武生为府掾属⑫,公务繁伙,或数夜一直,或竟日不归。此时恰值生入府曹。飞烟拆书,得以款曲寻绎⑬。既而长太息曰:

---

① 剡溪玉叶纸——剡溪水制成的藤纸,光洁如玉,故称玉叶纸。剡溪,水名,在浙江省嵊县南。
② 蝇头写心——用蝇头小字写出曲折心情。
③ 长谣寄绿琴——长谣,谦称自己诗作。绿琴,绿绮琴,汉代司马相如的琴名。
④ 乌丝简为回盏(jiān)——乌丝简,画有黑线格子的信笺。回盏,即回信,盏同"缄"。
⑤ 觎——遇见。
⑥ 羽驾尘襟——天上人间。羽,羽化成仙。尘,尘间,人间。
⑦ 瑶台青鸟——瑶台,传说中神仙居住处所。青鸟,神话中西王母的信使。
⑧ 芳履乖和——芳履,意即芳体。玉体欠安。
⑨ 莫孤短韵——不要辜负小诗中所表达的情意。
⑩ 宁爽后期——岂可失去以后相会的机会。爽,失。
⑪ 九春——春季九十天。
⑫ 掾(yuàn)属——属官。
⑬ 款曲寻绎——仔仔细细探求研究。

"丈夫之志，女子之情，心契魂交，视远如近也。"于是阖户垂幌，为书曰：
"下妾不幸，垂髫而孤①。中间为媒妁所欺，遂匹合于琐类。每至清风明
月，移玉柱②以增怀。秋帐冬盆③，泛金徽④而寄恨。岂谓公子，忽贻好
音。发华缄而思飞，讽丽句而目断。所恨洛川波隔⑤，贾午墙高⑥。连云
不及于秦台⑦，荐梦尚遥于楚岫⑧。犹望天从素恳，神假微机，一拜清光，
九殒无恨⑨。兼题短什，用寄幽怀。伏惟特赐吟讽也。"诗曰："画帘春燕
须同宿，兰浦双鸳肯独飞。长恨桃源诸女伴，等闲花里送郎归⑩。"封讫，
召阖媪，令达于象。象览书及诗，以飞烟意稍切，喜不自持，但静室焚香虔
祷以俟息。一日将夕，阖媪促步而至，笑且拜曰："赵郎愿见神仙否？"象
惊，连问之。传飞烟语曰："值今夜功曹府直，可谓良时。妾家后庭，即君
之前垣也。若不喻惠好，专望来仪⑪。方寸万重，悉候晤语。"既曛黑⑫，
象乃乘梯而登，飞烟已令重榻于下。既下，见飞烟靓妆盛服，立于庭前。
交拜讫，俱以喜极不能言。乃相携自后门入堂中，皆银鲜绢幌，尽缱绻之
意焉。及晓钟初动，复送象于垣下。飞烟执象手曰："今日相遇，乃前生
姻缘耳。勿谓妾无玉洁松贞之志，放荡如斯。直以郎之风调，不能自顾。
愿深鉴之。"象曰："挹⑬希世之貌，见出人之心。已誓幽庸⑭，永奉欢洽。"

---

① 垂髫（tiáo）而孤——小时候就失去父亲。垂髫，指童年。
② 玉柱——泛指琴、琵琶等乐器。
③ 盆（gāng）——灯。
④ 金徽——指琴。徽，琴板上用金属做成的定音的标识。
⑤ 洛川波隔——意谓不能像曹植那样遇见洛水的女神。
⑥ 贾午墙高——意谓不能像晋贾充的女儿爱上韩寿，韩寿夜间越墙同她相见
那样。参见《游仙窟》"韩寿"注。
⑦ 秦台——即秦楼。见《游仙窟》"弄玉"注。
⑧ 楚岫——指巫山神女。参见《游仙窟》"巫峡"注。
⑨ 九殒无恨——死去九次也不遗憾。极言意志坚决。
⑩ "长恨桃源"二句——见《昆仑奴》"阮郎"注。
⑪ 来仪——称人来临的敬词，犹言光临、惠临。
⑫ 曛黑——黄昏。
⑬ 挹——领略。
⑭ 幽庸——幽冥，阴间。

言讫，象逾垣而归。明日，托阇婳赠飞烟诗曰："十洞三清①虽路阻，有心还得傍瑶台。瑞香风引思深夜，知是蕊宫②仙驭来。"飞烟览诗微笑，复赠象诗曰："相思只怕不相识，相见还愁却别君。愿得化为松上鹤，一双飞去入行云。"封付阇婳，仍令语象曰："赖值儿家③有小小篇咏。不然，君作几许大才面目④？"兹不盈旬，常得一期于后庭矣。展幽微之思，罄宿昔之心。以为鬼鸟不知，人神相助。或景物寓目，歌咏寄情，来往便繁⑤，不能悉载。如是者周岁。无何，飞烟数以细过⑥挞其女奴，奴阴衔之，乘间尽以告公业。公业曰："汝慎勿扬声！我当伺察之。"后至当赴直日，乃密陈状请假。迨夜，如常入直，遂潜于里门。街鼓既作，匍伏而归。循墙至后庭，见飞烟方倚户微咏，象则据垣斜睇。公业不胜其愤，挺前欲擒。象觉，跳去。业搏之，得其半襦⑦。乃入室，呼飞烟诘之。飞烟色动声战，而不以实告。公业愈怒，缚之大柱，鞭楚血流。但云："生得相亲，死亦何恨。"深夜，公业怠而假寐。飞烟呼其所爱女仆曰："与我一杯水。"水至，饮尽而绝。公业起，将复笞之，已死矣。乃解缚，举置阁中，连呼之，声言飞烟暴疾致殒。数日，窆之北邙⑧。而里巷间皆知其强死⑨矣。象因变服，易名远，窜江浙间。洛中才士有著《飞烟传》者，传中崔李二生，常与武掾游处。崔诗末句云："恰似传花⑩人饮散，空床抛下最繁枝。"其夕，梦飞烟谢曰："妾貌虽不逾桃李，而零落过之。捧君佳什，愧仰无已。"李生诗末句

---

① 十洞三清——十大洞天及玉清、上清、太清三境界。俱为道教所称的神仙福地。
② 蕊宫——传说中仙女居住之处，也称蕊珠宫。
③ 儿家——犹言奴家，步飞烟自称之词。
④ 大才面目——大才学模样。
⑤ 便繁——频繁。
⑥ 细过——小过失。
⑦ 半襦——半片衣襟。
⑧ 北邙（máng）——北邙山，于洛阳北面。
⑨ 强死——被杀害。
⑩ 传花——击鼓传花的游戏。

云:"艳魄香魂如有在,还应羞见坠楼人①。"其夕,梦飞烟戟手而詈②曰:
"士有百行③,君得全乎?何至务矜④片言,苦相诋斥。当屈君于地下面
证之。"数日,李生卒。时人异焉。远后调授汝州鲁山县主簿,陇西李垣
代之。咸通末,予复代垣,而与远少相狎,故洛中秘事,亦知之。而垣复为
手记,故得以传焉。三水人⑤曰:噫,艳冶之貌,则代有之矣,诘朗之操,则
人鲜闻乎。故士矜才则德薄,女炫色则情私。若能如执盈⑥,如临深⑦。
则皆为端士淑女矣。飞烟之罪虽不可逭⑧,察其心,亦可悲矣。

却 要

皇甫枚

湖南观察使李庾之女奴,曰却要。美容止⑨,善辞令。朔望通礼谒⑩
于亲姻家,唯却要主之。李侍婢数十,莫之偕也。而巧媚才捷,能承顺颜
色⑪,姻党亦多怜之。

李四子,长曰延禧,次曰延范,次曰延祚,所谓大郎而下五郎⑫也。皆
年少狂侠,咸欲蒸⑬却要而不能也。尝遇清明节,时纤月娟娟,庭花烂发,

---

① 坠楼人——指晋代石崇的爱妾绿珠。石崇入狱,绿珠跳楼自杀。参见《周秦
行记》"石家绿珠"注。
② 戟手而詈——伸着手指头而骂。
③ 百行(xíng)——多种道德准则。
④ 矜——傲慢地、自视甚高地。
⑤ 三水人——作者皇甫枚自称。
⑥ 执盈——掌握满则亏的道理。意谓不要骄傲自满。
⑦ 临深——如临深渊。
⑧ 逭(huàn)——逃避。
⑨ 美容止——容貌举止很美好。
⑩ 礼谒——互赠礼问候。
⑪ 颜色——脸色。
⑫ 大郎而下五郎——郎,兄弟间的排行。老大下面有老二、老三、老四(此处未
提),还有一个老五。
⑬ 蒸——晚辈男子与长辈女子通奸的行为。却又是李庾的婢妾,属长辈。

中堂垂绣幕,背银缸①,而却要遇大郎于樱桃花影中,大郎乃持之求偶。却要取茵席②授之,曰:"可于厅中东南隅,伫立相待,候堂前③眠熟,当至。"大郎既去,至廊下,又逢二郎调之。却要复取茵席授之曰:"可于厅中东北隅相待。"二郎既去,又遇三郎来之。却要复取茵席授之,曰:"可于厅中西南隅相待。"三郎既去,又五郎遇着,握手不可解。却要亦取茵席之,曰:"可于厅中西北隅相待。"四郎皆去。延禧于厅角中,屏息以待。厅门斜闭,见其三弟比比④而至,各趋一隅。心虽讶之,而不敢发。少顷,却要突燃炬,疾向厅事,豁双扉而照之,谓延禧辈曰:"阿堵⑤贫儿,争取向这里觅宿处?"皆弃所携,掩面而走。却要复从而嗺⑥之。自是诸子怀惭,不敢失敬。

王 知 古

皇甫枚

咸通⑦庚寅岁,卢龙军⑧节度使、检校尚书、左仆射张直方⑨抗表,请修入觐之礼。优诏允焉。先是,张氏世莅燕土,民亦世服其恩。礼昭台之嘉宾⑩,抚易水之壮士⑪;地沃兵庶,朝廷每姑息之,洎⑫直方之嗣事也,出

---

① 银缸——缸,同"盌"。银灯。
② 茵席——被席之类。
③ 堂前——指父母。
④ 比比——一个挨一个。
⑤ 阿堵——这些个。晋至唐时口语。
⑥ 嗺(hāi)——讥笑。
⑦ 咸通——唐懿宗李漼年号。
⑧ 卢龙军——唐藩镇名。治所在幽州,即今北京市西南。
⑨ 张直方——唐范阳人,袭父张仲武职,任节度留后,副大使。生性残暴,喜欢狩猎。
⑩ 礼昭台之嘉宾——用战国燕昭王筑黄金台,广招天下贤士典故。
⑪ 抚易水之壮士——用战国燕太子丹请刺客荆轲刺秦王典故。荆轲别燕太子丹于易水,唱"风萧萧兮易水寒,壮士一去兮不复返"。
⑫ 洎(jì)——等到。

绮纨之中,据方岳之上①,未尝以民间休戚为意;而酣酒于室,淫兽于原,巨赏狎于皮冠②,厚宠袭于绿帻③,暮年而三军大怨。直方稍不自安。左右有为其计者,乃尽室西上至京。懿宗授之左武卫大将军。而直方飞苍走黄,莫亲徼道之职④,往往设罝罦⑤于通道,则犬彘无遗。臧获有不如意者,立杀之。或曰:"辇毂之下,不可专戮。"其母曰:"尚有尊于我子者乎?"则僭轶⑥可知也。于是谏官列状上,请收付廷尉⑦。天子不忍置于法,乃降为昭王⑧府司马,俾分务洛师焉。直方至东京,既不自新,而慢游愈亟。洛阳四旁翥者走者⑨,见皆识之,必群噪长嗥而去。

有王知古者,东诸侯之贡士⑩也。虽薄涉儒术,而数奇不中春官选⑪,乃退处于三川⑫之上,以击鞠飞觞⑬为事,遨游于南邻北里间。至是有闻于直方者。直方延之。睹其利喙⑭瞻辞,不觉前席⑮;自是日相狎。壬辰岁,冬十一月,知古尝晨兴,僦舍⑯无烟,愁云塞望,悄然弗怡。乃徒步造

---

① 据方岳之上——即镇守一方。

② 皮冠——猎人戴的帽子。此指狩猎之人。

③ 绿帻——指常人。古时服劳役的人,只允许戴青色的包发巾。以此代称普通人。

④ 徼(jiào)道之职——巡查、保卫宫禁的职责。

⑤ 罝罦(jū fú)——捕杀野兽的罗网。

⑥ 僭轶——超越礼法。

⑦ 廷尉——掌司法的官员。

⑧ 昭王——唐宣宗的儿子李㵾,封昭王。

⑨ 翥(zhù)者走者——即飞禽走兽。

⑩ 东诸侯之贡士——东诸侯,东都洛阳的长官。贡士,由地方官府保举赴京应试的举子。

⑪ 数奇(jī)不中春官选——由于命运不好,没有中举。春官,主持科举考试的礼部的别称。

⑫ 三川——指伊水、洛水、黄河。此处指雒阳(今洛阳市东北)。

⑬ 击鞠飞觞(shāng)——鞠,皮球。飞觞,酒杯传来传去,这是饮酒时的一种戏玩方法。

⑭ 利喙(huì)——嘴巴能说会道。

⑮ 前席——坐席往前靠拢,表示谈得投机、亲热。

⑯ 僦(jiù)舍——租来的住房。

直方第；至则直方急趋，将出田也。谓知古曰："能相从乎？"而知古以祁寒①有难色。直方顾谓僮曰："取短皂袍②来。"请知古衣之。知古乃上加麻衣③焉，遂联辔而去。出长夏门，则凝霰始零，由阙塞④而密雪如注。乃渡伊水而东，南践万安山⑤之阴麓，而韝弋⑥之获甚伙。倾羽觞⑦，烧兔肩，殊不觉有严冬意。及乎霰开雪霁，日将夕焉，忽有封狐⑧突起于知古马首，乘酒驰三数里，不能及，又与猎徒相失。须臾，雀噪烟暝，莫知所如；隐隐闻洛城暮钟，但彷徨于樵径古陌之上。俄而，山川黯然，若一鼓将半，试长望，有炬火甚明，乃依积雪光而赴之。

　　复若十余里，至则乔木交柯，而朱门中开，皓壁⑨横亘，真北阙之甲第也。知古及门，下马，将徙倚以达旦。无何⑩，小驷顿辔，阍者觉之，隔壁而问阿谁。知古应曰："成周⑪贡士太原王知古也。今旦有友人将归于崆峒⑫旧隐者，仆饯之伊水滨，不胜离觞，既掺袂⑬，马逸，复不能止，失道至此耳。迟明将去，幸无见让。"阍曰："此乃南海副使⑭崔中丞⑮之庄也。

---

①　祁寒——天气寒冷。
②　短皂袍——黑色的短袍。
③　麻衣——当时举子普遍所穿的衣服。
④　阙塞——山名，于洛阳东南约四十里，山上有龙门石窟佛像。也称龙门山。
⑤　万安山——山名，于洛阳东南约四十里。也称石林、半山。
⑥　韝（gōu）弋——指弓箭之类武器。韝，射箭时用的皮制臂套。弋，用带丝绳的箭射猎。
⑦　羽觞——酒器，状似飞鸟。
⑧　封狐——大狐狸。
⑨　皓壁——雪白的围墙。
⑩　无何——不一会儿，隔了没多长时间。
⑪　成周——古地名，周成王时周公所建，故址于洛阳东面。
⑫　崆峒（kōng tóng）——此处指河南临汝县西南的崆峒山，相传为仙人广成子修道之处。
⑬　掺（shǎn）袂——意谓分手时很伤心。
⑭　副使——唐时节度使或观察使、团练使的副官。
⑮　崔中丞——姓崔的御史中丞。

主父近承天书赴阙①,郎君复随计吏②西征,此唯闺闱中人耳,岂可淹久乎。某不敢去留,请闻于内。"知古虽怵惕③不宁,自度中宵矣,去将安适?乃拱立④以候。

少顷,有秉蜜炬⑤自内至者,振钥管辟扉,引保母⑥出。知古前拜,仍述厥由。母曰:"夫人传语:主与小子,皆不在家,于礼无延客之道。然僻居与山薮接畛⑦,豺狼所噑,若固相拒,是见溺不救也。请舍外厅,翌日可去。"知古辞谢。乃从保母而入。过重门,门侧厅事,栾栌⑧宏敞,帷幕鲜华,张银灯,设绮席,命知古坐焉。酒三行,陈方丈之馔,豹胎鲂腴⑨,穷水陆之美。保母亦时来相勉。

食毕,保母复问知古世嗣官族及内外姻党⑩,知古具言之。乃曰:"秀才⑪轩裳令胄⑫,金玉奇标,既富春秋⑬,又洁操履,斯实淑媛之贤夫也。小君⑭以钟爱稚女,将及笄年,尝托媒妁,为求谐对久矣。今夕何夕,获遘良人⑮。潘、杨之睦⑯可遵,凤凰之兆⑰斯在。未知雅抱何如耳?"知古敛

---

① 赴阙——进京城见皇帝。

② 计吏——掌管会计簿籍的官员。

③ 怵(chù)惕——恐惧、悚惶。

④ 拱立——右手在里,左手在外,双手相迭的站着。表示恭敬。

⑤ 蜜炬——指蜡烛。

⑥ 保母——大官的姬妾中专门负责抚养子女的人。

⑦ 山薮(sǒu)接畛(zhěn)——接近深山大林。畛,界限。

⑧ 栾栌——栾,柱上承受斗拱的曲木。栌,柱上承托栋梁的方形木。

⑨ 鲂(fáng)腴——鳊鱼膏。

⑩ 内外姻党——指与父(内)、母(外)有血统关系的亲戚。

⑪ 秀才——对举子的通称,与明清时的秀才不同。

⑫ 轩裳令胄——贵族的后代。轩裳,贵人的车服。

⑬ 富春秋——意即年龄正当少壮。

⑭ 小君——古代对诸侯妻子的称呼。副使妻子与先秦诸侯妻子的地位差不多,故有此称呼。

⑮ 获遘(gòu)良人——得到一个好丈夫。

⑯ 潘、杨之睦——晋代潘岳的妻子姓杨,潘杨世代有姻亲关系。

⑰ 凤凰之兆——春秋齐大夫懿氏打算把女儿嫁给陈国公子完,其妻子卜了一卦,得到"凤凰于飞,和鸣锵锵"的好卦相。

容曰："仆文愧金声,才非玉润;岂家室为望,唯泥涂是忧。不谓宠及迷津,庆逢子夜①。聆好音于鲁馆②,逼佳气于秦台③。二客游神④,方兹莫及;三星⑤委照,唯恐不扬。倘获托彼强宗,眷以佳偶,则生平所志,毕在斯乎。"保母喜,谑浪⑥而入白。复出,致小君之命,曰："儿自移天⑦崔门,实秉懿范;奉蘋蘩⑧之敬,如琴瑟之和⑨。唯以稚女是怀,思配君子。既辱高义,乃叶凤心。上京飞书,路且不远;百两陈礼⑩,事亦非奢。忻慰孔多⑪,倾瞩而已。"知古磬折⑫而答曰："某虫沙微类,分及湮沦;而钟鼎高门⑬,忽蒙采拾。有如白水⑭,以奉清尘,鹤企凫趋⑮,唯待休旨。"知古复拜。保母戏曰："他日锦雉之衣欲解,青鸾之匣⑯全开;貌如月华,室若云

---

① 庆逢子夜——喜庆的事情在深夜出现。

② 鲁馆——春秋时鲁庄公主持周王姬的婚事,把王姬迎到鲁国,筑馆居住,然后送到齐国去完婚。"鲁馆"后则为嫁女代称。

③ 秦台——用春秋时箫史和弄玉的典故。见《游仙窟》"弄玉"。

④ 二客游神——似指刘晨、阮肇入山遇仙女之事。

⑤ 三星——心宿三星。古时把"三星"出现当作婚姻的象征。

⑥ 谑浪——开着玩笑。

⑦ 移天——指出嫁。古时妇女尊父亲和丈夫为"所天"。"移天"也即是从父家到夫家。

⑧ 奉蘋蘩——妇女主持家务之意。《诗经》"国风"中有《采蘋》、《采蘩》两章,旧注家认为是赞颂诸侯、大夫的妻子敬祀祖先的诗歌。

⑨ 琴瑟之和——琴瑟相奏和谐,比喻夫妻亲爱。

⑩ 百两陈礼——古诸侯嫁女,要有一百辆车子的嫁妆。两,同"辆"。此处指嫁妆。

⑪ 孔多——非常多。

⑫ 磬折——形容弯腰鞠躬,非常恭敬的样子。磬,古代石制乐器,中部弯折。

⑬ 钟鼎高门——指富贵人家。

⑭ 有如白水——指着白水发誓。春秋时晋国大夫狐偃同重耳逃难于外,历尽患难,后重耳将要回晋国当国君,狐偃则要离重耳而去,因怕他变心。重耳指着河水说:倘若今后我对你不好,有如白水!

⑮ 鹤企凫趋——如鹤伸长脖子盼望,如野鸭成群趋向前方。比喻企盼、欣欣之神态。

⑯ 青鸾之匣——指镜子。

邃。此际颇相念否?"知古谢曰:"以凡近仙,自地登汉①,不有所举,孰能自媒。谨当誓彼襟灵,志之绅带②;期于没齿③,佩以周旋。"复拜。

少时,则燎④沈当庭,良夜将艾。保母请知古脱服以休。既解麻衣,而皂袍见。保母诮曰:"岂有逢掖之士⑤,而服从役元衣⑥耶?"知古谢曰:"此乃假之与所游熟者,固非已有。"又问所从。答曰:"乃卢龙张直方仆射所借耳。"保母忽惊叫仆地,色如死灰。既起,不顾而走入宅。遥闻大叱曰:"夫人差事宿客,乃张直方之徒也!"复闻夫人者叫曰:"火急斥去,无启寇雠!"于是婢子小竖辈,群出秉猛炬,曳白蒡⑦而登阶。知古佢儴⑧,避于庭中,四顾逊谢。骂言狎至,仅得出门。既出,已横关阖扉,犹闻喧哗未已。知古愕立道左,且怛久之。将隐颓垣,乃得马于其下,遂驰走。遥望大火若燎原者,乃纵辔赴之。至则输租车方饭牛⑨附火耳。询其所,则伊水东草店之南也。复枕辔假寐。食顷,而震方⑩洞然,心思稍安,乃扬鞭于大道。

比及都门,已有张直方骑数辈来迹矣。遥至其第。既而见直方,而知古愤懑不能言。直方慰之。坐定,知古乃述宵中怪事。直方起而抚髀⑪曰:"山魈木魅,亦知人间有张直方耶? 且止知古。复益其徒数十人,皆射皮饮胄⑫者,享以卮酒豚肩⑬。与知古复南出;既至万安之北,知古前导,雪中马迹宛然。直诣柏林下,则碑板废于荒坎。樵苏残于茂林。中列

---

① 自地登汉——从地上到天河。汉,指天河。
② 绅带——士大夫束在衣外的大带子。
③ 没齿——没齿不忘,永远不忘。
④ 燎——火炬。
⑤ 逢掖之士——逢掖,宽袍大袖。指士大夫。
⑥ 从役元衣——奴仆的服装。
⑦ 蒡(bàng)——棍棒。
⑧ 佢儴(kuāng ráng)——慌张、手足无措的样子。
⑨ 饭牛——喂牛。
⑩ 震方——指东方。震,八卦之一。
⑪ 抚髀(bì)——抚摸着大腿,跃跃有征杀之意。
⑫ 饮胄——把箭射进对方的头盔里。此指一些嗜好杀戮之徒。
⑬ 卮(zhī)酒豚肩——指好酒好肉。

大冢十余;皆狐兔之窟宅,其下成蹊。于是,直方命四周张罗彀弓①以待。内则秉蕴②荷锸③,且掘且熏。少焉,有群狐突出,焦头烂额者,罝罗罥挂④者,应弦饮羽者,凡获狐大小百余头以归。

三水人⑤曰:"嗟乎王生,生世不谐,而为狐貉⑥所侮,况其大者乎。向若无张公之皂袍,则强死于豵兽之穴也。余时在洛敦化里第,于宴集中,博士⑦渤海⑧徐公说为余言之。岂曰语怪,亦以摭实⑨,故传之焉。"

温 京 兆

皇甫枚

温璋,唐咸通壬辰尹正天府⑩。性黩货⑪,敢杀,人亦畏其严残不犯,由是治有能名。

旧制:京兆尹之出,静通衢,闭里门;有笑其前道者,立杖杀之。是秋,温公出自天街,将南抵五门⑫,呵喝风生。有黄冠⑬老而且伛⑭,弊衣⑮曳

---

① 彀(gòu)弓——弓箭。
② 秉蕴——蕴,同"煴"。拿着火把。
③ 荷锸(chā)——拿着锹、锄之类农具。
④ 罝(jū)罗罥(juàn)挂——撞进猎网,被钩挂起来。
⑤ 三水人——见《飞烟传》注。
⑥ 狐貉(hé)——指狐狸。
⑦ 博士——官名,担任教学的学官。
⑧ 渤海——古郡名。唐时有渤海县,治所在今山东省惠民、乐陵一带。
⑨ 摭(zhí)实——记载事实。
⑩ 尹正天府——任京兆府尹。
⑪ 黩货——贪图财货。
⑫ 五门——唐代长安的明德门,有五个门洞,故称五门。
⑬ 黄冠——道士戴的束发冠,多涂成黄色,后用作道士的别称。
⑭ 伛(yǔ)——驼背。
⑮ 弊衣——衣裳破烂。

杖,将横绝其间,驺人①呵不能止。温公命胙②来,笞背二十。振袖而去,若无苦者。温异之,呼老街吏,令潜而觇之,有何言,复命黄冠扣之③。

既而迹之,追暮,过兰陵里④,南入小巷,中有衡门⑤,止处也。吏随入关。有黄冠数人,出谒甚谨,且曰:"真君⑥何迟也?"答曰:"为凶人所辱。可具汤水。"黄冠前引,双鬟青童从而入,吏亦随之。过数门,堂宇华丽,修竹夹道,拟王公之甲第。未及庭,真君顾曰:"何得有俗物气?"黄冠争出索之。吏无所隐,乃为所录。见真君。吏叩头拜伏,具述温意。真君盛怒曰:"酷吏不知祸将覆族,死且将至,犹敢肆毒于人,罪在无赦!"叱街吏令去。吏拜谢了,趋出,遂走诣府,请见温,时则深夜矣。温闻吏至,惊起,于便室召之。吏悉陈所见,温大嗟惋。

明日将暮,召吏引之。街鼓既绝,温微服⑦,与吏同诣黄冠所居。至明,吏款扉,应门者问谁。曰:"京兆温尚书来谒真君。"既辟重闱,吏先入拜,仍白曰:"京兆尹温璋。"温趋入拜。真君踞坐堂上,戴远游冠⑧,衣九霞之衣,色貌甚峻。温伏而叙曰:"某任御所惣浩穰⑨,权唯震肃,若稍畏懦,则损威声。昨日不谓凌迫大仙,自贻罪戾,故来首服,幸赐矜哀。"真君责曰:"君忍杀立名,专利不厌⑩,祸将行及,犹逞凶威!"温拜首求哀者数四,而真君终蓄怒不许。

少顷,有黄冠自东序来,拱立于真君侧,乃跪启曰:"尹虽得罪,亦天子亚卿⑪;况真君洞其职所统,宜少降礼⑫。"言讫,真君令黄冠揖温升堂,

---

① 驺(zōu)人——骑马的卫士。

② 胙(zuó)——抓,揪。

③ 复命黄冠扣之——又命(街吏)回来戴上黄冠(即冒充道士)。

④ 兰陵里——长安城中里坊名。

⑤ 衡门——用横木做成的门。代指简陋的房屋。

⑥ 真君——道家对神仙的称呼。

⑦ 微服——为了掩藏官宦的身份而改穿平民的服装。

⑧ 远游冠——王侯的王冠。

⑨ 任惣(zǒng)浩穰——意即自己担任着总摄京城的任务,公事异常繁忙。

⑩ 忍杀立名,专利不厌——以残忍好杀来树立威名,专门搜括贪得无厌。

⑪ 亚卿——比正卿低一等的官员。京兆尹只比宰相低一级,故称。

⑫ 宜少降礼——应当稍为(给他)一点礼遇。

别设小榻，令坐。命酒数行。而真君怒色不解。黄冠复启曰："尹之忤犯，弘宥①诚难，然则真君变服尘游，俗士焉识？白龙鱼服，见困豫且②。审思之。"真君悄然，良久曰："恕尔家族。此间亦非淹久之所。"温遂起，于庭中拜谢而去。与街吏疾行至府，动晓钟矣。虽语亲近，亦秘不令言。

明年，同昌主③薨，懿皇伤念不已。忿药石之不征也，医韩宗绍等四家，诏府穷竟，将诛之。而温鬻狱④缓刑，纳宗绍等金带及余货，凡数千万。事觉，饮鸩⑤而死。

韦　　皋

范　摅

唐西川节度使韦皋⑥，少游江夏⑦，止于姜使君之馆。姜氏孺子曰荆宝，已习二经⑧，虽兄呼于韦，而恭事之礼如父也。荆宝有小青衣曰玉箫，年才十岁，常令祗侍⑨韦兄。玉箫亦勤于应奉。后二载，姜使入关求官，家累⑩不行。韦乃易居止头陀寺，荆宝亦时遣玉箫往彼应奉。玉箫年稍长大，因而有情。时廉使陈常侍得韦季父书云："侄皋久客贵州，切望发遣归觐。"廉使启缄，遗以舟楫服用，仍恐淹留，请不相见，泊舟江濑⑪，俾

---

① 弘宥(yòu)——宽恕。
② 白龙鱼服，见困豫且——《说苑·正谏》载，白龙变化成鱼，被渔人豫且射中眼睛。白龙告于天帝，天帝说，你变成了鱼，豫且当然可以射你，过失不在渔人。
③ 同昌主——唐懿宗李漼最宠爱的女儿。
④ 鬻(yù)狱——即出卖官司。
⑤ 鸩(zhèn)——传说中的一种毒鸟，浸在酒中，则成毒酒，后作为毒酒的通称。
⑥ 韦皋——字城武，唐德宗时任剑南西川节度使，镇蜀二十一年。
⑦ 江夏——唐郡名，治所在今武昌。
⑧ 二经——"五经"中的二经。
⑨ 祗侍——服侍。
⑩ 家累——家属。
⑪ 江濑——江边。

篙工促行。韦昏瞑拭泪，乃裁书以别荆宝。宝顷刻与玉箫俱来，既悲且喜。宝命青衣往从侍之。韦以违觐日久，不敢俱行，乃固辞之。遂与言约，少则五载，多则七年，取玉箫，因留玉指环一枚，并诗一首遗之。既五年，不至。玉箫乃静祷于鹦鹉洲。又逾二年，至八年春，玉箫叹曰："韦家郎君，一别七年，是不来矣！"遂绝食而殒。姜氏悯其节操，以玉环著于中指而同殡焉。后韦镇蜀，到府三日，讯鞫狱囚，涤其冤滥，轻重之系，近三百余人。其中一辈，五器所拘①，偷视厅事，私语云："仆射②是当时韦兄也。"乃厉声曰："仆射，仆射，忆姜家荆宝否？"韦曰："深忆之。"姜曰："即某是也。"公曰："犯何罪而重系？"答曰："某辞韦之后，寻以明经及第，再选青城县令。家人误爇③廨舍库牌印等。"韦曰："家人之犯，固非己尤④。"即与雪冤，仍归墨绶⑤，乃奏授眉州牧⑥。敕下，未令赴任，遣人监守⑦，朱绂其荣⑧，且留宾幕。时属大军之后，草创事繁，凡经数月，方问玉箫何在。姜曰："仆射维舟之夕，与伊留约，七载是期，既逾时不至，乃绝食而终。"因吟留赠玉环诗云："黄雀衔来已数春，别时留解赠佳人。长江不见鱼书至，为遣相思梦入秦。"韦闻之，一增凄叹，广修经像，以报夙心。且想念之怀，无由再会。时有祖山人者，有少翁⑨之术，能令逝者相亲，但令府公斋戒七日。清夜，玉箫乃至，谢曰："承仆射写经造像之力，旬日便当托生。却后十三年，再为侍妾，以谢鸿恩。"临去微笑曰："丈夫薄情，令人死生隔矣！"后韦以陇右之功，终德宗之代，理蜀不替。是故年深累迁中书令，天下响附，泸觋⑩归心。因作生日，节镇所贺，皆贡珍奇，独东川

---

① 五器所拘——指戴着刑具。五器，是判处五刑刑具的总称。

② 仆射——宰相之职。此处是对韦皋的尊称，并非韦皋真当了宰相。

③ 爇——燃烧。

④ 己尤——自己的过失。

⑤ 墨绶——墨色官印绶带。代指官职。

⑥ 眉州牧——眉州，唐州名，今四川省眉县。牧，刺史。

⑦ 遣人监守——派人去署理刺史职责。

⑧ 朱绂其荣——朱绂，唐五品官员以上佩带的紫绶。指以显贵的官职使他荣耀。

⑨ 少翁——见《长恨歌传》"李少君之术"注。

⑩ 泸觋——指西南的少数民族。

卢八座送一歌姬,未当破瓜之年①,亦以玉箫为号。观之,乃真姜氏之玉箫也,而中指有肉环隐出,不异留别之玉环也。韦叹曰:"吾乃知存殁之分②,一往一来。玉箫之言,斯可验矣!"

杨　叟

张　读

　　乾元③初,会稽民有杨叟者,家以资产丰赡,闻于郡中。一日,叟将死,卧而呻吟,且仅数月④。叟有子曰宗素,以孝行称于里人。迨其父病,罄其产以求医术。后得陈生者,究其脉曰:"是翁之病,心也。盖以财产既多,其心为利所运,故心神已离去其身,非食生人心,不可以补之。而天下生人之心,焉可致耶? 如是则非吾之所知也。"宗素既闻之,以为生心故莫可得之,独修浮图氏法⑤,庶可以间⑥其疾。即召僧转经,命工图铸其像。已而,自赍食,诣郡中佛寺饭僧。一日,因挈食去,误入一山迳中,见山下有石龛,龛有胡僧⑦,貌甚老,而枯瘠,衣褐毛缕成袈裟,踞于磐石上。宗素以为异人,即礼而问曰:"师何人也,独处穷谷,以人迹不到之地为家,又无侍者,不惧山野之兽有害于师乎? 不然,是得释氏之术者耶?"僧曰:"吾本是袁氏,祖世居巴山,其后子孙,或在弋阳,散游诸山谷中,尽能绍修祖业,为林泉逸士,极得吟啸之趣。人有好为诗者,多称其善吟啸,于是稍闻于天下。有孙氏,亦族也,则多游豪贵之门,亦以善谈谑,故又以之游于市肆间,每一戏,能使人获其利焉。独吾好浮图氏,脱尘俗,栖心岩谷中不动,而在此且有年矣。常慕育利王割截体身,及委身投崖以饲饿虎,故吾啖橡栗,饮流泉,恨未有虎狼噬吾,吾亦甘受之。"宗素因告曰:"师真

---

①　破瓜之年——见《绿翘》"破瓜之岁"注。

②　存殁之分——生死的姻缘。

③　乾元——唐肃宗年号。

④　且仅数月——不止几个月。

⑤　浮图氏法——即佛法。

⑥　间——治好。

⑦　胡僧——指从西域来的和尚。

至人,能舍其身而不顾,将以饲山兽,可谓仁勇俱极矣。虽然,弟子父有疾已数月,进而不瘳,某夙夜忧迫,计无所出。有医者云,是心之病也,非食生人之心,固不可得而愈矣。今师能弃身于豹虎,以救其馁,岂若舍命于人,以惠其生乎?愿师详之①。"僧曰:"诚如是,果吾之志也。檀越为父而求吾。吾岂有不可之意。且吾以身委于野兽,曷若惠人之生乎?然今日尚未食,愿致一饱而后死也。"宗素且喜且谢,即以所挈食致于前。僧食之立尽,而又曰:"吾既食矣,当礼四方之圣,然后奉教也。"于是整其衣,出龛而礼,礼东方已毕,忽跃而腾上一高树。宗素以为神通变化,殆不可测。俄召宗素,厉声而问曰:"檀越向者所求何也?"宗素曰:"愿得生人心,以疗父疾。"僧曰:"檀越所愿者,吾已许焉,今欲先说《金刚经》之奥义,且欲闻乎?"宗素曰:"某素尚浮图氏,今日获遇吾师,安敢不听乎?"僧曰:"《金刚经》云:过去心不可得,现在心不可得,未来心不可得。檀越若要取吾心,亦不可得矣!"言已,忽跳跃大呼,化为一猿而去。宗素惊异,惶骇而归。

吴 全 素

张 读

吴全素,苏州人,举孝廉,五上不第。元和十二年寓居长安永兴里。十二月十三日夜既卧,见二人白衣执简,若贡院引榜②来召者。全素曰:"礼闱引试分甲有期③,何烦夜引。"使者固邀,不得已而下床随行。不觉过子城④,出开远门二百步,正北行,有路阔二尺已来⑤此外尽目深泥。见丈夫妇人胱之者,拽倒者,矸枷者,锁身者,连裾⑥者,僧者,道者,囊盛其头者,面缚

---

① 详之——考虑之。
② 贡院引榜——考院中分编房号的告示牌。
③ 礼闱引试分甲有期——礼部考试的入场和出榜都是有规定的日期的。
④ 子城——阴月城。卫郊的月形状卫城。
⑤ 已来——大约,左右。
⑥ 连裾——把衣襟联结在一起的。

者,散驱行者,数百辈皆行泥中,独全素行平路。约数里入城郭,见官府同列者千余人。军吏佩刀者,部分其人,率五十人为一引①。引过,全素在第三引中。其正衙有大殿,当中设床几,一人衣绯而坐,左右立吏数十人。衙吏点名,便判付司狱者,付碨狱②者,付矿狱③者,付汤狱④者,付火狱者,付案者⑤。闻其付狱者,方悟身死。见四十九人皆点付讫,独全素在,因问其人曰:"当衙者何官?"曰:"判官也。"遂诉曰:"全素忝履儒道,年禄未终,不合死。"判官曰:"冥官案牒,一一分明,据籍帖追,岂合妄诉?"全素曰:"审知年命未尽,今请对验命籍。"乃命取吴郡户籍到,检得吴全素,元和十三年明经出身,其后三年衣食,亦无官禄。判官曰:"人世三年,才同瞬息,且无荣禄,何必却回;既去即来,徒烦案牒!"全素曰:"辞亲五载,得归即荣;何况成名,尚余三载,伏乞哀察。"判官曰:"任归。"仍诫引者曰:"此人命薄,宜令速去,稍似延迟,即突明⑥矣。引者受命,即与同行。出门外,羡而泣者不可胜纪。既出城,不复见泥矣。复至开远门,二吏谓全素曰:"君命甚薄,突明即归,得不见判官之命乎? 我皆贫,各惠钱五十万,即无虑矣。"全素曰:"远客又贫,如何可致?"吏曰:"从母之夫⑦,居宣阳为户部吏者,甚富,一言可致也。"既⑧同诣其家,二吏不肯上阶,令全素入告。其家方食煎饼。全素至灯前拱曰:"阿姨万福。"不应。又曰:"姨夫安和。"又不应,乃以手笼灯,满堂皆暗。姨夫曰:"何不抛少物? 夜食香物,鬼神便合恼人。"全素既憾其不应,又目为鬼神,意颇忍之⑨。青衣有执食者,其面正当,因以手掌之,应手而倒。家人竞来拔发喷水,呼唤良久方悟。全素既言情不得,下阶问二吏。吏曰:"固然,君未还生,非鬼而何? 鬼语而人不闻,笼灯行掌,诚足以骇之。"曰:"然则何以言事?"曰:

---

① 引——队。

② 碨狱——碨,磨子。把人放在磨子里磨的地方。

③ 矿狱——把人作为矿石,用火锻炼。

④ 汤狱——滚水煮的惩罚。

⑤ 案者——判决处罪的差吏。

⑥ 突明——天亮。

⑦ 从母之夫——姨父。从母,姨母。

⑧ 既——于是。

⑨ 忍之——愤慨。

"以吾唾，涂人大门，一家睡；涂人中门，门内人睡；涂堂门，满堂人睡。可以手承吾唾而涂之。"全素掬手①，二吏交唾，逡巡掬手以涂堂门。才毕，满堂欠伸，促去食器，遂入寝。二吏曰："君人，去床三尺，立言之，慎勿近床；以手摇动，则魇不寤②矣。"全素依其言言之。其姨惊起，泣谓夫曰："全素晚来归宿，何忽致死？今者见梦求钱，言有所遗③如何？"其夫曰："忧念外甥，偶为热梦，何足遽信？"又寝，又梦，惊起而泣；求纸于柜，适有二百幅，乃令遽剪焚之。火绝，则千缗宛然在地矣。二吏曰："钱数多，某固不能胜。而君之力，生人之力也，可以尽举。请负以致寄之。"全素初以为难，试以两手上承，自肩挑之，巍巍然极高，其实甚轻，乃引行寄介公庙。主人者紫衣腰金，敕吏受之。寄毕，二吏曰："君之还生必矣。且思便归，为亦有所见邪？今欲取一人送之受生，能略观否？"全素曰："固所愿也。"乃相引入西市绢行南尽人家④灯火荧煌，呜呜而泣。数僧当门读经，香烟满户。二吏不敢近，乃从堂后檐上，计当寝床，有抽瓦拆椽，开一大穴，穴中下视。一老人，气息奄然，相向而泣者周其床。一吏出怀中绳，大如指，长二丈余，令全素安坐执之，一头垂于穴中。诫全素曰："吾寻取彼人，人来当掣绳。"遂出绳下之，而以右手朓老人，左手掣绳。全素遽掣出之，拽于堂前，以绳缚囚。二吏更荷而出，相顾曰："何处有屠案最大？"其一曰："布政坊十字街南王家案最大。"相与往焉。既到，投老人于案上，脱衣缠身，更上推扑，老人曰苦，其声感人。全素曰："有罪当刑，此亦非法，若无罪责，何以苦之？"二吏曰："讶君之问何迟也？凡人有善功清德，合生天堂者，仙乐彩云，霓旌鹤驾来迎也，某何以见之。若有重罪及秽恶，合堕地狱，牛头奇鬼铁叉枷扦来取，某又何以见之。此老人无生天之福，又无入地狱之罪，虽能修身，未离尘俗，但洁其身，静无瑕秽，既舍此身，只合更受男子之身。当其上计⑤之时，其母已孕，此命既尽，彼命合

---

① 掬手——张开手。

② 魇不寤——梦魇不醒。

③ 遗——赠送。

④ 南尽人家——最南头的一家。

⑤ 上计——指灵魂随阴役出行。

生。今若不团扑①，令彼妇人何以能产?"又尽力揉扑，实觉渐小。须臾，其形才如拳大，百骸九窍，莫不依然。于是依依②提行，逾子城大胜业坊西南下，东回第二曲，北壁入第一家。其家复有灯火，言语切切。沙门三人当窗读《八阳经》，因此不敢逼。直上阶，见堂门斜掩，一吏执老人投于堂中，才似到床，新子已啼矣。二吏曰："事毕矣，送君去。"又偕入永兴里旅舍。到寝房，房内尚黑，略无所见。二吏自后乃推全素，大呼曰："吴全素!"若失足而坠，既苏，头眩苦，良久方定，而街鼓动。姨夫者，自宣阳走马来，则已苏矣。其仆不知觉也。乘肩舆，憩于宣阳数日，复故，再由子城入胜业生男之家，历历在眼。自以明经中第，不足为荣，思速侍亲。卜得行日，或头眩不果去，或驴来脚损，或雨雪连日，或亲故往来。因循之间，遂逼试日。入场而过，不复以旧日之望为意。俄而成名，笑别长安而去。乃知命当有成，弃之不可。时苟未会，躁亦何为? 举此一端，足可以诫其知进而不知退者。

闾 丘 子

张　读

有荥阳郑又玄，名家子也。居长安中。自小与邻舍闾丘③氏子，偕读书于师氏。又玄性骄，率以门望清贵，而闾丘氏寒贱者，往往戏而骂之曰："闾丘氏非吾类也! 而我偕学于师氏，我虽不语，汝宁不愧于心乎?"闾丘子默然有惭色。后数岁，闾丘子病死。

及十年，又玄以明经上第。其后调补参军于唐安郡④。既至官，郡守命假尉唐兴⑤有同舍仇生者，大贾之子，年始冠⑥。其家资产万计。日与

---

① 团扑——揉捏掼打。
② 依依——直提在手中。
③ 闾丘——复姓。
④ 唐安郡——也称蜀州，治所在今四川省崇庆县。
⑤ 假尉唐兴——假尉，兼代县尉的职务。唐兴，唐安郡属县。
⑥ 冠——古代男子二十岁时要举行加冠礼，表示成人。

又玄会，又玄累受其金钱赂遗，常与宴游。然仇生非士族①，未尝以礼貌接之。尝一日，又玄置酒高会，而仇生不得予。及酒阑，有谓又玄者曰："仇生与子同舍，会宴而仇生不得予，岂非有罪乎？"又玄惭，即召仇生。生至，又玄以卮饮之②。生辞不能引满③，固谢。又玄怒骂曰："汝市井之民，徒知锥刀④尔，何为僭居官秩⑤邪？且吾与汝为伍，实汝之幸，又何敢辞酒乎？"因振衣起。仇生羞且甚。俛⑥而退。遂弃官闭门，不与人往来。经数月病卒。

明年，郑罢官，侨居濛阳郡⑦佛寺。郑常好黄老之道⑧。时有吴道士者，以道艺闻，庐于蜀门山。又玄高其风，即驱而就谒，愿为门弟子。吴道士曰："子既慕神仙，当且居山林，无为汲汲于尘俗间。"又玄喜谢曰："先生真有道者。某愿为隶于左右，其可乎？"道士许而留之。凡十五年，又玄志稍惰。吴道士曰："子不能固其心，徒为居山林中，无补矣。"又玄即辞去。宴游濛阳郡久之。其后东入长安，次襄城⑨，舍逆旅氏。遇一童儿十余岁，貌甚秀。又玄与之语，其辨慧千转万化，又玄自谓不能及。已而谓又玄曰："我与君故人有年矣，君省之乎？"又玄曰："忘矣。"童儿曰："吾尝生闾丘氏之门，居长安中，与子偕学于师氏。子以我寒贱，且曰'非吾类也'。后又为仇氏子，尉于唐兴。与子同舍。子受我金钱赂遗甚多。然子未尝以礼貌遇我，骂我市井之民。——何吾子骄傲之甚邪？"又玄惊，因再拜谢曰："诚吾之罪也。然子非圣人，安得知三生⑩事乎？"童儿曰："我太清真人。上帝以汝有道气，故生我于人间，与汝为友，将授真仙之诀；而汝以性骄傲，终不能得其道。吁！可悲乎！"言讫，忽亡所见。又

①　士族——豪门大族，也作"世族"。
②　以卮(zhī)饮之——用大酒杯让他喝酒。卮，大酒器。
③　引满——斟满。
④　锥刀——"锥刀之利"的略语，比喻微小的利益。
⑤　僭居官秩——僭，超越；官秩，即官位。意思是说，仇生怎么能够做官？
⑥　俛——低着头。
⑦　濛阳郡——唐郡名，也称彭州，治所在今四川省彭县。
⑧　黄老之道——即道教。道家以黄帝、老子为始祖。
⑨　襄城——唐县名，治所在今陕西省襄城县东南。
⑩　三生——佛家称前世、今世、来世为三生。

玄既寤①其事,甚惭恚②,竟以忧卒。

李　黄

郑还古

　　元和二年,陇西李黄,盐铁使逊之犹子也。因调选次③,乘暇于长安东市,瞥见一犊车,侍婢数人于车中货易。李潜目车中,因见白衣之姝,绰约有绝代之色。李子求问,侍者问:"娘子孀居,袁氏之女。前事李家,今身衣李之服,方将外除④,所以市此耳。"又询:"可能再从人乎?"乃笑曰:"不知。"李子乃出与钱帛,货诸锦绣。婢辈遂传言云:"且货钱⑤买之,请随到庄严寺左侧宅中,相还不负。"李子甚悦,时日已晚,遂逐犊车而行。碍夜⑥方至所止,犊车入中门,白衣姝一人下车,侍者以帷拥之而入。李下马,俄见一使者将榻而出,云:"且坐。"坐毕,侍者云:"今夜郎君岂暇领钱乎?不然,此有主人⑦否?且归主人,明晨不晚也。"李子曰:"乃今无交钱之志,然此亦无主人,何见隔之甚也?"侍者入,复出曰:"若无主人,此岂不可,但勿以疏漏为诮也。"俄而侍者云:"屈郎君。"李子整衣而入,见青服老女郎立于庭,相见曰:"白衣之姨也。"中庭坐少顷,白衣方出,素裙粲然,凝质皎若,辞气闲雅,神仙不殊。略序款曲,翻然却入。姨坐谢曰:"垂情与货诸彩色,比日来市者,皆不如之。然所假⑧殊荷深愧。"李子曰:"彩帛粗缪⑨,不足以奉佳人服御,何敢指价乎?"答曰:"渠浅陋,不足侍君子巾栉,然贫居有三十千债负,郎君傥不弃,则愿侍左右矣。"李子悦,

---

① 寤——同"悟",明白。

② 惭恚(huì)——惭愧和怨愤。

③ 因调选次——轮到选官。

④ 外除——脱去丧服。

⑤ 货钱——垫付货款。

⑥ 碍夜——到夜晚。

⑦ 主人——指能够招待住宿的主人。

⑧ 假——指代垫付的货款。

⑨ 粗缪——粗糙。

拜于侍侧，俯而图之。李子有货易所①先在近，遂命所使取钱三十千，须臾而至。堂西间门，砉然②而开，饮食毕备，皆在西间。姨遂延李子入坐，转盼炫焕③，女郎旋至，命生拜姨而坐，六七人具饭食毕，命酒欢饮。一住三日，饮乐无所不至。第四日，姨云："李郎君且归，恐尚书④怪迟，后往来亦何难也。"李亦有归志，承命拜辞而出。上马，仆人觉李子有腥臊气异常。遂归宅，问何处许日不见，以他语对。遂觉身重头旋，命被而寝。先是婚郑氏女，在侧云："足下调官已成，昨日过官⑤，觅公不得，其二兄替过官，已了⑥。"李答以愧佩之辞。俄而郑兄至，责以所往行。时李已渐觉恍惚，祇对失次，谓妻曰："吾不起矣！"口虽语，但觉被底身渐消尽，揭被而视，空注水而已，唯有头存。家大惊慑，呼从出之仆考之。仆者具言其事。及去寻旧宅所在，乃空园，有一皂荚树，树上有十五千，树下有十五千，余了无所见。问彼处人，云："往往有巨白蛇在树下，更无别物。"姓袁者，盖以空园为姓耳。复一说：元和中，凤翔节度李听，从子卢，任金吾参军。自永宁里出游，及安化门外，乃遇一车子，通以银妆，颇极鲜丽，驾以白牛。从二女奴，皆乘白马，衣服皆素，而容姿宛媚。卢贵家子，不知检束，即随之。将暮焉，二女奴曰："郎君贵人，所见莫非丽质。皆某贱隶，又皆粗陋，不敢当公子厚意。然车中幸有姝丽，诚可留意也。"卢遂求女奴。女奴乃驰马傍车，笑而回曰："郎君但随行，勿舍去，某适已言矣。"卢既随之，闻其异香盈路。日暮，及奉诚园。二女奴曰："娘子住此之东，今先去矣。郎君且此回翔⑦，某即出奉迎耳。"车子既入，卢乃驻马于路侧。良久，见一婢出门招手。卢乃下马入，坐于厅中，但闻名香入鼻，似非人世所有。卢遂令人马入安邑里寄宿。黄昏后，方见一女子素衣，年十六七，姿艳若神仙。卢自喜之心，所不能谕，因留止宿。及明而出，已见人马在门外，遂别而归。才及家，便觉脑痛，斯须益甚。至辰巳间，脑裂而卒。其家

---

①　货易所——店铺。

②　砉（huā）然——门开的声响。

③　转盼炫焕——满目光辉灿烂。

④　尚书——指李黄的叔父盐铁使李逊。

⑤　过官——吏部调补选官过堂。

⑥　已了——已经办好手续。

⑦　回翔——来回行走。

询问奴仆,昨夜所历之处。从者具述其事,云:"郎君颇闻异香,某辈所闻,但蛇臊不可近。"举家冤骇,遽命仆人,于昨夜所止之处,覆验之。但见枯槐树中,有大蛇蟠屈之迹。乃伐其树,发掘,已失大蛇,但有小蛇数条,尽白,皆杀之而归。

僧　侠

段成式

唐建中①初,士人韦生,移家汝州②。中路逢一僧,因与连镳③,言论颇洽。日将夕,僧指路歧曰:"此数里是贫道兰若④,郎君能垂顾乎?"士人许之,因令家口先行。僧即处分从者,供帐具食。行十余里不至,韦生问之,即指一处林烟曰:"此是矣。"及至,又前进。日已昏夜,韦生疑之。素善弹,乃密于靴中取张卸弹,怀铜丸十余,方责僧曰:"弟子有程期,适偶贪上人清论,勉副相邀。今已行二十里,不至,何也?"僧但言且行。是僧前行百余步,韦生知其盗也,乃弹之,正中其脑。僧初若不觉,凡五发中之。僧始扪中处,徐曰:"郎君莫恶作剧。"韦骇之,无可奈何,亦不复弹。良久,至一庄墅,数十人列火炬出迎。僧延韦生坐一厅中,笑曰:"郎君勿忧。"因问左右:"夫人下处如法无⑤?"复曰:"郎君且自慰安之,即就此也。"韦生见妻女别在一处,供帐甚盛,相顾涕泣。即就僧⑥,僧前执韦生手曰:"贫道盗也,本无好意,不知郎君艺若此,非贫道亦不支也。今日固已无他,幸不疑耳。适来贫道所中郎君弹悉在。"乃举手搦⑦脑后,五丸坠

---

① 建元——唐德宗年号。

② 汝州——今河南临汝县。

③ 连镳——镳,马衔。同路而行。

④ 兰若——寺院。

⑤ 下处如法无——住处安排按规矩吗?

⑥ 即就僧——马上找到和尚。

⑦ 搦——拨。

焉。有顷布筵,具蒸犊,犊上诸①刀子十余,以齑饼②环之。揖韦生就座,复曰:"贫道有义弟数人,欲令谒见。"言已,朱衣巨带者五六辈,列于阶下。僧叱曰:"拜郎君！汝等向遇郎君,则成齑粉矣！"食毕,僧曰:"贫道久为此业,今向迟暮,欲改前非。不幸有一子,技过老僧,欲请郎君为老僧断之。"乃呼飞飞出参郎君。飞飞年才十六七,碧衣长袖,皮肉如脂。僧曰:"向后堂侍郎君。"僧乃授韦一剑,及五丸,且曰:"乞郎君尽艺杀之,无为老僧累也。"引韦入一堂中,乃反锁之。堂中四隅,明灯而俟。飞飞当堂执一短鞭,韦引弹,意必中。丸已敲落,不觉跃在梁上,循壁虚蹑,捷若猱玃。弹丸尽,不复中。韦乃运剑逐之,飞飞倏忽逗闪,去韦身不尺。韦断其鞭数节,竟不能伤。僧久乃开门,问韦:"与老僧除得害乎?"韦具言之。僧怅然,顾飞飞曰:"郎君证成汝为贼也,知复如何！"僧终夜与韦论剑,及弧矢③之事。天将晓,僧送韦路口,赠绢百疋,垂泣而别。

叶　限

段成式

　　南人相传秦、汉前有洞④主吴氏,士人呼为吴洞,娶两妻。一妻卒,有女名叶限,少惠,善陶金⑤,父爱之。末岁,父卒,为后母所苦,常令樵险汲深⑥。

　　时尝得一鳞,二寸余,赪鬐金目⑦。遂潜养于盆水,日日长,易数器⑧,大不能受,乃投于后池中。女所得余食,辄沉以食之。女至池,鱼必露首枕岸,他人至,不复出。

---

① 诸——同"扎"。

② 齑饼——荤肉做的饼。

③ 弧矢——弓箭。指射箭等技艺。

④ 洞——古时广东、广西的少数民族部落多名为洞。

⑤ 陶金——即"淘金"。唐代"蛮洞"妇女多能淘金。

⑥ 樵险汲深——到危险的山上打柴,到水深的溪河边打水。

⑦ 赪(chēng)鬐(qí)金目——红色的鱼鳍,金色的眼睛。

⑧ 器——指缸、盆之类的容器。

其母知之，每伺之，鱼未尝见也；因诈女曰："尔无劳乎，吾为尔新其襦①。"乃易其弊衣。后令汲于他泉，计里数百也。母徐衣其女衣，袖利刃②，行向池，呼鱼，鱼即出首，因斤杀③之。鱼已长丈余。膳其肉，味倍常鱼。藏其骨于郁栖④之下。

逾日女至，向池，不复见鱼矣。乃哭于野，忽有人被发粗衣，自天而降，慰女曰："尔无哭，尔母杀尔鱼矣。骨在粪下，尔归可取鱼骨藏于室。所须第祈之，当随尔也⑤。"女用其言，金玑衣食，随欲而具。

及洞节⑥，母往，令女守庭果。女伺母行远，亦往。衣翠纺上衣⑦，蹑金履。母所生女认之，谓母曰："此甚似姊也。"母亦疑之。女觉，遽反，遂遗一只履，为洞人所得。母归，但见女抱庭树眠，亦不之虑⑧。

其洞邻海岛，岛中有国名陀汗⑨，兵强，三数十岛，水界数千里。洞人遂货其履于陀汗国，国主得之，命其左右履之，足小者履减一寸⑩。乃令一国妇人履之，竟无一称者。其轻如毛，履石无声。陀汗王意其洞人以非道得之⑪，遂禁锢而拷掠之。竟不知所从来，乃以是履弃之于道旁。即遍历人家捕。若⑫有女履者，捕之以告。陀汗王怪之。乃搜其室，得叶限，令履之而信。叶限因衣翠纺衣，蹑履而进，色若天人也。始具事于王。载鱼骨与叶限俱还国。其母及女即为飞石击死，洞人哀之，埋在石坑，命

---

① 新其襦（rú）——换上新短衣。
② 袖利刃——袖子中藏着快刀子。
③ 斤杀——砍杀。
④ 郁栖——粪土。
⑤ 所须第祈之，当随尔也——意即你需要什么，只要祈求它，它都会有求必应。
⑥ 洞节——"洞"的节日。
⑦ 翠纺上衣——翡翠鸟羽毛编织成的上衣。
⑧ 不之虑——不去理睬她。
⑨ 陀汗——国名。唐时南海外有"陀洹国"，在林邑（即今越南）西南大海中，可能即是"陀汗"国。
⑩ 足小者履减一寸——脚小的人穿上去，鞋子还短一寸。
⑪ 非道得之——不是从正道上得来的。
⑫ 若——于是。

曰"懊女冢①"。洞人以为媒祀②,求女必应。

陀汗王至国,以叶限为上妇③。一年,王贪求祈于鱼骨,宝玉无限。逾年不复应,王乃葬鱼骨于海岸,用珠百斛藏之,以金为际④。至征卒叛时,将发以赡军。一夕,为海潮所沦。

成式⑤旧家人李士元所说。士元本邕州⑥洞中人,多记得南中怪事。

崔 玄 微

段成式

唐天宝中,处士崔玄微洛东有宅。耽道,饵术及茯苓⑦三十载。因药尽,领僮仆辈入嵩山⑧采芝,一年方回。宅中无人,蒿莱满院。时春季夜间,风清月朗,不睡,独处一院,家人无故辄不到。

三更后,有一青衣云:"君在院中也。今欲与一两女伴过,至上东门⑨表姨处,暂借此歇,可乎?"玄微许之。须臾,乃有十余人,青衣引入。有绿裳者前曰:"某姓杨。"指一人,曰:"李氏。"又一人,曰:"陶氏。"又指一绯小女⑩,曰:"姓石,名阿措。"各有侍女辈。玄微相见毕,乃坐于月下,问行出之由。对曰:"欲到封十八姨数日,云欲来相看,不得。今夕众往看之。"坐未定,门外报:"封家姨来也。"坐皆惊喜出迎。杨氏云:"主人甚

---

① 懊女冢——懊恨之女的坟墓。
② 媒祀——作为媒婆之神来祭祀。
③ 上妇——贵妇。
④ 以金为际——用金子作埋藏珠子的垒壁。
⑤ 成式——即作者段成式。
⑥ 邕州——治所在今广西壮族自治区邕宁县。
⑦ 术及茯苓——术,菊科多年生野生草本植物。茯苓,多孔菌科的菌类植物,根块可以入药。古人认为术与茯苓常服可延寿,甚至成仙。
⑧ 嵩山——中岳,在河南登封县北。
⑨ 上东门——唐洛阳东城三门中最北面的一门。
⑩ 绯小女——穿着红色衣裳的小姑娘。

贤,只此从容不恶,诸亦未胜于此也。"玄微又出见封氏,言词泠泠①,有林下风气②。遂揖入坐。色皆殊绝。满座芳香,馥馥袭人。诸人命酒,各歌以送之,玄微志③其二焉。有红裳人与白衣送酒,歌曰:"皎洁玉颜胜白雪,况乃当年对芳月。沉吟不敢怨春风,自叹容华暗消歇。"又白衣人送酒,歌曰:"绛衣披拂露盈盈,淡染胭脂一朵轻。自恨红颜留不住,莫怨春风道薄情。"至十八姨持盏,性颇轻佻,翻酒污阿措衣。阿措作色曰:"诸人即奉求,余即不知奉求耳。"拂衣而起。十八姨曰:"小女弄酒!"皆起,至门外别;十八姨南去,诸人西入苑中而别。玄微亦不知异。

明夜又来,云:"欲往十八姨处。"阿措怒曰:"何用更去封妪舍,有事只求处士,不知可乎?"阿措又言曰:"诸侣皆住苑中,每岁多被恶风所挠,居止不安,常求十八姨相庇;昨阿措不能依回④,应难取力。处士倘不阻见庇,亦有微报耳。"玄微曰:"某有何力,得及诸女?"阿措曰:"但处士每岁岁日,与作一朱幡,上图日月五星之文,于苑东立之,则免难矣。今岁已过;但请至此月二十一日平旦⑤,微有东风,即立之,庶夫免患也。"玄微许之。乃齐声谢曰:"不敢忘德。"拜而去。玄微于月中随而送之,逾苑墙,乃入苑中,各失所在。依其言,至此日立幡。是日东风振地,自洛南折树飞沙,而苑中繁花不动。玄微乃悟:诸女曰姓杨、李、陶,及衣服颜色之异,皆众花之精也;绯衣名阿措,即安石榴⑥也;封十八姨,乃风神也。后数夜,杨氏辈复至愧谢。各裹桃李花数斗,劝崔生:"服之可延年却老。愿长如此住,卫护某等,亦可致长生。"至元和初,玄微犹在,可称年三十许人。

又,尊贤坊田弘正⑦宅中门外,有紫牡丹成树,发花千余朵;花盛时,每月夜,有小人五、六,长尺余,游于花上。如此七、八年。人将掩之,辄失所在。

---

① 泠泠(líng)——冷隽的样子。
② 林下风气——《世说新语·贤媛》称赞谢道韫的话。后用以称赞妇女态度沉静大方。
③ 志——同"记"。
④ 不能依回——不能顺承着的意思。
⑤ 平旦——天亮。
⑥ 安石榴——即石榴。原为汉代时从西域安石国传进来,故称。
⑦ 田弘正——唐庐龙人,字安道,宪宗时任魏博、成德等节度使,封沂国公。

嘉兴绳技

皇甫氏

唐开元年中,数敕赐州县大酺①,嘉兴县以百戏与监司②竟胜精技,监官属意尤切,所由直狱者③语于狱中云:"傥若有诸戏劣于县司,我辈必当厚责,然我等但能一事,稍可观者,即获财利,叹无能耳。"乃各相问,至于弄瓦缘木之技④,皆推求招引。狱中有一囚,笑谓所由曰:"某有拙技,限在拘系,不得略呈其事。"吏惊曰:"汝何所能?"囚曰:"吾能绳技。"吏曰:"必然,吾当为尔言之。"乃具以囚所能白于监主。主召问罪轻重。吏曰:"此囚人所累逋⑤缗未纳,余无别事。"官曰:"绳技,人常也,又何足异乎?"囚曰:"某所为者与人稍殊。"官又问曰:"如何?"囚曰:"众人绳技,各系两头,然后于其上行立周旋。某只须一条绳,粗细如指,五十尺,不用系著,抛向空中,腾踯翻复,则无所不为。"官大惊悦,且令收录。

明日吏领至戏场,诸戏既作,次唤此人,令效⑥绳技。遂捧一团绳,计百余尺,置诸地,将一头手掷于空中,劲如笔,初抛三二丈,次四五丈,仰直如人牵之,众大惊异。后乃抛高二十余丈,仰空不见端绪,此人随绳手寻⑦,身足离地,抛绳虚空,其势如鸟,旁飞远扬,望空而去。脱身狴犴,在此日焉。

---

① 酺(pú)——聚饮。
② 监司——此指州衙门。
③ 直狱者——直接管理监狱的小官吏。
④ 弄瓦缘木之技——顶砖爬竿一类的杂技。
⑤ 累逋——一再拖欠(钱财)。
⑥ 效——呈现。
⑦ 寻——攀援。

车中女子

皇甫氏

　　唐开元中,吴郡人入京应明经举。至京,因闲步坊曲①。忽逢二少年,著大麻布衫,揖此人而过,色甚卑敬,然非旧识,举人谓误识也。后数日,又逢之。二人曰:"公到此境,未为主②,今日方欲奉迓,邂逅相遇,实慰我心。"揖举人便行,虽甚疑怪,然强随之。抵数坊,于东市③一小曲内,有临路店数间,相与直入。舍宇甚整肃,二人携引升堂,列筵甚盛。二人与客据绳床④坐定,于席前更有数少年,各二十余,礼颇谨,数出门,若伫贵客。至午后,方云:"来矣。"闻一车直门来⑤,数少年随后。直至堂前,乃一钿车⑥,卷帘,见一女子从车中出,年可十七八,容色甚佳,花梳满髻⑦,衣则纨素⑧。二人罗拜⑨,此女亦不答。此人亦拜之,女乃答。遂揖客入,女乃升床,当局而坐⑩,揖二人及客,乃拜而坐。又有十余后生,皆衣服轻新,各设拜,列坐于客之下。陈以品味,馔至精洁。饮酒数巡⑪,至女子,执杯顾谓客:"闻二君奉谈,今喜展见,承有妙技,可得观乎?"此人卑逊辞让,云:"自幼至长,唯习儒经,弦管歌声,辄未曾学。"女曰:"所习非此事也,君熟思之,先所能者何事。"客又沉思良久,曰:"某为学堂中,

---

① 坊曲——大街小巷。
② 主——东道主,主人。
③ 东市——唐代长安市场之一。
④ 绳床——即折叠椅子,椅脚交叉,上穿绷带。也名"胡床"。
⑤ 直门来——径直往门口而来。
⑥ 钿(tián)车——古代贵族妇女所乘坐的马车,用金花装饰。
⑦ 花梳满髻——头上插满金、珠等饰物。
⑧ 纨素——洁白的丝绢。
⑨ 罗拜——向周围的人团拜。
⑩ 当局而坐——局,聚会宴饮。参与宴会。
⑪ 巡——遍。

着靴于壁上行得数步。自余戏剧，则未曾为之。"女曰："所请只然①。"请客为之，遂于壁上行得数步。女曰："亦大难事。"乃回顾坐中诸后生，各令呈技。俱起设拜，有于壁上行者，亦有手撮椽子②行者，轻捷之戏，各呈数般，状如飞鸟。此人拱手惊惧，不知所措。少顷，女子起，辞出。举人惊叹，恍恍然不乐。经数日，途中复见二人，曰："欲假盛驷③可乎？"举人曰："唯④。"至明日，闻宫宛中失物，掩捕失贼，唯收得马，是将⑤驮物者。验问马主，遂收此人，入内侍省⑥勘问，驱入小门。吏自后推之，倒落深坑数丈，仰望屋顶七八丈，唯见一孔，才开尺余。自旦入，至食时，见一绳缒一器食下。此人饥急，取食之。食毕，绳又引去。深夜，此人忿甚，悲惋何诉，仰望忽见一物，如鸟飞下，觉至身边，乃人也。以手抚生，谓曰："计甚惊怕，然某在，无虑也。"听其声，则向所遇女子也，云："共君出矣。"以绢重系⑦此人胸膊讫，绢一头系女人身。女人耸身腾上，飞出宫城。去门数十里，乃下，云："君且便归江淮，求仕之计，望俟他日。"此人大喜，徒步潜窜，乞食寄宿，得达吴地，后竟不敢求名西上矣。

义　　侠

皇甫氏

顷有仕人为畿尉⑧，常任贼曹⑨。有一贼系械，狱未具。此官独坐厅上，忽告曰："某非贼，颇非常辈。公若脱我之罪，奉报有日。"此公视状貌不群，词采挺拔，意已许之，佯为不诺。夜后，密呼狱吏放之，仍令狱吏逃

---

① 只然——就是这样的事。
② 手撮椽子——用手抓住屋椽。
③ 驷——马车。盛，表示尊称。
④ 唯——答应之声。意即"是""可以"。
⑤ 将——用来。
⑥ 内侍省——管理皇宫内务的机构。
⑦ 重系——重叠缠结，即"牢牢系住"的意思。
⑧ 畿尉——京都近县的县尉。
⑨ 贼曹——州县中担任缉捕、审讯盗贼的官员。

窜。既明，狱中失囚，狱吏又走，府司谴罚而已。后官满，数年客游，亦甚羁旅①。至一县，忽闻县令与所放囚姓名同，往谒之，令通姓字。此宰惊惧，遂出迎拜，即所放者也。因留厅中，与对榻而寝。欢洽旬余，其宰不入宅。忽一日归宅，此客遂如厕。厕与令宅，唯隔一墙。客于厕室，闻宰妻问曰："公有何客，轻于十日不入？"宰曰："某得此人大恩，性命昔在他手，乃至今日，未知何报。"妻曰："公岂不闻，大恩不报，何不看时机为②？"令不语，久之乃曰："君言是矣。"此客闻已，归告奴仆，乘马便走，衣服悉弃于厅中。至夜，已行五六十里，出县界，止宿村店。仆从但怪奔走，不知何故。此人歇定，乃言此贼负心之状，言讫吁嗟，奴仆悉涕泣之次，忽床下一人，持匕首出立。此客大惧。乃曰："我义士也，宰使我来取君头。适闻说，方知此宰负心，不然，枉杀贤士。吾义不舍此人也，公且勿睡，少顷与君取此宰头，以雪公冤。"此人怕惧愧谢，此客持剑出门如飞。二更已至，呼曰："贼首至！"命火观之，乃令头也。剑客辞诀，不知所之。

崔　慎　思

皇甫氏

　　博陵崔慎思，唐贞元中，应进士举。京中无第宅，常赁人隙院③居止。而主人别在一院，都无丈夫，有少妇年三十余，窥之亦有容色，唯有二女奴焉。慎思遂遣通意，求纳为妻。妇人曰："我非仕人，与君不敌，不可为他时恨也。"求以为妾，许之，而不肯言其姓。慎思遂纳之。二年余，崔所取给④，妇人无倦色。后产一子，数月矣，时夜，崔寝，及闭户垂帷，而已半夜，忽失其妇。崔惊之，意其有奸，颇发愤怒，遂起堂前，彷徨而行。时月胧明，忽见其妇自屋而下，以白练缠身，其右手持匕首，左手携一人头，言

---

①　羁旅——长期漂泊于外。

②　看时机为——意为看准时机把他干掉、灭口。

③　隙院——空闲的院子。

④　取给——用途。

其父昔枉为郡守所杀，入城求报，已数年矣，未得，今既克①矣，不可久留，请从此辞。遂更结束其身，以灰囊盛人首携之，谓崔曰："某幸得为君妾二年，而已有一子，宅及二婢，皆自致，并以奉赠，养育孩子。"言讫而别，遂逾墙越舍而去。慎思惊叹未已，少顷却至，曰："适去，忘哺孩子少乳。"遂入室，良久而出，曰："喂儿已毕，便永去矣。"慎思久之，怪不闻婴儿啼，视之，已为其所杀矣。杀其子者，以绝其念也，古之侠莫能过焉。

吴　　堪

皇甫氏

常州义兴县②，有鳏夫③吴堪，少孤，无兄弟。为县吏。性恭顺。其家临荆溪，常于门前，以物遮护溪水，不曾秽污。每县归，则临水看玩，敬而爱之。

积数年，忽于水滨得一白螺，遂拾归，以水养。自县归，见家中饮食已备，乃食之。如是十余日。然堪为邻母怜其寡独，故为之执炊，乃卑谢邻母。母曰："何必辞？君近得佳丽修事④，何谢老身？"堪曰："无。"因问其母。母曰："子每入县后，便见一女子，可十七、八，容貌端丽，衣服轻艳；具馔讫，即却入房。"堪意疑白螺所为，乃密言于母曰："堪明日当称入县，请于母家自隙窥之，可乎？"母曰："可。"明旦诈出，乃见女自堪房出，入厨理炊。堪自门而入，其女遂归房不得。堪拜之。女曰："天知君敬护泉源，力勤小职，哀君鳏独，敕余以奉媲⑤。幸君垂悉，无致疑阻。"堪敬而谢之。自此弥将敬洽。

闾里传之，颇增骇异。时县宰豪士⑥，闻堪美妻，因欲图之。堪为吏

---

①　克——成功，完成。

②　义兴县——唐县名，治所在今江苏省宜兴县。

③　鳏（guān）夫——死了妻子的人。

④　佳丽修事——佳丽，漂亮的女孩子。修事，此指料理家务之事。

⑤　奉媲（pì）——侍奉。此指当他的妻子。

⑥　豪士——豪强霸道之人。

恭谨,不犯笞责。宰谓堪曰:"君熟于吏能久矣。今要虾蟆毛及鬼臂二物,晚衙①须纳;不应此物,罪责非轻!"堪唯而走出。度人间无此物,求不可得。颜色惨沮,归述于妻,乃曰:"吾今夕殒矣!"妻笑曰:"君忧余物,不敢闻命;二物之求,妾能致矣。"堪闻言,忧色稍解。妻曰:"辞出取之。"少顷而到。堪得以纳令。令视二物,微笑曰:"且出。"然终欲害之。后一日,又召堪曰:"我要蜗斗一枚,君宜速觅此;若不致,祸在君矣!"堪承命奔归,又以告妻。妻曰:"吾家有之,取不难也。"乃为取之。良久,牵一兽至,大如犬,状亦类之。曰:"此蜗斗也。"堪曰:"何能?"妻曰:"能食火,奇兽也。君速送。"堪将此兽上宰。宰见之,怒曰:"吾索蜗斗,此乃犬也!"又曰:"必何所能?"曰:"食火。其粪火。"宰遂索炭烧之,遣食;食讫,粪之于地,皆火也。宰怒曰:"用此物奚为!"令除火扫粪。方欲害堪,吏以物及粪,应手洞然②,火飚暴起,焚爇③墙宇,烟焰四合,弥亘④城门,宰身及一家,皆为煨烬。乃失吴堪及妻。其县遂迁于西数步,今之城是也。

画　琵　琶

皇甫氏

有书生欲游吴地,道经江西⑤,因风阻泊船,书生因上山闲步。入林数十步,上有一坡。见僧房院开,中有床,床塌。门外小廊数间,傍有笔砚。书生攻画⑥,遂把笔,于房门素壁上,画一琵琶,大小与真不异。画毕,风静船发。僧归,见画处,不知何人。乃告村人曰:"恐是五台山⑦圣琵琶。"当亦戏言,而遂为村人传说,礼施求福甚效。

---

① 晚衙——县宰每天早晚两次坐堂理事,晚上的一次就叫晚衙。
② 应手洞然——指用手接触,却好像没有什么东西似的。
③ 焚爇(ruò)——燃烧。
④ 弥亘——进一步延续。指火蔓延。
⑤ 江西——此处指长江北岸淮水以南地区。
⑥ 攻画——指对绘画很有研究。
⑦ 五台山——我国佛教四大名山之一,在山西省东北部。

书生便到杨家①，入吴经年，乃闻人说江西路僧室，有圣琵琶，灵应非一。书生心疑之。因还江西时，令船人泊船此处，上访之。僧亦不在，所画琵琶依旧，前幡花香炉。书生取水洗之尽。僧亦未归。

书生夜宿于船中，至明日又上。僧夜已归，觉失琵琶，以告；邻人大集，相与悲叹。书生故问，具言前验："今应有人背着②，琵琶所以潜隐。"书生大笑，为说画之因由，及拭却之由。僧及村人信之，灵圣亦绝耳。

京都儒士

皇甫氏

近者，京都有数生会宴，因说人有勇怯，必由胆气；胆气若盛，自无所惧，可谓丈夫。座中有一儒士自媒③曰："若言胆气，余实有之。"众人笑曰："必须试，然可信之。"或曰："某亲故有宅，昔大凶④，而今已空锁。君能独宿于此宅，一宵不惧者，我等酬君一局⑤。"此人曰："唯命。"

明日便往。——实非凶宅，但暂空耳。——遂为置酒果灯烛，送于此宅中。众曰："公更要何物？"曰："仆有一剑，可以自卫，请无忧也。"众乃出宅，锁门却归。

此人实怯懦者。时已向夜，系所乘驴别屋，奴客并不得随，遂向阁⑥宿，了不敢睡，唯灭灯抱剑而坐，惊怖不已。至三更，有月上，斜照窗隙，见衣架头有物如鸟鼓翼，翻翻而动。此人凛然强起，把剑一挥，应手落壁，磕然有声。后寂无音响。恐惧既甚，亦不敢寻究，但把剑坐。及五更，忽有一物，上阶推门；门不开，于狗窦⑦中出头，气休休然。此人大怕，把剑前

---

① 杨家——疑为"扬州"之误。
② 应有人背着——意谓有人亵渎神明，干了坏事。
③ 自媒——即自我推荐。
④ 大凶——大不吉利。指闹鬼或有邪祟。
⑤ 酬君一局——即请你吃一顿饭。
⑥ 阁——同"阁"。类似楼房，但四周没有隔扇的建筑物。
⑦ 狗窦——狗洞。

斫,不觉自倒,剑失手抛落。又不敢觅剑,恐此物入来,床下襻伏①,更不敢动。忽然困睡,不觉天明。

诸奴客已开关,至阁子间,但见狗窦中,血淋漓狼藉。众大惊呼,儒士方悟,开门尚自战栗,具说昨宵与物战争之状。众大骇异。遂于此壁下寻,唯见席帽②,半破在地,即夜所斫之鸟也:乃故帽破弊,为风所吹,如鸟动翼耳。剑在狗窦侧。众又绕堂寻血踪,乃是所乘驴,已斫口喙③,唇齿缺破:乃是向晓因解,头入狗门,遂遭一剑。众大笑绝倒,扶持而归。士人惊悸,旬日方愈。

田　膨　郎

康　骈

文宗皇帝④常持白玉枕,德宗朝于阗国⑤所献,追琢奇巧,盖希代之宝。置寝殿帐中,一旦忽失所在。然而禁卫清密,非恩渥嫔御,莫能至者。珍玩罗列,他无所失。上惊骇移时,下诏于都城索贼。密谓枢近及左右广中尉⑥曰:"此非外寇所能及,盗者当在禁掖,苟求之不获,且虞他变。一枕诚不足惜,卿等卫我皇宫,必使罪人斯得。不然天子环列,自兹无用矣。"内官惶栗谢罪,请以浃旬⑦求捕。大悬金帛购求,略无寻究之迹。圣旨严切,收系者渐多。坊曲间巷,靡不搜捕。有龙虎二番⑧将军王敬宏,常蓄小仆,年甫十八九,神彩俊利,使之无往不届。敬宏曾与流辈于威远

---

① 襻(quán)伏——蜷伏。
② 席帽——用藤子编织的帽子。唐代读书人外出随身所带之物。
③ 喙(huì)——嘴。
④ 文宗皇帝——唐文宗李昂。
⑤ 于阗国——古西域国名,在今新疆和田一带。
⑥ 枢近及左右广中尉——枢近,亲近的臣子。左右广中尉,即左右神策军中尉,唐时由宦官担任。
⑦ 浃旬——十二旬,每旬十二天。
⑧ 龙虎二番——龙虎,龙武军。番,当班,轮值。

军①会宴,有侍儿善鼓胡琴,四座酒酣,因请度曲。辞以乐器非妙,须常御手者弹之。钟漏已传②,取之不及。因起解带③,小仆曰:"若要琵琶,顷刻可至。"敬宏曰:"禁鼓才动,军门已锁,寻常④汝岂不见,何言之谬也!"既而就饮数巡,小仆以绣囊将琵琶而至。座客欢笑曰:"乐器本相随,所难者惜其妙手。"南军⑤去左广回复三十里,入夜且无行伍,既而倏忽往来,敬宏惊异如失。时又搜捕严紧,意以为窃盗疑之。宴罢,及明遽归其第,引而问曰:"使汝累年,不知矫捷如此。我闻世有侠客,汝莫是否?"小仆谢曰:"非有此事,但能行尔。"因言:"父母俱在蜀川,顷年偶至京国,今欲却归乡里。有一事欲以报恩,偷枕者已知姓名,三数日当令服罪。"敬宏曰:"如此事即非等闲,因兹全活者不少,未知贼在何许,可报司存掩获否?"小仆曰:"偷枕者,田膨郎也,市廛军伍,行止不恒,勇力过人,且善超越。苟非伺便折其足,虽千兵万骑亦将奔走。自兹再宿,候之于望仙门,伺便擒之必矣。将军随某观之,此事仍须秘密。"是时涉旬无雨,向晓埃尘颇甚,车马践蹋,跬步间⑥人不相见。膨郎与少年数辈,连臂将入军门,小仆执球杖击之,欻然已折左足,仰而观之曰:"我偷枕来,不怕他人,唯惧于尔。既而相值,岂复多言!"于是舁至左军,一款⑦而服。上喜于得贼,又知获在禁旅,引膨郎临轩诘问。具陈常在宫掖往来。上曰:"此乃任侠之流,非常窃盗。"内外囚系数百人。于是悉令原之。小仆初得膨郎,已告敬宏归蜀,于是寻之不可,但赏敬宏而已。

---

① 威远军——唐禁军名称。
② 钟漏已传——意即京城夜间戒严时间已到。
③ 解带——即更衣,上厕。
④ 寻常——平日。
⑤ 南军——驻扎京城的禁军十六卫,统称南军。
⑥ 跬步间——投足之间。
⑦ 款——审讯。

李 使 君

康 骈

乾符①中,有李使君②出牧罢归③,居在东洛④。深感一贵家旧恩,欲召诸子从容⑤。有敬爱寺僧圣刚者,常所往来,李因以具宴为说。僧曰:"某与为门徒久矣。每观其食,穷极水陆滋味;常馔必以炭炊,往往不惬其意。此乃骄逸成性,使君召之可乎?"李曰:"若朱象髓⑥、白猩唇,恐未能致;止于精办小筵,亦未为难。"于是广求珍异,俾妻孥⑦亲为调鼎,备陈绮席雕盘。选日邀致。

弟兄列坐,矜持⑧俨若冰玉。肴羞每至,曾不入口;主人揖之再三,唯沾果实而已。及至冰餐,具置一匙于口,各相眄良久,咸若啮檗⑨吞针。李莫究其由,但以失饪为谢。

明日复见圣刚,备述诸子情貌。僧曰:"前者所说岂谬哉!"既而,造其门而问之曰:"李使君特备一筵,肴馔可谓丰洁,何不略领其意?"诸子曰:"燔炙煎和未得法。"僧曰:"他物纵不可食,炭炊之餐,又嫌何事?"乃曰:"上人未知,凡以炭炊馔,先烧令熟,谓之'炼炭',方可入爨;不然,犹有烟气。李使君宅炭不经炼,是以难食。"僧拊掌大笑曰:"此则非贫道所知也!"

---

① 乾符——唐僖宗年号。
② 使君——对州郡长官的尊称。
③ 出牧罢归——出牧,做过刺史。罢归,免职。
④ 东洛——即洛阳。洛阳旧为东都,故称。
⑤ 从容——表示谢意。此指宴请贵家诸子。
⑥ 朱象髓——即大象的骨髓。
⑦ 妻孥——妻子。
⑧ 矜持——因骄慢而故意做出不苟言语的样子。
⑨ 檗(bò)——即黄檗,也叫黄柏。一种芸香料的乔木,皮和果实极苦,可药用。

及巢寇陷落①,财产剽掠俱尽。昆仲②数人,乃与圣刚同宿,潜伏山谷,不食者至于三日,贼锋稍远,徒步将往河桥。道中小店始开,以脱粟③为餐而卖。僧囊中有钱数百,买于土杯同食;腹枵④既甚,膏粱之美不如。僧笑而谓之曰:"此非炼炭所炊,不知堪与郎君吃否?"皆低头惭瞁⑤,无复词对。

骆 宾 王

孟 棨

唐考功员外郎宋之问⑥,以事累贬黜。后放还,至江南,游灵隐寺。夜月极明,长廊行吟,且为诗曰:"鹫岭郁岹峣⑦,龙宫锁寂寥。"第二联搜奇覃思⑧,终不如意。有老僧点长命灯,坐大禅床,问曰:"少年夜久不寐,而吟讽甚苦,何耶?"之问答曰:"弟子业诗,适遇欲题此寺,而兴思不属。"僧曰:"试吟上联。"即吟与之。再三吟讽,因曰:"何不云:楼观沧海日,门对浙江潮。"之问愕然,讶其遒丽,又续终篇曰:"桂子月中落,天香云外飘。扪萝登塔远,刳木取泉遥。霜薄花更发,冰轻叶未凋。待入天台路,看余度石桥。"僧所赠句,乃为一篇之警策。迟明,更访之,则不复见矣。寺僧有知者曰:"此骆宾王⑨也。"之问诘之,答曰:"当徐敬业⑩之败,与宾

---

① 巢寇陷落——指唐末黄巢起义军攻下洛阳和长安。

② 昆仲——兄弟。

③ 脱粟——只去掉皮壳的糙米。

④ 腹枵(xiāo)——肚子空虚,即肚子饿了。

⑤ 惭瞁(tiǎn)——羞愧不堪。

⑥ 宋之问——见《宋之𫍲》注。

⑦ 鹫(jiù)岭郁岹峣(tiáo yáo)——鹫岭,指杭州灵隐寺的飞来峰。岹峣,山高的样子。

⑧ 覃(tán)思——深思。

⑨ 骆宾王——初唐著名诗人。徐敬业起兵讨武则天,他为之起草檄文。兵败逃亡。

⑩ 徐敬业——唐初功臣李𪟝孙子,原姓徐,赐姓李。武则天专政,徐起兵讨武,兵败被杀。

王俱逃,捕之不获。将帅虑失大魁,得不测罪,时死者数万人,因求类二人者,函首以献。后虽知不死,不敢捕送。"故敬业得为衡山僧,年九十余,乃卒;宾王亦落发,遍游名山,至灵隐,以周岁卒。当时虽败,且以兴复唐朝为名,故人多护脱之。

杨　虞　卿

孟　棨

　　唐郎中张又新①,与虔州杨虞卿②,齐名友善。杨妻李氏,即讚相③女,有德无容。杨未尝介意,敬待特甚。张尝语杨曰:"我年少成美名,不忧仕矣。唯得美室,平生之望斯足。"杨曰:"必求是,但与我同好,定谐君心。"张深信之。既婚,殊不惬心。杨秉笏触之曰:"君何太痴!"言之数四。张不胜其忿,回应之曰:"与君无间④!以情告君,君误我如是,何为痴?"杨于是历数求名从宦之由,曰:"岂不与君皆同耶?"曰:"然则我得丑妇,君讵不同耶?"张色解,问:"君室何如我?"曰:"特甚。"张大笑,遂如初。张既成家,乃为诗曰:"牡丹一朵值千金,将谓从来色最深。今日满栏开似雪,一生辜负看花心。"

崔　护

孟　棨

　　博陵崔护⑤,资质甚美,而孤洁寡合。举进士下第。清明日,独游都

---

① 张又新——字孔昭,元和时进士,依附宰相李逢吉。
② 杨虞卿——字师皋,李宗闵、牛僧儒为相时,引杨为给事中,任京兆尹。
③ 讚相——指唐德宗时京兆尹李齐运,后官至礼部尚书。
④ 无间——不分彼此,亲密相得。
⑤ 崔护——唐代诗人,字殷功,贞元进士,官至岭南节度使。

城南。得居人庄,一亩之宫①,而花木丛萃,寂若无人。叩门久之。有女子自门隙窥之,问曰:"谁耶?"以姓字对,曰:"寻春独行,酒渴求饮。"女入,以杯水至,开门,设床命坐。独倚小桃斜柯伫立,而意属殊厚,妖姿媚态,绰有余妍。崔以言挑之,不对,彼此目注者久之。崔辞去,送至门,如不胜情而入。崔亦眷盼②而归。尔后绝不复至。

及来岁清明日,忽思之,情不可抑,径往寻之。门墙如故,而已锁扃之。崔因题诗于左扉曰:"去年今日此门中,人面桃花相映红;人面不知何处去,桃花依旧笑春风。"后数日,偶至都城南,复往寻之。闻其中有哭声,叩门问之。有老父出曰:"君非崔护邪?"曰:"是也。"又哭曰:"君杀吾女!"崔惊怛③,莫知所答。老父曰:"吾女笄年④知书,未适人。自去年以来,常恍惚若有所失。比日⑤与之出,及归,见左扉有字,读之,入门而病,遂绝食数日而死。吾老矣,此女所以不嫁者,将求君子,以托吾身。今不幸而殒,得非君杀之耶!"又持崔大哭。

崔亦感恸,请入哭之,尚俨然⑥在床。崔举其首,枕其股,哭而祝曰:"某在斯! 某在斯!"须臾开目,半日复活矣。父大喜,遂以女归之。

王　生

牛　峤

杭州王生者,建中⑦初,辞亲之上国⑧,收拾旧业,将投于亲知,求一官

---

① 宫——指宅院。
② 眷盼——恋恋不舍的样子。
③ 惊怛(dá)——恐惧惊慌。
④ 笄年——及笄之年,年满十五,可以出嫁之年龄。
⑤ 比日——近来,近日。
⑥ 俨然——此指女子面貌如生的样子。
⑦ 建中——唐德宗年号。
⑧ 上国——指京都。

耳。行至圃田下道①，寻访外家②旧庄。日晚，柏林中见二野狐，倚树如人立，手执一黄纸文书，相对笑语，旁若无人。生乃叱之，不为变动。生乃取弹，因引满弹子，且中其执书者之目。二狐遗书而走。王生遽往，得其书，才一两纸，文字类梵书，而莫究识，遂缄于书袋中而去。其夕，宿于前店，因话于主人，方讶其事。忽有一人携装来宿，眼疾之甚，若不可忍，而语言分明。闻王生之言，曰："大是异事，如何得见其书？"王生方将出书，主人见患眼者一尾垂下床，因谓生曰："此狐也！"王生遽收书于怀中，以手摸刀逐之，则化为狐而走。一更后，复有人叩门。王生心动，曰："此度更来，当以刀箭敌汝矣！"其人隔门曰："尔若不还我文书，后无悔也！"自是更无消息。王生秘其书，缄縢甚密。行至都下，以求官伺谒之事，期方赊缓③，即乃典贴④旧业田园，卜居近坊，为生生之计。月余，有一僮自杭州而至，缞裳⑤入门，手执凶讣。王生迎而问之，则生已丁家难⑥矣，闻之恸哭。生因视其书，则母之手字云："吾本家秦，不愿葬于外地，今江东田地物业，不可分毫破除，但都下业可一切处置，以资丧事。备具皆毕，然后自来迎接。"王生乃尽货田宅，不候善价，得其资，备涂刍之礼⑦，无所欠少。既而复篮舁⑧东下，以迎灵舆⑨。及至扬州，遥见一船子，上有数人，皆喜笑歌唱。渐近视之，则皆王生之家人也。意尚谓其家货之，今属他人矣。须臾，又有小弟妹搴帘而出，皆彩服笑语。惊怪之际，则其家人船上惊呼曰："郎君来矣，是何服饰之异也！"王生潜令人问之，乃见其母惊出。生遽毁其缞绖，行拜而前。母迎而问之。其母骇曰："安得此理！"王生乃出母送遗书，乃一张空纸耳。母又曰："吾所以来此者，前月得汝书云，近得

① 圃田下道——圃田，圃田泽，河南中牟西南的陂湖，后淤为平地。
② 外家——外祖之家，即母亲的父母家。
③ 赊缓——时间长而缓慢。
④ 典贴——卖掉。
⑤ 缞裳——丧服。
⑥ 丁家难——遭遇父母之丧。
⑦ 涂刍之礼——送葬之礼。涂，涂车，用彩色草等做成的车；刍，刍灵，用茅草做成的人马。都是送葬时用的。
⑧ 篮舁——即竹轿子。
⑨ 灵舆——即柩车。

一官,令吾尽货江东之产,为人京之计。今无可归矣!"及母出王生所寄之书,又一空纸耳。王生遂发使人京,尽毁其凶丧之具,因鸠集余资,自淮却扶持①,且往江东。所有十无一二,才得数间屋,仅以庇风雨而已。有弟一人,别且数岁,一旦忽至,见其家道败落,因徵其由。王生具话本末,又述妖狐事,曰:"但应以此为祸耳。"其弟惊嗟。因出妖狐之书以示之。其弟才执其书,退而置诸怀中曰:"今日还我天书!"言毕,乃化作一狐而去。

张　住　住

孙　棨

　　张住住者,南曲②,所居卑陋。有二女兄不振③,是以门甚寂寞。为小铺席,货草剉姜果④之类。住住,其母之腹女⑤也,少而敏慧,能辨音律。邻有庞佛奴,与之同岁,亦聪警,甚相悦慕。年六七岁,随师于众学中,归则转教住住,私有结发之契。及住住将笄,其家拘管甚切,佛奴稀得见之,又力窭不能致聘。俄而里之南有陈小凤者,欲权聘⑥住住,盖求其元⑦,已纳薄币,约其岁三月五日。及月初,音耗不通,两相疑恨。佛奴因寒食争球⑧,故逼其窗以伺之。忽闻住住曰:"徐州子,看看日中也。"佛奴,庞勋⑨同姓,佣书徐邸,因私呼佛奴为徐州子。日中,盖五日也。佛奴甚喜,因求住住云:"上巳日,我家踏青去,我当以疾辞,彼即自为计也。"佛奴因求其邻宋妪为之地,妪许之。是日举家踏青去,而妪独留,住住亦留。住

---

①　自淮却扶持——从淮河途中扶持母亲、弟妹上路。

②　南曲——唐长安平康里的一条小胡同。为妓女聚居之地。

③　不振——指光顾的客人(嫖客)很少。

④　草剉(cuò)姜果——指日常杂货品及茶食之类物品,草剉,草垫之类。

⑤　腹女——亲生女儿。

⑥　权聘——指嫖客包占妓女。

⑦　元——处女。

⑧　争球——即球赛。

⑨　庞勋——唐懿宗年间徐州戍军作乱,推粮料判官庞勋为主,后朝廷派兵讨伐,庞勋兵败身死。

住乃键其门,伺于东墙,闻佛奴语声,遂梯而过。佛奴盛备酒馔,亦延宋
姬,因为谩寝①,所以遂平生。既而谓佛奴曰:"子既不能见聘,今且后时
矣。随子而奔,两非其便。千秋之誓,可徐图之。五日之言。其何如
也?"佛奴曰:"此我不能也,但愿俟之他日。"住住又曰:"小凤亦非娶我
也,其旨可知也。我不负子矣,而子其可便负我家而辱之乎②? 子必为我
之计。"佛奴许之。曲中素有畜斗鸡者,佛奴常与之狎,至五日,因髡其
冠③,取丹物④托宋姬致于住住。既而小凤以为获元,甚喜,又献三缗于张
氏,遂往来不绝。复贪住住之明慧,因欲嘉礼纳之。时小凤为平康富家,
车服甚盛。佛奴佣于徐邸,不能给食。母兄喻之,邻里讥之,住住终不舍
佛奴,指阶井曰:"若逼我不已,骨董一声即了矣!"平康里中,素多轻薄小
儿,遇事辄唱住住诳小凤也。邻里或知之。俄而复值北曲王团儿假女小
福,为郑九郎主之,而私于曲中盛六子者。及诞一子,荥阳⑤抚之甚厚。
曲中唱曰:"张公吃酒李公颠,盛六生儿郑九怜。舍下雄鸡伤一德,南头
小凤纳三千。"久之,小凤因访住住,微闻其唱,疑而未察。其与住住昵
者,诘旦告以街中之辞曰:"是日前佛奴雄鸡,因避斗,飞上屋伤足。前曲
小铁炉田小福者,卖马街头,遇佛奴父,以为小福所伤,遂殴之。"住住素
有口辩,因抚掌曰:"是何庞汉,打他卖马街头田小福! 街头唱'舍下雄鸡
失一足,街头小福拉三拳'。且雄鸡失德,是何谓也?"小凤既不审,且不
喻,遂无以对。住住因大秽,递呼家人,随弄⑥小凤,甚不自足。住住因呼
宋媪,使以前言告佛奴。奴视鸡足且良,遂以系绳缠其鸡足,置街中,召群
小儿,共变其唱住住之言。小凤复以住住家噪弄不已,遂出街中以避之。
及见鸡跋,又闻改唱,深恨向来误听,乃益市酒肉,复之张舍。一夕,宴语
甚欢,至旦将归,街中又唱曰:"莫将庞大作翼(原注:音翘)团⑦,庞大皮

---

① 谩寝——安寝休息。
② "子其可便"句——意思是说,我已与你相好,你不能使我家丢脸。
③ 髡其冠——割掉鸡冠。
④ 取丹物——拿带血的鸡冠。
⑤ 荥阳——郑九郎。荥阳是郑氏的郡望。
⑥ 随弄——不断地嘲弄。
⑦ 翼团——荞麦团子。

中的不干①。不怕凤凰当额打，更将鸡脚用筋缠。"小凤听此唱，不复诣住住。佛奴初佣徐邸，邸将甚怜之，为致职名，竟裨邸将②，终以礼聘住住，将连大第③。而小凤家事日蹙，复不侔矣。

楚　儿

孙　棨

楚儿，字润娘，素为三曲之尤④，而辩慧，往往有诗句可称。近以退暮⑤，为万年捕贼官⑥郭锻所纳，置于他所。润娘在娼中狂逸特甚，及被拘系，未能悛心⑦。锻主繁务，又本居有正室，至润娘馆甚稀。每有旧识过其所居，多于窗牖间相呼，或使人询讯，或以巾笺送遗。锻乃亲仁诸裔孙⑧也，为人异常凶忍且毒，每知必极笞辱。润娘虽甚痛愤，已而殊不少革⑨。尝一日自曲江与锻行，前后相去十数步，同版使郑光业（原注：昌国）时为补衮⑩，道与之遇，楚儿遂出帘招之，光业亦使人传语。锻知之，因曳至中衢⑪，击以马鞭，其声甚冤楚，观者如堵。光业遥视之，甚惊悔，且虑其不任⑫矣。光业明日特取路过其居侦之，则楚儿已在临街窗下弄琵琶矣。驻马使人传语，已持彩笺送光业，诗曰："应是前生有宿冤，不期

① 的不干——比喻佛奴肚里不干净。
② 竟裨邸将——做了徐王府邸将的副职。
③ 将连大第——将要住上高楼大屋。
④ 三曲之尤——长安平康里有南曲、中曲、前曲三个地方，楚儿为此中妓女之佼佼者。
⑤ 退暮——年纪已大。
⑥ 万年捕贼官——万年县县尉。万年，今西安市西北。
⑦ 悛心　收心。
⑧ 亲仁诸裔孙——亲仁，代王郭子仪住宅所在。即郭子仪后代。
⑨ 已而殊不少革——被责打后仍不思改变行为。
⑩ "同版使"句——同版使，户部掌握版籍的司官。补衮，向皇帝进呈劝谏意见的官职。
⑪ 中衢——大街当中。
⑫ 不任——忍受不了。

今世恶因缘。蛾眉欲碎巨灵掌,鸡肋难胜子路拳①。只应吓人传铁券(原
注:汾阳王有铁券,免死罪,今则无矣,盖恐吓之词),未应教我踏金莲②。
曲江昨日君相遇,当下遭他数十鞭。"光业马上取笔答之曰:"大开眼界莫
言冤,毕世甘他③也是缘。无计不烦干偃蹇④,有门须是疾连拳。据论当
道加严啟,便合披缁念法莲⑤。如此兴情殊不减,始知昨日是蒲鞭⑥。"光
业性疏纵,且无畏惮,不拘小节,是以敢驻马报复⑦,仍便送之,闻者为缩
颈。锻累主两赤邑⑧捕贼,故不逞之徒,多所效命,人皆惮焉。

华州参军

温庭筠

华州柳参军,名族之子,寡欲⑨早孤,无兄弟。罢官,于长安闲游。上
巳日,于曲江见一车子,饰以金碧。从一青衣,殊亦俊雅。已而翠帘徐褰,
见掺手⑩如玉,指画青衣令摘芙蕖。女之容色绝代,斜睨柳生良久。生鞭
马从之,即见车入永崇里。柳生访知其姓崔氏,女亦有母。青衣字轻红。
柳生不甚贫,多方赂轻红,竟不之受。他日,崔氏女病,其舅执金吾⑪王,
因候其妹,且告之,请为子纳焉⑫。崔氏不乐。其母不敢违兄之命。女

---

① 子路拳——孔子弟子子路以勇猛著称。

② 踏金莲——喻跳脚。

③ 毕世甘他——一生屈服于他。

④ 干偃蹇——干着急。

⑤ 披缁念法莲——指出家诵经。

⑥ 蒲鞭——蒲草做的马鞭。意为打不痛。

⑦ 报复——答复。

⑧ 赤邑——京城近郊县。

⑨ 寡欲——洁身自好。

⑩ 掺手——露出来的手。

⑪ 执金吾——唐宫禁官名,主管皇帝出巡前导。

⑫ 为子纳焉——为儿子求婚。

曰:"愿嫁得前时柳生足矣! 必不允,以某与外兄①,终恐不生全。"其母念女之深,乃命轻红于荐福寺僧道省院②,达意柳生。生悦轻红而挑之,轻红大怒曰:"君性正粗③! 奈何小娘子如此待于君,某一微贱,便忘前好,欲保岁寒④,其可得乎? 某且以足下事白小娘子!"柳生再拜谢不敏⑤。始曰:"夫人惜小娘子情切,今小娘子不乐适王家,夫人是以偷成婚约,君可三两日就礼事。"柳生极喜,自备数百千财礼,期日结婚。后五日,柳挈妻与轻红于金城里居。及旬月,金吾到永崇,其母王氏泣云:"吾夫亡,子女孤露⑥,被侄⑦不待礼会,强窃女去矣。兄岂无教训之道?"金吾大怒,归笞其子数十,密令捕访,弥年无获。无何,王氏殂,柳生挈妻与轻红自金城里赴丧。金吾之子既见,遂告父。父擒柳生。生云:"某于外姑⑧王氏处纳采娶妻,非越礼私诱也,家人大小皆熟知之。"王氏既殁,无所明,遂讼于官。公断王家先下财礼,合归于王。金吾子常悦慕表妹,亦不怨前横⑨也。经数年,轻红竟洁己处焉。金吾又亡,移其宅于崇义里。崔氏不乐事外兄,乃使轻红访柳生所在。时柳生尚居金城里,崔氏又使轻红与柳生为期;兼赍看圃竖⑩,令积粪堆,与宅垣齐。崔氏女遂与轻红蹑之,同诣柳生。柳生惊喜,又不出城,只迁群贤里。后本夫终寻崔氏女,知群贤里住,复兴讼夺之。王生情深,崔氏万途求免,托以体孕,又不责而纳焉。柳生长流江陵。二年,崔氏与轻红相继而殁,王生送丧,哀恸之礼至矣。轻红亦葬于崔氏坟侧。柳生江陵闲居,春二月,繁花满庭,追念崔氏,凝想形影,且不知存亡。忽闻叩门甚急,俄见轻红抱妆奁而进,乃曰:"小娘子且至!"闻似车马之声,比崔氏入门,更无他见。柳生与崔氏叙契阔,悲欢之

---

①　外兄——表兄。
②　僧道省院——寺院中的客室。
③　粗——粗鲁,不通事理。
④　岁寒——比喻同某共苦,终久不变。
⑤　不敏——糊涂。
⑥　孤露——孤苦。
⑦　侄——指执金吾的儿子。
⑧　外姑——表姑母。
⑨　前横——指崔氏违礼与柳生结婚。
⑩　赍看圃竖——贿赂守园子的人。

甚。问其由，则曰："某已与王生诀，自此可以同穴矣。人生意专，必果夙愿。"因言曰："某少习乐，箜篌中颇有功。"柳生即时置箜篌，调弄绝妙。二年间，可谓尽平生矣。无何，王生旧使苍头过柳生之门，忽见轻红，惊不知其所以，又疑人有相似者，未敢遽言。问闾里，又言是流人柳参军，弥怪，更伺之。轻红知是王生家人，亦具言于柳生，生匿之。苍头却还城，具以其事言于王生。王生闻之，命驾千里而来。既至柳生门，于隙窥之，正见柳生坦腹于临轩榻上，崔氏女新妆，轻红捧镜于其侧。崔氏匀铅黄未竟，王生门外极叫，轻红镜坠地，有声如磬。崔氏与王生无憾①，遂入。柳生惊，亦待如宾礼。俄又失崔氏所在。柳生与王生具言前事，二人相看不喻，大异之。相与造长安，发崔氏所葬验之，即江陵所施铅黄如新，衣服肌肉，且无损败。轻红亦然。柳与王相誓，却葬之。二人入终南山访道，遂不返焉。

赵　存

温庭钧

　　冯翊②之东窟谷，有隐士赵存者，元和十四年，寿逾九十，服精术③之药，体甚轻健。自云父讳君乘，亦享遐寿，尝事兖公陆象先④。言兖公之量，固非凡可以测度。兖公崇信内典⑤，弟景融窃非曰："家兄溺此教，何利乎？"象先曰："若果无冥道津梁⑥，百岁之后，吾固当与汝等。万一有罪福，吾则分数胜汝。"及为冯翊太守，参军等多名族子弟，以象先性仁厚，于是与府寮⑦共约戏

---

①　无憾——没有怨恨。

②　冯翊——汉郡名，治所在今陕西省大荔县。

③　精术——黄精、白术之类药物。

④　兖公陆象先——唐睿宗时宰相，字崇贤。唐玄宗时封兖国公。

⑤　内典——指佛经。

⑥　冥道津梁——阴间引渡。

⑦　府寮——刺史府里面的官员。

赌。一人曰:"我能旋筹①于厅前,硬努眼眶,衡揖使君②,唱喏③而出,可乎?"众皆曰:"诚如是,共输酒食一席。"其人便为之,象先视之如不见。又一参军曰:"尔所为全易。吾能于使君厅前,墨涂其面,着碧衫子,作神舞一曲,慢趋而出。"群寮皆曰:"不可。诚敢如此,吾辈当敛俸钱五千,为所输之费。"其第二参军便为之,象先亦如不见。皆赛所赌,以为戏笑。其第三参军又曰:"尔之所为绝易。吾能于使君厅前,作女人梳妆,学新嫁女拜舅姑四拜,则如之何?"众曰:"如此不可。仁者一怒,必遭叱辱。倘敢为之,吾辈愿出俸钱十千,充所输之费。"其第三参军遂施粉黛,高髻笄钗,女人衣,疾入,深拜四拜。象先又不以为怪。景融大怒曰:"家兄为三辅④刺史,今乃成天下笑具!"象先徐语景融曰:"是渠参军儿等笑具,我岂为笑哉?"初,房卢⑤尝尉冯翊。象先下孔目官⑥党芬,于广衢相遇,避马迟。卢拽芬下,决脊数十下。芬诉之。象先曰:"汝何处人?"芬曰:"冯翊人。"又问:"房卢何处官人?"芬曰:"冯翊尉。"象先曰:"冯翊尉决冯翊百姓,告我何也?"卢又入见,诉其事,请去官。象先曰:"如党芬所犯,打亦得,不打亦得。官人打了,去亦得,不去亦得。"后数年,卢为弘农湖城⑦令,移摄阌乡⑧。值象先自江东徵入,次阌乡。日中遇卢,留迨至昏黑。卢不敢言。忽谓卢曰:"携衾绸来,可以宵话。"卢从之,竟不交一言。到阙日,荐卢为监察御史。景融又曰:"比年⑨房卢在冯翊,兄全不知之。今别四五年,因途次会,不交一词。到阙,荐为监察御史,何哉?"公曰:"汝不自解。房卢为人,百事不欠,只欠不言。今则不言矣,是以为用之。"班行间大伏其量矣。

---

① 旋筹——把筹放在手掌上旋转。
② 衡揖使君——使君,对刺史或郡守的尊称。此处指与刺史平起平坐。
③ 唱喏——拱手打揖。
④ 三辅——汉代以京兆尹、左冯翊、右扶风共卫长安城,称为三辅。陆象先为冯翊太宗,是三辅之一。
⑤ 房卢——唐玄宗、肃宗时宰相,字次律,洛阳人。
⑥ 孔目官——唐代州郡掌管簿籍的官吏。
⑦ 弘农湖城——弘农,唐郡名;湖城,湖县,在今河南阌乡县东。
⑧ 阌(wén)乡——见《江叟》注。
⑨ 比年——近年。

苑　诎

温庭筠

　　唐尚书裴胄①镇江陵，常与苑论②有旧。论及第后，更不相见，但书札通问而已。论弟诎，方应举，过江陵，行谒地主之礼。客③因见诎名，曰："秀才之名，虽字不同，且难于尚书前为礼，如何？"会诎怀中有论旧名纸，便谓客将曰："某自别有名。"客将见日晚，仓皇遽将名入。胄喜曰："苑大来矣！"屈入。诎至中庭，胄见貌异，及坐，揖曰："足下第几④？"诎对曰："第四。"胄曰："与苑大远近？"诎曰："家兄。"又问曰："足下正名何？"对曰："名论。"又曰："贤兄改名乎？"诎曰："家兄也名论。"公庭将吏，于是皆笑。及引坐，乃陈本名名诎。既逡巡于使院，俄而远近悉知。

陈　义　郎

温庭筠

　　陈义郎父彝爽，与周茂方，皆东洛福昌⑤人，同于三乡⑥习业。彝爽擢第归，娶郭慆女。茂方名竟不就，唯与彝爽交结相誓。唐天宝中，彝爽调集受蓬州仪陇⑦令。其母恋旧居，不从子之官。行李有日，郭氏以自织染缣一匹裁衣，欲上其姑。误为交刀⑧伤指，血沾衣上。启姑曰："新妇七八

---

①　裴胄——唐太宗任荆南节度使，字胤叔。

②　苑论——不详。

③　客——节度使府的吏役差官。与下文的"客将"同。

④　第几——兄弟中排行第几。

⑤　东洛福昌——唐县名，故城在今河南宜阳县西。

⑥　三乡——唐镇名，在河南宜阳县西南。

⑦　蓬州仪陇——今四川仪陇县。

⑧　交刀——剪刀。

年温清晨昏①,今将随夫之官,远违左右,不胜咽恋。然手自成此衫子,上有剪刀误伤血痕。不能遖去。大家②见之,即不忘息妇③。"其姑亦哭。彝爽固请茂方同行。其子义郎才二岁,茂方见之,甚于骨肉。及去仪陇五百里里,磴石临险,巴江浩渺。攀萝游览,茂方忽生异志,命仆夫等先行:"为吾邮亭④具馔。"二人徐步,自牵马行,忽于山路斗拔之所,抽金锤击彝爽碎颡,挤之于浚湍之中。佯号哭云:"某内逼⑤北回,见马惊践长官咀矣,今将何之?"一夜会丧,爽妻及仆御致酒感恸。茂方曰:"事既如此,如之何? 况天下四方,人一无知者,吾便权与夫人乘名⑥之官,且利一政⑦俸禄,逮可⑧归北,即与发哀。"仆御等皆悬⑨厚利,妻不知本末,乃从其计到任,安帖其仆。一年以后,谓郭曰:"吾志已成,誓无相背。"郭氏藏恨,未有所施。茂方防虞甚切,秩满移官,家于遂州长江⑩。又一选,授遂州曹掾。居无何,已十七年,子长十九岁矣。茂方谓必无人知,教子经业,既而学成。遂州秩满,挈其子应举。是年东都举选,茂方取北路,令子取南路,茂方意令觇故园之存没。涂次三乡,有鬻饭媪留食,再三瞻瞩。食讫,将酬其直。媪曰:"不然,吾怜⑪子似吾孙姿状。"因启衣箧,出郭氏所留血污衫子以遗,泣而送之。其子秘于囊,亦不知其由,与父之本末。明年,下第归长江。其母忽见血迹衫子,惊问其故。子具以三乡媪所对。及问年状,即其姑也。因大泣,引子于静室,具言之:"此非汝父,汝父为此人所害。吾久欲言,虑汝之幼。吾妇人,谋有不臧⑫,则汝亡,父之冤无复雪矣,非

① 温清(qìng)晨昏——古礼,早晚向父母嘘寒问暖。温清,温凉。
② 大家——对婆婆的尊称。
③ 息妇——子妇、媳妇。
④ 邮亭——驿站。
⑤ 内逼——大便。
⑥ 乘名——冒名。
⑦ 一政——一任。
⑧ 逮可——等到可以。
⑨ 悬——许诺。
⑩ 遂州长江——遂州,唐郡名,今四川遂宁县,长江所过。
⑪ 怜——爱怜。
⑫ 不臧——不善。

惜死也。今此吾手留血襦还,乃天意乎?"其子密砺霜刃,候茂方寝,乃断吭,仍挈其首诣官。连帅①义之,免罪。即侍母东归。其姑尚存,且叙契阔,取衫子验之,遑歔对泣。郭氏养姑三年而终。

窦 乂

温庭筠

扶风窦乂,年十三,诸姑累朝国戚,其伯检校工部尚书交,闲厩使、宫苑使,于嘉会坊有庙院。乂亲与②张敬立任安州长史,得替归城。安州土出丝履,敬立赍十数辆③散甥侄,竞取之。唯乂独不取。俄而所余之一辆,又稍大,诸甥侄之剩者。乂再拜而受之。敬立问其故,乂不对,殊不知殖货有端木④之远志。遂于市鬻之,得钱半千,密贮之。潜于锻炉作二支小锸⑤,利其刃。五月初,长安盛飞榆荚,乂扫聚得斛余。遂往诣伯所,借庙院习业。伯父从之。乂夜则睄寄褒义寺法安上人院止,昼则往庙中。以二锸开隙地,广五寸,深五寸,密布四千余条,皆长二十余步,汲水渍之,布榆荚于其中。寻遇夏雨,尽皆滋长。比及秋,森然已及尺余,千万余株矣。及明年,榆栽已长三尺余,乂遂持斧伐其并者⑥,相去各三寸。又选者条枝稠直者,悉留之。所间下⑦者,二尺作围束之,得百余束。遇秋阴霖,每束鬻值十余钱。又明年,汲水于旧榆沟中。至秋,榆已有大者如鸡卵。更选其稠直者,以斧去之,又得二百余束,此时鬻利数倍矣。后五年,遂取大者作屋椽,仅千余茎,鬻之,得三四万余钱。其端大之材,在庙院者,不啻千余,皆堪作车乘之用。此时生涯,已有百余。自此币帛,布裘百

---

① 连帅——刺史、太守。此指遂州刺史。
② 亲与——亲戚。
③ 辆——双。
④ 端木——即端木赐,字子贡,孔子学生,善货殖。
⑤ 锸——铁锹。
⑥ 伐其并者——砍去并生在一起的。
⑦ 间下——剩下的。

结①,日歉食而已。遂买蜀青麻布,百钱个疋②,四尺而裁之,雇人作小袋子。又买内乡新麻鞋数百辆,不离庙中。长安诸坊小儿及金吾家小儿等,日给饼三枚,钱十五文,付与袋子一口。至冬,拾槐子实其内,纳焉。月余,槐子已积两车矣。又令小儿拾破麻鞋,每三辆,以新麻鞋一辆换之。远近知之,送破麻鞋者云集。数日,获千余辆。然后鬻榆材中车轮者③,此时又得百余千。雇日佣人,于崇贤西门水涧,从水洗其破麻鞋,曝干,储庙院中。又坊门外买诸堆弃碎瓦子,令功人④于流水涧洗其泥滓,车载积于庙中。然后置石嘴碓五具,剉碓三具,西市买油靛数石,雇庖人执爨。广召日佣人,令剉其破麻鞋,粉其碎瓦,以疏布筛之,合槐子油靛,令役人日夜加功烂捣,候相乳入⑤,悉看堪为挺,从臼中熟出⑥,命工人并手团握。例长三尺已下,圆径三寸,垛之得万余条,号为法烛。建中⑦初,六月,京城大雨,尺烬重桂⑧,巷无车轮。父乃取此法烛鬻之,每条百文,将燃炊爨,与薪功倍。又获无穷之利。先是西市秤行之南,有十余亩坳下潜父之地,目曰小海池,为旗亭⑨之内,众秽所聚。又遂求买之。其主不测,父酬钱三万。既获之,于其中立标,悬幡子。绕池设六七铺,制造煎饼及糨子。召小儿掷瓦砾,击其幡标,中者以煎饼糨子啖。不逾月,两街小儿竞往,计万万,所掷瓦已满池矣。遂经度,造店二十间,当其要害,日收利数千,甚获其要。店今存焉,号为窦家店。又尝有胡人米亮,因饥寒,父见辄与钱帛,凡七年,不之问。异日,父见亮,哀其饥寒,又与钱五千文。亮因感激而谓人曰:"亮终有所报大郎。"父方闲居,无何亮且至,谓父曰:"崇贤里

---

① 布裘百结——打了多少补丁的衣服。此言窦父的节俭。
② 个疋——一疋。
③ 中车轮者——适合做车轮的。
④ 功人——做工的人。
⑤ 相乳入——糅合、融合在一起。
⑥ 熟出——舂好后即刻取出。
⑦ 建中——唐德宗年号。
⑧ 尺烬重桂——一尺柴火像一株桂树。极言烧柴的昂贵。
⑨ 旗亭——市楼店铺。

有小宅出卖,直二百千文,大郎速买之。"又西市柜坊①,镲钱②盈余,即依直出钱市之。书契日,亮与父曰:"亮攻于览玉,尝见宅内有异石,人罕知之,是捣衣砧,真于阗玉,大郎且立致富矣。"父未之信。亮曰:"延寿坊召玉工观之。"玉工大惊曰:"此奇货也! 攻之③当得腰带銙二十副,每副百钱,三千贯文。"遂令琢成,果得数百千价。又得合子执带头尾诸色杂类,鬻之,又计获钱数十万贯。其宅并元契,父遂与米亮,使居之以酬焉。又李晟太尉④宅前,有一小宅,相传凶甚,直二百十千,父买之。筑园打墙,拆其瓦木,各垛一处,就耕之。太尉宅中,傍其地有小楼,常下瞰焉。晟欲并之为击球之所。他日乃使人问父,欲买之。父确然不纳,云:"某自有所要。"候晟休沐日⑤,遂具宅契书,请见晟。语晟曰:"某本置此宅,欲与亲戚居之,恐俯逼太尉甲第,贫贱之人,固难安矣。某所见此地宽闲,其中可以为戏马。今献元契,伏惟俯赐照纳。"晟大悦,私谓父:"不要某微力乎?"父曰:"无敢望,犹恐后有缓急,再来投告令公。"晟益知重。父遂搬移瓦木,平治其地如砥,献晟。晟戏马,荷父之所惠。父乃于两市选大商产巨万者,得五六人,遂问之:"君岂不有子弟婴⑥诸道及在京职事否?"贾客佥语父曰:"大郎忽与某等致得子弟庇身之地,某等共率草粟之直二万贯文。"父因怀诸贾客子弟名谒晟,皆认为亲故。晟忻然览之,各置诸道膏腴之地重职。父又获钱数万。崇贤里有中郎将曹遂兴,堂下生一大树。遂兴每患其经年枝叶,有碍庭宇,伐之又恐损堂室。父因访遂兴,指其树曰:"中郎何不去之?"遂兴答曰:"诚有碍耳,因虑根深本固,恐损所居室宇。"父遂请买之:"仍与中郎除之,不令有损,当令树自失。"中郎大喜。乃出钱五千文,以纳中郎。与斧斫匠人议伐其树,自梢及根,令各长二尺余断之,厚与其直。因选就众材,及陆博局⑦数百,鬻于本行,又计利百余

---

① 柜坊——唐末出现的钱庄。

② 镲钱——镲,同"锁"。积钱。

③ 攻之——雕琢它。

④ 李晟太尉——唐德宗时名将,官至司徒,封平西王。

⑤ 休沐日——即休息日。汉代规定,朝官每五日能够回里舍休沐。

⑥ 婴——担任。

⑦ 陆博局——双陆盘、棋盘。

倍。其精干率是类也。后父年老无子，分其见在①财等，与诸熟识亲友。至其余千产业，街西诸大市各千余贯，与常住法安上人经管，不拣日时，供拟其钱，亦不计利。父卒时，年八旬余，京城和会里有邸，弟侄宗亲居焉。诸孙尚在。

阳 城

温庭筠

阳城②，贞元中与三弟隐居陕州夏阳山中。相誓不婚，啜菽③饮水，莞簟布衾④，熙熙怡怡，同于一室。后遇岁荒，屏迹不与同里往来，惧于求也。或采桑榆之皮，屑以为粥；讲论诗书，未尝暂辍。有苍头曰都儿，与主协心，盖管宁⑤之比也。里人敬以哀⑥，馈食稍丰，则闭户不纳，散于饿禽。后里人窃令于中户致糠核⑦十数杯，乃就地食焉。他日，山东诸侯⑧闻其高义，发使寄五百缣。城固拒却，使者受命不令返。城乃标于屋隅，未尝启缄。无何，有节士郑俶者，迫于营举⑨，投人不应，因途经其门，往谒之。俶戚容瘵貌⑩。城留食旬时，问俶所之，及其瘵瘁之端。俶具以情告。城曰："感足下之操，城有诸侯近贶物，无所用，辄助足下人子终身之道。"俶固让。城曰："子苟非妄，又何让焉。"俶对曰："君子既施不次之恩，某愿

---

① 见在——现在。

② 阳城——字元宗，唐德宗时为谏议大夫，后为道州刺史。

③ 啜菽——煮豆而食。菽，豆的总称。

④ 莞簟布衾——草席布被。

⑤ 管宁——三国时魏人，字幼安，品节高洁。"管宁割席"（事见《世说新语》就是人口盛传的故事。

⑥ 敬以哀——既敬重他又怜悯他。

⑦ 糠核(hé)——麦粒。

⑧ 山东诸侯——指当时北方各藩镇。

⑨ 营举——为父母营葬。

⑩ 瘵(zhài)貌——病容。

终志后，为奴仆偿之。"遂去。俶东洛茔事罢，杖①归城，以副前约。城曰：
"子奚如是！苟无他系②，同志为学可也，何必云役己以相依？"俶泣涕曰：
"若然者，微躯何幸！"俶于记览苦不长，月余，城令讽《毛诗》，虽不辍寻
读③，及与之讨论，如水投石也。俶大惭。城曰："子之学，与吾弟相昵不
能舍④，有以致是耶。今所止阜北，有高显茅斋，子可自玩习也。"俶甚喜，
遽迁之。复经月余，城访之，与论《国风》，俶虽加功，竟不能往复一辞。
城方出，未三二十步，槛缢于梁下。供饩童⑤窥之，惊以告城。城恸哭，若
裂支体。乃命都儿将酒奠之，及作文亲致祭，自咎不敏："我虽不杀俶，俶
因我而死！"自脱衣，令仆夫负之，都儿行槛楚⑥十五，仍服缌麻⑦，厚瘗
之。由是为缙绅⑧之所推重。后居谏议大夫时，极谏裴延龄⑨不合为国
相，其言至恳，唐史书之。及出守江华都⑩，日炊米两斛，鱼羹一大鬵⑪，自
天使及草衣村野之夫，肆其食之。并置瓦瓯榫⑫，有类中衢樽⑬也。

---

① 杖——服丧。
② 他系——别的牵累。
③ 寻读——平时所攻读。
④ 相昵不能舍——相亲相爱，不能分开。
⑤ 供饩童——供应饭食的僮仆。
⑥ 行槛楚——杖责。这是阳城认为对不起郑，赎罪的一种行为。
⑦ 缌麻——丧服。
⑧ 缙绅——士大夫。
⑨ 裴延龄——唐德宗时户部侍郎，德宗本拟用之为相，被阳城极谏而止。
⑩ 江华都——唐代道州，即今湖南道县。
⑪ 鬵(xín)——大釜。
⑫ 榫杓——大木匙。
⑬ 中衢樽——大街上的食物。

杜 牧

高彦休

唐中书舍人杜牧①,少有逸才,下笔成咏。弱冠擢进士第,复捷制科②。牧少隽,性疏野放荡,虽为检刻③,而不能自禁。会丞相牛僧孺出镇扬州,辟节度掌书记。牧供职之外,唯以宴游为事。扬州胜地也,每重城向夕④,倡楼之上,常有绛纱灯万数,辉罗列空中。九里三十步街中,珠翠填咽,邈若仙境。牧常出没驰逐其间,无虚夕。复有卒三十人,易服随后,潜护之,僧孺之密教也。而牧自谓得计,人不知之,所至成欢,无不会意。如是且数年。及征拜侍御史,僧孺于中堂饯,因戒之曰:"以侍御史气概达驭⑤固当自极夷途⑥,然常虑风情不节,或至尊体乖和。"牧因谬曰:"某幸常自检收,不至贻尊忧耳。"僧孺笑而不答,即命侍儿取一小书簏,对牧发之,乃街卒之密报也。凡数十百,悉曰:"某夕杜书记过某家,无恙。某夕宴某家,亦如之。"牧对之大惭,因泣拜致谢,而终身感焉。故僧孺之薨,牧为之志,而极言其美,报所知也。牧既为御史,久之,分务洛阳。时李司徒愿⑦,罢镇闲居,声妓豪华,为当时第一。洛中名士,咸谒见之。李乃大开宴席,当时朝客高流,无不臻赴。以牧持宪⑧,不敢邀致。牧遣座客达意,愿预斯会。李不得已驰书。方对酒独斟,亦已酣畅,闻命遽来。时会中已饮酒,女妓百余人,皆绝艺殊色。牧独坐南行,瞪目注视,引满三爵,问李云:"闻有紫云者孰是?"李指示之。牧复凝睇良久曰:"名

---

① 杜牧——字牧之,号樊川。唐武宗时官中书舍人,晚唐著名文学家。
② 制科——皇帝亲自主持的考试。
③ 检刻——约束。
④ 重城向夕——指内外城坊到夜晚之时。
⑤ 达驭——掌管政事。
⑥ 自极夷途——自应该达到平坦大道。比喻主政公平。
⑦ 李司徒愿——李愿,西平王李晟的儿子,曾为河中节度使。司徒,是他死后的赠号。
⑧ 持宪——担任御史。

不虚得,宜以见惠。"李俯而笑,诸妓皆亦回首破颜。牧又自饮三爵,朗吟而起曰:"华堂今日绮筵开,谁唤分司御史来? 忽发狂言惊满座,两行红粉一时回。"意气闲逸,旁若无人。牧又自以年渐迟暮,常追赋感旧诗曰:"落魄江湖载酒行,楚腰纤细掌中情。三年一觉扬州梦,赢得青楼薄癫名。"又曰:"舷船一棹百分空,十载青春不负公。今日鬓丝禅榻伴,茶烟轻刟落花风。"太和①末,牧复自侍御史出佐沈傅师②江西宣州幕。虽所至辄游,而终无属意,咸以非其所好也。及闻湖州名郡,风物妍好,且多奇色,因甘心游之。湖州刺史某乙,牧素所厚者,颇喻其意。及牧至,每为之曲宴周游。凡优姬倡女,力所能致者,悉为出之。牧注目凝视曰:"美矣,未尽善也。"乙复候其意。牧曰:"愿得张水嬉③,使州人毕观,候四面云集,某当闲行寓目,冀于此际,或有阅焉。"乙大喜,如其言。至日,两岸观者如堵。迨暮,竟无所得。将罢,舟舣岸。于丛人中,有里姥引鸦头女④,年十余岁。牧熟视曰:"此真国色,向诚虚设耳。"因使语其母,将接致舟中。母女皆惧。牧曰:"且不即纳,当为后期。"姥曰:"他年失信,复当何如?"牧曰:"吾不十年,必守此郡⑤。十年不来,乃从尔所适可也。"母许诺,因以重币结之,为盟而别。故牧归朝,颇以湖州为念,然以官秩尚卑,殊未敢发。寻拜黄州、池州,又移睦州,皆非意旨。牧素与周墀⑥善,会墀为相,乃并以三笺干墀,乞守湖州。意以弟颛⑦目疾,冀于江外疗之。大中⑧三年,始授湖州刺史。此至郡,则已十四年矣。所约者,已从人三载,而生三子。牧既即政,函使召之。其母惧其见夺,携幼以同往。牧诘其母曰:"曩既许我矣,何为反之?"母曰:"向约十年,十年不来而后嫁,嫁已三年矣。"牧因取其载词⑨视之,俯首移晷曰:"其词也直,强之不祥。"乃厚

---

① 太和——唐文宗年号。
② 沈傅师——字子言,曾任江南西道和宣、歙、池州观察使。
③ 张水嬉——举行舟船赛会。
④ 鸦头女——鸦同"丫"。即丫头。
⑤ 必守此郡——一定要到这地方做刺史。
⑥ 周墀——字德升,唐宣宋时任宰相。
⑦ 颛——杜颛,杜牧的弟弟。
⑧ 大中——唐宣宗年号。
⑨ 载词——签订盟约的文件,也称"载书"。

为礼而遣之。因赋诗以自伤曰："自是寻春去较迟，不须惆怅怨芳时。狂风落尽深红色，绿叶成阴子满枝。"

赵 和

高彦休

咸通①初，有天水赵和者，任江阴令，以片言折狱著声。由是累宰剧邑②，皆以雪冤获优考。至于疑似晦伪之事，悉能以情理之。时有楚州淮阴农，比庄③俱以丰岁而货殖焉。其东邻则拓腴田数百亩，资镪未满④，因以庄券质于西邻，贷缗百万，契书显验。且言来岁赍本利以赎。至期，果以腴田获利甚博，备财赎契，先纳八百缗。第检置契书，期明日以残资换券。所隔信宿，且恃通家⑤，因不徵纳缗之籍。明日，赍余镪至，遂为西邻不认。且以无保证，又乏簿籍，终为所拒。东邻冤诉于县，县为追勘，无以证明。邑宰谓曰："诚疑尔冤，其如官中所赖者券，乏此以证，何术理之？"复诉于州，州不能理。东邻不胜其愤，远聆江阴之善听讼者，乃越江而南，诉于赵宰。赵宰谓曰："县政地卑，且复逾境，何计奉雪？"东邻则冤泣曰："此地不得理，无由自涤也。"赵曰："第止吾舍，试为思之。"经宿，召前曰："计就矣，尔果不妄否？"则又曰："安敢诬。"赵曰："诚如是言，当为锟法。"乃召捕贼之干者数辈，赍牒至淮鋠⑥，曰："有啸聚而寇江者，案劾已具，言有同恶相济者，在某处居，名姓形状，具以西邻指之，请梏送至此。"先是邻州条法，唯持刀截江，无得藏匿。追牒至彼，果擒以还。然自恃无迹，未甚知惧。至则旅⑦于庭下。赵厉声谓曰："幸耕织自活，何为寇江？"囚则朗叫泪随曰："稼穑之夫，未尝舟楫！"赵又曰："证词甚具，姓氏无差，

① 咸通——唐懿宗年号。
② 剧邑——政务之事较为繁重复杂的大县。
③ 比庄——邻近各村庄。
④ 资镪未满——资金比较缺乏。
⑤ 通家——有亲戚关系。
⑥ 淮鋠——即淮阴。
⑦ 旅——随着众人上前谒见。

或言伪而坚,则血肤取实①。"囚则大恐,叩头见血,如不胜其冤者。赵又曰:"所盗幸多金宝锦彩,非农家所置蓄者。汝宜籍舍之产以辩之。"囚意稍解,遂详开所贮者,且不虞东邻之越讼也。乃言稻若干斛,庄客某甲等纳到者;细绢若干疋,家机所出者;钱若干贯,东邻赎契者;银器若干件,匠司锻成者。赵宰大喜,即再审其事,谓曰:"如果非寇江者,何谓讳②东邻所赎八百千?"遂引诉邻,令其偶证③。于是惭惧失色,祈死厅前。赵令梏往本土,检付契书,然后置之于法。

刘 崇 龟

范 资

刘崇龟④镇南海之岁,有富商子,少年而白皙,稍殊于稗贩之伍⑤,泊船于江岸。上有门楼,中见一姬,年二十余,艳态妖容,非常所睹,亦不避人。得以纵其目逆,乘便复言:"某黄昏当诣宅矣。"无难色,颔之微哂而已。既昏暝,果启扉伺之。比子未及赴约,有盗者径入行窃。见一房无烛,即突入之。姬即欣然而就之。盗乃谓其见擒,以庖刀刺之,遗刀而逸。其家亦未之觉。商客之子旋至,方入其户,即践其血,汰而仆地。初谓其水,以手扪之,闻鲜血之气未已,又扪着有人卧。遂走出,径登船,一夜解维。比明,已行百余里。其家迹其血致江岸,遂陈状之。主者讼,穷诘岸上居人,云:"某日夜,有某客船,一夜径发。"即差人追及,械于圄室⑥。拷掠备至,具实吐之,唯不招杀人。其家以庖刀纳于府主矣。府主乃下令曰:"某日大设,合境庖丁,宜集于球场,以候宰杀。"屠者既集,乃传令曰:"今日既已,可翌日而至。"乃各留刀于厨而去。府主乃命取诸人刀,以杀

---

① 血肤取实——拷打录取口供。
② 讳——欺瞒贪取。
③ 偶证——对证。
④ 刘崇龟——唐懿宗时进士,字子长,官至清海军节度使。
⑤ 稗贩之伍——小商小贩之列。
⑥ 圄(yǔ)室——班房。

人之刀,换下一口。来早,各令诣衙请刀。诸人皆认本刀而去,唯一屠最在后,不肯持刀去。府主乃诘之。"对曰:"此非某刀。"又诘以何人刀,即曰:"此合是某乙者。"乃问其住止之处,即命擒之,则已窜矣。于是乃以他囚之合处死者,以代商人之子,侵夜①毙之于市。窜者之家,旦夕潜令人伺之,既毙其假囚,不一两夕,果归家。即擒之,具首杀人之咎,遂置于法。商人之子,夜入人家,以奸罪杖背而已。彭城公之察狱,可谓明矣。

杀 妻 者

范 资

闻诸耆旧云:昔有人因他适,回见其妻为奸盗所杀。但不见其首,肢体俱在。既悲且惧,遂告于妻族。妻族闻之,遂执婿而入官丞,横加诬云:"尔杀吾爱女!"狱吏严其鞭捶,莫得自明,洎②不任其苦,乃自诬杀人,甘其一死。款案③既成,皆以为不谬。郡主委诸从事,从事疑而不断,谓使君曰:"某滥尘幕席,诚宜竭节,奉理人命,一死不可再生,苟或误举典刑,岂能追悔也。必请缓而穷之。且为夫之道,孰忍杀妻,况义在齐眉,曷能断颈。纵有隙而害之,盍作脱祸之计也,或推病殒,或托暴亡,焉事存尸而弃首? 其理甚明。"使君许其谳义④。从事乃别开其第,权作狴牢⑤,慎择司存⑥,移此系者,细而劲之,仍给以酒食汤沐,以平人待之。键户棘垣,不使系于外。然后遍勘在城伍作行人⑦,令各供通近来应与人家安厝坟墓多少去处文状。既而一面诘之曰:"汝等与人家举事,还有可疑者乎?"有一人曰:"某于一豪家举事,共言杀却一奶子,于墙上昇过,凶器⑧中甚

---

① 侵夜——傍晚。

② 洎——等到,及至。

③ 款案——罪状。

④ 谳(yàn)义——断案的情由。

⑤ 狴牢——监狱。

⑥ 司存——即狱官。

⑦ 伍作行人——伍作,即仵作。官署中负责验看尸体的法医。

⑧ 凶器——棺材。

似无物，见在某坊。"发之，果得一女首级，遂将首对尸，令诉者验认，云："非也。"遂收豪家鞫之。豪家伏辜而具款，乃是杀一奶子，函首而葬之，以尸易此良家之妇，私室蓄之。豪士乃全家弃市。吁，伍辞①察狱，得无慎乎？"

薛　昌　绪

范　资

岐王李茂贞②霸秦陇也，泾州书记薛昌绪，为人迂僻，禀自天性。飞文染翰，即不可得之矣。与妻相见，亦有时，必有礼容。先命女仆通转，往来数四，可之，然后秉烛造室。至于高谈虚论，茶果而退，或欲诣帏房，其礼亦然。尝曰："某以继嗣事重，辄欲卜其嘉会，必候请而可之。"及从泾帅统众于天水，与蜀人相拒于青泥岭，岐众迫于辇运，又闻梁人③入境，遂潜师宵遁，颇惧蜀人之掩袭。泾帅临行，攀鞍忽记曰："传语书记，速请上马。"连促之。薛在草庵下藏身，曰："传语太师，但请先行。今晨是某不乐日。"戎帅怒，使人提上鞍轿，捶其马而逐之，尚以物蒙其面，云："忌日礼不见客。"此盖人妖也，秦陇人皆知之。

李　回

王定保

大和初，李回任京兆府参军，主试，不送④魏暮，暮深衔之。会昌⑤中，

---

① 伍辞——胡乱的供词。
② 李茂贞——唐昭宗时封陇西郡王，唐亡以后，自称岐王。
③ 梁人——指称后唐朱全忠。全忠镇大梁，称梁王。
④ 送——解送。举子考进士，由州府推荐，称为解送。
⑤ 会昌——唐武宗年号。

回为刑部侍郎,暮为御史中丞,尝与次对官①三数人,候对于阁门。暮曰:"某顷岁府解,蒙明公不送,何事今日同集于此?"回应声曰:"经②,如今也不送!"暮为之色变,益怀愤恚。后回谪刺建州③,暮大拜,回有启状,暮悉不纳。既而回怒一衙官,决杖勒停。建州衙官能庇徭役④,求隶籍者⑤,所费不下数十万。其人不恚于杖,止恨停废⑥耳。因亡命至京师,投时相诉冤。诸相皆不问。会亭午憩于槐阴,颜色憔悴,旁人察其有故,私诘之。其人具述本志。于是诲之曰:"建阳相公⑦素与中书相公⑧有隙,子盍诣之。"言讫,见魏导骑自中书而下。其人常怀文状,即如所诲,望尘而拜。导骑呵问,对曰:"建州百姓诉冤。"魏闻之,倒持麈尾,敲鞍子令止。及览状,所论事二十余件,第一件取同姓子女入宅。于是为魏极力锻成大狱。时李已量移邓州刺史,行次九江,遇御史鞫狱,却回建阳,竟坐贬抚州司马,终于贬所。

宣慈寺门子

王定保

宣慈寺门子⑨,不记姓氏,酌⑩其人,义侠之徒也。唐乾符⑪二年,韦

---

① 次对官——轮序召见的官员。
② 经(jīng)——当时口语,相当于"哼"之意。
③ 建州——唐州名,治所福建建瓯县。
④ 能庇徭役——免除徭役。
⑤ 求隶籍者——请求入建州户籍。
⑥ 停废——免职。
⑦ 建阳相公——指李回。
⑧ 中书相公——指魏暮。
⑨ 门子——看门人。
⑩ 酌——看起来。
⑪ 乾符——唐僖宗年号。

昭范登宏词科,昭范乃度支使杨严懿亲①。及宴席,瘗②幕器皿之类,假于计司③,严复遣以使库供借。其年三月,宴于曲江亭子,供帐之盛,罕有伦拟。时进士同日有宴,都人观者甚众。饮兴方酣,俄睹一少年,跨驴而至,骄悖之状,旁若无人。于是俯逼筵席,张目引颈及肩④,复以巨鞭振筑⑤佐酒,谑浪之词,所不能听。诸君子骇愕之际,忽有于众中批其颊者,随手而堕。于是连加殴击,又夺所执鞭鞭之百余。众皆致怒,瓦砾乱下,殆将毙矣。当此之际,紫云楼门,轧然而开,有紫衣从人数辈驰告曰:"莫打,莫打!"传呼之声相续。又一中贵⑥,驱殿⑦甚盛,驰马来救。门子复操鞭迎击,中者无不面仆于地,敕使亦为所鞭。既而奔马而反,左右从而俱入门,门亦随闭而已。坐内甚忻愧,然不测其来⑧,又虑事连宫禁,祸不旋踵,乃以缗钱束素,召行殴者讯之曰:"尔何人? 与诸郎君阿谁有素⑨,而能相为如此?"对曰:"某是宣慈寺门子,亦与诸郎君无素,第不平其下人无礼耳。"众皆嘉叹,悉以钱帛遗之。复相谓曰:"此人必须亡去,不然当为擒矣。"后旬朔,座中宾客多有假途宣慈寺门者,门子皆能识之,靡不加敬,竟不闻有追问之者。

崔张自称侠

冯翊子

进士崔涯、张祜⑩下第后多游江淮,常嗜酒侮谑时辈,或乘饮兴即自

---

① 懿亲——至亲。
② 瘗(yì)——小帷幕。
③ 计司——即度支使。
④ 张目引颈及肩——形容贵戚子弟骄横傲慢的丑态。
⑤ 以巨鞭振筑——以马鞭击打乐器。
⑥ 中贵——指宦官。
⑦ 驱殿——指左右侍从等人。
⑧ 不测其来——不知道这个见义出力的人是哪里来的。
⑨ 阿谁有素——跟谁有交情。素,平素的(交情)。
⑩ 崔涯、张祜——中、晚唐时诗人。

称豪侠。二子好尚既同,相与甚洽。崔因醉作侠士诗云:太行岭上三尺雪,崔涯袖中三尺铁;一朝若遇有心人,出门便与妻儿别。由是往往播在人口:"崔张真侠士也。"以此人多设酒馔待之,得以互相推许。

一旦,张以诗上牢盆使①,出其子授漕渠②小职,得堰③,俗号冬瓜。张二子:一椿儿,一桂子。有诗曰:"椿儿绕树春园里,桂子寻花夜月中。"④人或戏之曰:"贤郎不宜作此等职。"张曰:"冬瓜合出祜子。"⑤戏者相与大哂。

后岁余,薄有资力。一夕,有非常人,装饰甚武,腰剑,手囊贮一物,流血于外。入门谓曰:"此非张侠士⑥居也?"曰:"然。"张揖客甚谨。既坐,客曰:"有一仇人,十年莫得,今夜获之,喜不可言。"指其囊曰:"此其首也。"问张曰:"有酒否?"张命酒饮之。客曰:"此去三数里,有一义士,余欲报之,则平生恩仇毕矣。闻公气义,可假余十万缗,立欲酬之,是余愿矣! 此后赴汤蹈火,为狗为鸡⑦,无所惮。"张且不吝,深喜其说,乃倾囊烛下,筹其缣素中品之物,量而与之。客曰:"快哉,无所恨也!"乃留囊首而去,期以却回。

及期不至,五鼓绝声,东曦既驾⑧,杳无踪迹。张虑以囊首彰露,且非己为,客既不来,计将安出? 遣家人将欲埋之,开囊出之,乃豕首⑨也。因方悟之而叹曰:"虚其名,无其实,而见欺之若是,可不戒欤!"豪侠之气自

---

① 牢盆使——管理盐政的官。

② 漕渠——管理漕运。

③ 堰——堰堤。

④ "椿儿"两句——讥讽张祜二子游手好闲,只知道寻花问柳。"椿","春"音,"桂","月"谐意。

⑤ 冬瓜合出祜子——这是一句用双关语调侃的话。"祜子"与"瓠子"同音双关,而冬瓜与瓠(即葫芦)又属同科。意思是说冬瓜堰的漕运小官由张祜之子来担任是非常合适的。

⑥ 张侠士——指张祜。

⑦ 为狗为鸡——暗用战国齐孟尝君养"鸡鸣狗盗"食客为其效力典故。

⑧ 东曦既驾——太阳出来了。神话传说,太阳神曦和驾日车东出西入,运日而行。

⑨ 豕首——猪头。

此而丧矣。

灵　应　传

佚　名

泾州①之东二十里，有故薛举城。城之隅有善女湫，广袤数里，兼葭丛翠，古木萧疏。其水湛然而碧，莫有测其浅深者。水族灵怪，往往见焉。乡人立祠于旁，曰九娘子神。岁之水旱被禳②，皆得祈请焉。又州之西二百余里，朝那镇之北有湫神③。因地而名，曰朝那神。其肸蚃④灵应，则居善女之右矣。

乾符⑤五年，节度使周宝⑥在镇日，自仲夏之初，数数有云气，状如奇峰者，如美女者，如鼠，如虎者，由二湫而兴。至于激迅风，震雷电，发屋拔树，数刻而止。伤人害稼，其数甚多。宝责躬励己，谓为政之未敷⑦，致阴灵之所谴也。至六月五日，府中视事之暇，昏然思寐，因解巾就枕。寝犹未熟，见一武士，冠鍪被铠⑧，持钺而立于阶下，曰："有女客在门，欲申参谒，故先听命。"宝曰："尔为谁乎？"曰："某即君之阍者⑨，效役有年矣。"宝将诘其由，已见二青衣，历阶而升，长跪于前曰："九娘子自郊墅特来告谒，故先使下执事⑩致命于明公。"宝曰："九娘子非吾通家亲戚，安敢造次相面乎？"言犹未终，而见祥云细雨，异香袭人。俄有一妇人，年可十七八，衣裙素淡，容质窈窕，凭空而下，立庭庑之间。容仪绰约，有绝世之貌。

---

① 泾州——唐州名，治所在今甘肃省、泾川县北。

② 被禳(fú ráng)——为驱除灾邪而举行的祭祀仪式。

③ 湫神——深潭里的水神。

④ 肸蚃(xì xiǎng)——迷信称神灵感应。蚃，土蛹，据称能知声响、辨方向。

⑤ 乾符——唐僖宗李儇的年号。

⑥ 周宝——唐武宗时泾原节度使，字上皀。

⑦ 未敷——未达到(美善)。

⑧ 冠鍪(móu)被铠——戴着战盔，穿着铠甲。

⑨ 阍者——看门人。此处指门卫。

⑩ 下执事——谦词，意即供使唤的人。

侍者十余辈,皆服饰鲜洁,有如妃主之仪。顾步徊翔①,渐及卧所。宝将少避之,以候其意。侍者趋进而言曰:"贵主以君之高义,可申诚信之托,故将冤抑之怀,诉诸明公。明公忍不救其急难乎?"宝遂命升阶相见。宾主之礼,颇甚肃恭。登榻而坐,祥烟四合,紫气充庭,敛态低鬟,若有忧戚之貌。宝命酌醴设馔,厚礼以待之。俄而敛袂离席,逡巡而言曰:"妾以寓止郊园,绵历多祀,醉酒饱德②,蒙惠诚深。虽以孤枕寒床,甘心没齿。茕嫠③有托。负荷逾多。但以显晦殊途④,行止乖互⑤。今乃迫于情礼,岂暇缄藏⑥。倘鉴幽情,当敢披露。"宝曰:"愿闻其说。所冀识其宗系。苟可展分,安敢以幽显为辞。君子杀身以成仁,徇⑦其毅烈,蹈赴汤火,旁雪不平,乃宝之志也。"对曰:"妾家世会稽之鄮县⑧,卜筑于东海之潭。桑榆坟陇,百有余代。其后遭世不造⑨,瞰室贻灾⑩。五百人皆遭庾氏焚炙之祸⑪,纂绍⑫几绝。不忍戴天,潜遁幽岩,沉冤莫雪。至梁天监中,武帝⑬好奇,召人通龙宫,入枯桑岛,以烧燕奇味,结好于洞庭君宝藏主第七女,以求异宝。寻闻家仇庾毗罗自鄮县白水郎⑭弃官解印,欲承命请行,

---

① 顾步徊翔——顾步,低着头行路。徊翔,像鸟一样盘旋飞翔。指心事重重而徘徊的样子。

② 醉酒饱德——《诗经·大雅·既醉》:"既醉以酒,既饱以德;君子万年,介尔景福。"据朱熹集传,此句为受到祭祀而表示感激的意思。

③ 茕嫠(lí)——孤独无靠的寡妇。

④ 显晦殊途——阴阳有别。

⑤ 行止乖互——行动互相隔离。

⑥ 岂暇缄藏——哪能够把这心思隐瞒起来。

⑦ 徇——从。

⑧ 鄮(mào)县——唐县名,故址在今浙江省宁波市南。

⑨ 不造——不幸。

⑩ 瞰室贻灾——意即全家遭到灾祸。

⑪ "五百人"句——唐张说《梁四公记》有梁武帝时杰公叙说太湖龙穴、梁武帝派人于龙宫求宝、庾毗罗的祖先烧杀鄮县东海潭之龙,以及罗子春等故事;这些故事都是本篇小说的依据。

⑫ 纂绍——犹言后裔、子孙。

⑬ 武帝——梁武帝萧衍,南朝梁的开国君主。

⑭ 白水郎——白水,鄮县的白水乡。郎,官名。

阴怀不道,因使得入龙宫,假以求货,覆吾宗嗣。赖杰公①敏鉴,知渠挟私请行,欲肆无辜之害。虑其反贻伊戚②,辱君之命,言于武帝,武帝遂止。乃令合浦郡落黎县欧越罗子春③代行。妾之先宗,羞共戴天,虑其后患,乃率其族,韬光灭迹④,易姓变名,避仇于新平真宁县⑤安村。披榛凿穴,筑室于兹。先人弊庐,殆成胡越。今三世卜居,先为灵应君,寻受封应圣侯。后以阴灵普济,功德及民,又封普济王。威德临人,为世所重。妾即王之第九女也。笄年配于象郡⑥石龙之少子。良人以世袭猛烈,血气方刚,宪法不拘,严父不禁,残虐视事,礼教蔑闻⑦。未及期年,果贻天遣,覆宗绝嗣,削迹除名。唯妾一身,仅以获免。父母抑遣再行⑧,妾终违命。王侯致聘,接轸交辕⑨。诚愿既坚,遂欲自劓⑩。父母怒其刚烈,遂遣屏居于兹土之别邑。音问不通,于今三纪。虽兹颜未复,温清久违,离群索居,甚为得志,近年为朝那小龙,以季弟⑪未婚,潜行礼聘。甘言厚币,峻阻复来。灭性毁形⑫,殆将不可。朝那遂通好于家君,欲成其事。遂使其季弟权徙于王畿之西,将货于我王,以成姻好。家君知妾之不可夺。乃令朝那纵兵相逼。妾亦率其家僮五十余人,付以兵仗,逆战郊原。众寡不敌,三

---

① 杰公——《梁四公记》中的异人。

② 反贻伊戚——反而给自己带来麻烦。

③ “合浦郡”句——合浦郡,汉郡名,治所在广东省合浦。欧越,即瓯越,古地名,指今浙江省永嘉县一带。

④ 韬光灭迹——藏起踪影,隐匿行迹。

⑤ 新平真宁县——新平,汉郡名,治所在今陕西省邠县。真宁县,即今甘肃正宁县,其时属新平郡。

⑥ 象郡——象州、治所在今广西省象州县。

⑦ 蔑闻——无闻,指不懂(礼教)。

⑧ 抑遣再行——强迫改嫁。

⑨ 接轸交辕——形容车辆众多。

⑩ 劓(yì)——割掉鼻子。

⑪ 季弟——最小的弟弟。

⑫ 灭性毁形——毁坏自己的形体或自杀。

战三北①。师徒倦弊,掎角无怙②。将欲收拾余烬,背城借一③,而虑晋阳水急④,台城火炎⑤,一旦攻下,为顽童所辱。纵没于泉下,无面石氏之子⑥。故《诗》云:'泛彼柏舟,在彼中河。髧彼两髦,实维我仪,之死矢靡他。母也天只,不谅人只⑦。'此卫世子孀妇自誓之词⑧。"又云:'谁谓鼠无牙?何以穿我墉。谁谓女无家?何以速我讼。虽速我讼,亦不女从⑨。'此邵伯听讼⑩,衰乱之俗微,贞信之教兴,强暴之男,不能侵凌贞女也。⑪今则公之教可以精通显,贻范古今⑫。贞信之教,故不为姬奭⑬之下者。幸以君之余力,少假兵锋,挫彼凶狂,存其鳏寡。成贱妾终天之誓,彰明公赴难之心。辄具志诚,幸无见阻。"宝心虽许之,讶其辨博,欲拒以

---

① 北——败。

② 掎角无怙(hù)——没有可以凭借牵制敌军的援军。掎角,增援的军队。

③ 背城借一——即"背城一战"。意谓最后一次决战。

④ 晋阳水急——借用春秋时晋国智伯决晋水下灌晋阳城的故事,比喻现在情况紧急。

⑤ 台城火炎——台城,六朝的都城建康(今南京)的宫城。南朝梁叛将侯景围梁武帝于台城,以火攻陷城,梁武帝饿死。比喻敌军进攻之势嚣张。

⑥ 无面石氏之子——没有面目去见石龙太子(龙女的前夫)。

⑦ "泛彼柏舟"七句——此诗为《诗经·鄘风·柏舟》第一节。全节译为"柏木船儿漂荡,在那河中央。那人儿海发分两旁,他才是我的对象。我到死不改的心肠。我的娘啊!我的天啊!人家的心思你就看不见啊!"(用余冠英译诗)。

⑧ 此卫世子孀妇自誓之词——《诗序》认为"柏舟"之诗是卫世子之妻共姜自誓之词。卫世子共伯早死,其妻守义,父母要她改嫁,她誓死不从。龙女引用它来说明自己守节不嫁的决心。

⑨ "谁谓鼠无牙"六句——此是《诗经·召南·行露》第三章。讼,官司。女,同"汝",即你。

⑩ 邵伯听讼——邵伯,周文王庶子,名奭(shì),善于判案。也称召伯。

⑪ "衰乱之俗微"四句——《诗序》解释《行露》篇的话。旧注认为,一个女子不愿意服从一个男子,那男子就告到官里,但她还是不屈服,她作此诗表示决心,相信邵伯一定能够主持公道。龙女引用这几句话,也是希望周宝能像邵伯那样为她抱不平。

⑫ 贻范古今——作为古今的楷模。贻范,示范。

⑬ 姬奭——即邵伯。

他事,以观其词。乃曰:"边徼事繁,烟尘在望。朝廷以西陲陷虏,芜没者三十余州。将议举戈,复其土壤。晓夕恭命,不敢自安。匪夕伊朝①,前茅即举②。空多愤悱,未暇承命。"对曰:"昔者楚昭王以方城为城,汉水为池,尽有荆蛮之地③。借父兄之资,强国外连,三良④内助。而吴兵一举,鸟进云奔,不暇婴城⑤,迫于走兔。宝玉⑥迁徙,宗社凌夷⑦。万乘之灵⑧,不能庇先王之朽骨⑨。至申胥乞师于嬴氏,血泪污于秦庭,七日长号,昼夜靡息。秦伯悯其祸败,竟为出师,复楚退吴,仅存亡国⑩。况芈⑪氏为春秋之强国,申胥乃衰楚之大夫,而以矢尽兵穷,委身折节,肝脑涂地,感动于强秦。矧⑫妾一女子,父母斥其孤贞,狂童凌其寡弱,缀旒之急⑬,安得不少动仁人之心乎?"宝曰:"九娘子灵宗异派,呼吸风云,蠢尔黎元⑭,固在掌握。又焉得示弱于世俗之人,而自困如是者哉?"对曰:"妾

①　匪夕伊朝——"匪",非。"伊",是的意思。不是今天晚上,就是明天早上。
②　前茅即举——前茅,先头部队。马上就要发兵。
③　"楚昭王以方城为城"三句——方城,春秋时楚国山城,故址在今河南方城县北。汉水,楚国一条大河。荆,楚国本名。蛮,指古越地。春秋时楚国地域辽阔,拥有南部及东部的大部分地区。楚、齐会盟,齐桓公威胁楚国使臣屈完,屈完回答说:"您若以德服诸侯,诸侯自然会服您;如果使用武力,那么楚国就以方城为城,以汉水为池。您的军队虽多,也无所作为。"
④　三良——指楚大夫郤宛、阳令终、晋陈三人。
⑤　婴城——守城。
⑥　宝玉——代指楚国的宝物。
⑦　宗社凌夷——国家被摧毁。
⑧　万乘之灵——万乘,万辆战车,指大国。大国的威势。
⑨　不能庇先王之朽骨——指吴破楚,指伍子胥掘墓鞭打楚平王以报父仇之事。
⑩　"申胥乞师"八句——吴师攻楚,陷郢城,楚大夫申包胥到秦国求救兵,秦不许,申包胥在秦庭哭了七天七夜,感动秦哀公,于是出兵救援,吴国才退兵。申胥,即申包胥。秦伯,即秦哀公。
⑪　芈(mǐ)——代指楚国。因楚先祖姓□。
⑫　矧——何况。
⑬　缀旒(liú)之急——比喻情况紧急。旒,古代王冠前后垂挂的珠玉。
⑭　蠢尔黎元——指平民老百姓。

家族望,海内咸知。只如彭蠡①洞庭,皆外祖也。陵水罗水②,皆中表也。内外昆季,百有余人。散居吴越之间,各分地土。咸京八水③,半是宗亲。若以遣一介之使,飞咫尺之书,告彭蠡洞庭,召陵水罗水,率维扬之轻锐④,征八水之鹰扬⑤。然后檄冯夷⑥,说巨灵⑦,鼓子胥⑧之波涛,混阳侯⑨之鬼怪,鞭驱列缺⑩,指挥丰隆⑪,扇疾风,翻暴浪,百道俱进,六师鼓行。一战而成功,而朝那一鳞,立为齑粉。泾城千里,坐变污潴⑫。言下可观,安敢谬矣。顷者,泾阳君与洞庭外祖世为姻戚,后以琴瑟不调,弃掷少妇,遭钱塘之一怒,伤生害稼,怀山襄陵⑬。泾水穷鳞,寻毙外祖之牙齿⑭。今泾上车轮马迹犹在,史传⑮具存,固非谬也。妾又以夫族得罪于天,未蒙上帝昭雪,所以销声避影,而自困如是。君若不悉诚款,终以多事为词,则向者之言,不敢避上帝之责也。”宝遂许诺。卒爵撤馔,再拜而去。宝及晡⑯方寤,耳闻目览,恍然如在。

　　翼日,遂遣兵士一千五百人,戍于湫庙之侧。是月七日,鸡初鸣,宝将晨兴,疏牖尚暗。忽于帐前有一人,经行于帷幄之间,有若侍巾栉者。呼

---

① 　彭蠡(lǐ)——即江西鄱阳湖。

② 　陵水罗水——广西北流县两条河流,汇合为陵罗水,流入南海。

③ 　咸京八水——咸京,秦都咸阳,唐时也指长安。八水,即关中八水:泾、渭、灞、浐、涝、潏、沣、滈。

④ 　维扬——江苏扬州。此处泛指吴越一带。

⑤ 　鹰扬——勇武雄壮的样子。

⑥ 　冯夷——水神名,即河伯。

⑦ 　说巨灵——力能开山导河的大神。

⑧ 　子胥——春秋时吴国的伍子胥,传说死后成为潮神。

⑨ 　阳侯——水神名。

⑩ 　列缺——传说中的电母。

⑪ 　丰隆——传说中的风神。

⑫ 　污潴(zhū)——污浊的水潭。

⑬ 　怀山襄陵——形容洪水大,漫淹了高地。

⑭ 　寻毙外祖之牙齿——《柳毅传》中钱塘龙君杀泾水小龙,为侄女报仇的故事。

⑮ 　史传——即《柳毅传》。

⑯ 　晡——午后三时至五时时分。

之命烛,竟无酬对。遂厉而叱之。乃言曰:"幽明有隔,幸不以灯烛见迫也。"宝潜知异,乃屏气息音,徐谓之曰:"得非九娘子乎?"对曰:"某即九娘子之执事者也。昨日蒙君假以师徒,救其危厄。但以幽显事别,不能驱策。苟能存其始约,幸再思之。"俄而纱窗渐白,注目视之,悄无所见。宝良久思之,方达其义。遂呼吏,命按兵籍,选亡没者名,得马军五百人,步卒一千五百人;数内选押衙孟远,充行营都虞候①,牒送善女湫神。是月十一日,抽回戍庙之卒。见于厅事之前,转旋之际,有一甲士仆地,口动目瞬,问无所应,亦不似暴卒者。遂置于廊庑之间,天明方悟。遂使人诘之。对曰:"某初见一人,衣青袍,自东而来,相见甚有礼。谓某曰:'贵主蒙相公莫大之恩,拯其焚溺②。然亦未尽诚款。假尔明敏③,再通幽情。幸无辞,勉也。'某急以他词拒之。遂以袂相牵,懵然颠仆。但觉与青衣者继踵偕行,俄至其庙。促呼连步,至于帷薄之前。见贵主谓某云:'昨蒙相公悯念孤危,俾尔戍于弊邑。往返途路,得无劳止?余蒙相公再借兵师,深惬诚愿。观其士马精强,衣甲铦利。然都虞候孟远才轻位下,甚无机略。今月九日,有游军三千余,来掠我近郊。遂令孟远领新到将士,邀击于平原之上。设伏不密,反为彼军所败。甚思一权谋之将。俾尔速归,达我情素。'言讫。拜辞而出,昏然似醉。余无所知矣。"宝验其说,与梦相符。意欲质前事,遂差制胜关使④郑承符以代孟远。是月三日晚衙,于后球场,沥酒焚香,牒请九娘子神收管。

　　至十六日,制胜关申⑤云:"今月十三日夜三更已来,关使暴卒。"宝惊叹息,使人驰视之。至则果卒。唯心背不冷,暑月停尸,亦不败坏。其家甚异之。忽一夜,阴风惨洌,吹砂走石,发屋拔树,禾苗尽偃,及晓而止。云雾四布,连夕不解。至暮,有迅雷一声,划如天裂。承符忽呻吟数息,其家剖棺视之,良久复苏。是夕,亲邻咸聚,悲喜相仍,信宿如故。家人诘其由。乃曰:"余初见一人,衣紫绶,乘骊驹,从者十余人。至门,下马,命吾

---

① 行营都虞候——军营中的执法官。

② 拯其焚溺——拯救于水深之热之中。

③ 假尔明敏——借重你的聪明伶俐。

④ 胜关使——胜关的军官。胜关,关名,边际要塞。

⑤ 申——呈文。

相见。揖让周旋,手捧一牒授吾云:'贵主得吹尘之梦①,知君负命世之才,欲遵南阳故事②,思殄邦仇。使下臣持兹礼币,聊展敬于君子,而冀再康国步。幸不以三顾为劳也。'余不暇他辞,唯称不敢。酬酢之际,已见聘币罗于阶下,鞍马器甲锦彩服玩橐鞬③之属,咸布列于庭。吾辞不获免,遂再拜受之。即相促登车。所乘马异常骏伟,装饰鲜洁,仆御整肃。倏忽行百余里。有甲马三百骑已来,迎候驱殿④,有大将军之行李⑤,余亦颇以为得志。指顾间,望见一大城,其雉堞穹崇⑥,沟洫深浚。余惚恍不知所自。俄于郊外备帐乐,设享。宴罢入城,观者如堵。传呼小吏,交错其间。所经之门,不记重数。及至一处,有如公署。左右使余下马易衣,趋见贵主。贵主使人传命,请以宾主之礼见。余自谓既受公文器甲临戎之具,即是臣也。遂坚辞,具戎服入见。贵主使人复命,请去橐鞬,宾主之间,降杀⑦可也。余遂舍器仗而趋入,见贵主坐于厅上。余拜谒,一如君臣之礼。拜讫,连呼登阶。余乃再拜,升自西阶。见红妆翠眉,蟠龙髻凤而侍立者,数十余辈。弹弦握管,秾花异服而执役者,又数十辈。腰金拖紫,曳组攒簪而趋隅者⑧,又非止一人也。轻裘大带,白玉横腰,而森罗⑨于阶下者,其数甚多。次命女客五六人,各有侍者十数辈,差肩接迹。累累而进。余亦低视长揖,不敢施拜。坐定,有大校⑩数人,皆令预坐。举乐进酒。酒至,贵主敛袂举筋,将欲兴词,叙向来征聘之意。俄闻烽燧四

---

① 吹尘之梦——传说黄帝梦见大风吹灰尘,后得风后为相。此处借用借龙女重用郑承符。

② 南阳故事——刘备于南阳三顾茅庐请诸葛亮的故事。

③ 橐鞬(gāo jiān)——装弓箭的袋子。

④ 驱殿——古时贵官出行时,侍卫们在前吆喝开道称驱殿。

⑤ 行李——出行时的装备、侍卫等。

⑥ 雉堞穹崇——形容城墙高峻,守御工事坚固。

⑦ 降杀——减少杀戮。

⑧ 腰金拖紫,曳组攒簪而趋隅者——腰金拖紫,腰围金带、穿着紫衣裳。曳组攒簪,垂着系佩玉的丝带,头上插着簪子。这是形容宫廷女官服饰装束。趋隅,从四方走来的侍从。

⑨ 森罗——排列。

⑩ 大校——高级偏将。

起,叫噪喧呼云:'朝那贼步骑数万人,今日平明攻破堡塞,寻已入界。数道齐进,烟火不绝。请发兵救应。'侍坐者相顾失色。诸女不及叙别,狼狈而散。及诸校降阶拜谢,伫立听命。贵主临轩谓余曰:'吾受相公非常之惠,悯其孤惸①,继发师徒,拯其患难。然以车甲不利,权略是思。今不弃弊陋,所以命将军者,正为此危急也。幸不以幽僻为辞,少匡不逮②。'遂别赐战马二区,黄金甲一副,旌旗旄钺珍宝器用,充庭溢目,不可胜计。彩女二人,给以兵符,赐赍甚丰。余拜捧而出,传呼诸将,指挥部伍,内外响应。是夜,出城。相次探报,皆云:'贼势渐雄。'余素谙其山川地里,形势孤虚③。遂引军夜出,去城百余里,分布要害。明悬赏罚,号令三军。设三伏以待之。迟明,排布已毕。贼汰④其前功,颇甚轻进,犹谓孟远之统众也。余自引轻骑,登高视之。见烟尘四合,行阵整肃。余先使轻兵搦战,示弱以诱之。接以短兵,且战且行。金革之声,天裂地坼。余引兵诈北,彼亦尽锐前趋。鼓噪一声,伏兵尽起。十里转战,四面夹攻。彼军败绩,死者如麻。再战再奔,朝那狡童,漏刃而去⑤。从亡之卒,不过十余人。余选健马三十骑追之,果生置于麾下。由是血肉染草木,脂膏润原野,腥秽荡空,戈甲山积。贼帅以轻车驰送于贵主,贵主登平朔楼受之。举国士民,咸来会集,引于楼前,以礼责问。唯称"死罪",竟绝他词。遂令押赴都市腰斩。临刑,有一使乘传,来自王所,持急诏令,促赦之。曰:"朝那之罪,吾之罪也。汝可赦之,以轻吾过。"贵主以父母再通音问,喜不自胜,谓诸将曰:'朝那妄动,即父之命也。今使赦之,亦父之命也。昔吾违命,乃贞节也。今若又违,是不祥也。'遂命解缚,使单骑送归。未及朝那,包羞而卒于路。余以克敌之功,大被宠锡。寻备礼拜平难大将军,食朔方⑥一万三千户。别赐第宅,舆马,宝器,衣服,婢仆,园林,邸第,旌幢,铠甲。次及诸将,赏赍有差。明日,大宴,预坐者不过五六人。前者六

----

① 孤惸(qióng)——孤苦伶仃,无依无靠。

② 少匡不逮——稍稍甚至于助我的危急。逮,没有达到,不足,此处指危急的形势。

③ 形势孤虚——指地理形势的虚实。

④ 汰——过分看重。

⑤ 漏刃而去——在刀刃之下溜走了。

⑥ 朔方——北方。指今内蒙古、山西、河北北部一带。

七女皆来侍坐，风姿艳态，愈更动人。竟夕酣饮，甚欢。酒至，贵主捧觞而言曰：'妾之不幸，少处空闺。天赋孤贞，不从严父之命。屏居于此三纪矣。蓬首灰心，未得其死。邻童迫胁，几至颠危。若非相公之殊恩，将军之雄武，则息国不言之妇①，又为朝那之囚耳。永言斯惠，终天不忘。'遂以七宝钟酌酒，使人持送郑将军。余因避席再拜而饮。余自是颇动归心，词理恳切，遂许给假一月。宴罢，出。明日，辞谢讫，拥其麾下三十余人，返于来路。所经之处，但闻鸡犬，颇甚酸辛。俄顷到家，见家人聚泣，灵帐俨然。麾下一人，令余促入棺缝之中。余欲前，而为左右所耸。俄闻震雷一声，醒然而悟。"

承符自此不事家产，唯以后事付妻孥②。果经一月，无疾而终。其初欲暴卒时，告其所亲曰："余本机钤入用③，效节戎行。虽奇切蔑闻，而薄效粗立。洎遭衅累④，谴谪于兹。平生志气，郁而未申。丈夫终当扇长风，摧巨浪，举太山以压卵，决东海以沃萤。奋其鹰犬之心，为人雪不平之事。吾朝夕当有所受。与子分襟，固不久矣。"其月十三日，有人自薛举城晨发十余里，天初平晓，忽见前有车尘竞起，旌旗焕赫，甲马数百人。中拥一人，气概洋洋然，逼而视之，郑承符也。此人惊讶移时，因伫于路左。见瞥如风云，抵善女湫。俄顷，悄无所见。

---

① 息国不言之妇——春秋息侯的夫人息妫（guī）。楚文王灭息，把她掳归后宫，生二子，她一直不开口说话。楚王问她何故，她说："吾一妇人而事二夫，纵弗能死，其又奚言？"

② 妻孥——妻、儿。

③ 机钤（qián）入用——因有军事才能而做官。机钤，事物的关键，此指军事知识。

④ 洎遭衅累——及至因嫌隙被牵连。洎，及至，等到。

下编　宋传奇

杨　于　度

景　焕

蜀中有杨于度者,善弄胡狲,于馄颔中丐乞于人。常饲养胡狲大小十余头,会人语。或令骑犬作参军行李①,则呵殿前后,其执鞭驱策,戴帽穿靴,亦可取笑一时。如弄醉人,则必倒之,卧于地上,扶之,久而不起。于度唱曰:"街使②来!"辄不起。"御史中丞来!"亦不起。或微言:"侯侍中③来。"胡狲即便起走,眼目张皇,佯作惧怕,人皆笑之。侯侍中弘实,巡检内外,主严重,人皆惧之,故弄此戏。

一日,内厩胡狲维绝,走上殿阁。蜀主④令人射之,以其跻捷,皆不之中,竟不能捉获者三日。内竖奏:"杨于度善弄胡狲,试令捉之。"遂以十余头入,望殿上拜,拱手作一行立,内厩胡狲亦在舍上窥觑。于度高声唱言:"奉敕,捉舍上胡狲来!"手下胡狲,一时上舍,齐手把捉内厩胡狲,立在殿上。蜀主大悦,因赐杨于度绯衫钱帛,收系教坊。有内臣因问杨于度:"胡狲胡以教之,而会人言语?"对曰:"胡狲乃兽,实不会人语。于度缘饲之灵砂,变其兽心,然后可教。"内臣深讶其说。则有好事者知之,多以灵砂饲胡狲、鹦鹉、犬、鼠等以教之。故知禽兽食灵砂,尚变人心;人食灵砂,足变凡质。

---

① 参军行李——参军,官名。唐代又有"参军戏",参军,为戏中角色。行李,指仪仗、卫队。

② 街使——主管察巡六街的官员,唐代有左右街使。

③ 侯侍中——侯弘实,后蜀孟昶时官至侍中。

④ 蜀主——即后蜀主孟昶。

绿 珠 传

乐 史

　　绿珠者,姓梁,白州博白县人也。州则南昌郡,古粤地,秦象郡,汉合浦县地。唐武德初,削平萧铣①,于此置南州,寻改为白州,取白江为名。州境有博白山、博白江、盘龙洞、房山、双角山,大荒山;山上有池,池中有婢妾鱼②。绿珠生双角山下,美而艳。粤俗以珠为上宝,生女为"珠娘",生男为"珠儿",绿珠之字,由此而称。

　　晋石崇为交趾采访使③,以真珠三斛致之。崇有别庐,在河南金谷涧,涧中有金水,自太白源来。崇即川阜置园馆。绿珠能吹笛,又善舞《明君》。(明君,昭君也。辟晋文帝讳,改昭为明。) 明君者,汉妃也。汉元帝时,匈奴单于入朝,诏王嫱配之,即昭君也。及将去,入辞,光彩射人,天子悔焉,重难改更,汉人怜其远嫁,为作此歌。崇以此曲教之,而自制新歌曰:

> 我本良家子,将适单于庭;辞别未及终,
> 前驱已抗旌。仆御流涕别,辕马悲且鸣;
> 哀郁伤五内,涕泣瞰珠缨。行行日已远,
> 遂造匈奴城;延伫于穹庐,加我阏氏④名。
> 殊类非所安,虽贵非所荣;父子见凌辱,
> 对之惭且惊。杀身良不易,默默以苟生;
> 苟生亦何聊?积思常愤盈。愿假飞鸿翼,
> 乘之以遐征;飞鸿不我顾,伫立以屏营。

---

① 萧铣——原为隋朝罗川县令,后叛隋,自立为梁王,又称帝,建都江陵。唐高祖武德四年,为李靖等讨平,斩首于长安。

② 婢妾鱼——鲫鱼别称。

③ 交趾采访使——高趾,汉郡名。采访使,晋时无此官名,石崇只任过南中郎将等,此为作者误记。

④ 阏氏(yān zhī)——匈奴君主的正妻。

昔为匣中玉，今为粪上英；朝华不足欢，

甘与秋草并。传语后世人；远嫁难为情。

崇又制《懊恼曲》以赠绿珠。崇之美艳者千余人，择数十人妆饰一等，使忽视之，不相分别。刻玉为倒龙佩，萦金为凤凰钗，结袖绕楹而舞。欲有所召者，不呼姓名，悉听佩声，视钗色。佩声轻者居前，钗色艳者居后，以为行次而进。

赵王伦乱常①，贼类孙秀，使人求绿珠。崇方登凉观，临清水，妇女侍侧。使者以告，崇出婢数十人以示之，皆蕴兰麝而披罗縠。曰："任所择。"使者曰："君侯服御丽矣！然受命指索绿珠，不知孰是。"崇勃然曰："吾所爱，不可得也！"秀因是谮伦族之。收兵忽至，崇谓绿珠曰："我今为尔获罪。"绿珠泣曰："愿效死于君前。"崇因止之，于是坠楼，而崇弃东市。时人名其楼曰绿珠楼。楼在步庚里，近狄泉，狄泉在王城东。

绿珠有弟子宋祎有国色，善吹笛，后入晋明帝宫中。

今白州有一派水，自双角山出，合容州江，呼为绿珠江。亦犹归州有昭君滩、昭君村、昭君场；吴有西施谷、脂粉塘，盖取美人出处为名。又有绿珠井，在双角山下。耆老传云："汲此井饮者，诞女必多美丽。闾里有识者，以美色无益于时，因以巨石镇之。尔后虽有产女端妍者，而七窍四肢，多不完具。"异哉！山水之使然。昭君村生女，皆炙破其面。故白居易诗曰："不取往者戒，恐贻来者冤。至今村女面，烧灼成瘢痕。"②又以不完具而惜焉。

牛僧孺《周秦行记》云："夜宿薄太后庙，见戚夫人、王嫱、太真妃、潘淑妃各赋诗言志。别有善笛女子，短鬟窄袖长带，貌甚美，与潘氏偕来。太后以接座居之，令吹笛，往往亦及酒。太后顾而谓曰：'识此否？石家绿珠也，潘妃养作妹。'太后曰：'绿珠岂能无诗乎？'绿珠拜谢。作曰：'此日人非昔日人，笛声空怨赵王伦。红残钿碎花楼下，金谷千年更不春。'太后曰：'牛秀才远来，今日谁人与伴？'绿珠曰：'石卫尉性严忌，今有死，不可及乱。'"③然事虽诡怪，聊以解颐。

---

①　"赵王伦乱常"句——见《周秦行记》注。

②　"白居易诗曰"以下诗句——此诗题名《过昭君村》。

③　"牛僧孺"以下——见《周秦行记》。

噫！石崇之败，虽自绿珠始，亦其来有渐矣。崇常刺荆州，劫夺远使，沉杀客商，以致巨富。又遗王恺①鸠鸟，共为鸩毒之事。有此阴谋，加以每邀客宴集，令美人行酒，客饮不尽者，使黄门②斩美人。王丞相与大将军③尝共访崇，丞相素不能饮，辄自勉强，至于沉醉；至大将军，故不饮以观其变，已斩三人。君子曰："祸福无门，惟人所召。"崇心不义，举动杀人，乌得无报也！非绿珠无以速石崇之诛，非石崇无以显绿珠之名。

绿珠之坠楼，侍儿之有贞节者也。比之于古，则有曰六出。六出者，王进贤④侍儿。进贤，晋愍太子妃。洛阳乱，石勒⑤掠进贤渡孟津⑥，欲妻之。进贤骂曰："我皇太子妇，司徒公女，胡羌小子，敢干我乎！"言毕投河。六出曰："大既有之，小亦宜然。"复投河中。

又有窈娘者，武周时乔知之⑦宠婢也，盛有姿色，特善歌舞。知之教之读书，善属文，深所爱幸。时武承嗣⑧骄贵，内宴酒酣，迫知之将金玉赌窈娘。知之不胜，便使人就家强载以归。知之怨悔，作《绿珠篇》以叙其怨。词曰：

石家金谷重新声，明珠十斛买娉婷。此日可怜无复比，此时可爱得人情。君家闺阁未曾难，尝持歌舞使人看。富贵雄豪非分理，骄矜势力横相干。辞君去君终不忍，徒劳掩面伤红粉。百年离别在高楼，一旦红颜为君尽。

知之私属承嗣家阉奴传诗于窈娘。窈娘得诗悲泣，投井而死。承嗣令汲出，于衣中得诗，鞭杀阉奴，讽吏罗织知之，以致杀焉。

---

① 王恺——晋文帝司马昭内弟，曾与石崇竞奢斗富。

② 黄门——阉人代称。

③ 王丞相与大将军——王丞相，王导，字茂弘，晋元帝、明帝、成帝三朝宰相。王将军，王敦，字处仲，王导的堂兄，封汉安侯，拜大将军。

④ 王进贤——晋太尉王衍之女，愍怀太子姬。进贤之死，于绿珠之后，用为古例相比，作者失于考证。

⑤ 石勒——五胡十六国时后赵的高祖。掠进贤不是石勒，而是乔属。

⑥ 孟津——黄河渡口，在河南孟津县东北。

⑦ 乔知之——唐武则天时任右补缺、左司郎中。

⑧ 武承嗣——武则天之侄，官至左相。

悲夫！二子以爱姬示人，掇丧身之祸，所谓倒持太阿，授人以柄①。《易》曰："慢藏诲盗，冶容诲淫②。"其此之谓乎！其后诗人题歌舞妓者，皆以绿珠为名。庾肩吾③曰：

> 兰堂上客至，绮席清弦抚。
>
> 自作《明君辞》，还教绿珠舞。

李元操④云：

> 绛树摇歌扇，金谷舞筵开。
>
> 罗袖拂归客，留欢醉玉杯。

江总⑤云：

> 绿珠含泪舞，孙秀强相邀。

绿珠之没，已数百年矣，诗人尚咏之不已，其故何哉？盖一婢子，不知书，而能感主恩，愤不顾身，其志烈懔懔，诚足使后人仰慕歌咏也。至有享厚禄，盗高位，亡仁义之行，怀反复之情，暮四朝三，惟利是务，节操反不若一妇人，岂不愧哉！今为此传，非徒述美丽，窒祸源，且欲惩戒辜恩背义之类也。季伦死后十日，赵王伦败，左卫将军赵泉斩孙秀于中书，军士赵骏剖秀心食之。伦囚金墉城，赐金屑酒。伦惭，以巾复面曰："孙秀误我也！"饮金屑而卒。皆夷家族。南阳生⑥曰："此乃天假之报怨。不然，何枭夷⑦之立见乎！"

---

① 倒持太阿，授人以柄——语出《汉书·梅福传》。这是梅福说秦朝暴虐政治不得人心的话。传中"授人"作"授楚"。太阿，宝剑名。

② "慢藏诲盗"二句——出《易·系辞上》。意谓"财宝收藏不慎密，就引来盗贼；容貌修饰太冶艳，就容易发生淫秽之事"。

③ 庾肩吾——南朝梁代诗人，字子慎，南阳新野人，封武康县侯。

④ 李元操——名孝贞，赵郡柏人县（今河北隆尧县西）人。历仕北齐、北周、隋各朝。

⑤ 江总——字总持，陈后主叔宝时，官至尚书令。

⑥ 南陌生——作者乐史自称。

⑦ 枭夷——枭，斩首。夷，灭族。泛指被杀下场。

杨太真外传

乐 史

杨贵妃,小字玉环,弘农华阴①人也。后徙居蒲州②永乐之独头村。高祖令本,金州③刺史;父玄琰,蜀州司户④。贵妃生于蜀。尝误坠池中,后人呼为落妃池。池在导江⑤县前。(亦如王昭君生于峡州,今有昭君村;绿珠生于白州,今有绿珠江。)妃早孤,养于叔父河南府士曹玄璬家。开元二十二年十一月,归于寿邸⑥。二十八年十月,玄宗幸温泉宫,(自天宝六载十月,复改为华清宫。)使高力士取杨氏女于寿邸,度为女道士,号太真,住内太真宫。天宝四载七月,册左卫中郎将⑦韦昭训女配寿邸。是月,于凤凰园册太真宫女道士杨氏为贵妃,半后服用。进见之日,奏《霓裳羽衣曲》。(《霓裳羽衣曲》者,是玄宗登三乡驿望女几山所作也。故刘禹锡诗有云《伏睹玄宗皇帝〈望女几山〉诗,小臣斐然有感》:"开元天子万事足,惟惜当时光景促。三乡驿上望仙山,归作《霓裳羽衣曲》。仙心从此在瑶池,三清八景⑧相追随。天上忽乘白云去,世间空有《秋风词》⑨。"又《逸史》云:"罗公远天宝初侍玄宗,八月十五日夜,宫中玩月,曰:'陛下能从臣月中游乎?'乃取一枝桂向空掷之,化为一桥,其色如银。请上同登,约行数十里,遂至大城阙。公远曰:'此月宫也。'有仙女数百,素练宽衣,舞于广庭。上前问曰:'此何曲也?'曰:'《霓裳羽衣》也。'上密记其声调,遂回桥,却顾,随步而灭。且谕伶官,象其声调,作《霓裳羽衣曲》。"

---

① 弘农华阴——今陕西华阴县。
② 蒲州——唐州名,治所在今山西省永济县。
③ 金州——唐州名,治所在今陕西省安康县。
④ 司户——即"司户参军",州郡主管户口课税的官员。
⑤ 导江——唐县名,故址在今四川灌县。
⑥ 寿邸——即寿王。唐玄宗之子李瑁封寿王。
⑦ 左卫中郎将——禁卫军高级官员。
⑧ 三清八景——道教称玉清、上清、太清三神为三清。八景,车舆名。
⑨ 《秋风词》——汉武帝刘彻所作。

以二说不同,乃备录于此。)是夕,授金钗钿盒。上又自执丽水镇库紫磨金琢成步摇①,至妆阁,亲与插鬓。上喜甚,谓后宫人曰:"朕得杨贵妃,如得至宝也!"乃制曲子曰《得宝子》,又曰《得輷(原注:"方孔反"。)子》。

先是,开元初,玄宗有武惠妃、王皇后。后无子,妃生子,又美丽,宠倾后宫。至十三年,皇后废,妃嫔无得与惠妃比。二十一年十一月,惠妃即世。后庭虽有良家子,无悦上目者,上心凄然。至是得贵妃,又宠甚于惠妃。有姐三人,皆丰硕修整,工于谑浪,巧会旨趣,每入宫中,移晷②方出。宫中呼贵妃为"娘子",礼数同于皇后。册妃日,赠其父玄琰济阴太守,母李氏陇西郡夫人;又赠玄琰兵部尚书,李氏凉国夫人;叔玄珪为光禄卿,银青光禄大夫。再从兄钊拜为侍郎,兼数使。兄铦又居朝列。堂弟锜尚太华公主,是武惠妃生,以母,见遇过于诸女,赐第连于宫禁。自此杨氏权倾天下,每有嘱请,台省府县,奉若诏敕。四方奇货,僮仆驼马,日输其门。

时安禄山为范阳③节度,恩遇最深,上呼之为儿。尝于便殿与贵妃同宴乐,禄山每就坐,不拜上而拜贵妃。上顾而问之:"胡不拜我而拜妃子,意者何也?"禄山奏云:"胡家不知其父,只知其母。"上笑而赦之。又命杨铦以下,约禄山为兄弟姐妹,往来必相宴饯,初虽结义颇深,后亦权敌不叶④。

五载七月,妃子以妒悍忤旨,乘单车,令高力士送还杨铦宅。及亭午,上思之不食,举动发怒。力士探旨,奏请载还,送院中宫人、衣物及司农米面酒馔百余车。诸姐及铦初则惧祸聚哭,及恩赐浸广,御馔兼至,乃稍宽慰。妃初出,上无聊,中官趋过者,或笞挞之,至有惊怖而亡者。力士因请就召。既夜,遂开安兴坊,从太华宅以入。及晓,玄宗见之内殿,大悦。贵妃拜泣谢过。因召两市杂戏以娱贵妃。贵妃诸姐进食作乐。自兹恩遇日深,后宫无得进幸矣。

七载,加钊御史大夫,权京兆尹,赐名国忠。封大姨为韩国夫人,三姨

---

①　步摇——金步摇。古代别在头发上的装饰物,上面悬垂有珠子,走路时随风摇摆,故称。

②　移晷(guǐ)——晷,日影。日影移动,此言过了很长时间。

③　范阳——即幽州。治所在今北京市西南。

④　不叶(xié)——关系不和。

为虢国夫人,八姨为秦国夫人。同日拜命,皆月给钱十万,为脂粉之资。然虢国不施妆粉,自炫美艳,常素面朝天。当时杜甫有诗云:

> 虢国夫人承主恩,平明上马入宫门。

> 却嫌脂粉浣颜色,淡扫蛾眉朝至尊。

又赐虢国照夜玑,秦国七叶冠,国忠锁子帐,盖希代之珍,其恩宠如此。铦授银青光禄大夫鸿胪卿,列棨戟,特授上柱国,一日三诏。与国忠五家于宣阳里,甲第洞开,僭拟宫掖,车马仆从,照耀京邑。递相夸尚,每造一堂,费逾千万计,见制度宏壮于己者,则毁之复造。土木之工,不舍昼夜。上赐御食及外方进献,皆颁赐五宅。开元以来,豪贵荣盛,未之比也。

上起动必与贵妃同行,将乘马,则力士执辔授鞭。宫中掌贵妃刺绣织锦七百人,雕镂器物又数百人,供生日及时节庆。续命杨益往岭南,长吏日求新奇以进奉。岭南节度张九章、广陵长史王翼,以端午进贵妃珍玩衣服,异于他郡,九章加银青光禄大夫,翼擢为户部侍郎。

九载二月,上旧置五王帐,长枕大被,与兄弟共处其间。妃子无何窃宁王紫玉笛吹,故诗人张祜①诗云:

> 梨花深院无人见,闲把宁王玉笛吹。

因此又忤旨,放出。时吉温②多与中贵人善,国忠惧,请计于温。遂入奏曰:"妃,妇人,无知识。有忤圣颜,罪当死。既尝蒙恩宠,只合死于宫中。陛下何惜一席之地,使其就戮,安忍取辱于外乎?"上曰:"朕用卿,盖不缘妃也。"初,令中使张韬光送妃至宅,妃泣谓韬光曰:"请奏:妾罪合万死。衣服之外,皆圣恩所赐,唯发肤是父母所生。今当即死,无以谢上。"乃引刀剪其发一缭,附韬光以献。妃既出,上忧然。至是,韬光以发搭于肩上以奏。上大惊惋,遽使力士就召以归,自后益嬖焉。又加国忠遥领剑南节度使。

十载上元节,杨氏五宅夜游,遂与广宁公主骑从争西市门。杨氏奴挥鞭误及公主衣,公主堕马。驸马程昌裔扶公主,因及数挝。公主泣奏之,上令决杀杨家奴一人,昌裔停官,不许朝谒。于是杨家转横,出入禁门不问。京师长吏,为之侧目。故当时谣曰:

---

① 张祜——字承吉,唐代诗人。

② 吉温——河南人,李林甫党徒,官至户部郎中,兼侍御史。

　　生女勿悲酸,生男勿喜欢。

又曰:

　　男不封侯女作妃,君看女却是门楣。

其天下人心羡慕如此。

　　上一旦御勤政楼,大张声乐。时教坊有王大娘,善戴百尺竿,上施木山,状瀛洲、方丈,令小儿持绛节,出入其间,而舞不辍。时刘晏以神童为秘书省正字,十岁,惠悟过人。上召于楼中,贵妃坐于膝上,为施粉黛,与之巾栉。贵妃令咏王大娘戴竿,晏应声曰:

　　楼前百戏竞争新,唯有长竿妙入神。

　　谁谓绮罗翻有力,犹自嫌轻更著人。

上与妃及嫔御皆欢笑移时,声闻于外,因命牙笏、黄纹袍赐之。

　　上又宴诸王于木兰殿,时木兰花发,皇情不悦。妃醉中舞《霓裳羽衣》一曲,天颜大悦,方知回雪流风,可以回天转地。上尝梦十仙子,乃制《紫云回》。(玄宗尝梦仙子十余辈,御卿云而下,各执乐器,悬奏之。曲度清越,真仙府之音。有一仙人曰:“此神仙《紫云回》,今传授陛下,为正始之音①。”上喜而传授。寤后,余响犹在。旦,命玉笛习之,尽得其节奏也。)并梦龙女,又制《凌波曲》。(玄宗在东都,梦一女,容貌艳异,梳交心髻,大袖宽衣,拜于床前。上问:“汝何人?”曰:“妾是陛下凌波池中龙女,卫宫护驾,妾实有功。今陛下洞晓钧天之音,乞赐一曲以光族类。”上于梦中为鼓胡琴,拾新旧之曲声,为《凌波曲》。龙女再拜而去。及觉,尽记之。会禁乐,自御琵琶,习而翻之。与文武臣僚,于凌波宫临池奏新曲,池中波涛涌起,复有神女出池心,乃所梦之女也。上大悦,语于宰相,因于池上置庙,每岁命祀之。)遂赐宜春院及梨园弟子并诸王。时新丰初进女伶谢阿蛮,善舞。上与妃子钟念,因而受焉。就按于清元小殿,宁王吹玉笛,上羯鼓,妃琵琶,马仙期方响,李龟年觱篥,张野狐箜篌,贺怀智拍②。自旦至午,欢洽异常。时唯妃女弟秦国夫人端坐观之。曲罢,上戏曰:“阿

―――――――――――――――

　①　正始之音——正始,三国魏齐王曹芳年号。此处借用为朝廷雅乐。

　②　“宁王吹玉笛”以下六句——羯鼓,羯族的打击乐器。方响,打击乐器,用十六块大小相同、厚薄不一的金属片组成。觱篥(bì lì),来自龟兹的筚管。箜篌,西域乐器,类似西洋乐器竖琴。马、李、张、贺,俱为当时宫廷乐师。

瞞(上在宫中多自称也。)乐籍,今日幸得供养夫人,请一缠头!"秦国曰:
"岂有大唐天子阿姨,无钱用耶?"遂出三百万为一局焉。乐器皆非世有
者,才奏而清风习习,声出天表。妃子琵琶逻莒①檀,寺人白季贞使蜀还
献。其木温润如玉,光耀可鉴。有金缕红文,蹙成双凤。絃乃末诃弥罗
国②永泰元年所贡者,渌水蚕丝也,光莹如贯珠瑟瑟③。紫玉笛乃箾娥所
得也。禄山进三百事管色,俱用媚玉为之。诸王、郡主,妃之姐妹,皆师妃
为琵琶弟子 。每一曲彻,广有献遗。妃子是日问阿蛮曰:"尔贫,无可献
师长,待我与尔为。"命侍儿红桃娘取红粟玉臂支④赐阿蛮。妃善击磬,拊
搏之音泠泠然,多新声,虽太常梨园之妓,莫能及之。上命采蓝田绿玉,琢
成磬;上方造虡⑤,流苏之属,以金钿珠翠饰之,铸金为二狮子以为跌,彩
绘缛丽,一时无比。

　　先,开元中,禁中重木芍药。(即今牡丹,《开元天宝花木记》云:"禁
中呼木芍药为牡丹也。")得数本红紫、浅红、通白者,上因移植于兴庆池
东沉香亭前,会花方繁开,上乘照夜白,妃以步辇从。诏选梨园弟子中尤
者,得乐十六色。李龟年以歌擅一时之名,手捧檀板,押众乐前,将欲歌
之。上曰:"赏名花,对妃子,焉用旧乐词为?"遽命龟年持金花笺,宣赐翰
林学士李白立进《清平乐词》三篇。承旨,犹苦宿酲⑥,因援笔赋之。

　　第一首:

　　　　云想衣裳花想容,春风拂槛露华浓。

　　　　若非群玉山头见,会向瑶台月下逢。

　　第二首:

　　　　一枝红艳露凝香,云雨巫山枉断肠。

　　　　借问汉宫谁得似? 可怜飞燕倚新妆。

　　第三首:

---

① 逻莒(suò)——西藏首府拉萨的古称。
② 末诃弥罗国——未详。
③ 瑟瑟——于阗所产的碧玉。
④ 玉臂支——玉镯。
⑤ 虡(jù)——悬磬的架子。
⑥ 宿酲(chéng)——隔夜酒醉尚未完全清醒。

> 名花倾国两相欢，长得君王带笑看。
>
> 解释春风无限恨，沉香亭北倚阑干。

龟年捧词进，上命梨园弟子略约词调，抚丝竹，遂促李龟年以歌。妃持玻璃七宝杯，酌西凉州葡萄酒，笑领歌，意甚厚。上因调玉笛以倚曲。每曲遍将换，则迟其声以媚之。妃饮罢，敛绣巾再拜。上自是顾李翰林尤异于他学士。会力士终以脱靴为耻，异日，妃重吟前调，力士戏曰："始为妃子怨李白深入骨髓，何翻拳拳如是耶？"妃子惊曰："何学士能辱人如斯？"力士曰："以飞燕指妃子，贱之甚矣！"妃深然之。上尝三欲命李白官，卒为宫中所捍而止。

上在百花院便殿，因览《汉成帝内传》①，时妃子后至，以手整上衣领曰："看何文书？"上笑曰："莫问。知则又殢人②。"觅去，乃是汉成帝获飞燕，身轻欲不胜风，恐其飘翥，帝为造水晶盘，令宫人掌之而歌舞。又制七宝避风台，间以诸香，安于上，恐其四肢不禁也。上又曰："尔则任吹多少！"盖妃微有肌也，故上有此语戏妃。妃曰："《霓裳羽衣》一曲，可掩前古。"上曰："我才弄，尔便欲嗔乎？忆有一屏风，合在，待访得以赐尔。"屏风乃虹霓为名，雕刻前代美人之形，可长三寸许。其间服玩之器，衣服，皆用众宝杂厕而成。水精为地，外以玳瑁、水犀为押，络以珍珠瑟瑟。间缀精妙，迨非人力所制。此乃隋文帝所造，赐义成公主③，随在北胡。贞观初，灭胡，与萧后同归中国，上因而赐焉。（妃归卫公家，遂持去，安于高楼上，未及将归。国忠日午偃息楼上，至床，睹屏风在焉。才就枕，而屏风诸女悉皆下床前，各通所号，曰："裂缯人也。""定陶人也。""穷庐人也。""当垆人也。""亡吴人也。""步莲人也。""桃源人也。""斑竹人也。""奉五官人也。""温肌人也。""曹氏投波人也。""吴宫无双返香人也。""拾翠人也。""窃香人也。""金屋人也。""解佩人也。""为云人也。""董双成也。""为烟人也。""画眉人也。""吹箫人也。""笑额人也。""垓中人也。""许飞琼也。""赵飞燕也。""金谷人也。""小鬟人也。""光发人也。""薛夜来也。""结绮人也。""临春阁人也。""扶风女也。"国忠虽开目历历见之，而

---

① 《汉成帝内传》——即《飞燕外传》。

② 殢（tì）人——即"缠人"、"烦人"。

③ 义成公主——隋宗室之女，隋文帝时嫁给突厥启民可汗。

身体不能动,口不能发声。诸女各以物列坐。俄有纤腰妓人近十余辈,曰:"楚章华踏谣娘也。"乃连臂而歌之曰:"三朵芙蓉是我流,大杨造得小杨收。"复有二三妓又曰:"楚宫弓腰也。何不见《楚辞别序》云:'绰约花态,弓身玉肌'?"俄而递为本艺,将呈讫,一一复归屏上。国忠方醒,惶惧甚,遽走下楼,急令封锁之。贵妃知之,亦不欲见焉。禄山乱后,其物犹存,在宰相元载①家,自后不知所在。)

初,开元末,江陵②进乳柑橘,上以十枚种于蓬莱宫。至天宝十载九月秋结实。宣赐宰臣曰:"朕近于宫内种柑子树数株,今秋结实一百五十余颗,乃与江南及蜀道所进无别,亦可谓稍异者。"宰臣表贺曰:"伏以自天所育者,不能改有常之性;旷古所无者,乃可谓非常之感。是知圣人御物,以元气布和;大道乘时,则殊方叶致。且橘柚所植,南北异名,实造化之有初,匪阴阳之有革。陛下玄风真纪,六合一家。雨露所均,混天区而齐被;草木有性,凭地气以潜通。故兹江外之珍果,为禁中之佳实。绿蒂含霜,芳流绮殿;金衣烂日,色丽彤廷。云云。"乃颁赐大臣。外有一合欢实,上与妃子互相持玩。上曰:"此果似知人意,朕与卿固同一体,所以合欢。"于是促坐同食焉。因令图画,传之于后。

妃子既生于蜀,嗜荔枝。南海荔枝,胜于蜀者,故每岁驰驿以进。然方暑热而熟,经宿则无味,后人不能知也。

上与妃采戏③将北,唯重四转败为胜。连叱之,骰子宛转而成重四,遂命高力士赐绯,风俗因而不易。

广南进白鹦鹉,洞晓言词,呼为"雪衣女"。一朝飞上妃镜台上,自语:"雪衣女昨夜梦为鸷鸟所搏。"上令妃授以《多心经》,记诵精熟。后上与妃游别殿,置雪衣女于步辇竿上同去。暂有鹰至,搏之而毙,上与妃叹息久之,遂瘗于苑中,呼为鹦鹉冢。

交趾贡龙脑香,有蝉蚕之状五十枚。波斯言老龙脑树节方有,禁中呼为瑞龙脑。上赐妃十枚,妃私发明驼使,(明驼使腹下有毛,夜能明,日驰五百里。)持三枚遗禄山。妃又常遗禄山金平脱装具、玉合、金平脱铁面

---

① 元载——字公辅,代宗时拜中书侍郎,判天下元帅。后被赐死。
② 江陵——即荆州,治所在今湖北江陵县。
③ 采戏——采戏,一种博弈类游戏。

碗。

十一载，李林甫死，又以国忠为相，带四十余使。十二载，加国忠司空。长男暄，先尚延和郡主，又拜银青光禄大夫、太常卿，兼户部侍郎。小男鐾，尚万春公主。贵妃堂弟秘书少监鉴，尚承荣郡主。一门一贵妃、二公主、三郡主、三夫人。十三载，重赠玄琰太尉齐国公，母重封梁国夫人。官为造庙，御制碑，及书。叔玄珪又拜工部尚书。韩国婿秘书少监崔纂女为代宗妃；虢国男裴徽尚代宗延光公主，女为让帝男妻；秦国婿柳澄男钧尚长清县主，澄弟潭尚肃宗女和政公主。

上每年冬十月幸华清宫，常经冬还宫阙，去即与妃同辇。华清有端正楼，即贵妃梳洗之所；有莲花汤，即贵妃澡沐之室。国忠赐第，在宫东门之南，虢国相对。韩国、秦国，甍栋相接。天子幸其第，必过五家，赏赐燕乐。扈从之时，每家为一队，队着一色衣。五家合队相映，如百花之焕发。遗钿坠舄，瑟瑟珠翠，灿于路歧可掬。曾有人俯身一窥其车，香气数日不绝。驼马千余头匹，以剑南旌节器仗前驱，出有饯饮，还有软脚。远近饷遗，珍玩狗马，阉侍歌儿，相望于道。及秦国先死，独虢国、韩国与国忠转盛。虢国又与国忠乱焉，略无仪检，每入朝谒，国忠与韩、虢连辔，挥鞭骤马，以为谐谑。从官媵妪百余骑，秉烛如昼，鲜装苭服而行，亦无蒙蔽。衢路观者如堵，无不骇叹。十宅诸王男女婚嫁，皆资韩、虢绍介，每一人约一千贯，上乃许之。

十四载六月一日，上幸华清宫，乃贵妃生日。上命小部音声（小部者，梨园法部所置，凡三十人，皆十五以下），于长生殿奏新曲。未有名，会南海进荔枝，因以曲名《荔枝香》，左右欢呼，声动山谷。

其年十一月，禄山反幽陵（禄山本名轧荦山，杂种胡人也。母本巫师。禄山晚年益肥，垂肚过膝，自称得三百五十斤。于上前胡旋舞，疾如风焉。上尝于勤政楼东间，设大金鸡幛，施一大榻，卷去帘，令禄山坐。其下设百戏，与禄山看焉。肃宗谏曰：“历观今古，未闻臣下与君上同坐阅戏。”上私曰：“渠有异相，我禳之故耳。”又尝与夜燕，禄山醉卧，化为一猪而龙首。左右遽告帝，帝曰：“此猪龙，无能为。”终不杀，卒乱中国。）以诛国忠为名。咸言国忠、虢国、贵妃三罪，莫敢上闻。

上欲以皇太子监国，自亲征，谋于国忠。国忠大惧，归谓姐妹曰：“我等死在旦夕。今东宫监国，当与娘子等并命矣！”姐妹哭诉于贵妃，贵妃衔土请命,事乃寝。十五载六月,潼关失守,上幸巴蜀,贵妃从。至马嵬,右龙武将军陈玄礼惧兵乱,乃谓军士曰:"今天下崩离,万乘震荡,岂不由杨国忠割剥筶庶,以至于此!若不诛之,何以谢天下?"众曰:"念之久矣!"会吐蕃和好使在驿门,遮国忠语事。军士呼曰:"杨国忠与蕃人谋叛!"诸军乃围驿四合,杀国忠,并男暄等。(国忠旧名钊,本张易之子也。天授中,易之恩幸莫比,每归私第,诏令居楼,仍去其梯,围以束棘,无复女奴侍立。母恐张氏绝嗣,乃置女奴嫔姝于楼复壁中,遂有娠,而生国忠,后嫁于杨氏。)

上乃出驿门劳六军。六军不解围,上顾左右责其故,高力士对曰:"国忠负罪,诸将讨之。贵妃即国忠之妹,犹在陛下左右,群臣能无忧怖?伏乞圣虑裁断。"(一本云:"贼根犹在,何敢散乎?"盖斥贵妃也。)上回入驿,驿门内旁有小巷,上不忍归行宫,于巷中倚杖歃首而立。圣情昏默,久而不进。京兆司录参军韦锷(见素男也)进曰:"乞陛下割恩忍断,以宁国家。"逡巡,上入行宫,抚妃子出于厅门,至马道北墙口而别之,使力士赐死。妃泣涕呜咽,语不胜情,乃曰:"愿大家好住①。妾诚负国恩,死无恨矣。乞容礼佛。"帝曰:"愿妃子善地受生。"力士遂以罗巾缢于佛堂前之梨树下。才绝,而南方进荔枝至。上睹之,长号数息,使力士曰:"与我祭之。"祭后,六军尚未解围。以绣衾复床,置驿庭中,敕玄礼等入驿视之。玄礼抬其首,知其死,曰:"是矣。"而围解。瘗于西郭之外一里许道北坎下。妃时年三十八。上持荔枝,于马上谓张野狐曰:"此去剑门,鸟啼花落,水绿山青,无非助朕悲悼妃子之由也。"

初,上在华清宫日,乘马出宫门,欲幸虢国夫人之宅。玄礼曰:"未宣敕报臣,天子不可轻去就。"上为之回辔。他年,在华清宫,适上元,欲夜游。玄礼奏曰:"宫外即是旷野,须有预备,若欲夜游,愿归城阙。"上又不能违谏,及此马嵬之诛,皆是敢言之有使也。

先是,术士李遐周有诗曰:"燕市人皆去,函关马不归。若逢山下鬼,环上系罗衣。""燕市人皆去",禄山帅蓟门之士而来。"函关马不归",哥舒翰之败潼关也。"若逢山下鬼",嵬字,即马嵬驿也。"环上系罗衣",贵妃小字玉环,及其死也,力士以罗巾缢焉。又妃常以假髻为首饰,而好服

----

① 大家好住——大家,嫔妃对天子的称呼。好住,犹言保重。

黄裙。天宝末,京师童谣曰:"义髻抛河里,黄裙逐水流。"至此应矣。初,禄山尝于上前应对,杂以谐谑,妃常在坐,禄山心动。及闻马嵬之死,数日叹惋。虽林甫养育之,国忠激怒之,然其有所自也。

是时虢国夫人先至陈仓之官店,国忠诛问至,县令薛景仙率吏人追之。走入竹林下,以为贼军至,虢国先杀其男徽,次杀其女。国忠妻裴柔曰:"娘子何不借我方便乎?"遂并其女杀之。已而自刎不死,载于狱中,犹问人曰:"国家乎? 贼乎?"狱吏曰:"互有之。"血凝其喉而死。遂并坎于东郭十余步道北杨树下。

上发马嵬,行至扶风道,道旁有花,寺畔见石楠树团圆,爱玩之,因呼为端正树,盖有所思也。又至斜谷口,属霖雨涉旬,于栈道雨中,闻铃声隔山相应,上既悼念贵妃,因采其声为《雨霖铃》曲,以寄恨焉。

至德二年,既收复西京,十一月,上自成都还,使祭之。后欲改葬,李辅国①等皆不从。时礼部侍郎李揆奏曰:"龙武将士以杨国忠反,故诛之。今改葬故妃,恐龙武将士疑惧。"肃宗遂止之。上皇密令中官潜移葬之于他所。妃之初瘗,以紫绺裹之。及移葬,肌肤已消释矣,胸前犹有锦香囊在焉。中官葬毕,以献,上皇置之怀袖,又令画工写妃形于别殿,朝夕视之而遄欷焉。

上皇既居南内,夜阑登勤政楼,凭栏南望,烟月满目,上因自歌曰:"庭前琪树已堪攀,塞外征人殊未还!"歌歇,闻里中隐隐如有歌声者。顾力士曰:"得非梨园旧人乎? 迟明,为我访来。"翌日,力士潜求于里中,因召与同去,果梨园弟子也。其后,上复与妃侍者红桃在焉。歌《凉州》之词,贵妃所制也。上亲御玉笛,为之倚曲,曲罢相视,无不掩泣。上因广其曲,今《凉州》留传者益加焉。至德中,复幸华清宫。从官嫔御,多非旧人。上于望京楼下命张野狐奏《雨霖铃》曲,曲半,上四顾凄凉,不觉流涕。左右亦为感伤。新丰有女伶谢阿蛮,善舞《凌波曲》,旧出入宫禁,贵妃厚焉。是日,诏令舞。舞罢,阿蛮因进金粟装臂环,曰:"此贵妃所赐。"上持之,凄然垂涕曰:"此我祖大帝破高丽获二宝,一紫金带,一红玉支。朕以岐王所进《龙池篇》,赐之金带;红玉支赐妃子。后高丽知此宝归我,乃上言'本国因失此宝,风雨愆时,民离兵弱。'朕寻以为得此不足为贵,

---

① 李辅国——唐肃宗时宦官。

乃命还其紫金带,唯此不还。汝既得之于妃子,朕今再睹之,但兴悲念矣!"言讫,又涕零。至乾元元年,贺怀智又上言曰:"昔上夏日与亲王棋,令臣独弹琵琶,(其琵琶以石为槽,鹍鸡筋为弦,用铁拨弹之。)贵妃立于局前观之,上数枰子将输,贵妃放康国𤟭子①上局乱之,上大悦。时风吹贵妃领巾于臣巾上,良久,回身方落。及归,觉满身香气,乃卸头帻,贮于锦囊中,今辄进所贮帻头。"上皇发囊,且曰:"此瑞龙脑香也,吾曾施于暖池玉莲朵,再幸尚有香气宛然,况乎丝缕润腻之物哉!"遂凄怆不已。自是圣怀耿耿,但吟:"刻木牵丝作老翁,鸡皮鹤发与真同。须臾舞罢寂无事,还似人生一世中。"

有道士杨通幽自蜀来,知上皇念杨贵妃,自云有李少君之术,上皇大喜,命致其神。方士乃竭其术以索之,不至。又能游神驭气,出天界入地府求之,竟不见。又旁求四虚上下,东极绝大海,跨蓬壶,忽见最高山,上多楼阁。泊至,西厢下有洞户东向,阖其门,额署曰:"玉妃太真院"。方士抽簪叩扉,有双鬟童女出应门。方士造次未及言,双鬟复入。俄有碧衣侍女至,诘其所从来。方士因称天子使者,且致其命。碧衣云:"玉妃方寝,请少待之。"逾时,碧衣延入,且引曰:"玉妃出。"冠金莲,绥紫绡,佩红玉,拽凤舄。左右侍女七八人。揖方士,问皇帝安否,次问天宝十四载以还。言讫悯然,指碧衣女取金钗钿合,折其半授使者,曰:"为我谢太上皇,谨献是物,寻旧好也。"方士将行,色有不足,玉妃因征其意,乃复前跪致词:"请当时一事,不闻于他人者,验于太上皇。不然,恐金钗钿合,负新垣平之诈②也。"玉妃悯然退立,若有所思,徐而言曰:"昔天宝十载,侍辇辟暑骊山宫。秋七月,牵牛织女相见之夕,上凭肩而望,因仰天感牛女事,密相誓心:'愿世世为夫妇。'言毕,执手各呜咽,此独君王知之耳。"因悲曰:"由此一念,又不得居此,复堕下界,且结后缘。或为天,或为人,决再相见,好合如旧。"因言:"太上皇亦不久人间,幸惟自爱,无自苦耳。"使者还,具奏太上皇,皇心震悼。及至移入大内甘露殿,悲悼妃子,无日无之,遂辟谷服气。张皇后进樱桃、蔗浆,圣皇并不食。常玩一紫玉笛,因吹数声,有双鹤下于庭,徘徊而去。圣皇语侍儿宫爱曰:"吾奉上帝所命,为

---

① 𤟭(wō)子——即小狗。
② 新垣平之诈——新垣平,汉文帝时人,自称有法术,后骗术败露,被斩。

元始孔升真人,此期可再会妃子耳。笛非尔所宝,可送大收。"(大收,代宗小字。)即令具汤沐:"我若就枕,慎勿惊我。"宫爱闻睡中有声,骇而视之,已崩矣。

妃死之日,马嵬媪得锦袎袜一只,相传过客一玩百钱,前后获钱无数。

悲夫!玄宗在位久,倦于万机,常以大臣接对拘检,难徇私欲。自得李林甫,一以委成。故绝逆耳之言,恣行燕乐,衽席无别,不以为耻,由林甫之赞成矣。乘舆播迁,朝廷陷没,百僚系颈,妃王被戮,兵满天下,毒流四海,皆国忠之召祸也。

史臣曰:夫礼者,定尊卑,理家国。君不君,何以享国?父不父,何以正家?有一于此,未或不亡。唐明皇之一误,贻天下之羞,所以禄山叛乱,指罪三人。今为外传,非徒拾杨妃之故事,且惩祸阶而已。

杨　无　敌

宋　庠

杨业,麟州①人,少倜傥任侠,以射猎为事,所获比同辈尝倍。谓人曰:"我他日为将用兵,亦如用鹰犬逐雉兔耳。"仕太原刘氏②,至建雄军节度,频立战功,国人号为"无敌"。太原平③,太宗得之,甚喜,释缚授大将军。数月,擢为郑州防御使。以其知边事,俾为三交部署知代州,虏寇雁门北,日南向,业从后击之,虏大败,以功迁云州观察使。

雍熙④中,副潘美进讨,自云应路⑤,以王侁、刘文裕监其军,连拔云、应、寰、朔四州,师次桑干河⑥。会岐沟⑦大军不利,班师,美部迁四州民于

---

① 麟州——古地名,辖属相当于今陕西神木以北地区。

② 太原刘氏——即五代十国时北汉刘氏。

③ 太原平——太平兴国四年(979)八月,北汉主刘继元投降宋朝,杨业尚据太原城苦战,刘继元劝杨业降宋,杨业才解甲归宋。

④ 雍熙——宋太宗年号。

⑤ 云应路——云州(今山西大同)、应州(今山西应县)。

⑥ 桑干河——在今河北省。

⑦ 岐沟——关名,故址在今河北涿县西南。

内。三虏齐妃及耶律汉宁①、北皮室、五押惕隐②众十余万,复陷寰州。业谓美等曰:"贼盛,未可战。朝廷止令取四州民,今但领兵出大石路,先遣告云、朔守将,即云州之众先出。我师次应州,虏必悉众来拒,即令朔州吏民悉入石碣谷③,分强弩千人瞰谷口,骑士援于中路,三州之众万全矣。"侁沮之曰:"今精兵数万,何畏懦如此? 趋雁门北川中,鼓行而往马邑④可也。"文裕亦赞成之。业曰:"不可,必败之势也。"侁曰:"君侯素号无敌,逗挠不战,岂有他志乎?"业泣下曰:"业非爱死耳,但时有未利,杀伤士众,而功不立。今君责业以不死,当为诸君先死耳。"即部帐下骑兵数百人,自石碳路趋朔州,将行,泣谓美曰:"业本太原降将,当死,上不杀,宠以爵位,委我以兵柄,固愿立尺寸功为报,岂肯纵虏不击,而怀他志哉? 今诸君责以避敌,当先死于虏。"因指陈家谷口曰:"公于此张步兵,分强弩,为左右翼为援,业转战至此,以步兵击之,不然无遗类矣。"美如其言,与侁等陈谷口,自寅至巳,侁使人登托逻台⑤望,以为虏寇遁走,欲争其功,领兵离谷口,美不能制,乃沿灰河西南行二十里,俄闻业败,即麾兵却走。业至暮达谷口,望见无人,抚膺大哭,再率帐下决战,身被十数枪。业抚下有恩,时从卒尚百余人,业谓曰:"汝等各有父母妻子,傥鸟兽散,尚有还报天子者,无与我俱死。"军士皆泣不肯去,其子延玉死之,业独手刃数百人,后就擒,太息曰:"上遇我厚,为奸臣所逼致败,何面目虏中求活哉?"遂不食三日,死。天下冤之,闻者为流涕。上闻之,侁、文裕并除名,配隶诸州。厚赎业家,隶其五子,诏褒赠业太尉、大同军节度使。业子延朗,骁勇为边将,有威名,戎人⑥畏之。

---

①　三虏齐妃及耶律汉宁——三虏齐妃,此四字讹误,应为契丹国母萧氏萧绰。耶律汉宁,当为耶律斜轸之误。

②　北皮室、五押惕隐——俱为契丹官名。

③　石碣谷——在朔州南五十里弹石山内。

④　马邑——在雁门关西北七十里。

⑤　托逻台——在朔州西南五十里。

⑥　戎人——此指辽人。

卖 油 翁

欧阳修

陈康肃公尧咨,善射,当世无双,公亦以此自矜。尝射于家圃,有卖油翁释担而立,睨之,久而不去,见其发矢十中八九,但微颔之。康肃问曰:"汝亦知射乎? 吾射不亦精乎?"翁曰:"无他,但手熟耳。"康肃忿然曰:"尔安敢轻吾射!"翁曰:"以我酌油知之。"乃取一葫芦,置于地,以钱覆其口,徐以杓酌油沥之,自钱孔入,而钱不湿。因曰:"我亦无他,唯手熟耳。"康肃笑而遣之。此与庄生所谓解牛、斫轮①者何异?

钱 若 水

司马光

钱若水为同州推官②,知州性褊急,数以胸臆决事不当。若水固争不能得,辄曰:"当奉陪赎铜耳。"已而果。朝廷及上司所驳,州官皆赎论,知州愧谢,已而复然,前后如此数矣。有富民家小女奴逃亡,不知所之。奴父母讼于州,命录事参军鞫之。录事尝贷钱于富民不获,乃劾富民父子数人共杀女奴,弃尸水中,遂失其尸。或为元谋,或从,而加罪,皆应死。富民不胜榜楚③,自诬服,具上州官,审复无反异,皆以为得实。若水独疑之,留其狱,数日不决。录事诣若水听事,诟之曰:"若受富民钱,欲出其死罪邪?"若水笑谢曰:"今数人当死,岂可不少熟观其狱词邪?"留之且旬

---

① 庄生所谓解牛、斫(zhuó)轮——庄生,即战国时庄子,名周,先秦道家学派的重要人物。解牛,指《庄子·养生主》中庖丁宰牛析肉剔骨得心应手,不伤刀刃。斫轮,指《庄子·天道》中轮扁造车轮,技艺精熟。此二则故事所阐明的道理是只有勤学苦练、才能艺臻极致。
② 同州推官——同州,今陕西大荔。推官,掌管州郡司法的官员。
③ 榜楚——即殴打等刑法。

日,知州屡趣之,不能得,上下皆怪之。

若水一旦诣州,屏人言曰:"若水所以留其狱者,密使人访求女奴,今得之矣。"知州惊曰:"安在?"若水因密使人送女奴于知州所。知州乃垂帘,引女奴父母问曰:"汝今见汝女,识之乎?"对曰:"安有不识也?"因从帘中推出示之,父母泣曰:"是也。"乃引富民父子,悉破械纵之。其人号泣不肯去,曰:"微①使君之赐,则某灭族矣。"知州曰:"推官之赐也,非我也。"其人趣诣若水听事,若水闭门拒之,曰:"知州自求得之,我何与焉?"其人不得入,绕垣而哭,倾家资以饭僧,为若水祈福。知州以若水雪冤死者数人,欲为之奏论其功,若水固辞曰:"若水但求狱事正,人不冤死耳,论功非其本心也。且朝廷若以此为若水功,当置录事于何地邪?"知州叹服曰:"如此尤不可及矣。"录事诣若水,叩头愧谢,若水曰:"狱情难知,偶有过误,何谢也?"于是远近翕然称之。未几,太宗闻之,骤加进擢,自幕职半岁中为知制诰,二年中为枢密副使。

胡 顺 之

司马光

胡顺之为浮梁②县令,民臧有金者,素豪横,不肯出租。畜犬数十头,里正近其门,辄噬之。绕垣密植桔柚,人不可入。每岁里正常代之输租,前县令不肯禁。顺之至官,里正白其事,顺之怒曰:"汝辈嫉其富,欲使之与为仇耳。安有王民不肯输租者邪?第往督之。"及期,里正白不能督,顺之使快手继之,又曰不能入。使押司录事继之,又白不能。顺之怅然曰:"然则此租必使令自督邪?"乃命里正聚藁,自抵其居,以藁塞门而焚之。臧氏人皆逃逸,顺之悉令掩捕,驱至县。其家男子年十六以上,尽痛杖之。乃召谓曰:"胡顺之无道,既焚尔宅,又杖尔父子兄弟,可速诣府自讼矣。"臧氏皆慑服,无敢诣府者。

---

① 微——假如,倘若。
② 浮梁——在今江西省。

府尝遣教练使①诣县,顺之闻之曰:"是故欲来烦扰我也。"乃微使人随之,阴记其入驿舍及受驿吏供给之物。既至,入谒,色甚倨,顺之延与坐,徐谓曰:"教练何官邪?"曰:"本州职员耳。"曰:"应入驿乎?"教练踧踖②曰:"道中无邸店,暂止驿中耳。"又曰:"应受驿吏供给乎?"曰:"道中无刍粮,故受之。"又曰:"应与命官坐乎?"教练使趋下谢罪,顺之乃收械系狱,置暗室中,以粪十瓮环其侧。教练使不胜其苦,因顺之过狱,呼曰:"令何不问我罪?"顺之笑谢曰:"教练幸勿讶也,令方多事,未暇问也。"系十日,然后杖之二十,教练不伏,曰:"我职员也,有罪,当受杖于州。"顺之笑曰:"教练使久为职员,殊不知法杖罪不送州邪?"卒杖之。自是府吏无敢扰县者,州虽恶之,然不能罪也。

流　红　记

张　实

唐僖宗③时,有儒士于祐,晚步禁衢④间。于时万物摇落,悲风素秋,颓阳西倾,羁怀增感。视御沟⑤,浮叶续续而下。祐临流浣手。久之,有一脱叶,差大于他叶,远视之,若有墨迹载于其上。浮红泛泛,远意绵绵。祐取而视之,果有四句题于其上。其诗曰:

> 流水何太急,深宫尽日闲。
>
> 殷勤谢红叶,好去到人间。

祐得之,蓄于书笥,终日咏味,喜其句意新美,然莫知何人作而书于叶也。因念御沟水出禁掖,此必宫中美人所作也。祐但宝之,以为念耳;亦时对好事者说之。祐自此思念,精神俱耗。一日,友人见之,曰:"子何清

---

① 教练使——宋代地方官员自行聘用一些懂得兵法的人来训练州县军卒、协助治安保卫的"职员"称教练使。

② 踧踖(cù jí)——局促不安的样子。

③ 唐僖宗——李儇,在位十四年(公元874—888年)。

④ 禁衢——皇宫旁边的街道。

⑤ 御沟——从皇宫中通过的水流,也称禁沟。

削如此？必有故，为吾言之。"祐曰："吾数月来，眠食俱废。"因以红叶句言之。友人大笑曰："子何愚如是也！彼书之者，无意于子。子偶得之，何置念如此？子虽思爱之勤，帝禁深宫，子虽有羽翼，莫敢往也。子之愚，又可笑也。"祐曰："天虽高而听卑①，人苟有志，天必从人愿耳。吾闻王仙客遇无双之事，卒得古生之奇计。但患无志耳，事固未可知也。"祐终不废思虑，复为二句，题于红叶上云：

> 曾闻叶上题红怨，叶上题诗寄阿谁？

置御沟上流水中，俾其流入宫中。人或笑之，亦为好事者称道。有赠之诗者，曰：

> 君恩不禁东流水，流出宫情是此沟。

祐后累举不捷②，迹颇羁倦，乃依河中贵人韩泳门馆，得钱帛稍稍自给，亦无意进取。久之，韩泳召祐谓之曰："帝禁宫人三十余得罪，使各适人。有韩夫人者，吾同姓，久在宫。今出禁庭，来居吾舍。子今未娶，年又逾壮，困苦一身，无所成就，孤生独处，吾甚怜汝。今韩夫人箧中不下千缗，本良家女，年才三十，姿色甚丽。吾言之，使聘子③，何如？"祐避席伏地曰："穷困书生，寄食门下，昼饱夜温，受赐甚久。恨无一长，不能图报，早暮愧惧，莫知所为。安敢复望如此。"泳令人通媒妁，助祐进羔雁，尽六礼之数，交二姓之欢。祐就吉之夕④，乐甚。明日，见韩氏装橐甚厚，姿色绝艳。祐本不敢有此望，自以为误入仙源，神魂飞越。既而韩氏于祐书笥中见红叶，大惊曰："此吾所作之句，君何故得之？"祐以实告。韩氏复曰："吾于水中亦得红叶，不知何人作也。"乃开笥取之，乃祐所题之诗。相对惊叹感泣久之。曰："事岂偶然哉？莫非前定也。"韩氏曰："吾得叶之初，尝有诗，今尚藏箧中。"取以示祐。诗云：

> 独步天沟岸，临流得叶时。
>
> 此情谁会得，肠断一联诗。

---

① 天虽高而听卑——上天虽然居高在上，却能察视下界一切。"天高听卑"语出《史记·宋微子世家》宋国司星子韦所言。

② 累举不捷——多次参加科举考试，都没有考上。

③ 使聘子——要她嫁给你。

④ 就吉之夕——结婚的晚上。

闻者莫不叹异惊骇。一日,韩泳开宴召祐洎韩氏。泳曰:"子二人今日可谢媒人也。"韩氏笑答曰:"吾为祐之合,乃天也,非媒氏之力也。"泳曰:"何以言之?"韩氏索笔为诗,曰:

> 一联佳句题流水,十载幽思满素怀。
>
> 今日却成鸾凤友①,方知红叶是良媒。

泳曰:"吾今知天下事无偶然者也。"僖宗之幸蜀②,韩泳令祐将家僮百人前导。韩以宫人得见帝,具言适祐事。帝曰:"吾亦微闻之。"召祐,笑曰:"卿乃朕门下旧客也。"祐伏地拜,谢罪。帝还西都,以从驾得官,为神策军③虞候。韩氏生五子三女。子以力学④俱有官,女配名家。韩氏治家有法度,终身为命妇⑤。宰相张浚⑥作诗曰:

> 长安百万户,御水日东注。
>
> 水上有红叶,子独得佳句。
>
> 子复题脱叶,流入宫中去。
>
> 深宫千万人,叶归韩氏处。
>
> 出宫三十人,韩氏籍中数。
>
> 回首谢君恩,泪洒胭脂雨。
>
> 寓居贵人家,方与子相遇。
>
> 通媒六礼具,百岁为夫妇。
>
> 儿女满眼前,青紫⑦盈门户。
>
> 兹事自古无,可以传千古。

议曰:流水,无情也;红叶,无情也。以无情寓无情而求有情,终为有情者得之,复与有情者合,信前世所未闻也。夫在天理可合,虽胡、越之

---

① 鸾凤友——比喻夫妻关系。

② 僖宗之幸蜀——广明元年(公元 880 年)12 月,黄巢起义军攻陷长安,唐僖宗仓皇出逃入蜀。

③ 神策军——唐代禁军之一。贞元以后,主要由宦官统率。

④ 力学——奋力读书。

⑤ 命妇——得到朝廷封号的妇女。

⑥ 张浚——字禹川,官至尚书右仆射,后为朱全忠所杀。

⑦ 青紫——原指官服颜色,此处代指官。

远,亦可合也;天理不可,则虽比屋邻居①,不可得也。悦于得,好于求者,观此,可以为诫也。

赵飞燕别传

秦 醇

余里有李生,世业儒。一日,家事零替。余往见之,墙角破筐中有古文数册,其间有《赵后别传》,虽编次脱落,尚可观览。余就李生乞其文以归,补正编次以成传,传诸好事者。

赵后腰骨纤细,善踽步②行,若人手执花枝,颤颤然,他人莫可学也。在主家③时,号为飞燕。入宫,复引援其妹,得宠,为昭仪。昭仪尤善笑语,肌骨秀滑。二人皆称天下第一,色倾后宫。自昭仪入宫,帝亦稀幸东宫。昭仪居西宫,太后居中宫。

后日夜欲求子,为自固久远计,多以小犊车载少年子与通。帝一日唯从三四人往后宫,后方与人乱,不知。左右急报,后惊,遽出迎帝。后冠发散乱,言语失度,帝亦疑焉。帝坐未久,复闻壁衣中有人嗽声,帝乃出。由是帝有害后意,以昭仪隐忍未发。一日,帝与昭仪方饮,帝忽攘袖瞋目,直视昭仪,怒气怫然④不可犯。昭仪遽起,避席伏地,谢曰:"臣妾族孤寒,下无强近之亲,一旦得备后庭驱使之列,不意独承幸御,浓被圣私,立于众人之上。恃宠邀爱,众谤来集。加以不识忌讳,冒触威怒,臣妾愿赐速死,以宽圣抱。"因涕泣交下。帝自引昭仪臂曰:"汝复坐,吾语汝。"帝曰:"汝无罪。汝之姐,吾欲枭其首,断其手足,置于溷⑤中,乃快吾意。"昭仪曰:"何缘而得罪?"帝言壁衣中事。昭仪曰:"臣妾缘后得填后宫,后死,则妾安能独生?况陛下无故而杀一后,天下有以窥陛下也。愿得身实鼎镬,体膏

---

① 比屋邻居——门户相挨的邻居。

② 踽(jǔ)步——指走路姿态娇媚。

③ 主家——指阳阿公主家,飞燕之名即是在主家学歌舞时所起。

④ 怫(fú)然——生气的样子。

⑤ 溷(hùn)——厕所。

斧钺。"因大恸，以身投地。帝惊，遽起持昭仪曰："吾以汝之故，固不害后，第言之耳。汝何自恨若是！"久之，昭仪方就坐，问壁衣中人。帝阴穷其迹，乃宿卫①陈崇子也。帝使人就其家杀之，而废陈崇。昭仪往见后，具述帝所言，且曰："姐曾忆家贫，饥寒无聊，使我共邻家女为草履，入市货履市米，一日得米归，遇风雨，无火可炊，饥寒甚，不能成寐，使我拥姐背，同泣。此事姐岂不忆耶？今日幸富贵，无他人次我，而自毁如此！脱或再有过，帝复怒，事不可救，身首异地，为天下笑。今日，妾能拯救也；存殁无定，或尔妾死，姐尚谁援乎？"乃涕泣不已，后亦泣焉。自是帝不复往后宫，承幸御者，昭仪一人而已。

昭仪方浴，帝私觇。侍者报昭仪，昭仪急趋烛后避，帝瞥见之，心愈眩惑。他日，昭仪浴，帝默赐侍者金钱，特令不言。帝自屏罅②觇，兰汤滟滟，昭仪坐其中，若三尺寒泉浸明玉，帝意思飞荡，若无所主。帝常语近侍曰："自古人主无二后，若有，则吾立昭仪为后矣。"赵后知帝见昭仪浴，益加宠幸，乃具汤浴请帝以观。既往，后入浴，后裸体，以水沃帝，愈亲近而帝愈不乐，不终浴而去。后泣曰："爱在一身，无可奈何！"

后生日，昭仪为贺，帝亦同往。酒半酣，后欲感动帝意，乃泣数行下。帝曰："他人对酒而乐，子独悲，岂不足耶？"后曰："妾昔在主家时，帝幸其第。妾立主后，帝时视妾不移目，甚久。主知帝意，遣妾侍帝，竟成更衣之幸。下体尝污御衣，欲为浣去，帝曰：'留以为忆。'不数日，备后宫，时帝啮痕犹在妾颈，今日思之，不觉感泣。"帝恻然怀旧，有爱后意，顾视嗟叹。昭仪知帝欲留，先辞去，帝逼暮方离后宫。

后因帝幸，心为奸利，三月后乃诈托有孕，上笺奏云：

臣妾久备掖庭，先承幸御，遣赐大号，积有岁时。近因始生之日，优加善祝之私，特屈乘舆，俯临东掖，久侍宴私，再承幸御。臣妾数月来，内宫盈实，月脉不流，饮食甘美，不异常日。知圣躬之在体，辨六甲③之入怀。虹初贯日，应是珍祥，龙据妾胸，兹为佳瑞。更期诞育神嗣，抱日趋庭，瞻望圣明，踊跃临贺，谨此以闻。

①　宿卫——在宫中任禁卫军的官员。
②　罅(xià)——缝隙。
③　六甲——指怀孕。

帝时在西宫,得奏喜动颜色,答云:

> 因阅来奏,喜庆交集。夫妻之私,义均一体;社稷之重,嗣续为先。妊体方初,保绥宜厚。药有性者勿举,食无毒者可亲。有恳来上,无烦笺奏,口授宫使可矣。

两宫候问,宫使交至。后虑帝幸,见其诈,乃与宫使王盛谋自为之计。盛谓后曰:"莫若辞以有妊者不可近人,近人则有所触,触则孕或败。"后乃遣王盛奏帝。帝不复见后,第遣使问安否。

而甫及诞月,帝具浴子之仪。后召王盛及宫中人曰:"汝自黄衣郎出入禁掖,吾引汝父子俱富贵。吾欲为自利长久计,托孕乃吾之私意。今已及期,子能为吾谋焉? 若事成,子万世有厚利。"盛曰:"臣与后取民间才生子携入宫,为后子,但事密不泄,亦无害。"后曰:"可。"盛于都城外有生子者,以百金售之。以物囊之,入宫见后。既发器,则子死矣。后惊曰:"子死,安用也?"盛曰:"臣今知矣,载子之器不泄气,子所以死也。臣今再求子,盛之器中,穴其上,使气可出入,则子不死。"盛得子,趋宫门欲入,则子惊啼尤甚,盛不敢入。少选,复携之趋门,子复如是,盛终不敢携入宫。后宫守门吏严密,因向有壁衣中事,故帝令加严之甚。盛来见后,具言子惊啼事。后泣曰:"为之奈何?"时已逾十二月矣,帝颇疑讶。或奏曰:"尧之母十四月而生尧,后所妊当是圣人。"后终无计,乃遣人奏帝云:"臣妾昨梦龙卧,不幸圣嗣不育。"帝但叹惋而已。昭仪知其诈,乃遣人谢后曰:"圣嗣不育,岂日月未满也? 三尺童子尚不可欺,况人主乎? 一日手足俱见,妾不知姐之死所也。"

时后宫掌茶宫女朱氏生子,宦者李守光奏帝,帝方与昭仪共食,昭仪怒,言于帝曰:"前者帝言自中宫来,今朱氏生子,从何而得也?"乃以身投地,大恸。帝自持昭仪起坐。昭仪呼宫吏祭规曰:"急为吾取此子来。"规取子上,昭仪谓规曰:"为吾杀之。"规疑虑,昭仪怒骂曰:"吾重禄养汝,将安用也? 不然,吾并戮汝。"规以子击殿础死,投之后宫。后宫人凡孕子者,皆杀之。

后帝行步迟涩,气颇惫,不能御昭仪。有方士献大丹,养于火百日乃成。先以瓮贮水,满,即置丹于水中,即沸,又易去,复以新水。如是十日,不沸方可服。帝日服一粒,颇能幸昭仪。帝一夕在太庆殿,昭仪醉进十粒。初夜,绛帐中拥昭仪,帝笑声吃吃不止。及中夜,帝昏昏,知不可,将起坐，或仆或卧。昭仪急起，秉烛视帝，精出如涌泉。有顷，帝崩。

太后遣人理昭仪，且急穷帝得疾之端，昭仪乃自缢。

后居东宫，久失御。一夕后寝，惊啼甚久，侍者呼问，方觉。乃言曰："适吾梦中见帝，帝自云中赐吾坐。帝命进茶，左右奏帝云：'向日侍帝不谨，不合啜此茶。'吾意既不足，吾又问帝：'昭仪安在？'帝曰：'以数杀吾子，今罚为巨鼋，居北海之阴水穴间，受千岁冰寒之苦。'故尔大恸。"

后北鄙大月氏①王猎于海上，见巨鼋出于穴上，首犹贯玉钗，闳望波上，衔衔有恋人意。大月氏王遣使问梁武帝，武帝以昭仪事答之。

谭意哥传

秦　醇

谭意哥小字英奴，随亲生于英州②。丧亲，流落长沙，今潭州也。年八岁，母又死，寄养小工张文家。文造竹器自给。

一日，官妓③丁婉卿过之，私念苟得之，必丰吾屋。乃召文饮，不言而去。异日复以财帛赆④文，遗⑤颇稠叠。文告婉卿曰："文廛市贱工，深荷厚意。家贫，无以为报。不识子欲何图也？子必有告。幸请言之。愿尽愚图报，少答厚意。"婉卿曰："吾久不言，诚恐激君子之怒。今君恳言，吾方敢发。窃知意哥非君之子。我爱其容色。子能以此售我，不惟今日重酬子，异日亦获厚利。无使其居子家，徒受寒饥。子意若何？"文曰："文揣知君意久矣，方欲先白。如是，敢不从命。"是时方十岁，知文与婉卿之议，怒诘文曰："我非君之子，安忍弃于娼家乎？子能嫁我，虽贫穷家，所愿也。"文竟以意归婉卿。过门，意哥大号泣曰："我孤苦一身，流落万里，势力微弱，年龄幼小。无人怜救，不得从良人。"闻者莫不嗟恸。

---

①　北鄙大月氏(zhī)——鄙，边塞。大月氏，古族名。

②　英州——治所在今广东省英德县。

③　官妓——官府指定为他们当差、送往迎来的妓女。

④　赆(kuàng)——赐给。

⑤　遗——赠送的东西。

婉卿日以百计诱之：以珠翠饰其首，轻暖披其体，甘鲜足其口，既久益勤，若慈母之待婴儿。晨夕浸没①，则心为爱夺，情由利迁。意哥忘其初志，未及笄，为择佳配。肌清骨秀，发绀眸长，荑手纤纤②，宫腰搦搦，独步于一时。车马骈溢③，门馆如市。加之性明敏慧，解音律，尤工诗笔。年少千金买笑，春风唯恐居后；郡官宴聚，控骑④迎之。

时运使⑤周公权府会客，意先至府，医博士及有故至府，升厅拜公。及美髯可爱，公因笑曰："有句，子能对乎？"及曰："愿闻之。"公曰："医士拜时须拂地。"及未暇对，意从旁曰："愿代博士对。"公曰："可。"意曰："郡侯宴处幕侵天。"公大喜。意疾既愈，庭见府官，多自称诗酒于刺⑥。蒋田见其言，颇笑之。因令其对句，指其面曰："冬瓜霜后频添粉。"意乃执其公裳袂，对曰："木枣秋来也著绯。"公且惭且喜，众口嘻⑦然称赏。魏谏议之镇长沙，游岳麓时，意随轩。公知意能诗，呼意曰："子可对吾句否？"公曰："朱衣吏，引登青障⑧。"意对曰："红袖人，扶下白云。"公喜，因为之立名文婉，字才姬。意再拜曰："某，微品也。而公为之名字，荣逾万金之赐。"刘相之镇长沙，云一日登碧湘门纳凉，幕官从焉。公呼意对。意曰："某，贱品也。安敢敌公之才。公有命，不敢拒。"尔时迤逦望江外湘渚间，竹屋茅舍，有渔者携双鱼入脩巷。公相曰："双鱼入深巷。"意对曰："尺素⑨寄谁家。"公喜，赞美久之。他日，又从公轩游岳麓，历抱黄洞望山亭吟诗，坐客毕和。意为诗以献曰：

真仙去后已千载，此构危亭四望赊。灵迹几迷三岛路，凭高空想五云车⑩。清猿啸月千岩晓，古木吟风一径斜。鹤驾何时还古里，江

---

① 晨夕浸没——意即早晚用言语来劝说，像用水慢慢把物件浸湿一样。
② 荑（tí）手纤纤——荑，草木刚刚长出来的嫩芽。形容手指嫩白细柔。
③ 车马骈溢——排列很多车马的样子。
④ 控骑——驾驭车马。
⑤ 运使——官职名。转运使的简称。
⑥ 多自称诗酒于刺——往往把自己能诗、能喝酒的本事写在名帖上。
⑦ 嘻（xī）然——形容啧啧赞叹的样子。
⑧ 青障——青色的步障。贵族官员外出时于路上设的屏风。
⑨ 尺素——即书信。
⑩ 五云车——传说神仙所乘的有五彩云拥簇的车子。

城应少旧人家。

公见诗愈惊叹；坐客传观，莫不心服。公曰："此诗之妖也。"公问所从来，意哥以实对。公怆然悯之。意乃告曰："意入籍驱使迎候之列有年矣，不敢告劳。今幸遇公，倘得脱籍为良人箕帚之役①，虽死必谢。"公许其脱。

异日，诣投牒②，公诺其请。意乃求良匹，久而未遇。会汝州民张正字为潭茶官③，意一见谓人曰："吾得婿矣。"人询之，意曰："彼风调才学，皆中吾意。"张闻之，亦有意。一日，张约意会于江亭。于时亭高风怪，江空月明。陡帐垂丝，清风射牖，疏帘透月，银鸭④喷香。玉枕相连，绣衾低覆，密语调簧，春心飞絮。如仙葩之并蒂，若双鱼之同泉，相得之欢，虽死未已。翌日，意尽挈其装囊归张。有情者赠之以诗曰：

才识相逢方得意，风流相遇事尤佳。牡丹移入仙都去，从此湘东无好花。

后二年，张调官，复来见。意乃治行，饯之郊外。张登途，意把臂嘱曰："子本名家，我乃娼类，以贱偶贵，诚非佳婚。况室无主祭之妇，堂有垂白之亲⑤。今之分袂⑥，决无后期。"张曰："盟誓之言，皎如日月，苟或背此，神明非欺。"意曰："我腹有君之息⑦数月矣。此君之体也，君宜念之。"相与极恸，乃舍去。意闭户不出，虽比屋莫见意面。既久，意为书与张云：

阴老春回，坐移岁月。羽伏鳞潜⑧，音问两绝。首春气候寒热，切宜保爱。逆旅都辇，所见甚多。但幽远之人，摇心左右，企望回辕，度日如岁。因成小诗，裁寄所思。兹外千万珍重。

---

① 箕帚之役——见《霍小玉》"奉箕帚"注。
② 诣投牒——到官府里递送公文。
③ 茶官——主持山场、管理茶税的官员。
④ 银鸭——香炉的别称。
⑤ 垂白之亲——指年老的父母。
⑥ 分袂——离别。
⑦ 息——儿女，孩子。
⑧ 羽伏鳞潜——杳无音信的意思。羽，指鸟；鳞，指鱼。借用古时雁足、鲤腹传书的故事。

其诗曰：

潇湘江上探春回，消尽寒冰落尽梅。愿得儿夫似春色，一年一度一归来。

逾岁，张尚未回，亦不闻张娶妻。意复有书曰：

相别入此新岁，湘东地暖，得春尤多。溪梅堕玉，槛杏吐红，旧燕初归，暖莺已啭。对物如旧，感事自伤。或勉为笑语，不觉泪泠。数月来颇不喜食，似病非病，不能自愈。孺子无恙（意子年二岁），无烦流念。向尝面告，固匪自欺。君不能违亲之言，又不能废己之好，仰结高援，其无□①焉。或俯就微下，曲为始终，百岁之恩，没齿何报。虽亡若存，摩顶至足，犹不足答君意。反复其心，虽秃十兔毫，磬三江楮，亦不能□兹稠叠，上浼②君听。执笔不觉堕泪几砚中。郁郁之意，不能自已。千万对时善育，无或以此为至念也。短唱二阕，固非君子齿牙间可吟，盖欲摅情耳。

曲名《极相思令》一首：

湘东最是得春先，和气暖如绵。清明过了，残花巷陌，犹见秋千。

对景感时情绪乱，这密意，翠羽空传。风前月下，花时永昼，洒泪何言。

又作《长相思令》一首：

旧燕初归，梨花满院，迤逦天气融和。新晴巷陌，是处轻车骄马，禊饮③笙歌。旧赏人非，对佳时，一向乐少愁多。远意沉沉，幽闺独自颦蛾。

正消黯，无言，自感凭高远意，空寄烟波。从来美事，因甚天教两处多磨？开怀强笑，向新来宽却衣罗，似恁地④人怀憔悴，甘心总为伊呵。

张得意书辞，情愫⑤久不快，亦私以意书示其所亲，有情者莫不嗟叹。

---

① 古籍版本中缺此字，下同。

② 浼（měi）——沾染，弄脏。

③ 禊（xì）饮——古代习俗于农历三月上巳（魏晋后固定为三月三日）到水边嬉游、饮酒，以禳除不祥。

④ 似恁（rèn）地——像这般。

⑤ 情愫——情怀，心情。

张内逼慈亲之教,外为物议之非,更期月①,亲已约孙贲殿丞女为姻。定问已行,媒妁素定,促其吉期,不日佳赴②。张回肠危结,感泪自零。好天美景,对乐成悲,凭高怅望,默然自已。终不敢为记报意。逾岁,意方知,为书云:

　　妾之鄙陋,自知甚明。事由君子,安敢深扣③。一入闺帏,克勤妇道,晨昏恭顺,岂敢告劳。自执箕帚,三改岁华。苟有未至,固当垂诲。遽此见弃,致我失图。求之人情,似伤薄恶;揆之天理,亦所不容。业已许君,不可贻咎。有义则合,常风服于前书;无故见离,深自伤于微弱。盟顾可欺,则不复道。稚子今已三岁,方能移步。期于成人,此犹可待。妾囊中尚有数百缗,当售附郭之田亩,日与老农耕耨别穰④,卧漏复毳⑤,凿井灌园。教其子知诗书之训,礼义之重。愿其有成,终身休庇妾之此身,如此而已。其他清风馆宇,明月亭轩,赏心乐事,不致如心久矣。今有此言,君固未信,俟在他日,乃知所怀。燕尔方初⑥,宜君子之多喜;拔葵在地,徒向日之有心⑦。自兹弃废,莫敢凭高。思入白云,魂游天末。幽怀蕴积,不能穷极。得官何地,因风寄声。固无他意,贵知动止。饮泣为书,意绪无极。千万自爱。

　　张得意书,日夕叹怅。后三年,张之妻孙氏谢世,湖外莫通信耗。会有客自长沙替归,遇于南省书理间⑧。张询客意哥行没。客抚掌⑨大骂曰:"张生乃木人石心也!使有情者见之,罪不容诛!"张曰:"何以言之?"客曰:"意自张之去,则掩户不出,虽比屋莫见其面。闻张已别娶,意之心愈坚,方买郭外田百亩以自给。治家清肃,异议纤毫不可入。亲教其子。

---

① 期月——满一月。
② 不日佳赴——不久就有好的前程,指结婚。
③ 扣——扣问,即询问。
④ 耕耨(nòu)别穰(ráng)——即耕田的意思。
⑤ 卧漏复毳(cuì)——睡在漏雨的屋子,盖上粗毛毯。形容生活艰苦。
⑥ 燕尔方初——正在新婚的时候。
⑦ 拔葵在地,徒向日之有心——意即自己虽然像葵花向日一样地向着丈夫,但结局却被抛弃了。
⑧ 南省书理间——南省,尚书省;书理间,处理公文的地方。
⑨ 抚掌——拍手,此处形容愤怒的样子。

吾谓古之李住满女,不能远过此。吾或见张,当唾其面而非之。"张惭忸①久之,召客饮于肆,云:"吾乃张生。子责我皆是。但子不知吾家有亲,势不得已。"客曰:"吾不知子乃张君也。"久乃散。

张生乃如长沙。数日,既至,则微服游于市,询意之所为。言意之美者不容刺口②。默询其邻,莫有见者。门户潇洒③,庭宇清肃。张固已恻然。意见张,急闭户不出。张曰:"吾无故涉重河④,跨大岭,行数千里之地,心固在子。子何见拒之深也,岂昔相待之薄欤?"意云:"子已有室,我方端洁以全其素志。君宜去,无浼我。"张云:"吾妻已亡矣。曩者之事,君勿复为念,以理推之可也。吾不得子,誓死于此矣。"意云:"我向慕君,忽遽入君之门,则弃之也容易。君若不弃焉,君当通媒妁,为行吉礼⑤,然后妾敢闻命。不然,无相见之期。"竟不出。

张乃如其请,纳彩问名,一如秦晋之礼焉。事已,乃挈意归京师。意治闺门,深有礼法,处亲族皆有恩意,内外和睦,家道已成。意后又生一子,以进士登科,终身为命妇。夫妇偕老,子孙繁茂。呜呼,贤哉!

王幼玉记

柳师尹

王生名真姬,小字幼玉,一字仙才,本京师人。随父流落于湖外⑥,与衡州⑦女弟女兄三人皆为名娼,而其颜色歌舞,甲于伦辈⑧之上。群妓亦不敢与之争高下。幼玉更出于二人之上,所与往还皆衣冠士大夫。舍此,

---

① 惭忸——羞愧。
② 不容刺口——不许别人多所批评。
③ 潇洒——此处为清静、干净之意。
④ 重河——好几道河。
⑤ 吉礼——即婚礼。
⑥ 湖外——洞庭湖以南,湖南。
⑦ 衡州——唐州名,治所在今湖南省衡阳市。
⑧ 伦辈——同辈。

虽巨商富贾,不能动其意。夏公酉(夏贤良名噩,字公酉)游衡阳,郡侯①开宴召之。公酉曰:"闻衡阳有歌妓名王幼玉,妙歌舞,美颜色,孰是也?"郡侯张郎中,公起乃命幼玉出拜。公酉见之,嗟吁曰:"使汝居东西二京②,未必在名妓之下。今居于此,其名不得闻于天下。"顾左右取笺,为诗赠幼玉。其诗曰:"真宰③无私心,万物逞殊形。嗟尔兰蕙质,远离幽谷青。清风暗助秀,雨露濡其泠。一朝居上苑④,桃李让芳馨。"

由是益有光。但幼玉暇日常幽艳愁寂,寒芳未吐。人或询之,则曰:"此道⑤非吾志也。"又询其故。曰:"今之或工或商或农或贾或道或僧,皆足以自养。惟我俦⑥涂脂抹粉,巧言令色,以取其财,我思之,愧赧无限。逼于父母姊弟,莫得脱此。倘从良人,留事舅姑,主祭祀,俾人回指曰:'彼人妇也。'死有埋骨之地。"会东都人柳富字润卿,豪俊之士,幼玉一见曰:"兹吾夫也。"富亦有意室之⑦。富方倦游,凡于风前月下,执手恋恋,两不相舍。既久,其妹窃知之。一日,诟富以语曰:"子若复为向时事,吾不舍子,即讼子于官府。"富从是不复往。

一日,遇幼玉于江上。幼玉泣曰:"过非我造也。君宜以理推之。异时幸有终身之约,无为今日之恨。"相与饮于江上,幼玉云:"吾之骨,异日当附子之先陇⑧。"又谓富曰:"我平生所知,离而复合者甚众。虽言爱勤勤,不过取其财帛,未尝以身许之也。我发委地⑨,宝之若金玉,他人无敢窥觇⑩,于子无所惜。"乃自解鬟,剪一缕以遗富。富感悦深至,去又羁思不得会为恨,因而伏枕⑪。幼玉日夜怀思,遣人侍病。既愈,富为长歌赠

----

① 郡侯——郡太守。

② 东西二京——东京洛阳和西京长安。

③ 真宰——指天。

④ 居上苑——居住在皇家的花园。此处意思是说,王幼玉如能得住京都。

⑤ 此道——指娼妓生涯。

⑥ 我俦——我辈。

⑦ 室之——以之为室,即娶她为妻。

⑧ 附子之先陇——埋葬在你祖宗的坟墓旁。意思是说将来能够成为夫妻。

⑨ 我发委地——我的头发委落在地上,意即头发长。

⑩ 窥觇(chān)——偷看。

⑪ 伏枕——伏在枕上,意谓得病。

之云：

> 紫府①楼阁高相倚，金碧户牖红晖起。
> 其间燕息皆仙子，绝世妖姿妙难比。
> 偶然思念起尘心，几年滴向衡阳市。
> 阳娇②飞下九天来，长在娼家偶然耳。
> 天姿才色拟绝伦，压倒花衢众罗绮。
> 绀发③浓堆巫峡云，翠眸横剪秋江水④。
> 素手纤长细细圆，春笋⑤脱向青云里。
> 纹履鲜花窄窄弓⑥，凤头翘起红裙底。
> 有时笑倚小栏杆，桃花无言乱红委。
> 王孙逆目似劳魂⑦，东邻一见还羞死。
> 自此城中豪富儿，呼僮控马相追随。
> 千金买得歌一曲，暮雨朝云镇相续。
> 皇都年少是柳君，体段风流万事足。
> 幼玉一见苦留心，殷勤厚遣行人祝。
> 青羽飞来⑧洞户前，唯郎苦恨多拘束。
> 偷身不使父母知，江亭暗共才郎宿。
> 犹恐思情未甚坚，解开鬟髻对郎前。
> 一缕云随金剪断，两心浓更密如绵。
> 自古美事多磨隔，无时两意空悬悬。
> 清宵长叹明月下，花时洒泪东风前。
> 怨入朱弦危更断，泪如珠颗自相连。
> 危楼独倚无人会，新书写恨托谁传。

---

① 紫府——道教以紫府为天宫，此处指王幼玉居所。
② 阳娇——仙女名。
③ 绀发——黑中透红的头发。
④ 秋江水——形容眼神。
⑤ 春笋——形容手指的纤细。
⑥ 窄窄弓——指弓鞋。
⑦ 王孙逆目似劳魂——公子王孙看了为之神魂俱丧。
⑧ 青羽飞来——青羽，青鸟，神话中称为西王母使者。此指音信寄来。

奈何幼玉家有母，知此端倪蓄嗔怒。

千金买醉嘱佣人，密约幽欢镇相误。

将刃欲加连理枝①，引弓欲弹鹣鹣②羽。

仙山只在海中心，风逆波紧无船渡。

桃源去路隔烟霞，咫尺尘埃无觅处。

郎心玉意共殷勤，同指松筠③情愈固。

愿郎誓死莫改移，人事有时自相遇。

他日得郎归来时，携手同上烟霞路。

富因久游，亲促其归。幼玉潜往别，共饮野店中。玉曰："子有清才，我有丽质。才色相得，誓不相舍，自然之理。我之心，子之意，质诸神明，结之松筠久矣。子必异日有潇湘④之游，我亦待君之来。"于是二人共盟，焚香，致其灰于酒中，共饮之。是夕同宿江上。翌日，富作词别幼玉，名《醉高楼》，词曰：

人间最苦，最苦是分离。伊爱我，我怜伊。青草岸头人独立，画船东去橹声迟。楚天低，回望处，两依依。　　后会也知俱有愿，未知何日是佳期。心下事，乱如丝。好天良夜还虚过，辜负我，两心知。愿伊家，衷肠在，一双飞。

富唱其曲以沽酒，音调辞意悲惋，不能终曲。乃饮酒，相与大恸，富乃登舟。富至辇下，以亲年老，家又多故，不得如约，但对镜洒涕。会有客自衡阳来，出幼玉书，但言幼玉近多病卧。富遽开其书疾读，尾有二句云："春蚕到死丝方尽，蜡烛成灰泪始干⑤。"富大伤感，遗书以见其意，云：

忆昔潇湘之逢，令人怆然。尝欲拿舟⑥，泛江一往。复其前盟，叙其旧契⑦，以副子念切之心，适我生平之乐。奈因亲老族重，心为事夺，倾风结想，徒自潇然。风月佳时，文酒胜处，他人怡怡，我独惕

---

①　连理枝——两棵树的枝干连在一起。比喻男女爱情。

②　鹣——俗称比翼鸟。传说中雌雄并翅而飞的鸟。

③　松筠——松、竹。松竹冬夏常青，用来比喻爱情牢固。

④　潇湘——湘江的别称。

⑤　"春蚕"二句——为李商隐《无题》七律诗中诗句。

⑥　拿舟——引舟，乘船。

⑦　旧契——旧约。

惚如有所失。凭酒自释,酒醒,情思愈彷徨,几无生理。古之两有情
者,或一如意,一不如意,则求合也易。今子与吾,两不如意,则求偶
也难。君更待焉,事不易知,当如所愿。不然,天理人事果不谐,则天
外神姬,海中仙客,犹能相遇,吾二人独不得遂,岂非命也! 子宜勉强
饮食,无使真元①耗散,自残其体,则子不吾见,吾何望焉。子书尾有
二句,吾为子终其篇,云:

> 临流对月暗悲酸,瘦立东风自怯寒。
>
> 湘水佳人②方告疾,帝都③才子亦非安。
>
> 春蚕到死丝方尽,蜡烛成灰泪始干。
>
> 万里云山无路去,虚劳魂梦过湘滩。

一日,残阳沉西,疏帘不卷,富独立庭帏,见有半面出于屏间。富视
之,乃幼玉也。玉曰:"吾以思君得疾,今已化去④。欲得一见,故有是行。
我以平生无恶,不陷幽狱,后日当生兖州⑤西门张遂家,复为女子。彼家
卖饼。君子不忘昔日之旧,可过见我焉。我虽不省前世事,然君之情当如
是。我有遗物在侍儿处,君求之以为验。千万珍重。"忽不见。富惊愕,
但终叹惋。异日有过客自衡阳来,言幼玉已死,闻未死前嘱侍儿曰:"我
不得见郎,死为恨。郎平日爱我手发眉眼。他皆不可寄附。吾今剪发一
缕,手指甲数个,郎来访我,子与之。"后数日,幼玉果死。

议曰:今之娼,去就狗利⑥,其他不能动其心。求潇女霍生事⑦,未尝
闻也。今幼玉爱柳郎,一何厚耶? 有情者观之,莫不怆然。善谐音律者,
广以为曲,俾行于世,使系牙齿之间,则幼玉虽死不死也。吾故叙述之。

---

① 真元——真气,元气。

② 湘水佳人——指王幼玉。

③ 帝都——京城。

④ 化去——死去。

⑤ 兖州——在今山东省兖州市。

⑥ 狗利——狗同"徇"。从利。

⑦ 潇女霍生事——未详。

陈　叔　文

刘　斧

　　陈叔文,京师人也。专经登第①,调选铨衡②,授常州宜兴簿③。家至窘窭④,无数日之用,不能之官。然叔文丰骨秀美,但多郁结,时在娼妓崔兰英家闲坐。叔文言及已有所授,家贫未能之官。兰英谓叔文曰:"我虽与子无故,我于囊中可余千缗,久欲适人,子若无妻,即我将嫁子也。"叔文曰:"吾未娶,若然,则美事。"一约即定。叔文归欺其妻曰:"贫无道途费,势不可共往,吾且一身赴官,时以俸钱赒⑤尔。"妻诺其说。叔文与兰英泛汴东下。

　　叔文与英颇相得,叔文时以物遗妻。后三年替回,舟溯汴而进。叔文私念:英囊箧不下千缗,而有德于我,然不知我有妻,妻不知有彼,两不相知,归而相见,不惟不可,当起狱讼。叔文日夜思计,以图其便,思惟无方,若不杀之,乃为后患。遂与英痛饮大醉,一更后,推英于水,便并女奴推坠焉。叔文号泣曰:"吾妻误堕汴水,女奴救之并坠水!"以时昏黑,汴水如箭,舟人沿岸救捞,莫之见也。

　　叔文至京与妻相聚,共同商议。叔文曰:"家本贫甚,箧笥间幸有二三千缗,不往之仕路矣。"乃为库以解物。经岁,家事尤丰足。遇冬至,叔文与妻往宫观,至相国寺,稠人中有两女人随其后。叔文回头看,切似英与女奴焉。俄而女上前招叔文,叔文托他故,遣其妻子先行。叔文与英并坐廊砌下,叔文曰:"汝无恙乎?"英曰:"向时中子计,我二人坠水,相抱浮沉一二里,得木碍不得下,号呼捞救得活。"叔文愧赧泣下曰:"汝甚醉,立于船上,自失脚入于水;此婢救汝,从而堕焉。"英曰:"昔日之事,不必再

---

①　专经登第——专门研习经书考中进士。
②　调达铨衡——指吏部考选人才授以官职。
③　簿——主簿,掌管文书小官吏。
④　窘窭(jiǒng jù)——指贫苦。
⑤　赒(zhōu)——接济。

言,令人至恨。但我活即不怨君。我居此已久,在鱼巷城下住,君明日当急来访我。不来,我将讼子于官,必有大狱,令子为齑粉。"叔文诈诺,各散去。

叔文归,忧惧。巷口有王震臣聚小童为学,叔文具道其事,求计于震臣。震臣曰:"子若不往,且有争讼,于子身非利也。"叔文乃市羊果壶酒,又恐家人辈知其详,乃傩别巷小童,携往焉。至城下,则女奴已立门迎之。叔文入,至暮不出。荷担者立门外,不闻耗。人询之云:"子何久在此,昏晚不去也?"荷担人云:"吾为人所使,其人在此宅,尚未出门,故候之。"居人曰:"此乃空屋耳。"因执烛共入,有杯盘在地,叔文仰面,两手自束于背上,形若今之伏法死者。申之官司,呼其妻识其尸,然无他损,乃命归葬焉。

议曰:兹事都人共闻。冤施于人,不为法诛,则为鬼诛,其理彰彰,然异矣!

王　榭

刘　齐

唐王榭,金陵人。家巨富,祖以航海为业,一日,榭具大舶,欲之大食国①。行逾月,海风大作,惊涛际天,阴云如墨,巨浪走山,鲸鳌出没,鱼龙隐现,吹波鼓浪,莫知其数。然风势益壮,巨浪一来,身若上于九天;大浪既回,舟如堕于海底。举舟之人,兴而复颠,颠而又仆。不久舟破,独榭一板之附,又为风涛飘荡。开目则鱼怪出其左,海兽浮其右,张目呀口,欲相吞噬,榭闭目待死而已。三日,抵一洲,舍板登岸。行及百步,见一翁媪,皆皂衣服,年七十余,喜曰:"此吾主人郎也。何由至此?"榭以实对。乃引到其家。坐未久,曰:"主人远来,必甚馁。"进食,馔肴皆水族。月余,榭方平复,饮食如故。翁曰:"至吾国者必先见君。向以郎倦,未可往,今可矣。"榭诺。翁乃引行三里,过馄頔民居,亦甚繁会。又过一长桥,方见宫室台榭,连延相接,若王公大人之居。至大殿门,阍者入报。不久,一

———————————
① 大食国——阿拉伯帝国。

妇人出,服颇美丽,传言曰:"王召君入见。"王坐大殿,左右皆女人立。王衣皂袍,乌冠。榭即殿阶。王曰:"君北渡人也,礼无统制,无拜也。"榭曰:"既至其国,岂有不拜乎?"王亦折躬劳谢。王喜,召榭上殿,赐坐,曰:"卑远之国,贤者何由及此?"榭以风涛破舟,不意及此,唯祈王见矜。曰:"君舍何处?"榭曰:"见①居翁家。"王令急召来。翁至,曰:"此本乡主人也,凡百无令其不如意。"王曰:"有所须但论。"乃引去,复寓翁家。

翁有一女,甚美色,或进茶饵,帘牖间偷视私顾,亦无避忌。翁一日召榭饮,半酣,白翁曰:"某身居异地,赖翁母存活,旅况如不失家,为德甚厚。然万里一身,怜悯孤苦,寝不成寐,食不成甘,使人郁郁,但恐成疾伏枕,以累翁也。"翁曰:"方欲发言,又恐轻冒。家有小女,年十七,此主人家所生也。欲以结好,少适旅怀,如何?"榭答:"甚善。"翁乃择日备礼,王亦遗酒肴采礼,助结姻好。成亲,榭细视女,俊目狭腰,杏脸绀鬓,体轻欲飞,妖姿多态。榭询其国名,曰:"乌衣国也。"榭:"翁常目我为主人郎,我亦不识者,所不役使,何主人云也?"女曰:"君久即自知也。"后常饮燕,衽席之间,女多泪眼畏人,愁眉蹙黛。榭曰:"何故?"女曰:"恐不久暌别。"榭曰:"吾虽萍寄,得子亦忘归,子何言离意?"女曰:"事由阴数,不由人也。"

王召榭,宴于宝墨殿,器皿陈设俱墨,亭下之乐亦然。杯行乐作,亦甚清婉,但不晓其曲耳。王命玄玉杯劝酒,曰:"至吾国者,古今止两人:汉有梅成②,今有足下。愿得一篇,为异日佳话。"给笺,榭为诗曰:

> 基业祖来兴大舶,万里梯航惯为客。
> 今年岁运顿衰零,中道偶然罹此厄。
> 巨风迅急若追兵,千叠云阴如墨色。
> 鱼龙吹浪洒面腥,全舟灵葬鱼龙宅。
> 阴火连空紫焰飞,直疑浪与天相拍。
> 鲸目光连半海红,鳌头波涌掀天白。
> 桅樯倒折海底开,声若雷霆以分别。
> 随我神助不沉沦,一板漂来此岸侧。

---

① 见(xiàn)——同"现",现在。

② 梅成——应为梅福。西汉南昌县尉,后学仙求道,不知所终,世称梅仙。

君恩虽重赐宴频，无奈旅人自凄恻。

引领乡原涕泪零，恨不此身生羽翼！

王览诗欣然，曰：“君诗甚好，无苦怀家，不久令归。虽不能羽翼，亦令君跨烟雾。”宴回，各人作诗。女曰：“末句何相讥也？”榭亦不晓。

不久，海上风和日暖，女泣曰：“君归有日矣。”王遣人谓曰：“君某日当回，宜与家人叙别。”女置酒，但悲泣不能发言。雨洗娇花，露沾弱柳，绿惨红愁，香消腻瘦。榭亦悲感。女作别诗曰：

从来欢会唯忧少，自古恩情到底稀。

此夕孤帏千载恨，梦魂应逐北风飞。

又曰：“我从此不复北渡矣。使君见我非今形容，且将憎恶之，何暇怜爱？我见君亦有嫉妒之情。今不复北渡，愿老死于故乡。此中所有之物，郎俱不可持去，非所惜也。”令侍中取丸灵丹来，曰：“此丹可以召人之神魂，死未逾月者，皆可使之更生。其法用一明镜致死者胸上，以丹安于项，以东南艾枝作柱，灸之立活。此丹海神秘惜，若不以昆仑玉盒盛之，即不可逾海。”适有玉盒，并付以系榭左臂，大恸而别。

王曰：“吾国无以为赠。”取笺，诗曰：

昔向南溟浮大舶，漂流偶作吾乡客。

从兹相见不复期，万里风烟云水隔。

榭辞拜，王命取飞云轩来。既至，乃一乌毡兜子耳。命榭入其中，复命取化羽池水，洒之其毡乘。又召翁妪扶持榭回。王戒榭曰：“当闭目，少息即至君家，不尔即堕大海矣。”榭合目，但闻风声怒涛，既久，开目，已至其家。坐堂上，四顾无人，唯梁上有双燕呢喃。榭仰视，乃知所止之国，燕子国也。家人出相劳问，俱曰：“闻为风涛破舟死矣，何故遽归？”榭曰：“我独附板而生。”亦不告所居之国。榭唯一子，去时方三岁，不见，乃问家人，曰：“死已半月矣。”榭感泣，因思灵丹之言，命开棺取尸，如法灸之，果生。

至秋，二燕将去，悲鸣庭户之间。榭招之，飞集于臂，乃取纸细书一绝，系于尾，云：

误到华胥国①里来，玉人终日重怜才。

---

① 华胥国——《列子·黄帝》中说黄帝梦游华胥国，国中没有君长，人民自然而治。

云轩飘去无消息,泪洒临风几百回。

来春燕来,径泊榭臂,尾有小束,取视,乃诗也。有一绝云:

昔日相逢真数合,而今暌隔是生离。

来春纵有相思字,三月天南无燕飞。

榭深自恨。明年,亦不来。

其事流传众人口,因目榭所居处为乌衣巷。刘禹锡《金陵五咏》有《乌衣巷》诗云:

朱雀桥边野草花,乌衣巷口夕阳斜。

旧时王榭①堂前燕,飞入寻常百姓家。

即知王榭之事非虚矣。

王　魁　传

佚　名

王魁②下第失意,入山东莱州③,友人招游北市深巷小宅,有妇人绝艳,酌酒曰:"某名桂英。酒乃天之美禄④,足下得桂英而饮天禄,前春登第之兆。"乃取拥项罗巾请诗,生题曰:"谢氏⑤筵中闻雅唱,何人戛玉⑥在帘帏,一声透过秋空碧,几片行云不敢飞⑦。"桂曰:"君但为学,四时所须⑧,我办之。"由是魁朝暮去来。

---

① 王榭——刘禹锡原诗作"王谢",指晋朝两个大姓。

② 王魁——魁,不是名字。魁甲,科举考试进士第一名之称。王魁,犹言王状元,这是当时称呼读书人的一种时尚。

③ 莱州——治所在今山东省掖县。

④ 酒乃天之美禄——语出《汉书·食货志》。意思是说,酒是上天赐给的美好的福禄。

⑤ 谢氏——即唐代李德裕的歌妓谢秋娘,此处代指桂英。

⑥ 戛(jiá)玉——形容歌声如敲玉片一样清脆好听。

⑦ 几片行云不敢飞——形容歌声嘹亮,使行云也停步伫听。

⑧ 须——需要。

逾年，有诏求贤，桂为办西游①之用。将至州北，望海神庙盟曰："吾与桂，誓不相负，若生离异，神当殛②之。"魁至京闱③，寄诗曰："琢月磨云输我辈，都花占柳是男儿。前春我若功成去，好养鸳鸯作一池。"后唱第为天下第一。魁私念："科名若此，以一娼玷辱，况家有严君④不容也。"不复与书。桂寄诗曰："夫贵妇荣千古事，与君才貌各相宜。"又曰："上都⑤梳洗逐时宜，料得良人见即思。早晚归来幽阁内，须教张敞画新眉⑥。"又曰："陌上笙歌锦绣乡，仙郎得意正疏狂⑦。不知憔悴幽闺者，日觉春衣带系长⑧。"魁父约崔氏为亲；授徐州金判⑨。桂喜曰："徐去此不远，当使人迎我矣。"遣仆持书。魁方坐厅决事，大怒，叱书不受。桂曰："魁负我如此，当以死报之！"挥刃自刭。

魁在南都⑩试院，有人自烛下出，乃桂也。魁曰："汝固无恙乎？"桂曰："君轻恩薄义，负誓渝盟，使我至此！"魁曰："我之罪也，为汝饭僧⑪，诵佛书，多焚钱纸，舍我可乎？"桂曰："得君之命即止，不知其他也。"魁欲自刺。母曰："汝何悖乱⑫如此！"魁曰："日与冤会，逼迫以死。"母召道士高守素屡醮⑬。守素梦至官府，魁与桂发相系而立，有人戒曰："汝知则勿复拔。"数日，魁竟死。

---

① 西游——京城汴梁于莱州之西面，故称"西游"。

② 殛(jí)——诛死。

③ 京闱——京都考试之处，即试院。

④ 严君——旧时对父母的敬称。

⑤ 上都——即京都。

⑥ 张敞画新眉——《汉书·张敞传》载，京兆张敞与其妻子恩爱，常为其妻子画眉。此处用张敞典故，也是形容夫妻亲密。

⑦ "仙郎"句——唐代称尚书省诸郎官。疏狂，狂放不羁。

⑧ 日觉春衣带系长——指因思念对方，身体消瘦，衣带也觉得变长了。

⑨ 金判——签判，州府的幕僚官员。

⑩ 南都——即宋代的南京，在今河南商丘县南。

⑪ 饭僧——给和尚饭吃。

⑫ 悖乱——惑乱。

⑬ 醮(jiào)——道士设坛禳除灾祸的一种法事。

狄青智取党项

沈　括

宝元①中,党项②犯塞,时新募万胜军,未习战阵,遇寇多北。狄青为将,一日,尽取万胜旗付虎翼军,使之出战。虏望其旗,易之,全军竞趋,为虎翼所破,殆无遗类。

又,青在泾原③,尝以寡当众,度必以奇胜,预戒军中,尽舍弓弩,皆执短兵器。令军中闻钲④一声则止,再声则严阵而阳却,钲声止则大呼而突之。士卒皆如其教。才遇敌,未接战,遽声钲,士卒皆止。再声,皆却。虏人大笑,相谓曰:"孰谓狄天使勇?"时虏人谓青为"天使"。钲声止,忽前突之,虏兵大乱,相蹂践,死者不可胜计也。

吴中士人

沈　括

吴中一士人,曾为转运司别试解头⑤,以此自负,好附托显位。是时侍御史李制知常州,丞相庄敏庞公⑥知湖州。士人游毗陵⑦,挈其徒饮倡家,顾谓一驺卒曰:"汝往白李二,我在此饮,速遣有司持酒肴来!"李二谓

---

① 宝元——宋仁宗年号。

② 党项——党项族,宋朝时少数民族,立国为夏,史称西夏。辖属有今内蒙鄂尔多斯、宁夏阿拉善及甘肃西北部地区。

③ 泾原——宋仁宗时设泾原路经略安抚使,治所在今甘肃平凉。

④ 钲(zhēng)——古代军队中的一种乐器,状似钟,有柄,用时口朝上,用槌敲击。

⑤ 别试解头——别试,别头试,宋代科举考试一种。解头,第一名。

⑥ 庄敏庞公——即庞籍,宋仁宗时官至观文殿大学士,封颍国公,死后谥"庄敏"。

⑦ 毗陵——今江苏省常州市。

李御史也。俄顷,郡厨以饮食至,甚为丰腆。有一蓐医①,适在其家,见其事。后至御史之家,因语及之。李君极怪,使人捕得驺卒,乃兵马都监所假,受士人教戒,就使庖买饮食,以给②坐客耳。李乃杖驺卒,使街司白士人出城。郡僚有相善者,出与之别。唁之曰:"仓促遽行,当何所诣?"士人应之曰:"且往湖州依庞九耳。"闻者莫不大笑。

邓绾拍马

魏 泰

熙宁八年,王荆公③再秉政,既逐吕惠卿,而门下之人,复为谀媚以自安。而荆公求退告去尤切,有练亨甫④者,诣中丞邓绾⑤曰:"公何不言于上,以殊礼待宰相,则庶几可留也。所谓殊礼,以丞相之子雱为枢密使,诸弟皆为两制,婿侄皆馆职,京师赐第宅田邸,则为礼备矣。"绾一一如所戒而言,上察知其阿党,亦颔之而已。一日,荆公复于上前求去,曰:"卿勉为朕留,当一一如卿所欲,但未有一稳便第宅耳。"荆公骇曰:"臣有何欲,而何为赐第?"上笑而不答。翌日荆公恳请其由,上出绾所上章,荆公即乞推劾。先是,绾欲用其党方扬为台官,惧不厌人望,乃并彭汝砺⑥而荐之,其实意在扬也。无何,上黜彭汝砺,绾遽表言:"臣素不知汝砺之为人,昨所举鲁莽,乞不行前状。"即此二事,上察见其奸,遂落绾中丞,以本官知虢州。亨甫夺校书,为漳州推官。绾制⑦曰:"操心颇僻,赋性奸回,论士荐人,不循分守。"又曰:"朕之待汝者,义形于色;汝之事朕者,志在于邪。"盖谓是也。

---

① 蓐医——妇科医生。

② 绐(dài)——欺骗。

③ 王荆公——宋王安石,封荆国公。

④ 练亨甫——字葆光,江苏句容人,当过太学正、崇文殿校书。

⑤ 邓绾——字文约,王安石推荐其为集贤校理、御史中丞。对王安石极尽拍马奉迎之事,有人笑骂他,他说:"笑骂从汝,好官须我为之。"

⑥ 彭汝砺——字器资,江西鄱阳人,神宗时,为监察御史里行。

⑦ 制——皇帝的敕命称"制"。

李　幼　清

赵令畤

唐兴元①有知马者李幼清。暇日，常取适于马肆②。有致悍马于肆者，结繅③交络其头，二力士以木夹支其颐，三四辈执挝而从之。马气色如将噬④，有不可驭之状。幼清迫而察之⑤，讯于主者。且曰："马恶无不具也，将货焉。唯其所酬耳。"幼清以三万易之，马主惭其多。既而聚观者数百辈，诘幼清。幼清曰："此马气色骏异，体骨德度，了非凡马。是必主者不知，俾杂驽辈，槽栈陷败，粪秽狼藉，刷涤不时，刍秣不适，蹄啮踯奋，蹇跂唐突⑥，志性郁塞，终不得伸。久无所赖，发而狂躁，则无不为也。"

既晡⑦，观者少闲，乃别市一新络头。幼清自持，徐而语之曰："尔才性不为人知，吾为汝易是锁结秽杂之物。"马弭耳引首。幼清自负其知，乃汤沐剪刷，别其槽栈，异其刍秣。数日而神气小变，逾月而大变，志性如君子，步骤如俊乂⑧，嘶如龙，颜如凤，乃天下之骏乘也。

---

① 兴元——兴元府，府治在今陕西省南郑县。
② 取适于马肆——到马市上去散散心。
③ 结繅（sāo）——丝绳。
④ 如将噬——好像要咬啮人的样子。
⑤ 迫而察之——走近前、仔细观察。
⑥ 蹄啮踯奋，蹇跂唐突——意谓此良马厕杂于驽马之中，为驽马所碍，不能发挥其所能。蹇跂，指驽马之足。
⑦ 晡——傍晚。
⑧ 俊乂——贤才。

梅 妃 传

佚 名

梅妃，姓江氏，莆田①人。父仲逊，世为医。妃年九岁，能诵《二南》②，语父曰：“我虽女子，期以此为志。”父奇之，名之曰采蘋③。开元④中，高力士使闽、粤，妃笄矣。见其少丽，选归，侍明皇⑤，大见宠幸。长安大内、大明、兴庆三宫，东都大内、上阳两宫，岁四万人，自得妃，视如尘土；宫中亦自以为不及。妃善属文，自比谢女⑥。淡妆雅服，而姿态明秀，笔不可描画。性喜梅，所居阑槛，悉植数株，上榜⑦曰梅亭。梅开赋赏，至夜分⑧尚顾恋花下不能去。上以其所好，戏名曰梅妃。妃有《萧兰》、《梨园》、《梅花》、《凤笛》、《玻杯》、《剪刀》、《绮窗》七赋。

是时承平岁久，海内无事，上于兄弟间极友爱，日从燕间，必妃侍侧。上命破橙⑨往赐诸王。至汉邸⑩，潜以足蹑妃履，妃登时退阁。上命连宣⑪，报言：“适履珠脱缀，缀竟当来。”久之，上亲往命妃。妃拽衣迓上，言胸腹疾作，不果前⑫也。卒不至。其恃宠如此。后上与妃斗茶⑬，顾诸王

---

① 莆田——唐县名，在今福建省莆田县东南。

② 《二南》——《诗经》中《周南》和《召南》。

③ 采蘋——为《召南》中的篇名，因江氏喜欢《二南》，故其父以其中篇名作为她的名字。

④ 开元——唐玄宗李隆基年号。

⑤ 明皇——即唐玄宗李隆基。

⑥ 谢女——东晋谢安之侄女谢道韫，善诗。

⑦ 上榜——即皇上题字。

⑧ 夜分——深夜时分。

⑨ 破橙——剖开橙子。

⑩ 汉邸——汉王的府邸。此处代指汉王。汉王李元昌，高祖李渊第七子，武德十年封汉王。

⑪ 连宣——接连叫了好几次。

⑫ 不果前——结果还是没有前来。

⑬ 斗茶——比赛煎茶技术的高低。

戏曰："此梅精也。吹白玉笛,作《惊鸿舞》,一座光辉。斗茶今又胜我矣。"妃应声曰："草木之戏,误胜陛下。设使调和四海,烹饪鼎鼐①,万乘自有宪法②,贱妾何能较胜负也。"上大喜。

　　会太真杨氏入侍,宠爱日夺,上无疏意。而二人相嫉,避路而行。上尝方之英、皇③,议者谓广狭不类,窃笑之。太真忌而智,妃性柔缓,亡以胜④。后竟为杨氏迁于上阳东宫⑤。后上忆妃,夜遣小黄门⑥灭烛,密以戏马⑦召妃至翠华西阁,叙旧爱,悲不自胜。继而上失寐⑧,侍御惊报曰："妃子已届阁前⑨,当奈何?"上披衣,抱妃藏夹幕间。太真既至,问:"梅精安在?"上曰:"在东宫。"太真曰:"乞宣至,今日同浴温泉⑩。"上曰:"此女已放屏⑪,无并往也。"太真语益坚,上顾左右不答。太真大怒曰:"肴核狼藉,御榻下有妇人遗舄⑫,夜来何人侍陛下寝,欢醉至于日出不视朝⑬?陛下可出见群臣。妾止此阁俟驾回。"上愧甚,拽衾向屏假寐曰:"今日有疾,不可临朝。"太真怒甚,径归私第。上顷觅妃所在,已为小黄门送令步归东宫。上怒斩之。遗舄并翠钿命封赐妃。妃谓使者曰:"上弃我之深乎?"使曰:"上非弃妃,诚恐太真恶情⑭耳。"妃笑曰:"恐怜我则动肥婢⑮情,岂非弃也?"妃以千金寿高力士,求词人拟司马相如为《长门赋》欲邀

---

① 调和四海,烹饪鼎鼐——鼎鼐,小锅和大锅,均为烹饪的用具。这二句是借用烹饪术来比喻治理国家的手段。

② 万乘自有宪法——皇帝自有治理国家的规章制度。万乘,指皇帝。

③ 方之英、皇——比作女英和娥皇。女英、娥皇为尧的女儿,配舜为妃。

④ 亡以胜——无法胜过。亡,同"无"。

⑤ 上阳东宫——上阳宫的东宫。上阳宫,唐代宫殿名。

⑥ 小黄门——即小太监。

⑦ 戏马——可能为唐代一种信物。

⑧ 失寐——失醒,即睡过头。

⑨ 阁前——翠华西阁前。

⑩ 温泉——指华清池。

⑪ 放屏——摒弃,放逐。

⑫ 舄(xì)——鞋。

⑬ 视朝——临朝处理政事。

⑭ 恶情——发脾气。

⑮ 肥婢——杨玉环体胖,故梅妃骂她"肥婢"。

上意①。力士方奉②太真，且畏其势，报曰："无人解赋。"妃乃自作《楼东赋》，略曰：

玉鉴尘生，凤奁香殄。懒蝉鬓之巧梳，闲缕衣之轻练。苦寂寞于蕙宫，但凝思乎兰殿。信摽落之梅花，隔长门而不见③。况乃花心颭恨，柳眼弄愁，暖风习习，春鸟啾啾；楼上黄昏兮，听凤吹④而回首，碧云日暮兮，对素月而凝眸。温泉不到，忆拾翠⑤之旧游；长门深闭，嗟青鸾之信修⑥。忆昔太液清波，水光荡浮，笙歌赏燕，陪从宸旒⑦。奏舞鸾之妙曲⑧，乘画鹢⑨之仙舟。君情缱绻，深叙绸缪。誓山海而常在，似日月而无休。奈何嫉色庸庸，妒气冲冲，夺我之爱幸，斥我乎幽宫。思旧欢之莫得，想梦著乎朦胧。度花朝与月夕，羞懒对乎春风。欲相如之奏赋，奈世才之不工。属愁吟之未尽，已响动乎疏钟。空长叹而掩袂，踌躇步于楼东。

太真闻之，诉明皇曰："江妃庸贱，以蝉词⑩宣言怨望，愿赐死。"上默然。会岭表⑪使归，妃问左右："何处驿使来，非梅使耶？"对曰："庶邦⑫贡杨妃荔实使来。"妃悲咽泣下。上在花萼楼，会夷使⑬至，命封珍珠一斛密

---

① "寿高力士，求词人"二句——寿，以金银钱物赠人。汉代陈皇后失宠，求司马相如写《长门赋》，叙己哀情，于是感动汉武帝，恢复了感情。
② 奉——奉迎。
③ "信摽落之梅花"二句——《诗经·召南·摽有梅》以梅子喻女子长成，希望有人求爱，不要等梅子落尽，错过好时机。此处语意双关，梅寓"梅妃"，表达爱情无望之感。"长门"则以陈皇后禁闭长门宫自比。
④ 凤吹——指笙、箫一类的管乐器。
⑤ 拾翠——古代妇女游春采撷茅草的一种娱乐游戏。
⑥ 青鸾之信修——青鸾，即銮驾，代指皇帝。信修，意即"很好"。
⑦ 宸旒——指皇帝。
⑧ 奏舞鸾之妙曲——指奏雅乐。
⑨ 画鹢(yì)——鹢，古书上所称的水鸟。古代船头经常画鹢，用以驱逐江神水怪。
⑩ 蝉(sōu)词——隐语。
⑪ 岭表——岭外，岭南。指今江西、广东一带。
⑫ 庶邦——原指春秋时属于周朝的诸侯国，此处指唐王朝属地。
⑬ 夷使——外国使者。

赐妃。妃不受，以诗付使者，曰："为我进御前也。"曰：

> 柳叶双眉久不描，残妆和泪湿红绡。
>
> 长门①自是无梳洗，何必珍珠慰寂寥。

　　上览诗，怅然不乐。令乐府以新声度之②，号《一斛珠》，曲名始此也。后禄山犯阙③，上西幸④，太真死。及东归，寻妃所在，不可得。上悲谓兵火之后，流落他处。诏有得之，官二秩⑤、钱百万。搜访不知所在。上又命方士飞神御气，潜经天地，亦不可得。有宦者进其画真⑥，上言："似甚，但不活耳。"诗题于上，曰：

> 忆昔娇妃在紫宸⑦，铅华不御⑧得天真。
>
> 霜绡⑨虽似当时态，争奈娇波不顾人。

读之泣下，命模象刊石。后上暑月昼寝，仿佛见妃隔竹间泣，含涕障袂，如花朦雾露状。妃曰："昔陛下蒙尘⑩，妾死乱兵之手，哀妾者埋骨池东梅株傍。"上骇然流汗而寤。登时令往太液池发视之，不获。上益不乐。忽悟温泉池侧有梅十余株，岂在是乎？上自命驾，令发视。才数株，得尸，裹以锦薮，盛以酒槽，附土三尺许。上大恸，左右莫能仰视。视其所伤，胁下有刀痕。上自制文诔⑪之，以妃礼易葬焉。

　　赞曰：明皇自为潞州别驾⑫，以豪伟闻，驰骋犬马鄠、杜之间⑬，与侠少

---

① 长门——以汉陈皇后自比。

② 度之——把此诗谱曲。

③ 犯阙——进犯京城。

④ 西幸——即逃窜四川。

⑤ 官二秩——晋官二级。

⑥ 画真——画像。

⑦ 紫宸——指大明宫内紫宸殿。

⑧ 铅华不御——不施脂粉、不加修饰。

⑨ 霜绡——白色丝绢，此指画像。

⑩ 蒙尘——蒙受风尘，指逃亡在外。

⑪ 诔——一种悼念文体，此处用作动词，即撰写诔文。

⑫ 明皇自为潞州别驾——李隆基于中宗神龙元年（705 年）迁卫尉少卿，景龙二年（708 年）兼潞州别驾。

⑬ 驰骋犬马鄠、杜之间——汉武帝常在咸阳附近的鄠、杜二县游猎，此处借汉武故事写唐玄宗。

游。用此起支庶，践尊位①。五十余年②，享天下之奉，穷极奢侈，子孙百数。其阅万方美色众矣，晚得杨氏，变易三纲③，浊乱四海，身废国辱，思之不少悔。是固有以中其心、满其欲矣。江妃者，后先其间，以色为所深嫉，则其当人主者，又可知矣。议者谓或覆宗④，或非命⑤，均其莣忌⑥自取。殊不知明皇耄而忮忍⑦，至一日杀三子⑧，如轻断蝼蚁之命。奔窜而归，受制昏逆⑨，四顾嫔嫱，斩亡俱尽，穷独苟活，天下哀之。传曰：'以其所不爱及其所爱。'⑩盖天所以酬之也。报复之理，毫发不差，是岂特两女子之罪哉？汉兴，尊《春秋》⑪，诸儒持《公》、《谷》⑫角胜负，《左传》独隐而不宣，最后乃出。盖古书历久始传者极众。今世图画美人把梅者，号梅妃，泛言唐明皇时人，而莫详所自也。盖明皇失邦，咎归杨氏，故词人喜传之。梅妃特嫔御擅美，显晦不同，理应尔也。

此传得自万卷朱遵度⑬家，大中二年⑭七月所书，字亦媚好。其言时

----

① 起支庶，践尊位——唐玄宗为李旦妃子窦氏所生，属庶出。践尊位，即登上皇位。

② 五十余年——唐玄宗在位只四十四年，此处谓五十余年，应包括其即帝位之前的政治活动。

③ 三纲——封建伦理制度，即君为臣纲，父为子纲，夫为妻纲。

④ 覆宗——指杨贵妃、杨国忠等被族诛。

⑤ 非命——不正常的死亡。

⑥ 莣(mào)忌——嫉妒。

⑦ 耄而忮忍——年老而残忍。

⑧ 一日杀三子——唐玄宗听信谗言，在开元二十五年(737 年)同一天把其子李瑛、李瑶、李琚杀害。

⑨ 受制昏逆——指唐玄宗回京以后受到唐肃宗李亨的钳制。

⑩ "以其所不爱及其所爱"——语出《孟子·尽心下》。意谓干坏事的人，其恶果先落到他所不爱的人身上，最后还得落到他所爱的人身上。此处指唐玄宗不仁，最后还是害了他所爱的梅、杨二妃。

⑪ 《春秋》——我国最早的编年体史书，传说为孔子根据鲁史编写而成。

⑫ 《公》、《谷》——即《公羊传》、《穀梁传》，与《左传》合称《春秋三传》，为解释《春秋》的专著。

⑬ 万卷朱遵度——指南唐人朱遵度。朱藏书丰富，时人称为"朱万卷"。

⑭ 大中二年——即公元 848 年，大中为唐宣宗李忱年号。

有涉俗者。惜乎史逸其说。略加脩润而曲循旧语，惧没其实也。唯叶少蕴①与余得之，后世之传，或在此本。又记其所从来如此。

林灵素传

赵与时

　　林灵素，初名灵噩，字岁昌。家世寒微，慕远游，至蜀，从赵升道人游数载。赵卒，得其书，秘藏之，由是善妖术，辅以五雷法。往来宿、亳、淮、泗②间，乞食诸寺，僧多厌之。

　　政和③三年，至京师，寓东太乙宫④。徽宗梦赴东华帝君⑤召游神霄宫，觉而异之，敕道录徐知常访神霄事迹。知常素不晓，告假。或告曰："道堂有温州林道士，累言神霄，亦作《神霄诗》题壁间。"知常得之，大惊以闻。召见，上问有何术，对曰："臣上知天宫，中识人间，下知地府。"上视灵噩风貌如旧识，赐名灵素，号金门羽客、通真达灵玄妙先生。赐金牌，无时入内。五年，筑通真宫以居之。

　　时宫禁多怪，命灵素治之。埋铁简长九尺于地，是怪遂绝。因建宝箓宫、太乙西宫，建仁济亭，施符水，开神霄宝箓坛；诏天下宫观改为神霄玉清万寿宫，无观者以寺充，仍设长生大帝君、青华大帝君像；上自称教主道君皇帝。皆灵素所建也。灵素被旨修道书，改正诸经醮仪，校《丹经》、《灵篇》，删修注解。每遇初七，升座讲，听讲皆宰执、百官、三衙、亲王、中贵，士庶观者如堵，讲说三洞道经，京师士民，始化奉道矣。灵素为閟⑥不一，上每以"聪明神仙"呼之。御笔赐玉真教主神霄凝神殿侍宸⑦，立两府

---

①　叶少蕴——宋代叶梦得，字少蕴，官至节度使，著有《石林春秋传》等。
②　宿、亳、淮、泗——宿县、亳县、淮河、泗水，在今山东、皖北、苏北一带。
③　政和——宋徽宗年号。
④　东太乙宫——北宋所建宫观名，宋徽宗佞道，建有二太乙宫，即东太乙宫和西太乙宫。
⑤　东华帝君——道教所尊奉神名，据东岳泰山。
⑥　为閟（bì）——犹言"作把戏"。
⑦　侍宸（chén）——侍奉天帝的仙官。

班上。

上思明达后①,欲见之。灵素复为叶静张②致太香之术,上尤异之,谓灵素曰:"昔朕到青华帝君处,获言改除魔髡③,何谓也?"灵素遂纵言:"释教害道,今虽不可灭,合与改正。将佛刹改为宫观,释伽改为天尊,菩萨改为大士,罗汉改尊者,和尚改德士,皆留发,顶冠执简。"有旨依奏。皇太子上殿争之。令胡僧立藏十二人,并五台僧二人道坚等,与灵素斗法。僧不胜,情愿戴冠执简。太子乞赎僧罪。有旨:"胡僧放,道坚系中国人,送开封府刺面决配,于开宝寺前令众。"

明年,京师大旱,命灵素祈雨,未应。蔡京奏其妄。上密召灵素曰:"朕诸事一听卿,且与祈三日大雨,以塞大臣之谤。"灵素请急召建昌军南丰道士王文卿(乃神霄甲子之臣兼雨部),与之同告上帝。文卿既至,执简救水,果得雨三日。上大喜,赐文卿神霄凝神殿侍宸。灵素眷倚日隆。

忽京城传吕洞宾访灵素,遂捻土烧香,香气直至禁中。上遣人探问,香气自通真宫来。上亟乘小车到宫,见壁间有诗云:"捻土焚香事有因,世间宜假不宜真。太平无事张天觉,四海闲游吕洞宾。"京城印行,绕街叫卖,太子亦买数本进上。上大震怒,捐赏钱千缗,开封府捕之。有太学斋仆王青告首,是福州士人黄待聘令青卖,送大理勘,招待聘兄弟及外族为僧行,不喜改道,故云。有旨:斩马行街。灵素知蔡京乡人所为,上表乞归本贯,诏不允。

通真有一室,灵素入静之所,常封锁,虽驾来亦不入。京遣人廉④得有黄罗大帐、金龙朱红椅桌、金龙香炉。京具奏:"请上亲往,臣当从驾。"上幸通真宫,引京至,开锁同入,无一物,粉壁明窗而已。京皇恐待罪。

宣和元年三月,京师大水临城。上令中贵同灵素登城治水,敕之,水势不退。回奏:"臣非不能治水,一者是乃天道,二者水自太子而得,但令太子拜之,可信也。"遂遣太子登城,赐御香,设四拜,水退四丈,是夜水退尽。京城之民,皆仰太子圣德。灵素遂上表乞骸骨,不允。

---

① 明达后——宋徽宗妃子,即刘安妃。
② 叶静张——唐代有名道士,又作"叶静能"。
③ 魔髡(kūn)——即秃头魔鬼。
④ 廉——同"赚"。即"侦探"、"侦伺"之意。

秋九月，全台上言灵素妄议迁都，妖惑圣听，改除释教，毁谤大臣。灵素即时携衣被行出宫。十一月，与宫祠①温州居住。二年，灵素一日携所上表见太守间丘颚，乞以缴进，及与州官亲党诀别而卒。生前自卜坟于城南山，命其随行弟子皇城使张如晦：“可掘穴深五丈，见龟蛇便下棺。”既掘不见龟蛇，而深不可视，乃葬焉。靖康初，遣使监温州伐墓，不知所迹，但见乱石纵横，强进多死，遂已。

此耿延禧②所作《灵素传》也。灵素本末，世不知其全，故著之。今温州天喜宫有御题云：太中大夫、冲和殿侍宸、金门羽客、通真达灵玄妙先生、在京神霄玉清万寿管辖提举通真宫林灵素。

李 莺 莺

佚　名

张浩，字巨源，西洛③人也。荫补为刊正④。家财巨万，豪于里中。甲第壮丽，与王公大人侔⑤。浩好学，年及冠，洛中士人，多慕其名。贵族多与结姻好，每拒之曰：“声迹晦陋⑥，未愿婚也。”第北构圃⑦，为宴私之所，风轩月榭，水馆云楼，危桥曲槛，奇花异草，靡所不有，日与俊杰士游宴其间。

一日，与廖山甫闲坐宿香亭下，时桃李已芳，牡丹未坼，春意浩荡。步至轩东，有方束发小鬟，引一青衣倚立。细视，乃出世色，新月笼眉，秋莲著脸，垂螺厌鬓，皓齿排琼，嫩玉生光，幽花未艳，见浩亦不避。浩乃告廖曰：“仆非好色者，今日深不自持，魂魄几丧，为之奈何！”廖曰：“以君才学、门第，结婚于此，易若反掌。”浩曰：“待媒成好，当逾岁月，则我在枯鱼

①　宫祠——宋代官员的一种有名无实的官职。
②　耿延禧——河南开封人，门下侍郎耿南仲之子。
③　西洛——洛阳，洛阳在汴京（宋代京都）之西，故名。
④　刊正——官名，校正文字的官职。
⑤　侔——相当。
⑥　声迹晦陋——指声名无闻，事业未成。
⑦　第北构圃——在府第的北面修了一个园圃。

肆矣。"廖曰："但患不得之,苟得之,何晚早为恨?君试以言谲之。"浩乃进揖之,女亦敛容致恭。浩曰："愿闻子族望姓氏。"女曰："某乃君之东邻也。家有严君,无故不得出,无缘见君也。"浩乃知李氏耳,曰："敝苑幸有隙馆①,欲少备酒肴,以接邻里之欢,如何?"女曰："某之此来,诚欲见君,今日幸遇,愿无及乱,即幸也。异日倘执箕帚,预祭祀之末,乃某之志。"浩喜出望外,曰："若得与俪偕老,即平生之乐,不知命分如何耳。"女曰:"愿得一物为信,即某之志有所定,亦用以取信于父母。"浩乃解罗带与之,女曰："无用也,愿得一篇亲笔,即可矣。"遂以拥项香罗②,令浩题诗。浩喜,询其年月,曰："十三岁。"乃指未开牡丹为题,作诗曰:

> 迎日香苞四五枝,我来恰见未开时。
>
> 包藏春色独无语,分付芳心更待谁?
>
> 碧玉蔕中藏蜀锦③,东吴里宫锁西施。
>
> 神功造化有先后,倚槛王孙休怨迟④。

女阅之,益喜曰："君真有才者,生平在君,愿君留意。"乃去。

　　浩自兹忽忽如有所失,寝食俱废。月余,有尼至,——盖常出入门者,曰:"李氏致意,近以前事托乳母白父母,不幸坚不诺。业已许君,幸无疑焉。"至明年,牡丹正芳,浩开轩赏之,独叹。乃剪花数枝,使人窃遗李曰:"去岁花未坼,遇君于阑⑤畔;今岁花已开,而人未合。既为夫妻,窃一见,亦非乱也。如何?"李复遣尼曰:"初夏二十日,亲族中有适人者⑥,父母俱去,必挈同行。我托病不往,可于前苑轩中相会也。"浩大喜,严洁馆宇,预备酒醴以俟。至望后一日⑦,前尼复至,曰:"李氏遗君书。"浩开读,乃词一首,云:"昨夜赏月堂前,颇有所感,因成小阕,以寄情郎。"曲名《极相思》,曰:"红疏翠密晴暄,初夏困人天。风流滋味,伤怀尽在,花下风前。

---

①　隙馆——空闲的馆。

②　拥项香罗——围在脖子上的香罗巾。

③　碧玉蔕中藏蜀锦——碧绿的花苞包藏着如锦的花瓣。蜀锦,蜀地出产之锦。

④　王孙休怨迟——王孙,泛指贵族公子,"休怨迟",不要埋怨开得迟。

⑤　阑——栏杆。

⑥　适人者——有出嫁的人家。

⑦　望后一日——即农历十六日。望,农历十五日。

后约①已知君定,这心绪尽日悬悬!鸳鸯两处,清宵最苦,月甚先圆②!"

至期,浩入苑待至。不久,有红茵③覆墙,乃李逾而来也。生迎归馆。时街鼓声沉,万动俱息,轻幕摇风,疏帘透月。秋水盈盈,纤腰袅袅,解衣就枕,羞泪成交。浩以为巫山、华胥④之遇,不过此也。天将晓,青衣复拥李去,浩诗戏曰:

华胥佳梦惟闻说,解佩江皋浪得声。

一夕东轩多少事,韩郎虚负窃香名。

李得诗,谓浩曰:"妾之此身,已为君所有,幸终始成之。"遂携手下亭,转柳穿花,至墙下,浩扶策李升梯而去。自此之后,虽音耗时通,而会遇无便。

不数月,李随父之官。李遣尼谓浩曰:"俟父替回⑤,当成秦晋之约。"李去二载,杳然无耗。及浩叔典郡⑥替回,谓浩曰:"汝年及冠,未有室,吾为掌婚。"浩不敢拒。叔乃与约孙氏,亦大族也。方纳采问名⑦,会李父替回,李知浩已约婚孙。李告父母曰:"儿先已许归浩,父母若便不诺,儿有死而已。"一夕,李不见,父母急寻之,已在井中矣。使人救之,则喘然尚有余息。既苏,父曰:"吾不复拒汝矣,当遣人通好,但浩已约孙,奈何!"李曰:"自有计。"

一日,诣府陈词,曰:"某已与浩结姻素定,会父赴官;洎归,则浩复约孙氏。"因泣下,陈浩诗及笺记之类。府尹乃下符召浩,曰:"汝先约李,而复约孙乎?"浩曰:"非某本心,叔父之命,不敢拒耳。"尹曰:"孙未成娶,吾为汝作伐,复娶李氏。"遂判曰:"花下相逢,已有终身之约;中道而止,欲

---

① 后约——指前所言夏月二十日的约会。

② 月甚先圆——词作于十五日,月正圆时;相会见面团圆须等到二十日,故说月亮比他们先圆。

③ 茵——席、蓐。

④ 巫山、华胥——巫山,见《游仙窟》"巫峡"注。华胥,《列子·黄帝》中载,黄帝梦游于华胥氏之国,其国之民自然而治。本与男女情爱无关系,因其为好梦,故用以比不期而遇的爱情。

⑤ 替回——任官到期限时,到期更替。

⑥ 典郡——指任州郡长官。

⑦ 纳采问名——为古代通婚、结婚时"六礼"中的两项内容。

乖偕老之心。在人情深有所伤,论律文亦有所禁。宜从先约,可绝后婚。"由是浩复娶李氏。二人再拜谢府尹,归而成亲。夫妇恩爱,偕老百年。生二子,皆登科矣。

裴　玉　娥

佚　名

秀才黄捐者,家世阀阅①,有玉马坠②,色泽温柔,镂刻精工,生自幼佩带。一日,游市中,遇老叟,鹤发丰标③,大类有道者。向生乞玉坠,生亦无所吝惜,解授老人,不谢而去。

荆襄守帅聘生为记室,行至江渚,见一舟泊岸,询之,乃贾于蜀者,道出荆襄。生求附舟,主人欣然诺焉。抵暮,忽闻筝声凄婉,大似薛琼琼④。薛琼琼,狭邪女⑤,筝为当时第一手。此生素所狎昵者,入宫供奉矣。生从窗中窥伺,见幼女,年未及笄,娇艳之容,非目所睹。少选⑥,筝声阒寂,生情不自持,挑灯成一词,云:"平生无所愿,愿作乐中筝。得近佳人纤手子,研罗裙⑦下放娇声,便死也为荣。"

早起伺之,女以金盆濯手。生乘间以前词书名字从门隙中投入。女拾词阅之,叹赏良久,遂启半窗窥生,见生丰姿皎然,乃曰:"生平耻为贩夫贩妇,若与此生偕伉俪,愿毕矣。"自是频以目挑。亭午⑧,主人出舟理楫,女隔窗招生,密语曰:"夜无先寝,妾有一言。"生喜不自胜。

---

① 阀阅——指称贵族豪门。
② 玉马坠——用玉石雕成马状的装饰品。
③ 丰标——神采奕奕。
④ 薛琼琼——唐玄宗时弹筝名手。与黄捐时代相去甚远,黄捐不可能闻其筝声及下文所说的与其相狎。此为小说家所言。
⑤ 狭邪女——此处指乐妓。
⑥ 少选——隔了一会儿。
⑦ 研罗裙——光泽新鲜的罗裙。
⑧ 亭午——正午。

至夜,新月微明,女开半户,谓生曰:"妾贾人女,小字玉娥,幼喜弄柔翰①,承示佳词,逸思新美,愿得从伯鸾,齐眉德曜②足矣。倘不如愿,有相从地下耳。舟子在前,严父在侧,难以尽言。某月某日,舟至涪州③,父偕舟人往赛水神④,日晡⑤方返。君来当为决策。勿以纡道失期。"生曰:"敬如约。"

次日,舟泊荆江⑥,群从促行,女从窗中以目送生,生不胜情。入谒守帅,辞欲往谒故友,数日复来。帅曰:"军务倥偬⑦,且无他往。"生逡巡就旅舍,陴守⑧甚严,生度不得出,恐失前期,逾垣逸走,沿途问询,如期抵涪州。见一水崖,绿阴拂岸,女舟孤泊其下。女独倚篷窗,如有所待,见生至,喜动颜色,曰:"郎君可谓信士矣!"嘱生:"水急,曳缆登舟。"生以手解维,欲登,水势汹涌,力不能持。舟逐水飘漾,去若飞电,生自岸叫呼,女从舟哭泣。生沿河狂走十余里,望舟若灭若没,不复见矣。

晚,女父至,觅舟不得,或谓缆断,舟随水去多时矣。女父追寻无迹,涕泗而回故里。

适琼琼之假母薛媪者,以琼琼供奉内庭,随之长安,行抵汉水,见舟覆中流,急命长年⑨曳起。舟中一幼女,有殊色,气息奄奄。媪调以苏合⑩,逾日方苏。媪诘其姓氏,且曰:"字人⑪未?"女言与生订盟矣,出其词为信。媪素重生,乃善视女,携入长安,谓之曰:"岁当试士,黄生必入长安。为汝侦访,素盟可谐也。"女衔谢不已。

---

① 柔翰——毛笔。此指文词。
② 伯鸾,齐眉德曜——伯鸾,东汉梁鸿字伯鸾。德曜,即梁鸿之妻孟光。梁鸿,孟光夫妻和爱,举案齐眉,是古代有名的故事。
③ 涪州——唐州郡名,治所在今四川省涪陵县。
④ 赛水神——祭祀水神。
⑤ 日晡——下午申时,即下午三时至五时时分。
⑥ 荆江——指唐代江陵府。
⑦ 倥偬(kǒng zǒng)——匆忙急迫的样子。
⑧ 陴守——守城。陴,指城上的女墙。
⑨ 长年——船工。
⑩ 苏合——苏合香,荷叶乔木,可入药治病。
⑪ 字人——许配人。

　　一日,有胡僧直抵其室募化。女见僧有异状,膜拜曰:"弟子有宿缘未了,望师指示迷津。"僧曰:"汝有尘劫,我授汝玉坠,佩之可解。勿轻离衣裾。"授女而出。女心窃异之。

　　而生遍访女,杳然无踪,若醉若狂,功名无复置念。穷途资尽,适至荒林,见古刹,生入投宿,有老僧趺坐入定,生以五体投地,曰:"旧与一女子有约涪州,为天吴①漂没,敢以叩问。"僧曰:"老僧岂知儿女事。"生固求,僧曰:"姑俟君试后,徐为访求。"复出数金以助行装。生不得已,一宿即行,勉强应制,得通籍②,授刑部侍郎。时吕用之③柄政,敛怨④中外,生疏其不法⑤,吕免官就第⑥。生少年高第,长安议婚者踵至,悉为谢却,盖不忍背女初盟也。

　　吕闲居,遍觅姬妾,闻薛媪有女佳丽,以五百缗为聘,随遣仆婢数十人,劫之归第。女啼泣不已,吕令诸婢拥入曲房⑦。诸客贺吕得尤物,置酒高会。有牧夫⑧狂呼曰:"一白马突至厩,争枥,啮伤群马。白马从堂奔入内室。"吕命索之,寂无所见,众咸骇异,因而罢酒。吕入女寝室,好言慰之,自为解衣,女力拒不得脱。忽有白马长丈余,从床笫腾跃,向吕蹄啮。吕释女,环室而走,急呼女侍入。马啮女侍,伤数人倒地。吕惊惶,趋出寝所,马遂不见。吕曰:"此妖孽也!"然贪恋女姿,不忍驱去,亦不敢复入女室矣,唯遍求禳遣⑨。有胡僧自言能禳妖,吕延僧入,僧曰:"此上帝玉马,为祟汝家,非人力能遣也。兆不利于主人。"吕曰:"将奈之何?"僧曰:"移之他人,可代也。"吕曰:"谁为我代耶?"僧良久曰:"长安贵人,相公有素所仇恨者,赠以此女,彼当之矣。"吕恨生刺己,思得甘心,乃曰:"得其人矣。"以金帛谢僧,不受,拂衣而出。

---

①　天吴——水神,海神。

②　通籍——指中举。

③　吕用之——唐僖宗时人,事迹不详。

④　敛怨——积怨。

⑤　疏其不法——上疏弹劾其不法行为。

⑥　就第——回府第,即回家。

⑦　曲房——深房,密室。

⑧　牧夫——养马的仆人。

⑨　禳遣——向神明祈祷驱除邪祟以消灾。

　　吕呼薛媪至,曰:"我欲以尔女赠故人,尔当偕往。"媪曰:"故人为谁?"吕曰:"刑部侍郎黄捐也。"媪闻之,私喜,入谓女曰:"黄郎为刑部侍郎,相公以汝不利于主,故欲以赠之,此胡僧之力也。"吕乃以后房衾饰,悉以赠女。先令长须持刺①投生,生力拒,不允。适薛媪至,生曰:"此薛家媪也,何因至此?"媪曰:"相公欲以我女充下陈,故与偕来。"生曰:"媪女已供奉内庭矣。"媪曰:"昔在汉水中复得一女。"遂出其词示生。生曰:"是赠裴玉娥者,媪女岂玉娥耶?"媪曰:"香车及于门矣。"生趋迎入,相抱呜咽。生曰:"今日之会,梦耶真耶?"女出玉马,谓生曰:"非此物,妾为泉下人矣。"生曰:"此吾幼时所赠老叟者,何从得之?"女言是胡僧所赠,方知离而复合,皆胡僧之力。胡僧真神人,玉马真神物也。乃设香烛,供玉马而拜之。玉马忽自案上跃起,长丈余,直入云际。前时老叟,于空中跨去,不知所适。

徐　神　翁

佚　名

　　徐神翁,名守信,海陵②人也。生六七岁始能言。父隶衙籍。少孤,无以自给,年十九岁,役于天庆观。常持一帚供洒扫,尽力烦辱之事。嘉祐③四年,天台道士余元吉来游,示恶疾,过者恶之,公独事之无倦。忽于溺器得丹沙,饵之。元吉委化④,公丧之以师礼,丐敛具于海安徐氏。葬之日,徐见公来谢,甫出户,取金赠之,相望数步而追莫及,实未尝出也。自是常放言啸歌,默诵道书,绝饮食至数日,然供役未始乏事。茹蔬,取黄叶者自食,曰:"此先生菜也。"春白粲⑤奉众,别贮秕稗与丐士同食。

---

①　持刺——拿着名帖。
②　海陵——古县名,今江苏省泰州市。
③　嘉祐——宋仁宗年号。
④　委化——对道士逝世的婉称。
⑤　白粲——白细米。

治平①中，有客自蜀来，号"黑道人"。每至观，独与公语。既去，谓逆旅人曰："吾无以谢尔，令尔邸暑无蚊耳。"已而信然。

会粮竭，道正唐日严晨命公督租于远郊。既往矣，晡时，见三清殿后枕帚卧者，公也。怪而问之，公曰："来早米自至。"诘旦果然。唐谓田丁："尔自运至，甚善。"皆笑曰："徐二翁终日程督不少休，何谓自运至也？"日严大惊，始命名，置弟子籍。熙宁②九年，以守金宝牌恩，度为道士。公笑曰："我只解扫地，不事冠冕。"短褐力役如故。

素不娴书，忽作楷字，假度人经语，为人言祸福。有谒而不见者，有自往神遇者，有不施而求者，有施而不受者。若怒骂戏笑，无非休咎所寓。或薄暮敛殿堂籍香纸，肆笔书置几间，明日来者取而授之。一不经意，悉酬所问，纸尽而人亦绝。

元丰中，徐州获妖人，辞连淮上。发运使蒋颍叔疑于公，就见曰："尔徐二翁邪？"曰："然。""知道乎？""不知。""解何事？""解吃饭。""日可几米？""饱便住。""茹荤乎？""茹荤。"由此不疑。公素蔬粝，半岁前忽嗜鲜肥，亦劝道流食，至是乃省。颍叔问："我何如人也？"对曰："宜省刑。"艴然而怒。公自扪背曰："瘤痛不能语。"颍叔再拜曰："经云：'神公受命，普扫不祥。'其公之谓矣！"因呼"神公"，故神公之名布天下。颍叔背有疣，盛怒则裂，而内楚至不能言，他人莫知也。

寝室附厨侧，因辟为堂，榜之曰"守雌"③。他日独坐，有忧愤之色。俄颍叔来，不得见。竟日不出户，左右问之，公曰："药叉罗刹五百人生于世间，乱且至矣。"宪使范镗问："公有梦否？"曰："自不受道正庸钱，不复作梦。"

江阴刘谷，与公语于灶下，藉苇而寝。未旦，光辉如日。谷惊跃而起，见公坐，哆口④瞠目，闻空中语曰："徐禧入蕃⑤，直立死！吕惠卿⑥食枸杞

---

① 治平——宋英宗年号。

② 熙宁——宋神宗年号。

③ 守雌——自持卑恭、谨慎操守。语出《老子》："知其雄，守其雌。"

④ 哆(chě)口——张着嘴。

⑤ 徐禧入蕃——徐禧，宋神宗时与王安石、吕惠卿等人一起推行新法的中坚人物。后在与西夏作战时，兵败被杀。

⑥ 吕惠卿——王安石变法的积极赞助者，宋神宗时继王安石为宰相。

夹子。"是时禧图西边，吕持母服①，皆谷所善者。五年，禧有永乐之败。吕常修敬，端朝冠以拜，公平视自若，顾曰："善守，善守！"果黜知单州。相继窜责，至绍圣甲戌而还，始梧枸杞之谶，且以善守为戒也。

七年，郡贡士谒行，示字皆从火，果贡院火。王介甫居金陵求书，示"敕舒王"三字，而"敕"字不全，且曰："敕不须用人也。"未几薨。政和②中，追封王爵。

八年，东坡先生起知登州，来谒，书"来王守"三字。问学道之要，曰："毋做官即好。"东坡颔之。至登召还。泊守扬州，驰书问方来，公不书。至南迁，遣子过来，亦不见。继徙惠③，过海矣。子由谓："吾兄信其言而不能用也。"

子由绩溪寓讯求字，书曰："运当灭度，身经太阴。"及历侍从，至门下侍郎，实佐佑垂帘政。元祐④末，出知袁州，遣使问之，书曰："十遍转经，福德立降。"告其使曰："过去十，见在十。"子由闻之曰："日者谓予戌运多福，酉运多厄，岂谓是乎？"未至袁，迁岭表，几十年而复。

驸马都尉张敦礼图公像以进奏，赐紫衣，号园通大师，公不受。

公书字示人，来者日众。主观者因为修造计，置楗以受金钱，月吉起钥，间有端匹，非函隙可投者，知出神所得也。江都姚叟见持帚叩门者，曰："我徐二翁也，有帚在汝园中。"随指见丛竹如帚状，往视已失其人。因率众来访三清殿。他郡助役者，皆曰："见先生行化吾里。"

九年四月，公在寝旬日，或问之，曰："改元则出。"是月改绍圣⑤。

郡人问乡举，曰："陆侍郎至，满城著绿。"陆农师来守郡次，举何昌言榜，登科者甚众。

三年郡大疫，公扃户六日。郡人数百请之，出曰："作缘事故尔。"疫者饮咒水皆愈。

---

① 持母服——因母亲逝世而服丧。
② 政和——宋徽宗年号。
③ 惠——惠州，即今广东省惠州市。
④ 元祐——宋哲宗年号。
⑤ 绍圣——元祐九年，哲宗亲政，又改年号为绍圣。

居数月,淮阳①人献紫花石柱四。初,淮阳有山,而石顽不适用。有老父谓常姓者曰:"山有紫锦石,可取为柱,施泰州天庆观。"言讫不见。试凿之,果紫锦文也。柱成,道海来,值大风雨,舟师拱而际。雾电中,有物挈舟,行甚快,一宿达海门。洎至,公迎劳曰:"惊怖不易。不然,不如此速也。"山阳杨生家闻异香,见老父持帚入门,傍有识者揖之,遂隐,遗帚于其庭。生携以至,视三官殿柱杪,亡一椽,即所遗者。公曰:"欲新此殿。"乃施钱数十万。

陆农师除海州,告别。公曰:"菜又贵也。"自海移蔡②,召入为右丞。

无为汤氏绘公像供奉,公见梦,乞其孙女出家。觉,语其妻秦,秦恶之。他日女死,秦投像于江。会疫,废其左臂。汤请见,公数之曰:"尔弃我江,至长芦乃济。"汤惭负请死。继潭商至,公笑曰:"谢汝相救。"商袖出像云:"得之长芦江中。"

哲宗未立元子,中宫遣寺人致礼以问。书:"今日吉人。"盖徽庙讳也。

元符③中,盐城时叟有请。告曰:"尔亟归。九月中有道者来,宜善待,仍布施。"至期,暴客夜集其门。时悟,出迎,设酒肴金帛慰遣,遂免陵暴。

三年,上元张灯,前二日,公以杖击之尽。数日,哲庙遗诏至。

崇宁④二年八月,忽于殿墀望阙致敬。壬申,诏曰:"朕闻皇帝问道于广成,放勋往见乎姑射⑤。盖唯有道之主,能遵全德之人。以尔体性抱神,深不可测,心通凤慧,淡泊无为,不出户庭,四方宗仰,宜隆褒命,益显真风。亟其来思,毋执谦退。可特赐号虚静冲和先生。"令运使许彦致礼敦遣赴阙。至京师,馆于上清储祥宫之道院。屡召入,常服白纻元都衫、华阳巾、麻鞋大绦,与上从容言,不替俚语,每有忠规,语秘弗传也。许肩

---

① 淮阳——古县名,在今江苏淮阴县附近。
② 蔡——蔡州,即今河南汝南。
③ 元符——宋哲宗年号。
④ 崇宁——宋徽宗年号。
⑤ "皇帝问道于广成"二句——皇帝,应作"黄帝"。黄帝曾向广成子问道。放勋,勋业辉煌。这是历代史臣赞颂帝尧的话,后成为尧的代称。尧曾访问姑射山的仙人。

舆,历嫔御阁,投金珠盈其怀。公解带委于地而不受。尝小遗殿上,人止之,公弗顾。三年乞归。会二月二十六日公诞日,降香,设千道斋,赐五岳金冠、象简、密云销金上清服。诏画像二,命亲书生身受度等语。

四年八月,赐敕书,令发运使胡师文礼遣赴阙。既至,会解池水溢,诏问之,对曰:"业龙为害,唯天师可治。"召张继先至,投以铁符,龙震死而盐复。五年告归。

大观①元年,许大方摄郡事,写公真求赞。书曰:"身色不自在,犹如脆瓦坯。色尽还归土,移神别受胎。籍如空里月,轮转几千回。掉头不识面,元作阿谁来?"公诗颂不常作,而授笔立就,略无停思。

二月甲子,出门望西北稽首。大方问之,公曰:"我欲去矣。"大方曰:"欲觐邪?"遂以闻。是日诏建仙源万寿宫,及有召命,外庭未知也。行日过鲲颔,谓观者曰:"二翁不来矣!"

以蔡京素敬事公,因设食。公取菜复于地。问终身,曰:"东明"。及将死于潭之境,趣就僧舍,问其处,曰:"东明寺也。"

是岁令侍童理发,或旬日不止。问其故,笑而不言。二年正月,默坐不饮食至六旬,时云:"世上悠悠,不如归休!"三茅刘混康亦召至,公曰:"刘先生去,我亦去矣。"四月丁酉,刘先生解化,二十日庚子,上清知宫晨梦人叱云:"起,起,天帝召神公!"亟起问讯,无恙也。日暮,公擎手叩齿,四顾长揖已,曲左肱而卧,白气自顶出,西北去,空中闻鹤唳,公逝矣。寿七十有六。值岁早热,气已蕴隆。七日而敛,四体可屈伸如生,异香达于宫外。上闻,骇叹久之,赠大中大夫。委内侍刘爱等视丧,归本部给葬,用四品礼。九月庚申,葬城东响林原。宣和中,建升真观以奉祀。初,老农钱甲每见公呼邻舍,泊卜葬惟响林兆吉,而未合制度,东畛即钱氏也。钱悟,举地以献。

公三召至阙;以恩度弟子三十八人;赐紫及师名甚众;官亲族二人;再赐父颍宣教郎,母张蓬莱郡君,所生李永嘉郡君。奏建妙真观,度刘崇仙、张贫女为女冠,二人者,常至观献果实,公取二果嘘而与食,遂辟谷,容色如少女也。

公初修观,每日有大施主至。崇宁末,以片纸授张崇真,书"仙源万

① 大观——宋徽宗年号。

寿"。逾年改建是宫，公每行廊庑间，必击柱叹息，如有所恨者。洎仙去，上敕有司促成新宫。至绍兴辛亥，火于兵，无孑遗矣。

公再召后，年七十余，洒扫净秽，无一日废。郡人家有图像事之，事无细大，咨而后行，向化迁行，不敢萌非心，有过必惮见。每戒人曰："修福不如避罪，广求不如俭用。"若服饵求神仙不死术者，尤不取。所阅人不可备举，至验于数十年后。非特知来而已，皆随根器以示诲诱。大要使人知赋分有定，而乘除得以避就，善恶可以消长。一见即书，或示以言，隐而显，简而尽。其以字假借离合增损，及摘经中语首尾以告，虽巧者注思不能到也。其徒之四方者，预求公字置像前，俾来者射取，无异亲见。

凡有隐恶者，见之必摘发使悔。宿州陈生致礼虔甚，公酌水使饮，至于三。辞曰："不可强矣。"叱之曰："汝不能此，河中人奈何！"陈泚颡错愕①不能对，遂入道。盖尝利人之财，溺而不救也。或欲诘盗，问所亡几何，曰："三十千。"公怒骂曰："窃三十千，汝以为盗乎？三十年后有朝服为盗者矣！"其因事警世，类如此。

小校濮真病瘈，数人掖而前。公杖掖者走，又杖真，真不觉投杖而逃。钱媪至，公劳苦之。媪曰："发白奈何？"公手拂其鬓，皆变鬒黑②。陈护女疾，公两啮其颈，复欲啮，女啼而走。公曰："冤不可解也。"是夜缢死，视之，其绳三股断其二，而一存焉。

在观应酬无虚时，而神游万里之外，无所不至，有同日见者。或非雅素，梦授药愈其疾，他时望见叙旧，其人所梦乃公也。

遇斋帑空无时，携数百钱畀③主首市蔬。厮辈意积镪，瞰亡入户，忽有碗水在地，践之而仆，亟起振袂，公俨然坐榻上。

形解后，刻檀像于虚静庵。政和八年九月辛卯，目有神光，仍堕泪，食顷乃止，识者喻焉。今祷于祠者，探筹以代公语，无不契合。祈晹雨若响答，虽亡犹存云。

---

① 泚颡(sǎng)错愕——泚颡，额头冒汗，错愕，说不出话来。

② 鬒(zhěn)黑——又密又黑。

③ 畀(bì)——给。

周　处　士

佚　名

周处士①，名恪，字执礼，海陵人，赠工部侍郎敬述五世孙，和州法曹定国之子也。元祐初，再举进士下第，颇郁郁不得志。既壮不娶。尝从郡学释奠②，方坐以待事，忽大呼仆地，不知人。阅四日而苏，问之，云："吾诵《老子》书，至'谷神不死'③，若有人舁④坐榻行数步，吾骇而呼，不觉其仆且久矣。"因取儒衣书焚之，曰："误我此生者，非汝也邪！"自此动静颠异，人直以为狂耳。先是，徐神公语人云："周家门前石生青毛，当得仙矣。"已而果然，人始敬之。

家武烈帝祠侧，未尝远游。忽有老农负瓦木为葺精庐，曰："向病疟，赖先生至，以良药起死。"乃知其出神也。

族叔注为推官，常呼曰"朝议"⑤。后阶逼卿监，不求改官者十五年，寿逾八十。

蔡卞守扬州，遣使遗酒，旬日不授报书。宾至，命酒寒酌，曰："吃个冷扬州。"使来请书，问："太尉面目端正乎？"使反命，则一夕病风，口目斜矣。

州士掾吴令璋告别，迎乎"相公"，令璋心独喜自负。既从调，乃相州工曹耳。

宣和中，屡召不起，谢使者曰："吾太平衰末之人也。"蔡京尝奉书，且俾大漕与郡守劝驾，先生卧不启户，而危言噍⑥京，不肯就驾。朝廷知不可致，乃止。复诏曰："朕躬妙道以宰制万有，旌达士以表迪群伦。庶几

---

① 处士——称未做官之人。
② 释奠——古代秋八月祭祀孔子，其典礼称"释奠"。
③ 谷神不死——见《老子》第六章。
④ 舁（yú）——抬着走。
⑤ 朝议——宋代对闲散之官的称谓。
⑥ 噍（jiào）——斥责。

清净之风,不变浇漓之俗。尔精微自得,淳白不逾。守虚淡以为常,损纷华而无累,宜加美号,以示恩休。可特赐号守静处士,视朝奉大夫,仍赐五品服。"先生服命服,常自号赤局右仆射。燕服必衫帽破敝,亦不修饰。自赞曰:"周四十五,衣破不补。土木形骸,神气所聚。"四十五,其行第也。

独处一室,卧起方丈之间,食酒肉如平时,而无更衣之所。畜一白鼠,或去或来,饮食同之。宾至以水酌著,或撷屋苦煮水以啜,其甘如饴。亲族相率携酒肴以谒。先生曰:"何故无某物?"对曰:"无是。"曰:"物在某处。"皆相视而笑,不能隐。

先生音声如钟,不以词色假人,皆望而畏之。行有负,虽高爵重位,一见叱骂不少恤。故鲜有见者。

建炎①二年三月戊戌,裴渊陷城,杀掠焚荡,民死什七八。先生于是且七十矣,攘袂诟贼。一卒击其首,流血污衣。先生曰:"恪血恪血不得洗!"须臾,击者至前呕血死。是岁不饮食历数旬,无疾侧卧而化。目不瞑,神光射人,烨如也。初发殡,重莫能胜,渐轻若虚器然,约略两夫荷之。

初,元祐中,有陈豆豆者,不知何许人,披方毯无他服,冬夏不易,行丐于市。郡人朱医,见其死,瘗之矣。历四十年复至。朱识之,始以为异人也。居福田院,携小篮贮书卷,见可人即付与。得钱物,复施丐者。人呼陈毯被。尝与唐道人谒先生,笑语竟日,所言他人莫能解也。宣和末示化,葬神公之西。先生与唐道人相继同域,号三仙坟焉。

唐 先 生

佚　名

唐先生②,名甘弼,海陵人。为郡小吏,廉恪无他伎。一日晨出,若有所遇者,忽裂巾毁屦,解衣濡水涤桥,裸裎③亵语,见者遭嫚骂。家人以为

---

① 建炎——宋高宗年号。
② 先生——宋代称道士为先生。
③ 裸裎(chéng)——脱光衣服。

狂,囿于别室。悉毁卧具为坎阱,寝处其间。岁余,其母哀而纵之。冬夏一布襦,仅蔽膝,负敝衣于左肩,蓬首胡髯,垢面跣足,常以指按其颊,彷徉井闬中,人呼唐九郎。或发语干休咎①,人始异之,稍就占讯,喜怒语默无不验。

凡饮食或捐半于地,或委沟渠,而食其余。得炊饼,渍渠泥啖之。得酒或覆于几,又祭之地,复收饮,无少损也。所临列肆,是日必大获,竞欲延致,有以礼招之而弗屑者。

旗亭间以饮食为博徒者,数负不自活,乞怜于先生。或与之钱,以为博资,则终日胜。

酤酿欲成而败,先生至瓮下索饮。酿者曰:"是不佳,当别酌以献。"不从,漉而饮之,香味俱变,未竟日而售。常寓宿王氏米肆高廪上,肆骂狂秽无所辟。其家妇子羞恶,俟其他之,窃相与诮詈,先生不复往,数日无所贸易。频悔谢,乃复。比舍火,延其屋,煨②寝矣,独坚卧不动。俄反风而火灭。

人家非常所游者,亦惮其来,其来也必有异。晨至蒋氏舍,排闼入妇寝,取溺器翻衽席,衣衾淋漓。顾笑曰:"解了矣!"室中人颇怒。既而闻一婢自经,系绝得不死。

建炎二年,忽持甓③自击其颊,俄裴渊溃卒至,赀掠无遗,乃悟打颊者,隐语"打劫"耳。

绍兴元年,语人曰:"上元夜观灯时,虏人陷城。"至上元日,火仙源宫屋五百楹,煨烬无余矣。

张荣来据城,闻其神异,执于酤肆。大雪中露坐,方数尺独无雪,肤略不沾润。乃积雪丈余,穿洞穴,埋其中,弥日出之,怡然也。

人问:"寇乱何时已邪?"曰:"直待见阎罗。"闻者忧之,谓不可逃死。无几何,有裨将李贵过城下,号李阎罗,自是岁小休矣。

四年,刘豫犯淮南,郡守赵康直问之,书曰:"十三日硬齐。"又问,书曰:"十三日软齐。"盖伪齐始肆猖獗,终大败而去。

---

① 休咎——祸福,吉凶。

② 煨(xīn)——烧,灼。

③ 甓(pì)——砖头。

　　七年冬十一月，大呼于市曰："二十一日雪下，二十二日唐倒。"皆不测其意。至期大雪，明日往河西张氏舍，求附火，潜抱薪自焚于隙屋。张觉之，体已灼烂，索寝衣披之，行至常所居米肆端坐，手撷燔肉以食，且以饲犬，须臾而逝。有田夫自斗门至，中途遇其西行，问："先生安往?"曰："吾归也。"入城，既自焚矣。住世六十余岁，葬响林原。岁余后，有礒商见先生于江西，而蜀人亦见之于青城云。

李师师外传

佚　名

　　李师师者，汴京东二厢①永庆坊染局匠王寅之女也。寅妻既产女而卒，寅以菽浆②代乳乳之，得不死。在襁褓③未尝啼。汴俗，凡男女生，父母爱之，必为舍身④佛寺。寅怜其女，乃为舍身宝光寺。

　　女时方知孩笑⑤。一老僧目之曰："此何地，尔乃来耶?"女至是忽啼。僧为摩其顶，啼乃止。寅窃喜，曰："是女真佛弟子。"——为佛弟子者，俗呼为"师"，故名之曰师师。

　　师师方四岁，寅犯罪系狱死。师师无所归，有倡籍李姥者收养之。比长，色艺绝伦，遂名冠诸坊曲⑥。徽宗帝⑦即位，好事奢华，而蔡京、章惇、王黼⑧

---

① 汴京东二厢——汴京，北宋京都，在今河南省开封市。宋代京都分成若干区域，每一区域称"厢"。

② 菽浆——豆浆。

③ 在襁褓——指婴儿时期。

④ 舍身——举行一定仪式，名义上到寺庙去当奴仆、供养佛，以求佛爷保佑。

⑤ 孩笑——婴孩的笑。

⑥ 坊曲——原指小街巷，此处指妓院。

⑦ 徽宗帝——宋徽宗赵佶。

⑧ 蔡京、章惇、王黼——这几位都是北宋的权奸。

之徒,遂假绍述①为名,劝帝复行青苗诸法②。长安中粉饰为饶乐气象③。
市肆酒税,日计万缗,金玉缯帛,充溢府库。于是童贯、朱勔④辈复导以声
色狗马宫室苑囿之乐。凡海内奇花异石,搜采殆遍。筑离宫⑤于汴城之
北,名曰艮岳⑥。帝般乐⑦其中,久而厌之。更思微行,为狎邪游⑧。

内押班⑨张迪者,帝所亲幸之寺人⑩也。未宫时⑪为长安狎客,往来
诸坊曲,故与李姥善。为帝言陇西氏⑫色艺双绝,帝艳心⑬焉。翼日,命迪
出内府紫茸二匹、霞□⑭二端、瑟瑟珠二颗、白金廿镒,诡云大贾赵乙,愿
过庐一顾。姥利金币,喜诺。暮夜,帝易服杂内寺四十余人中,出东华门,
二里许,至镇安坊。——镇安坊者,李姥所居之里也。

帝麾⑮止余人,独与迪翔步⑯而入。堂户卑庳⑰。姥出迎,分庭抗
礼⑱,慰问周至。进以时果数种,中有香雪藕、水晶苹婆⑲,而鲜枣大如卵,

---

① 绍述——原指继承。宋神宗时王安石推行新法,后宋哲宗和宋徽宗继续新
　　法,史称"绍述"之政。蔡京等打着这个旗号,实质上和王安石的新法并不
　　一样,目的只是借以结党营私,排斥异己。
② 青苗诸法——王安石做宰相时推行的新法内容。
③ "长安中"句——长安,借指汴京,饶乐,富饶安乐。
④ 童贯、朱勔——与蔡京等勾结的两位奸臣。
⑤ 离宫——皇帝在外临时居住的地方,也称"行宫"。
⑥ 艮岳——即宋徽宗在京城兴建的万岁山。此山周围十余里,楼台馆阁,布置
　　奇花异石、珍禽异兽,耗时十年,竭尽财力。
⑦ 般乐——大乐,纵乐。
⑧ 狎邪游——狎妓纵淫的行为。
⑨ 内押班——皇帝随身的侍官。
⑩ 寺人——即太监。
⑪ 未宫时——未作太监时。宫,阉掉生殖器。
⑫ 陇西氏——汉以来陇西大族为李姓,陇西氏即李姓。
⑬ 艳心——艳羡。
⑭ 古籍版本中缺此字。
⑮ 麾——同"挥"。
⑯ 翔步——安闲缓步。
⑰ 堂户卑庳(bì)——厅堂门户简陋低矮。
⑱ 分庭抗礼——分位而坐,礼节平等。
⑲ 苹婆——即苹果。

皆大官所未供者。帝为各尝一枚。姥复款洽①良久，独未见师师出拜，帝延伫以待。时迪已辞退，姥乃引帝至一小轩。蕲几②临窗，缥缃③数帙，窗外新篁，参差弄影。帝褦然兀坐，意兴闲适，独未见师师出侍。少顷，姥引帝到后堂。陈列鹿炙、鸡酢、鱼脍、羊签等肴，饭以香子稻米，帝为进一餐。姥侍旁，款语移时，而师师终未出见。帝乃疑异，而姥忽复请浴，帝辞之。姥至帝前，耳语曰："儿性好洁，勿忤。"帝不得已，随姥至一小楼下蓖室④中浴竟。姥复引帝坐后堂，肴核水陆，杯盏新洁，劝帝欢饮，而师师终未一见。

良久，姥才执烛引帝至房。帝搴帷而入，一灯荧然，亦绝无师师在。帝益异之，为倚徙几榻间。又良久，见姥拥一姬姗姗而来。淡妆不施脂粉，衣绢素，无艳服。新浴方罢，娇艳如出水芙蓉。见帝意似不屑，貌殊倨，不为礼。姥与帝耳语曰："儿性颇愎⑤，勿怪。"帝于灯下凝睇物色⑥之，幽姿逸韵，闪烁惊眸。问其年，不答。复强之，乃迁坐于他所。姥复附帝耳曰："儿性好静坐。唐突勿罪。"遂为下帷而出。师师乃起，解玄绢褐袄，衣轻绨，卷右袂，援⑦壁间琴，隐几⑧端坐而鼓《平沙落雁》之曲。轻拢慢捻⑨，流韵淡远。帝不觉为之倾耳，遂忘倦。比曲三终，鸡唱矣。帝亟披帷出。姥闻，亦起，为进杏酥饮、枣糕、怀饦⑩诸品。帝饮杏酥杯许，旋起去。内侍从行者皆潜候于外，即拥卫还宫。时大观⑪三年八月十七日事也。

---

① 款洽——亲热地接待洽谈。
② 蕲几——榪木做成的茶几。
③ 缥缃——丝织的书套。此指书。
④ 蓖(bì)室——浴室。
⑤ 愎——任性。
⑥ 物色——认真端详。
⑦ 援——取，拿。
⑧ 隐几——靠着几。
⑨ 轻拢慢捻——拢、捻，弹琴指法。
⑩ 怀饦——汤饼，也称"不托"。
⑪ 大观——宋徽宗年号。

　　姥私语师师曰:"赵人礼意不薄,汝何落落乃尔①?"师师怒曰:"彼贾奴耳。我何为者?"姥笑曰:"儿强项②,可令御史里行③也。"而长安人言籍籍④,皆知驾幸陇西氏。姥闻大恐,日夕唯涕泣。泣语师师曰:"洵是⑤,夷吾族矣!"师师曰:"无恐。上肯顾我,岂忍杀我?且畴昔之夜,幸不见逼,上意必怜我。唯是我所窃自悼者,实命不犹⑥,流落下贱,使不洁之名,上累至尊,此则死有余辜耳。若夫天威震怒,横被诛戮,事起佚游,上所深讳,必不至此,可无虑也。"

　　次年正月,帝遣迪赐师师蛇跗琴⑦。(蛇跗琴者,琴古而漆黩⑧,则有纹如蛇之跗,盖大内珍藏宝器也。)又赐白金五十两。三月,帝复微行如陇西氏。师师仍淡妆素服,俯伏门阶迎驾。帝喜,为执其手令起。帝见其堂户忽华敞,前所御处,皆以蟠龙锦绣覆其上。又小轩改造杰阁⑨,画栋朱阑,都无幽趣。而李姥见帝至,亦匿避;宣至,则体颤不能起,无复向时调寒送暖情态。帝意不悦,为霁颜⑩,以老娘呼之,谕以一家子无拘畏。姥拜谢,乃引帝至大楼。楼初成,师师伏地叩帝赐额。时楼前杏花盛放,帝为书"醉杏楼"三字赐之。少顷置酒,师师侍侧,姥匍匐传樽为帝寿。帝赐师师隅坐,命鼓所赐蛇跗琴,为弄《梅花三叠》⑪。帝衔杯饮听,称善者再。然帝见所供肴馔皆龙凤形,或镂或绘,悉如宫中式。因问之,知出自尚食房⑫厨夫手,姥出金钱倩制者。帝亦不怿,谕姥今后悉如前,无矜

----

① 落落乃尔——不随和到这个样子。
② 强项——倔强。
③ 御史里行——官名,办御史的事,但不算正官。
④ 人言籍籍——议论纷纷。
⑤ 洵是——的确是这样。
⑥ 实命不犹——命运不如他人。
⑦ 蛇跗(fū)琴——一种名贵的古琴。
⑧ 黩(yuè)——黄黑色。
⑨ 杰阁——高阁。
⑩ 霁颜——收住怒气,呈现和悦表情。
⑪ 《梅花三叠》——又作《梅花三弄》,古琴曲。
⑫ 尚食房——主管皇帝吃饭的尚食局。

张显著①。遂不终席,驾返。

帝尝御画院,出诗句试诸画工,中式者岁间得一二。是年九月,以"金勒马嘶芳草地,玉楼人醉杏花天"名画一幅赐陇西氏。又赐藕丝灯②、暖雪灯、芳苡灯③、火凤衔珠灯各十盏;鸬鹚杯、琥珀杯、琉璃盏、镂金偏提④各十事;月团、凤团、蒙顶⑤等茶百斤;怀饦、寒具、银饻饼⑥数盒。又赐黄白金各千两。

时宫中已盛传其事,郑后⑦闻而谏曰:"妓流下贱,不宜上接圣躬。且暮夜微行,亦恐事生叵测。愿陛下自爱。"帝颔之。阅岁者再⑧,不复出;然通问赏赐,未尝绝也。宣和⑨二年,帝复幸陇西氏。见悬所赐画于醉杏楼,观玩久之。忽回顾见师师,戏语曰:"画中人乃呼之竟出耶?"即日赐师师辟寒金钿、映月珠环、舞鸾青镜、金虬香鼎。次日,又赐师师端溪、凤饻砚⑩,李廷皀墨⑪,玉管宣毫笔⑫,剡溪绫纹纸⑬。又赐李姥钱百千缗。

迪私言于上曰:"帝幸陇西,必易服夜行,故不能常继。今艮岳离宫东偏有官地亘延二三里,直接镇安坊。若于此处为潜道⑭,帝驾往还殊便。"帝曰:"汝图之。"于是迪等疏言:"离宫宿卫人向多露处。臣等愿捐赀若干,于官地营室数百楹,广筑围墙,以便宿卫。"帝可其奏。于是羽林

---

①　矜张显著——指张扬排场。

②　藕丝灯——一种彩色的灯。

③　芳苡灯——式样不详。

④　偏提——扁形的酒壶。

⑤　月团、凤团、蒙顶——各为出于湖南衡山、福建建溪、四川蒙山顶峰的名贵茶。

⑥　寒具、银饻饼——油炸的名贵面食、乳酪及肉类做成的饼。

⑦　郑后——宋徽宗郑皇后。

⑧　阅岁者再——指经过两年。

⑨　宣和——宋徽宗年号。

⑩　端溪、凤饻(zhòu)砚——分别出于广东高要县的端溪及福建龙焙山的两种著名砚台。

⑪　李廷皀墨——南唐墨工李廷皀制作的墨。

⑫　宣毫笔——宣州(今安徽省泾县)出产的名贵毛笔。

⑬　剡溪绫纹纸——剡溪(今浙江)出产的玉叶纸。

⑭　潜道——隐蔽的通道。

巡军①等,布列至镇安坊止,而行人为之屏迹②矣。

四年三月,帝始从潜道幸陇西,赐藏阄、双陆③等具。又赐片玉棋盘、碧白二色玉棋子、画院宫扇、九折五花之簟、鳞文蓐叶之席、湘竹绮帘、五采珊瑚钩。是日,帝与师师双陆不胜,围棋又不胜,赐白金二千两。嗣后师师生辰,又赐珠钿、金条脱④各二事,玑琲⑤一箧,氄锦数端,鹭毛缯、翠羽缎百匹,白金千两。后又以灭辽庆贺⑥,大赉州郡,加恩宫府。乃赐师师紫绡绢幕、五采流苏、冰蚕⑦神锦被、却尘锦褥、麸金千两,良酝⑧则有桂露、流霞、香蜜等名。又赐李姥大府⑨钱万缗。计前后赐金银钱、缯帛、器用、食物等,不下十万。

帝尝于宫中集宫眷等宴坐,韦妃⑩私问曰:"何物李家儿,陛下悦之如此?"帝曰:"无他,但令尔等百人,改艳妆,服玄素,令此娃杂处其中,迥然自别。其一种幽姿逸韵,要在色容之外耳。"

无何,帝禅位⑪,自号为道君教主,退处太乙宫⑫。佚游之兴,于是衰矣。师师语姥曰:"吾母子嘻嘻⑬,不知祸之将及。"姥曰:"然则奈何?"师师曰:"汝第勿与知,唯我所欲。"

时金人方启衅,河北告急⑭。师师乃集前后所赐金钱,呈牒开封尹,

---

① 羽林巡军——禁卫军。宋无羽林之称,此处借用前代称呼。

② 屏(bǐng)迹——绝迹。

③ 藏阄、双陆——古代两种游戏玩具。

④ 金条脱——金手镯。

⑤ 玑琲(bèi)——珠串子。

⑥ 灭辽庆贺——指宣和五年(1123年)金败辽,将燕、涿等七州归还宋朝,宋朝为之庆贺之事。

⑦ 冰蚕——神话传说员峤山有冰蚕,能在冰雪中结五彩茧,织成丝不怕水火。

⑧ 良酝——美酒。

⑨ 大府——国库。

⑩ 韦妃——宋徽宗韦贤妃,即高宗赵构的母亲。

⑪ 帝禅位——宣和七年(1125年),金兵入侵,徽宗禅位给太子赵桓(钦宗)。

⑫ 太乙宫——宋徽宗佞道,建有东、中、西三太乙宫。

⑬ 嘻嘻——欢笑的样子。

⑭ 河北告急——宣和七年,金兵分两路进攻洛阳与汴京。

愿入宫①,助河北饷。复赂迪等代请于上皇,愿弃家为女冠②。上皇许之,赐北郭慈云观居之。

　　未几,金人破汴③。主帅闳懒索师师,云:"金主④知其名,必欲生得之。"乃索之累日不得。张邦昌⑤等为踪迹之,以献金营。师师骂曰:"吾以贱妓,蒙皇帝眷,宁一死,无他志。若辈高爵厚禄,朝廷何负于汝,乃事事为斩灭宗社⑥计? 今又北面事丑虏,冀得一当⑦,为呈身之地。吾岂作若辈羔雁贽⑧耶?"乃脱金簪自刺其喉,不死;折而吞之,乃死。道君帝在五国城⑨,知师师死状,犹不自禁其涕泣之汍澜⑩也。

　　论曰:李师师以娼妓下流,猥蒙异数⑪,所谓处非其据⑫矣。然观其晚节,烈烈有侠士风,不可谓非庸中佼佼者⑬也。道君奢侈无度,卒召北辕之祸⑭,宜哉。

台妓严蕊

周　密

　　天台营妓⑮严蕊,字幼芳,善琴、弈、歌舞、丝竹、书画,色艺冠一时。

① 愿入宫——把所有赏赐献给朝廷。
② 女冠——女道士。
③ 金人破汴——靖康元年(1126年)金兵攻陷汴京。
④ 金主——即金太宗完颜晟。
⑤ 张邦昌——北宋时为太宰兼门下侍郎,金兵破汴京,立其为儿皇帝。
⑥ 宗社——宗庙社稷,代指国家。
⑦ 当(dàng)——时机。
⑧ 羔雁贽——原指聘礼,此处指作"见面礼"。
⑨ 五国城——在今黑龙江省依兰县一带。
⑩ 汍澜——涕泪纵横。
⑪ 猥蒙异数——指得到非分的优厚待遇。
⑫ 处非其据——指李师师居于她不应该得到的地位。
⑬ 庸中佼佼者——平常人中之杰出者。
⑭ 北辕之祸——指徽、钦二帝被俘北庭之事。
⑮ 天台营妓——天台,今浙江省天台县。营妓,军中的妓女。

间作诗词,有新语。颇通古今,善逢迎。四方闻其名,有不远千里而登门者。

唐与正①守台日,酒边②尝命赋红白桃花,即成《如梦令》云:"道是梨花不是,道是杏花不是,白白与红红,别是东风情味。曾记,曾记。人在武陵微醉③。"与正赏之双缣。

又七夕,郡斋④开宴,坐有谢元卿者,豪士也,夙闻其名,因命之赋词,以己之姓为韵。酒方行,而已成《鹊桥仙》云:"碧梧初出,桂香才吐,池上水花微谢。穿针人⑤在合欢楼,正月露玉盘⑥高泻。蛛忙鹊懒,耕慵织倦,空做古今佳话。人间刚道隔年期,指天上方才隔夜⑦。"元卿为之心醉,留其家半载,尽客囊橐馈赠之而归⑧。

其后,朱晦庵以使节行部至台⑨,欲摭⑩与正之罪,遂指其尝与蕊为滥⑪,系狱⑫月余。蕊虽备受箠楚,而一语不及唐,然犹不免受杖。移籍⑬绍兴,且复就越⑭,置狱鞫⑮之,久不得其情。狱吏因好言诱之曰:"汝何

---

① 唐与正——字仲友,号悦斋,曾官江西提刑。撰有《六经解》、《诸子精华》、《皇极经世图谱》等书。
② 酒边——酒席之上。
③ 人在武陵微醉——用陶渊明《桃花源记》典故。武陵,即《桃花源记》中武陵人捕鱼人误入桃花源发现一个与世隔绝的幽美环境的故事。全句意谓人们在桃花中喝酒,微有醉意。
④ 郡斋——知州衙署内的客厅或书房。
⑤ 穿针人——指在七月初七乞巧节穿针引线的妇女。
⑥ 玉盘——比喻明月。
⑦ "人间刚道"二句——传说人间一年,天上仅有一日。
⑧ "尽客囊"句——意即谢元卿把身上盘缠全部送给严蕊方才离去。
⑨ "朱晦庵"句——朱晦庵,即南宋朱熹,字元晦,号晦庵。使节,使者,朱熹淳熙八年(1181年)三月任提举浙东常平茶盐公事,次年七月去台州巡视。
⑩ 摭(zhí)——拾取,搜集。
⑪ 滥——过度。此指唐与正与严蕊发生过男女关系。
⑫ 系狱——禁拘在监狱。
⑬ 移籍——即把严蕊的户籍转移。
⑭ 越——指绍兴。
⑮ 鞫(jú)——审讯。

不早认,亦不过杖罪,况已经断①,罪不重科②,何为受此辛苦邪?"蕊答云:"身虽贱妓,纵是与太守有滥,科亦不至死罪;然是非真伪,岂可妄言以污士大夫?虽死不可诬也。"其辞既坚,于是再痛杖之,仍系于狱。两月之间,一再受杖,委顿几死。然蕊声价愈腾,至彻阜陵之听③。

未几,朱公改除④,而岳霖商卿为宪⑤,因贺朔⑥之际,怜其病瘁,命之作词自陈。蕊略不构思,即口占⑦《卜算子》云:"不是爱风尘,似被前缘⑧误,花落花开自有时,总赖东君主⑨。去也终须去,住也如何住。若得山花插满头⑩,莫问奴归处。"即日判令从良。继而宗室近属纳为小妇⑪,以终身焉。《夷坚志》⑫亦尝略载其事,而不能详。余盖得之天台故家⑬云。

---

① 断——即判罪。
② 重科——重新判罪。
③ 至彻阜陵之听——直传到孝宗赵昚的耳朵里。阜陵,永阜陵,孝宗的陵墓。作者写此文时,孝宗已死,故用陵名代称。
④ 改除——改任别的官职。
⑤ 岳霖商卿为宪——岳霖,岳飞的第三儿子,字商卿。宪,任地方最高长官。
⑥ 贺朔——新上任,下属前来拜见。
⑦ 口占——不用起草而随口成文。
⑧ 前缘——前世的因缘。
⑨ 东君主——司春之神。
⑩ 若得山花插满头——此句为严蕊表示不愿意再当官妓之意。
⑪ 小妇——小妾。
⑫ 《夷坚志》——笔记小说,南宋洪迈编著。
⑬ 故家——世家大族。